国家社会科学基金重大项目『中国近代日记文献叙录、整理与研究』（项目编号：18ZDA259）阶段性研究成果

江苏省『十四五』时期重点出版物出版专项规划项目

中国近现代稀见史料丛刊【第十一辑】

张剑　徐雁平　彭国忠　主编

唐树义日记

（清）唐树义　著

吴鹏　整理

本辑执行主编　徐雁平

凤凰出版社

图书在版编目（CIP）数据

唐树义日记 /（清）唐树义著；吴鹏整理. -- 南京：
凤凰出版社，2024. 12. --（中国近现代稀见史料丛刊）.
ISBN 978-7-5506-4319-2

Ⅰ. I264.9

中国国家版本馆CIP数据核字第2024XZ5608号

书　　　　名	唐树义日记
著　　　者	（清）唐树义
整　理　者	吴　鹏
责　任　编　辑	陈晓清
装　帧　设　计	姜　嵩
责　任　监　制	程明娇
出　版　发　行	凤凰出版社（原江苏古籍出版社）
	发行部电话 025-83223462
出　版　社　地　址	江苏省南京市中央路165号，邮编：210009
照　　　排	南京凯建文化发展有限公司
印　　　刷	江苏凤凰通达印刷有限公司
	江苏省南京市六合区冶山镇，邮编：211523
开　　　本	880毫米×1230毫米　1/32
印　　　张	15
字　　　数	390千字
版　　　次	2024年12月第1版
印　　　次	2024年12月第1次印刷
标　准　书　号	ISBN 978-7-5506-4319-2
定　　　价	98.00元

（本书凡印装错误可向承印厂调换，电话：025-57572508）

存史鑒今

袁行霈題

袁行霈先生題辭

「音实难知，知实难逢，逢其
知音，千载其一乎！」（《文心雕龙·
知音》）今读新编稀见史料丛
刊，真有治学知音之感矣。

傅璇琮谨书

二〇一二年

傅璇琮先生题辞

殚精竭虑旁搜远绍

重新打造中华文史资

料库

王水照 二〇一三年一月

王水照先生题辞

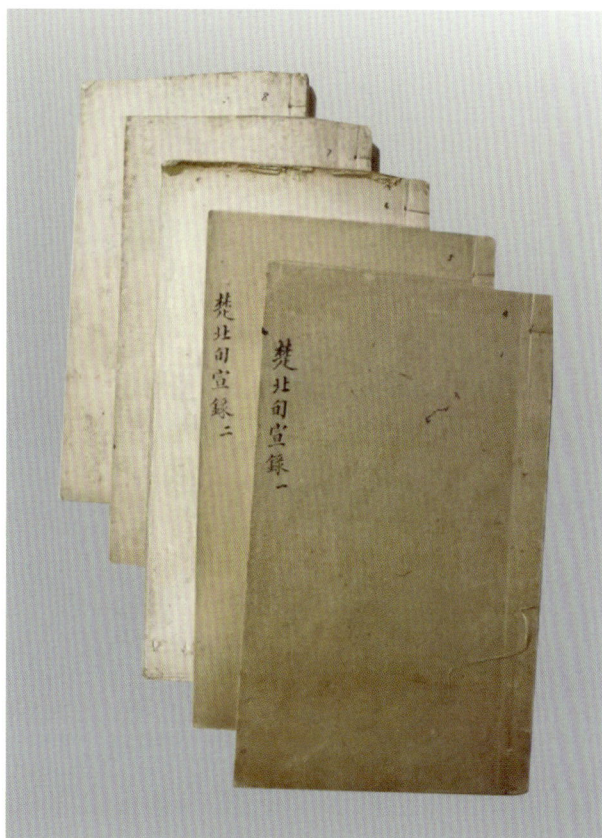

楚北旬宣录封面书影

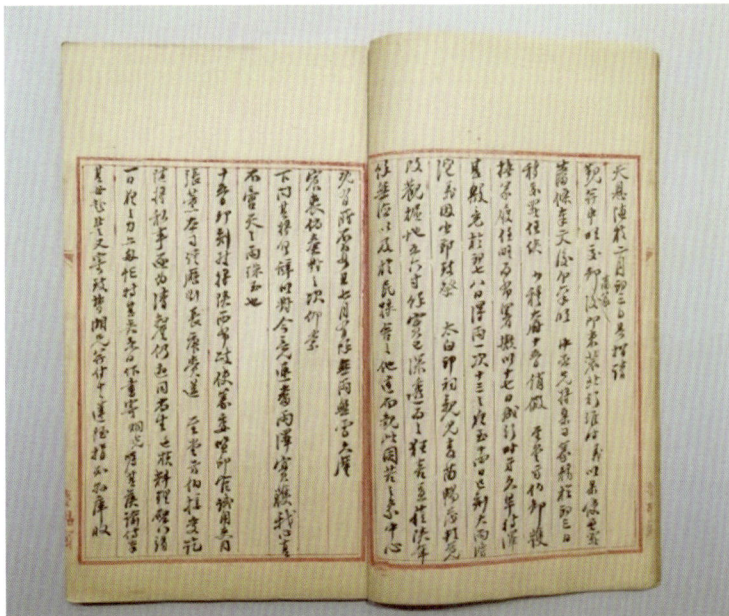

楚北旬宣录内页书影

归田录内页书影

《中国近现代稀见史料丛刊》总序

在世界所有的文明中,中华文明也许可说是"唯一从古代存留至今的文明"(罗素《中国问题》)。她绵延不绝、永葆生机的秘诀何在?袁行霈先生做过很好的总结:"和平、和谐、包容、开明、革新、开放,就是回顾中华文明史所得到的主要启示。凡是大体上处于这种状况的时候,文明就繁荣发展,而当与之背离的时候,文明就会减慢发展的速度甚至停滞不前。"(《中华文明的历史启示》,《北京大学学报》2007年第1期)

但我们也要清醒看到,数千年的中华文明带给我们的并不全是积极遗产,其长时段积累而成的生活方式与价值观具有强大的稳定性,使她在应对挑战时所做的必要革新与转变,相比他者往往显得迟缓和沉重。即使是面对佛教这种柔性的文化进入,也是历经数百年之久才使之彻底完成中国化,成为中华文明的一部分;更不用说遭逢"数千年来未有之变局""数千年未有之强敌"(李鸿章《筹议海防折》),"数千年未有之巨劫奇变"(陈寅恪《王观堂先生挽词序》)的中国近现代。晚清至今虽历一百六十余年,但是,足以应对当今世界全方位挑战的新型中华文明还没能最终形成,变动和融合仍在进行。1998年6月17日,美国三位前总统(布什、卡特、福特)和二十四位前国务卿、前财政部长、前国防部长、前国家安全顾问致信国会称:"中国注定要在21世纪中成为一个伟大的经济和政治强国。"(徐中约《中国近代史》上册第六版英文版序,香港中文大学出版社2002年版)即便如此,我们也不能盲目乐观,认为中华文明已经转型成功,相反,中华文明今天面对的挑战更为复杂和严峻。新型的中华文明到底会怎样呈现,又怎样具体表现或作用于政治、经济、文化等层面,人们还在不断探索。这个问题,我们这一代恐怕无法给出答案。但我们坚信,在历史上曾经灿烂辉煌的中华文明必将凤凰浴火,涅槃重生。这既是数千年已经存在的中华文明发展史告诉我们的经验事实,也是所有为中国文化所化之人应有的信念和责任。

不过,对于近现代这一涉及当代中国合法性的重要历史阶段,我们了解得还过于粗线条。她所遗存下来的史料范围广阔,内容复杂,且有数量庞大且富有价值的稀见史料未被发掘和利用,这不仅会影响到我们对这段历史的全面了解和规律性认识,也会影响到今天中国新型文明和现代化建设对其的科学借鉴。有一则印度谚语如是说:"骑在树枝上锯树枝的时候,千万不要锯自己骑着的那一根。"那么,就让我们用自己的专业知识与能力,为承载和养育我们的中华文明做一点有益的事情——这是我们编纂这套《中国近现代稀见史料丛刊》的初衷。

书名中的"近现代",主要指 1840—1949 年这一时段,但上限并非以一标志性的事件一刀切割,可以适当向前延展,然与所指较为宽泛的包含整个清朝的"近代中国""晚期中华帝国"又有所区分。将近现代连为一体,并有意淡化起始的界限,是想表达一种历史的整体观。我们观看社会发展变革的波澜,当然要回看波澜如何生,风从何处来;也要看波澜如何扩散,或为涟漪,或为浪涛。个人的生活记录,与大历史相比,更多地显现出生活的连续。变局中的个体,经历的可能是渐变。《丛刊》期望通过整合多种稀见史料,以个体陈述的方式,从生活、文化、风习、人情等多个层面,重现具有连续性的近现代中国社会。

书名中的"稀见",只是相对而言。因为随着时代与科技的进步,越来越多的珍本秘籍经影印或数字化方式处理后,真身虽仍"稀见",化身却成为"可见"。但是,高昂的定价、难辨的字迹、未经标点的文本,仍使其处于专业研究的小众阅读状态。况且尚有大量未被影印或数字化的文献，或流传较少，或未被整合，也造成阅读和利用的不便。因此，《丛刊》侧重选择未被纳入电子数据库的文献，尤欢迎整理那些辨识困难、断句费力、裒合不易或是其他具有难度和挑战性的文献，也欢迎整理那些确有价值但被人们习见思维与眼光所遮蔽的文献，在我们看来，这些文献都可属于"稀见"。

书名中的"史料"，不局限于严格意义上的历史学范畴，举凡日记、书信、奏牍、笔记、诗文集、诗话、词话乃至序跋汇编等，只要是某方面能够反映时代政治、经济、文化特色以及人物生平、思想、性情的文献，都在考虑之列。我们的目的，是想以切实的工作，促进处于秘藏、边缘、零散等状态的史料转化为新型的文献，通过一辑、二辑、三辑……这样的累积性整理，自然地呈现出一种规模与气象，与其他已经整理出版的文献相互关联，形成一个丰茂的文献群，从而揭示在宏大的中国近现代叙事背后，还有很多未被打量过的局部、日常与细节；在主流周边或更远处，还有富于变化的细小溪流；甚至在主流中，还有漩涡，在边缘，还有静止之水。近现代中国是大变革、大痛苦的时代，身处变局中的个体接物处事的伸屈、所思所想的起落，借纸墨得以留存，这是一个时代的个人记录。此中有文学、文化、生活；也时有动乱、战争、革命。我们整理史料，是提供一种俯首细看的方式，或者一种贴近近现代社会和文化的文本。当然，对这些个人印记明显的史料，也要客观地看待其价值，需要与其他史料联系和比照阅读，减少因个人视角、立场或叙述体裁带来的偏差。

知识皆有其价值和魅力，知识分子也应具有价值关怀和理想追求。清人舒位诗云"名士十年无赖贼"（《金谷园故址》），我们警惕袖手空谈，傲慢指点江山；鲁迅先生诗云"我以我血荐轩辕"（《自题小像》），我们愿意埋头苦干，逐步趋近理想。我们没有奢望这套《丛刊》产生宏大的效果，只是盼望所做的一切，能融合于前贤时彦所做的贡献之中，共同为中华文明的成功转型，适当"缩短和减轻分娩的痛苦"（马克思《资本论》第一卷第一版序言）。

　　《丛刊》的编纂，得到了诸多前辈、时贤和出版社的大力扶植。袁行霈先生、傅璇琮先生、王水照先生题辞勖勉，周勋初先生来信鼓励，凤凰出版社姜小青总编辑赋予信任，刘跃进先生还慷慨同意将其列入"中华文学史史料学会"重大规划项目，学界其他友好也多有不同形式的帮助……这些，都增添了我们做好这套《丛刊》的信心。必须一提的是，《丛刊》原拟主编四人（张剑、张晖、徐雁平、彭国忠），每位主编负责一辑，周而复始，滚动发展，原计划由张晖负责第四辑，但他尚未正式投入工作即于 2013 年 3 月 15 日赍志而殁，令人抱恨终天，我们将以兢兢业业的工作表达对他的怀念。

　　《丛刊》的基本整理方式为简体横排和标点（鼓励必要的校释），以期更广泛地传播知识、更好地服务社会。希望我们的工作，得到更多朋友的理解和支持。

2013 年 4 月 15 日

目　录

前　言

　　唐树义(1793—1854)，字子方，斋号"梦砚斋"，贵州遵义人。嘉庆二十一年(1816)乡试中举，道光六年(1826)以大挑一等分湖北补知县用，历官陕西按察使、布政使和湖北布政使，二十九年(1849)署理湖北巡抚。后居家赋闲。咸丰三年(1853)奉命往湖北镇压太平军，次年在督师作战时，船被太平军击中，战败沉江而死。

　　唐氏长年坚持写日记，稿本今存 5 部 17 册，按时间先后，依次为：《北征纪行》(2 册)、《梦砚斋日记》(1 册)、《楚北旬宣录》(共 8 册，存 5 册)、《归田录》(6 册)及《待归草堂日记》(3 册)。所记自道光二十二年(1842)至咸丰四年(1854)，为其人生的最后十三年，每部有作者自书日记题名。今为题名方便，统称《唐树义日记》。

　　兹将每部日记简介如下：

　　一、《北征纪行》2 册，所记自道光二十二年(1842)八月十七日起，至十二月初十日止。

　　二、《梦砚斋日记》1 册，所记自道光二十三年(1843)二月二十二日起，至七月初十日止。

　　三、《楚北旬宣录》5 册，前 2 册所记自道光二十七年(1847)正月十七日起，至四月二十四日止。后 3 册封面无文字，用"德雅斋"八行笺书写，所记自道光二十八年(1848)七月初起，至次年十月二十五日止。

　　四、《归田录》6 册(其中第 1 册题名《归舟安稳录》)，所记自道光二十九年(1849)十月二十六日卸任起，至咸丰二年(1852)三月二十四日止。

五、《待归草堂日记》3 册，所记自咸丰三年癸丑至四年甲寅（1853—1854）止，因 3 册日记稿皆用"待归草堂"行笺，故馆藏名为《待归草堂日记》。其中第 1、2 册题名《癸丑出山录》，所记自咸丰三年三月二十五日起，至十一月初九日止；第 3 册题名《癸甲从戎录》，所记自咸丰三年十一月初十日起，至次年正月二十二日止，即唐树义战败投江之前一日。

《唐树义日记》记载了其宦海沉浮、地方治理、居家赋闲及与太平军的战事等各个方面，并抄录了不少御旨及自己的奏折、诗文等，所载人事与史实多可印证，故其日记具有很高的史料价值。

《唐树义日记》的点校整理，得到贵州省博物馆馆长李飞先生、副馆长朱良津先生、保管部主任简小娅女士及崔丽女士等友人的大力支持。我的学生刘勇、陈晓、沈淮虎、王旭参与了日记手稿的初步释读与文字录入，龚晓燕为日记进行了公历对照标注，刘勇对全书进行了初校，用力甚勤。兹谨列叙，并致谢忱。

凡　例

一、此次整理尽量保持稿本原貌，原文不能辨识之字，用"☒"表示；原文省略或空格，用"□"表示；确定为讹误字，则以"（ ）"括出错字，后继以"[ ]"括出改正字；脱字，所补字以"[ ]"括出；衍字，用"【 】"括出。

二、稿本中多见异体字或俗写字，若非必要，一律改为简体字，不出校记。如：砲、礮—炮，菴、广—庵，嘿—默，勇—敷，驲—驿，乙——，艮—银，隄—堤，等等。

三、稿本中避讳字径改回本字，通假字、前后不一致的同一个人名则不轻改。不少人名或地名异写或误写，为阅读方便，一律改为通行正确的，亦不出校记。如：唐之楷—唐之凯，吴联陞—吴联升，王小峰—王晓峰，莫子香、莫子湘—莫子偲，佈克慎—布克慎，长新店、长兴店—长辛店，芦沟桥—卢沟桥，等等。

四、为排版与阅读方便，日记稿本中的平阙、敬格形式一律省略。

五、稿本中原小字号，用小五号字排；誊录之奏折、谕旨、诗文等文字，用仿宋体排。

六、稿本中一些钩乙补缺及眉批夹注，根据文意置于适当位置，不再一一说明。

北征纪行一（1842—1843）

余以道光十四年冬子月由汉阳府同知循例引见，蒙恩召见。十五年六月，奉旨补授巩昌府知府。十六年二月到任，十八年九月调补兰州首郡。二十一年四月朔，长白恩朴庵先生特亨额奉命总督陕甘，是年五月，有旨着各督抚于道府州县中择其品端守洁、官声素好、确有实标者保候简用，遂以菲材滥邀保荐，随奉旨补授兰州首道，仍奉朱笔圈出，送部引见，接篆受事。将及岁除，拟以壬寅三月请咨启行，适值朴庵先生因病开缺，感深知己，不能不为之料理身后事宜；且省会官事烦多，更未便翛然而去。至五月朔日，大府富海帆先生履任，又以茶务奏销伊迩，令俟完竣后再行束装，始以八月十七日得成行焉。

道光壬寅八月十七日（**1842 年 9 月 21 日**）　辰刻，自兰州启行。方伯程玉樵先生、廉访玉西舶先生送于东关，中军副将祥率六营将弁兵丁送于东关之南，山长张子青太史，余葆田、赵东浦两孝廉率三书院生童与秦芝庭比部饯于秦园，郡属各校官公送于十里铺。兰州怡云骧太守，笔帖式英黄、尚贵暨候补州牧钱昆秀、冯侍稷，候补令李品芳、郭鸿熙、张淳桂、郭曹等，及库大使刘用康、崔国锦，照磨罗祖绶并巡捕、佐贰、典史各官五十余人，公送于二十里之东关。又院司府县幕友均诣东关坡道左揖别。绅士父老，知与不知，沿途执杯攀辕者不胜记焉。是日驻定远驿，距省五十里，天气晴朗。

十八日（**9 月 22 日**）　自定远驿与章企山通守同行，罗次垣、徐信轩两刺史，徐阮邻司马，俞孟廉、萧漱泉两州牧，杨翠岩、胡云亭、方昭甫，靳□□大令，余子佩州倅，沈子香、马□□两二尹执手依依，不忍分襟，为踟蹰久之。行三十五里，至三脚城，尖。时张里亭二尹、沈子贞参军、樊伯昂副车驰具盘餐，执杯交劝。虽不能饮，实心醉焉。是日子刻大雨，道路泥泞。行六十里，宿清水驿。

十九日（9 月 23 日）　自清水驿行，与胡云亭明府同年内侄刘经历湛别。二十里至乾羊店，张鹗生参军特具豚肩，供其晨馔，盖自省至此已一百三十里矣。又三十里至车道岭，为金、安两县交界之所。金县恩明府径送至此，始别而去。又三十里至秤勾驿，宿。是日微雨络绎。

二十日（9 月 24 日）　晴。由秤钩驿行六十里至安定县，与琦乐山州牧、王校官□、黄少尉鲁江谈次，通渭令金坤一、陇西二尹黄绍瓒，均专使远送，宁远刘午霞大令则已一□前亲诣相候矣。是日戌刻，徐信轩专马来函，知其已蒙恩简放陕西榆林知府，为之狂喜，徐盖余门人，亦同登荐牍者也。

二十一日（9 月 25 日）　自安定行八十里过青岚山王公桥，至西巩驿，尖。适合水李大令晋省，道谒与谈少刻。又六十里至会宁县，李大令淳与校官典史暨绅士周西范等均于城外迎迓。李，直隶人，年三十余，治会宁甫一年，官声甚好。是夜甚雨。

安定、会宁为巩昌府属，余旧治也。父老儿童欢迎夹道，均有依恋之意。因有句云："别来风物又三年，夹道欢迎马不前。莫更攀辕诸父老，使君今去是朝天。"

二十二日（9 月 26 日）　自会宁行四十五里至翟家所，尖。又四十五里至清江驿，宿。是日晨雨，午后晴。

二十三日（9 月 27 日）　自清江驿行四十五里，至静宁州属之高家堡，尖。署州牧史竹臣明甫自省旋远复相迓，与谈少刻，遂即先行。又四十五里至静宁州秦安，明府宗春帆前一日已相候于此。是夜偕企山与两君杯酒纵谈，颇极欢洽。酉戌之间微雨。

二十四日（9 月 28 日）　自静宁州行。微雨络绎，途路颇难。四十五里至神林堡，隆德张少宇明府已于此先具盘餐，少憩即行。又四十五里至隆德县，泾州孔印逸同年、署镇原史大令彬光、庄浪徐二尹铺先于此相候,而史竹臣复追送来,因即往宿,畅谈半夕。

二十五日(9月29日) 自隆德行十五里,上六盘山,即所谓陇山也。山上下计二十里,晨曦照耀,黄叶满山,殊令人有天际真人之想。因有句云:"曈昽晓日耀行骖,溪水潺潺自在流。如此登临最佳妙,满山黄叶一天秋。"过山,山半有关帝庙,敬谒之余,偶得一联云:"事业永垂三国志,声灵远到六盘山。"与企山言,中二字均不妥帖,当再改之。是日,行五十里至瓦亭驿,宿。固原徐提军清华差弁走迓,兼馈饮馔。署观察宁香汀太守、固原牧钮书庵刺史已先一日来此守候,而张少宇、史竹臣亦先后追送,感诸君情意殷殷,留连不去,纵谈至子刻始散。是日丑寅间大雨,申酉雨势亦盛。

二十六日(9月30日) 自瓦亭驿行四十五里至安国镇,尖。已入平凉县界,县令杨裴臣明府景彬与余同乡,远道相迎,畅谈炊许,因即趱行。道中望崆峒山灵气往还,扑人眉宇,惜不得登临为憾。又四十五里至平凉郡,太守达君来谒,时华亭令刘君发☐已三日前来此相候,史竹臣亦复追送至此。因同于县斋聚饮,至子刻始散。是日晴。

先是,同年袁瑞卿来守平凉,官好民安,诵声载道,未二年而君即下世。余时在兰州,为之倡率倾助,共得三千余金。因其长君年已三十,无所成名。孙又幼小,家徒壁立,且负债累累,遂函嘱杨令为之料理,俾瑞卿夫妇灵榇先归其家。属即暂憩此间,因为长君治华报捐州吏目,孙世兄报捐双月县丞,另以一千金交罗次垣同年,长年一分生息,少佐薪水。尚余五百余金,即于是日招治华来座,面交杨令代为收存,俟明年三月服阕后以此分发,并谆谆相劝努力显扬。庶可以对亡友于地下乎!

二十七日(10月1日) 自平凉行七十里至白水驿,宿。路平坦,夹道浓阴,天气晴霁,行人甚畅。是日得子香廿四省中来信,以折弁顺致,故甚速也。

二十八日(10月2日) 自白水驿行八十里,由回中山下渡泾河,又三里至泾州,宿。署宁州牧丁令元淼、署崇信令董倅正谊均迂道迎迓。是日天气晴朗,差役方致和等回寄家信一函。

二十九日(10月3日) 自泾州行五十五里至瓦云驿,丁署牧为具盘餐,与企山同饭。丁牧即于此分道回宁。行贰拾里为陕甘分界地,平芜一望,菽黍芄芄,天高气清,心目开朗。又二十五里至长武县,宿。署令郑。庆崧,广西进士,人极老成体面。

回中山上有王母宫,相传武帝时西王母乘五色云降,因立祠。陶毅《碑记》。

九月初一日(10月4日) 由长武县行四十里至亭口,尖。又四十里至邠州,宿。州有姜嫄、公刘二墓,有古公城。午后微有雨意,申正小雨,缘溪上下,霜叶红黄,枣、栗、柿、梨,其实累累。按辔徐行,亦途中佳景也。知州张坦,浙江人。

是日得立夫津门书,中言夷事颇悉。

初二日(10月5日) 晴。张刺史清晨走送,年七十余,须发皓然而精神尚健。承以舆夫相助,行七十里,过穆陵关。至永寿县,上山下山,途甚险峻。午后山风颇厉,到已申初,势不能前,亦只且住为佳矣。县令郭相南,字丙轩,四川人。

初三日(10月6日) 晴。由永寿行四十里至监军镇,尖。又五十里至乾州,距州城三四里许,山半乾陵在焉。问州卒杨君,云狄梁公墓亦在其下,盖皆荒芜满地矣。

署知州陈君尧书,福建人。

初四日(10月7日) 由乾州行,逾梁山遥望九嵕、五将诸山,联络峥嵘,气象殊伟。计四十里至醴泉县。唐太宗昭陵即在九嵕,魏徵、房玄龄、杜如晦、虞世南、李靖皆陪葬焉。又七十里至咸阳县,即秦皇建都之地。周文、武、成、康,汉高帝、景帝,周公、太公、萧何、曹参、张良、周勃诸陵墓皆在其地。南通巴蜀,东接长安,渭沣合流,盖关中最为冲繁之区也。是日晴,县令徐君,南州政声甚好,甫以保荐展觐回任,与谈半夕始散。

见刈黍者口占

妇子相携刈野田,自歌自乐若忘年。那堪于役劳劳者,怳见羲皇以上天。

初五日(10月8日)　由咸阳出城一里许,渡渭河,又二里许,过沣桥,计五十里抵长安,署中丞陶子俊方伯、署方伯傅秋坪廉访,署廉访刘鉴泉、粮储观察方仲鸿两同年,那理堂、吉秋茹两观察,首府贵秀岩太守暨将军、都统两首县均差人远迓。入城后,随走诣诸君,一一相见,至酉正始还寓所,亦倦极思卧矣。是日晴。

初六日(10月9日)　晴。与林太史汝舟镜帆相见。是日午后,子俊中丞招同秋坪、鉴泉、仲鸿、理堂小饮,至子刻始还。

初七日(10月10日)　晴。作家书一函,并寄海帆大府、玉樵、西舶、云骧、漱泉、子香诸君书,午后赴仲鸿同年署小饮,极欢,亥正散。

初八日(10月11日)　与长安诸君子别,企山亦改车为骡轿同行。出城十里过浐桥,又十里过灞桥,又三十里至临潼。县公廨在城外骊山下,即华清池宫故址也。山东为东绣岭,西为西绣岭,山顶有老母庙,所谓骊山老母者是。公廨之西,温泉在焉。渭水在前,远山如黛。平芜一望,沃野千里。署县令潘君政举号树人,安徽怀宁人,亦矫矫自好者,与同乡邱小芙刺史来谒,因留共酌。

初九日(10月12日)　晴。由临潼行八十里至渭南县,又二十五里至赤水,宿。土地平旷,山水清远,景象与临邑同。出渭南一里许,始见小舟张帆,顺流而东,为之怡然。盖自楚至甘已七年余,未见舟行矣。是日为重阳节,先是,在西安刘鉴泉、方仲鸿两同年强留余与子俊诸君登牛首,谒杜少陵祠。昨到临潼潘明府,复留余小住,上登骊山,因先大夫忌日,皆力辞而行。故道中作诗云:"匆匆佳节又重阳,回首徒深远道望。把酒任人高会去,排愁聊复小诗偿。儿孙应解鸡豚供,松桂遥知蔽阴长。先大夫坟前皆种松桂。二十三年弹指顷,那堪青鬓已成霜。"

初十日(10月13日)　晴。由赤水行,一路看山。四十里至华州,又六十里过华阴县,至西岳庙时方申正,亟诣庙游憩,桧柏森茂,虽非汉唐所植,殆亦二三百年物也。庙后万寿阁望太华三峰,灵气逼人,别开真面。月上时复与企山诣庙之西角,徘徊观望,景象又觉不同。询之道士，云晨光甫照，直射中峰，更复楼殿玲珑，不可方物。拟明辰仍往登览也。齐哲若之长君来见，并馈双鲤，亟烹食之，眼福口福，今日何俱得此也！

苍翠千峰拔地奇，万株霜树实垂垂。诗情画意知多少，便取华州道上时。饱看山色不知程，一日华山眼里行。三面相看浑不似，到来才详此山尊。

十一日（10月14日）　晓日初出，亟与齐世兄同往万寿阁前，仰观华山，阳光正照，仙掌一峰，如指掌然。诸峰罗列，山色一碧，灵气端凝，使人望之，迥忘尘世，始知山灵自有真也。行三十五里至潼关，秦岭在右，黄河在左，下瞰陕汝，天然险要，实为陕甘门户。时已巳正，署观察刘燕亭同年偕潼关司马濮君出郭相迎，随复河干走送。亟渡河，入山西界，行七十里至午正，雨数十点即晴。永济县之坡底，宿。距蒲州城仅三四里，到及日暮，望城垣已觉模糊，似甚壮阔。县令周君，广西人。

十二日（10月15日）　由永济行七十里至樊桥驿，土地平旷，风气醇朴。是日天色开朗，远望中条山千峰峭削，蜿蜒绵亘，当有数百里。驿为临晋县属，距县城十五里，县令鲁君鸿畴，先为湖北安陆府参军，与余同官，相别十二年矣。爱而不见，我劳如何？

十三日（10月16日）　晴。由樊桥驿行七十里过临晋界，又过猗氏界，至安邑之北相，宿。过舜陵，在安邑境有石坊焉。中条山尤在目也。邑令宋君渊□。

十四日（10月17日）　晴。由北相行五十里入夏邑界，过涑水，系司马文正公故里。又四十三里至闻喜县，宿。署令贾君，河南人；前任华君，天津人，官声甚好，已调阳曲。

十五日（10月18日）　晴。由闻喜行八十里至侯马驿，时方日午，晤侯马巡检刘君。知平阳史通守直斋已由隰州回任，久闻此君善相人。因趱行三十里至高县镇，宿，以便明日早到平阳也。高县镇属曲沃。

十六日(**10 月 19 日**)　由高县镇行,过太平、襄陵,入临汾县界,又十五里至平阳府城南驿馆。通守史君来纵谈,至戌正始散。其相法在即离间,与所谓水镜、麻衣、柳庄者不同,谬蒙推许,亦未知其言如何也。县令张君,甘肃人,闻政声甚好。

十七日(**10 月 20 日**)　由平阳府行六十里至洪洞县,又三十里至赵城县,又三十里至霍州,宿。霍山为五镇之一,山峰不多,亦不甚高,特形势绵远,远而望之,自具尊严,宜其与太华诸山并重也。出临汾,过皋陶故里,将至赵城,过豫让桥,入赵城县,过杨昭节祠。昭节名延亮,湖南癸酉解元,有句云:"一事怕贻千古笑,百年能见几人兴?"读之殊有奇气,乃以进士改知县赵城十余年,而竟被难于此,亦可哀矣。闻君被虐之前数日,曾自题诗云:"我本不欲生,忽然生在世。我本不欲死,无端死将至。一死与一生,其理本无二。从此天地间,又多一件事。"似其被难若前知者,亦何故欤?

十八日(**10 月 21 日**)　晴。由霍州五十里过逍遥岭,又十里至仁义驿,尖。又十里过韩侯岭,又三十里至灵石县,一日在霍山对面行,乱山高下,登陟险峻。北来第一次,行路难也。灵石为霍州属。署州牧陈君,安徽人,已升代州刺史,前洪洞令也。

十九日(**10 月 22 日**)　晴。出灵石县十五里,豁然开朗,土地平旷,民物繁丰,循霍山而北,共八十里至介休县,宿。

廿日(**10 月 23 日**)　五鼓,由介休行四十里至张兰镇,又四十里至平遥县,又七十里至祁县,宿。是日午后,大风扬沙,颇有雨意,署祁县陈君,福建人,望坡先生之三公子也。与谈炊许,少年老成,公事甚明达,气宇亦开展。贤者有后,为之快然。

廿一日(**10 月 24 日**)　五鼓,自祁县行六十里至徐沟县,尖。大风连宵,至是始息,微雨蒙蒙,山野雾蔽,时方巳正,冒雨北行,直至三鼓始达。王湖为榆次县属,距县城十里,距太原六十里。

榆次晓发

黎明雀声喧,雨歇行人喜。呼舆亟首途,山色青如此。林端露微曦，去去马如驶。北望太原城，相隔不百里。中有小心人，欲往竟莫致。光辉不可接，相思何能已。

廿二日（10月25日） 阴。昨午与企山徐沟尖后先行，讵因雨路泥泞，骡夫不能前进，距王湖二十里即已止，宿。因亦稍待。至辰正始由王湖行七十里至寿阳之太安驿，宿。始则泥重路滑，继则山石嵯峨，七十里直如百里，于酉正始到。此地距徐沟仅百余里，昨日彼间微雨，此则甚雪，路过山坳，犹未消也。

廿三日（10月26日） 晴。与企山于卯正在太安驿，行五十里，过童子河，至寿阳驿，尖。又五十里至盂县之渣石驿，宿。

见齐方伯于廿二日灯下专函，遣使走送，并致程赆百金，廿三卯刻到太安。物不足重，情殊可感。作书谢谢。廿三在渣石发。

廿四日（10月27日） 晴。由渣石行五十里，过南天门至平定州，尖。署州牧为保德莫刺史，名兆文，号艺农。吾师瀓山先生之令坦也。由孝廉出宰山右，洊升州牧，两次明保，上年又列入卓异，其官声政绩啧啧人口。五年相慕，一见倾心，真不愧吾师之婿，快慰何如！惟与谈次，惊悉瀓师去岁七月得中风疾，今正竟归道山，海内典型又弱一个，何天不佑善人也！是日陕兵回伍，过平定境，急急启行，四十里至桥头，宿。

廿五日（10月28日） 四鼓，由桥头行八十里至柏井驿，又四十里至甘桃驿，归平定属。又五里为山西、直隶交界处，又三十五里过井陉县，又三十里至井陉属之微水镇，宿。是日午前微阴，未正油然作云，大有雨意。申初微雨，然望剑山、苍岩诸峰，犹青翠挹人也。

廿六日（10月29日） 由微水镇行四十里至获鹿县，又六十里过滹沱河，至正定县，宿。出获鹿数里后，豁然开朗，天地低昂，一目千里，回望西晋诸山，层峦叠嶂，苍翠峙持，如在画中，心目快然。因有句云："成日层峦叠嶂行，好山多半不知名。回头更觉清苍甚，翻悔山中领略轻。""天地低昂望眼纡，前程从此任驰驱。谁知万壑千岩里，多少艰难始坦途。"正定令张君复吉，云南人，与余同丙戌大挑，别来十七年矣。彼此相见欢洽。平生回忆少年，都如昨梦，为太息者久之。是日晴，在获鹿县，企山分道至栾城，约以保定再合，亦未知能否也。

廿七日（**10 月 30 日**）　晴。五鼓，由正定行四十五里至伏城驿，尖。又十里入藁城县界，又十里入新乐县界，又卅五里过新乐河至县城。又十五里入定州界，又十里至明月店，宿。

廿八日（**10 月 31 日**）　晴。五鼓，由明月店行，残月挂林，凉风满树，颇觉寒气逼人，廿五里至定州，又三十五里至清风店，尖。又三十五里过望都县，又二十五里至方顺桥，是满城所属地。县令为陶篆泉明府，与余自江夏县别，今十年矣。同乡至好，企念甚殷。午后自县追迓来此，相见甚欢，纵谈至亥正始散。是日晴。

廿九日（**11 月 1 日**）　五鼓，自方顺桥行十五里至陉阳驿，又四十五里至保定府。时节相近堂宫保师尚在津沽，闻数日亦即入都，三公子东之差弁于二十里外相迓，固原胡卓峰军门带兵回伍，尚留公廨，因先诣问讯，即共晨餐。饭后至院署与东之畅谈数刻，其器宇从容，胸襟开展，叩其所学，颇自不凡，德门之裕，为吾师欣慰无已。出署后，随诣文东川廉访、陆费春帆方伯处还拜。晚与卓峰、东川在藩署小酌，至戌正始散。是日晴。

卅日（**11 月 2 日**）　四鼓，由保定行五十里至安肃县，东之公子遣弁送至此，问犹欲前行，亟阻止令回，在县城南早餐，行六十里至定兴县属之北河，宿。是日阴。企山昨日亦至保阳相合，又同行矣。

十月初一日（**11 月 3 日**）　四鼓，由北河行七十里至涿州，过桥又五十里至窦店，宿。是日晴。

初二日（**11 月 4 日**）　五鼓，由窦店二十里过良乡县，又三十五里至长辛店，焯儿已先至此，离余六载，今始相见，为之稍慰。因令速返都门赁觅旅馆，并遣行李上务。与企山约明辰入城，故是日即宿此间。午后无事，以围棋排遣，亦途中乐境也。是日晴。酉戌之间大风。

初三日（**11 月 5 日**）　寅正，由长辛店行五里至卢沟桥，又三十五里入都城，住西河沿日升店，随与周子俨驾部相晤。焯儿夫妇寓其宅内，孙儿绳祖生已三年，始得牵衣，气体似尚结实，亦颇聪俊，稍为心慰。黄吏部琴五闻余已至，遣使招饮。因亟往拜，别已十七年矣。相见甚欢，时花思白侍御与子俨在座，谈至戌刻始散。是日巳初微雪。

初四日（11 月 6 日）　晴。辰往正阳门、关帝庙行香回寓。思白暨令弟子江扬、心畬给谏，琴五、兑眉昆仲先后踵至，纵谈数刻。而薛晋甫刺史亦来，相别亦十七年，不意又于此相遇。问其近状，颇觉抑塞，已不复张绪当年矣。申正，偕至思白寓晚饭，纵谈时事甚畅。戌初回馆，与周十夫刺史遇。

初五日（11 月 7 日）　辰刻入宣武门，至甘石桥，门人那谦为前汉阳通守哈有斋之子，年二十五，已举孝廉，颇能用功，故人有子，为之心慰。随至魏儿胡同，晤春介轩侍读，知朴庵师灵枢已暂厝祖茔，明年冬间方能卜葬，知己之感，重为恻然。介轩比邻为保菊庄之次君全盛，年三十九，器宇甚开展，才美可喜。又至定府大街，为怡云骧之长君延禧宅；又至后门宽街，为兆松岩之四兄巴□宅，均与相见。随出东华门，至八宝店，时江翙云工部方自直庐归，三载神交，一朝握晤，纵谈数刻，各揭心期，快甚，快甚！是日晴。

初六日（11 月 8 日）　晴。辰正三刻赴吏部验到，后随至思白处与琴五、心畬、子俨、紫江诸君畅谈，至戌正回寓。

初七日（11 月 9 日）　晴。辰刻至安定门恩阶六符宅，谒其太夫人，年已五十一岁，抚孤守节垂三十年，幸阶六少年老成，近援例捐纳州牧，并有三子，为之心慰。随偕阶六至近堂师宅，与检之遇，名蕴秀。时方萱堂庆寿，因观演一出。回寓已及酉正，适甘弁送家信至，灯下草草复书数函，并与十夫谈至亥初始散。

初八日（11 月 10 日）　晴。辰正一刻，全明府盛来谒，与谈炊许，值琴五至，两家子弟材智，各道因类而教之方，议论甚畅，亦甚欢。随赴薛晋甫招，与思白、心畬同酌，散后还拜朱致堂少司马、侯叶唐阁学,略叙别怅。又诣同年赵蓉舫副宪,未值。还至琉璃厂延寿寺,与心畲、晋甫同诣陆心鉴,细谈课命,谓余半年内必有两粤两淮鹾使之命,姑存记之,以俟验否。

初九日(11月11日) 晴。辰起,王芮川刺史来谒名宠三,前任岷州,余守巩昌时属吏也。与刘慕堂比部为姻家,细询慕堂近状颇悉。饭后答拜诸君,随与江翔云主政畅谭,始知戴云帆水曹相距甚近,因诣云帆,夜话至一鼓后始还。

初十日(11月12日) 辰刻,恩阶六来寓,始觉即起,留共早饭,谈约两时。全世兄亦来,至午初刻。因连日酬应甚倦,亟走促周十夫刺史往庆和园观三庆演戏数出,回值刘鉴堂兄弟、叔侄偕来,略叩近状,即已二鼓,不能不解带卧矣。是日晴。

十一日(11月13日) 辰起,诣琴五处小坐,阅其文郎制艺,笔甚蓬勃,美伟之气,迥不犹人。故人有子,为之心快。随偕琴五赴思白、心畲之招,在座为赵蓉舫同年,居停为薛银槎,饮馔极精妙,饭后手谈,至二鼓始散,是日晴。

十二日(11月14日) 辰起,那久峰已自城内来约,同企山赴东兴居早酌,随与久峰至打磨厂皮局回,适部友信来,引见之期又改于十九日,居大不易,而牵延又多数日,心殊怏怏然亦无可如何也。是日晴。

十三日(11月15日) 晴。辰起入城,由宣武门至西单牌楼林清宫谒许大司马滇生,别十五年矣。茗烟道故,颇极款洽。随诣西华门内经板库,谒陈伟堂少司农,不值,与其公子介祺晤叙,少年老成,不愧大家子弟。复答拜他友。出城至贾家胡同,吾师廖钰夫君子时方奉命南河查办工程。与世兄晤,年才十六,细询吾师精神眠食甚悉。又晤汪衡甫同年、朱朵山农部,回寓已酉正矣。

十四日(11月16日) 辰,周十夫、王芮川两刺史招同刘慕堂比部、章企山通守、薛晋甫刺史小酌,并邀赴广和楼观演春台部杂剧。慕堂寓宣武门内,至好久违,以隔城故,连日彼此相访,均不获见,甚切悬思,始得把酒纵谈,兴复不浅,今夕何夕,此乐无涯! 回寓已及亥正。是日晴。

十五日(11月17日)　辰起,宁香汀太守之长君□□水部来谒,思白侍御、吴伟卿比部同年先后亦来,谈数刻,随与那久峰、刘慕堂赴东兴居小酌。晚至王翠珊比部同年宅畅谭,天街夜色明如许。乘兴而归,亦戌初三刻矣。是日晴,昨夜甚风。

十六日(11月18日)　辰起,至宣武门内帘子胡同晤刘慕堂,又至西华门内谒陈伟堂先生。先生为子英弟戊子座师,公忠和厚,颇为海内所重,尤善相人,谓余晚境甚佳,不审果如所言否。午初,出城答拜交好数人,随至棉花七条胡同贵州会馆,时儿子已携妇、子移居于此。酉戌间,子俨、琴五先后偕来谭,至戌正始散。是日晴。

十七日(11月19日)　晴。得部中传知十九当引见,因即料理赴国,适近堂宫保师亦由津沽勘工诣都,寓吉升堂,相去数武。三年不见颜色,奏对之余,正可亲炙数晨夕也。

十八日(11月20日)　晴。四鼓入朝,谒近堂师于朝房。午正,谒于行馆,畅谈数刻,问近状甚悉。晚归寓中,月色甚明,山色湖光,尘襟一涤。酣卧半夕,入京以来第一日安逸之境。

十九日(11月21日)　黎明入朝,巳正,于勤政殿引见。申正,谒鹤舫相国,谈至酉初。又谒祁春圃大司农于近光楼,风甚,回寓。

二十日(11月22日)　辰正,诣朝房,迎晤近堂师于奏事门外,时上方将诣太后宫请安,军机、御前大臣皆排班拱卫,与东之同在九间房瞻仰天颜。巳正回寓,因往谒芝轩相国、雨人少司马、鹤汀大空。鹤汀先生年才四十五岁,器宇轩昂,忠正和平,且清风亮节,颇有秋潭相公之风。纵论时事,小献刍荛,颇邀采纳。察其虚己下人,他日勋业必有可观者,真足上得贤臣颂也。申正,复至翙堂水部处答拜,归适企山来,相与晚饭。是日晴。

廿一日(11月23日)　预备召见,于寅初捧谢恩折诣奏事处呈递,随与企山至吏部朝房,坐而假寐。卯初三刻,近堂师亦来。卯正三刻，叫起因同至奏事房待命，义以第一起，于辰初二刻诣勤政殿东书房，上靠西面东坐，义免冠碰头奏："臣唐树义叩谢皇上天恩。"上问："尔因何事来京引见？"奏："前任陕甘总督恩某遵旨保举，奉朱笔圈出调取引见来的。"上问："尔不是两次明保吗？"奏："臣十四年冬子月，经前任湖北督臣讷尔经额奏准，升补汉阳同知，咨赴部引见，蒙恩召见一次。十五年六月，即蒙皇上天恩，特放甘肃巩昌府知府。"碰头。上问："尔在巩昌府几年？"奏："三年。"上问："后来呢？"奏："调补兰州府知府。"上问："尔调过首府？在首府几年？"奏："三年。"上云："记得尔首府、首县均都做过，首县不是长沙县吗？"奏："是湖北武昌府江夏县。"上问："尔这兰州道做过几年？"奏："一年。"上问："尔是由举人大挑的吗？"奏："是。"上问："为甚么不中进士？没有会试吗？"奏："会过五次试。"上云："尔会过五回试，为甚么不中？没有出房吗？"奏："出过房。"上云："出房怎么不该中？尔是那里人？"奏："是贵州人。"上问："尔署过臬司没有？"奏："皇上放臣兰州道时，臬司王兆琛甫经到任。"又问："尔署过藩司没有？"奏："那时藩司程德润亦到任未久。"上云："尔藩司、臬司都未署过？"奏："是。"上随训诲云："凡做官，总要始终如一，这'始终如一'四个字，不单是做官，做人亦该如此。断不可始勤终怠，尔想，尔从知县做起，如今已做到道了。要是不好，如何能勾如此？以后越往上，越该实心实力、始终如一识具。尔今年四十几岁？"奏："臣今年五十岁。"上云："尔今年才五十岁，正该实心实力往上巴结，若是始勤终怠，便没有出息了。"随欠身命出，因碰头奏："臣断不敢辜负皇上天恩，谨遵皇上圣训！"随侧身回，立出。时近堂师尚未出宫，因与恩阶六、衍东之、章企山、全时斋、延禧同在九间房坐待，至巳初回寓，适黄琴五来视，同早饭毕。复诣近堂师寓谈四刻许，顺至芝轩相国处拜辞。又至春圃大农处，值王莲洲侍郎在坐，谈一刻许，莲洲先行，余亦倦极欲归，春圃先生复拉回纵谈，并议论人才、时事，至上灯时始归。与阶六小酌。又纵谈吏治，神气为之复振云。春圃许惠楹帖，并有嘱致海帆制府、玉樵方伯事，又有嘱余代查事,回甘时当一一寄复之也。

廿二日(**11 月 24 日**)　辰起大风,申正诣鹤汀大空处辞行,畅谈二刻许。又诣鹤舫相国处辞行,适出门不值。又至雨,入少司马处谈少许,随晤宗笛楼舍人,畅聆清谭,娓娓动听,使人之意也消,真不愧有道之士。又晤汪衡甫祠部,回寓时已酉正,风色仍甚,是日晴。

廿三日(**11 月 25 日**)　辰起,心畲给谏因递封奏还至寓中,适将早餐,遂留共酌,随各登车。余由后门至宽街访巴公,始知令弟松岩观察展觐将至,小话片时,即由东华门循城出正阳门,诣江翊云水部,午饭同酌者为云帆水部、子俨驾部,相与尽欢。子俨、翊云复拉同云帆至蕊仙寓中夜酌,至三鼓,回棉花胡同寓。时内兄恪广孝廉由通州来,以未见余,犹相待不去云。是日晴。

廿四日(**11 月 26 日**)　晴。巳正,为贵州同乡招饮,同坐者为周听松太守。午后,复赴邓至之封翁之招,二鼓还。诣王萃珊同年,茗谭至戌正始回。

廿五日(**11 月 27 日**)　巳初。赵蓉舫副宪、朱致堂少司马、戴云帆水部同作主人,招同思白侍御、心畲给谏饮于蓉舫同年宅,至申初始散。随往谒祝蘅畦副宪,小山亲家之会房师也,相与叙小山近日光景,不置。至酉正回寓,翊云又来小话,至戌正散。是日晴。

廿六日(**11 月 28 日**)　辰起,入东城至恩阶六宅早饭。时近堂师女公子出阁,因往贺喜。适何子贞太史在座,相与畅谭,几不忍舍。盖余与子贞闻声相思已十余年,不图于此相见,实意想不到,故其语尤挚而情益洽焉。子贞随出城,余复至宽街访松岩,谈至申正,始出城还寓。是日风甚厉。

廿七日(**11 月 29 日**)　晴。辰起,诣西城与许滇生同年别。随至春介轩寓小话,又至全世兄盛宅中坐良久,时陈伟堂先生招同李芸村诸公宴集,饮至申正始散。适余门人许茨堂农部以丁外艰将行,因至天门馆话别始归,已二鼓后矣。

廿八日(**11 月 30 日**)　辰,黄琴五招同子贞小酌,相得甚欢。因与子贞结忘年交,彼此往还,爱不忍舍,是亦三生石上旧精魂耶? 与宗笛楼皆无心遇之,不可解已。

廿九日(**12 月 1 日**) 巳正,与诸公别。慕堂□次□不可言,又以百金赠之。乘舆出彰义门,周十夫独送余至普济堂,茶话而去,余始不觉有离别之感焉。至卢沟桥刘春辉司马署,又谈二刻许,行十里至长辛店,坐少许,儿子始携其妇、子至,已酉正矣。是日晴,夜中大风。

十一月初一日(**12 月 2 日**) 因车辆尚未齐集,留新店半日,行五十里至窦店,宿。是日风甚。

初二日(**12 月 3 日**) 晴。四鼓由窦店行,过涿州、新城、定兴各州县,共一百卅里至北河,宿。

初三日(**12 月 4 日**) 晴。四鼓,自北河行,过安肃至保定,宿。章少青四千两票一纸,请留甘,以知县即补;沈子香一千八百两票一纸,请以县丞留甘,尽先补用;刘湛七千两票一纸,请以知县留甘,即补。于是亲交陆费方伯,据云月内可以出奏。

初四日(**12 月 5 日**) 四鼓,由保定行,巳初至方顺桥,为满城县属。陶篆泉闻余来,驰出相见,因与共晨餐,随各分手。行三十里过望都,县令萧君道迎,并赠余《乙斋诗集》二卷,舆中披阅一过,诗尚清凉,惜未遇方家指订,故篇幅稍狭耳。又三十里至清风店,宿。是日晴,天气甚暖。昨夜作立夫书,今交篆泉代投。

初五日(**12 月 6 日**) 五鼓,行三十里过定州,又三十里至明月店,尖。又三十里过新乐县,又二十里过藁城县属地,又五里至正定县属之伏城驿,宿。是日晴,暖如昨日。

初六日(**12 月 7 日**) 四鼓,由伏城驿行四十五里至正定县,过滹沱河,又十里,尖;又五十里至栾城,宿。是日天气晴朗,滹沱河皆结冰如镜,平芜一望,河光树色,风景殊佳。记道光乙未携内子过此,不觉八年,而情景犹如昨日。因有云:"陌上花时春正芳,八年回首好风光。滹沱河里冰如镜,重照萧郎鬓已霜。""之子曾无远别离,肯耽风月故迟迟。闺中莫再金钱卜,为报归期已有期。"

初七日(12月8日)　四鼓,由栾城行五十里至赵州桥,尖。六十里至柏乡县,宿。是日暖甚。

初八日(12月9日)　四鼓,由柏乡行六十里至内丘县,尖。又六十里至邢台县,宿。是日微阴,手足颇有寒意,以前两日卜之,殆将雪矣。

初九日(12月10日)　四鼓,由邢台行三十里过沙河县,又廿五里至塔连店,尖。又十五里过临洺关,为永年县属。又三十里过吕仙祠,是卢生梦处,停舆稍憩,道人烹茗以待,因纵观题壁,除故人王鲁之四绝句外,一无佳者。海内才人只此数子,而半皆落托,安得不令人兴盛衰升降之感也!

卢生庙题壁

卢生睡未醒,道人不知处。我方寻梦来,更谁携梦去。黄粱熟犹未,日色已将暮。伫立道旁,徜恍亦何遇。人海叹茫茫,浮生等朝露。驰驱纷经营,谁能葆其素?究竟何所图,自亦莫知故。若云梦非梦,明明有一寤。若以梦为梦,梦果有所据。何如混沌初,梦醒两无与。不详与不知,一笑大觉悟。质之飞仙人,此言或非误。

又二十里至邯郸县,宿。是日晴,午后暖甚。苍茫平野晚烟寒,放眼乾坤道路难。往事思量都梦幻,卅年七度古邯郸。

初十日(12月11日)　晴。五鼓,由邯郸县行五十里至杜村,尖。又二十里过磁州,又三十里过漳河,是直隶、河南交界处。又一里余至彰德府,安阳县属之丰乐镇,宿。到店方未初一刻,适前安西州陈秋谷光澜亦以明保请咨引见,道出此间,来谒,探询甘肃近事,均甚安善,心为之慰。与秋谷谭至酉刻始散。

十一日(12月12日)　五鼓,由丰乐镇行四十里至彰德府安阳县,又四十里至汤阴县,又二十里至汤阴属之泥沟驿,宿。是日微阴。

十二日(12月13日)　五鼓,由泥沟驿行五十里过淇水至淇县,又六十里至卫辉府汲县,宿。是日微阴。午后到店,余偶腹痛,至戌正始愈,当是滞塞所致。

十三日(**12月14日**)　四鼓,由汲县行五十里至新乡县,尖。又四十五里过获嘉县,又二十五里至狮子营,宿。是日微阴,午后大风。好友陈特夫孝廉去春以计偕入都,至获嘉道中病故。得六泉明府遣使为之经理,灵榇始归。自与君江夏别后,迄今十年,不意竟成永诀。今过此地,不禁思之泣然。

十四日(**12月15日**)　四鼓,由狮子营行三十里至修武县,又廿里至大王镇,尖。又三十里过黄侍郎铺,随过武陟县属地,共三十里至河内县属之清化镇,宿。镇有怀庆同知驻扎,商贾云集,颇为繁富,其西则太行山也。余昨由晋入都亦过此山,今则腹背俱亲历矣。是日晴,辰、巳、午皆风。

十五日(**12月16日**)　四鼓,由清化行四十里,过沁河,至怀庆府河内县南关,尖。又三十五里入孟县界,又二十五里至孟县南关,宿。是日天朗气清,道路平坦,到及午正。记丁丑年侍先大夫官钦州时,知其乡先达冯鱼山先生曾游河南,修《孟县志》,体例考核极为精严,足与康对山《武功志》、韩五泉《朝邑志》相匹。又韩文公墓道经先生参互考证,始确切不移。今过此间,既得瞻公祠宇,因亟从邑令梁君索《县志》读之,二十五年前一重翰墨因缘,始为释然,幸事亦快事也。

十六日(**12月17日**)　晴,四鼓,由孟县西南行三十五里至孟津,渡河时圆月始坠,初日方升,其光熊熊然。从嵩山而出,太室、少室如在目前,太行、王屋诸山周列环卫,河水亦复清浅,殊非滚滚黄流,顾视清高,良足快意。约一时许,经舟登陆,又六十五里逾芒山,至河南府洛阳县,宿。

十七日(**12月18日**)　五鼓,由洛阳行四十五里至磁店,尖。又二十五里至新安县,距县一里许即汉函谷关,四山围绕,一关当冲,颇称天险。县令刘君走迓,与谈一刻,以兵差过境、民力不及为念,亦古道人也。又三十里过涧水至铁门,宿。是日晴。

十八日(**12月19日**)　四鼓,由铁门行六十里至渑池县,过会盟台,又廿里至土濠,又廿里至观音堂,宿。过土濠时,渑令王君以伺兵差,故在其地,承相迓,茶叙一刻余。令为湖北人,盖以余曾任湖北故也。是日辰巳间阴甚,疑即将雪。午后复又晴霁,然而农民盼雪甚殷矣。观音堂为陕州属。樊城至陕者,由此合道。

十九日(12月20日) 五鼓,由观音堂行二十里过峡石,又五十里至磁钟,宿。东来之道,此为第一险峻。是日阴甚,巳午间天有雪意。

二十日(12月21日) 五鼓,由磁钟行三十里过陕州,又十五里至桥头沟,尖。又四十五里至灵宝县,宿。是日辰巳间层云密布,颇似将雪。未正复晴。至此与儿子另店宿,以明日将赶站至潼关,拟廿四先到西安料理一切,以便早日西行云。

廿一日(12月22日) 四鼓,由灵宝行六十里至阌乡县,是女娲、黄帝葬处,邑令李君福源,号容海。道逊,服蟒衣,始知是日为长至节。因诣县署辰餐,同酌者为幕友顾君,与李同卿纵谈往事。先是,余入都时,道出华阴,齐招若之世兄来见,论及地方官贤否,盛称容海为循良最,并道及其政事数端,余心志之,以将由晋赴京,故不果。过阌,闻声两月余,今始得见,古心古貌,信为有道之士,拟将达诸豫中当事,以为有佳风焉。午初,由阌乡行六十里至潼关,是日始似欲雪,继则微雨,直至酉初始到,盖百二十里竟有一百五十七里。灵宝至阌六十里,有七十三里。阌乡至潼关六十里,有八十四里。同年刘燕亭观察率厅属诸君出郭相迎,遂至观察署中小酌,谈至一时许,至寓已亥初三刻矣。

廿二日(12月23日) 五鼓,由潼关行三十五里至华阴庙,尖。又六十里至华州,宿。是日欲雪不雪,微雨蒙蒙。太华诸山,云封雾锁,均不可见,惟有古木枒槎、乱石嶙峋而已。因有句云:"百里名山都未逢,我来偏值雨蒙蒙。山灵似厌尘容俗,故把真形烟雾封。"

廿三日(12月24日) 由华州行。辰初至渭南县,尖。巳正过新丰镇,未初至临潼县,县令刘君,建溪,号闻石。福建长乐人,气象颇阔大。是日微雪。

廿四日(**12 月 25 日**)　由临潼行,巳初至西安,将军、巡抚以次均差人出郭相迓。到寓时,方仲鸿同年、那理堂观察即来晤谈。随往拜署中丞陶子俊暨秋坪方伯、鉴泉廉访、理堂、仲鸿两观[察],即于鉴泉同年处晚饭,回寓已及酉正。石芸斋、徐信轩两太守尚在寓,延候纵谈至一时许始散,是日亦微雪。

廿五日(**12 月 26 日**)　辰正,往拜林镜帆太史并与订交,太史为少穆先生之长君,年甫二十九岁,便便腹笥,经济甚为留心,人极安详定静,不愧名父之子,他日立朝,与少翁后先继美,真足方诸范文正、忠宣父子也。随诣璧星泉将军处谒见,彼此皆四年以前闻声相思,一见均极倾倒,纵论时事至一时许。以彼其才,于国事大可有为。惜其年已六十有五,而耳力稍衰,有如此才而不早用,岂非宰相之过哉?申正至理堂处聚饮,在座为秋坪,余则鉴泉、仲鸿与豫星阶太守,皆丙子同年,相叙甚欢,至戌初始回寓所。而徐信轩犹在寓延候,旧雨情殷,亦殊可感。是日申、酉、戌、亥大雪,积地约五寸许。

廿六日(**12 月 27 日**)　快雪时晴。辰起,信轩太守来谈炊许,饭后走晤长安令陆君,又答拜费秀岩太守、豫星阶太守、方仲鸿同年,随赴子俊署中丞之招,至亥初始归。

廿七日(**12 月 28 日**)　阴,辰起,镜帆来谈五刻余,秀岩太守,咸宁、长安两令尹同来,又一刻余,饭后随诣子俊署中丞处拜辞。申正,赴秋坪之招,同酌者为理堂观察,仲鸿、鉴泉、星阶三同年,至戌正始散。

廿八日(**12 月 29 日**)　巳初,由西安启行,自中丞以次,均差人走送。雪晴云旦,江天一白,终南、太白诸山隐约想像,迥非来时光景,心迹为之湛然。五十里过渭桥至咸阳县,宿。

廿九日(**12 月 30 日**)　五鼓,由咸阳行七十里至醴泉县,尖。县令为龚紫南瑛,四川巴县人,本年九月甫补此缺,察其所为,似欲实心为政者,与谭炊许,即亦起行。又五十里至乾州,宿。

　　卅日(12 月 31 日)　黎明由乾州行五十里至监军镇，尖。又四十里至永寿县，宿。自廿八至今日，天气皆晴，天光雪光，上下一色。南北诸山，为雪所隐。经行二百六十里，一无所见，惟觉乾坤大地皎皎洁洁，夷险皆无，心目为之清彻，亦道途中最为开朗之境界也。

　　[十二月]初一日(1843 年 1 月 1 日)　子初，由永寿行九十里至邠州，辰正，尖。与张刺史谈一刻许即行，过大佛寺亭口至长武，宿。是日阴甚亦寒甚，疑将再雪，亦竟不果。署县令郑君友亭出郭相迎，到寓时彼此答拜，谈约一时。平凉杨裴臣明府亦差人走迎，拟初三抵平郡，未知能不阻滞否。

　　初二日(1 月 2 日)　丑初，由长武行，卯正至瓦云驿，孔印逸刺史在驿相迓，因与谭一刻许。印逸先还州城，余随早餐毕即行。辰正微雪，至午正，至泾州公寓，署宁州牧丁大令灵台张君、崇信董君暨前灵台令盛君、泾州吏目黄君均相率来谒，小雪霏霏，似将夜以继日者。儿辈今日可住长武，山路崎岖，未审是否安稳也。

　　初三日(1 月 3 日)　晴。昨日戌正与诸君宴集后，即由泾州公寓行，卯正，至白水驿，尖。又行七十里，未初至平凉郡，邵以辉、石芸斋两太守，杨裴臣明府及华亭刘明府均先后至寓畅谈。酉正，同集裴臣县斋谈宴，回寓已戌正矣。

　　初四日(1 月 4 日)　卯初，由平凉行四十里至安国镇，邵以辉遣人具盘餐，与芸斋太守同酌。未正，至瓦亭驿，固原吏目周洋以道路恐为新雪所滞，特出手治，因与谭一刻许。钮书庵刺史父子随亦由州来，诸君共集寓所，有酒斟酌，至亥初二刻，余与芸斋均欲赶程，即乘兴登舆，二十五里至六盘山，于庙中小憩。约寅初刻，纤夫扶舆直上直下，天风吹衣，寒气逼人毛发，灯火明灭，道路冻滑，颇有行役之苦。至卯初二刻始达隆德，张少宇明府偕其二尹、少尉、广文出郭先迎，至是近撝与谈，知其料理兵差及地方事件尚属安靖，随与芸斋早饭。即行九十里至静宁州，方及未初，时内子遣使走迎，询问家事，幼小均皆平善，心为之慰。是日暨初四日均晴，沿路山雪已消融将尽矣。

初五日(1月5日)①

初六日(1月6日) 四鼓,由静宁行至高家堡,方及卯正,与芸斋同尖。毕,即分手先行。过清江驿至翟家所,宿。李镜湖明府已先至相候,张鹗生参军署合水过此,亦留候余,因与两君同晚酌,畅谭一时许始散。是日晴,午后甚暖。

初七日(1月7日) 寅正三刻,由翟家所行,辰正至会宁县,镜湖率教谕杨君、绅士周君暨典史蔡继荣来谒,杨周皆好善之士,蔼然可亲,相见颇极欢洽。饭后复同谒,送行六十里至西巩驿,宿。是日晴,巳、午、未、申皆暖甚。

初八日(1月8日) 丑初一刻,由西巩驿行,辰初至安定县署。县令琦乐山刺史、陇西、宁远两大令暨典史、广文均诣公寓相见,随早饭毕,即与诸君相别。行六十里至秤勾驿,宿。是日晴,午后仍暖甚。讯之土人,云天久不雪,望之甚殷,沿途尘土亦甚盛云。

初九日(1月9日) 由秤勾驿行六十里至清水干草店,尖。又廿里至清水驿,又六十里至定远驿,宿。萧漱泉刺史暨沈子香诸君均出省相迓,儿子炜于申正亦来,问讯大小俱皆平安,为之心慰。拟晚饭后稍憩,即当启行,一则省在省诸君出郭之烦,且明日为衙参排日,即可随同两司长晋谒云。是日晴。

初十日(1月10日) 甫交三鼓,即由定远驿启行,至省方及丑正。老幼如故,一家欢然。时已倦极,因复少卧,至辰初始衣冠,上院谒见富海帆先生,备谈京事及道途光景、所过年岁,随出,即拜玉樵方伯、西舶廉访讫,回公寓。

张兰芷少寇一百。李锡民大寇一百。司徒子临卅。易卅。田卅。陈颂南廿四。朱伯韩廿四。梅伯言六十。钟汉溪五十。李佶人六十。穆中堂三百。潘中堂二百。祁大农三百。赛大农二百。何大马二百。潘世兄二位共四十八每廿四。二分。五军门六十每十二。五分。汪衡

---

① 整理者按:原稿缺载。

甫二百。王若溪五十。聂雨帆五十。宗笛楼四十。十三小军机每廿四。共十三分。陛见费二百八十两。陈中堂二百。陈世兄喜金五十。赵蓉舫一百。朱致堂一百。许滇生一百。江诩云二百。侯叶唐四十。王子寿一百。黄琴五二百。戴云帆五十。陈小舫卅。许茨堂三十。蒋玉侯二十。何子贞一百。王翠珊五十。萧伯香兄弟五十。李芝岩廿。花子江廿。薛银槎十六。吴伟卿二十四。丁年侄十六。朱十二。曹频生卅。贵州团拜费五十。丙子同年团拜费五十。陕甘团拜费二百。祝蘅畦五十。安道长十六。那谦四十千。叶东卿朝珠四合。骨种羊大（挂）[褂]一件。邓八大同。讷近堂师干尖大褂一件、猞利袍套一付、碧玉烟壶四个、白玉翎管二个、口马四匹。立夫同年猞利⊘袍套一付、猞利腿一付。伟堂老夫子猞利⊘一付、骒马各一。黄琴五骒一头。先生支束脩一百。瑞世兄五十。芝田师之子谭世兄十六。路奠十二。陶六泉奠分五十。萧殿撰廿。

　　冬夏朝帽各一。朝顶嵌顶珠洗新。做貂朝衣披肩。大毛貂帽一。银鼠帽一。骨种羊帽一。绒帽一。秋帽一。均须安铜管垫子。纬帽一。母顶子二。八八狼皮尖靴一。九二狼皮尖靴二。九二羊皮尖靴二。毡靴二夹二。库银二两一包者二包、四两一包者一包须有印花。貂皮大褂壹件出风。银鼠马褂一件。干尖马褂一件。貂仁马褂一件。做见面衣服。烟壶盖。佩云坠脚记念。中书小楷笔、折全付。中封套速签。油纸临帖用。老花眼镜三。高丽笺各色。读本《左传》一部。《刑案汇览》后续。

　　跪安后发陕抚司道府信、甘督司道府信、宗梦湘信、小山信。

　　银鼠袍（挂）[褂]二套。灰背袍。貂干尖大（挂）[褂]。乌堂豹袍（挂）[褂]。铜眼貂袍（挂）[褂]又邵一套。貂干尖马（挂）[褂]。天马大（挂）[褂]。海龙大（挂）[褂]。紫貂大（挂）[褂]又邵一件。紫貂袍（挂）[褂]又一件。紫貂女大（挂）[褂]。海龙马（挂）[褂]。纱朝衣京钱七十五吊。貂朝衣。披肩。紫貂马褂又董一件。貂腿大（挂）[褂]。捐一级。董貂马（挂）[褂]。珊瑚记念三，一百廿千。佛头。佩云。坠

脚。香珠记念。珍珠八十千又卅千。七星。髻围。翡翠耳圈。帽大
毛、中毛、小毛、绒、毡。朝靴九二、皮、毡、夹、九寸、八八、八六。燕窝。鱼翅
肉。人参。高丽参。关东茸。冬菜铁门买。老米一百斤。杏仁。口
蘑。山（查）［楂］糕。茯苓饼。杏脯。苹果脯。奶饼。春不老保定
买。糖酱铁门。香糟鲜鱼口。佛手格达铁门。参二百五十五两，又六十
两，又四十千。又高丽一百两。皮货六百两，又二百五十两，又二百卅二
两。裁缝八十两。□春帆捐双月同知□子，共该市平足纹银壹千柒百六十六两
壹钱。潘中堂。□又□，又八两。穆中堂八两，又二两。祁大农八两。赛
大空八两。何雨人八两。江诩云卅百。小军机二百八十八两。部费一
百一十两。引见费一百廿六两。廖钰夫师一百两。近堂师喜事一百两。
陈伟堂先生一百两。朱致堂一百两。许滇生一百两。赵蓉舫一百两，又
刻帖一百。戴云帆五十。春介轩一百。恩阶六。那谦四十千。侯叶唐
卅。朱丹园其子家绶八两。刘慕堂一百五十两。刘孝长帮分二百。范
衡甫捐分五百。金可亭卅。许茨堂卅。龚绍仁、李祥麟廿四。叶东卿
顶珠素珠。萨湘林、顾杏楼廿四。宁世兄廿。范老六、花思白、子江共
五十。周子俨升、黄琴五两。杨心畬四十。但小云、徐十二。萧兄弟卅
二。龚七八两。靳六峰奠分卅两。裕鲁珊奠分。陈世兄升。同年喜金
卅。同乡团拜费五十两。贵州馆金五十，又义地五十。同年升官费。吴
伟卿廿四。部费交陈办一千。刘老三大五十千。刘老四京钱一百千。九
姑娘十五千。五奶奶十五千。三奶奶十千。四奶奶十千。刘大五少四
十千。六太太五十千。王萃珊同年五十两。宗宝成同年十二两。年侄
十二两。甘肃团拜费五十两。陈老二卅。安诗八两。庆云屏一百两。
何子贞兄弟卅。黎越乔卅。黄世兄八两。文老大廿六吊。朱朵山廿。
李老四八两。薛银槎七八。祝蘅畦五十。潘云阁五十。焦□泉四十。
石太守一百。王臣□八两。受太翁奠分廿两。江兆霖六两。贵州同乡
会六位每六两。四川拔贡陈林各六两。章大夫十二两。侍卫张六两、胡
六两。同乡京官吴德清、李佶、张仁政、杨承柱、路璋、苑文达，每十二两。
黄桐勋，十六。钟汉章，十六。黄兑眉十二。黄九侄十二。

北征纪行二(1842)^①

  九月十一日(1842 年 10 月 14 日) 丑正,自柏乡启行六十里至内丘,与海琴太史,西园、吟樵、诗樵、嵩生四孝廉,周卿布衣于行馆中共早饭毕,适故人王丹溪大令汝澎来见。余官楚北时最莫逆者,别十一年矣。音信久未通,无由知其踪迹。而君年甫五十,须发皆已半白,尚无子息,情况亦累不可言。时以服阕,将入都谒选,匆匆相值,余又盘川未充,因以数行,托京友黄吏部琴五代挪二百金赠之云。出内丘城一里许,遇魏赞仰观察奉内召赴京,各下舆交谈数语而别。又八十里余,与诗樵孝廉同乘马,缓辔轻鞭三十余里,遥望大树下一小庙,颇觉清凉。两人下马呼看,庙老道人年七十余,烹茗削梨,小坐良久。而西园亦乘车至,止,又茗话少许始行。二十里至邢台县,县令鲁杰,湖北江夏人,到任甫三日也。

  十二日(10 月 15 日) 丑正起,鲁明府复来展送,略与酬应,即登舆行,过沙河县至临(铭)[洺]关早饭,与西园、诗樵同乘马行三十里至卢生祠,道人烹茗以伺。因纵观壁上所题诗,除王鲁之四绝句外,仍无一佳者,俱各惘然。又廿里至邯郸,县令君莫通守,广东阳春人,同年罗次垣之中表亲也。畅谈一刻余而别,三日来午后甚热。

  十三日(10 月 16 日) 丑正。自邯郸行七十里至磁州,尖。将至磁州廿里,黄云一望,稻田万亩,夹路垂杨数百株,枝枝相映,两岸长渠流水,清畅之至。其源出于磁之黑龙洞,直到邯郸、永年一带。

---

  ① 整理者按:《北征纪行》(二册之二)部分日期(1842 年 10 月 14 日—1842 年 11 月 3 日)与《北征纪行》(二册之一)重合,但内容不尽一致。

问之土人,永不苦旱云。又卅里过漳河,住丰乐镇。已入河南境矣,
是日阴甚。

十四日(10月17日)　寅初,行四十五里至彰德府,旧仆舒楷先
出城来迎,强欲留于行馆早膳,其意良佳,因与海琴、西园、吟樵兄弟、
嵩生同为小酌。已初,行三十五里至汤阴县,县令程廷镜安徽人,道
左相迎,又陪余诣岳庙小憩,周览数刻而别。又二十五里至泥沟,宿。
是日仍热甚,由柏乡以来颇形旱意,询之官民,秋收皆不甚佳,多有报
旱者,每县均缓征至十之六七,殊可惜也。

十五日(10月18日)　丑初启行,月明如昼,清风徐引,程途甚
适。行三十余里过淇水,天色始明。又二十余里至淇县南关早膳。
又行十余里,天油然作云,大有雨意,急催舆夫趱行,甫数十洒,幸已
到店,坐犹未定,已大雨如注矣。问店主人,云:"天久不雨,盼望正
切。"果有益于闾阎,行人何憾焉?

十六日(10月19日)　卯正始行,因昨日驻卫辉郡城关外,自未
至酉大雨始歇,恐仆夫难行,是用命驾稍迟。五十里至新乡县城北,
尖。先是车行,饭后与吟樵孝廉乘马走二十五里至大吉店铺,烹茗小
憩。仍升舆,又二十五里抵获嘉县城北关,宿。是日早晚微阴,午、未
间略晴,新乡令彭、获嘉令袁,皆江西人。

十七日(10月20日)　卯初,县令袁君走送,与谈数语,即行五
十里至修武县,尖。时泥泞特甚,因改道由堤上行,夹岸垂杨,两傍一
望,平芜青葱可爱,盖土人皆已种麦矣。四十五里至宁郭驿,方及申
正。大风扬沙,屋瓦俱振。日暮,淅淅沥沥小雨不止,困乏已极,亦竟
酣梦不醒云。

十八日(10月21日)　卯正方醒,雨尚未歇,亟起升车行,仍由
捷径五十五里至怀庆府河内县驻,府县皆来迎候,余因衣帽未便,辞
之再三而散。适奴子金升来,言旧固原牧钮书庵刺史现寄寓城内,悯
其年老而颠倒狼(贝)[狈],因乘车入城谢。府县步即至钮君寓所,畅
叙三刻许始归,而小雨仍未止,拟明日驻孟县,未知其能行否耳。

十九日（**10 月 22 日**）　辰初，郡守汪君孟慈、县令君珊山同来谒晤，适钮书庵刺史亦来，坐谈刻许，遂登车行，喜天气似有晴意，然道途泥泞特甚。行六十里至孟县，已及申正。县令梁君与余丙子同年，道谒及于行馆相见，谈极款洽。乃闻其公事竟不甚勤慎，心殊惘然。甚矣，民言之可畏也。

二十日（**10 月 23 日**）　寅初，行十五里余至河沼，已及黎明，顺风扬帆，颇甚顺利，未四刻已登岸。又行二十里至孟津县属之上古街，尖。又五十里至河南府，太守萧君元吉、县令马君出郭相迓，又至行馆畅谭刻余而散。是日天朗气清，沿途风景甚佳。洛阳为九朝都会，山河壮阔，气象迥然，惜其城郭萧索已甚，古迹亦荒凉寂寞，盛衰升降，为之怃然。

二十一日（**10 月 24 日**）　寅初启行。因道路难行，西园、周卿、海琴、嵩生与吟樵兄弟皆升车由山北绕道前行。余乘舆独先，至磁涧时门齿甚痛，不能强饭，因命奴子以汤沃馒首，勉强下咽。约一时许，西园诸君方至，余遂草草先行。三十里过函谷关，新安县令刘君来谒，因于城西行馆中茗谈一刻。又三十里过涧河，抵铁门，时吟樵兄弟已乘骑先至。又一刻许，西园亦至，时方申正，雨点滴不止。至戌初，海琴诸君仍未及到，因遣人偕马夫前往迎迓，待至子正，海琴始一人乘大车来，嵩生于天明始到行馆，问之，知因雨大骤乏，万不能行，只好于野地中露宿一夜。又一时许，已及巳初，周卿乘马来，自言于十余里外竟自暂憩，天明乘马来，其车犹在后也。同行舆车，竟分八九起彻夜陆续至止，行路之难，实可慨叹。然各保无恙，亦足称慰也已。

廿二日（**10 月 25 日**）　小雨虽止，大风特甚。又因行李尚有未到，车马亦甚疲殆，因拟小驻一日。至巳正后，风定天晴，明日遄行，可不至委顿矣。昨日遇程玉樵往河南办捐输事，据言邓嶰翁尚在甘肃，李石梧中丞仍署陕抚。余出都匆匆，又满拟石翁即将启行，是以未及奉函小住，此间适得此信，因即数行奉寄，并致长安、咸宁各一函，均由马上飞致，庶免疏脱云。

廿三日(**10 月 26 日**)　雨止天晴,道亦渐开,遂以卯正启行,四十里至石豪,尖。又三十里至渑池县,署令李君,湖北人,谒余于道,随又至行馆谒谈,始知其到任甫及六日。时学使张君方自陕州试竣,按部洛阳,亦宿其县,所用车辆数十,民间抗不肯应,必得重价付给,皆缘前任王某既贪且▢,又懦弱不能自主,一听官亲、家奴胡乱为之,以至变本加厉,百姓因激而动,众议将一切陋规全行裁革。李甫到任,既无所表见,呼应殊难,势必掣肘。余先以大车疲乏难行,吟樵诸君亦稍觉困顿,拟即住宿。此间乃闻此情状,碍难寓止,因遄行二十五里,至英豪镇已申正三刻,西园到已酉初,吟樵、诗樵、嵩生约,戌初始至。海琴、周卿则直住县城关外矣。是日霜降。

廿四日(**10 月 27 日**)　辰正始起,与诸君子从容早膳毕,始料理登舆。天气大晴,风日和暖,二十里至观音堂,遇新嫁娘花轿鼓吹,前后少妇四人,皆装饰骑行,似是送亲者,貌虽不都,亦不甚丑,在田家者流,自应推为出色。后拥男子十余人,皆布衣冠,或骑或步,肃然规矩,是亦是间之风俗然欤? 计此地去磁钟尚四十五里,而海琴、周卿未知何时始到,行李亦俱在后,只好住以待之尔。

廿五日(**10 月 28 日**)　吟樵诸君于寅正即行,西园、诗樵均骑马于卯初行,以碛石路甚为难,故不能不慎重出之。余因乘舆,可以避泥涂行窄径,是以稍迟,于卯正三刻启行。走十余里,过所谓文王避风雨处,又数里过碛,又二十五里至张茂,尖。大小车辆先后俱到,约一时许始行。又廿五里至磁钟,时已申正,是日大晴。

廿六日(**10 月 29 日**)　卯初,行三十里至陕州,署州牧徐君继塘迎谒于道,与谭,知为广东番禺人,其父、叔均以刑名就馆院、司、府、县。其伯兄号春田者,与余向颇熟。详细询粤事,夷务稍平,而内地盗风甚炽,并有入海滋闹者,地方大吏既不能兼顾,而州县又畏(崽)[葸]不治,江河日下,其奈之何! 是则有心世道者之忧也。又行五里至南关外,尖。又与徐君谈一时许,以午正行,上山下山,喜路不甚泥泞,北望黄河,尚为豁目。申正抵灵宝,县令为钱君,江南通州人,于本月廿四方始履任,与之谈,尚文雅有性情,似可望作好官云。潼商护道李、署潼关厅沈均差丁至此,投禀伺接。

廿七日(10月30日) 卯初三刻,出灵宝县城二里许,过涧河,上山、下山约二十里,过稠桑又二十里至达子营,阌乡李大令差人于此地伺应早餐,问其奴星,知君因要案赴乡中未归,一面缘悭,为之怅惘。又二十里过阌乡县,于南关行馆一茶道傍有碑,大书"孙将军大破□□处"。出城外过小河下山,顺黄河岸行,太华尾闾在其南,中条诸山在其北,平芜一望,风景殊佳。又二十里至盘头,宿,地为阌乡属,而潼关司马已来此预备供给,盖去潼关仅四十里云。同州属太守贺君仲城、署华阴令易君均差人至此投禀。问华阴差人,云:"华州道中泥神之倒卧者,均已埋瘗净尽。"闻之稍慰。

廿八日(10月31日) 卯正,由盘头启行二十里至阌乡,分县分驻地,潼关巡检及委员来迓。又西行二里许,护观察李同州恩继谒于途;又一里许,署司马沈君寿曾来谒,均匆匆数语而别。又十余里到第一关,署协镇包君率其中军及标兵百人相迓,时署华阴令易君、署朝邑徐君均在座,数语即行答拜观察诸君。赴行馆又延见各官。别时海琴、吟樵、诗樵、西园、嵩生、周卿均已先至,视时已经未初,即饭毕,与周卿复崇荷卿诸公信。

廿九日(11月1日) 卯初,行三十五里至华阴庙,署同州守贺司马,署大荔令、邰阳令、华阴令暨本司试用、司狱、易校官、典史均来谒,与接谈刻许。适门人员登魁素服来见,询知新遭其嫡母丧,方欲留共早膳,而西园、海琴诸君已先后至,随早餐毕,西园诸君将止宿于此,为玉泉院之游。余即启行,至华阴城外二里许,太守诸相送于道,下舆立谈数语而别。三十五里至华阴交界地,华州牧郝暨州判祗候于此。又三十五里至华州行馆,蒲城、白水两令已先来此迎迓,校官、吏目暨本司经历、试用二尹、李世兄,均先后见毕,始晚饭。阅各省函信百余件而息,已二鼓向尽矣。是日晴甚。太华、少华目不洽赏,而红叶满地,风景宜人,仆夫行程更为迅速,实还辕第一日畅适也。

三十日(11月2日) 寅正,行五十里至渭南县,县令余君先于赤水交界处迎候至县城外,署西安太守徐笑陆五兄偕署富平曹令、三原张令及候令曹君道谒数语,即先至行馆,随接见诸君子暨县丞教官、典史毕。与周卿共早餐后,匆匆即行。又四十里至零口,临潼令刘闻石来谒,从九陆君亦来,各谈数语,因天色甚阴,已洒洒十数雨,恐道路难行,即赶紧登舆。二十里过新丰,又二十里抵临潼。署临潼朝邑令、鄠县令、候令任君暨两司候补首领官十余人,又佐贰十余人先后谒谈毕,随邀笑陆太守、刘大令来共晚酌,谈至戌初始散。自未正后,天色已开朗矣。是日寅初,内子自会宁途次专马来,于廿三始至会宁,即手谕儿子,拟令初八进署。

十月初一日(11月3日) 辰正方起,与刘君等谈一刻许,随早饭即行,三十里至灞桥,潼关司马濮文霞、署葭州凌、署☐军同知张、署咸宁新升鄜州潘树人、本任咸宁陆令、署长安姜海珊及候补各州县佐贰均先后谒见毕,时方未正,自草到任谢折一纸。随晚饭于灞桥一带略事瞻眺,如此景光,如此风土,正不知若何措理,始能稍答圣明也。是日晴。

梦砚斋日记(1843)

道光二十三年二月二十二日(1843 年 3 月 22 日) 总督大司马长白富公以西宁野番连年滋扰,逼近内地,沿边百姓不堪其毒,由于历任尚姑息所致,必得大加创惩,乃拜折请于朝,甘提督及西河两镇军各带兵二千,分三路进剿。以树义督同西宁守许君总理粮务,定期于三月十一自兰启行。盖边地苦寒,方春和时,冰仍未泮,雪深草枯,将士马畜皆难深入。拟以春季到湟筹画布置,夏初进兵,始为乘时故也。

三月十一日(4 月 10 日) 辰刻,大府率营将吴君等自东门出城,宿皋兰属之小劳池。余于未刻启程,行四十里,宿米家井。是日晴。

十二日(4 月 11 日) 卯初启行,微雨数十洒,尘土稍洗,行路颇畅。巳正至小劳池,早饭至平番属之咸水河,雨势帘纤,道路遂已泥泞。直至酉初始达竹城堡,谒见大府,并得两镇军及许太守书,知雇备毛牛驮载,稍为青海大臣所滞,拟于明日即趱程行矣。

十三日(4 月 12 日) 卯初行。雨雪霏霏,幸不及久。道途走甚艰,至未初始达平番,稍缓须臾,即复前进,又五十里至新店宿。是日凉州郭远堂观察、洪春畹大令闻余将行,催舆来寓,已不及握手,仅春畹追至城河桥间,立谈少许。平番山水颇佳,惜树木犹未畅茂,以此见地气之寒。

十四日(4 月 13 日) 卯初行。乱山高下,炊烟渐稀,寒气逼人,殊有行役之感。过沙桥驿至碾伯之冰沟,与许太守遇。又四十里至老鸦关宿。是日晴。

十五日（4月14日） 卯初，五十里至碾伯县，又六十里至平戎驿，宿。是日晴。道中与徐镇军遇，席地谈及二刻，抵寓后，罗次垣刺史，邵以辉、玉兰汀两牧令均先后至，细询军事，略有梗概。然余胸中尤不甚了了也。

十六日（4月15日） 卯初行。昨夜大雪，一道趱程，天地皆白。辰后即亦晴霁。行约八十里，至西宁郡。

十七日（4月16日） 晴。与诸君往迎大府回，随走晤徐际唐总戎、许吉齐太守、青海笔帖式福君，并于福君处阅其所绘《图说》，番地情形历历如见。大约以番攻番易，以兵攻番难。以兵攻番，于天时地利均无把握，即使勉强进取，侥幸成功，我兵一撤，即难保不随后肆掠。况承平日久，兵骄将懦，未能必胜乎！若取番族之尚无掠抢实迹者招纳而抚驭之，与熟番之强有力者如阿里克等族，令其为我搜捕，彼之水土既调，路径亦熟，虚实又关所深知。果为我用，所向当无不宜，不过我兵为之声援而已，所获牲畜尽皆赏之。其中实在出力者，即奏明以水草茂盛之地俾之安插，为我藩篱，即资捍卫，善后事竣，大兵既还，边宇亦可永靖矣。因别有机宜，晚鼓时进谒大府，剀切陈言，颇以为然。用是，有剿抚兼施之说焉。

十八日（4月17日） 晴。放衙后与诸君议运粮事。面斤料豆尚无头绪，乃再三申说，定立章程，改至二十日，以青稞炒面并白面十五万斤运出察汉防所，以后日日面八料二，定以二万斤运出为常，至前敌拨运。始议毛牛为安，乃逐细查讯，牛力既小，行走颇迟，且近为番贼抢掠过甚，牛只亦竟稀少。乃定每兵一路专用长骡一百头，负重致远，可资得力。毛牛亦酌以四五百只随召滚运焉。

十九日（4月18日） 晴。议以秦州牧邵煜先赴察汉城督收面料，并与守城副将商酌安台站事。

廿日（4月19日） 晴。是日青海副都护法□阿邀随大府晚酌，座间颇亦议及军事，迂阔而远于世情，大府与余均唯唯酬应而已。

廿一日（4月20日） 晴。是日西宁镇军徐公际唐先带兵二千启行，随派委员龚经历简、黄未入秦兰押运面斤料豆，偕粮员杨大令景彬随军先行，午间邀笔帖式福君来与议军事。盖其日闻贼番之大股均在柯子乌苏，其东南通果洛克等族，西南直通西藏大路，恐该贼番闻有大兵剿捕，或径投果洛克部，则已入四川界，道路既远，难于追捕，否则竟由藏大路直窜回疆，亦更无所底。止因距柯柯乌苏之雪山稍西有则巴错落一族，近称西番中之最强者。则巴错落本属四川迭里盖部，于十余岁时逃出海南，自为游牧，不三十年，竟已聚集六百余户。近年始附玉树三十六族，闻至丹噶尔地方贸易，尚未通诚于青海大臣也。乃与福君议遣通事持青海文，饬调玉树番族带兵，由西南一路堵截贼番，并令玉树飞速纠合，则巴错落带兵堵截东南一带。并禀商大府悬立赏格，如则巴果能杀贼报效，即为奏闻，赏给官职，永为熟番。其通事可任者，为马得成、雷启祥。嘱福君传集，限日趱行云。申初，许太守招饮，戌刻始散。

廿二日（4月21日）　晴。以昨所议者禀商大府，深为许可，并催令速办，遂转福君速办理矣。

廿三日（4月22日）　晴。是日河州镇军站公引之带兵二千启行，派令粮员周从九、远明随其军行。

廿四日（4月23日）　晴。辰起，福君明传集通事马得成等带领玉树则巴各族，在丹噶尔之贸易来者各一人，促余面为传谕，限以十昼夜至玉树，半月内即须起兵云云。该番目均皆首肯，因略以茶布分赏之。是日得周提君信，云大自大小江沟三次搜剿贼番汉奸，共杀毙一百余人，追逼落河死者无算。

廿五日（4月24日）　晴。是日，大府奉到廷寄，所请派兵、借款，均邀俞允。辰正，又会同青海大臣将年内所获之贼番五人枭示，郡中观者万余人，▢欢声如雷，盖数年来百姓之为贼番蹂躏者，无不疾首痛心，而钦使曾不过问，即此五贼，本宜到即正法，乃延之又已半年。若非大府亲临，尚不知如何办理，宜其绅民之传称"师如时雨"也！

廿六日（**4月25日**） 晴。是日，大府以当亲出防所督办，并提军，现已杀贼，各事宜专折具奏，命义速催骡只驮载，盖拟于廿九日启行矣。

廿七日（**4月26日**） 晴。是日得邵牧自防所来禀：青海主事所雇蒙古牛只，到者既不足数，又皆疲乏不为用。因嘱丁令元森会同许太守、王大令，责令脚柜添备健骡百六十头运粮赴防，以应供支。

廿八日（**4月27日**） 晴。辰初，集在事诸公清理一切应办事宜，俱已妥协。随诣大府并郡中诸君辞，盖明日辰初余即先行矣。

廿九日（**4月28日**） 晴。辰初启行，出西门过河，行四十里至镇海堡，又五十里至丹噶尔，宿。沿路百姓老幼香花跪道，欢欣鼓舞，不下数万人。至丹噶尔时，熟番之来跪迎者亦且无数。皆以不堪贼番荼毒之故云。由湟至镇海，土地稍平坦，出镇海城则众山重叠，一径中通，路既崎岖，天气亦更觉寒冷。将及丹城二里许，地势稍高，立马环观，实为蒙番三路出没门户，一厅一协，诚为边塞重地，惜废弛日久，将士皆视为具文，以致任其滋扰，可为太息！

三十日（**4月29日**） 辰起，由丹噶尔行七十里至哈拉库图，宿。此间依山一小土城，周遭不及一里，防兵二百余人，然皆分派守卡，在城者仅五六十人。询之居人，上年九十月间，贼番数百人即于其城下肆行掠抢，并往来驰（逞）〔骋〕于南川、薄水间。青海大臣竟不能一为过问，其守城之仅一守备，更无足论。宜乎百姓之无所控诉也。

四月初一（**4月30日**） 晴。由哈拉库图出日月山，过阿什罕城，共计五十里至察汉城，城设防兵一千。一副将统之，东接日月山卡，西通青海，南遏南山诸番地，西北为蒙古左右翼盟长部落，所以控番御蒙，诚重镇也。近则赴防者，皆老弱之兵，将弁又俱（儒）〔懦〕夫，此镇徒为虚设。闻往年贼番皆于距城二十里之倒淌河间驻扎，游牧掠抢，官兵咸闭城不出，亦不申报。青海大臣倘非徐镇初到，力求整顿，大府决计剿除，此地之放纵因循，竟不知伊于胡底矣。是日到，始未初，徐、站两镇军营距仅廿余里，闻余已至，均来相见，并议由西路前进,出耶仙俄博转贡额尔盖,一道径捣柯柯乌苏之后,部置甚为周密,因巫鼓舞。其时,余运至粮料以五十余万斤,又为每路添运骡一百只,连前共骡两百、牛四百,两君皆快慰云。是夜大风,四鼓始息。

初二日(5月1日)　晴。远望北山稍高者,雪皆铺布,其哈拉库图诸山犹三五寸厚,所谓六月天山雪,殆不虚也。是日午正,周提军带兵二千二百名亦到。

初三日(5月2日)　晴。大府于巳正到城,随兵一千一百名扎营于距城西廿里之将军台下,带兵者为吴游击珍、布都司□、龙游击□、英都司□,号令颇觉严肃。

初四日(5月3日)　晴。大府以西路徐、站两军前进,中路应即分兵直扑柯柯乌苏之前,并可随进,随为搜剿,因议以提军兵进中路,并以阿里克劲兵三百六十余名为前敌并作向导云。

初五日(5月4日)　晴。昨议于西路安设台站十处至贡额尔盖,屯积以备供支。因恐防兵七百太形单弱,乃禀商大府派蒙古兵四百廿名,令福笔帖式带回,张协戎说分台安设,粮料亦即于是日前进。

初六日(5月5日)　晴。据粮员杨大令等禀称,蒙古所供牛只均疲乏不堪,因与丁君酌商添用骡只一百七十余,源源滚运。

初七日(5月6日)　晴。大风甚。

初八日(5月7日)　早晴。随大府于城外送提军行。饭后又随大府至将军台安营处所周阅一过。未正,均乘骑还城。天忽阴霾,冰雪交下,积地几及一寸。申正,又复晴霁。

初九日(5月8日)　晴。得委员钟从九英自台所来信,一、二、三台道路均平坦,可以通车,所运面料已达五台云云,闻之欣慰之至,随嘱邵、丁两牧令函致西宁许太守,速为预置。盖此行经费甚绌,能稍节省,亦属妙事云。

初十日(5月9日)　晴。查核运台粮料已及十万余,心为之定。盖两镇军共带兵四千余,每日需粮面六千斤。随行骡只共驮运八万斤,毛牛八百只又共驮运九万六千斤,又兵丁自行裹带五日之粮,已足供支一月以外,此复运去十万余,则兵心自壮,不患不尽力杀贼矣。

十一日(5月10日) 晴。大府于巳正赴行营查阅,未正还。

十二日(5月11日) 早晴,午后大风扬沙,屋瓦俱振,直至酉、戌间,玉雪霏霏,风仍未止。闻驻防老兵云,青海十月即冻,四月下浣冰始能开,每当冰开之时,必有如此大风数番,海内之冰即已全开。又云海中有大山,周遭数十里树木颇盛。亦有土地可以游牧。现有蒙古部落插帐其内,每年当冰冻必渡海至内地,采买茶粮还山,以备一年之需云。

十三日(5月12日) 辰起,风势稍息,随大府登察汉城,纵观良久还。巳初,小有雪意。戌、亥间雪势颇甚。

十四日(5月13日) 辰,风仍未息。衙参至军门前放眼一观,四山皆雪,迤南诸山稍低,为雪所掩,殊有一百万里之势,亦塞上一大观也。是日得杨大令景彬信,以前路差探,已有贼踪,一二日内即可见仗云。

十五日(5月14日) 辰,随大府恭谒武帝庙,又出城谒海神庙还。因西路滚运站台尚恐未协,禀请大府遣守备李湖持令往查。是日天气晴明,四山雪已渐消矣。

十六日(5月15日) 晴。上关左第一齿落。先是,二月中旬下关右第二齿落,内子以绢囊为之收存,今又落一齿,韩子所谓年才五十,发白齿落,此殊觉精神意气迥异,壮年正当多事之秋,才力本薄,而精力又不克济,其何以报效涓埃!边塞小臣,益今惭恧无地,奈何,奈何!

十七日(5月16日) 晴。是日午未间,与罗次垣刺史论黄河以南番族情形甚悉。缘次垣曾任循化司马,河以南半其所属,君之才具甚长,又能留心边务,转询移兵河南,故知其必能办贼也。

十八日(5月17日) 辰起,天气甚晴朗。随大府至行营还,得杨令景彬信,知两镇军尚驻巴汉贡尔盖。因雪大不能前进,察其发函之日即十二日,此间亦雪,惟巴汉贡尔盖稍大云。

十九日（5月18日）　晴。大府议将派兵分路情形先为具奏，以慰圣心。盖大兵迁延未进，日盼捷音，不得其势，不能不有此一折，亦无聊之极也。

二十日（5月19日）　晴。大府议于廿三日拜折后，即移驻将军台行营，并以"前军如再不向前，即将自带标兵亲为追剿"等语。时余督饬委员丁大令等料理前路滚运甚急，一切骡马均皆遣之运送粮料。察汉城中并无余骡，大府必欲移营前进，即需健骡六百余头，方资驮载。因专札西宁太守，令其于所属速为催办接济，以备不虞。

廿一日（5月20日）　晴。随大府至行营查阅还。未申间大风。

廿二日（5月21日）　晴。得吉斋太守来禀，已分饬各属速办骡五六百头，限以廿八日可抵防城。又禀报，运送到局粮料已及九十余万斤，查核不虚，亦实心任事人也。

廿三日（5月22日）　始晴，大府于未时拜折后即启节赴将军行营，余以右腹气作，且连日下血不止，未能随行，仅送出门而还。是日未后微雨，是夜大风。

廿四日（5月23日）　风甚，午后微雪。

廿五日（5月24日）　辰起，微雨随亦大风，乘车诣行营谒大府还，是夜雪。

廿六日（5月25日）　辰起，视屋瓦积雪至二寸余，至午未间大晴，雪亦全消。

廿七日（5月26日）　阴。

廿八日（5月27日）　晴，乘车至行营谒大府还。

廿九日（5月28日）　晴。是日戌刻，得杨大令景彬来信。知徐、站两镇军派都守王集贤、马进禄等于柯柯乌苏河沿冲击贼番四百余名，枪毙枪伤无数，夺获牛羊五千余只。即遣戈什哈刘光勋飞报大府，至子正还。大府是日辰起，以乡勇围猎得鹿。申正，奉到廷寄批折，有"办理甚好"之谕。正以未得捷信，难以具奏为念，忽报胜仗，其喜为何如也。

五月初一日(5月29日) 晴。大府由行营来城,展谒武帝及青海神庙,至余寓中。早饭时,许太守已催备骡五百头至城。闻前军因由巴汉贡尔盖至禄湖堤数百里中,瘴疠最大,又地气甚寒,骡马经过其地半多倒毙,急须济其驮载。大府已得捷信,亦遂罢移营之议,因即以许君催来之骡,专派武弁押令运粮,径送柯柯乌苏大营,以济军食,以资驮运。

初二日(5月30日) 晴。余气疾已愈,乃移驻行营。到营时,大府方观蒙古及雍沙番兵,因命侍观,其队伍并不整齐,旗帜亦不鲜明,惟马上便捷,施枪放箭,俱多有着,为可喜耳。余插帐在大府之左侧,于布帐内复插毡帐,足蔽风雨。初到营盘,觉气象甚为开朗,二更以后,伏枕而卧,听击柝声声,如船泊逆流,水声淙淙然,亦平昔所未经也。

初三日(5月31日) 晴。与大府谈次,以贼番之窜归河南者,须先为布置,因有罗司马次垣、李守备湖先往查办之议。

初四日(6月1日) 微雨。许太守自湟中来,适大府偶感寒疾,太守医学颇精,因留宿帐中以备诊视。是夜雨势甚盛。

初五日(6月2日) 为重午节,与许太守同诣大府视疾,知已渐愈,心为之慰。是日得徐、站两镇军信,于四月廿六日又获胜仗。是夜又雨。

初六日(6月3日) 或雨或晴,大府疾已平复,辰起已乘骑周视行营,约两刻而还。盖两日未出帐,所以安军心也。

初七日(6月4日) 雨。许太守将禀辞回湟。罗司马、李守戎亦奉札将赴河南与诸君筹议,至申而别。是夜雨大甚,帐中除卧榻外,几无干处。士卒同此苦辛,而柝声终夜不乱,亦可见军令之肃云。是日拜折,报两镇廿五大获胜仗之捷。

初八日(6月5日) 雨雪交至,四山蒙蒙,几不(变)[辨]东北西南,而寒冷尤甚。是日,丁大令来言,已遣骡二百二十头,派外委马秀押粮,由黄河沿运至提镇行营。先是,营中来信,兵过牙马兔一带,风雪既大,瘴疠更甚,骡马至此,半皆倒毙。军中驮载缺乏,议请接济,余以两镇军正当与贼接仗之际,不特粮须充裕,驮载亦最关紧要。因于初一二日,遣把总马乾押骡三百余运送粮料,由伦卡改道径送柯柯乌苏中口。至是,又送去二百余,计已及六百头,自可足用矣。

初九日(6月6日)　仍雪。得前军来信,两镇于初一日简带劲兵督追,又获胜仗,所收佛经、刀矛、牛羊、番狗无算,盖亦及贼巢云。

初十日(6月7日)　雨。得提军来信,于藏忙多一带派兵搜捕,亦报胜仗。

十一日(6月8日)　或雨或晴。福笔帖式明自十台来,持玉树番禀呈投知,该番三十六族均已集兵,于前月廿六日由西向南堵截贼番窜逃西藏之路,并云则巴错落亦自带劲兵一千、名马二千余由玛庆雪山后路而来,直搜贼巢,立功投诚,亟呈大府阅视。盖至是而贼始别无所逃遁,河北可望肃清矣。

十二日(6月9日)　辰起,稍有晴意,午后又复大雨。至夜不息。

十三日(6月10日)　卯初。将随大府诣察汉城,谒祭圣帝,适徐、站两镇信至,以初四五连获胜仗,贼皆弃其辎重、牛羊、锅帐,鸡狗窜入。高岸深沟,我兵路径不详,人马亦难行走,拟即撤兵,回驻柯柯乌苏中口,再为搜捕。阅之深为骇异,盖不详路径且险阻难行,我兵原不值深入,但则巴现已带兵由贼后路而来,虽不能前进与之夹攻,亦当驻兵要隘,以为应援,以防逃窜,断无折回之理。追祭祀毕后,与大府谈次,意见正同。因亟作函,止其回兵之议。

十四日(6月11日)　雨亦未歇,风势甚猛,遥望四山,雪全未消。

十五日(6月12日)　微有晴意,是夜月明如水,青天无云。周围行营观之,士卒皆有喜色,盖大风雨雪至是已十余日,露天插帐,真属苦不可言矣。

十六日（6 月 13 日） 晴。谒大府还，因嘱奴星将久湿军帐略为晒晾。是日，前军以所获羊只分解呈献，并拟随大府于明辰乘马，登将军台山望青海诸胜焉。是夜二更，月色甚明。

十七日（6 月 14 日） 晴。昨夜三更天，大雷电以风，冰雹骤至，击军帐如擂鼓然，逾时始息。余以昨晴暖殊甚，稍贪凉爽，夜间冰雹时，又起视帐外，至感风寒，至是日已正，竟病莫能兴。幸自出卡以来，饮食皆节，诸凡调摄，不敢稍懈。腹中先无积滞，静卧一日，遂已痊可云。

十八日（6 月 15 日） 晴。是夜微雨。

十九日（6 月 16 日） 辰起，阴。余州倅懋官自省解银五万来。得王西舶方伯书并三、四两儿来信，孙儿绳祖年已四岁，以感受寒疾，竟尔委化，闻之痛惜殊甚！然亦无可如何，惟有勉自排遣而已。是夜仍雨。

二十日（6 月 17 日） 晴。明日辰初，大府将拜折，报五次胜捷。饭后因作家书示焯、炜两儿，并寄翟攘溪、江翊云、汪衡甫及陆立夫直隶各函。

廿一日（6 月 18 日） 晴。辰谒大府，畅谈时事，因及先辈文翰，高宗重九日游九松山，有旨命彭相国枋楣题联，彭得出联云："八十君王，处处十八公，道傍献寿。"一时不能对，以属纪文达公，纪即应声云："九重天子，年年重九日，塞上称觞。"称为绝妙。是日戌刻，得炳儿等来信，知焯、炜等甫于四月廿八日自陕起程，因沈氏昆仲于廿五日始到，结伴同行，故迟迟也。是夜三更后甚雨。

廿二日（6 月 19 日） 晴。饭后随侍大府乘马至将军台右山冈上望青海，随下山查看蒙古左翼行营，时车灵、王高请假还，其副盟长贝勒率蒙兵跪道迎入，进奶茶、酥酪、炒面。大府一一抚慰，皆欢舞罗拜。复查看右翼行营，其正、副盟长率蒙兵跪，欢迎如前。盖外藩恭明已久，从未见天朝大臣亲至其地，加之大府谦和宽（霭）[蔼]，稍假以颜色，其为欢忭，真难以言喻也。是夜四更后，仍雨数刻许。

廿三日（**6月20日**）　晴。得台员钟英来信，前安第八、九台尚积粮壹千七百余包，不能前进，须倒运还至六台，横运至贡额尔盖，盖前军已逼近黄河沿，距西路甚远，其滚运台站应改于适中之地为善。昨已详请大府议定改站章程，现又径令把总马乾、额外马秀、刘永祥各押骡驴径送前军，使其粮料充足，则旬日之间全皆改撤安妥，仍复源源滚运，斯不至稍有遗误矣。

廿四日（**6月21日**）　晴。前军解所获贼妇他尔洛来，与琦刺史龄详加讯问，其夫名苦巴，为科加族贼首，原议草长马肥即将抢掠海北一带，不意大兵深入，不能抵御，均皆弃其锅帐辎重而逃，有窜入雪山者，有偷还河南者。至该贼番每年所需茶粮，皆以所抢牲畜回河南易卖，或河南族番偷运青稞渡河接济，至兰州附茶，该番以其价昂，往往取给于四川之黄茶，黄茶无关税稽查，四处可到，故该番得任意买取，盖至是而青海绝茶之议，始无权矣。是日申正，额外马秀押粮至贡额尔盖还，中路粮员周照磨远明与杨大令之弟同来，讯悉则巴错落廿五六定有捷报，为之狂喜。是夜四更时雨。

廿五日（**6月22日**）　晴。大府以明日将移营至四棵树一带，亲诣察汉城关帝庙进香，又至青海郭庙进香毕还营。余稍留致两镇军书并寄萧漱泉刺史，嘱为敦促罗师竹舍人来湟。又与丁大令、张贰尹商酌车骡及挽运诸事，至午正还。

廿六日（**6月23日**）　巳刻，随大府拔营，东行廿余里过倒淌河，循山而西，至将军台对岸南入，山沟高高下下，凡四十余里，至巴燕脑驻扎。是日天气晴朗，草软风清，一队旌旗，颇壮行色。余马上口占云："大纛拥貔貅，威行塞马愁。刀光明似水，兵气凛如秋。盛夏裘仍着，前山雪尚留。壮哉此于役，已足抵封侯。"巴燕脑四围皆山，中间平衍，约百余亩，草茂水足，亦天然一驻兵所也。

廿七日（**6月24日**）　卯正。由巴燕脑拔营，行十余里皆平坦，又四五里逾山冈，又四五里山径甚陡峭，以前皆不通车路，数日前因故设台站，丁大令乃遣人查探辟之，已运去车三百余辆，居然大道矣。

又四五里,即哈拉哈兔,道光二年长威远公驻军于此。其扎营之迹犹存,地势不甚宽,亦殊紧要。右山之上首有土城,一或云是唐时驻兵处,殊无所据。距土城二百余步有土寨一所,四围皆深濠,重墙中皆土窑。又数十步山势稍高,可以四望,黄河一带,历历可指。此地实为塞外三路之咽喉,有重兵守之,贼番断不能进。距察汉城仅七十里,守城者倘能实心任事,先机防范,于此地稍为加意,则得之矣。

廿八日(6月25日) 卯初,乘马由山沟行约三十里,至一棵树小憩,随肩舆行,一路河水纡曲,又约四十里至柴俄博,"俄博"者,番人以之记道里,每一处所必以碎石磊累于山高处,高之为神,如中原人奉土地山神之类,谓之"俄博"。此则以柴为之,故即谓之"柴俄博"云。向南,山皆不毛,山下即黄河,右即郭密。熟番数十户驻牧之。一片青葱,皆系所种青稞,闻连年为野番所抢掠,已穷促不堪矣。西南去约四十里即四棵树,树木丛杂又多,河滩不能立营,故即驻兵于此,背山面河,亦居然一形胜也。是日午后,雨势颇盛,然尽数十洒,气候渐热,竟已易裘而绵矣。

廿九日(6月26日) 晴。饭后乘马随大府至对山看黄河。河流出山脚,水甚清浅,石齿可数,小坐移时,仍乘马由河滩还。往返约三十余里。

三十日(6月27日) 晴。午后炎热殊甚,几不能着单夹衣。此间距将军台尽百余里,气候迥异,竟似内地。是日,皋兰萧刺史专人送菜蔬来营。得儿子来禀,知家人皆安善,内子已身孕四五月,阅之稍慰。西正,差弁自京旋奉到廷寄,以"但使贼番知畏即可议撤兵,不值深入,且毋令将弁邀功争进,致失事机"为言。盖国家方多事之秋,财用缺乏,圣人深虑至计,唯恐边患迁延。老师糜饷,不可收拾。故谆谆训言,其实大府此行,非好用兵,时势不得不然,皆由于上年青海示弱,贼太猖狂。我兵今若不来海之左追及丹噶尔诸处,蒙番、汉民不知蹂躏若何矣。宜乎大府一出,西宁百姓皆扶老携幼,香花夹道迎迓也。

六月初一日(6月28日)　晴。是日,得梦湘、树堂两兄自黔书。

初二日(6月29日)　自卯初至午大雨,四更后仍雨。

初三日(6月30日)　自卯至巳阴。随大府登后山,甫及巅,大雨暴至,移时始止。是日得家人书,知前在楚省应赔堤工银九千余,已委员来甘,守提除已扣存司库三千零,尚未完银六千三百八十二两零,拟作书赴楚于小山亲家告贷解缴,究未知能应手否也。

初四日(7月1日)　晴。大府于早饭后邀往郭密左近查看,因登山纵观。复下至山凹大树下,清风徐来,顿忘炎热,小憩移时始还营,已未正矣。是日复徐镇军书并致站镇军一函,因闻其将带兵直至则巴,族内恐番性无常,稍有损失,转致陀足,故止之也。

初五日(7月2日)　卯初随大府诣四棵树查看防河设卡情形,沿河以南皆山,山山皆有沟。经询之在防兵丁云,由此以上至忙多、东信等处,无不皆然。所谓卡防者,原以防贼来路,守其险要,使贼不至出扰,斯为不虚此防。兹则处处可以出没,而防兵既不过百人,且无扼要之地,无怪贼出而兵先避设防,转以损威,当时若使亲临查勘,此防断不议设。甚矣! 天下事之不可不亲身阅历,如此防者,劳兵费财已廿余年。若再不裁撤,其为害事,不知伊于胡底也!

初六日(7月3日)　辰初随大府出营,迎周提军还。提军所带甘州、肃州兵多不服水土,又因进兵时道出雪山数日甚累,且贼既远窜,现只待则巴投诚,多兵亦无所用。是以议将此兵先撤,仍由大通、永安、二寺滩、八宝山一带排搜回甘,更为周密也。

初七日(7月4日)　辰答拜提军,因饬随营粮员廉经历即裹带粮料饷银,径送至甘,俟归伍后,亦即回任中,率郑令暨未入流魁瀛亦各还所。闻提军已定初九日拔营,计所带兵二千二百名,乡勇及员弁亦不下二百,日需盐粮五百余金。早行一日,即经费早减一日。盖至是,而蒙番之兵亦拟全撤。凉州之兵一千,则大府已札饬站署镇军速为撤裁矣。

初八日(7月5日)　卯初,遣奴子金升持书往湖北,就近措缴赔项，因为数至六千余金之多，恐小山亲家措办不易，乃函平庆观察姚芸陔，嘱其作函，以此间分三年兑交归款，盖芸陔所入不敷，必得取给于家，由彼先为挪借，就于此地归还，既免往返会兑之烦，而于鄙人公事有济计。诚两得，或不至此行脱空，亦不得已之极思也。是日晴，入夜雨甚。

初九日（7月6日） 卯初，随大府送提军还。酉正，于营门前小憩，始议撤河州兵二百，由循化一带归伍。

初十日（7月7日） 大雨竟日。

十一日（7月8日） 始晴。卯正，谒大府还，与贵德丞王铁珊司马谈次，知罗次垣赴河南番地，已将贵德属之八族宣布威信，约日擒献贼首，其循化属之三十六族番人亦已于初五日可到云。酉正三刻，便服随大府及营中诸君往河干小立，临流看雨，后山颇极幽净，正欢笑间，微雨适至，仓卒还营。而五月初六所发之折弁已回徐、站二君，初次胜仗，奉批"所办甚好"，并将徐、站交部从优议叙云。枢友江翊云、汪衡甫均有来信。

十二日（7月9日） 昨夜自戌时起，始则细雨无声，以后渐久渐大，直至今日卯初始息。起视四围山色，愈觉清翠之气扑人眉宇。辰初谒大府议，于十八日拔营回驻阿什罕小城。以罗师竹舍将来移住，彼间可商办善后事也。

十三日（7月10日） 晴。得儿辈来信，知署中均安善。

十四日（7月11日） 晴。午刻得湖北姚小山亲家函，知其恙已大愈，为之稍慰。孝长自天门来书，春间所寄助项六百金亦皆收到云。

十五日（7月12日） 晴。辰初谒大府还。未正一刻，徐镇军随营粮员杨农臣大令遣其令弟杨柱持信前来，云则巴错落带兵一千三百名随同差去，把总萧、杨由雪山追贼直至齐布河一带，歼毙贼首四名、余贼七十余名，生擒贼番三名，夺获牛五百余头、马数十匹、羊一千余只，先遣萧、杨两弁押送活贼及耳级来营，计十六日可以渡河等语,闻之欣慰无既。因即以书呈大府,深为欢悦。盖则巴不来,则雪山一带即难以肃清,如其稍涉(踞)[倨]傲,不用兵则不足以示威,若用兵则风雪瘴疠,险阻艰难,势难深入,且老师糜饷,其弊不可胜言,所谓"胜之不武,不胜为笑"是也。即使则巴尚知安分,而柯柯乌苏左近番贼兵至,则稍为敛迹,兵追则仍复抢掠如故。边宇既难望安靖,此行便成虚应故事矣。今则巴一族果能投诚立功,是雪山一带可无顾虑,且善为抚绥,驾驭河北数千里辽阔之地,皆可资其捍卫,即可保一二十年安静。后之当事但能一意抚驭,不以多事为荣,则羁縻勿绝,不事兵刃,真足下慰,群黎仰望,而上抒西顾之忧也。谋事在人,安得谓无法可想哉?

十六日(7月13日) 晴。奉撤凉州兵一千名已由前路来营,大府谕以明日即全数归伍。是日,徐镇军亲带则巴族目二人、番兵四人,押解所获贼番及耳级来营,并云则巴错落尚在齐布河驻扎。以彼间去果洛克番地只百余里,果洛克历抢营马及蒙古牛只为最多,其族亦颇强。今闻大兵将去,甚为畏惧。乘其畏惧之际,临之以兵,必能献贼献赃。输心归命,则巴错落故留驻以待大府之令,徐镇军亦以机不可失,亟宜乘势前进为得计焉。

十七日(7月14日) 晴。辰初,罗次垣刺史自河南遣刘延勋来,其函称连日谕饬各番族,已前后献正贼十人,远者尚未能到,大约数日内亦必全数献出云。是日巳刻,与徐镇军同赴大府早饭。未正,中路粮员杨大令景彬由尖巴松多行营亦至。此君颇能实心任事,闻其在巴汉贡尔盖暨鲁呼提一带,因雪大瘴甚,他营牲畜多乏弱且毙,君独于每日安营后亲督脚户,各牵牛骡于有水草处牧放,至晚始令还营,日日率以为常。以故所带牲畜独健,能负重至远,军中因有"放牛太爷"之称,余因与之夜凉闲话,问前军(锁)[琐]事及将官贤否,君盛称有参将徐福者,每当安营必其先至,待兵甚严而兵皆感服,盖其抚军,如抚婴儿,坐作止息、饮食衣服皆必一一周视,使之妥帖而后已;甚至担水取柴、拨火饮饭,无不随时随处加意,是以远行千余里,虽经风雪瘴疠,他营兵多病且死者,惟徐镇军兵独矫健,每出战亦皆得力敢勇云。

十八日(7月15日) 晴。辰正,中路总兵沾引之柱来营谒见大府,以则巴错落现带兵距嘉祥寺百余里住,待官兵应援,同向果洛克番族勒献赃贼,渠亟拟迅速往办,因会议将其所带之兵再行撤去,五百名归伍自待,五百名前往与则巴会办追缴赃贼事件。西宁镇属亦拟再撤兵五百名归伍,徐镇军自带五百名暂住忙多,以为引之应援云云,大府均如所议行。

十九日(7月16日) 晴。辰起与诸君同赴大府早饭,徐、站两军拟即于明日还营,料理过河诸事。是日酉刻,大府偕徐、站两君至余帐中茶话,谈及吾乡刘松斋先生清言云:营中用人,但能得当,无不收效。瞽者使之听事,掘地深三四尺,身卧其上,十余里外如有贼兵,即能听出;聋者使之瞭望,令其爬树枝上远视,十余里外之贼均能悉见;跛者使之守营外大炮,放必命中,盖兵闻贼至,胆怯必跑,往往有点炮抵御,心惧手颤,火不及门,药不及筒,铅丸均遗失满地者。跛则自知,断不能走避,惟有专心一志,借炮自卫也;哑者使之左右侍,军事机密虽习闻之,而口不能言(余谓必哑而又不识字方可),则不至于漏泄。至军中老弱,造饭取水打柴,既可随所支使,有时诱敌,先以此辈示之,亦足见效,且往往因老卒数言得机得势者。固知从古名将小心大度,兼听并观,所向必克。由其无粗心,是以无弃材。刘先生之言,可一隅三反矣。

二十日(7月17日) 雨。申酉间晴,夜复大雨。

廿一日(7月18日) 雨。巳午间稍晴,申后四山蒙蒙,雾锁云封。是夜大雨如注。

廿二日(7月19日) 晴。大府以将具奏凯撤,嘱查在事出力人员,详候开单鼓励。

廿三日(7月20日) 酉刻,差弁侯启元赍批折回,读获胜仗,奉批办理,尚属妥速。是日得儿辈京中来禀,知已于六月初二到京,寓铁门之云南馆,以其去黄吏部琴五近也。二儿并已指捐四川须多费千八百金,然大局已定,只好听之而已。

廿四日(7月21日)　晴。巳初,由委员琦刺史龄审将则巴错落所献之贼首三名并蒙古抢马贼一名,请大府过堂正法。

廿五日(7月22日)　晴。巳正,由委员琦刺史审将罗通守、李守戎于河南办(献)[谳]之正贼四名,请大府过堂正法。

廿七日(7月24日)　晴。寅初,启行三十里至一棵树小憩,又三十里至哈拉哈兔坐移时,又十余里至巴燕脑,时方未初,大府拜折,差弁具报河北肃清,并开单请鼓励员弁共一百一十余人。是夜,东风大作,寒气侵人,余几不能胜。戌初,即伏枕酣卧。

廿八日(7月25日)　卯初行,巳初,过倒淌河,约十余里至阿什罕城,尖。午正,至日月山,山有石二:一卧而长,两面皆圆,一竖者直方如“日”字,均在山之半,亦无甚奇异。过此即卡内矣。又十五里至哈拉库图,宿。是夜大雨。

廿九日(7月26日)　仍雨。由哈拉库图三十里至薄水汛,又四十里至丹噶尔,到及未正,天亦晴霁。

七月初一日(7月27日)　晴。卯初,行四十里至镇海堡,又五十里至西宁郡。昨日始见豆麦方苞高秀,今日则满地青葱,然气候稍迟,菜蔬果实较兰州竟相去及月,究系近边故也。

初二日(7月28日)　晴。大府拟明日拜折,具保左翼盟长车灵王之子□□,请赏戴花翎。先是,徐、站两镇军柯柯乌苏胜仗所获牛羊,该蒙古收牧壹万五千余只,至是始具禀叩谢,因并据情具奏。

初三日(7月29日)　晴。大府于拜折后,偕赴西宁道、府、厅、县之请,于巳初赴县,酉正始散。戏演《卸甲功宴》诸出,在事文职诸公均入座,颇极欢洽。

初四日(7月30日)　晴。时将还省,而后路徐镇军尚带兵五百驻扎忙多,站镇军带兵五百已赴嘉祥寺,与则巴错落商办果洛克献贼献赃及受降者,大府恐其兵势稍单,又饬游击韩仲挡、都司马进禄带兵五百,驻扎忙多之对岸,以为声援。粮料供支,俱宜料理。已先留委员周远明随站镇军渡河,因再留钟英于察汉城斟酌支发拨运。张继昌于西宁应付开销一切事宜,而西宁、碾伯、大通、丹噶尔等厅县驮运诸事,均皆先后呈请给付款项。口讲手画,应销应驳,一日之间,虽甚烦杂,然尚能清厘就绪。樀节之中,亦不苛刻诸君,皆唯唯而退,各无异议云。是夜甚雨。

初五日(7月31日)　辰起,天气甚开朗,大府先诣南山寺登眺,余以小有酬应,不及陪(付)[附],而使命敦促,坐待前往,因亟乘骑而去。寺在城南山半,俯瞰山城,一览已尽。而西北空阔之处,云树苍莽,颇觉轩豁。因陪大府即于山亭早饭,移时出城西入府署。盖是日太守许君自作主人,教演昆腔数出。大府饮酒甚乐,乃未及终席而大雨甚至,归寓已亥正,雨声犹未歇云。

初六日(8月1日)　晴。余先大府行八十里至平戎驿,尖,又六十里至碾伯,时湟水甚涨,渡河时已申正。又五十里赶至老鸦堡,已及三鼓,距老鸦[堡]廿里,天色已黑,大雨适至,灯火几皆扑灭,道路恰甚崎岖,易舆而车,不覆者屡是,皆行路之艰难也。

初七日(8月2日)　晴。卯初,由老鸦[堡]行五十里至冰沟,闻大通河水甚涨,不能渡,而大府本是日拟宿河桥,既不得前,自将驻节于此,其馆舍既窄狭,势不可住。因复乘马而前,又四十余里至河之西岸,破屋三数十家,既欲待渡,姑且小住为佳,乃未移时,而大府亦乘马来,兵从既多,车马亦繁,顷刻几如闹市云。

初八日(8月3日)　晴。余于饭后乘马至渡头,以水面不宽,河流亦非壮猛,原可命渡,无如土人既非善水,草率命渡恐致误事。乃饬令将空船放过对岸,往还两渡,尚属平稳。时大府闻余在岸,亦乘骑来,随又饬渡夫仍前试渡河二次,似再迟半日,水势更落,明辰即可过河矣。还寓已申正,奴子等金称距此下五里许,系鲁土司所辖地界,水浅河窄,可以径过,直至新店合路亦不纡折。拟令行李车辆即由彼行,言未移时,已报随营将弁带领标兵拔队从此去矣。

初九日(8月4日) 晴。卯正,渡大通河。行六十里至新店,尖。又五十里至平番县,与长松亭镇军、潘西泉太守接谈一刻余。武威令洪春畹、古浪令陈雪炉均来相见,因为时尚早,复策马行三十里至南大通,宿。到及戌正,微雨蒙蒙,拥被遂卧,亦倦不可支矣。

初十日(8月5日) 晨阴,由南大通行四十里至江城堡,又三十里至咸水河,又三十里至小涝池,又三十里至米家井,与保菊庄司马,李义堂署太守,章少青、刘润堂两大令接谈半刻,时已薄暮。因是日亥时与次日子时均为贵登天门,遂易舆而车,至亥初达十里店,与萧漱泉、李淞湖两刺史晤,略叙契阔。即行至五里堡,省中各官俱往相迓,不及多谈而行。风雨骤至,河流溅溅,抵署已子初。

楚北旬宣录一（1847）

　　道光二十七年正月十七日（1847 年 3 月 3 日）　内阁奉上谕：湖北布政使员缺，着唐树义补授。钦此。是月二十九日，由吏部咨行到陕。闻命自天，悚惶无地，自念才粗力薄，陈臬甫及十有七月，中间复两署藩篆，涓埃未效，兢惕方深，而资格尚浅，乃荷圣慈高厚，破格擢迁，尤为梦想所不敢到。当即恭设香案，望阙叩谢天恩。随于二月初三日具折请觐，并申明交卸藩篆后，即束装北行。维时义以臬使兼署藩条，奉文后即禀明中丞，先将臬司篆务于初三日移交署任，俟少穆大府十五日销假，至堂方伯卸护抚篆履任，略为布署，拟以十七日成行。时方久旱，待泽甚殷，竟于初七八日得雨一次，十三之夜至十四日巳刻，大雨滂沱。义因出郭致祭太白神祠，亲见麦苗畅茂，顿觉改观，掘地五六寸余，实已深透，为之狂喜，盖莅陕年余，无德以及于民，将舍之他道，而睹此困苦之象，中心既有所不安，且七月有余无雨无雪，久廑宸衷，倘奏对之次，仰蒙下问，其将何辞以对？今竟连番雨泽，实获我心，真不啻天之雨珠玉也。

　　[二月]**十五日**（3 月 31 日）　卯刻，特将陕西布政使篆委监印官试用吏目张薰、本司经历刘长庚赍送至，堂方伯接受讫。随将私事逐为清厘，仍邀同尚生廷桢料理启行，竭一日夜之力，亦匆忙特甚矣。是日作书寄炯儿，嘱其候谕侍奉其母赴楚。又寄致梦湘兄，并付去莲垍捐知县库收。

　　十六日（4 月 1 日）　卯初，诣院署辞行，少穆中丞留坐二刻许。又走别将军两都统前陕甘大府瑚淡如宫保、陶子俊方伯、杨至堂方伯至张椒云、崇荷卿两观察，徐笑陆太守及在省山长、太守、牧令诸公，未初始归，而中丞方伯复走谈，至戌初始散。是日微雨数洒。

十七日(**4月2日**)　辰起，天气放晴。午初刻即行，中丞率将军、都统、方伯、署廉访、观察诸君送别于东关，中军参将马辅相偕营弁兵丁送于关外，候补各令二十余人送于十里铺，两司马候补首领送于十五里外，两首县及候补司马、直隶州各官送于灞桥。时桃花盛开，离亭环绕，弥望垂杨垂柳，千株万株，尤不胜依依之感，略谈数刻，即复登程。比至临潼已及酉正，而笑陆太守、笠舫司马宋恒祥、星甫大令李炜及各牧令司首领以次共四十余人，皆于行馆相见，因与笑陆诸君把酒畅谭，至亥正而别。骊山山色竟不及细为领略矣。

十八日(**4月3日**)　卯正，由临潼行，与笑陆诸公话别。巳正至零口小憩，一路查看土已滋润，已种之麦苗甚畅。问之土人，未种地尚可补邻豆棉花，惟道傍榆树大半无皮，其叶钱亦多为饿夫所采食，盖榆皮可以磨粉拌杂粮面，足以果腹，榆钱则生亦可食。竟日所见，皆如是也。申正至渭南，令君为余君芝田名炳涛，与三原周椒雨赓盛、蒲城沈桐川功枚皆诣行馆相送，因共午酌，畅议平粜、劝捐、抚赈诸事，至戌初即散。是日雨三四洒，殊不到地。

十九日(**4月4日**)　卯正，由渭南行，一路田塍较胜，以地稍低下，且有小渠之故。至赤口镇，署华州牧刘令良驷来迎，偕之同行。以午初抵州西关外，致谒寇莱公祠，剥落荒芜，不可名状。侧有碑文，则嘉靖年间杨公一清重修所记。时同州守李恩继、候补守刘建韶、大荔熊兆麟、华阴孙治两大令皆来迎余。因与诸公议及修葺，余首捐四十金，李、刘两君亦各出四十金，熊、孙、刘三君共集八十金，属刘署牧丞为兴修之。此老亦一代伟人，而祠宇荒凉，竟无有过而问者。先是，监利王子寿比部乙巳之秋都门相见，为余言道出华州时曾有梦征，属余速为整理。比以公事，傍午尚未及是，倘非北门假道，又适忆吾友之言，正不知何日始能商度此事。天下事有欲为之而因循玩忽者，往往然矣，岂独一莱公祠哉？他日当属子寿为文记之，且以志吾过也。午正三刻，随与诸公话别，或乘马，或乘舆，一路杨柳青青，饱看华山山色,以酉初抵华阴庙中。查询此间,极贫民甚多,令君孙明府已于年内倡俸赈抚,甚有条理,相安如故。朝邑人李西园大令来,为余言称道不置,盖真实心为民者。而富平令李星甫尤为经理得宜云。

一园杨柳露短碑,镌刻莱公故里。接着城西三百步,祠宇半都颓圮。下马入门,焚香展拜前后周遭,视有明嘉靖杨公《重建碑记》。太守欣然告之两令并华州刺史,共集廉泉新庙貌。我亦解囊倡始,安社稷臣,补造化手,神其妥之矣。愿公灵贶雨泽,速沾桑梓。

二十日(4月5日) 辰起,诣西岳大帝位前,恭申展谒,默为祈祷。与县大令登万寿阁,望华山三峰,积雪犹在,回顾中条,黄河为低徊久之。仆夫戒行不可复留,遂即登舆。至未正至潼关,观察使常君勋舫绩、署司马钟太守龄及署副将宁陕游击成君琨以次十余人迎于郊。随诣观察使署,登望河楼,黄河在北,秦岭在南,四扇潼关,可谓地形天下险矣。是日清明节,天气晴霁。

出潼关(百字令)

潼关四扇,算风尘、来往于今六度。太华中条排左右,山色青青如故。北接河流,南依秦岭,夹送当来路。崤函直下,看他天险无数。却忆黄鹤高楼,晴川峻阁,鹦鹉洲边渡。屈指岁星周一纪,我似刘郎重去。城郭人民,都无恙否?何以酬知遇。西方彼美,恰又不胜回顾。

二十一日(4月6日) 卯正,由潼关启行,自观察以次,均于关外送别,茗话一刻余。八十四里至阌乡县,宿。县令李容海先迎余于盘头,畅谈两刻,询知黄河以南二月初旬皆有雨四五寸,而旱久,尚无大济,谷雨以前若能连得大雨,则皆可补种矣。是日晴甚,午未间热不可耐。

二十二日(4月7日) 卯正行,至午正驻灵宝,一路行夹道中,尘土扑面,意兴索然。抵寓即倦极思卧,县令钱君是日方校射,略无酬应,亦殊快事。是日晴。钱号兰台,江南通州人。

二十三日(4月8日) 卯初,自灵宝乘舆六十里至陕州城外之桥头,尖。刺史丁君先于五里外相逶,至是与谈刻余,知汴中现议开流贾鲁河，捐输需三十万始克成事，其有益与否尚不可知。盖两岸皆河，旋开旋污。上年费青钱八十万而仍闭塞，其大验也。又三十里至磁钟住，所过灵宝地界，麦苗尚多滋润。入陕州境则青葱不过十之二三，其情形与阌乡等，民情有袴、有襦、有袄，而饥饿殊甚。以质库皆闭，无处可以典当，故饥而不寒，其可悯实甚矣。是日晴，尘土较昨稍轻。

二十四日（4月9日） 卯正起，觉有热意，出门则风势甚大，又觉寒气逼人。因行李已行，不及添易衣物。一路查看，似雨尚深透，麦苗颇畅，惟未种者多。行四十五里至硖石早饭，比未正三刻已到土豪。是日晴朗，而道路皆乱石错杂，上下山谷危殆实甚，东来第一日行路难也。

二十五日（4月10日） 晴。卯初自土豪行至渑池，县署胡大令湖南人烹茗一谈，论汴梁事甚悉。辰正至石豪，尖。未正至铁门住，将到时微雨数十洒。是日行九十里，所见麦苗不及十分之二，时方雨后数日，亦有种杂粮者。田间农民工作既竣，枕锄而眠，意甚酣畅，对之爽然。因口号云："枕着锄头一觉眠，看他心迹甚陶然。可怜驷马高车过，何日能安自在天！"

廿六日（4月11日） 寅正，自铁门行，一路平坦，田间麦苗亦甚畅茂。三十里至新安县，得少穆中丞廿一日自西安来书，并寄到吏部文凭一件。令尹刘、绍龙，号左青。县人李近塘观察方之长君承诰先后来谒，坐一刻许，即行三十里至磁涧早餐。又四十里至洛阳，太守萧公、元吉，号谦谷。县令马君均于道傍相候，立谈数语，即抵行馆。适差弁赍请觐折回奉，朱批"着来见"，于是遂定明日过河北行矣。是日申正，大风扬沙，雨数十洒，仅能及地，于麦粮无益也。夜中上少翁书，并宗至堂方伯、椒云、荷卿、笑陆及雨香、楷山两大令函，遣差弁西行云。

廿七日（4月12日） 卯初，萧太守、马大令同诣行馆，延与相见，茶叙数语，揖别登程。天气早凉，尘土不起，一路遥望嵩岳，颇觉爽气挹人。行五十余里，孟津令徐君焘，号耀南祇谒道傍，询知为贵州清镇人，随至上古镇行寓延与畅谈，并问晓瞻中丞事，甚悉。因即早饭，行沙地中约二十余里至河干登舟，约一时许泊岸。又行沙土中，十余里过新堤，遍栽杨柳，四围青青可爱。遥望河阳城郭，风景殊佳，虽无满县栽花，恰亦光景宜人。令君徐□□为四川宜宾人，上年履任，谭次亦殊不俗。是日畅晴。主人以予下榻考院，"景韩堂"一匾为冯鱼山先生书，秀整绝伦。大堂对面一匾书"业精于勤"，款署西昌杜某，亦鱼山书也。院内有石刻《淳化阁帖》全本，徐大令云有明王觉斯所摹勒者，以一本贻予，匆匆实不及披览矣。

廿八日(4 月 13 日) 卯初，由孟县行，天朗气清，惠风和畅。平田万顷，一望浓绿。六十里至河内，署县为许君，□春，福建建宁人。因公在乡，太守汪君孟慈于城外延余，立谈数语即登舆。至行馆中又与孟慈谈四刻许，始知麦苗之得遂畅茂者，皆君年来开渠引水之力。其惠政甚多，群黎感戴，异口同声，而上官不谅，僚属亦动掣其肘，始叹作好官之难也。在河内早饭后，复乘马沿堤行六十里至宁郭驿，宿。是日河内借马皆不受羁勒，奴子、厨夫坠者三人，厨夫以四鼓后始到。

廿九日(4 月 14 日) 卯正，由宁郭乘马行十余里始升舆，田畴二麦大异河内，问之土人，云有水浇地，尚可望收，然不及十分之二矣。共五十里至修武县，尖。县令陈君克仪上年补授此地，询知为涿州人，后山宫保乃其至戚，人亦恂恂谨谨，尚有书卷气，惟民穷官困，几于无所措手，为可叹耳！又五十里至获嘉东关外，宿。县令为袁某，以事赴府。是日热甚，尘土较大。

三月初一日(4 月 15 日) 卯初，由获嘉乘马行约二十里，天气阴凉，大有雨意。共五十里至新安，早尖。启行数里又复晴霁，环视遍地枯槁，待泽孔殷，中心不胜焦急，问之土人，云若【此雨】再无二三次透雨，则秋粮亦属无望。天心仁爱，能不救此黎民耶？是日未正二刻，到卫辉住。太守糜嵩甫宣哲甫自捐赈局还，即来谒余，坐谈刻余，知所属汲、淇、获、新、辉五属均已请赈，尚未奉文。现时之赈，乃太守捐廉倡率盐当官绅,先为散放米谷两月,计户不计口,五日一发,每户二斗,计惠及十七八万人。闻太守亦贫甚,此可知其苦心矣。耦耕先生到汴藩,甫二月以病退,是日闻嵩甫言此缺,即以王叔原补授,廉访则广西右江观察吴□□升补。吴逊甫,式敏之弟也。

初二日(**4 月 16 日**)　寅正一刻由汲县启行,热气逼人,天亦沉阴,疑有大雨。乃迤行十余里,凉风徐来,又复晴霁。而平芜凝望,生机全无,惟见剥树皮草根者,成群逐队而已。巳初至淇县关外,草草一餐,三十里过淇水,过即属浚县界。又三十里至泥沟,为汤阴县驿站,县令程君廷镜已由直隶州捐留河南,归候补班,开缺补用。余己巳过县,曾相款接,颇觉无习气者,旱干如此,不知其何以为理也。是日,鄂中丞遣弁来迎,并致盘餐。

初三日(**4 月 17 日**)　寅初,由泥沟乘马行十五里过扁鹊墓,又十五里至汤阴县。邑令延余于岳王庙,茗谈一刻,知中州一带及邯郸以北均得透雨,而此间仍干旱如故也。又四十里至彰德府,县令朱君诣行馆相见,随早饭毕。太府俞君焜,号云史自丰乐乡祭二大夫庙回,闻余至止,亦来趋谒。时君方升任直隶永定河观察,拟受代即行,余丙子同年也。又谈二刻许,甫登舆,大风扬沙,几蔽天日,而热不可耐,浑如四五月天气,生平实所未经者。申正,至丰乐镇,宿。是日厨夫马某竟以病毙于安阳,幸彼间司阍者为旧仆舒楷,亟命奴子以十余金付之,俾为之料理衣棺并志石焉。此厨甫相随半月,而以远道毙,亦殊可怜。其妻子在陕之蓝田,他日当以数十金付之,俾资度日也。

初四日(**4 月 18 日**)　由丰乐镇过漳河,行河土中二十余里,道始平坦,共三十里至磁州,尖。又七十里至邯郸,宿。令君仍为莫某,到甫四年,已三年不收矣。是日稍凉。

磁州道中(齐天乐)

快马轻鞭三十里,阳春召我烟景。两派清流,两行新柳,两岸绿云千顷。鞭丝帽影,算半日清闲,画图相近。斜照深深,此中定有神仙境。　我欲移家驻此,薄田三万亩,园林招隐。明月二分,三分水竹，围住溪山深稳。老天如肯，便富贵功名，一齐冰冷。作个农夫，渔樵风味永。

初五日（**4 月 19 日**） 丑正起，寅初行，天气稍凉，二十里至卢生庙始明，又二十五里至临洺关，尖，时方辰初。又三十五里至沙河县，又三十五里至邢台县住。顺德府太守郑君春溪乔林，河南罗山人，由工部充军机章京，以道光十七年出守，来此已二十一年矣。为政勤勤恳恳，与民甚相安益，实能培养元气者。承其走谒，因即答拜，畅谈两次，出所示《保甲法》《种树开井诸说》《禀设土兵事宜》，均有条理。使诸太守皆能如是，地方亦何患不安也。是日阴甚，疑极北当有雨泽，自沙河以北麦苗尚滋润，田间井水亦多，道傍树柳无数，其太守之善政欤？

初六日（**4 月 20 日**） 丑正三刻，由邢台启行，六十里至内丘，尖。又三十里过临城县属地，又三十里至柏乡县住。县令德亨与邢台鲁令杰均以派办御道差，尚须十数日始还，故均未得见。是日大风扬沙，寒气侵人，几不可耐。至申正始见日色，时已至行馆矣。

初七日（**4 月 21 日**） 丑正一刻自柏乡行，二十五里至王郎城，天始大明，风日晴和，以巳正至赵州桥，尖。刺史胡君，允，培之。胡卓峰军门之犹子也，年甫三十，颇觉少年老成，叩以公事，亦尚明白，为故人喜慰无已。午正，始自行馆与培之刺史别。出馆未五六里，忽起暴风，满地尘沙，日色无光，天容亦甚惨淡。余坐舆中，东倒西歪，身亦无所倚傍，舆夫则一步一退，不能自持。亟呼扶轿者众力挟行，亦复时虞颠踬，约半时许始渐微缓，急催前进，凡四十里为栾城县，酉正始至，亦困惫极矣。是日甚凉。

初八日（**4 月 22 日**） 自栾城行，昨日因乏甚，酉正三刻即眠，至丑正一刻始醒，急披衣起，天气仍凉，行十余里始明。又三十余里至正定之十里铺，尖。将至府城，太守冯君、县令许君暨司马、都司均在道傍相候，因相与茗话。都司谢升恩现署右营游击事，为贵筑县人，丙子武孝廉，来直隶已六年矣。略各小叙，即起登舆，行七八里，亦复大风，幸尚不及昨日之甚，急催前进，以申正抵伏城驿，宿。

初九日（**4 月 23 日**）　寅初一刻起，四刻行凡一百二十五里，过新乐县，令尹同年春君先出五里迎，复延余至行馆早餐。至定州，刺史宝君出郭相迓，因诣行馆茶话二刻。刺史貌不逾中人，与之言论甚有条理，其臧否人物皆确切不易。君为升文贞，寅公子，文贞颇以清节受圣，人知有子如此，可以无恨矣。是日天气晴和，不暖不寒，在清风店宿，去定州三十里。

初十日（**4 月 24 日**）　丑初一刻自清风店行一百廿里，以午正三刻至保定，即入城诣节署，随拜方伯，顺至首郡，均以事外出，未及把晤。因诣廉访周石生署，又至龚观察署纵谈数刻，前至田令关六泉之长君来，与共晚饭。城中诸公均来答拜，又与首郡刘君谈一刻而去。是日阴甚，疑有大雨，乃至未初，仅下数十点，未能清尘，殊深愁急。

十一日（**4 月 25 日**）　寅正一刻，由保定行，过安肃县，尖。凡一百一十里，至定兴县属之北河住。是日未正大风，余已至，止。宫保讷近堂师由京回省，亦宿于是，先枉过余，余随即走谒，因留便酌，畅叙至戌正始还旅馆。适令尹金君来谒，言贾鲁河情形甚悉，由扶沟至朱仙镇皆多沙，开成甚难，其水源由荥泽来合泾渭流，如能开通，实为省门大利，特经费不足耳。

十二日（**4 月 26 日**）　卯正，由北河行，过定兴新城涿州，凡一百二十里，至窦店，宿。是日午后有风，到店已西正矣。

十三日（**4 月 27 日**）　寅初行，过良乡至新店，尖。时俞孟廉刺史之次君来谒，始知孟廉葬事甫竣，以十一日归宅，盖闻余将到，故也。午初，大风扬沙，过卢沟桥至天宁寺，时琴五吏部已先在寺中待余，与谈约四五刻，江翙云侍御亦来，因共斟酌畅叙，至酉正始散。阔别已十有七月，积愫甚殷，一朝握晤，宜其快惬寸心也。

十四日（**4 月 28 日**）　住天宁寺。辰初方兴，四围周历牡丹，甫苞，杂树亦皆葱茂。于陵园平台略一登览，万木繁盛，心胸为之一开。俞孟廉刺史适来谈。未一刻忽梁太守芸滋，向台来访，心芳中丞之台弟也，与余别十有三年，握手相见，欢若平生。随共早餐，孟廉随去。

林镜帆太史，黄琴五吏部、其子子寿进士复先后来，因偕向台午酌，谈
至酉正而去。余复与和尚茶话，谓寺前古塔始自隋开皇间，中有舍利
二十七粒，迄今千五百年。乾隆初曾略粘补，而木角依然，并未损坏，
亦足异矣。是日阴晴各半，老僧云，午后黄气由西风送而过，二三日
内当有雨也。

十五日(4月29日)　住天宁寺，辰初方兴，四围一行。吉秋畲
京兆适来，方坐谈，何子贞太史、邓鹄臣观察亦至，因共早餐。未竟而
米树斋方伯、萧史楼殿撰先后亦到，祝衡畦大宗伯、聂雨帆礼部随亦
继至，送客出门，业已未正。倦极稍卧，而黄琴五复来，遂共晚饭讫。
昨夜雨一寸余，今日稍凉，天气颇清，视西山始有爽气。

十六日(4月30日)　辰起，甫盥洗间，得乡兵曹李君佶来坐未
久，俞孟廉刺史随至，与之晨餐。甫毕，刑部笔帖式庆纯来见，询知其
☐人，现为荆州太守明善，吉秋畲之中表兄也。未正，沈吟樵昆仲来
见，其文皆楚楚可观，大可望中。申正，江翙云、萧伯香、黄琴五均先
后来，因共晚饭而散。适阅抄报，李石梧制府调督两江，林少穆中丞
移督云贵，杨至堂方伯抚陕，均无庸来京，为之欣慰无既。是日天朗
气清，夜色皎洁，遥望西山，烟光缥霭，胸次殊觉畅然。

十七日(5月1日)　天气稍凉，辰初盥洗未竟，俞孟廉刺史已亲
御安车来，同年周听松之胞侄鸮亦来谒余，因共早餐。视家丁检点行
李毕，以巳初升车，行二十余里，午初至扇子河吉升堂寓住。申初随
往谒枢堂，时潘芝轩相国以总裁入闱，穆鹤舫首揆适有差进城，与赛
鹤汀、祁春圃两大司农，何雨人大司马共谈一时许。以酉初还寓，时
黄吏部琴五、沈吟樵孝廉先后亦到，略与谈叙，即共晚饭。天油油然，
似有雨意，随亦小有沾润，惜未能大沛耳。是日闻楚督有三百里夹板
马上飞递，不知何事。郧阳镇开缺。

十八日(5月2日)　寅初一刻，黄琴五吏部先诣宫门代递请安
折，随以卯初初刻缺襟夹袍绒冠由如意门诣小朝房稍憩，时陈中堂、
李锡民大司寇、虞叶唐少宰均来相问讯。卯正三刻叫起，余第三起，

第一起原四川提督托明阿,第二起太原镇祥麟,第四起军机,第五起陈中堂,第六起刑部尚书阿勒清阿。辰初三刻,内人传呼,时上御勤政殿东书房,谨整衣,殿右门入,至帘外稍候,随进至军机第三垫侧跪,摘绒冠碰头奏:"臣唐树义叩谢皇上天恩。"上问:"你是从那里来?不是三年期满的么?"奏:"臣蒙圣恩新授湖北藩司,吁恳陛见来的。"上云:"先是那里臬司?"奏:"先是陕西臬司。"上云:"几时放的?"奏:"是道光二十五年放的,到任才一年零四个月。即蒙天恩破格擢用,臣不胜惶悚之至。"上云:"你一放就是臬司吗?"奏:"臣先是湖北知县。"上拍手大笑云:"你先在湖北(带)[呆]过,自然情形是极熟的了。这岂不甚好? 你是谁人保的? 在湖北几年?"奏:"臣在湖北八年,由首县升补汉阳府同知,照例引见。道光十四年冬子月,蒙皇上召见一次,第二年六月即荷天恩,特放甘肃巩昌府知府。"上云:"在甘肃有人保过没有?"奏:"恩特亨额保过。"上云:"你是恩特亨额保的? 你是那里人?"奏:"是贵州遵义府遵义县人。"上云:"你是贵州遵义县人,遵义在贵阳之南之北?"奏:"在贵阳之北,距贵阳三百里。"上云:"也有三百里,你原籍就是遵义吗?"奏:"遵义本属四川,雍正年间才改隶贵州。臣原籍江西。"上云:"你由陕西来,是几时起身的?"奏:"是二月十七。"上问:"你来的时候林则徐回任没有?"奏:"林则徐是二月十五日回任,杨以增也是二月十五接布政使印。臣交印后才于二月十七迎折北上。"上问:"林则徐的病全好了没有?"奏:"林则徐疝气下坠,是老病,上年十冬月内发得太利害,又添咳嗽气喘,他怕支持不住,辜负皇上天恩,才具折请开缺调理。后来接奉批折赏假三月,臣等去见他,他对着臣等痛哭流涕说,这样恩典是从来没有见过的,怎么好,臣当时还说了一句粗话:如今还有什么说的,惟有遵旨安心调理这个身子,也只好交给皇帝便了。"上点头者再,随问:"你今年多大年纪?"奏:"臣今年五十五岁。"上云:"你也有五十五岁了吗?"奏:"是。"又问:"这翎子是那里得的?"奏:"是道光二十三年剿办番案,臣总理后路粮务事竣,蒙皇上赏的。"上云:"不是富呢扬阿、周悦胜那回吗?"

奏："就是那回。"上云："你带过兵没有？"奏："没有带过兵。"上随欠身云："你明日再递牌子。"奏："是。"随起身退后三四步侧出。是日子初得微雨。已正后大风，天已放晴，随往谒穆鹤舫中堂，畅叙七八年前事，谈二刻许。又答拜车王及军机章京聂雨帆及各章京，并蕴樵之诸君而还。

十九日(5月3日)　卯初三刻，由如意门入小朝房。卯正三刻叫起，第一、第二为栋发参将某某，第三军机，第四定郡王，第五祝庆蕃，第七祥麟，余为第六起，仍至东书房第三垫侧跪，上问："陕西是上年甚么时候没有雨起？"奏："上年七月十二得过小雨，之后直至十二月初四五才得雪两寸余，到十二三两日接连得雪三四寸。"上云："得雪之后麦子该全种了？"奏："旱了半年之久，两次得雪虽共有五六寸，已不足用。又兼大风，高原平野都被吹散，那能全种？到是南北两山用不着雪，地方下的雪偏大。"上云："是了，南北两山都不多种麦，种的全是包谷、高粱，所以用不着雪。究竟地方安静不安静？"奏："林则徐因见天时不甚可靠，嘱付臣等早为预备。托皇上洪福，西安粮是足的，地方绅士、百姓又多急公好义，州县也都能奉令承教，编查保甲早已办有头绪，清查户口全不费力。粮价才贵，那些穷百姓已得有接济，是以不至流离失所，半年以来甚是安静。"上点头者再，又问："你在西安起身时，得了雨没有？"奏："二月初七八得雨一次，十三四又得大雨一次，真是满(簪)[沟]满车。"上云："这该可以补种了。"奏："节候已迟，只能补种杂粮。臣在河南途次还接过林则徐的信，说清明这日天气畅晴，麦苗陡长，如能陆续得雨，尚可以转歉为丰，只是陆续得雨要紧。"上云："正是陆续得雨要紧，你一路来，看看光景如何？"奏："河以南尚有出土麦苗，河北一带，除却怀庆属的河内县有几十里水地麦苗畅茂，其余修武、新乡、获嘉、汲县、淇县、汤阴、安阳一带均皆不好。"上云："直是赤地千里！直隶大、顺、广三府也不好，那是与河北交界的地方，还有山西也旱得狠，怎么好呢？"奏："直隶赵州以北均有井地，可以辘轳灌溉，当还好看。如前夜所得的雨，虽然不多，这些有井地方,若也得了,都还有益。"上云:"也有益吗?"奏:"是。"上问:"你这西安臬司放的是谁?"奏:"是严良训调补,他从广东起身,还有些日子才得到呢。"上云:"现是谁署?"奏:"是督粮道张集馨兼署。"上郑重云:"是张馨。"奏:"是现在西安巡抚,皇上天恩,放了杨以增那个藩司的缺,也还要人署呢。"上云:"省中还有甚么人?"奏:"还有凤邠道崇伦,人甚明白体面。"上云:"自然是他们委署了。现放的西安藩司是谁?"奏:"是恒春,他现在山西。"上云:"他也是要来陛见的,你明日还递牌子。"奏:"是。"随出。是日天气大晴,王翠珊比部、张剑潭农部及内兄刘恪庵锡恭、延刺史禧均先后来问讯,军机中堂、章京诸公亦皆来答拜。

　　二十日(5月4日)　卯正一刻,穿补服仍由如意门至小朝房。一刻余,即叫余为第五起,仍在东书房第三垫侧跪。上云:"近来湖北的仓库两项也不知道有亏没有?"奏:"不敢欺瞒皇上,听说是有,还不在少。"上略停顿云:"你打算怎么办法?"奏:"那要看地方情形。据臣糊涂见识,若是缺分真是累,那个官做得还好,只好通融体谅,可以设法,便就设法弥补;若是那个缺分本不累,全是官不善经理,任意侵挪,平日又不好好做官,却要严参几个才能(彀)[够]惩一警百,挽回积习。待臣到那里去查访的确,与督臣、抚臣熟商妥办,总要于公事有益才好。"上点头云:"这就是了。"又谕云:"地方官总要得人,你是当家人,这'用人理财'四个字干系重得狠!"奏:"诚如圣训!州县为亲民之官,打发一个人去做这个州县,造福也是这个官,作孽也是这个官。臣糊涂见识,'用人'更重于'理财',只是中人之才,最多假如得了一个好官,去做那州那县缺分,就便苦些,他也能咬着牙,不要百姓的钱,公事也认真整顿,他也必会量入为出,断不至于亏空。却是这种官,做上司的必得想法调剂,他才足以风有位,他们办事也才有精神。"上点头云:"原该如此,却要你们留心。"奏:"留心不难,只是得这种有才有德的人难呢。"上点头云:"你明日还递牌子。"奏:"是。"随出。是日上诣太后宫请安,余以二品大员,应随同站班,即赶赴宫门内西排,立京官之次,上乘马出宫后始退。是日天稍阴,花思伯侍御、陈小舫太史均来问讯,因共早饭。陈子嘉府丞、沈朗亭侍讲及京朝官贵多来展拜,竟不及详记云。

二十一日(5月5日) 卯正一刻仍由如意门入至小朝房,延一刻余,叫余第末起,至东书房第三垫侧跪。上云:"湖北地丁是年清年款的吗?"奏:"湖北地丁额征一百万零,那个地方每年不是水便是旱,总要请缓二三十万,断不能(觳)[够]全完。"上皱眉云:"这怎么好?"奏:"湖北地方高处怕旱,低处怕水,雨水小了,堤工便不至漫溃,那高阜之处自然是缺雨的。到得高处,雨水沾足,雨水定是大的,那堤工便难免溃决。臣在湖北多年所见,年年都是这样情形,所以年年都有缓征。惟有做上司的时时留心,总把他们已经征收的赶紧催解司库,一则可免州县侵挪之弊,到底库内多存贮些,也可以备缓急。皇上圣明,如今各直省藩司库里无一处不是空虚的,总盼年岁收丰,倘得十数年都是丰收,便不怕国用不足,那地方上也就元气大复了。"上云:"何尝不是如此! 年岁是最要紧的呢。你如今就赶着到任去罢,你们做封疆大吏的,全要讲究一个'虚实'的'实'字,能把这个'实'字做到了,那样事办不好? 总督裕泰是多年督抚,他也有些随便,看得不甚经意,现任巡抚赵炳言人甚长厚,到没有别样坏处,却是太长厚便振作不起。你这样年力、才具,只要肯实心认真,还怕做得不好吗? 你是贵州人,城里头想来也没有甚么耽搁,你今日就跪安罢。明日不用递牌子了。"碰头奏:"谨遵皇上圣训,臣具有天良,断不敢辜负天恩!"上点头云:"你往那条路去到湖北? 要多少天?"奏:"走湖北有两条路,一是由河南信阳州走湖北应山县入境,全是旱路,只用二十八天;一是由河南南阳府走湖北襄阳县入境,由襄阳坐船,旱路二十四站,水路六七八九天不定。臣想走襄阳这条路坐船下去,顺便可以查看堤工。现在桃汛已过,水势正是要涨的时候,看他们堤工有不如式的,就近便可以指拨做法,到底好些。"上点头云:"狠是你赶势看了去,省得再来,岂不是一劳永逸吗!"随欠身云:"你就去罢。"奏:"是。"

随起,退后三步,重复跪,再起退,侧身出。是日天气畅晴,回寓即料理酬应。至枢堂各处拜辞,与祁春圃大司农谈二刻许,承赠余唐子畏《捕鱼》手卷并扇对。回寓寄陕西家信及少穆大府、至堂中丞及各同官书,又寄贵州家信及梦湘兄一函。函甫发,适得少翁、至翁及荷卿观察信,并梦湘兄、炯儿贵州来信。内子于上年十二月内生一女,大小平安,虽不满意,亦稍释却怀云。

　　廿二日(5月6日)　由□园寓登车,辰正行,入西直门至魏儿胡同恩朴庵师宅内,晤春玉峰之世兄瑞昌,年已十四,人甚谨饬,心为之慰,并致菲意而别。至富海帆先生宅,见富夫人及两女公子,细询家事,亦复安善。随辞出,诣伟堂相公处晤陈小舫,知相公乔梓皆不能即归,因答拜吉秋畲京兆,⊠已斋公子、长□□公子,许镇生同年。出宣武门,晤张剑谭农部、江翙云侍御、朱伯韩侍御、祝蘅畦大宗伯、李锡民大司寇,年伯张兰芷、周芝台两少司寇,何子贞、子京①兄弟,林镜帆太史。复偕子贞、翙云、萧伯香农部至黄琴五宅小酌,因宿琴五家,至丑正始卧,亦疲乏极矣。是日晴。

　　廿三日(5月7日)　卯初起,翙云邀同琴五赴打磨厂东兴居小酌,已初登车至贵州中馆,欲晤内侄⊠丁世珍孝廉,不值。随往答拜邓鹄臣观察,叶东卿、润臣乔梓,毛西园孝廉,沈吟樵、诗樵兄弟,伍嵩生孝廉,蒋玉侯司业,王翠珊比部,邓简民之太翁。并及潘相国宅投刺,顺至侯叶唐少宰、陆东渔公子处,均不相值。又至刘心方侍御宅相与畅谭,仍还至鹄臣寓,时小舫太史、邓太翁已先至候余,招同雨香录事把酒共酌,座中复有两录事浅斟低唱,备极欢洽,子初始散。即留宿鹄臣宅中,是日晴。

　　廿四日(5月8日)　卯正,雨香仍来同鹄臣早酌。余因往东城,谒宝献山相国、汪衡甫大京兆。又至璧星泉大府处,平生知己,亟欲一见,而公已先出不值,徒用惘然。因复出城,晤杨秋蘅孝廉,是粤东

---

　　①　整理者按:疑为“绍京”之误。

名士,别来三十年,君已六旬余,皤然老夫矣。又往晤花思白侍御、梅伯言农部、俞孟廉刺史。是日即宿孟廉宅中,晚饭方罢,而子贞、琴五复来谈约两时许。听檐前淅淅沥沥雨声不止,相与欢甚,送客出门,已及子正矣。

廿五日(5月9日) 卯初,起视雨油油然,疑仍欲雨。杨云卿、任嵩生、沈氏昆仲均来视。余登车出彰义门及普济堂,韩小魏、丁世珍、杨聚垣皆在其内,与谈一刻余。门人许茨堂农部亦来,因共数语,遂升舆行。过卢沟桥,刘秋坪邀留小酌毕,过长辛店至豆店,俞孟刺史已先至止,因复畅谈至亥正始卧。是日天气稍凉,然已奉谕旨,换戴凉帽矣。

廿六日(5月10日) 寅正起,与孟廉别。升舆行,过涿州、定兴至北河,宿。定兴令金君先出廓迓余,后诣行馆相叙,其器宇颇不俗,似亦留心世务者。是日晴,午后风甚。

廿七日(5月11日) 丑初起行,至安肃,早尖,以未初至保定,先往拜郭次侯方伯、周石生廉访、龚月舫观察,各畅谈少许。始至近堂师大府署,因留便酌,与立夫之令四弟遇,饮至亥正始归行寓。是日晴,午后大风。

廿八日(5月12日) 寅初起行,过方顺桥至望都,宿清风店。是日晴,午未间大风。是日未正至店,适崇荷卿之太夫人自西安来,亦宿于此。因往谒拜,颇甚安善。随寄慰荷卿一函云。

廿九日(5月13日) 寅初行,过定州,与宝刺史琳谈一刻许。宾旭先生之长公子也,心思极细,世故亦练达,旗人中实为不可多得。随过新乐,春大令为丙子同年,复与畅谭。又四十五里至伏城驿,时已申正,适新调磁州牧恩刺史符来谒余,世交兄弟也。见其老成磨炼,蒸蒸日上,为之欢然,因留共酌,谈至亥正而散。是日晴,午未间大风仍甚。

四月初一日(5月14日) 寅初起,过正定府,太守冯君相谒于行馆,谈及一刻,随登舆行。至十里铺,尖。以未正三刻抵栾城,县令李君来谒，略与致意而去。是日晴，未正大风。闻金可亭侍讲将过是间，待之久不至，或明日早晚当相见也。

初二(5月15日) 寅初，由栾城行，天色甚阴，似将大雨。巳初至赵州桥，尖。刺史胡培之来迎，因与早饭，纵谈至午正。学使金可亭始来，又共谈楚北时事甚悉，未初始各分手。行三十五里至王郎城，大风扬沙，几蔽天日，微雨数十洒，而风仍未息。近柏乡城七八里，道路均湿，似大雨甫过者，愈近愈见沟浍皆水，入城则道皆泥泞。县令德君来言，城内外雨势甚大，惜未能久且普也。

初三日(5月16日) 寅初，行时微雨丝丝，天颇昏暗。愈行愈开，至内丘则放晴矣。早饭后复前行，于未正间亦数十洒，地犹未湿，即亦开朗。申初，抵顺德府，太守郑君春溪偕县令鲁君迎于郊外，谈数语随入城。至府署晚饭，畅谈时事甚欢洽。郑为癸酉拔萃，由小京官得部郎，入军机章京，外放是府已十三年。君为政务以德化人，士民咸爱戴之，使其早大用，必能培养元气。惜乎知之者少，窃恐其壮气消磨，终不展布。天下之如郑君者，良不乏人，安得为大吏者相赏于风尘之外，而使之蕴蓄毕宣也？是可慨已！是夜一鼓后，汉阳太守夏君廷桢与其弟湖南司马廷樾均来相见。盖太守兄弟一以卓荐，一以新升司马入都引见，过此适相值云。

初四日(5月17日) 寅初，冒雨由邢台行至临洺关，尖。此七十五里中时雨时晴，四望麦苗亦尚畅茂，已半有成穗者。由临洺至邯郸四十五里，一望皆甚枯槁，未种者竟十之七八。云则油然，而雨恒未下，亦殊可诧。盖此县已三年不收，城之内外，生气全无，岂令之不职欤？不可解也。县令莫君闻已撤任，署事者尚未至。

初五日(5月18日) 寅正三刻，始由邯郸行。昨夜一鼓时大雨如注，惜仅一刻余而止。至子初刻则大雷电，雨沛然，下约二刻余，始觉稍息。寅初又复大雷雨，余行时尚淅淅沥沥。一路见农人荷锄叱犊，欣欣然咸有喜色。问之，则雨可一犁，已能补种矣。凡七十里至磁州，署州牧陈君，政典，号章轩。四川人，戊子举人，由大挑分直隶，先署沙河县,颇有政声。来磁州甫一月余,能以勤慎治民,民颇爱戴之,盖实心为政者。与之谈约两时,特其人略粗率,而勤勤恳恳,精神才力亦足以副之,从此进而愈上,当不愧好官也。又三十里过漳河,入河南界。查问河北一带,亦得雨泽,惟尚未深透耳。是日辰阴,午后大晴。

初六日(5月19日) 寅初一刻,行至彰德府。将至府城一里余,署太守郑君来迎,时前太守俞云史同年已升任直隶永定河道,尚未启行,先遣人来邀余至署早饭。抵署谈未一刻,适得邸报,云史已改调湖南衡永郴道。行李一切都已打包,北辙易为南辕,势将另为料理矣。又坐谈次,知学使萧仲香太史方校试彰德甫竣,因与云史同往晤叙一刻余,仍至云史署内早饭。一主一宾,颇极欢洽。云史谓余:"君性似急而考察精密,不能无弊,以后请'多其察,少其发',何如?"凡谈次皆居官行政要语,而此二言尤切中余病,感良友之箴规,敬当奉为韦弦,不敢过耳忘之也。随以未初出城,署太守及大令朱君又复相送,为立谈数语而去。过汤阴,时程君尚未受代,道谒余又共诣岳王庙,茗谈刻许始行。行至扁鹊墓侧已及申正,大风扬沙,目为之迷。舆夫四人几欲倒跌,又益以二人扶持之而后能行,以酉初抵泥沟。讯之土人,初五夜之雨此间竟无,然十日前已得雨甚透,故一带种者皆已长发云。是日畅晴。

初七日(5月20日) 寅初三刻由泥沟行,过淇水至淇县,尖。又五十里至汲县住。太守糜嵩甫馈以盘餐并及家乡豆腐,食而甘之。嵩甫又来谒谈,知所请赈银昨日始到,方议散放条目,尚未定也。其淇县亦将散赈,而道途所见,流离困苦,比比皆是,淇、汲两县令似均未能称职者。抚绥安集,此时此地正须得人,中丞、方伯何以竟未之知邪?是日多风,昨夜风尤烈云。

初八日(5月21日) 寅正三刻自汲县启行,辰正四刻至新乡县。署县令费君升先于城外相迓,抵行馆后与谈一刻许。随早饭毕,即行至城外分路,由南行四十里至小集,时天方未正,热极思饮。因小憩于吕姓店，烹茗略坐，询之店主人，此间已二年不收，大麦每斗五百八十文，民力甚为拮据。现虽得雨，尚不足播种。一路查看田间，竟不甚润泽也。又二十里至元村驿，是获嘉县属。有巡检驻此，距河尚四十余里。是日晴阴相间，亦无甚风。

初九日（5月22日）　由元村行，因五十里即当过河，恐稽时日，先嘱奴子辈于子刻起行，余亦于丑正升舆，以辰初二刻登舟，巳正四刻始及达岸。时中丞鄂云翁差弁来迎，荥泽大令亦饬纪纲走请于城外早尖。乃仆夫不知途路，比及查问，则已斜过尖处七里余。因觅土人引途直行，至一野店煮鸡子六枚食之，询知为郑州属地，父老儿童甚道使君善政，相与闲话，娓娓可听。数年前有严君，正基，号仙舫。民情爱戴，兹之崔君焘，徐州人，亦前后足以相颉颃，可为郑之民庆矣。因口号云："渡河匹马舟舟过，野店村氓问使君。前有严公后崔子，只今双峙郑州城。"过河凡六十里至郑州，刺史崔君来迎，其品格亦佳，颇有儒者气象，年已五十有四，而精神尚充足也。是日晴。

初十日（5月23日）　寅正三刻，崔刺史来送，与谈一刻即行。三十里入新郑界，又廿里至郭店驿，早尖。又四十里至新郑县，县令锡君迎于郊，其行馆设于城东门内。到馆后又来谒谈，其气概尚有读书本色，人亦甚长厚。问县西山一为风后岭，其高者名大隗山，盖黄帝时已有之，其详不可得闻矣。城外溱、洧二水合流，溱水之源亦不可知，洧有洧川，即以此得名云。是日畅晴，风不甚大，然此间已半月不雨，望之甚殷，百姓几不可支矣。

十一日（5月24日）　卯初一刻由新郑行，入长葛县界，至石固驿，尖。又过许州属地至颍桥，宿。凡一百二十里，新郑至石固六十里，石固至颍桥，土人言只五十里，其实途远亦六十里也。出新郑三十余里，始见二麦有成熟者。将近石固，又始见有刈麦者。其所种膏粱亦已出土三四寸，皆半月来所仅见闻。自此以南，地上皆润，果□则大妙矣。是日早晴，未正后阴。颍桥为襄城县属地。襄城、长葛皆隶许州，新郑则属开封。由新郑县南关东南行至许州，九十里为信阳州,入应山县至武昌大道,余所行则去樊城道,皆以新郑分途也。

十二日(5月25日) 寅正,由颍桥行二十里,天气尚阴。余乃乘马前进,襄城令徐君,云南人,年甫三十有五,任事颇实心。前在京时闻云贵公车过此,一一皆赠卷金,其行事已可想见。迎余于郊,后至行馆展谒。因与畅谈,恂恂似不能言,而文有内心,当是后来之秀也。早饭后由襄城行六十里至叶县,又三十里至旧县,宿。县令李君为侪农方伯之长公子,因公去乡未及把晤,闻年甫三十余,自亦可振作者。是日自辰至酉皆有风,一路麦不多见,杂粮尚有畅茂者。

楚北旬宣录二(1847)

[四月]十三日(1847年5月26日)　寅正三刻,始由旧县行,时天甚阴,十余里后微雨一洒,尚不能湿尘土。凡六十里至裕、叶分界处,则大风扬沙,黄尘扑面,到裕州行馆已晴霁矣。是日行三十里,在保安驿尖,共九十里,未正即到裕州。州牧程君方校试,故未及见,得半日闲暇云。裕州乡中有刘姓者,家甚富,蓄敢死士百余人,专以御红胡子。地方官多借其力以捕贼云。

十四日(5月27日)　丑正起,寅初行,约十余里天始明,凡六十里至博望屯,早尖。三十里至新店,又三十里至李合店行馆,宿。此地距南阳八里,府城相隔一河,河从裕州来,直达襄阳,水小则不能行。诸葛草庐在县之南八里余,余丙戌年与陈特夫孝廉道出此间,曾亲诣瞻谒,并观所谓"卧龙岗"者,今已二十二年。回首前程,都如梦境,特夫久已下世,而余亦须白如银。平芜一望,不胜今昔之感。是日阴晴不一,天气颇凉爽,惟尘土扑人,殊不可耐。四望秋粮甚茂,较之河北一带,竟有霄壤之别矣。

十五日(5月28日)　寅初一刻,自南阳行六十里至瓦店,尖。又三十里出南阳境,入新野县界,又三十里至新野县。县令韩君潮为前武昌通守韩桐上之次郎,以戊戌进士补此二年缺,苦而累重,殊有支持不下之势,握手言之大难为计。闻桐上四郎现应礼部试,其八郎亦将以藩照磨捐省湖北,故人有子,为之差慰。是日天气晴和,满地葱茂,秋粮大可望丰。由南阳至新野百二十里,似不下一百五十里也。

十六日(5月29日)　丑正三刻,自新野行六十里至吕堰驿,尖。

先三十里已入湖北界,至是,绣大令来迎,清秋浦太守、襄司马□丞、襄阳卫张守备亦先后来见。又三十里至新店,又三十里至樊城,委员刘牧、李倅、□令及襄阳府经县丞、典史、分府、从九、未入及缉私县丞、教授、训导并营员均先后迎谒,到行馆后,复与诸公共话,一时许始散。晚饭后前府经刘君嗣煦暨成兰生方伯之令弟世理亦来谒,世理以举人大挑,分发山西,适缺盘川,赠之百金并顺致中丞、廉访各一函,托其关照。时已亥正,倦极始卧,竟忘昏晓矣。是日晴,午后甚风。

十七日(5月30日) 辰初始起,奴子辈因赶程,不及先遣送朝衣来。知眷属于十三日始能启行,计到鄂垣当及端午节矣。是日天气微阴,襄水已长一尺二三寸,查看老龙堤工尚完好。饭后过江答拜府厅州县,又往江观察署申奠。申正始还寓。

十八日(5月31日) 卯正起,自樊城登舟,襄阳官弁自护观察以下至典史委员均来叩送,与清秋浦太守谈数语即解缆行。约二十余里,双沟缉私委员陈府经来谒。又约十余里,县令涌君赶送至,延之茗谈,至一时许始去。又十余里,南漳令李君景颐、卸署南漳新补枣阳令杨君仁裕从南漳赶至此,与之接谈又二三刻。李甚忠厚,余丙戌同挑同分湖北者也。光景既累,又以四参将届急,欲挪动避处分地,余以新到且情形不悉,姑婉辞之。杨则貌似怯弱,而安详中带强毅之气,颇觉□□心,勉以实心任事,俱能听受,可望作好官者。闻现署枣阳吴大令甚属勤能,果牧令中皆如此二君,吏治大可起色矣。迟二刻,宜城翟大令亦来,盖已入宜城界内,蒙惠余家乡豆腐小菜,并与谈乡事甚悉。其教谕、训导、典史亦来,一一延见讫,已及申正。是日天朗气清,波恬风静。凡一百五十里至宜城属之茅草洲泊,已酉正三刻矣。

十九日(6月1日) 寅初解缆行。辰正入钟祥县界,县令陈君有仪以志书与图及堤工段落清折来迎,谈一刻余。安陆太守贾公世陶亦来,贾以年内到任,甫及半年,闻其实心认真,凡事必讲求至是,其精神既有余，加之阅历进境，正未可量也。过丰乐，汛巡检诸镳、分汛把总雷万春同来迎迓，年力俱精壮，勉以数语而去。随即南风奋发，逆流而上者，帆飞如驶，鼓棹中流，未免有石尤之叹。所谓天下事不能一一如意者，要惟以顺受之而已。晚饭后，分安陆审案委员劳君宗焕适来，年四十余，精力甚健，人亦安详，才具大可造就，畅谈一时而散。是日泊舟二十里望，距县尚有十五里。晚间微阴，风亦稍平。

二十日(6月2日)　寅初行。卯初过安陆府，由钟祥之龙山观循堤而下至王家营，凡一百六十余里。查看险要处，所及迎溜、顶冲均经该令陈令削放，碎石、坦坡办理极为得法，于堤工可谓实心任事者矣。未到石牌，姚亲家夫人差奴丁余坤以舟来迎，细询其家事尚属安顺，心为之慰。在钟祥时，陈令、劳令均来叩送，与谈刻余即饬回。典史、委员亦来，均尚安详。至石牌，分驻县丞来谒，系由教官保举者，尚不失读书本色。至石牌下荆门，刺史郭镜堂来谒，问其已卸事，将以俸满入都，余丙子同年也。平时于吏治不甚谙习，而又趋走奔竞一路，闻七年荆门口碑甚坏，如此貌似有才又惑于嬖幸，恐难保其不一路哭耳。至☐口，同知多瑞来谒，人尚在明白，一边却无才具。是晚，署京山令沈熙麟来谒，似甚忠厚，毫无习气，特资质稍钝。是日天晴，午未间风颇甚。

廿一日(6月3日)　寅初刻自王家营堤畔开行。卯正至沙洋，郭刺史及荆门州同曾世泽来叩送。曾亦以教官保举升任来者，查看其人，似尚结实，随勉以数语而去。署京山县丞、本司试用经历徐德澍迎谒，年甫二十余，人颇精壮，至多宝湾即令之还。时潜江令龚焕枝、署令聂光銮同来。龚已十年俸满，察其言语动作，皆入俗吏，习气甚深；聂则年力正壮，颇似有才，如能低首下心，大可造就，特未知其趋向何如耳。又十里至泽口，天门令李恂，号谨斋来谒，与余丙戌同挑者。人甚平正，查询官声大好，年已六十而精神颇健，谈二刻许而去。潜江主簿汪君亦来见，尚属安详。时已天暮，风力颇平，舟人犹欲前行，遂与安陆守贾君畅谈凡一时许，至子初泊舟张家港下，始各安息。

廿二日(6 月 4 日) 寅初开行,辰正至岳家口,前卫辉守熊君开阳率其侄孙来迎,余联襟熊璧以观察之嫡堂叔胞侄也。坐未久,故人刘孝长亦来,贾太守、李大令及县丞均先后来送,次第散去。因留孝长在舟同饭,畅叙至两时许而别,时东风甚大,舟人稍憩,至亥正始抵沔阳属之仙桃镇,刺史王君毓廉、州判张藩来谒,一为丙子同年,一为旧属。问别来事,谈一刻余即去。是夜遂未泊舟。

廿三日(6 月 5 日) 辰初起,风未顺,天气甚热,申正始至汉川。此地去汉川百八十里,署令王君震来谒,署汉阳守姚君华佐、司马赵君德辙、通守林君寅、署白河司马侯倅陈君凤辉、汉阳署令张君中孚、本司经历黄君焯、前署仙桃镇州倅张君诰祥、前州同沈君兆鹏均先后来谒,候补太守王季海四兄亦来,余戊子、己丑在楚时,同听差枭署者也。嗣令江夏君适奉夏归,比余出守陇西,君尚未出山,迄今一十五年。别久思深,一朝握晤,快何如之! 因共晚饭,畅叙至亥正始散。

廿四(6 月 6 日) 昨夜三更后小雨数番,舟不能行,至寅初始解缆,署武同知李统轩司马、江复升大令、署武昌吴通守、蕲州杨理元大令及候补司首领江夏恩贰尹、汉阳两巡检训导各官均先后来迎,姚芸陔、采臣昆仲亦来,俞大令昌烈将有事至京,亦来迎谒,各与语数刻而散。

楚北旬宣录六（1848）

　　道光二十有八年（1848）　　岁次戊申。自春徂夏，多雨少晴，阴晦之气，惨不能纾，江汉二水，有长无退。四月以后，沿江州县叠报塍堤危险，余因请于大府，筹备青钱，札发荆州、安陆、汉阳、黄州四府，转饬多备守水器具，又分派委员前往帮同防护。先是，上年八九月间，楚之绅耆有识者，佥谓戊申之岁，支干与主上本命相冲克，以戊土克壬水，寅申逢冲也。又是年立春适逢"四尽"。以十二月除日亥时立春故也。溯查乾隆五十三年，亦值戊申，万城大堤溃决，全楚被灾，阿广庭相国奉命督办，凡筑堤抚恤费金钱数百万。今当甲子一周，不可不先事预防。余闻之悚然，是以咨询利弊，斟酌条款，专札有堤各属，限日兴工，凡加高帮宽及添砌碎石之处，均较历届为多。复专委熟谙工程人员分江汉两路来往督催，务以二月杪间办理完竣，并于所估工程土方，概从宽厚，以冀坚实而资抵御。查访所办，均尚不至沓泄。乃五月以后襄水三报，盛涨或二丈一二尺，或一丈八九尺，始则水与堤平，抢加子埝后，则随加随长，遂至漫溢。于是沔阳之堤先溃，潜江之支堤又溃，天门之堤亦溃，水遂直注汉川。而上游之钟祥、京山、荆门亦报漫淹倒灌矣。六月之初，岷江水涨，水高杨林矶志桩一丈七寸，而洞庭湖以是月二日九龙浴于水中，阅日又见二龙相戏，首尾毕现，王子寿比部家与湖近，书来云然。倾刻水涨数尺，以春夏二汛历发未消之水已有三丈余尺，加以陡长，又至一丈数尺有奇，固无有不漫者，漫则溃，溃则决，而不料石首、公安二县竟全境泛溢，至于城垣。仓库之倒塌坍卸，江陵、监利之溃口至于四、五、七、八段落，而且渐开渐宽，口门至四百余丈之大也。自是而松滋又溃，汉阳、嘉鱼、武昌、黄梅又溃，而咸宁、蒲圻、大冶、兴国、黄冈、广济、圻水、当阳、安陆、应城、云梦、黄陂、孝感、应山接续淹漫。而省会之江夏则城皆堵闭、闸俱筑塞，属境已一片汪洋。言念苍黎，真堪痛哭！故于六月廿八衙参时请于督抚，拟即亲往查勘。制军因以初三日会衔附片具奏。

初四日(8月2日) 戌刻，遂自雇二舟，酌带银二万二千金，委员新升沔阳州吴璪、试用从九品熊启咏随行，是时由小东门登舟，因天晚遂即湾泊。

初五日(8月3日) 丑正刻由小东门开行，草湖门外一带铺户居民及塘角上下数千家全在巨浸，房屋砖瓦倒塌剥落不可言状。汉阳晴川阁左右与水檐齐。汉口一大都会，富商大贾无不楼居者。卯正，渡江至余姻家姚小山都转宅中问讯，老小均皆无恙。其帮办鹾务之老人云，水之尺寸较之十一年辛卯大水已多一尺有四，其不及乾隆戊申者几希矣。伤心惨目，如何可言！是日因江水倒漾，竟系顺流。申正时，风帆稍利，凡六十里至蔡店泊。午后候补令王令仪由汉川查灾回来谒，西正蔡店巡检陆荫墀来见，询知张大渡尚完全，汉阳精华全在于此，早稻已收，为之稍慰。

初六日(8月4日) 寅正自蔡店开行，过汉川晤王署令震，查询属境共八十九垸，略有干土者，八垸中稍高之处而已。舟中四望，两岸微露一线堤痕，除却青山数重，无往非水，人家全在水中。有淹及屋檐者，有砖壁冲没仅剩间架数椽者，无数居民竟不知逃散何处，令人伤心惨目。是日行约六十里，酉刻微有顺风，至倒马口泊。巳初试用黎令道钧由天、沔查勘回来谒，细询窑嘴之堤筑而复溃，已用青钱万贯，徒付流水，可为浩叹！又云前勘沔阳被淹尚少，故称不致成灾，闻六月廿四以后，监利、潜江之水直射，日加尺余。十日以来必又淹没百余垸，恐其情形甚重云。

初七日(8月5日) 寅正行，风势甚顺，九十里至脉望嘴，又六十里至沔阳之仙桃镇。由脉望嘴以上，两岸堤皆高出水六七八尺不等，而南岸因天门溃堤，直注七十二垸，下递汉川俱成一片巨水。北岸则潜江、监利堤溃，加以江水倒漾，亦复汪洋浩瀚，漫淹一百余垸，仅存高垸数十,其余频年溃淹者百余垸,与上游天门之三十六垸,今则深至丈余不等矣。是日申正,安陆贾翰生太守来谒。酉正,署沔阳牧潘刺史来谒。细扣天门、沔阳情形,盖沔阳已成灾八分,天门亦成灾七分,沿途具呈乞赈者不下数千百人矣。戌初甚雨,天气颇凉,泊舟距镇仅五里许,蝉声乱吟,堤柳为独多云。

初八日(8月6日) 风势颇逆,卯正始行。余以前两日略感微寒,昨又暑氛未摄,夜来竟寒热大作,势殆将病,乃以午时茶合甘露茶加神面少许,浓煎热服,亦忍饿半日,遂觉稍愈。戌初至陶林区,是天门溃口处,揽衣登岸,上下查看,汗涔涔然,所患顿释。是日午后略有顺风,县令以纤夫二十名助之,舟行稍速,然亦仅九十里,比泊舟时,已满船灯火矣。天邑情形较之沔、汉为轻,其溃口因下埽进占,急欲堵筑断流,所费已一万余,功虽未成,于堤之两头尚足保护,不致坍塌。查勘形势,十月内即可兴工修复,费再五六千串,与上下塔脑一律均能坚固。现署县丞疏启于工程甚为熟习,亦堪任使。据疏启云:"荆州之阴湘城应即速修复,不惟可保荆郡三面不受水害,即万城大堤亦非无益。特阴湘城外之民,张姓因洲地甚多,阴湘修则于其洲地有损,必图上控以为阻挠云。"又细讯疏启,云:"修公安、江陵之西支堤,则驿站可不被淹,公邑城垣即在其下,亦可保全。试缓修公、石二百余里江堤,一二年则地可污高,又能杀涨水之势,万城堤及监利三百七十余里长堤亦不至危险。"其实公、石之民每年只以麦收为主,夏秋即自知难望有收,不修河堤,于二邑之民并无害也。存俟细酌。

初九日(8月7日) 卯正,由陶林区溃口处开行三十里过岳口,熊葵园太守、刘孝长孝廉放舟相迎,与之访询灾事,均以核实而能得体为言,然此数字亦正不容易也。是日午初,潜江令龚焕枝、前署令聂光銮来谒,为言:舟至泽口,尚须起旱四十里至高家场,复登舟约一百五六十里即抵荆郡,风顺则一日即达,至迟亦不过两日云。酉正过黑牛渡,委员试用令董师雍、潜江主簿汪□等来谒。据董令云,所勘应城、云梦、京山、钟祥均不至于成灾,惟民力未逮,蠲缓所不能不办。

京山虽较稍多漫淹，似亦毋庸接济。潜江则城中尚系积水两口，虽小仍未断流，补种无期，但为灾尚轻，且俟溃口堵筑后再行查看禀办。询之汪主簿，云每年襄水春汛时略长尺余，即便消退，夏汛至端阳前后必有大小一次，约一丈七八九尺不等，伏汛亦然。然均随长随即退落，至中秋前亦复长水数尺，以后即不再长，此历年襄水消息也。至上年八月二十以后，忽报盛涨，已觉异常，本年则三月至今水长一丈余，至二丈竟亦不记次数，且长水多而落水少，殊与往届大异。传闻三月五月两次之涨，因钟祥山中及襄阳之石灰窑均有起蛟，虽未知的确，亦理或然与？是日天气晴霁，戌初即泊舟黑牛渡上之五里许。

初十日(8月8日) 卯初开行。过张家港，凡二十里至泽口，与安陆太守话别，即乘舆沿堤行三十里至梅家铺过渡，十五里至周家集，又十五里至高家场。潜江所溃二口：一魏家拐，于陆行十里即见之，水深口宽，一时万难堵筑；一周家嘴，口门不宽，尚易修复，现已开工。然此等工程急速催办，于公无益，徒多糜费。若水势大退，用钱少而功成亦易，似不宜拘于成例敦逼为之，亦体恤官民之一道也。至一带堤塍皆多低矮单薄，且溜挫者不一而足，新所加培既未完竣，又复草率偷减。汛官张元杰在任甚久，全不为事，该县令龚焕枝亦疲软无能，不以民事为急，实堪痛恨，已严加申饬，限于一月内将两岸长堤赶将应行加帮、内撑外补之处逐细查勘明确，开折禀候核示办理。如再不惬，即不能听其贻误也。是日小雨数阵，戌初始克登舟。

十一日(8月9日) 卯正刻始自高家场开舟。江陵令双穗来谒，细询堤工水势情形，据云自杨林矶定立志桩以来，从未有高出八九尺者，本年盛涨，虽申报高至一丈零数寸，其高过志桩之水已经不能确切，大约至少亦在一丈二尺光景。自阴湘城溃至二百余丈，睢、漳二水汇合江流直注江陵，江势始觉少杀。又自松滋一溃，水即奔赴公安、华容、安乡一带，直达洞庭，是以万城大堤，幸得危而复安，否则万城溃，而荆州一郡，城郭、人民必皆淹没。盖有一丈余尺之水头排山倒海而来，其势断非人力所能抵御也。然而亦危甚矣！是日急雨数阵,风帆顺利,舟行百六十里,申初已达草市。因即升舆至东门外,适本道观察刘子敬兄、荆州明韫田太守、李镜轩司马相逐坐谈,数语即行。入东门,满城协领诸君相候于城门,一揖即行。随答拜两都统、刘观察山长、王子寿比部,并于比部座中晤邓春泽茂材、张生。绍先,号继堂,文忠公之裔也。又答拜在城文武毕,始至府署与太守及镜轩、璞生诸君晚饭,商酌公事,至戌正始散。

十二日(8月10日) 辰起,观察、府县及在城文武均来郡署,以次接谈,最后王子寿比部暨春泽茂材同至,纵谈一时许而散。随发院禀、省信毕,因与韫田议以十四日同至万城大堤查勘工程,又熟商赈抚事宜。是日巳刻,天大风雨,午后晴霁。

十三日(8月11日) 畅晴,早起接见府县各官后,因念经费不支,灾区多而且重,官赈不如私赈之普而易周。于救荒诸书择其简便易行者摘录九条,剀切示谕,以冀民间遵照奉行,未知果否有济耳。是日晤公安李令,与之言修堤赈抚诸事,尚有头绪。署石首令章莲塘才具既不见长,人复不甚了了,于灾务断难胜任。松滋陆令年虽六十八岁,精力既健,人亦精干,其任松滋既久,素得民心,可保办理无误。江陵令则才品俱好,亦自妥贴,拟俟监利陈大令到来细为考证,能各邑令皆筹办得宜,则虽库藏支绌,亦可以少敌多也。

十四日(8月12日) 卯初刻即早餐,将往查勘万城大堤。由南城行五里许上堤,又二三里至江神庙拈香毕,即往杨林矶查看。原筑二十一丈,近量只六丈五尺,对面之窖金洲仍复污起,江流直射北岸,急应将矶头补筑,逼水向南,庶下游之沙市可以保卫。此时若不速办,则十余年后日刷日坍,沙市一大都会有不堪问者矣。由江神庙而上至李家埠,二十五里有堤面宽三丈者,有宽一丈五尺可加外帮者,尚无浪刷残缺之处,讯之堤差工房,据云直上至堆金台亦均一律。本年大水之际,微有高出水面尺余及不及者,宜再加高,是亦慎重之道。然灾已七八分,民间无土可派,欲请借项,而库藏大难,且水高出杨林矶丈余,亦数十年来仅一见者。若仅出矶七八尺,犹足抵御,而况其未必常过六尺也。自李家埠亭内小坐即还,仍顺堤由玉路口入城,顺道答拜各厅县,诣荆南观察署,谈一刻许始归。是日天气微阴,暑氛稍减。酉正接晤枝江朱令启鹏、宜都金令履镇,皆少年知自爱者,询以地方事件,亦条答无遗,尚可造就云。

是时省中包封来,得琴五京中来信:所寄其子子寿完姻之费三百金已收到,又付章少青三百八十金及买书纸笔,并寄奠通州刘二兄分金共六十两,俱云随即分致。又得枢友聂雨帆、陈容伯、乔心农、曹兰石各函,知梁心芳中丞以河东商事被诬,先已查封,现又被逮赴系,长途病体,此累何堪!恐如杨文襄之遗疏所言"身被污蔑,死且不瞑"也。奈何,奈何!

十五日(8月13日) 卯初诣武庙拈香,又至南城外禹王庙拈香。查看禹庙上漏下湿,墙垣坍塌殊甚,亟捐廉钱四十千,交江陵双大令迅为兴修,限日完竣。庙旁有隙地,护以木栏,中一方石压之。赞礼生指示余云,其下即所谓"息壤"也,相传不可犯,犯则必致雷雨。考之志乘,盖本于《溟洪录》裴相、欧阳献之事,苏子瞻诗序亦云。盖古迹如是,不可得而名也。是日天气晴霁,午热尤甚。申正刻,监利令陈进来谒,据称县中已有调复补种杂粮之处,其高小渊溃口一百余丈现已断流。薛家潭口门刷宽七百余丈,势当迎溜顶冲,将来修筑,非退挽一千余丈不足以资抵御。工大费繁,既无土可取,且下连洪湖,修亦无益等语,应俟舟过该堤,细为查看能否补筑,再为禀商大府妥协办理也。

十六日(8月14日) 辰刻,明韫田太守来见,以"松滋令陆锡璞面求其溃口已拟自行劝捐修办,该县高乡尚有收成七分,低乡虽系被灾,然连年尚丰,民气尚不至十分缺乏。惟眼前亦颇拮据,欲稍为周恤,俾群情感动办理,庶不棘手"等语,因筹酌即将委员先解到荆之闲款五十金交该府,按公、石、江、监、松五县各给一千,先为接济,随将自带二万二千金发交江、石、监利三县各五千金、公安七千金。责令该令等即日亲赴各乡,查传绅士富民,各按本村极贫开具户口,或钱或米,公议共有若干,每口每人应给若干,即可免其饥饿。计自本年八月日起至明年三月底止，共应若干官为之倡众、为之集办，以首士数人经理其事，所谓官赈不如私赈之普而易周者。若村村皆如此兴办，则一县之中即无转徙流移者矣。随又与各令商定，江陵以工代赈并抚恤极贫，约需银五万零，监利约需银四万五千零，公安约七万零，石首约五万零。逐细确核，尚非冒滥。俟晋省时，即为禀商大府，定局办理。是日畅晴，天气晚凉，西北风甚紧，夜与王子章纵谈甚适。

十七日(8月15日)　辰刻，发禀申两大府，条上地方情形。又与府县诸君谆谆劝勉抚赈、筑堤各事宜，并嘱委员吴璞生刺史买舟，拟明日启行，将由长江顺流查勘公安、石首、江陵、监利、沔阳、嘉鱼、蒲圻、咸宁还省也。是日得省信，嘉鱼水又加涨，黄梅堤亦漫溃，被灾均属甚重。广济堤报危险之至，未知能否保固，人力难施，可叹可恨，可畏可怜！晚间王子寿比部来送余行，谈至亥初始散。明韫田太守复与吴璞生来，坐谈又数刻许。已交子正，竟不能寐，枕上风声甚厉，凉气亦觉侵人。

十八日(8月16日)　卯初起，复刘小川、夏干园两太守书，又复范质夫幕友一函，随检点公事毕。早饭后李镜轩司马、明韫田太守先后来见，复答拜，韫田太守即启行至荆南观察署。与刘子敬话别，出南门城时，署将军德云亭、都统官秀峰暨子敬观察均于城外相送，略话数语。至玉路口，八旗协领及城守参将、水师守备各带弁兵沿途立送，致劳既讫。过江神庙到杨林矶，太守、司马、别驾、大令皆恭候于道，遂下舆登舟，又与诸君谆谆致意，灾务事宜遂敦逼各归本署。而西北风紧，江水正大，风浪甚作，竟不能解缆，遂泊于矶之下。一更以后，皓月方升，水光荡漾，波明如镜，心胸为之一爽。盖出门至今，始有此一刻怡神者。何地无水，何地无月，欲闲不得清福，岂易言哉！

十九日(8月17日)　辰起，舟因风逆，江浪腾涌，仍不能开，太守、县令来谒，与谈两时许，遂早饭毕。随命舆往沙市，至邓春泽家，见其弟裕斌及佩珊之二子，长者已入学，次者貌觉顽劣，然皆能听春泽约束。记余于道光辛卯、壬辰与邓孝旗兄弟往来甚密，其诸子时皆童稚,相别十有七年,孝旐兄弟均不幸早逝,孝旐遗集、诗词余已嘱子寿比部为之删订而刊行之,今喜其诸子尚能存立,他日必当广大门闾。相见之顷,窃为稍慰,然不能无邈若山河之感。坐约五六刻,遂登舆上堤,绕视所谓观音矶者,高宽坚厚,足挑水势,有此一截,似杨林矶石虽多,坍卸尚不至于大碍。查看秋汛已至,杨林矶顶高出水面三尺余,水尚未到堤脚。由黄金台至沙市,共钦工大堤六十里,长一万余丈,俱甚稳固。岁修略加培补,即足以资抵御云。是日午后小雨,夜间风仍不止。中心急迫,殊深惘然。

二十日(**8 月 18 日**)　风犹未息,雨亦不止。未初刻,太守、大令均来舟中略坐数刻。余强欲开行,乃顺堤沿流至沙市之拖船埠,风甚簸荡,且以下数十里内亦无湾泊处,不得已遂即停桡。府倅陆恩绂来谒,其人本正直,沙头一镇客户居民皆极感戴,上年之缉捕、本年之抢险,尤深入人心。顾问曹清若君又洁己自爱,急切无调剂之法。昨自分廉钱百千,属观察太守共凑助之,聊以风有位,然亦未能大有济也。

二十一日(**8 月 19 日**)　卯初由沙市开行,过马家寨、郝穴、石首县,至观音阁泊,凡行二百二十里。是日天晴风定,江流甚驶,有郝穴署主簿陈薰、石首署县令及县丞、教官、典史、分防、千总均来谒。县城傍山,被灾民人数千家皆依山搭棚而居。沿堤出水五六尺不等,堤上居民亦复不少。前夜风雨摇荡时,正不知无限生灵若何呼号哀痛也!思之恻然。

二十二日(**8 月 20 日**)　寅初刻开行,卯正过调泾口,时风平浪静,江山爽然。已初刻,忽南风大作,舟至监利属之流水口,竟为波浪所逼,浅搁洲边,挽之推之,费无限力始得开帆。而江面既宽,风势甚猛,舟子又不得力,中流簸荡,众心惶惶,此身竟坐立不定。经一时许始稍平稳,遂于窑圻脑小泊,县官、绅士咸来谒见,并有条陈溃堤可废,请开九穴十三口者;又有请为大加修筑者。谋夫孔多,亦各有所见,究竟万全之策,处今日实大为难,且姑听之,俟再斟酌,大约两害相形,则取其轻而已。酉初一刻,风始稍定,因即开行,以戌正至上平湾泊。

二十三日(8 月 21 日)　卯初开行,过中下车湾尺八口,至薛家潭溃口处查看,口门约六百余丈,水仍汹涌急切,实难断流。而秋汛已临,澄者皆系浮沙,将来挽筑卷沙之工,亦复不小。再勘对江,新污之洲甚宽,水势直射,即退挽修筑,不数年间必皆坍塌,坍后再挽,则近接洪湖,必至江湖一片,其形势盖必然也。是日早间南风甚紧,周左香、连东亭诸君皆来谒余,县大令陈君暨朱河主簿雷运之均送至溃堤处,与之议论堤势,遂即令各归本署。随开帆,遥望洞庭、君山、岳州,均在眼际。又二十余里,适有北风,因驶泊于(陈林)[城陵]矶下之棉花港,登山以望,水阔天空,西南余霞散绮,波光荡漾,心胸为之一开。

廿四日(8 月 22 日)　丑正,自棉花港开行,过白螺矶。黎明过螺山,卯正至沔阳之新堤,水过堤街,州同衙署亦在水中,官民多以船为家,堤之溃缺,所在皆是。闻月十八九、二十间,西北风大作,房屋倒塌者不计其数,人口之损伤可想而知。劫数如此,实为惨极。先是,王子章言其令侄子寿之子家遇,器宇极轩爽,子寿又言其三郎头角更觉峥嵘,家在螺山,余以至交,分当登堂展拜。乃闻水尚未退,其二老皆架阁而居,往实未便,因于昨夜泊舟,饬奴子严明持食物数事前往申意,并拟令家遇兄弟来船一见。不意过螺山时,余方熟睡,未及停桡,比将至新堤始觉而小泊。待至巳正,奴子始至,云家遇兄弟乘舟数里,望余舟不及,已返棹去矣,岂相见之迟速亦有数耶?时已午初,遂自新堤开帆,过灵溪口,又过嘉鱼县,再下十五里至夏口泊。是日微雨数阵,西北风微起,眼望嘉、沔之地,青山以外无非洪水,竟有水中房屋四面皆空,男妇尚庋架而栖其上者。闻之牧令,皆云再三谕之使迁,悉以无可栖止为辞。盖佽重颇累,迁徙大难,亦危险极矣。

午正,得省中包封,江水尚未大退及被灾较重情形已于十八日具奏,并有请照顺天捐输以工代赈之请,盖库藏支绌,舍此别无他策耳。查辛卯之水小于本年二尺余,其被灾州县亦较少。又水涨即落,可补种者犹多,兹已七月之杪而涨仍不止,则退落不知何时,补种更属无期。细加查看,如公安、石首、汉川、沔阳、嘉鱼、黄梅成灾均在十分，江陵、监利、汉阳、江夏、武昌、广济成灾亦在八九分，兴国、天门、蒲圻、咸宁、黄冈、圻州、黄陂、孝感、潜江、云梦亦六七分不等，其他大冶、圻水、应山、安陆、应城、京山、松滋、枝江、钟祥均亦不能不斟酌展缓。查辛卯之岁，抚赈六十万零，筑堤四十万零，十九年被灾不过数州县，赈抚、修筑亦用去五十一万余。今则库项不支，他省皆无款可拨，即万分撙节，至少亦必七八十万始可敷衍下去，而但取给于捐输，其济与否，尚未可知。所谓无米之炊，正不审若何了结。言念及此，真令人寝食皆有不安者。天方降割，奈何，奈何！无限生灵，何以受此荼毒也。

廿五日(8月23日)　昨夜二更后，北风大作，急雨一阵，满窗漏湿，衣服帐被【帐】俱为所浸。至四更以还，点点滴滴仍复不止，直至本日申初，风势稍定，乃开帆行，约五十里至沙湖泊。由此以下，至金口约四十里，至省约一百里。

廿六日(8月24日)　寅正，由沙湖行，巳正至金口。午正，过黄鹤楼至小东门登岸，首府县及在省诸公均出相逆。随诣抚署谒见，又至督署，均谈约半时许，复往拜廉访、观察及龚莲舫大兄毕。于西初入署，又与范质夫谈片刻，随展拜先人神位讫。次孙春寿母子接待，不见二十余日，聪颖头角又自不同，为之一慰。是役也，往返一千余里，周历一十四州县，栉风沐雨，未敢言劳。地方困苦情形，幸俱历历在目，惟经费支绌，办理不易，抚绥、安辑实大费筹维耳。是日晴，江水仍长二寸。

廿七日(8月25日)　辰起，武昌守刘小川、汉阳守夏干园、候守王季海及同知、通判、州县均来谒，因议设捐输局于府中，以武汉二府及王守沔阳吴牧、候补同知周丞主之，另佐贰二人副焉。设赈抚局于县中，以府厅县及候令海顺、吴辉祖主之，另佐贰二人副焉。汉阳守及丞令亦公设赈抚局于府中，其佐之者向惟绅士数人，即仍其旧。查询汉阳灾民棚栖露处者已约五万人，拟于月朔起查，查确后即按口数，大口每日十二文、小口六文，计日散放，约以三月二十或月底止放为度。据武守禀称，省会已于月之十四日散给一次，大口二百文、小口一百文，共散给钱二千三百余千，共大小口万有七千，人皆附城。

被水之众尚无由外来者,倘水势渐落,则来者必多云。又据江夏升令等面禀,所议由洪山一带设厂收养灾民之说,现已勘定各庙,并买备芦席、竹木等件搭棚备用,临期不致有误等语,似尚可靠。随据廉访常兰陔、观察邹蓝田来公议捐廉,蓝田缺既甚优,拟报捐万金,廉访拟捐银五百两,余以拟捐银二千两,当即札发赈抚局中,以备支用也。是日晴,夜间有雨。

廿八日(**8月26日**)　晨起微雨,天气稍凉,随欲衙参,适署潜江令聂光峦,号陶庵。由潜来省禀到,细询续胶之议,据云已禀请母示,即定邓氏,盖孝旃之女公子,年二十余,尚未受聘。因聂君断弦,子寿比部为之媒,至是始定议云。孝旃为余莫逆交,此事已成,心为之慰。亟嘱奴子严明报知春泽,使其料理嫁事,似年内即订婚期也。送客出门,即登舆先至抚署,再至督署,各进见毕,还署查办各事,始早饭。又至幕友范质夫处,嘱其清理库项及报拨之数若干,拟即详请具奏,扣留备用。又嘱盐粮二库存款共有若干可以挪用者,盖即以工代赈,撙之又撙,亦非八十万不足敷衍,拟开捐输,又未知踊跃与否。预筹用项,大属万难,劳心焦思,几于束手无策云。午后夏干园太守来,以抚赈局中汉岸可及五万,将尽数为汉阳之用,不欲分及武昌,并谓按照旧日章程,由绅士经理。余以因地因时因人办理,惟求妥善,惟此等重大之事,自总督以至守令必当一气贯注,不可稍有意见,方能措置得宜。况武汉一江,所谓辅车相依,更当和衷共济,因奖勉再三,始觉欢欣而去。是日阴晴相间。

二十九日(**8月27日**)　首府刘小川、候守王季海均来谒,与之筹议灾事,又与海令、吴令筹议仓谷事,及自洪山至小东门搭盖棚厂,并各庙可容灾民人数讫。是日晴。

三十日(**8月28日**)　遣郧通判周汝骧携银三千两赴广济、黄梅办理急抚,又札饬武昌、汉阳二府遣试用令郭种德、成鹏、黎道钧各携钱分往武昌二千、咸宁二千、嘉鱼四千、汉川四千、沔阳四千,散给在堤在山灾民。又会札武汉二府,设赈抚局,劝谕捐输。是日夜间雨。

八月初一日（8月29日）　黎明赴文庙，随同督抚行香讲约，又分赴武庙、玉皇阁，行礼毕回署。延武昌令张仲远至署诊脉，时腹疾未痊，张君谓肝气不纾，脾亦受伤，开方服之尚有效。午正，姚芸陔观察来，与谈半刻许，力怂恿其帮助汉守令经理灾事。是日雨势不止，淅淅沥沥，凉气颇重。为念棚栖之民，不知妇啼子号，情何以堪！天之虐人至此，亦极矣哉！闻初三日有便足去黔，因发家信，并寄梦湘一函。

初二日（8月30日）　致祭文昌，因庙在火星堂，现为水淹，无处行礼，移请神位于文庙之明伦堂。是日寅正，先诣庙中，俟两院至，随同行礼毕，各回署。昨夜风甚，午后阴雨相间。

初三日（8月31日）　卯初，甚雨。先诣抚署衙参，再至督署商略公事，各话半时许即归。黄州祁子儒太守来，昨已谈黄冈、广济、黄梅灾事，兹复畅言之。此君任事甚真实，毫无外官习气，而涵养尤到，足资倚任。据云罗田王令为漕事颇受累，欲以即用李令明埙代之，而俾王令稍为息肩，以李令家素丰，又愿赔垫，此事出之于下，原可通融，且俟议定再当斟酌。又据称广济令恐未必胜任无误，拟禀请前麻城姚帮同办理堤务，姚于民事颇不协，借此效力亦可补愆，且堤工又其熟习者，亦不无益云。

初四日（9月1日）　以三千金委郎通判周汝骧带往广济、黄梅急抚，且嘱细查灾情轻重、堤塍溃缺，以备酌办赈抚银数。已正刻，祁子儒、张仲远两君来署，因共早饭，畅谈一时许而散。昨得京信，无甚要事，早间始闻林少穆尚书以剿办哨民、回匪事，蒙赏宫衔花翎，为之一慰，然此老从此竟恐难于抽身矣。是日细雨不止。

初五日（9月2日）　辰起，雨仍不止。先至督院，复至抚院衙，参毕还署。

初六日（9月3日）　五鼓诣文庙，俟督、抚、学院至，同致祭先师孔子神位。余与常廉访兰陔分献四配，邓蓝田、龚莲舫两观察分献十哲。黎明礼毕，坐谈少许，均各还署。是日仍雨。

初七日（9月4日）　五鼓后诣社稷坛，随督院行礼毕，议请以候补令海顺、姜国祺同至通山弹压罢考事。先是，通山地小而偏，百姓皆以钱纳粮，往年钱价较昂，官尚有羡。近则银贵钱贱，民间之完纳仍如其旧，地方官匪维无羡，且须大赔。通山缺既瘠苦，累实不堪，因集绅耆议请改钱纳银，其意盖稍有所加，免累为幸者。通邑凡六里，一、三、四、五、六里均以为可，惟二里之张姓甚不谓然，遂刻传单纠集六里为抗纳计。首府刘小川闻之，禀商于余，因饬海大令轻骑前往，剀切开谕，张姓之众亦畏服完纳，其事遂寝，此五月初旬事。乃昨八月六日复得通山令皇甫长庚通禀，以张斗一率领人众拦阻县试，并围绕衙署，意将滋扰。兰陔廉访商之刘太守，仍欲以海令前往，并议姜令与彼间学官某为同年至交，姜令才亦可用，共往必能了事。至是商之大府，均以为然。遂告兰陔，委令即行，缘此等事以速为妙，所谓迅雷不及掩耳，其谋尚未定，众亦未集，解之较易也。是日早间雨止，午后始见阳光。然城中之水又添六七寸，江水连日共长五寸，城北低洼之处房屋久被渍淹，至是更无安处云。

初八日（9月5日）　晴。卯正诣抚院进见，又诣督院谈次，道及江南水势甚大，扬州五堤全开，势颇危险，自湖南以至江苏，恐无不办灾者，库藏甚绌，而灾区甚多，不知如何措手。运会至此，亦万难之势。不才如鄙人者，居然从诸大夫后谈灾无术，何以堪之？不禁愧恧涕零耳！

初九日（9月6日）　晴。江水仍长。黄陂金殿珊侍御来，具道其县中高处收成至十分，低乡则田庐淹没，苦不可言。

初十日（9月7日）　为万寿圣节，因万寿宫被淹，改于明伦堂行礼。五鼓即诣官厅，候学使、中丞、制军先后至，同诣排班朝贺。坐班毕，随偕常兰陔廉访往见制府，以首府刘小川太守始以卓异，将请咨北上，继因灾务吃紧，不欲遽行，乃半月以来目疾加重，势难一心任事，特与廉访婉转为之毕达，两院亦未忍强留。遂商定即委黄州祁幼章太守接署武昌，其黄州府缺则以换委到班之张君应泰前往。祁本至诚无妄，公事向极奋往，且才具精练有余，固知其足能胜任也。是日晴,水仍长二寸。

十一日(9月8日) 晴,水仍长。荆州差来,得王子寿、子章八月三日自荆来书。

十二日(9月9日) 晴,水仍长一寸。五鼓,至三府阁,随三院致祭关帝。前一日得江南及江西信,俱称成灾甚重。因禀商两院,以楚省抚赈、修筑两项,省之又省,既非八十余万不可,而司中无款可筹,若不亟请于朝,窃恐他省先我行之,再请则部库亦无以应便,更难为计矣。时中丞颇以为然,而制军总觉畏(崽)[葸]至三四,迄无言而散。

十三日(9月10日) 偕廉访观察先谒中丞,随谒制军,议论办灾事宜,仍无定见,不胜焦急之至。

十四日(9月11日) 晴,料理节间酬应事,是日及昨日皆晴。

十五日(9月12日) 五鼓前,诣文庙行香并致祭火神。时因火星堂水淹,首县禀移神位于明伦堂。祭毕即赴三府阁,随伺两院于武帝前行香。又同诣院署禀贺,水于是日甫报平定。盖自泛涨日起至今,共长水四丈七尺余寸,较之十年,实大三尺四寸云。

十六日(9月13日) 晴。昨日得京信,知两院前折奏请开捐之说已交部议,似可照行。并闻南河因洪泽湖水涨,危险之至,五坝齐开,并昭关闸开,时百姓数千人阻拦不得,全没水中,而水亦仅落一二寸,于大局无益,而徒毙数千人命。河帅之草率从事,已可概见。是日畅晴,俗谓下半月之晴雨,以十六日为定。今日既晴,则月内可以少雨,而水亦足冀消落矣。晚间报水退二寸。

十七日(9月14日) 晴,水退三寸,与祁太守、吴刺史共商捐输事。

十八日(9月15日) 卯初起,开具各州县应给抚赈、修筑堤塍银数、清折二分并司中存银数目二分,拟将一切应办情形透彻直陈,力请具奏。盖时日已迫,万难再延,若其不决,势不能不以口舌争者。而与中丞言,则谓灾可减轻,拟以三四十万即足敷衍。十二日谓可具奏之议，今又翻异，力言至再，亦竟无所可否。因速赴制军处呈阅清折，谓宜速定，以为必当破釜沉舟，费无限唇舌，不意词意和婉，迥异前时，事事悉有商酌，如醍醐灌顶，遍体清凉。急归具详，以期速奏。是午，闻中丞亦亲往拜，自系筹商办法也。是日水退三寸余。

十九日（9月16日）晴。水退三寸余。忽传中丞帖请议事，急与廉访、观察往谒，具以会商入奏之议已定，时司详亦上即可脱稿拜发云，为之快慰无既。

二十日（9月17日）晴，水退三寸。同诣制军处展谒谈次，始知请拨银六十万金主意均定，但中丞以折赶不及，将稍迟始发。随又赴中丞处催请，始据云二十八日定即专发云。虽稍迟数日，然大局既定，办理即有把握，不至出入彷徨矣。

二十一日（9月18日）晴，水退三寸余。

二十二日（9月19日）晴，水退三寸。祁幼章太守、江夏升阶平大令来见，均谓担粥济人均有不便，且外间绅商亦意不谓然。已禀明两院，改粥为钱，定于九月朔日给散。此时且委员先查户口，其说极是。盖担粥之法所以济灾务之穷，穷乡僻壤行之最宜，施于省会则非便。以人多而杂，是弊亦几与设厂煮粥等也，因饬令速为会督赶办，以免临时贻误。

二十三日（9月20日）晴，水退三寸。偕司道同诣两院衙参，论及江、咸、嘉、蒲四县工堤久已坍塌，若移赈归工，以十万金作堤费，面宽可二丈五尺或三尺，高可二丈二尺，内二收，外三收，十月开工，年底报竣。二百余里长堤足资保障四县之民，庶有豸乎？两院均亦谓然，此事竟成，寸心稍安矣。

二十四日（9月21日）晴，水退三寸。

二十五日（9月22日）晴，水退三寸。谒见两院，知拨银之折已经脱稿，廿八拜发，亦无改期，意颇欣然，惟开捐之文竟尚未来，颇为悬系。闻京中又有大捐之说，欲另开花样，果尔则不行，于楚中而仍以银济，如去年中州之举乎？不可知已。是日与内子信，并寄银▢为火食。仆人及本家四人死粤者，作扶枢及翟让太夫人刻石费。

二十六日（9月23日） 晴，水退二寸。汉阳棚栖灾民大小口共十三万九千余，以小折大合共大口十一万九千余，每名每日给钱十二文，小口半之，五日一发。以前二十一日开厂，本日为二次，每一次发钱七千一百余千文，月计需钱四万二千千，自八月廿一起，至明春三月廿一止，需钱二十九万余千。然来者源源，尚自不可限量。盖历届办灾已成旧例，明知宜散不宜使聚，亦复谁能主之？惟以安静而不滋事，清平而不疾疢，则善之善者矣。

廿七日（9月24日） 早晴，水退一寸。自作书寄祁大司农，恳与赛鹤汀尚书商酌，速为援拯拨楚银两。又复楚中京官诸君子书。又据升大令呈送，省城内外灾民共五千七百二十五户，计大口一万五千九百廿九名，小口七千八百四十六名，以小口折大口，净大口一万九千八百五十二口，以九月初一起散放，人口给钱十文，小口半之。问何以与汉阳相异，呈出旧账如是，灾民早闻知云。是夜渐渐沥沥，雨久不止。

廿八日（9月25日） 卯初即起，拟欲衙参而雨势甚大，不能出门，因差人知会司道并登号毕。荆门州郭牧觐宸请假省墓回省，问知江西水灾，既多且重，署中丞尚未出奏，以新抚传秋坪不日可到之故。是日午后微有晴意，水仍退三寸。

廿九日（9月26日） 晨起，天色放晴，王季海太守来，谈及开捐部文竟尚未到，风闻都中捐输之例拟于八月停止，并拟另开大捐，别出花样。部文之不来，或其议尚未定，然不见开捐必将拨项，究未知不至掣肘，俾此间赈抚速得办理否，此亦关乎生民之性命，气运不期然而然者。午后，门人田开藻来谒，是余宰江夏时所取士，中丙午末名举人，年甫三十六岁，其家好善乐施，其祖某公八十生辰，诸子欲为称觞，公毅然不允，谓诸子曰："与其为我作生日，何不为我作善事？汝等既开设质库，亦知质库之设，富者未必典质，其典质大半贫人。无已，其为我施惠贫人乎？何不即此减息纳赎，贫人受汝惠胜于为我延生矣。"诸子皆敬受教。论者谓开藻之得中孝廉,未必非其祖阴德之报云。开藻又言其乡人房屋倒塌者甚多,将俟水落为之修葺,又将于十月之初自行煮粥救养左近极贫者。以明年三月止,拟放粥六个月,需米一千余石,现又派人前往湖南一带收买。谷石减价,平粜附近居民,是真力行善事者。

九月初一日(9月27日)　五鼓即起,雨势稍息,即诣玉皇阁武帝庙内行香毕,随送军机章京林树南映棠行,复特诣文庙,随同院宪、学使暨偕司道诸公拈[香]复讲圣谕后,坐谈一时许始散。回署约二三刻,江夏禀报后府街后白云深处庙内火起,又与廉访共往弹压,回署已午正矣。是日晴雨不时,江水退落三寸。

初二日(9月28日)　辰起,首府、首县各官以次来谒,各随所禀商酌开示。又据江夏县呈,于初一日会同委员散放城上及城外灾民钱文,共发钱九百八十二千七百五十文,按大口每日十文,小口半之,每发五日,俱甚安静云。昨夜子正大雨不止,至卯正始歇,江水退落二寸。午后石首王孝廉正沅,芷卿来见。

初三日(9月29日)　卯正,偕司道诣抚署衙参,以枣阳、均州、来凤丁忧,☐调应署理人员及应止、应补江夏丞,应升各员开单禀商。又赴督署商定后,归即悬牌,上详下委讫。夜间小雨。是日晴,水落二寸。得朱伯韩侍御桂林来书。

初四日(9月30日)　卯正起,石首王芷卿来,随将其代友人邹君具领长夫坊银交讫。又致委员李司马信,以王君人甚公正,嘱李司马与石首赵大令延访县中平正绅者,帮查户口,督办提务,以期发项到县,不致虚费。并嘱李司马为芷卿于附近公、枝二县为之延致书院主讲事,信即交王孝廉转致。昨夜微雨,是日放晴。督院折差回,带到京信,河南中丞鄂云浦、方伯王简均以失察赈务及办理不善革职,继之者惟潘木君、严迪甫,恐亦伯仲之间耳。黔臬吴仲云升山西藩,甘肃兰州道郭小房升陕臬,杨简候放兰州道,武棠放贵州臬,均素有政声者,可为得人之庆。又心芳中丞赴刑部质讯,全属虚诬,自具亲供千余言，大意前因一时悯恻，免孙承笏充商，梁棽滋撞骗实不知情。
家产现已查封，除祖遗田千亩外，皆廉俸节省之余，末云但求小释君
父之疑，暂息雷霆之怒，一经昭雪，名节仍完，虽己身羁栖于囹圄，妻
子委弃于泥涂，亦所勿恤矣云云。词极哀感，以清白大臣而为亲误，
贻累至此，局外人无不为之切齿。或者圣明降鉴，别有恩施，庶几正
气仍致无亏则善耳。定更后，狂风大作，屋瓦俱振。一刻后，急雨大
作，缘白日热气如暑，是以有此，亦时气不正之故也。水退三寸。

初五日（10月1日） 卯正雨稍止，会同司道先诣督院谒见毕，
随诣抚署谈刻许。还署，闻户部于八月廿五日始议准楚省开捐，俟奉
旨行。鄂当在重阳以后，因将开捐章程先行刊刻，俾文到即办，似为
捷便云。昨夜狂风骤雨异常，江汉棚栖十余万灾民，皆一二片芦席遮
蔽，昏黑惨苦，更何以堪！枕上念念，不能成寐，又无法以救之，徒唤
奈何而已！是日水尚退二寸，雨亦稍歇数时，然天容惨淡，实平时所
未经见者，不知何以震怒如此也。

初六日（10月2日） 大雨竟日，夜邀首府祁幼章、候守王季海、
候同知周祖卫仙桥、沔阳牧吴璪璞生同坐西厅斟酌条款。午正来，申
初散。水退三寸。寄炜儿书，附椒云廉访一信。

初七日（10月3日） 余于二鼓后解衣登床，三鼓后遍身发寒
战，床帐为之初摇，急自以大被严覆数刻始定，惟或睡或醒，至五鼓后
始一觉睡去，醒则已及辰正矣。据江夏报，昨日散放灾民五日钱一千
串零。水退一寸。李司马自荆州回，为言水长风狂，所见堤塍，较之
七月以前刷洗更不可问，顾安得如许金钱，为之一律坚筑耶？是日雨
仍不止，水退二寸。

初八日（10月4日） 卯正诣两院谒见，筹定捐输款目，交委员
先行刊刻。是日仍雨。越南国告哀贡使禀到，例有筵宴，因其告哀改
为待茶，将于明日行之。水退一寸。

初九日（10月5日） 为先大夫忌辰，因值外藩，典礼不能请假。
仍于卯正偕司道公服诣督院，俟辰初中丞至，即延越南陪臣裴樻、王

有光、阮俶登岸。时王有光适因感冒不能与会,裴与阮俶同至大堂之西,席地矮桌,应对有礼,其衣冠气象,居然唐制度也。闻王有光能诗,惜不得一阅,明日亦即开行矣。是日水报平定,天气仍阴,间有微雨。申初,周通守汝骧自广济、黄梅还,为言黄梅抚赈、修堤均可责之绅耆,必能妥协;广济抚则可责之绅,堤则仍须自办云。

初十日(10月6日) 公谒两院,议开缺题补、委员署理事,又公答拜江汉万山长毕,回署。是日天稍开朗,午后微有日出。水退一寸。晚间得黄梅帅逸斋太史书,名远烽,丁未庶常。具道倾慕之忱,娓娓数百言,笔亦奔放,绝非经生所能。另有办灾四条:一、酌给地方官经费;一、清查户口不假胥役、地保,而专责之绅士;一、户口核实悬榜;一、以工归赈而仍须审户。其言皆透彻,一、二、四条余皆行之,其三条则尚待参考。然如此才人实为难得,不愧为仙丹中丞之孙矣。

十一日(10月7日) 辰初,始至签押房。祁太守宿藻来谒,以逸斋所开黄梅平日吃赈舞弊、干预把持之刁生劣监名单,属为密札黄州守严密访拿,盖欲虚声喝之,俾其不致为害,因亟办行。是日委员散放武汉灾民口粮,俱极安谧。又据汉阳呈赍捐数,共银五万三千余两、钱二万二千余串,江夏呈赍捐银共四万六千余两。是日晴,江水平定。

十二日(10月8日) 卯正出,府厅州县俱来谒。与首郡议开捐事,与首县议请绅士赴青山一带查户口事,与汉司马议汉口行店捐输事。署孝感令谷城安庆澜来见,气象甚开展,语言亦极明晰,询其所治地方公事,大有条理,当为州县中出色人物,欣慰之至。是日水退一寸,晴。

十三日(10月9日) 卯正始起,以夜来小有感冒又不能安枕,颇觉困顿。然值灾事倥偬,不便请假,因强诣两院谒见,议拟多事而回。寒气亦觉小退,然食竟不健。是日晴,水退一寸。督院拜折往京,附寄枢友各函及梁心芳中丞信、李星甫大令之郎君宗荫咨文一件。

十四日(10月10日) 阴,昨夜又不能寐,丑初咳嗽不止,吐痰几一盂,困顿已极。今辰正始起剃头,出房适江夏升大令来谒,以请豁堤费,须部中酬应集成之数,仅得其半,欲为作登高之呼。此时各有堤地方困苦既不可言,何能及此?已嘱其勉为办理,俟就绪当再料理耳。午后汉阳袁太史希祖,号笋陔来辞行,与谈一刻,气质似甚佳,断弦在京,竟不忍作续胶之举,谓曾经马磨同眠故也。水退一寸。有委员王衔自公安回,云于初七日起行彼间,水落约一丈零,仍然一片汪洋,衙署尚渍水三四尺不等,江陵、监利则已有涸复者。

十五日(10月11日)　昨夜至初更时即雨,渐骤渐大,至黎明时始觉微小。余于寅正即起,冒雨诣武庙,俟院宪至,行香毕,再诣龙神庙,行礼后回署。披阅公件,据黄州府禀,勘所属成灾分数户口,应抚银两计:黄冈银一万九千余两、黄梅四万八千余两、广济四万二千余两。并据署观察姚补之函称,查看情形,均可移赈归工、以工代赈。责成地方公正绅士公同商办,此处似有把握,为之稍慰。是日阴,水退一寸。

十六日(10月12日)　晴。水退一寸。据汉川县禀,查办灾民户口情形,大致尚属妥协,似是实心经理者。另单亦颇开心见诚,不可以其为佐杂也。而忽忽又得麻城署令钟荣光禀,征收地丁,力除书吏包收之弊,自谓实有把握。其词直,而理非中无所据者可比,阅之欣然。此亦楚吏中之矫矫者,他日当以循良显也。署孝感令安庆澜禀辞,与谭二次,井井有条,其邑为得人矣。

十七日(10月13日)　晴,水退二寸。汉阳夏干园太守来,以孝感灾亦五分,宜为调剂,似即其地捐输尚可集事。又沔阳潘牧,人本长厚有余,必得公正绅耆帮其经理,始可无误。如立夫中丞之兄陆登瀛、向总戎道化及邑之大户张某、费某,皆老成持重,足以服人,属其拣派诚实而稍有才者数十人,分办抚赈、修筑之事,必能妥协。四君但总其成,刺史则弹压镇定足矣。午后出署,诣兰陔廉访谈一时许,又至汉臣学使谈一时许始回。

十八日(10月14日)　晴,水退二寸。先诣中丞署议汉川令,请即以王震承办灾务，当明与之立约，妥善则以知县升之，以酬其劳；不善则并其府经，亦降革之，必能踊跃从事。随与制府言，亦以为然，此处似可定局矣。兰陔适因腹疾，属余为言。闻河南光州有捻匪六七百人，横行其地，刺史带差出御，竟杀毙差役五六十人。又光山、息县接界地亦有捻匪五六百人，到处抢夺。楚省之黄安、麻城、随州、枣阳、黄陂、孝感、应山皆与河南接壤，拟请制军札饬各该处协参、都守妥为防范云。盖河以南本年雨水甚大，成灾甚广，而云浦中丞以上年办灾不善，重劳星使按问，多有参革，竟不敢再以灾闻，以至匪徒乘机窃发，不速治之，窃恐其延扰不已，他省亦相率效尤。眼前之安徽庐、凤等处，桀傲不驯；江浙盗风甚炽，滋蔓难图，为害甚烈。若稍因循，其势已成，则不可治矣。此有心人所为感慨太息，而望肩任之大有人也。是日得郭筠仙太史书。

十九日（10月15日）　晴，水退二寸。辰出，即用令祝祜自大冶勘灾回，实有六分。惟该县齐令年少不经事，县中又无公正绅士可倚靠者，祝令虽尚明白，亦复软弱。且其老亲在寓，非亲子开方，不服他药，此外竟无妥人能佐理者。人才之难，如是如是，固非独财用为难也。午间张大令曜孙来，呈拟办灾十九条，妥贴周密，属即通禀，即当通饬各县照办。随接晤沔阳陆舍人登瀛，年已七十余，神明甚固。询以沔阳灾务，言之井井有条，因谆嘱帮同州牧办理。又接晤监利秀才王修和，是余辛卯县试所列前茅，壬辰办理监利江堤。该生亦与有力，因询彼间近日水势，乃退落不及四五尺，而浮沙甚多，土皆为其所掩，修堤之日，取土大难。又云自八月初四五日，汛水大涨，长堤为内外江湖之水风浪冲刷残缺，竟不可闻，为之茫然无措。不修堤则民不聊生，何以捍御田庐？修之则何处得如许金钱？盖非三数十万不可，此则令人束手无策矣。

廿日（10月16日）　晴，水退二寸，余以痔疾大作不能衙参，差人知会常兰翁并赴两院请假。午间传首府及捐输局员共议劝捐及开捐诸事，心力颇劳，痔更疼痛不止。

廿一日(**10 月 17 日**)　晴,水退二寸。痔疾痛甚,延医杨瑞山诊视,服神效止痛方,以枳壳及荔枝草熬水,先薰后洗,又以黄连调田螺搽之,迄不见效,困殆实甚。两府县报散放钱文安静。

廿二日(**10 月 18 日**)　晴,水退三寸。余以痔疾甚重,不能太劳,当此灾务倥偬,未便稍有迟误。因具奉请假一月,委员署事,属祁幼章太守致意廉访,俟见两院婉转道悉云。

廿三日(**10 月 19 日**)　晴,水退二寸。午初常兰陔廉访及邹观察蓝田、龚观察莲舫均来视余,并道两院谆嘱善为调养,断不能以些微之疾代为具奏委员署理云云。随后首府亦来,均谆谆以力疾办公为言。以余素性于公事,既不惯延搁,又当此事繁任重之际,更何敢稍涉大意?欲如此养病,未免为难,然亦谊无可辞,亦只好听其劳碌而已。

廿四日(**10 月 20 日**)　大风雨。自昨夜二更后,风雨骤至,瓦屋皆震,竟夕不止,至今一日,无可歇时。棚栖两县十余万人,想无不男女嚎泣者,如此魔难,焉得不生疾疫!说者谓此实劫运,天将以此收人,且如此仍是善收,固胜于兵燹之蹂躏者。其说亦近理云。

廿五日(**10 月 21 日**)　仍雨,水退二寸。是日奉到部文领奉上谕:拨山西银十五万两、江西银十五万、顺天捐输银三十万以济急需。恭读谕旨,轸念民艰,惟恐一夫失所之心,昭然如揭日月,不胜感激涕零。并得祁大司农覆信及枢友各函,均以此间灾重为言,深恐捐输无济。然有此一拨,又可略恃无恐,惟在督饬府县核实查办,不敢任其冒遗也。

廿六日(**10 月 22 日**)　晴,水退三寸。两府县具报散放抚恤安静。

廿七日(**10 月 23 日**)　晴,水退三寸。因嘉鱼、咸宁、黄陂、孝感、汉川、沔阳、天门原委查办户口之员均纷纷署事撤省,是以具详嘉咸委张暄、汉川委李焕春、沔阳委秦秀抡、黄孝委樊丙南、天门委董师雍,并饬监赈。

廿八日(**10 月 24 日**)　晴,水退三寸。江夏具报平湖门已开,升仙闸长街之水可望消泄。

廿九日(**10 月 25 日**)　晴,水退三寸。

三十日(**10 月 26 日**)　晴,水退三寸。

[十]初一日(**10 月 27 日**)　阴,水退二寸。两府县具报散放钱文安静。

初二日(**10 月 28 日**)　晴,水退三寸。会得粮,具详三十一州县、九卫蠲缓情形及成灾分数。

初三日(**10 月 29 日**)　晴,水退三寸。

初四日(**10 月 30 日**)　晴,水退三寸。具详到任来结报:旧案未结交代八十七案,新案交代二十六案。请奏又具详道光二十年前,已请豁未准堤费六十万一千余两,仍援案请奏豁除。

初五日(**10 月 31 日**)　晴,水退二寸。天门县请以谷城安庆澜调,枣阳请以长阳令杨嘉运调。

初六日(**11 月 1 日**)　晴,水退二寸。得枢友信,顺天捐输仍请展限一年。此闻自前月廿四出示开捐以来,仅据报捐一从九,两校官外此竟无具呈者。以顺天之例,不捐衔又捐省之父兄子弟仍须回避,故捐者寥寥。今顺天仍然展限,则捐者更不能舍速而就迟、舍近而就远,此真有名无实矣。

初七日(**11 月 2 日**)　晴。水退三寸。昨日委员绣麟于东门外放钱,因疑灾民尚非极贫,恐其冒领,硬将其牌子收回,致相口角纠殴,实属不知事体,可笑之至。随即撤回,另行委员办。而是日午后,首府祁幼章来禀,城乡妇女约有二千余人求散钱文,以资养活。上台意在不发,问余作何办理。笑曰:"岸商捐银十万,官捐钱十万,奏章为武汉棚栖露处灾民而设也。来而不发,其意云何?且何以散此二千人?君能刑驱势迫乎?"因令速为给牌,遵照散放而去。

初八日(**11 月 3 日**)　晴,水退三寸。

初九日(**11 月 4 日**)　晴,水退三寸。明日为太后万寿圣节,礼宜随同庆贺,而坐立不能,寸心焦灼之至。是日,中丞遣材官来视余病,且勉以好为调理,万勿亟欲出门,并以偏方嘱治,谓以葱白调蜜搽患处,可冀速愈云。

初十日(11月5日) 晴,水退三寸。祁幼章来言灾民聚洪山者约万余人,皆欲求抚,已亲往散给牌子,拟明日即为散放。余首肯者再。是日申正,天色稍变,晚间微雨,至三更后大风飞扬,屋瓦震动,雨声淅沥不止。

十一日(11月6日) 风雨大作,凉气侵人,竟日不歇。首府县齐赴洪山散放灾民,大口八千六百卅人,小口四千二百一人,共发钱五百卅六千八百廿五文,俟十六日仍往给发,均皆安静,其城内外亦照常静谧云。水退二寸。

十二日(11月7日) 早间雨止,风亦稍息。首府县来谒,询以豁免堤费之款已赶于折便寄京,不至有误云。午后风雨又作,尚不甚如昨日之猛烈,然而两日以来,棚栖之人其憊已甚,虽欲不生疾疫,不可得已。明知其困苦而无法以安之,其奈之何! 是日水退二寸。

十三日(11月8日) 水退二寸。昨夜雨仍未止,晨起更觉狂骤。午后略歇一二刻,申酉之间则又大矣。闻明日有折便,因赶作寄杨至翁、祁大农、麟宗伯及枢友与诩云给谏、琴五吏部诸君书。

十四日(11月9日) 水退三寸。是日忽阴忽雨,至酉正乃见月色。

十五日(11月10日) 晴,水退四寸,酉正三刻忽起大风。是日,闻中丞已拜折,豁免堤费之折亦经拜发,寸心为之一慰。得王子寿比部十月初八日自安陆郡来书。

十六日(11月11日) 晴,水退五寸。昨夜狂飙怒号,竟夕不止,寤寐为之不安。今晨稍静,而寒气逼人,房中竟非火不可。余以痔疾未愈,时需洗搽,又不能多着裤袄等物,调理殊觉未便云。阅江夏禀,以下月初一分五汛地设五厂委员,会同绅士散放乡民一月抚恤口粮,计银一万五千余两,章程尚为妥协。

十七日(11月12日) 晴。水退三寸。幼章太守来言"江夏令拟出示城上及城外棚栖灾民,以出月以后即不散放抚恤,示令各搬迁回里。太守因亲诣大府,言之将仍照常散给钱文,已蒙许可"等语,闻之称善久之。盖以本地绅士捐输之钱散至明春,犹尚有余,且江、汉事同一律,汉阳散而江夏停止,亦无是理。太守心存爱民,而措词亦极得体,可谓慈惠之师矣。又汉司马赵静山言,汉阳约已捐至青钱二十万串,其间灾民可以抚至来春云。是日得张荇湄司马吴中来书,言星使骆、福两公已于九月廿四日北还,台谏所参一府三县,事皆得实,李吉人方伯亦已以腿疾引退,未知立夫中丞能无中伤否。彼亦人杰也,留之尚可肩任,若以微罪行,后之接手者更难其人矣。人才之难,如何,如何!

十八日(11月13日) 晴,水退五寸。

十九日(11月14日) 晴,水退二寸。兰陔廉访来言各处抚赈之项亟须早发,趁此冬晴,以便散放。因查该州县卫所报户口,率多不实,而亦毫无确数。若待驳饬申覆,实属有稽时日,现虽拨项未到,而司库尚可先为筹垫,拟将荆州一府先发银十二万两、安陆发银二万两、汉阳发银五万两、黄州发银四万两、武昌发银六万两,札饬各该府先行酌发各县,赶为散放及应筑堤工即速兴工办理,俟拨项到后再为找发,亦权宜布置之一法云。

二十日(11月15日) 晴,水退三寸。拨发银两之详已上,俟奉批即可给发。是日,请定应山、咸(丰)[宁]两缺,以即用沈熙麟候补已久,盖补咸(丰)[宁],拟廿二日上详。

二十一日(11月16日) 晴,水退二寸。贵州学使丁诵孙之家人来言,学使眷枢十五日泊,排舟为大风所击,枢为之湿,其夫人及女公子、仆妇使女十九人幸俱得生,另换小舟,现泊武昌河下。学使为炯儿入泮师,谊当伺应,因遣门丁跟随往请其夫人,借公馆暂住,俟料理妥协再当买舟送归云。查十五夜风暴之发,沉失船只无数,竟有一舟十数人无一存。前署崇阳令韩君宝昌泊舟河干数日,莫知所之,乃于二十日始自京口折回，盖为暴所逼，逆流而上至六十里之遥，盖亦仅而得生者。又有周君夔已捐知州，急欲赴苏请咨，是日泊舟河干，至今犹无踪迹。又有店铺某闻丧亟图速归，觅舆夫八人将兼程行，次日一舆夫还，言七人及某君皆葬之鱼腹云。并闻内湖渔舟人船俱没者，犹复不少。汉阳后湖及大别山下浮尸无数，惨伤殊不可言，其亦劫数适然欤？可哀也已！

廿二日(11月17日)　晴，水退二寸。巳刻，据首府祁幼章遣人持函来阅，系黄冈县禀，内称"委员李明埙因帮查户口，于十五日江中淹毙，尸首尚未捞获"等语，闻之惨然。此令人极精明，立意学作好官者。黄梅户口之查，深得其力，方资委任而遽以惨死，虽因公捐躯例有恤典，抑复何补？真令人痛极、恨极！酉初，仆人邓升、张福等还署，据言诵孙之夫人已搬移到馆，其柩即停寄江神庙内，而一切箱笼、衣服无不透湿。尚有十余箱未及捞出，情状实属凄惨不堪。亟遣人以炭煤等物送之公馆中，火食等事皆令妥协预备云。

廿三日(11月18日)　晴，水退二寸。各州县赈抚、修筑虽已节次谆札认真确核妥办，尚有数处甚不放心，因详明院宪移委候补龚观察绶、姚观察华佐分往荆州、安陆、武昌、汉阳、黄州各府监视散放，督修堤塍。并因监赈、监工为日正长，一切舟舆、薪水、人役、饭食，灾区地方断不可令其供应，借口赔累，又不能听其自备资斧。余身居连帅，廉俸较优，特自捐银二千五百六十两，每月每员送给银壹百六十两，自十一月起至来年五月止，以资费用而免扰累，于公事不无裨益。是日，江夏禀又添查出应抚户四千余口，又禀以银易钱，大口一月一钱五分，仅能易二百八十八文，请照城内一月三百文之数，一律散给，小口减半亦然，批饬迅即妥办。盖灾民嗷嗷，即多一丝半缕不无有益，百姓身上宽一分即受一分之惠，此中断难苛削也。申正间，安陆贾太守来谒，潜江、天门水已大退，正可赶办工程。即嘱迅为分拨银两，以济工需。又嘉鱼令刘燊来言，四县公堤水尚未出堤脚，大约再得半月方能勘估，惟经费约需十万两，移赈归工之项，现只筹出得半之数,余项尚费经营云。

廿四日(11月19日) 晴,水退二寸。余已请假三十余日,虽力疾办公,并无贻误,而究系因病未出,殊切不安。现已稍觉痊可,必得即出以定人心,因先往拜司道,于未正出署。申正归署,颇觉疲乏,然尚不至大伤。

廿五日(11月20日) 辰初即出,先诣督院,再诣抚院销假,各谈半时许。又回晤宜城翟令。已奉请旨勒休,缺委按经历贺荣署理,南漳李令因案撤任,缺委即用令李焕春署理。回署已未初矣。是日晴,水退二寸。

廿六日(11月21日) 晴。水退三寸。偕司道同诣督院,奉贺大少君补盛京郎中。回署,郧通判周汝骧禀辞往京,广西委员徐从九源以梦白中丞委护,送安徽、山东羁粤无依官员眷枢回里,道过来谒。细询粤西情形,凡烟瘴、府州县尹并不赴任,在省逗留者竟有十余员之多;又地方盗贼充斥,会匪蔓延州县,亏空库项五十余万,仓谷不可胜数,地方疲弊已极,皆由前中丞周稚生废弛所致云云,闻之深为骇异。三十年前余数过广西,所见所闻尚无前项各弊,乃日积月疲,至于如此,谓非大吏之过,其谁信之?窃恐不独周中丞为然,梁芷林章钜当亦不能辞咎耳。是日,天门刘同年孝长来视余病,与之畅谈数次。又接见各官,甚矣其惫。盖新病甫愈,仍须静养,不宜太劳也。

廿七日(11月22日) 晴,水退二寸。晨起稍晚,实因疲惫之故,午未间幼章太守及安陆守贾翰生来见,各道所属抚赈情形,余谓列榜散放则可免口实,亦足盟心,如武昌属之咸宁,官既不可深信,百姓又极刁健,惟有饬其领银若干、易钱若干,将各乡应抚之大小口若干、应放若干钱一并列榜通衢,大张晓谕,庶官吏、百姓共见共闻,委员亦不致为其所累而已。是日,发家信一函,交永隆号寄去。得炜儿九月廿八川中来信。

廿八日(11月23日) 晴,水退三寸。先赴抚院、再赴督院议论公事讫,又于官厅坐谈一刻许。回署后,安陆贾翰生、候守王季海来谒,论堤工保举事,又与汉阳守夏干园议汉阳灾务事,随与刘孝长纵谭一时许。是日,得炯儿十月朔日来信。

廿九日(**11月24日**) 晴,水退三寸。幼章太守来谒,议劝捐请从优议叙事。此君至诚之心,实为可爱。

三十日(**11月25日**) 晴,水退三寸。

十一月初一日(11月26日) 晴,水退三寸。五鼓,诣文庙,偕司道俟院宪齐至官厅,随同行礼又宣讲圣谕毕,谈一时许。复诣武庙行礼,暨玉皇庙,均三跪九叩毕。回署接见各官,江西委员拨解银十五万到,委荆同知诚意监兑讫。是日发四川信,附致张椒云廉访书。

初二日(**11月27日**) 晴,水退三寸。候补道龚莲舫、姚补之均来辞。适来大冶户口册折,正赈加赈共需银壹万零,除该县自捐及劝捐共抵三千余两外,实请找领六千数百两,户口亦清晰无浮,即批府速为给发。而武昌、武左两卫,一请正赈七千余,一请五千余,既未会同屯坐、印委各员,任听书役、军保冒滥滋弊,且正赈如此,加赈更多居心,甚不可问。当即移知姚道督府查办,似此不肖之员,即应详参,姑再俟其覆到如何。若尚不悛改正,未便姑容也。申正后,风势甚厉,戌初平。

初三日(**11月28日**) 辰初,偕司道诣中丞、制府衙参毕,议安陆守贾君世陶倡修护城河堤,为数十年欲办未就之工,经该府修筑完竣,详请奖励。又钟祥、京山二县七年防堤稳固,亦应请奖,均允。为具奏一加道衔两县令,皆以知州升用在事出力,委员劳宗焕请尽先补用,一县丞、一从九请尽先补用。盖修防不力则参处,稳固则奖赏,赏罚明自令用命,亦理应如是也。是日晴,水退三寸。

初四日(**11月29日**) 晴,水退一尺。辰起,往送两观察行,回署。公事毕,又复黄琴五、何子贞及枢友聂雨、曹兰石书,又具详委员李令明埧遭风溺毙,请照例具奏请恤。遣奴子王贵押送什物回黔。

初五日(**11月30日**) 晴,水退四寸。辰起,偕同官往谒两院,毕,回署。

初六日(**12 月 1 日**) 晴,水退四寸。据姚观察具覆,武昌、武左两卫各删减十分之三。又据武昌令报,该县应需赈抚两月口粮二万五千余,已劝捐足敷支用。是日,湖南粮道陈芝楣相生来晤,带到甘肃、宁夏令李煦堂信函,中卫令杨翠岩信函并羊皮袍套等件。

初七日(**12 月 2 日**) 晴,水退四寸。闻廉访常兰翁生子,往贺,谈一刻许还署。适委员解到顺天拨饷三十万,即遣官监兑,计每箱三千,约短平七两余不等,银亦未能足色,然支绌之际忽得此项,心胆为之一壮矣。族弟成楷自家乡来,即遣之归。盖已寄费,嘱其努力用功云。

初八日(**12 月 3 日**) 晴,水退四寸。闻书吏有需索缓征册费之事。又闻冬季减息,告示各县有匿不发贴者,均密饬各府县查办。又闻广济溃堤三十余处,工费甚巨,又该赈抚尚多滥遗,新任魏令颇形竭蹶,均密移道府查覆。

初九日(**12 月 4 日**) 晴,水退四寸。是日,黔中专足来信,始甚惊异,不知竟有何事。及拆阅儿辈来书,人皆平善,盖内子催索家用也,琐屑不晓事,实为可笑。

初十日(**12 月 5 日**) 晴,水退四寸。同官趋诣督院,始知折弁已回谒,谈毕即还署。拆阅京信,知梁心翁被诬之案已结,家产因无赃私,已蒙发还。而失查何来?道祁县受贿官亲诈赃,竟问军台遣戍,虽两腿成废亦不能免,或可援例收赎,清白一生而结局如是,可为浩叹!幸苏门之案,立翁仅得降留处分,然闻其抱恙颇甚,未知确否。至政府因库款空虚,议减廉俸,推广捐输等事,各出己见,计愈拙而弊愈多,文法亦日以密。由此推行,窃恐其所得少而所损大耳。老成谋国,固如是耶?忧从中来,真令不可断绝已!

十一日(**12 月 6 日**) 晴,水退四寸。偕司道同诣督院预祝,坐一刻许即还。

十二日(**12 月 7 日**) 晴,水退四寸。府、厅、州、县各来见,江夏令及委员禀,知放四汛及省门抚恤竣事销差。

十三日(**12 月 8 日**) 辰起,天色微阴,似有雪意。偕司道先诣抚院、再诣督院,各谈一刻许还,批发各卫赈抚户口。水退四寸。

十四日(12月9日) 辰刻天阴甚,昨夜小雨,风色甚厉,疑将雪也。辰起,仍复彤云密布,至巳正始有微雪,而亦未到地。市中闻多喉痛症,以天晴太久之故,又本年水势泛溢,江岸皆多鱼虾,易生蛹子。年内能得大雪三五次,病既可免,蝗亦可除,故日来盼雪甚亟也。水退五寸。

十四日① 早间风势甚紧,午后天色渐开,夜视月色,已有晴意。水退七寸。得沔阳州报,赈务竟无把握,堤工亦乏章程。良由署知州太弱而愚,地方并多刁劣生监,大有侵冒中饱之弊,亟札催白、何同知,李丞前往,会府督州切实查办。以李君曾任沔阳,甚得民心,彼间绅耆曾有公呈赴司,请委该员往为办理故也。

十五日(12月10日) 五鼓,先诣玉皇阁拈香毕,随赴关帝庙,会同司道俟两院至,同诣行礼,又宣讲圣谕,复坐谈二刻许回署。是日晴,水退五寸。

十六日(12月11日) 晴。闻龙翰臣学使将还,遣使往迎。未正,随往拜晤,又往视首郡刘小川太守目疾。是日得刘鉴泉方伯山东来书。水退五寸。申初拜发元旦贺折。拟十二月廿一日寅刻奏递。

十七日(12月12日) 晴。水退五寸。第二次详报,发武昌府银四万五千两、汉阳银四万两、安陆府银一万五千两、黄州府银四万两、荆州府银十六万两,计共三十万两。连前共发去五十九万两。又据武昌县禀,应抚赈二万余,黄冈县应抚赈银一万九千余,黄陂县银八千余,孝感县银六千余,均请劝捐办理,计共需银约六万,俟其办竣报销,则连所发已及六十五万,此外再找发银约二十万,即赈抚、修筑均足敷用矣。

十八日(12月13日) 晴,水退六寸。时中丞子妇以瘵疾殀亡,偕司道先往道慰。随赴督院衙参毕回署,得江督咨。据当涂县报,江

---

① 整理者按,本月日记"十四日"重出,然所记内容不同。

北灾民分四起,每起约五六千人,将赴金陵就抚,而上、江两县收养者已三万余,愈聚愈多,实为可虑。并闻江苏一带劫夺肆行,立夫中丞、吉人方伯均有引退之意云。

十九日(12月14日) 晴,水退六寸。萧仲香太史扶其尊公灵枢过鄂,来与畅谭一时许。随即遣使致祭,并送下程四种。

廿日(12月15日) 晴,水退五寸。偕司道诣两院谒见,各谭半时许回署。劳同知光泰自黄州勘堤来见,据云黄梅户口既毫无遗滥,官绅俱一心经理,实为楚中灾务第一妥贴,闻之稍慰。又谓广济堤难于黄梅,魏令之文现已引退,即委福令昌阿接署,以其任广济尚得民心,特闻其亦有腿疾,究未审果能无误否,此心又萦绕于彼矣。

二十一日(12月16日) 早晴,午后微阴,似有雪意,申正间则果之日出,亦极燥热不可耐。自朝至暮,公事丛杂,心身手口应接,直不稍暇。盖自七月以后,至今已非一日矣。水退一尺。

二十二日(12月17日) 早起微雨。府、厅、州、县来谒,又料理公事毕。偕司道诣董云舟观[察]处,祝其太夫人寿,因留食面。时龙翰臣学使亦在坐,至申初始散。水退一尺二寸。

廿三日(12月18日) 微雨,水退一尺三寸。

廿四日(12月19日) 微雨,水退一尺四寸。

廿五日(12月20日) 微雨,水退一尺。

廿六日(12月21日) 微雨。李司马自沔阳回,知署牧潘克溥办事竭蹶,势需亟委贤员往替。因查吴牧璪升补该州部文早到,议即饬令赴任,俾赈抚、修筑,均可无误云。水退八寸。

楚北旬宣录七(1848—1849)

戊申十一月二十七日(1848年12月22日)　子刻冬至。于寅初刻即起,卯初二刻诣万寿宫,偕常兰陔廉访及监法、粮储两道,俟两院宪学使龙翰臣齐至,同望阙引礼毕,坐谭一时许始行,又同赴两院署禀贺。回署后,首府祁幼章来谒,议沔阳、广济赈务、堤工两事,随签押日行稿件。时已午正,腹馁极,而膳至亦不能多食,倦困尤甚,乃假寐约六刻,又披阅公事。甫竣,兰陔遣人送其乡人吴退庵内翰士迈信来,盖为洞庭救生船经费不敷事也。先是,退庵与其同乡何别驾锦云醵金建公局,曰"敦善堂",募长年之狎风涛者操舟救生,至秋冬水涸,舟行湖中,深浅莫测,则又设引洪船导之,经始于道光丙申,十余年来,全活无算。退庵又以滨湖渔舟,每值风狂浪涌时,客船危急,不一引手救,且挤之落水,攫取其货财,皆是也,屡创之,且悬赏导以救生,其风稍息。惟重湖八百里,船少不能逐,年来粤匪窜入湖内,行族受害更复甚于风涛,将欲推广救生兼防盗贼,必须多设船只,棋布星罗,声势既皆联络,匪徒即无敢隐匿,活人当自益多。议拟于鹿角岳阳外东湖之磊石山、君山,西湖之明山、团山、舵捍洲,凡五处,各建局一船三,凡得船共二十有三,凡引洪四十有八,俱择习风波而强有力者任之,其章程甚周备,其志量甚宏博。顾经费益繁,意且借筹于江汉之官绅商贾,为久远计,故寓书于兰陔,属为代筹。而兰翁又商之于余,余以事极良美,不可不图,所以成全之。刻已年尽,且灾务纷纭,应接不暇,当俟来岁春明为之设法筹画云。又据兰翁持其乡人宋孝廉士心所上诗云:"裁得征衫当锦衣,秋风人向帝城归。君恩尚许餐红粟丁未考充景山教习,身贱曾经侍紫薇在都于曾涤生阁部假馆二载。

万里晨昏游子在，十年灯火寸心违。还应饱踏蒲南道，驱马秦关正雪肥明年拟就聘蒲州。""平生未解识荆州，一刺新从幕府投。列戟门高徒怅望，挂帆人至小勾留。冰霜秉节严关键，河海无涯纳细流。不惜阶前盈尺地，也堪长揖见君侯。""最怜小草太凄芜，孤负昂藏七尺躯。京国遨游空岁月，鄂城风雨奔江湖。投书久滞河边鲤，推爱谁瞻屋上乌。毕竟微根托桑梓，敢将踪迹祈穷途。"兰陔得诗，以朱提一流赠之，因以示余。诗既清（毫）〔豪〕，书亦端楷，其前程当未可量。惜余不及见之，因录于此，以志珍惜。是日天气放晴，水退六寸。

廿八日（12月23日）　晴。辰初刻偕司道先诣中丞署，议请令沔阳牧吴璪赴任赶办赈抚修筑事，又广济令福昌阿应仍一手经理，方免贻误。随与制府熟商，亦均谓然。归即叙稿饬委，盖刻不容缓也。水退五寸。

廿九日（12月24日）　晴，水退四寸。午后江湘云上舍来，因谈及李令请恤事，且云："闻公挽联甚佳，可得闻否？"盖李令以清查灾赈，淹没黄州，余既为之具详请奏，以待恤典，复为联吊之云："魂兮曷归来乎？当未忘四野鸿哀，一江风烈；逝者竟如斯矣！其可奈高堂白发，少妇青闺！"匾则直书"以死勤事"四字，此廿一日事也。李君之眷即于廿二解缆回里，不知湘云于何知之耳。

三十日（12月25日）　晴。办公事毕，审讯京控一案。约彭于蕃司马、何小宋庶常过署便饭，畅谈少穆先生督滇中事，彼间藩臬赵光祖糊涂昏愦已甚，闻之怅然！何此辈之多耶？水退三寸。

腊月初一日（12月26日）　晴。偕司道先诣文庙，俟督抚学使至后，随同行礼毕。复诣宣化敷润龙神祠，拈香默祈雷泽毕，回署。因昨日申初，甘肃宁朔县聂令尔耆之弟来见，云其胞侄年二十一岁，（串）〔患〕偏对口疮，未得良医，且盘费已形支绌等。急遣奴子郭见请杨瑞山前往看视开方，据云尚无大害，立可见效，心为之慰，又饬送盘费壹百两助其前行云。是日辰正，李同知兆元来辞行，即往沔阳会同办灾，自云得吴牧前往帮之认真办理，可保无误。随又据吴牧璪来辞,所云亦然。细查两君立品、居心、才具,均似可以放心,因又勉励再三而去。水退五寸。

初二日(12月27日) 晴。是夜燥甚,而雪仍不下,殊深焦急,岂天心尚不厌乱耶? 不可解已。是日得京信并阅邸抄,知以经费支绌,五大臣会议五条:一,清查积欠;一,改折漕米;一,试行长芦、山东票盐;一,裁河工浮费,汰冗员;一,开矿业。已奉旨允行,并派宁邨偕季芝昌仙九赴长芦,耆中堂英偕朱桐轩风标赴齐,先办票盐事。噫! 此所谓天下本无事,人自扰之者。如医病然,气体已弱极矣,而又加克伐之药,一剂不已,又连以峻剂投之,其能望有起色乎? 当国诸公何至昧昧若此? 有心世道,竟不能不痛哭流涕,长太息也! 水退六寸。

初三日(12月28日) 晴。辰起偕司道先诣抚院,因中丞偶冒风寒,未展谒。随同赴督院谒见,议修嘉、咸、江、蒲四县堤及江夏莕麦湾堤事,又议修江工事。时新升江南藩司冯桂山方伯德馨展觐过境,舟泊河干,因同往拜,晤谈少许。又顺道拜送何太史璟往粤,回署。晚间得彭小山江西来书。昨日发家信,一寄炜儿四川,一寄炯儿黔中,黔中信由见斋中丞转递。今日酉正,稍有凉意,风亦稍紧,然明星犹在天也。水退七寸。

初四日(12月29日) 晴,水退五寸。辰起签押毕,传武同知劳光泰至署,饬令往江、咸、嘉、蒲分派修堤工启,并告以标签派工之法。统计堤长八十里,共一万四千八百丈,共估需工银八万九千有余,高以本年水痕为约,内二收、外三收,面宽一丈五尺,高一丈二三四尺不等,以其地势颇高也。劳丞人极粗疏,而堤工却尚可靠,故特委之以专责,成亦因材器使之道。至经理银钱,则惟嘉鱼刘令是任云。午后同诣盐署,公请桂山方伯便饭,回署已及酉初矣。是夜风色颇紧,而天气甚燥,夜卧竟不能重被云。

初五日(12月30日) 辰初起,视天色甚阴,似有雪意,为之欣盼无已。亟出门偕至督署,又至抚署禀商公事毕,回已午正。因饭毕,再阅公件,兀坐书斋,耳中风蓬蓬然,寒气亦觉逼人,待至酉正,雪仍未降,不知天公何以靳此也。是日水退八寸。

初六日(12月31日)　辰起小雨,雪仍未降。至申初略及数片,又洒微雨。亥正亦复微洒,然总不及雪,至天明时又已开朗矣。水退一尺二寸。

初七日(1849年1月1日)　辰起,天色仍阴,亦有北风。劳同知光泰往分咸、嘉、江、蒲四邑公堤来谒,告以高视本年水痕,据称三处皆已比照办理,惟江夏之金口堤太低,约短五尺余,一律比照则经费太多,拟以金口长堤于修足之外再加子埝,其通工均以外三内二为收分云。又据武昌祁守来见,以所发府库存银交劳丞,以三万买钱、二万买米,均已饬令照办云。水退一尺。江诩云给谏来书,以当国者因度支短绌,筹议变通之法,多不可行。欲有建白而未定主意,冀余有以益之,因复书数百言。以圣门论政,足兵足食,必不得已而去,则兵其先也。各省兵数多者四五六万,少者亦二三万,京营兵则十余万,平时一无可用,有事则不惟不得用,且用之适足以滋累,徒(縻)[糜]粮饷而已。即以湖北论,额兵二万余,岁饷几四十万(三十九万余);粮六五万余,又加满饷三十万余,粮十五万石余,合计已在百一十万以外。若少减其数,但裁名粮五千,则岁可节省十五金。合十数省及京营兵,何止三数百万!倘谓明示裁减,将启四夷窥伺之心,且此辈不商不农,坐食已久,一旦裁去,无所资生,势将为乱,不可不虑。则请密为上陈,但饬各督抚、提镇先约计其可减之数,不必遽减。遇有缺粮,开除勿补,年终总计其数,咨部咨军机存案。减数既足,缺粮仍行补充。兵减而将弁亦约略减之,以兵之数为差。盖自古用兵,皆贵精而不贵多,即以多为贵,临事招募乡勇,其得用尤甚于兵,无事仍遣散之,于一切皆无害也。内有八旗,外有驻防,四体不勤,百工俱昧。饱食终日,同于惰民。费无数银粮养之,而彼不知恩也。且谓束缚太甚,犹有怨言。但饬将军、都统,弛逃旗之禁,听其所之。或虑其无以谋生,则给以一年之银粮而资遣之,销出旗档,使自为计,亦不限以数、不限以人、不限以时,此亦天下一家、中国一人之至计,不数年间,所省不可胜计。是二策者,皆于国无碍,有利无害,有益无损云云。即于是日交折弁带去,不审其能委曲毕达否。

初八日(1月2日)　早起微雨。因中丞差人止上衙门,廉访适有事将陈督院,遂又同诣谒见。回署适得京信,五大臣所议五条已奉明降,且不欲诱言乱政,势在必行。改折漕粮,窃恐由此致乱耳。午后天似将晴,酉初以后,又复细雨,然而雪终不降,则真无可奈何也。水退一尺。

初九日(1月3日) 天已放晴。江夏令及委员来禀,散放四汛灾民加赈两月,口粮均已完竣,民情欢悦,查看水已全涸,麦苗甚茂,亦惟盼雪甚殷耳。申正,曾大令维桢来,言孝感、黄陂捐项亦足敷赈抚,甚为安静。酉初,姚观察华佐自黄州回,为言黄梅户口极清,官绅甚和,将来堤工亦能认真。广济福令则颇狡猾,然其小有才,尚能驾驭。刁生劣监,欲求核实则难耳。时日已迫,又万无可易之人,闻之心实不安,而无可如何。天下事如此类者不少,有太息而已!是夜月色甚明,望之如雪。水退一尺。

初十日(1月4日) 辰起,先诣南院,议办江工及修江夏堤费、武胜门等诸闸事。又同诣北院,时中丞感冒尚未大愈,数语欲行。而廉访以松滋陆令承审命案未确,欲调省审讯,词色甚厉。该员现值修理堤工,且须劝捐集费,势不能离,又无可代理者,争之不得,亦无如何,且自听之。同事之难,往往如是。午后,赵少愚、姚补之两观察同来,谈半时许。彭于蕃司马来,纵论滇事,几及两时,至酉正始去。随寄炜儿一函,附何小宋庶常安信,又交抚折弁寄都中黄琴五乔梓及聂雨帆、曹兰石二信,将以十一日启行。水退一尺,至是设立志桩始行退尽,江面水势尚未退落归槽,然亦无从查报矣。

十一日(1月5日) 雨。首府、县均来谒见,定期于十六日查看江堤工程及荞麦湾堤工,令其速开图折呈查。饭后答拜赵、姚二观察,又拜新选江宁盐巡道周景垣同年,又与龙翰臣学使畅谭半时许,回署已酉初三刻。雨仍不止,于麦苗甚为裨益,惟入夜仍暖,甚恐数日内尚不能得雪云。

十二日(1月6日) 天已渐开,大有晴意。首府各官俱来谒见,尚无要事。惟嘱捐局核实申送,以汉阳禀多滥故也。

十三日(1月7日)　仍有微雨。偕司道同诣两院毕,回署。

十四日(1月8日)　晴。邀赵少愚、周景垣、姚补之三观察早饭。午后,门人章少青服阕,自安徽将之官甘肃,过此来谒,与之畅谈一时许,因留其在署小住,并助以百五十金,约一二日内即将行也。

十五日(1月9日)　五鼓后即起,先诣玉皇阁行香,随赴武庙,俟两院至同诣,拈香毕,谈约一时始散。是日晴。申初,何子贞之乃郎庆涵遣人来署,知其已到汉口,即遣人将家信送交并探询行止云。

十六日(1月10日)　晴。辰起公事毕,即偕盐道查勘江工回署。适何世兄来见,闻其行止,始知欲由此扶枢起旱,盖世路尚未阅历,不知艰难。因力劝阻之并小为之张罗,以资其行,凡以对子贞云尔。

十七日(1月11日)　辰遣人诣奠子贞夫人,并送奠分五十金,又为之料理舟中琐事讫。是日晴。得荆州报工赈事件,俱已大定。沔阳吴牧来禀,到任后,刁劣生监、地保棍徒均皆安静,为之稍慰。又得立夫中丞书,以五千金为沔阳赈助。

十八日(1月12日)　微雨。辰起同诣两院衙参毕,回署。委员往银万五千金赴黄州工用。章少青亦于是日开行。

十九日(1月13日)　晴。何庆涵来辞谢,为之张罗二百金,亦已送交。又带京布包一件,亦托委员杨大令带京讫。子寿自天门来署。

二十日(1月14日)　辰初封篆毕,即赴两院致贺。回署,饭后签押公事,接见各官讫,与子寿比部谈一时许,不觉心为之开,盖至八月至今,未有如是之畅矣。是日热极,稍有北风,雨而不雪。

二十一日(1月15日)　辰起诣中丞署祝寿毕,回署。常兰陔廉访来拜子寿,龙翰臣学使亦来,因送兰陔行后,留翰臣与子寿同饭。随签押公事,委员押解五万金赴荆州府库,找足工赈之用。

二十二日(1月16日)　辰起,府厅州县俱来谒,彭司马于蕃适来,因留子寿共早饭。午正时,孝长亦自天门来,破冗纵谭,颇觉爽

朗。于蕃仍共小饮，又畅叙少翁剿办永昌回汉事，至二鼓后始散。此
二日皆晴，是夜则满天明星云。

二十三日（1月17日） 晴。偕司道先诣中丞，再赴制府，议将
江、咸、嘉、蒲四县公堤，除去移赈归工之项五万五千余，尽数支用。
又金口长堤本款尚存一万三千余，蒲圻本款尚存六千余两，由道库支
取给发，外计不敷银一万零。又江夏县荞麦湾堤除去本款七千九百
余，尚不敷银一万两，均拟于捐输项下筹款给发。又荆州万城大堤，
制府虽批饬自行设法赶办，无如为数甚巨，该府断难力任，拟请即将
两院公捐之一万两，并该府前禀自捐之四千串，均归大堤之用，不足
者再议令府中筹办，以昭郑重而示体恤。随亦分别具详云。是日，
申、酉、戌之时又拨冗与孝长、子寿、于蕃畅谈，以三君明日皆将分别
入京、还里也。

二十四日（1月18日） 辰起，孝长已先行，于蕃随来，与子寿共
早饭毕，即行。是时北风微起，似尚顺利，能三日东北风，则子寿即安
抵里门矣。朱朵山殿撰自浙中来，与谈半刻，随传何根云阁学舟已抵
汉，明日当相见也。

二十五日（1月19日） 晴。中丞先差人止院，因共诣制府谒见
毕，即赴城外鲇鱼澓码头与根云阁学畅谈炊许，随答朵山之拜。回署
后又与姚芸陔、王季海两君熟为筹画，似于根云尚有裨益。随又遣使
致送奠分三十二金，廉钱壹百千，米、炭各物以供舟中之用，盖根云为
人豪侠好义，虽年甫三十有三，而所见颇大。余与之交未深而彼此皆
相敬佩，故再三关注如此。申初刻，于蕃来辞，以明日亦启行入都云。

二十六日（1月20日） 早阴。李司马兆元自沔阳回，据云彼间
刁生劣监百计诪张，卒亦安定。堤工已周历勘估，计日开工，江堤约
需银五万余，襄堤又一万六千余，所请之六万九千有零，足敷工用。
以前发急抚之四千串，为四穷及文武贫生劝捐所入，则当归垸堤，以
工代赈也。午后得武昌县报，正赈、加赈俱已散竣。又得黄州卫报，
军丁应赈已四千六百余两，请一律捐办，其广济堤工则业经兴工云。

是夜微雨,仍不成雪。

二十七日(1月21日) 辰起,渠太守禄阁自安陆查仓粮回,据云逐县抽查钟祥、京山、潜江、天门四县,皆有盈无亏,为之一慰。又武司马劳光泰来言,江夏荞麦湾及四县公堤所丈弓尺似较短绌,请发部颁弓尺为武,因即取库贮部弓查验,弓一、铁尺一、铜尺一,铜尺稍大于弓三四分,随以铜尺授之,并又谆嘱早日竣事为要。是日微雨不止,午后间有雪子,然及地成水矣。代中丞过堂四案,又发两院公捐银一万,付署公安县丞孔继廉去。

二十八日(1月22日) 辰起,微雨初止,似有晴意。江夏升令来谒,知前所请龥堤费六十万一千有奇,已经户部议奏蒙恩允准。从此民气稍苏,可免追呼之苦。计自去秋迄今,辛苦筹画,幸而获免,此心亦可下对吾民矣,为之快慰无既。夏干园、王季海两太守先后亦来。门人彭子嘉又求为说项,请与邓孝旆之女公子续胶事,如其果成,实亦花花相对,但未知春泽意何如耳。

二十九日(1月23日) 是月小建,已为除夕。辰初偕司道各官诣两院辞岁讫,又遣人存问何根云阁学,盖芸陔与之筹画均已就绪,总共约足三竿,似归去尚足敷衍矣。本日微有晴意。探询民间虽灾不害,以连年收成尚好之故,然余每以不雪为忧,有修脚者云:"大人盼雪,百姓爱晴。"外间穷民得此晴天,既不受冻,又可营生。一雪则冷,便难出门,饥冻之情,良不可问。是雪虽未下,眼前且过好日。蝗蝻之生,亦看运气,未必下雪便无、不雪便有也。为之爽然。

道光二十九年正月初一日(1月24日) 月建丙寅,吉日庚午。是日黎明,明时四面浓阴,辰初颇见开朗。巳午未申时阴时晴,议者谓主年丰人乐。余于寅初即起,盥洗后先诣司命前拈香恭拜天地,随于祖考神位前展拜并献椒酒毕,因试笔写吉利数语。已及卯初,随诣皇殿随制府学使于万寿牌位前行三跪九叩首礼毕。略坐一刻余,即偕司道赴文庙待大府至,行香后又诣武庙玉皇阁拈香。始至督署,偕司道府厅州县申贺。又至抚署,时中丞以寒疾未能出门,即亦禀贺。

回署后府厅各官又复谒贺,始及早餐,已午正余矣。

初二日(1月25日) 五鼓,出门诣城隍庙、文昌阁、火神庙、八蜡庙、龙神祠、风云雷雨祠,各拈香毕。随答拜常兰陔廉使、龙翰臣学使、祁幼章太守及省中文武各官,回署。余山制府亦来答拜,学使、廉使、两观察又先后坐谭数刻而去。是日或晴或阴,似有雪意,爆竹声声,尽夜不绝,殊有太平景象。

初三日(1月26日) 忌辰,天气甚晴朗。余以齿痛且连日早起晏眠,颇形疲顿,因闭户寂坐,未二鼓即安卧,至次日辰正始兴,稍觉精神一振云。

初四日(1月27日) 畅晴。巳初一刻,因出门答拜三观察,又往贺张协镇寿。姚补之观察以病愈销假,复来小坐,送客出门,随判阅公事约两时许。

初五日(1月28日) 偕司道公诣督辕衙参,议修办荆州杨林矶,需费九千九百余金,请动萧姓生息本款请奏,又议江夏办荞麦湾工,请动本款七千九百余两【余】,不足之数一万九百余亦由盐道库筹款办理,仍需具奏,随即上详。又议捐输共十余万,请即上详云云。回署后即催速办稿,随找发汉阳府工赈银二万三千余两,又催修堤工各札讫。【汉黄德】赵少愚观察自黄州来,与谈少许。是日辰阴,似有雪意,午后又稍开朗云。

初六日(1月29日) 辰起微阴。汉川令王震、麻城令姚国振均来谒。姚令乃帮办广济堤工者,询以彼间工事,云皆遵照司中章程逐段书签,标记高宽丈尺,均未敢丝毫捏饰,二月必能完工。王令面称汉川之工二月亦可全完,其间赈抚银两概系交付绅士管理,所用数目分文皆必列榜,其收养灾民、设粥分厂散放,亦需二月方能完竣云云。前此暗为查访,该处办理颇善,以其所闻证其所言,尚无歧异,为之一慰。随又出署答拜赵观察,回即披阅公件,并寄何根云一函及其家信,由万方伯转交,排日计程或可赶到长沙也。是日午后稍露阳光,未申酉间皆阴。

初七日（1月30日）　晴。是日为国忌。公事无多，官吏来谒者少，然余以心血太耗，两月来每觉疲惫不堪，饮食亦较前甚减，深以衰颓，难期效用，自当于灾赈完竣后即奉身归里，以避贤路为宜。虽囊橐无资，凤累尚未全清，亦不暇计也。寄炜儿蜀中一书，又接阅京中来信，小除夕前亦未得雪。

初八日（1月31日）　晴。先诣中丞，因病尚未愈，是以未见。随诣制府谒见，畅谭约半时许。复至官厅，谭又半时许。回署核阅公事毕。王子寿比部遣人持手书并代作连东亭序、致张南山书笔曲而达，实获我心，真不愧一代才人也。又得乔见斋中丞书，拟捐钱万串以助赈抚，当亟为之具详请奏。缘此老将于月杪抵都展觐，计时捐廉之折亦正可到云。

初九日（2月1日）　晴。是日官幕来谒者甚多，纷纷酬应，疲倦之至。午后翰臣学使、幼章太守又来，各谭少许。又复子寿比部书。夜则星月满天，箫管盈耳，大有年丰人乐之象，外人至，止当不知为灾区也。

初十日（2月2日）　晴。同官先诣制军处衔参毕，随赴中丞署探视，病已大愈。因共请见，谈未少许，闻制军亦来，遂同出，至官厅又谈半刻许始散。朱朵山殿撰复来，纵谈时事。殿撰浙人，为言浙漕万难办理，若新议改折，则断不能行。又云吴甄甫中丞极意整饬，无如事皆隔膜，窃恐其一无所成。盖中丞于外任司道以下皆未经历，徒事纸上之谈故耳。

十一日（2月3日）　忌辰。他客皆无，惟滇中运铜两委员来，询及彼间仓库，据称不过三四十万，各州县亦并无敢亏，至一万以外者特缺，小而苦者多，弥补亦正不易耳。午初间，吏部文到，知兰陔廉使有关中方伯之命，为之喜甚。各直省惟陕西称福地，而陕省又以方伯为更优也。是日发京信四函及致粤中张南山司马一函，并附子寿函去。又托枢友乔心农转致乔见斋中丞书，其捐输万钱已为之料理，足数札发汉阳太守支用云。

十二日(2月4日)　昨夜初更时,距署一里余之横街头火爆铺中失火,延烧炎焰,势不可当。署中库贮关系甚巨,余先遣派诸人及库丁等众妥为预备,始出署查勘督救。而制府亦来,即据胡床坐于头门之内,至二更后火已下架,始登舆去,司道亦先后散归。余又登文昌阁望之,见火气全灭甫行,归内已三更矣。至本日立春,向本可不亲往称贺兰陔,以升藩故,必当诣谢,而首郡遂差人促余同往,事无关系,亦姑随和。遂以辰正出署,午正始还。又致见斋中丞一函,交折弁沿途探递。又发各信十余件,并核阅公事毕,已起更矣。申正间微雨,而阴寒颇甚,似可望雪。

十三日(2月5日)　辰起。风色甚厉,天气甚阴。午初同司道赴江干伺中丞签兑毕,随赴制府公宴,亥正始散。

十四日(2月6日)　辰起。劳司马赴江夏、咸宁、蒲圻、嘉鱼勘工回。麻城姚大令禀辞,赴广济督工。宣恩彭大令赴江、咸督工,俱辞。又广东候补知州丁君来见,询以粤事,据云夷人二月入城之说,尚恐有举动意。又云土匪甚猖,社勇亦不甚率教,故非好消息也。是日发贵州家信,又得炜儿蜀中来禀,又晤邵莲溪司马勷,由四川嘉定太守降改同知过此,是二十年前楚中贤令,与余为至交,谈至一时许而散。夜间微雨。

十五日(2月7日)　黎明偕司道诣关帝庙,伺制军学使至,拈香毕,随诣玉皇阁行礼,复至两院衙门称贺。回署签押公件,又亲收汉、沔民辞二纸。饭后阅视文书,时为元宵,署中亲友杯酒欢晏,畅叙至戌正而散。是日自卯至戌,时雨时阴。

十六日(2月8日)　晨起,闻程霁亭方伯自湖南来,将入都展觐,始赴苏藩之任,因率司道至保安门外相迓,随约诸君公同霁翁至署小酌。是日微雨蒙蒙,沾衣欲湿。先是,帅逸斋庶常来见,谈约四刻。此君为楚材之冠,近日帮同黄梅金大令办理赈抚及修筑堤工,甚为得当。余闻其名者六年,始谓才虽可爱,局量恐欠宽厚,且阅历亦未必精深。乃与畅谈,殊深敬佩,真不愧仙舟先生后人也。酉初,郧阳守胡允林来谒，亦渐老成，然尚未细叩其所事云。

十七日（2月9日）　辰巳午未皆雨，申酉刻稍息，亥初似较爽朗。是日辰刻，程霁亭方伯来谈一刻余，新选德安守易容之来见，候补王守汉阳赵司马、候补周司马均来见。汉阳李令以俸满入都，来言请以三月杪间交卸北上。午正，答拜帅逸斋太史，又至刘园招潘韵六、范质夫两上舍，李、胡两司马，林通守陪莲溪司马小酌，余随赴盐观察之招，在座为霁亭、兰陔两方伯，赵少愚、董云舟、姚补之三观察。久矣不托于音，菊部登场亦未能娱耳悦目，良由年来兴致不佳，绚烂之文都觉索然无味，固非关声稀色淡也。

十八日（2月10日）　辰起，天色晴朗，日光皎然。亟诣中丞署进见毕，复至督院，又答拜程霁亭方伯及致贺署廉访赵少愚观察。回署签押公件完竣，因约帅逸斋太史过署畅谈，随便小酌，至二鼓后始散。此君才气不可遏抑，见解品地极高，他日得位必当展布，惟体质清脆，似于摄生之道亦未能讲求，天倘成就其为人，自应畀之大年。吾爱之重之，惟祝其无灾无病到公卿耳。

十九日（2月11日）　卯初开篆，随诣南北院禀贺毕。中丞以病愈答拜来署，坐谈一刻余而去。余公件完竣，随赴府厅招同常兰陔、程霁亭两方伯及赵少愚、董云舟、邹蓝田三观察，筵设首郡，至亥初始散。是日时雨时阴。梦侍先大夫，似为童子时课文光景，又梦登楼。

二十日（2月12日）　微雨，偕司道赴督院衙参，又往送兰陔方伯之行，并答拜署廉访，随诣中丞署，偕诸公雅集，至酉初而散。归阅公件，又开具陕西府县之贤否，列为一单，以贻兰翁。时已戌正，困殆之至，解衣即卧矣。

廿一日（2月13日）　辰初晴霁，巳阴，午后又稍爽朗。朱朵山殿撰来辞，常兰陔方伯亦来，畅谭约一时许始去，盖将以廿二日巳时行矣。

廿二日（2月14日）　辰初，天色微朗。因兰陔方伯将行，即于辰正至皇华馆偕司道同送登舟讫。随拜送程霁亭方伯，又偕霁翁赴署廉访赵少愚观察之招。未初回署料理公件毕,致荆州守信附致子寿函,并复子章函。雨势帘签,竟无晴意,仰视冥漠,不胜焦思。

　　廿三日(2月15日)　雨仍不止。遣人送兰陔廉访回,言路途泥泞,深可没膝,舆夫虽极壮健,而行亦艰难,今日有百里程,窃恐未能到云。霁亭方伯于本日辰刻接奉批折,亦着来见,拟于廿五日亦顾觅扛夫长行,似仍行路难也。是日午刻,内侄王敦亭茂才永安自天门来,据云沿堤土夫甚多,工作颇力,惟汉川一带麦苗生虫如蛆,土人殊切忧虑,似此均非佳兆。奈何,奈何!

　　廿四日(2月16日)　辰初刻雷声甚厉,雨亦沛然。未正,送粮观察行,随答拜学使。再阅公件,有两院会行捕蝗之札,已径饬各府州县矣。中丞于民事颇能加意,如此一节,余亟欲通行,又恐为时尚早,迹涉张皇,是以含意未申,今奉此札,适获我心,为之敬佩无既。

　　廿五日(2月17日)　辰雨不止。先诣大朝街公寓送霁亭方伯,至则已行。随偕司道赴督院衙参毕,复赴中丞署谒见,即还署治事。申正,帅逸斋太史来,谈一时许而去。酉初雨止,似有晴意。

　　廿六日(2月18日)　仍雨。次孙春寿周岁,以《圣教序》墨刻、铜雀瓦砚赐之,冀其克绍书香也。

　　廿七日(2月19日)　仍雨。祁太守、王太守、渠太守、胡太守俱来见。江夏升令亦来,议及堤工,雨多泥滑,挑土大难,而人夫无食则散,势不能不按人口给米一升,以资口食。然万余人,即日需米百余石,所费以十数日计,则赔累甚巨云云,深为焦灼。缘经费难筹,各州县所估已甚撙节,稍一赔累,即更支绌,以后即难免草率从事。江水盛涨,何以抵御?而雨久不止,又实无法可想,不禁徒唤奈何也! 未初,湖南武陵杨号性农孝廉彝珍来见,其诗古文颇深造,亦有志之士,与谈数刻而去。

　　廿八日(2月20日)　自辰至未无雨,申酉戌间时雨时阴,是日同司道公请三院春酒,以午正入座,酉正散席,颇极欢洽。

　　廿九日(2月21日)　辰起,天色微开,至午正又有雨意。酉戌间则又蒙蒙密密矣。既于菜麦不宜,而堤工则竟不能力作已十余日,工费本绌,因此再加之累,正不知如何是好。春收失望,蝗蝻复生,水没泛无抵御,危乎殆哉!岂特民不聊生,官亦势将束手,恐上天不如是之虐也,惟有日夕祷求天心仁爱而已。

三十日(2月22日)　辰起,雨势稍止。昨夜自酉正至本日卯初,大雨如注,今晨查询江干居人,十数日来江水已长四尺余,各处有堤州县具报,连日雨大,不能兴工,牵算工不过三分余也,为之愁虑无已。是日得王子章书,知与春泽兄弟说项已允,以孝旂之次女为门人彭子嘉茂才续弦,亟告知子嘉,属其早日媒定云。明日为二月朔,日有食之,应救护。

二月初一日(2月23日)　卯正三刻,日食。余素服率本衙门首领及候补同知、通判、州县东向行礼毕,僧道讽经,击鼓鸣锣,望天救护。辰正食甚,巳初复圆。如式礼完,各官均散,随签押公事。时天尚微雨,至午正以后始觉放晴。先是,余将拟初二日五鼓时亲诣城隍、关帝庙内拈香祈晴,已谕令奴子敬谨伺备矣。仰观天色,既有晴意,则祈祷之举且勿轻行,一则避沽名之讥,一则免贪功之诮。凡事固以心安为主,一切嫌疑名誉,皆当置之。心未尽而誉,实可羞;心既尽而毁,亦无愧也。亥初刻间,居然明星在天,为之欣慰。伏枕四鼓后,耳畔似有淅沥声,急呼奴起视,仍以星朗报余,始觉安稳高卧云。

初二日(2月24日)　天方黎明,听之无声,急起仰视,爽然而欣。盖四周无云,已杲杲日将出矣。是日府县各官均来衙参,颇有喜色。余亦谓兼旬淅沥之后,甫得晴霁,必当开朗数十日也。亟作催札,饬各属趁势集夫,赶办工事,限日完竣,俾资抵御。

初三日(2月25日)　昨夜戌亥之际,观天无星,心方疑异,乃至丑正大雨如注,梦中为之惊寤,是日当祭文昌。因亦披衣而起,愁心如织,恶劣不堪,似此淋漓无休,菜麦、堤塍受累,何所底止?谚语云:"不怕初一初二雨,只怕初三初四晴不起。"此一两日,关系半月之晴雨。老年力田,固屡验不爽者。卯初,随两院致祭毕。巳正还署,理受民词数纸。又签押公事已竣，攒眉望雨，无计排愁。忽帅逸斋太史遣人送其所作诗二册来，阅之颇有奇气，亟翻一过，为之心胸稍纾。至酉正间，性农孝廉复来，谈数刻去。

初四日（**2 月 26 日**） 昨夜大风雨时许，寅正卯初微雨蒙蒙。余以初一之辰即拟于次日拈香祈晴，因其日午后已晴，当慎此举止，以避沽名之讥。不意甫晴一日而仍雨，是以天未黎明即诣关庙、城隍祠、风神庙敬谨拈香，默为祷祝，回署甫及卯正，而天色甚为黯然。听枝头鸟声亦有愁意，闷极无计，惟有枯坐而已。

初五日（**2 月 27 日**） 黎明出署，诣城隍祠、关帝庙行香毕，即赴两院衙参，又往拜翰臣学使回。安陆贾太守来，谈半时许，知钟、京麦苗尚好，天、潜二县堤工亦有五六分工程。又阅公件，据咸宁令禀，邑中遍查并无蝗蝻，且有古云"久雨灭蝗"，似非无据之言。或者连旬之雨竟为灭蝗地乎？是日及昨日皆阴。

初六日（**2 月 28 日**） 黎明出署，诣城隍祠、关帝庙行香毕还。以公安李令具禀，油江口续出险工，请给费办理，大触院怒，批即撤任揭参。余独不谓然，危险堤段到处皆是，苟可设法，自当料理周妥，况最为险要、大有关系者，所禀既甚危险，若姑为置之，是上下游江陵、石首之堤徒劳兴修，不几惜小费而误大事乎？李令年壮才敏，颇为有志向上，于此事虽非十分能手，然其两年来悉心讲求，似亦不为无得。一旦撤之，另易他人，谁有能胜任者？况时已二月，将及责令报竣之时，更易生手，谁执其咎？至于工费七万余两，清厘查核，更非容易。不惟有稽时日，必至延误工程矣。是以传命祁幼章太（首）[守]，令其婉转先达此意，俟初八日集晤时再为缓颊。仍不能不筹款给之，以专责成而全大局也。是日巳刻，邀刘孝长、杨性农、帅逸斋三君宴集，龙翰臣学使适来，亦同小坐。天虽不雨，亦未放晴。名流聚晤，欢意迄未酣畅，又值署外回禄，匆匆即散，视火灭返署。监利连生复来，细询工程尚不及半，据称人夫幸尚踊跃，或三月中旬可望告竣云。

初七日（**3 月 1 日**） 卯辰巳刻，天气仍阴，午初又雨，淅淅沥沥，至于日昃犹未歇。安徽杨进士大容来,言前两次鸣雷皆非所宜。安徽谚云:"惊蛰前雷鸣,四十五日不得晴。"湖北亦有谚云:"雷鸣惊蛰前,高山可种田。"是其明证。然则此雨将何时止耶?

　　初八日(3月2日)　寅初一刻起,视天色甚阴,疑有大雨。时将祭先师,亟盥洗,朝服赴文庙,俟督抚、学院到齐,行礼甫竣。适已天明,即觉晴朗,回署接见各官后,至午初则微露日光矣。是日送学使赴汉阳考试,一日均甚晴明。

　　初九日(3月3日)　晴。随制府于黎明时诣社稷坛行春祭礼毕,又同诣龙神祠行香回署,适同乡路莲坨璋主政、渔宾明府璜兄弟同来,一将入京,一赴河南候补。长者年四十,次者三十有六,均皆安详稳重,希舆明府可为有子矣。携有儿子家言并树堂大表兄函,皆以其路费维艰,须于此间张罗。因留共早饭,细询乡事,至申初始去。是日晴霁甚畅,似可数日不雨,为之稍慰,已函札频催在事诸君赶办堤工矣。

　　初十日(3月4日)　五鼓,偕司道诣关帝庙,俟两院至,同行春祭礼毕,又往拜路氏昆仲。回署又传首府及清查局委员至署,与之议清查事,又嘱迅为函致各府、州、县,赶为清办,又嘱函催有堤州县勿稍玩泄,又嘱诸君略为饮助路氏昆仲讫。又接见运铅委员寿牧元渭,乃十余年前同官楚省者。其人性颇浮动,稍得意即目中无人,今来相见,亦优礼之,所谓"故者毋失其为故"也。西正,刘孝长同年来,谈及近时名下,君谓诸子皆浪得名,于诗之一道,尚皆不知用韵。往时王鲁之所以横绝一时者,虽自天才,亦差于腾挪押韵。是以声调既谐,抑扬独畅,起伏照应,自然合度。今之诸子往往一韵到底,非无一二笔、三数句可喜者,迄无全篇完美也。李、杜、韩、苏,千古独绝,毕竟韩、苏不如李、杜,盖李、杜以智胜,韩、苏以力胜。纯用气力,则气力有时而竭,何若李、杜之屈仲舒卷、曲折如意?由其善于用韵,故竟无一直笔。眼前作五、七古,知用韵者,惟胡子重云云,其言甚为有理。笔之于此,以示儿辈云。是日畅晴。

十一日(3月5日) 子初一刻,惊蛰二月节。天气晴明,公事既竣,作书致蜀中吴仲云方伯、张椒云廉访、清秋浦观察,并寄谕炜儿,令其亲为赍投云。酉正,连生东亭来见余,既为之序并书"种德毓祥"四字赠之,与之畅谈乡里间事,约二刻许而去。神气颇惫,亟欲仰卧,殆亦老境逼人如是耶?

十二日(3月6日) 辰巳间天色甚阴,偕司道诣中丞,贺悬福字匾即回署。东南风甚紧,老东房云即将晴矣,已而果晴。督辕折弁还,带枢友来函,知兆松岩方伯已到京,廿五、六、七连见三次,尚未知其跪安否也。署黔抚苏溪方伯一年终考发还,一学使考试亦发还,均谓其一片好语,可毋庸具奏也。又江督、苏抚参闸官散赈不能防闲,地保索贿,奉有知县、试用不少,何以委佐杂办灾? 实所不解之语。以上次具奏,亦有佐杂三人办理未善者,可见圣主如天之仁,于民事无不处处留心也。是日周春渠别驾亦自京旋,带到黄琴五一函,并直督讷近堂先生见贻耳绒褂桶一袭、锦州石鼻烟壶一枚,细询都中及沿途情形,颇谓萧瑟过甚云。

十三日(3月7日) 晴。偕司道诣中丞署谒见,谓昨日为百花生日,天气晴和,此一月内可期无大风雨,又议秋录及他案牍毕而散,复诣制府谒谈。后即赴署廉访之招,菜不多而乡味甚美,皆其如君所亲调者。饭后还署,公事方罢,适龚莲舫观察自荆郡还,来署谈三刻许,具言江工、石监、人夫均甚踊跃,惟金钱均不甚足,公安之油河堤势不能不修,必须筹款及之,方能有济,否则万难垫办,以前七万四千余金,皆徒劳也。

十四日(3月8日) 天色忽晴忽阴。余以奉旨清查库款,另延汪蓉川先生专司其事,于是日始自江陵来署,与谈数刻。年虽七十有三,人极老健,年内尚生一子,其精力殊可想见。

十五日(3月9日) 偕司道同诣武庙,俟两院至行香,并宣讲圣谕毕,又谈一时许始散。武汉两府随来议堤工各事,又晤陕西榆林太守何鲲小谢谈粤西事,与前所闻败坏之象无稍异。榆林在陕省为最苦之区，然视粤西则又迥然天上矣。是日辰雨，午刻略有晴意，晚仍阴。复枢友及琴五乔梓各信。

十六日（3月10日）　制府赴贡院甄别江汉书院诸生，偕司道同往点名。至未初还署，签押公事既竣，与友人商酌，详议清查库款请奏文稿。又复春圃祁大司农书。是日午以前阴，午正至戌初皆微雨。

十七日（3月11日）　签押公事毕，邀集汪蓉川、江湘云、张润斋、潘韵六诸君偕李星甫大令便酌，适陈霁亭同年之次君修礼来谒，于前月十七日自长沙启行，洞庭阻风几及廿日，昨日始达汉口。询之南水，已长至丈余矣。是日雨势不止，至午后更复淋漓，令人闻之心悸。戌初，劳同知自江、咸、夏、嘉、蒲督修堤塍回，据云工有五分余，天晴则月初可竣，尚可有余为碎石坦坡之费，若再十日雨则累矣。又据江夏禀报，新廉使明日可往滠口，或二十日当接印视事云。

十八日（3月12日）　辰起仍雨。偕司道诣两院谒见毕回署，签押公事完竣，复枢友书，又致祁大司农一函。

十九日（3月13日）　晴。出署往学署致贺还，签押公事毕，发甘肃信，发京信。据江夏禀报，新臬使本日住宿汉阳，二十日过江，以廿一日巳时接印任事。

二十日（3月14日）　卯初起，偕司道先赴督院衙参毕，闻吁门廉访将以辰时渡江，因偕诸君同至皇华馆迎逆，至巳正甫至，与谈数刻即回署，时幕友汪蓉川已搬行李至署。又炯儿之内弟姚亮臣亦以是日入署谒师，因促李星甫大令来馆，并共早饭而去。吁门廉使于谒见两院后复来展拜，谈至四刻始去。君之清名，久契圣心，故以学士特简此任，细察其举止语言，谦抑之中颇见风骨，和婉之中仍有刚毅。虽甫相见，觉臭味不甚差池，或者楚邦吏治，将大有起色乎？为之且欣且慰云。

廿一日（3月15日）　晴。辰往拜贺吁门廉访，又答拜少愚观察，拟再往拜龚莲舫观察，适遇诸途，遂不果往。归阅公事毕，适滇中普洱同知吴君来谒，细讯少穆翁，讯广和案。据云所控方伯各情均属子虚,惟本案为本府桑守所改,恐立脚不住。琦相往勘,自必和盘托出,恐于督抚均各有碍,不特方伯已也。申初得京中信,知乔见斋中丞叠见四次,圣意欣然,已谕令跪安回黔,闻之不胜欢忭。此老谦厚宽博,吾乡元气赖之培养不少也。

廿二日(3月16日) 晴。得李司马公石江淞来禀,知各该处堤工均有六七分工程。又得姜明府天潜来禀,亦有六七八分工程。趁此天霁,月底、三月半均可完竣,为之一慰。是日府厅州县均来谒议清查事,劳同知光泰禀辞赴四县公堤督修,亦云三月半可以藏事。

廿三日(3月17日) 晴。先诣中丞处衙参议江陵调补之员,余以黄冈俞令、襄阳熊令对中丞意,在黄冈议署事之员。据荆州明守来禀,请以现赴公安查堤之姜令接署,盖谓姜与陈令有仪为同乡,相知其办工之人,姜令均可借以襄事也。两院皆许之,制军亦谓调补者惟俞令为宜。

廿四日(3月18日) 晴。甘肃、宁夏道吉晓岩观察来。江夏令升,阶平胞弟也,与余为丙子同年,任广西怀远令,周稚圭中丞、祁竹轩尚书遵旨明保者。谈约二刻,气局似尚安详,未知才具究何如耳。午正过道署公请吉君,至申正还。又签押公事毕,自作札催汉川王令迅速办工。时已戌刻,倦极思卧矣。

廿五日(3月19日) 辰起。偕司道先诣制府谒谈毕,再赴中丞署谒见。回署,学使龙翰臣汉阳试竣来,拜谈一刻许去。是日为甲子,最不宜雨。又谚云:"雨洒二十五,后园无干土。"此间正月十二至二月初,连旬透雨,堤塍菜麦均已受累,且水日增长,必得畅晴一半月,方为有益。而辰巳之间,阴云四布,似将大雨者,心中急迫无已。乃巳正以后竟仍晴霁,良胜欣快。签押之后,又见客数次,正拟小憩,忽传西南失火,随又报中军。相近处火势甚盛,急往扑救。至鼓楼之南,则飞传制军署火至。辕门则烟焰冲天,由上屋至大堂均不可扑灭矣。偕司道进内周视,制府兀坐胡床,惊魂未定。询问人口,尚为无恙,衣物箱笼全归巨焰。盖起火时即封烧大门,人不能进,而延烧之速，亦出意计之外，此中似有天意焉。

廿六日（3月20日） 早起微阴。偕司道公诣大府慰问毕回署，首郡及汉阳太守同来见，随签押公事竣。时天色阴甚，申酉间微雨。是日发枢友聂雨帆、曹兰石书。

廿七日（3月21日） 是日子刻春分，自夜至明，至于日昃，时雨时阴。

廿八日（3月22日） 辰起，已放晴矣。偕司道先诣中丞署谒见，复赴督辕，闻将拜折，因投刺而还。公事既竣，祁太守幼章来谒，与议清查事，又与议通山交代咸宁仓谷事。是日申酉间仍有小雨，然天颇开朗，必当畅晴者。

廿九日（3月23日） 辰起，天色甚佳，花木皆含笑意。儿童妇女嬉戏欢恬，直不知人间有愁烦事者，视之亦觉爽然。是月小建，明日即为三月，例得随班谒庙。遂于二鼓后安息，乃展转床褥，再不得眠。因移灯床头，随意于架上取书一册，视之，乃顾亭林《圣安本纪》，翻阅二卷，始稍有倦意，似睡非睡，未及四刻，奴子传呼启请矣。

三月初一日（3月24日） 黎明偕司道诣文庙，伺两院至，拈香毕，又诣明伦堂宣讲圣谕，复至官厅升座，谈约半时，随各分香。余遂诣文昌阁、火神祠行礼毕回署。是日晴，午后阴。

初二日（3月25日） 忽晴忽雨忽阴。余于府厅州县衙参后，签押公事毕始饭，又判数稿。适吉晓岩观察来辞行，与之言宁夏情形，谈约三刻而去。随往臬署，又至龚莲舫寓，又至县署答拜吉君，回已酉正，再阅文件至三鼓始归寝。昨日始复郭筠仙太史函，闻其已至长沙云。

初三日（3月26日） 晴。辰起偕司道诣中丞署，又偕诣制府署谒，谈毕还署，接见各官，随签押公事。饭后复恩刺史阶六书，又遣人礼请宋艻宾孝廉帮办书启事，又以青蚨八千买顾炎武《天下郡国利病书》。时已酉正，明星在天，明日可仍畅晴。谚云："不怕初一初二雨，只怕初三初四晴不起。"兹二日晴，则此月可无久雨矣。为之快然。

初四日(**3 月 27 日**)　晴。已初，制府来拜，谈约二刻，随披阅文案毕。邀集骆吁门廉访、吉晓岩观察暨赵少愚、龚莲舫、邹蓝田三观察至署使便酌。诸君散后，芗滨孝廉适来。又签押公事，后与芗滨畅谈一时许，已及戌正矣。是日颇热。

初五日(**3 月 28 日**)　晴，偕司道诣制府衙参毕，又同至赵少愚观察寓，遂各还署。先得荆州太守来禀，以公安油河口堤必须加筑，方资抵御，议以六千八百余金给之。又得监利来禀，以薛家潭高小渊溃口既已完竣，岁修工程经费不支，请为拨给，因以八千金给之。是日均委员解往饬交，俾其赶修，以资抵御云。是日仍热甚。

初六日(**3 月 29 日**)　辰初，兴国州宋牧来谒。武昌同知劳丞亦自四县公堤还来见，知其人夫踊跃，似半月之内即完竣矣。随往皇华馆公送赵少愚观[察]启行。还署得乔见斋中丞书，已于二月二日展觐四次，召对甚为妥协，已于二月望前一日出京回贵州巡抚任，大约闰月可抵省矣。签押事竣，又致立夫中丞书。时已戌初，风甚而雨，颇有凉意。

初七日(**3 月 30 日**)　自辰至酉，时雨时阴。酉正以后，则点滴不止矣。是日王季海太守来，谈一时许。致至堂河帅一函。

初八日(**3 月 31 日**)　雨。偕司道诣中丞署谒见，廉访以秋录请示会审日期，中丞拣于十七牌示。时以甚雨，遂不赴南院而还。是日冷甚，司中派员清理存库银数，夜有星月。

初九日(**4 月 1 日**)　辰初尚阴，巳午间晴，申正后大风扬沙。奴子云，此观音暴也。酉初，武同知、劳丞禀辞上工。据云，江边土语"三月漫滩，四月晒滩"，言三月水大，则四月水小也。今已水势漫滩矣，四月能晒滩，则大妙耳。

初十日(**4 月 2 日**)　昨夜风烈之后，又复微雨，今辰竟冷不可支。例当衙参，遂重裘而夹带至督院，谒谈毕，即还签押。事竣，得帅逸斋太史书，知黄梅堤工六七分及二三分不等，工费亦不至甚绌，心为之慰。逸斋又为题《梦研图》，虽欠法律，而豪迈之气亦殊咄咄逼人。是日辰正犹风,已以后晴。

十一日(4月3日) 晴。得常南陔方伯二月廿二日园寓来信,廿一日展觐,蒙垂询上年灾务甚悉,一一据实奏对,圣意似是欣慰,即于廿二日跪安。拟廿八日出都,三月廿八到任。其眷属于此间亦拟十七日开行,由襄河赴陕西任云。是夜月明如昼。

十二日(4月4日) 晴。辰起赴江汉书院,随督宪送肄业诸生入学。礼毕还署,招武昌守祁幼章、汉阳守夏干园、即补守王季海、汉司马赵静山、候补司马周仙峤、江夏升大令阶平、汉阳李大令谨斋赴署早饭,商酌清查事宜讫。随签押公件,遣严明往黄州密查堤事。是夜月甚明朗,公暇,步回廊数百转。树影花阴,神怡心旷,入春来第一夕也。

十三日(4月5日) 晴。为清明节,俗语"谷雨宜雨,清明宜晴",又云"冻惊蛰,晒清明"。然则今日之晴,其亦丰年可兆乎?辰起偕司道赴两院谒见还署,闻兵曹主政王孝凤家璧将以十五日启行,此君天性忠孝,又好学不倦,诗古文词皆极佳,如林少穆尚书曾由滇寓书属为关照,乃来已数日,尚未接见,而忽闻将行,中心殊觉歉然。因遣使致意,并招同李星甫大令明晨便酌,将借以领其言论丰采云。是日得至翁河帅二月十二来信,又得王子寿比部正月十二信。又闻监利以劝捐滋弊,阅之实深痛恨,即当严札饬之。又得赵少愚观察书,言黄梅、广济堤务颇悉。

十四日(4月6日) 早起微阴,巳正后晴。武昌王孝凤偕李星甫同至早饭,孝凤年三十六,循循规矩,其言讷讷然,如不出诸其口。而德性坚定,学有本源,与之深谈,动有条理,令人且敬且爱。留之小住数日,代为张罗,而坚欲成行,勉送三十二金,聊申程敬。午后祁幼章太守来见,议清查事。麻城钟大令荣光带案来,与之谈地方公事,井井有条,其体亦较强,此眼前才人也,当爱惜护持之。运铅委员周十夫刺史渡江来见,约二十外,即将还黔云。是日,夔州守刘见甫裕珍自川中来,得炜儿正月廿九日书。

十五日(4月7日)　黎明偕司道诣关帝庙,随两院行礼毕。回署,查发典生息各款,又查阅清查节略。由汉口姚云阩处交到王子寿自朱河来函,并李梅生遗诗四卷、序文一首。致梅生之弟黼堂一函,俟觅妥便,当为确寄。是日畅晴,颇觉甚热,夜中星月灿然。

十六日(4月8日)　上半日晴,辰起偕司道至抚署,随同秋审,已正还署。衣重绵而汗出如雨,觉气候不常,至午正后则风暴大作,江上行舟俱不敢开帆,申酉又觉甚凉,急加重絮。而风狂特甚,雨亦间作。奴子云,此又观音暴也。

十七日(4月9日)　昨夜风猛雨急,几于彻夜不休。辰起犹时雨时阴,至午后始无点滴,然仍阴气甚浓。是日周十夫来辞,将以廿一二日开行回黔。首府、县亦来,与议发商生息事。夜复大风雨不止。

十八日(4月10日)　辰起仍阴,偕司道先后诣中丞制府署,谒谈毕,随往吊前左江道承观察,又往吊中协张协镇回署。洪生调笙、调纬兄弟新举拔萃来谒,气宇甚属可爱,皆馆选中人也。午后仍复风雨,尤觉冷气逼人。

十九日(4月11日)　将随两院赴东郊行耕耤礼。先于五鼓兴起,盥洗诸事既竣,亦已黎明,时天虽不雨,阴寒实甚。路亦泥滑,十里外至洪山之东岩寺先农坛。官厅骆廉访及邹、龚两观察均已齐至,两院亦随到行礼。小坐后,余即就近诣姚小山亲家墓前展拜,至戚至好,幸而服官来此,为之料理葬地。两次清明,均借游春而至,止腹痛之约,其未爽乎。比还署已及午正,签押既毕,又得南阩方伯由孟县来书,似本月廿日即可履任矣。书中抄寄京师近事一联云:“贪鄙无耻人不可以无耻,清正良臣今之所谓良臣。”上四字皆见之上谕为山东盐务陋规已受未受者而发,对句如是,受褒者其将何以为情耶? 是日风势仍猛,午以后则无雨矣,然而寒甚。作书寄子寿荆州。

二十日(4月12日)　辰起微阴,仍有寒气。时制府署因回禄改造,择吉于是日上梁,偕司道同诣谒见。适折弁回省,得春圃大司农手信及枢友各函,知夷务已奉谕暂令入城一游,仍严密防范。又穆、潘两相以报送书房不正,各降四级留任,陈协揆降六级留,李石梧则又续假半月云。是日巳刻以后天气放晴,余署因前高后低,亦小有改作。辰刻已兴工,约三五日即完竣矣。复常南陔方伯书,又致乔见斋中丞一函。再阅公事,已及戌初,明星满天,春寒乍退,颇觉差强人意云。

二十一日(4月13日)　阴,申酉间微雨。辰正,诣翰臣学使署,谈少许,还署签押毕。莲舫观察、翰臣学使均来小坐,各谈数刻而去。

二十二日(4月14日)　早阴,府厅州县均来谒,随签押公事。饭后,湖南粮储陈观察芝眉自岳州来,较上届已迟十余日。据云洞庭阻风近两旬余,喜有闰月,沿途催趱而行,尚无误也。午后微雨,以后仍点滴不止。是日作书寄炯儿,又为翰臣学使作书寄杭州徐信轩太守。

廿三日(4月15日)　辰起微雨。偕司道诣中丞署,议长阳补缺事,又议钟祥、荆门积欠事。因雨仍不止,遂还署,签押公事,接晤吏部主政彭君久益,又致枢友黄琴五各函,复视公事一时许。时已酉正,雨亦稍息。

廿四日(4月16日)　晴。公事既竣,寄刘鉴泉、汪衡甫方伯各一函,又致乔见斋中丞书。王季海太守来,谈一时许。彭于蕃之次郎汝琼以新补弟子员来谒,闻其诗古甚佳,尚未见也。

廿五日(4月17日)　晴。昨夜忽大雷雨,中心愁闷,以为今日仍雨,则四月初旬又难望开霁矣。辰起则朝曦在树,天气朗然,稍为之喜。急诣制府署衙参,回明长阳县缺,以海顺请补钟祥陈令肖仪之亏,委员陈大焕前往查讯,如能迅解则已,否则即当详参,不任颟顸了事也。下院后往拜南粮陈观察、彭吏部回署。又接晤陈广文履亨禀辞,将还兴国,帮同署牧林之华散给穷黎也。午正三刻,始往监署,公请翰臣学使、芝楣观察,纵谈半日,至酉初还。签押公事,嘉鱼刘令棻征存未解,又有六千余两之多,此才颇称才守,而亦复如是,可为慨叹,究未知其能依期解缴否。

廿六日(4月18日) 辰,偃仰在床,鹊声盈耳。开窗微睨,晴色到檐。急起披衣,不觉已交辰正。所谓春眠不觉晓者,此境真为难得也。巳初刻,祁太守来见,江夏升大令来禀,知赴荞麦湾查办堤工。麻城钟大令禀辞回县。午后,姚亮臣有惠来上馆,从李星甫大令习举子业也。是夜明星满天,不寒不燠,公事虽冗,尚觉适然。作书复朱荫堂漕帅贵州,又作书寄炯儿。

廿七日(4月19日) 晴。午后微阴一刻余,似将作雨,未几复晴。是日辰正,武、汉二府,汉司马候补周同知、汉阳大令均来谒。汉阳新进生姚灏儒来见,小山亲家过继子,已归宗者也。貌颇秀洁,谈吐亦有次序,特恐不知,所以教之,又偏于爱,则难耳。利川令常懿德带案来省,其尊人亦曾任方伯者,颇有师承,亦无习气,大可造就。常南陔之长君由衡州来,右手足有疾,而甚知事,年已三十七岁,据云明日即开行,当即作书寄南陔关中云。

廿八日(4月20日) 为谷雨节。俗语云"谷雨宜雨",是日阴晴各半,而迄未得雨。辰起,偕司道诣中丞署谒见。又诣制军署,巡捕官言制军小有感冒,遂未请见。随往拜常世兄,又答徐太史毕,回署。翰臣学使来辞行,将于明日按试荆州、荆门、安陆各府州也。未正申初间,同乡翟宣城大令奎观来见,据云交代仅短马价壹百四十两,谷价八钱算二百两,捐杂三十余两,署任贺君为之禀摊,然措词则千余金云。翟令人极忠厚,谓其年老,实为不诬,特出之私心,未免稍屈耳。

廿九日(4月21日) 晴。偕司道随中丞往皇华馆送翰臣学使登舟,又拜翟大令还。江夏升大令自荞麦湾勘堤回,语以再为加修坚实,以便亲往验收。同年何廷荣自贵州来,将往京谒选,不见已二十四年矣。各道往事,有如目前,彼此均成老夫,真有不堪回首者。留其小酌,赠以卅金,即由大江渡扬州北上云。金殿珊侍御复来谈一时许,知其邑中再散接济事竣。随再阅公事,又披阅宋芎宾孝廉《时艺》

一首。

三十日(4月22日) 晴。李梅生之弟黼堂差人走取梅生遗集四卷,即作书并原诗及子寿书封寄。

[四月]初一日(4月23日) 五鼓,诣文庙,俟两院至,偕司道随同行礼,坐谈四刻许,随诣武庙、玉皇阁行礼毕,至梳妆台查勘地势,以公议欲于此建造文昌宫也。地在四中,朝对甚佳妙,较之火星堂大吉,拟与诸公商定之。是日,阴晴不定。申西间微雨。

初二日(4月24日) 昨夜又复间雨。是日辰起,阴气甚隆,雨又间作,深恐点滴不休,连朝彻夜也。乃申西间,居然开朗,大有晴意,心为之慰。首郡及府厅州县俱来谒见,各道公事,随时指示而去。

初三日(4月25日) 晴阴相间,但得不雨即已幸矣。偕司道诣中丞制府衙参毕,回署。麻城人、前任广西浔州守刘东生服阕来见,问以地方事及所见所闻,愦愦然,不知其何以出守数年也。

初四日(4月26日) 早晴,巳正以后微雨,申西间雨势渐盛。是日得子寿荆州书,何子贞京门书,又得枢友聂雨帆、曹兰石书,兰石子贞又有致祁幼章、夏干园、赵静山、明韫田、张仲远[书],均为一一转交。又前月廿外得少穆先生滇中来书,本日申初始亲为致覆云。

初五日(4月27日) 雨。辰起偕司道诣制府谒见毕,随往答拜姚补之观察,以其新自黄州回也。饭后阅公事,又致荆州守书嘱催办松滋堤工,又致子寿函。是日午后大风,至戌亥尤甚,且复冷气侵人。

初六日(4月28日) 早晴,午阴。西戌间雨,天气甚寒。是日寄炯儿信,又寄王莲生家信,并致梦翁信,均由见斋中丞转交。

初七日(4月29日) 早间仍雨,巳正以后阴。江水已长至二丈二尺一寸。

初八日(4月30日) 阴,辰起偕司道诣两院谒谈毕回署,签押公件。饭后复罗次原刺史书,又作书寄张椒云廉访,【四川】又作书示炜儿。随至后园山亭小立一刻许,复与李星甫、宋芗宾、汪溶川诸君纵谈,归阅《苕溪渔隐丛话》六卷。

初九日(5月1日) 阴。江夏升令议修文昌宫事,又议改建江神庙事。作书寄至堂河帅,得刘鉴泉方伯、刘小川太守山东来书。祁幼章太守来见,与商酌清查诸事。翻阅《苕溪渔隐丛话》四卷,得炜儿川中安报,二月廿七发也。

初十日(5月2日) 卯刻阴,辰初阴晦殊甚,随雨随大,巳刻稍明,雨仍不止。未初渐开朗,申正微见阳光,酉戌间星月出矣。是日偕司道诣两院谒谈,回署签押公事后,手书复河帅杨至堂先生、江西中丞傅秋坪,并致花思白、彭小山两君,一调首府,一调首县也。晚属李星甫大令排六壬课,问今年水势,星甫谓水仍不免,而定予有升擢之事,盖以传中"驿马发动"故也,姑记其说如此。

十一日(5月3日) 清晨大雾弥天,约两时许日始出,天气仍晴而不明。巳正,有江西人考取军机章[京]之刑部主事王君式玉来,晤谈粤东英夷事甚悉,盖犹正月以前所见闻也。其人貌似有才,且年力甚少,然语言多妄诞,似华而不实者。午初赴姚补之观察饮,同座者为骆吁门廉访,邹、龚两观察,饮馔极精美。饭后出,见其五郎,由夷务微劳得蓝翎,现捐职都司候选。

十二日(5月4日) 余以小抱不适,府厅来者均未相见。酉初,庄印潭太守自甘肃西宁府告病回,借过此畅谈,至戌初始去。其言甘肃近事甚详,吏治番务均大不如前,君子才猷颇为卓著,而不能安其位,其他可知矣。是谁之过欤? 是日晴,燥热殊甚。

十三日(5月5日) 立夏,为四月节。辰起,诣中丞制府谒见,并拜送彭吏部久益,其人诚笃而安详,为江夏绅士之最有品者,送以程敬,继之筵席,重其人也。又遣人送印潭太守元俊米、烛、茶、炭四种,君报以口马二匹。是日阴甚,午初微雨,酉正大雨如注,至戌正始歇。谚云"立夏不下,锄犁高挂",言立夏之日宜雨也。惟祝明日即晴为妙。是日作书复何子贞及聂、曹两军机章京、曹颖生侍御。

十四日(5月6日) 自卯至申斜风细雨,凄冷不堪言状。酉刻雨,戌正忽见月色,似有晴意。是日辰刻,偕司道诣抚署会审利川案,正法讫,回署签押公事,商酌清查各件,至戌正始毕。

十五日(5月7日) 晴。卯初偕司道诣武庙,俟院宪至,行礼毕,坐谈少许,随至宣化敷润龙神庙行香,默祷畅晴。又还至本署火神前行礼毕,首郡祁幼章、汉阳署令海顺先后来见。签押事竣,又寄白木耳四匣、红绸袍褂四套,嘱元江直牧李令仪带呈,约五月间可以到滇云。连日恭读世宗宪皇帝朱批上谕,至本日戌刻完竣,乃从骆吁门廉访处借来者,明且当奉还也。

十六日(5月8日) 晴。昨夜今宵,月色亦复皎洁。是日辰刻,家丁王贵由黔中来,得儿子家信,小女儿均皆安善。炯儿亦能用功,心为之慰。当即作书示炯儿,由贵筑转递,计闰月廿间必当递到。惟核阅公件,委往江陵之陈令大焕来禀,以钟祥陈令肖仪所亏既巨而一无措办,转眼即届奏限,其势不能不参。而大府意在弥缝,谈何容易!此事殊难了,理若一松(卸)[懈],后之牧令岂不相率效尤耶?大局所在,关系匪轻,不觉忧从中来,真有不可断绝者,奈何,奈何!

十七日(5月9日) 晴。昨日吏部公文驿递湖南,似是南抚调补江苏或苏抚放两江。闻耆介相疮发于脑,其疾甚重,已请假两月,能否全愈,未可知也。是日得帅逸斋太史书,知黄梅堤工尚好,已有八分,月杪月初似可完竣。广济则报全完,荆州、安陆、武昌、汉阳各府属则均皆陆续报完,或当有[上]游修未竣及添估碎石等工耳。又得兆松岩方伯来书,情致缠绵,为之心醉,然其用度尚未必能节,亦是一病,当再详悉劝导之。又见汉阳太守,极力为陈令婉求,免参其事,竟大难。盖廿八年之地丁刻不能缓,不参万不得也。

十八日(5月10日) 卯初刻,偕司道诣中丞署谒见毕,随出保安门,伺制府查勘江夏县荞麦湾回,又同往贺吁门廉访郎君新婚之喜。回署后,复帅逸斋信,又接阅翰臣学使书。是日早半日晴,午后阴。

十九日(5月11日) 早阴,辰初一刻,赴江汉书院考课,途中微雨一洒即止。已正即开朗,午正微热,微有西南风。是日公事完竣,复翰臣一函,连其竹报寄去。戌初,接阅邸抄,江督李石梧已允开缺,立夫中丞补授苏抚,以傅秋坪调佩卿方伯坐,晋中丞陶凫香升粤西藩,春介轩得升晋臬。介轩为恩朴庵先生之长君,余世交至好也,七年甘凉观察,安详明练,而迟久始晋一阶,可胜欣慰。

二十日(5月12日)　早起,天气微阴,然有凉意,午未间仍晴。偕司道诣两院谒见毕回署,料理公事,上详请参钟祥令陈肖仪亏空,又详请发荆州阴湘城修费。

二十一日(5月13日)　辰以前阴,辰初微有雨意。劳同知克泰报堤工完竣,李通判念吴谢委署武通判事,姚大令国振谢代理崇阳县事,双大令穗自荆州来,均禀见,细询荆事。据双令云,堤工尚属坚固。姜署令因办工尚有余钱,除留备防护外,不以入,已悉皆添补工事。如果确实,姜令颇为不负委任矣。饭后公事毕,作书复聂雨帆、曹兰石、程容伯,又致韫田太守、子寿比部各一函,随又得韫田、子寿书,春泽、子章均取古学前列,似可得拔萃矣,为之欣然。是日巳后即点滴不休。奈何,奈何!

二十二日(5月14日)　天气早凉,辰初日出矣。巳正微阴,几欲作雨,随复晴霁,为之快然。先是,府厅州县均来谒,江夏令以梳妆台地形虽佳,特方位不宜,议欲令择他处为建文昌庙地。又江神庙所布置法亦未尽善,亦须改造。余以此二事皆有关于文风水火之事,自以全美为是,因特派署汉通判事马令铨督饬办理。然山川不能语言,徒以罗经为凭,恐未能完全无害,口众我寡,又难悉关其口而示之。鉴天下不如意事十常八九,亦只好慰之而已。酉正,龚莲舫来,极言详参钟祥陈令以缓办为妙。惩一即以警百,在我原无成心。一令不行,亦复何能服众? 此亦事之不得不然者,莲舫之迂拘,甚可笑也。

廿三日(5月15日)　晴。卯正,偕司道诣两院谒见毕还署,签押公件,江汉两县来见,谕令作书各州县催解钱粮,又嘱升大令速勘定修建文昌庙基地,又嘱速修江神庙。申正,祁幼章太守来谒,自四县勘堤回也。据云修筑甚坚实,然已费白金十万两矣。酉初,得炜儿三月廿七日四川来书,夜读《东华录》五卷。

廿四日(5月16日) 晴。辰起,署汉通判马铨、蔡店巡陆荫墀来言,已会同地方绅士查勘,得山前飞剑亭之东吉地,可建文昌庙。系巽方六吉,主人文蔚起、水火平安等语,当即亲往看视,大属佳妙,即饬迅速赶办云。是日天朗气清,夜间明星绚烂。

廿五日(5月17日) 晴。至戌初甚热,戌正雨。是日偕司道诣两院谒见,商酌安陆、谷城、宜城补缺人员,又议修建两庙事。回署签押公事毕,作书贺春介轩,又数行示王莲生,均托常南陔方伯收存转交,并托南陔关照莲生,或帘缺尚可沾润。又得子寿荆州来书。

廿六日(5月18日) 昨夜自戌正雨起,始犹细小,渐则点滴,渐则风声雨声猛厉奔腾,继又仅闻淅沥。然彻夜不歇至今,卯辰巳午未申皆然,酉初稍觉斜细,至戌刻点滴仍如故也。江水甫觉退落,而如此连宵达旦,水患其能已乎?且今日为夏甲子,尤不宜雨,其奈之何?是日,首县升令及署汉通判马令偕巡检陆荫墀均为文昌庙事来谒,已催其迅速赶办清查册款,黄安、当阳二县申到尚属无亏。本日为夏甲子,谚云"夏甲子雨,撑船入市",骆吁门廉访云,雨从廿五戌刻起,则甲子前已下,可不验也。

廿七日(5月19日) 大雨竟日。自廿五夜至今戌刻,雨势并未休息,闻襄河已陡长水数尺余矣。屋中到处皆漏,门外无地不湿,田禾小麦之受害,不问可知。气象愁惨,中心忧惧,真令人寝食不安。是日申刻,首郡偕委员陈大焕来言钟祥亏空事,所言已有数竿之语,全属诳词,可见凡事惟断乃成,若因龚观察言而不即详参,亦不过稍缓须臾耳,不几误乃公事乎?谚云"当断不断,反受其害",上之人尤当深长思也。

廿八日(5月20日) 巳正天始微开,自昨夜亥正至今日辰正,大雷大风大雨,惊心动魄,恐怖不知所为。三日以来忽又如此,境界真天道难测也。巳正以后至申正仍雨,酉初始歇。是日因雨大不能诣两院衙参,申正传知,明日黎明诣城隍庙行香祈晴。江夏县报水长五寸。

廿九日(5月21日)　黎明同至城隍庙行礼毕,在官厅小坐一时许回署,始则欲雨不雨,后乃微开,又渐日出矣。王季海太守来,谈少许而去。公事稍暇,与星甫、芗宾论诗文数事,至戌初乃见明星云。是日为小满节。

闰四月初一日(5月22日)　黎明偕司道诣文庙官厅,俟两院至,同行香毕,坐谈约四刻许,随诣武庙玉皇阁行分香,回署签押公事,暨各官来见,已及午正。用饭后,又查阅清厘库款清册间,时已申初,乃有微雨,渐雨渐大,雷声殷殷然,直至戌正尚无休息,竟不知老天之何意也。是日江夏县报长水三寸,连前共长水一丈六尺二寸。

初二日(5月23日)　天阴,辰初微有晴意,府厅州县皆来见,王季海太守云南河已开礼智二闸,因数月雨水太多、江湖盛涨之故。夏干园太守云江西赣州一带雨水甚大,又上游湖南雨多晴少,南水较往年为甚,此间来源既旺,下游又复壅遏,无处宣泄,若再盛涨,势竟可虞云云。然据县中具报,今日水尚平定。巳午未申酉戌亦皆开朗,亥初则又微雨矣。是日作书复毛西园,并寄炯儿信及监照,又寄煦儿法制半夏及内子冷布,交汉口足力去,约二十余日可到黔也。

初三日(5月24日)　晨起阴,偕司道先诣中丞、再诣制府谒见毕,中丞得粤信,谓夷务甚平静,其兵船已开出澳门,似可无虞。以其国近甚穷困,且各国亦利在通商,断不至有滋事。惟海盗颇猖獗,有赵姓者已有船六七十号,沿海村市到处索费,不给则肆行抢掠云云。以予所闻,则十年前已有之,此时则更甚,殆不止数百号船也。还署料理公事毕,有遵义同乡刘君廷重来谒,余以事冗未晤。朗村见之,言其来时,自贵州之铜仁以至湖南常德,沿途盗风甚炽,动辄抢夺,常德饥民亦尚未散,地方大吏正不知所办何事耳。是日午前,阴晴不定,未以后又点滴不止,县报水尚平定云。

初四日(5月25日)　雨竟日不歇,天容惨淡,地气潮湿,小大屋宇无不渗漏者。闻初一日有黄色鱼自上游来,长约数丈,似蛟非蛟,似龙非龙,蜿蜒随流而下,自龟山脚转入汉口,江岸人见之者甚众,亦不知其何物也。是日报水长二寸,连前共长水二丈六尺四寸。

初五日(5月26日)　偕司道诣城隍庙,随两院祈晴,行礼毕,略谈二刻余,各回署。首府祁幼章、汉司马赵静山来见,各谈公事,又见派伺越南贡使周同知及委员修堤还者,随签押公件,发各书院榜奖赏讫,又得龙翰臣学使信,知子章、春泽皆不与选拔。又得彭小山自江西来书,以应解参罚丁耗,需银八千余,属为张罗及半,力甚拮据,竟不能应之,亦只好为唤奈何而已。是日细雨帘纤,至戌初始觉稍有开朗意。蟒蛛在东,而西尚黑暗。星甫为占六壬,敦亭为卜周易,均谓明日无雨而风,须俟初八九亥子日方克晴也。

初六日(5月27日)　偕司道随两院诣城隍庙祈晴毕回署。是日癸酉,与年命甚合,又为闰月,因命奴子郭见督裁缝作寿衣,又倩画师廖君为作大像,是日自朝至暮,或雨或阴或晴,参差不定,县中报水长二寸,连前共存长水二丈六尺六寸。

初七日(5月28日)　偕司道随两院诣城隍庙求晴,行礼毕,坐谈约四刻余始散。是日天色晴霁,巳正间尚不甚清明,惧又作雨也。午、未、申三时则竟爽朗,夜月亦明,似明日大可畅晴矣。得炯儿三月廿三日安报,江夏报水长五寸,连前共长水二丈七尺一寸。

初八日(5月29日)　晴水长七寸,连前共二丈七尺八寸,偕司道诣两院谒谈毕回署,汉川署令王震禀请告病开缺,余将详参规避,以正值水长、防护吃紧之时故也。其本府夏太守与首府祁幼章力为缓颊,姑为稍迟四日,倘不知悛,则无可再议者。又得汉阳守抄呈上谕,粤夷入城之事已结,徐仲绅尚书、叶昆臣抚部蒙恩赏,龚子爵、男爵及双眼花翎,并发去花翎二枝,分别祗领。同城之将军、副都统、陆路水师、两提督均交部优叙,盖圣心隐忍十年,今始天威稍振,宜乎在事诸公之渥荷嘉奖也,可胜欣慰之至。

初九日(5月30日)　阴晴相间,时有冷气,疑他处仍不免有雨也。是日得京信,知圣躬违和,现已复元,于四月二十六日带领引见矣。试差亦定于闰月九日考试,余无新事。县报长水四寸。

初十日(5月31日) 晴。黎明偕司道诣城隍庙,随两院谢降毕回署。湖南周资山孝廉来谈少许,言其省有芷江谢令者,才具甚优,署中养有拳棒手,善缉捕,官声甚好;又有浏阳胡某亦妥贴;长沙王某家资颇裕,亦才长善化;易某则才有余而累甚;湘潭李某人甚平庸,难治剧邑。又见湖南委员宋于庭明府,闻湖南清查事甚疲玩,恐未能依限完竣。各该府邑雨水太多,秧已大伤,若再不畅,则秋收甚歉云。是日长水三寸,连前共长水二丈八尺五寸。查上年五月十日,江水长存二丈九尺一寸,今相距尚有一月,只短水六寸而已,其势大可畏哉!得炜儿川中书。吟樵沈氏昆仲有信。

十一日(6月1日) 晴。水长三寸,连前共长二丈八尺八寸。据荆州报,水高出杨林矶二尺二寸,而来源犹甚旺也。沔阳、天门、汉川亦有矬漫,但皆系频年渍淹地,尚不至倒塌房屋、损伤人口耳。是日得章少青甘肃来信,沈淡园亲家于三月二十四日在丹噶尔任内忽中风开缺,其子孙众多,而临殁时除老妾外一无亲人在侧,身后之事潦草可知,可哀也!已随作书寄炜儿川中,谕其于外家妥为照料,以尽亲情,拟数日内尚当作书寄甘肃,为之小作张罗也。

十二日(6月2日) 晴。长水二寸,连前共长水二丈九尺。据潜江县禀,襄堤内垸亦有漫溃。盖自汉川以上至于潜江,节节皆有漫矬之处矣。天不厌乱,其奈之何?是日颇闷燥,深恐又将有雨。但望畅晴一月,或可水势消退,秧田皆植,而首郡诸公来言袁浦又开一坝,则下游之水大可知。是所忧,又不专在一省也。作书寄黄琴五、子寿父子,并托查王季海罚俸事。

十三日(6月3日) 晴。昨夜忽闷燥,甚疑将作雨,悬系之至,乃晨起,天色甚爽朗,竟畅晴,水亦平定。偕司道谒两院,均甚欣慰。若从此晴霁二十日,江水退去八九尺,犹有转机也。作书寄枢友曹、聂二君。又数行寄杭州守,问龙翰臣乃翁事。署汉通判马令来言修文昌庙工程,嘱为细心妥办,不令掣肘云。

十四日(**6 月 4 日**)　晴。水势平定,致龙翰臣书并附寄其家信一函,又以库钱一两属祁幼章太守转致贾翰生安陆,嘱其安心调理云。

十五日(**6 月 5 日**)　晴。据县中报水势平定,细加查探,水已退落三寸余。县中不敢报落者,实缘长之尺寸有据,落则风大而水亦可以吹减,浪起而志,竟不能凭依,但不长则必将有落,总以多晴为妙耳。是日黎明,偕司道随两院诣关帝庙行香毕,略坐一谈即散。余先已诣玉皇阁行分香讫,散后即径至蛇山查看新建文昌庙正殿上梁情形,与龚莲舫观察茶叙半刻回署,福堂行礼毕,检阅公事,与友人议清查事。适得京信,知圣躬尚未大愈。东河总督病故,以颜观察以焕署理加三品衔,其人无实心力,特酬应好,且曾在军机处章京尔,胜任愉快,恐不其然。

十六日(**6 月 6 日**)　芒种,尚为五月节。自昨夜子刻起,始则微雨帘纤,继则大雨如注,直至本日未刻方歇,申正刻天色忽暗,云如泼墨,又复点滴不休。据县中报,江水甫退三寸,以如此大雨,不知又添几许盛涨矣。如坐愁城,黯无天日,奈何,奈何!

十七日(**6 月 7 日**)　卯、辰二刻皆阴,似将作雨。巳午刻微有晴意,申正又阴甚。然未雨也。县中报江水平定。是日,余往贺中协,过火星堂,则水已满湖,再一尺,水则淹及街道矣。晚间于李星甫处问卜,云明日可晴,后日必晴。

十八日(**6 月 8 日**)　早阴晚晴。据报水长三寸,除长落相抵外,仍存长水二丈九尺,夜间与星甫、芗宾小坐,见明星烂然,明日似当畅晴,不觉为之一慰。是日得院行吏部公文,知中丞赵竹泉先生调补湖南巡抚,罗苏溪方伯由吾黔晋此间,中丞骆吁门廉访升补黔中方伯,随往谒贺,中丞亦来答拜,谈约三刻而去。明日十九颇吉,王便如舅氏偕敦亭秀才李湘帆等回黔应试,为内子、儿辈带寄各物,并手书家言,嘱为交付,计六月初当可安抵里中也。

十九日(**6 月 9 日**)　晴阴各半,早送便如舅氏等起行,晚得炯儿来禀,并寄制艺诗、经策,就灯下阅一过。是日县报水长二寸。

二十日(6月10日) 晨起,先诣制府、再诣中丞署谒见,拟将上年赈抚详请具题统计,除急抚灾民由官商捐输项下办理,又正赈、正抚八十一万余,内除黄冈、黄陂、孝感三县由县中劝捐办理,黄州卫自行捐办外,江夏、嘉鱼、咸宁、武昌、大冶、黄梅、广济、汉阳、汉川、沔阳、天门、潜江、江陵、监利、公安、石首、松滋等赈抚及以工代赈,共用银七十六万余,现已造册,于日内外具详,以清案牍云。是日辰巳午闷燥殊甚,疑将暴雨。未申酉仍晴霁。县报水长一寸,奴子云明日有便足回黔,寄安报一函。

二十一日(6月11日) 早晴。辰巳间阴,午后小雨,申初仍晴,然四周云气甚浓,他州县必多雨也。县中报水长一寸。是日致聂雨帆信,复桂燕山都护书,又复吴伟卿一函。彭小山书来,借银四竿,实无可张罗也,亦复之。

廿二日(6月12日) 晨起,天仍阴。府厅州县均来谒见,升任贵州方伯臬司骆吁门来,以大府将奏,委其署理藩篆,谓余将护抚篆也。此事余曾再三力辞,盖因现办清查,渐有头绪,设法弥补旧欠,杜绝新亏,正自不易未便,更易生手,大府亦首肯之矣。乃忽生此议,似未必然。坐未数刻,而大府亦来,陈说再三势不可已,亦只慰之。然不过尸位数月,于事无益转,不如本任藩司之办理得手也。已初往督辕谢步,又陈辞数四,仍不得请,随即还署。时已微雨,渐觉西北风紧,雨阵阵下,冷不可支,衣易单而夹、而棉,料理公件,竟忙迫特甚云。水长一寸。

廿三日(6月13日) 时雨时晴。晨起,偕司道诣中丞署谒见,随至督署,闻已行知具奏护理抚篆,因遂谒谢回署,即料理谢折计。余奉藩宣之命已经二年,虽随时随事竭尽血诚,然天时地利多不如意,于地方仍无裨益,方滋惴惴,兹复护任封圻,自顾益增兢惕,亦惟有勉尽心力,无负职守,以期仰答高厚而已。夜间与星甫、芗宾诸君谈科场事,至三更始卧。县报仍长水一寸。

二十四日(6月14日)　晴。水势平定。

二十五日(6月15日)　忽晴忽雨。水长一寸,是日巳刻,接受抚篆,交卸藩篆。酉刻,拜发谢恩折。差弁朱尚青往京,限五月六七八日恭递。致琴五、雨帆、兰石各函,一日酬应,惫不可支。

二十六日(6月16日)　昨夜大雨如注,几于彻夕不休,至今日巳刻,始觉开霁,午后已晴矣。县中报水长二寸,连前共长水二丈九尺九寸。是日司道府厅均来谒,传首府厅县及汉司马进见,嘱先筹画贡院前及左右地,预防雨水漫淹致碍试事,武汉同知皆值乡试大差,且其人亦均能事,故谆嘱之,或不至临时有误也。

二十七日(6月17日)　晴而不爽。县中报水长三寸。昨闻有沔阳灾民数千人在汉口镇沿门拥闹,市廛几为之罢,因谆嘱汉同知赵丞飞速渡江,会同府县设法办理,务以抚绥安集得宜为要。本日据夏守廷桢禀称,偕厅县传集委员差保分起于会馆、寺庙处所,暂为安插,分别给发口粮,遣之回籍,并有应驱逐惩治者,亦不能不示之威。盖沔阳习俗,无论年岁丰歉,皆有此等托辞。灾民四出纠乞,而本地无赖痞棍惟恐无事,因而附和其中,若一律加之恩,转难安谧,其说似为有理,已许其便宜妥办矣。午正姚芸陔观察来,言地方办甚得法,现已市肆无扰云。

二十八日(6月18日)　晨起,天色似有晴意,各官先后来谒,一一进见毕。随往两院谢步,以其均来贺也。午后得王子寿来书,谓春收既歉,米价甚昂,穷民无所得食,心甚惶惧。楚所恃者川米,宜赶为料理,俾有所济,且可以安人心云云。此事早在意中,拟与制府商酌,似可具奏速办也。未正微雨,申正又大雨如注。县中报水长三寸,连前已三丈零五寸矣。

二十九日(6月19日)　天色微霁,县报水长二寸。是日审理臬司招解命案四起、京控咨案二起,即饬分别还禁开释讫。两江总督李石梧制府因病开缺,舟过,差人来署,并托寄各信,已加封转递。此公受恩独重,乃因其长君梅生太史夭化之后,郁郁不乐,决意引退,议者或有微词,然究不失为正,似比之希荣固宠而于事无裨者,大有间矣。四更后大雨如注,是月小建。

五月初一日(6月20日) 五鼓起,雨仍不止,黎明微歇,偕司道诣文庙俟制府至,行礼毕,坐谈三刻许回署,恭疏题报到任,又题臬司修造站船共二本,拟初二日申时拜发。又检查旧案招商、运米、免税各件。缘早间与大府熟商,以此间春收之歉、江水之大、米价之昂、雨水之多,皆未具奏,宜趁此时详悉陈明,采运米石,先以安人心为急务,以后办事即有头绪云云。制府大以为然,故欲查案,由司具稿详奏也。是日自辰至申雨仍滴沥不休,至酉初刻方有晴意。县报水长三寸,连前已三丈一尺矣。

初二日(6月21日) 晴。水长二寸,连前已三丈一尺二寸矣。是日夏至。申刻,拜发到任题本及臬司修造站船本。先于午刻,偕司道公饯调任南抚赵竹泉中丞于邹观察署,在座者余山制军。值此水势,何心宴会,而世俗酬应不得不尔。直至亥初始散,亦疲惫极矣。得王梦湘亲家翟让明府书,同乡张尊五吏部带来,四月廿四日所发也。

初三日(6月22日) 早晴。龚莲舫署连访来见,府厅州县俱进见,查讯汉口饥民,已全资送,甚为安静。贡院前已疏消有路,深为欣慰。张吏部尊五携眷过此来见,为之嘱劳同知妥为关照,又料理公件毕,时已酉初,忽觉小雨,渐雨渐大,至戌正则倾盆而至矣。天不厌乱,其奈之何?是日水长二寸。

初四日(6月23日) 时雨时阴,湿热之至。县报水长二寸,连前已共长水三丈一尺六寸矣。

楚北旬宣录八（1849）

道光二十九年己酉五月初五日（1849年6月24日） 晴。晨起往两院署贺端节，并为竹泉中丞送行，谈一刻而还。酬应半日，又料理公件讫，略一休息。是日不暖不寒，天气爽朗，晚间星月皆明，似可望数日晴，惟江水仍长三寸，连前已叁丈一尺九寸云。

初六日（6月25日） 早起，始阴随晴，人甚闷燥。至辰正忽雨，其微如丝。未三刻而雨大作矣。前中丞赵竹泉以巳刻登舟，冒雨送之，偕司道至皇华馆，视江水已平岸，一望浩淼，令人心悸。复冒雨拜张吏部仁政，又于未刻诣抚署，拜仪门与幕友褚君莘川、折友马君，谈一刻许归司。签押房当扫除，为骆吁门办事，余乃移于上屋，料阅公件既多未便，而势不能不如此。盖获任之无谓，亦殊可笑，而欲有所施展，其可得手，力辞不获，固应受此逼仄也。县报水长四寸。

初七日（6月26日） 水长三寸。是日自卯至酉，大雨如注，中间只未刻稍微耳。武汉、黄、荆、安、德各属纷纷报淹，本年饬武同知督修四县公堤，亦仅高三尺七八寸至四尺余寸矣。赵中丞因雨大尚未开行，龙翰臣学使自安陆试竣还，闻将于酉刻过江。

初八日（6月27日） 水长六寸，自辰至未，大雨如注，申酉间稍微，戌初又雨。是日因司道府厅当有禀白，先诣抚署，待之公见后即往拜学使，回署料阅公件甫毕，学使来答拜，又与吁门方伯谈一刻余而散。随奉制府传知，明日卯刻同诣城隍庙祈晴，再至黄鹤楼斗姥阁拜江水云。

初九日（6月28日） 黎明偕司道随制府行香毕，略议雨水、粮价及各处报灾事，冒雨回署。是日自子刻至未正，大雨不止，平地水深二三尺,江水报长七寸,连前共三丈三尺九寸。得乔见斋中丞黔中来信,云梓乡尚属安静,雨水亦调,似所闻苗匪滋事、仁怀聚众抗粮之说,未竟确实。又得至堂河帅袁浦信,闰月十七已见晴霁,不知此后水势如何耳。昨日得小山书,即为复之,至翁信中亦时时关切也。

初十日(6月29日) 卯初偕司道随制府诣关帝庙祈晴,行礼毕,坐谈一刻许即还。监利人、礼部主政胡大任来见,询知该县堤塍所修官工甚坚实,上乡下乡游修亦好,惟下车湾至尺八口一带尚未竣工,且多草率云云,当即严札饬之。是日自丑至申均阴,酉以后又点滴不休矣。水长六寸。

十一日(6月30日) 昨夜淫雨竟无休息,寅初渐大,余冒雨诣关帝庙偕司道随制军行礼毕,复诣城隍庙行礼,坐谈一刻余即散,随至抚署与友人褚君商办奏折后回藩署。常德守乔心农晋芳来见,据云新臬桩公寿人极清挺,科甲出身,甚为英敏,宜其由部郎放道,未及赴任即放臬司也。是日水长五寸。雨至申刻稍息,然阴霾之气尚甚浓也。戌刻,折弁回,得聂、曹两君及琴五信。

十二日(7月1日) 拜发题本七件,首府祁幼章、汉阳夏干[园]、汉司马赵静山及署汉阳海大令均来谒见,筹议招商买米事。又与吁门方伯谈一刻许始饭。王子章秀才自螺山来,以其兄子寿嘱至省城促收馆金,将买米归里,为平粜计也。问其里中情形,困顿实甚。因以米百石付之,并为派差买舟送归。即以此米减价出粜,粜毕复买辘轳,粜籴米钱均尽而止,亦不无小补耳。是日水长四寸,连前共三丈五尺四寸。

十三日(7月2日) 五鼓,诣武庙,随制府学使及司道祭毕,坐谈刻许,再诣抚署家庙行礼讫,入署,过堂五案,考试教职,又延见首府汉同知、武同知,并未入流府经县丞之差旋者。还藩署判阅公事,又核对奏折各件,又致聂、曹两军机章京函及黄琴五吏部信。时方戌初,因与王子章、宋芗宾纵谈,道及翰臣学使试事,竟有出人意外者。噫!人不易知,固如是耶?于其厚貌深情,似亦不无可疑之处,然不料其大相悬绝也,为之慨然。是日雨仍终日,忽大忽小,夜间亦忽雨忽月。水长七寸。

十四日(7月3日)　自辰至未,雨仍不止。申酉间始有开朗意。水长六寸,连前共三丈六尺七寸矣。巳刻,拜发雨水粮价一折、监生及官员欠款二片。张主政仁政、胡主政大任均来谒见,江夏升令、武昌张令、枣阳杨令亦来谒,吟樵孝廉寄杨令前后三信均付之。

十五日(7月4日)　黎明随制府偕司道诣武庙祈晴,行礼毕,坐谈少许即还。是日卯辰巳三时未雨,午刻微雨,未申酉间尚不甚大,戌刻则如注矣。水长五寸。寄炯儿谕二函,致梦湘书并附竹报二件,又手复见斋中丞、次南廉访,交京顺栈双姓带交,约六月初十间方能到也。

十六日(7月5日)　平明随制府偕司道诣武庙祈晴,行礼毕,坐谈少许即还。申正亦如之。自昨夜子初即大雨倾盆,沿街如河,舆夫、人役皆由水中行,直至酉初始稍点滴,酉正又复盛雨,亦无可奈何也。

十七日(7月6日)　平明随制府偕司道诣武庙祈晴,行礼毕,坐谈少许即还。申正亦如之。汉阳海令来见,据称汉口存粮及陆续到者仍有三四万,现闻随州有米数万石为民间阻遏,不能出境,即嘱方伯给之护票,使委员督同商贩往籴。彼间斗大于汉,每石可得一石八斗,夏守言其数九万,则合之汉斗可得十六万二千石。明日需米三千石,计之则武、汉两处足供五十四日粮矣。民心自定粮价,亦自平也。是日雨仍不止,惟忽大忽细,又天色渐渐高朗,明日为六月节,小暑宜晴,或者其开霁乎? 水长四寸,连前共三丈七尺九寸。

十八日(7月7日)　余既获抚篆,一切办理公事及文武衙参仍在藩司,衙门均多不便,且署方伯骆吁门已经升任贵州方伯,新任臬司到鄂即在早晚,臬署亦应挪出,以便本任居住。惟向例挪移衙署,江夏、汉阳二县不免浪有费用以裱糊屋宇、添备器具等项,丁役因缘为奸,费用一而开销,十官则无从稽考,即减之又减,亦尚不资。余因与骆吁门言彼此均不用县中一物，即抬夫、挑脚亦自开发，均择于本日移署，余即于辰刻携印至抚署二堂东进居住，其后一进命春寿孙儿母子居之，春寿与女儿十姑皆戊申生命，本日寅时逢冲，改于二十日申酉时进署云。是日为小暑，交六月节，又为甲寅旬首，必得畅晴方善，乃丑寅时，天又大雨，卯刻始歇，辰巳午未稍有晴意，申酉间则云霞满天，似将大晴矣。水长六寸，连前共三丈八尺五寸。督标中将军兼城守春荣具报四城皆有坍塌，并闻因水淹房屋，居民暂迁城上，城塌，而迁者亦随之竟伤至七命之多，此岂非劫数然耶？可哀甚可畏也！

十九日(7月8日) 昨夜戌亥子时，皆不寒不热，似无他虑，乃丑初一二刻间枕上似闻渐沥声，心为之动，然不以为雨也。未几而檐溜有声，未几而大雨倾盆矣。伏枕不寐，直至天明。又移时始兴，雨仍不止，以后稍有间断。酉初间天色似开，不知究能晴否。县报水长八寸，连前共三丈九尺三寸，比之去年六月此日尚小五寸，而来源正旺，奈何，奈何！

二十日(7月9日) 忽雨忽阴，忽大雨倾盆，仰视总无开朗意。城内水亦日盛，屋宇日渐颓圮，江水又长八寸，连前已长水四丈零一寸矣。司道府厅及武弁来谒者，均带愁惨之色。荆州已报水高杨林矶六尺七寸，沔阳、嘉鱼一带均已漫溢，武昌所属山地亦报溃淹，真令人束手无策，如坐针毡也。

二十一日(7月10日) 忽雨忽阴，忽大雨倾盆。江水又长四寸，连前共四丈零五寸。荆州报水高杨林矶七尺八寸，然川水尚未大发也。署襄阳刘守来言，安陆以上春收尚好，苦为下游，搬运米粮亦形昂贵，武、汉两处则中米已卖至六千文一石，据汉阳海令云，川米日内来者尚多，然大别山头棚栖之民亦已不少，汉口之水比之去年大水，尺寸已有过无不及矣。

廿二日(7月11日) 早起，阴。闻保安平湖门一带城皆浸水，随同制府及司道、首府、副将、参游等遣往查勘，城半城脚竟有数十处渗漏者,水直内灌。各城门虽有委员监视车水出,无如入多出少,现议筑堤亦恐费力而不能有裨。而城楼一望,满目江湖。城上棚栖之人已所在皆是,情形实堪悯。随诣制府署谈一刻许而回,长街竟为水阻,已不能行,由花堤绕臬署,前亦多水,深三二尺,舆夫以肩承轿杆,前后扶持者十余人,尚不免有坍跌之虞。县报水长八寸,连前共四丈一尺三寸。王太守、汉阳海令均言较之去年大水,已大一尺余寸,汉岸富商皆楼居矣。而雨仍阵阵不休,未知何所终极。是日差弁回省,得黄琴五两书,知贵州正考官为孙芝房,副为王啸山,两君皆绩学之士,而芝房尤为鸿博,二三场均极讲究,即谕知炯儿加意奋勉,其文艺亦尚可观,究未知能否侥幸然。老翁值此奇灾,心烦虑乱,竟亦不暇顾虑,惟有听之而已,言之惘然。

廿三日(7月12日)　天始见有日光,然亦间有小雨。县中报水长九寸。遣人赴汉口炯儿之岳家姚宅送礼,始知彼间两日来陡长水二尺余,几已封门。男女大小俱登楼居,门外为棹板所阻,小舟不得前,无能出入,一家皆皇皇然。余闻而惊诧甚,因遣村官以手谕属县大令,令其撤去搭棹之令,速使小舟驶进,以使绅商得自迁移,并遣奴子拿舟往迎其母子来署小住云。随又思撤棹之令未审是否均便,复传见汉阳同知赵静山司马,属其明早速往,会同海令斟酌妥办,务以便民活人为要也。是日午刻,廖蓉舫画师为余传真讫,遣送来署,张之客厅,友人、奴辈皆以为似余,则不知其似与否,既以为似,则似耳,他日当装存之。方茗话间,奴子传山西方伯兆松岩弟遣人持书来,来人为甘肃彭某,其叔曾侍余,为掌书启者。询以松岩近状,云面貌稍丰亦不甚耽酒,到任三月来,官吏尚知畏之,闻其来书与所言略仿佛,心为之慰。又以闽产数种贻余,另一褚河南《兰亭》墨迹,文文水题签,米襄阳手跋,莫云卿、王弇山、周天球、文文水皆有题识,最后为翁覃溪学士嘉庆九年所题,考证极渊博,确为真迹无疑。梁芷林中丞记以一诗,乃其家所新得而珍藏之者,不知何以落于松岩之手而又归之于予,其事良非偶然。因展玩数过,敬谨藏之。且先记月日于此。

廿四日(7月13日) 辰刻冒雨循胭脂山至刘园,过江夏县后门绕道至贡院查勘,水已至公堂阶下,号舍淹十之七,龙门之水深六尺余寸,与制军商议似不能不据实具奏也。回署后雨势稍歇,随过堂四案。司道均来谒,议首县事、碾米平粜事、被灾州县急抚事。随查阅公事毕,得子寿荆州书,知荆江水已过五尺。因淞滋堤溃,上游水势稍杀,公安、石首或可幸保,然亦须雨不再大也。申正刻,姚亮臣始来,据云汉口之水比较上年已(大)[长]三尺。县报水长八寸,连前已四丈三尺矣。

廿五日(7月14日) 大雨竟日,各城门俱筑堤,犹不能御。水长一尺二寸,连前已四丈四尺二寸矣。司道来谒,议将丰备仓粮五万石余碾米平粜,以初八日开厂,凡设六厂,三厂收钱,三厂放米,不得过三升,委员督绅士主之。又议江夏升令精神委顿,恐贻误公事,自愿引退,拟代者三人:武昌张令、嘉鱼刘令、圻水梅令,祁太守意专属梅,以其才甚优也。晚间制府知会,于廿六日平明诣黄鹤楼祭江神云。

廿六日(7月15日) 黎明乘小轿至斗级营,步行由小巷直登黄鹄矶,上斗姥关,随制府祭江读文,制军哭几失声,余亦心伤泪零,一片茫茫,除却青山无非洪水,盖已"城不浸者三版",汉口一带惟屋脊瓦背在水面耳。天不厌乱,至于此极,奈何,奈何!辰初回署,又复细雨。昨夜雨势之大,惊心动魄,更有不可形容者。县报水长一尺六寸,连前已四丈五尺八寸矣。本标守备曹振麟奉派带兵五十名,乘舟三只,沿江巡缉盗贼,溯流接护米船,来辞。谆嘱认真办理,并遇有镇集,务以张大声势为要。随得翰臣学使书,言平粜、防城、祈祷诸事盖已行之,科场改期及据实入告,已与制府熟商具折;私赈之说,已早经汉阳府县料理,然亦足见其心乎为政也。是日得立夫制军江南来书。江湖之水甚大,亦盼速晴,究未知能不害事否,深为至堂河帅危之。

廿七日(7月16日) 卯初起,天微开朗,闻北门及汉阳门城坦塌,渗漏特甚,因乘小轿由东门城楼而上,循城观之,距东门楼十数武即有坍塌，仅容人行尺余地者。惟长不及四丈，且势甚高，虽坍塌尚无大碍，过去二里余，城在山间，山下为桃花林，丰备仓在焉，皆为溃水所淹。仓脚出水仅尺余，经委员督工筑坝，车水外放，似可无误其贮谷。现定初间平粜，亦已陆续搬运贡院至公堂上，因往贡院观之，溃水已淹至台阶之脚二尺余，头门外已七尺余，较廿四日查勘之水，又添一尺余。引望西北，水势更大。因仍由贡院后凤凰山循城而观，第一段坍卸已半，惟出水亦高，不至为害。过去为草湖门，水再二尺则封门矣。又过去为北门，过北门十数武，城墙势甚低，内水已一片，屋瓦皆在水中，此一段渗漏最盛，内外几平，视之尚未堵筑，急呼委员劳丞等讯之云：再前三段皆危险之至，现已填砖土将竣，俟毕事即并力赴此堵御，可保无虞等语。因再往前查勘，自此段至汉阳门共一百余丈，实形危险，果已办理有绪，似无虞之语，尚属可信。因谆切嘱之。再过汉阳门楼，欲下而船不得渡，复由黄鹤楼侧茶馆下，略坐待舆，适祁幼章太守自保安门来，云彼门坍处已安稳无恙，因共一茶，随由小巷下至斗级营回署。得京信知山西台谏参奏之案尚未讯结，然王中丞治家无法，御下太宽，又复不自检束，早知其必有事故，窃恐不止革任已尔。又得阮芸台宫保书，并寄所著诗文各集。心绪忙乱，竟不暇披览。是日午间，觉有晴意。酉初雨微洒，随即休息。县报水长八寸。

廿八日(7月17日)　晴。水长五寸。制府送《会奏雨水灾务情形》及《请科场改期》一折一片稿来。查阅被灾之折尚未透彻，科场改期之稿亦不甚畅，且此折应专奏，不应片，尚须会学政名也。拟抄成案送之，或可改片为专折耳。据委员禀，城垣坍塌已皆筑堵加高，似可保无虞云。

廿九日(7月18日)　晴。卯正，乘小轿由大东门循城行，过新南门、望山门、保安门、平湖门、文昌门、汉阳门、北门、草湖门至丰备仓，由小东门城还署，查勘危险段落，俱已堵筑有绪，似可保无虞。与制军函商会奏地方被灾过重及现办情形，又科场期近，城内水深，贡院现淹至八九尺不等,请展期九月,拟出月初间具奏。随据学使来拜坐,谭二刻而去。县报水长三寸。

三十日(7月19日) 早晴,申以后酷热而阴甚,又风,戌刻,雨水长二寸,连前已长四丈七尺六寸矣。是日作书复祁春圃大司农,致枢友曹、聂二君及吏部黄琴五主政,又复晋皋春介轩世弟,得王便如外舅自常德来函,人俱平安,惟所带什物小件为贼所掠,尚无碍事,似六月初十间到黔也。

六月初一日(7月20日) 黎明由对山直上,过阅武场出火巷诣文庙,随同制府、学使行礼毕,坐二刻许回署。封发寄京各信,又复荆州明太守及王子寿书,又阅核奏销钱粮题本稿及他公件讫。昨夜雷雨一夕,寅初出门,卯初回署时,均仍有雨。辰初则晴,仰视天无云矣。是日水长三寸。午刻制府处拜折进京。

初二日(7月21日) 晴。据报水长二寸,连前共长水四丈八尺一寸。武昌府开单禀知,共到上下水米船、杂粮船大小共六十三只,汉口米价稍减,惟黄州缺米殊甚。汉阳府夏守来谒,谕令督率厅县加意弹压乡间乘灾抢掠之事,宜以威慑之,亟须委员合营迅速办理,否则民不聊生,非特于心不安,且恐愈形滋蔓。该府心颇诚实,而才却不济,幸厅县尚足料理云。寄乔中丞信一函,附谕炯儿并诗文各一首及应避字样单一纸。

初三日(7月22日) 晴。司道、府、厅、州、县俱来见,具陈城垣抢筑稳固,初五日即可开厂平粜,统计设之六厂:三厂收票,三厂发米收钱。每米一升减价至三十五文,比之市价,减至十五六文。每厂委员监收监放之外,另派武弁一员带兵十名弹压之,以免拥挤。候补观察姚补之善佐、候补太守王季海启炳董其役,候补同知、通判分其任,每日粜米二百四十石,每粜自一升至三升而止,计备仓捐谷五万石,共合米二万五千石,除去折耗,可百日粜云。是日水长二寸。新臬司桩寿到省,坐谈一刻许而去,具言直隶、河南年岁甚佳,何以楚中独灾劫至于此邪?

初四日(**7月23日**) 卯初起,天色微阴,出署拜新任臬使桩寿山,谈一刻许即亲往勺庭书院乘骑庙米厂、票厂查看,适骆方伯、姚观察、王太守先后在厂,谈一刻许,随往山前之黄龙寺、三元宫、龙华寺、杨公祠米、票各二厂查看,与姚、王二君同勘毕,查其委员,惟武通判李芳收钱之处尚欠整肃,当嘱观察、太守加意料理外,随即回署。至未初,小雨点滴不止,县报水长壹寸。申正,有广西委员王经历持其本省盐观察邓鹄臣捐输万串钱文、解银伍千两来署,并寄莫、张副将金甲纹银二十两。信一函来,查张副将已经回齐银信,拟即交付现任抚摽参将胡俸伸遇便转寄,其捐银即送藩司收库,给与批回并予回信。随传见王经历,乃云南景东厅人,与前山东巡抚程月川先生为近亲。细询月川公家事,据云大君甚好,业已早故,其子现以通判分发江西;二郎、三郎、四郎均故,无子,以大郎之子为嗣云云。名贤后裔不昌,为之惆怅无既。至其族人,近咸衣食充足,相安于善,实中丞义田优赡之所致。即此一事,因当报及子孙,或者其尚未艾欤?

初五日(**7月24日**) 晴。水势平定。新任臬司桩静斋来见,又进见扬州阮郎中祜、护贡使委员周汝骧。六厂平粜委员禀报,收钱发米甚属安静。是日复常兰陔方伯二信,又寄新中丞一函,并抄奏稿二件,寄由荆州府转交,又接杨至堂河帅来函,五月十三发也。

初六日(**7月25日**) 晴。越南国遣陪臣礼部侍郎潘靖、鸿(卢)[胪]寺卿权德常、翰林院侍讲阮文超带行人八名、随人九名、内地通事二名、贡品十包、土纨一百匹、土绢壹百匹、土油一百匹、土布一百匹、砂仁四十五斤、槟榔四十五斤、沉香三百两、速香六百两、犀角二座、象牙二枝,于初四日到鄂,本省例有筵宴,因于巳刻诣督署,会同司道设宴待之。其陪臣甚知礼,以其国王服尚未除,又此间大水为灾,不敢受宴,仅于三茶之后即兴起辞行。余因偕司道赴小东门舟中为陆费太夫人致祭,并答拜护送贡使之广西。哈守及参将某回署,暑氛实甚,颇觉不支。是日报水退一寸。

初七日(**7月26日**) 晴。越南陪臣具禀申谢,其辞颇通顺。又有一折奏其国王，请为咨送，并抄录奏稿，盖言自粤西至湖北一路情形也。查旧案，皆由督署咨送，即遣弁送交督院照办讫。是日核办例折二件、附片一件、清单三件，拟十二日辰刻拜发。县报水退一寸。平粜已二百，共出米七百石零，尚安静云。

初八日(7月27日) 晴。司道均来谒见。县报水退二寸。是日作书复杨至堂河帅，得炯儿五月七日家书一函。昨日首府祁幼章言城内外棚栖穷民查实，共有五十余户，渠拟每户给钱壹百五文，可买平粜减价三升，计发一次，需钱五百余千，数日一发，大为有益云云。余尚有养廉钱七百千零，遂一并付之，可发一次，余钱并可交付永安义局，助其收埋路尸也。又据汉阳海令来言，拟多买蚕豆施散山上棚栖贫民。余去年买米五百石，除以百石付王子章于螺山减价平粜，辗轳转运粜尽而止外，尚存四百石；又助书记宋芗宾孝廉十石外，又赏给在厂弹压兵丁武弁每月廿四石，共约七十余石外。今以二百石给付海令，或即以米散放，或以米易钱，或以米另易杂粮，均听其便，并嘱令勿露余名，以小惠未遍，且不得体，不过行其心之所安而已。计自去秋及今，如此等事已费钱几六千串，亦无可奈何也。

初九日(7月28日) 晴。早起，匆促一函寄炯儿及西园先生、梦湘亲家、树堂表兄，以初十日辰，来足即将行也。何璜溪司马来见，与谈时事，均极周至，大有见解，坐约一时而去。县报水退二寸。

初十日(7月29日) 晴。水退三寸。据委员王太守中军参将胡俸伸面禀，米厂弹压，督标及城守亦各派兵三十名，应每名再日捐给米一升，以示体恤。随又再给一月米十二石正，连前一月共计三十六石讫。王守又言清查所议，制府大不谓然，听之而已。

十一日(7月30日) 晴。水退三寸。早起，审理京控命案共六起。传见委员周、诚两同知，并嘱周同知祖卫与何璜溪会商杜绝新亏章程，以备陈奏。又据清查局员江世玉呈开，各项亏短共计四十一万余，然尚未截数也。是日缮折三件、清单三件，拟明日戊寅辰刻封发。闻制军腹疾未愈，即遣人存问云。

十二日(7月31日) 晴。水退四寸。于辰时封发奏折,又复兆松岩方伯一函,并寄赠白木耳四斤、龙须草席及铺垫各物,以四十金遣其来使回晋,并复朱子余刺史一书。是日申刻,得子寿荆州来书,议以汉口存铅、武昌剩铜鼓铸钱文,济所不足;又议于沿江淤地给钱买种,听穷民种穄,谓其不烦耕种,亩可得三十石,每石可得米三四斗,每亩用种不过一升许。拟于潦退之后,流民所在官为给种,凡江皋湖滨及溃口废院,均可听其种植,秋晚即熟,全活应自不少云,容当审度行之。是时天色陡变,风暴倏作,江面波浪掀天,疑有大雨,旋即晴霁。

十三日(8月1日) 晴。水退四寸。昨日酉刻,折弁回鄂。十四日,会奏地方情形一片,奉批妥速办理,余折皆该部知道。又得邸报:晋抚王中丞革职拿问,其缺放季仙九芝昌补授,晋藩兆松岩兆那苏图先行署理。王西翁兆琛之事,久在意中,其句宣四川时,任听儿子家丁胡作非为,几至破败决裂,乃犹不悔悟,昏愦糊涂之至于如是,不知其亦悔心之萌否。卒之,徒为子孙做马牛,而自身老而受罪,乃知无能之人,其受福之时即祸已伏之,亦可哀已! 或云晋抚缺,大不利,自福、徐、尹、鄂、申、梁、吴及王八中丞来,惟尹竹农师以调楚抚为差善,余则非死即革,而王尤为厉。其说固然,然亦视乎人之自为,苟正己率下,而时刻以为国、为民、为心,则又何所不利? 咎所应得,实疚所难辞,特人不之悟耳! 缺,奚有利不利哉? 是日候补道龚莲舫来辞,以大府派令带银四千赴沔查勘赈济。灾重不止一沔阳,查勘即不应独去沔阳。上年之灾以藩司查勘,今灾更甚,而仅一候补道往勘,勘又仅及一州,实所不解,已再三言而不见听,亦无可如何。余日来深自愧惭,如同木偶,如坐针毡者,此类是也。惟有浩叹而已! 祁幼章太守持其乃兄春翁书来,赈抚之说已有可行之机,此则事之大妙,少费多少唇舌,为之小慰。祁氏昆仲,真至诚君子,其所造岂可量乎?

十四日(8月2日) 晴。申正大风,有雷声,未一刻即止。水退三寸。得乔中丞见斋先生书,据云黔省年岁尚佳。又得胡润芝太守信，亦未道及镇远郡苗匪事。遣人问制府病，据云泄泻，夜间不过三次，乃胃气弱甚，不能食亦不欲食，胸间痰气横硬，亦复后重，亟盼其速愈为妙也。又崇大令自安庆来，水大不可支。余世兄自四川来，亦云水大，雨多粮少。得江安粮道信，科场已请展至冬间云。

十五日（8月3日）　黎明诣家庙、关帝神位前行礼毕，随往答拜候补主政刘君，又拜贺翰臣学使补侍讲之喜，随往查勘汉阳一带城垣，又至贡院探量水势，尚未退及一尺。是日天阴而闷热殊甚，恐其作雨。县报江水退四寸。

十六日（8月4日）　晴。昨夜戌初以后，大雷雨风约三时许（按：本行上方有眉注"雷将署外旗杆劈去东边向南一半"），寅初则仍天朗矣。县报水退四寸。作书复黄琴五吏部并托查科场回避事，又复雷春霆常少一函。是日为余生辰，先差人各处辞谢，自愧奉职无状，马齿徒增，值此凶荒，方当闭门思过，何敢受诸公贺也。

十七日（8月5日）　晴。水退三寸。得张椒云闰四月三日来书，又得子寿六月八日荆州来书。

十八日（8月6日）　晴。水退一寸。司道首府来见，议请委员分赴四川、江西、河南买米及杂粮。又酌议以汉岸存贮黔省铅铜鼓铸。是日得子寿来信，颇以此事为要，尚未知可行否也。

十九日（8月7日）　晴。水退二寸。得苏抚傅秋坪书，江苏一带被水甚重，米价大昂，仍有望于楚中接济，岂知此间之短缺，几有朝不保夕之势乎？据云抢夺肆行，则更较此为甚，是更大可忧矣。

二十日（8月8日）　立秋，是日晴。水退三寸。姚补之、龚莲舫两观察来见，闻制军尚未能见客，因将鄙意欲两观察分往查勘灾务及请帑，宜倍于往年，并以值此奇灾，办理断不宜循行数墨之意，嘱为使中转达，以便早为出奏云。

廿一日（8月9日）　晴。宜昌镇阿总戎自京来，乃十二年前甘肃督标中军副将也。与余同年生，相与话旧，不觉惘然。随遣弁送西瓜二十枚、点心四盒以将微意。水退二寸。黄州守杨子厚来见名福祺,年甫四十,气象甚佳,似是一辈人物。是日得乔中丞书,内云少穆尚书已请假一月,退志已决云。复见翁书,又复南抚赵竹翁书。

廿二日(8月10日) 晴。辰起答拜宜昌镇阿、黄州府杨,并送候补龚观察赴汉、沔等州县查勘灾务,起行又拜暗臬司桩静斋回。县报水退二寸。是日,得炜儿五月初七日所发安报,又得罗次垣同年成都来信,又手复江苏中丞傅秋坪函。

廿三日(8月11日) 晴。辰起,答拜湖南提督英俊回署,司道府厅俱来见,司府议请定江夏升令请假委署之人,余以当此灾务吃紧,自以府中合手为要,即饬首府酌拟,由司核详可也。县报水退二寸。是日作书复子寿,并京信一函寄明韫田太守。

廿四日(8月12日) 晴。水退五寸。首府祁幼章来见,议江夏署缺事,候补知府何守、王守来见,何守呈"杜新亏三条",王守议将撤厂,以米价买者渐少故也。是日作书寄炜儿,又作书寄花太守思白、吕大令翰仙,以黔中刘树堂托也。

廿五日(8月13日) 昨夜甚风,似将作雨。今晨起时小雨二刻余,天气凉甚,午以后晴矣。水退四寸。闻制府尚未见客,清查已添派姚补之观察督办云。司道巳正来见,随翰臣学使来,均各谈一刻余而去。翰臣云竹泉中丞赴湖南任后,颂声大作,人比之赵忠毅申乔云。余谓公去而鄂中大雨,公到而长沙即晴,其运气自佳,且接陆费中丞之后,稍有振作,即当改观。况竹翁之心志才具亦疆吏中之矫矫者,宜其声称翕然也。是日作书寄炜儿,并致椒云、次垣、吟樵各一函。

廿六日(8月14日) 阴。水退五寸。差人约候补道姚补之议清查事。得傅秋坪、彭小山书。

廿七日(8月15日) 晴。水退一寸。昨日得炯儿六月朔日书,并"知及之"三句题文。又梦湘亲家来函及家信,嘱寄莲生。因于今晨作书致莲生并安报,由马递托常方伯转交云。余已腹泻二十余日,先则泻兼下血,数日后转为水泻,每日十余次不等,幸每日一食尚仍照常,后又减为七八次,近则日四五次,乃精神渐觉颓顿,不能延医服药,奴子已请王敦五来,开五苓散,谓二日内即愈,事冗心烦,应即速为霍然为妙也。

廿八日(8月16日) 晴。水退二寸。司道府厅俱来见,据姚补之观察言,清查之件,制军立意先请咨,勒限分赔,俟咨返分赔无着,再行弥补云云。此系打官话,专衍搪塞之法,其实于国无益,于事无济,而于杜新亏之法亦不能有所把握。然而既打官话,亦只能听其所为,否则渠将单衔奏,实心为政,转致有口而不能言,此亦关乎一省之气运,不过徒唤奈何而已!是日作书,复见斋中丞、次南署方伯,并附炯儿一函,"知及之"三句改正文一篇。

廿九日(8月17日) 晴。水退一寸。是日为太夫人忌日,追慕音容,不胜伤感。晚间设馔拜祭,情有余哀,孙儿春寿亦随同叩拜讫。即签押公件,又由足便寄炯儿一函并梦翁家报。

七月初一日(8月18日) 晴。水退一寸。黎明起,先诣署,后关帝前行礼,又至大仙楼拈香求签。盖因公事不顺,动即掣肘,婉转曲折,迄不能济,心烦虑乱,与其于事无益,徒然尸位,不若奉身而退,以待贤者。点祷一过,签语甚灵,但使得归,虽去官何惜!古人以微罪行不欲苟去,固亦天爵重而人爵轻之意也。随出署,诣家庙,行九叩礼讫,由汉阳门上黄鹤楼绕城下文昌门至督署,问病不得见而还。因顺道为英提军送行,谈一刻许。回署,汉阳海令来见,据云米船到者甚多,米价亦减至三十六七文至五十文不等,地方甚安静,前任李大令会营带兵周巡一遍,四乡亦皆肃然。

初二日(8月19日) 阴。水退一寸,是日拜万寿,贺本及贺折差火牌赍京。首府祁幼章来见,谓清查已由方伯呈开节略,有咨返而无弥补,于国于事皆属空谈,亦只听之。至灾务重件,而仍欲以敷衍了事,其如此,亿万哀鸿何必当力争?然费无限心力而婉转委曲,得达其事,迟至何时始办耶?哀哉!

初三日(8月20日) 阴晴相间,寅卯间微雨十数洒,天色稍凉。

水退二寸。是日辰初即诣督署谒晤，并商议清查及赈抚之事。乃清查则有，查而无补，仅欲咨返勒赔塞责，赈抚则惟恐请帑受驳，仅欲敷衍了事，并拟于冬间煮粥散放。煮粥之说，无论弊窦甚多，上年散放于民不便，改为发钱，已见大意，而仍欲行之，岂非与民为敌耶？正议论间适奉廷寄，先已有旨，令于藩、关二项存贮动拨抚恤，并令将勘明情形迅速具奏，以慰廑念，可见尧舜在上，胞与为怀，总不肯使一夫不得其所。以管窥天，以蠡测海，宜乎？愧悚无地，此后灾务，似亦不至十分掣肘，清查之事，只好听之而已。午间又得陕西常南陔方伯来书，知兴安、汉中二府可移粟二十万石，可得米十万，每石合此间价约三千零，即将此书发交首府查阅。闻外间米价已在三十五六文，若果源源而来，此即毋庸置议，否则亦可为望梅之计，当使外间知之，亦安人心之一端也。

初四日（8 月 21 日）　晴。水退三寸。骆吁门方伯来见，将欲出省查勘灾务。桩静斋廉访来，商酌现审命案二起。其人明白而又精细，虚衷尤极可敬，若胸有把握，所造当未可量也。得苏藩程霁亭同年来信，彼间灾务之重，不亚于此清查，亦难办之至。已办急抚一月，并请帑一百六十万办理秋灾，亦足见秋坪中丞之有胆识矣。

初五日（8 月 22 日）　晴。水退三寸。司道府厅俱来见，议委黄梅、咸宁二县缺，又议帘内外应调人员，又嘱盐观察发银赶修文昌阁成，以备秋祭。随复江苏方伯程霁亭同年书。

初六日（8 月 23 日）　晴。水退二寸。方伯骆吁门来见，议清查事，并请以郧通判周汝骧署黄梅县事、坐补天门县饶拱辰署咸宁县事，两缺皆极苦而事繁，现当灾务吃紧，更非强干实心之员不足经理。周、饶两君可期胜任，惟事竣须调剂耳。刑部胡画溪郎中自京师携石芸斋二函来见，以忧服来此作游客者。询问芸斋近状，颇贫窘，似外放亦不远矣。

初七日（8 月 24 日）　晴。祁幼章太守、夏干园太守先后俱来见。县报水退二寸。遣人查探贡院号舍，尚存一尺三寸至四尺三寸不等，头门外则仍六尺、七尺不等，细量水痕，已退去六尺八寸，而积水尚存如此。恐七月内未能退净，则修理号舍又需时日，已饬首郡迅督办理，当不至误也。

初八日（8月25日） 晴。水退三寸。昨日晚鼓后，初一日所派之折弁始回，初一之折廿二日方得入览，乡试已允改期九月，正副主考缓一月始行起程。灾务一折，所批即昨奉廷寄之言，并知浙江已请一百二十余万，江苏一百六十余万，江宁、安庆亦各有所请。圣人天地为心，于赈抚一切毫不吝惜，虽甚支绌，亦必俯允所请。其批苏抚灾务情形："吾之赤子何辜？哀哉！"批南河总督杨坚守车逻堤折："天神加佑，如能坚守不启，是宥朕罪也。"大哉言乎！尧舜在上，如此念切民生，为臣子者，尚犹以敷衍目前、粉饰办理，其亦有人心耶？言之不胜愤懑涕泪。本日司道未来，首郡祁幼章持其乃兄淳甫大司农家言一片，爱民之诚，溢于言表。然此间请帑之说，尚无头绪，拟明日亲诣督署一行，斟酌早日拜折为要也。

初九日（8月26日） 晴。黎明即起，由汉阳门上城，至望山门下城，至督署，议定月望前拜折请帑，以上年赈抚共用银八十一万余，今则多蒲圻、兴国、圻州被灾较重，实需银九十余万。除遵旨扣留藩关各银三十余万监饷三万、封贮四万、减平六万余、关税三万余、捐输存剩十八万余，请再拨六十万以应急需，余山制军拟主稿而属余拜发，已应之矣。为民请命，无所推托也。至清查之折，细讯甚未妥协，然彼自私见，实难力争，且此事尚非重大关系，现又需调和料理民事，只好随同画诺。天下事固不能尽如人意，惟有注意于其大者而已。县报水退二寸。

初十日（8月27日） 晴。水退二寸。司道来谒，略议赈抚案件事而去。余病腹泻已经一月零五日，近则胃弱腹胀，颇形颓顿，因另请渠太守之西席江西□孝廉诊视，泻久脾虚，恐成痢疾，则大难为理也。

十一日（8月28日） 晴。水退三寸。制军送请帑折稿来阅，大致尚妥,所称先动藩库各款三十六万余,再请部拨六十万两,似尚敷用,拟于十三日拜折。尧舜在上,又有春圃大司农为之主持,自可无驳。然计算须廿五日方到,速议又须三日,京饷到此,至速亦在八月杪间;邻饷则尚迟数日,展转拨发,则在十月初旬,方得闾阎沾实惠也。然而此时能拜发此折,已属万分之幸矣。晚间祁幼章来见,安陆府与京山令有下不去事,且自听之,俟届时当严办也。是日热甚。

十二日(8月29日)　晴。水退三寸。是日申刻,折弁回得聂雨帆信、黄琴五信,陶凫香以太常寺卿内升,春介轩调江西臬司,移干就湿,亦属无可如何。闻芝相决意引退,似祁春翁当有协揆之命,此老当国,或有改观,则苍生之福耳。是日热甚。

十三日(8月30日)　晴。晨起诣制府慰问,其女公子病亡也。回署后,得户部文,已拨银三十万解楚,是日请帑之折已于辰刻拜发矣。署江夏梅令、署汉阳海令均来见,勉以一切,尚俱听受,且视其办理何如耳。县报水退三寸。

十四日(8月31日)　晴。水退四寸。吁门方伯来议闱事,发陕西南陔、荷卿及王莲生函,又发荆州太守信并子寿函。是日得苏溪中丞书。

十五日(9月1日)　晴。水退五寸。黎明即起,诣福堂及后楼下关帝前并家庙,各行香毕。查对本章十件,又核应奏各稿及公事讫,复新中丞书,并抄呈七月十三会奏请拨帑银一折。

十六日(9月2日)　晴,水退四寸。晨起,足忽浮瘇,两腿筋转不止,急请杨瑞山医治,以为湿气所致,用药水洗之,未审是否有效。晚间自子初至丑正,月食救护,上下台阶及行礼之际均甚吃力,亦只听之而已。

十七日(9月3日)　晴。水退三寸。武、汉二府及王、赵、周三委员均来见,以清查二事奉制府,签驳至再,十分掣肘云云。此事既处处私心自用,始则回护节省岸费之项,不肯弥补以裕国,后又回护二十一年为始之条,恐即系是年到任,动上心之疑,志在混蔽,所谓利令智昏,其何能妥贴无误? 吾恐补旧杜新,均成画饼。然而不能自主,明知之而无所补救,不职之罪,其何能辞! 亦惟有得闲即退,稍赎此愆而已。古来无限经国远模,每为把持牵掣而不得行者,正复不少,固不独此一节也,噫!

十八日(9月4日) 晴。水退三寸。骆吁门方伯来见,议帘差清查及委署各事,两首郡及局员均谒议,随事指示讫。足疾连洗六次,渐觉痒痛,似已发出,然迎送甚为不便,亦无可奈何也。早间阵雨一次。

十九日(9月5日) 卯刻阵雨一次,随即晴霁。昨日得梦翁及炯儿来禀,并莲生家报。即于本日示炯儿,并复梦翁,并将竹报寄天成号转寄讫。黄州守杨君来见,为详示地方诸事。又前甘肃宁夏同知张作霖来见,谈及甘事及督辕一切,闻之甚为闷闷,何至孤恩若是耶? 不可解已。县报水退三寸。

二十日(9月6日) 卯刻阵雨一次,随即晴霁。水退二寸。拟明日拜折。先致黄琴五、聂雨帆、曹琢如各一函,又复新中丞信,又复陈小舫太史书,曹颖生、刘心芳两给谏书。

廿一日(9月7日) 前半日大雨,巳刻以后阴。水退二寸。天气渐凉,于申正封折,酉初拜发。差右营外委姚起顺赍往,嘱令于八月初三四日投递,或不误也。

廿二日(9月8日) 晴。水退二寸。密札荆州府,饬于枝松所属之江口、百里洲、董市、磨盘洲查拿盗贼,并严密将盗首江口人曹泰务获。又通札各府州县令捐给穄种,劝谕灾民、流民于滨江滨湖滩地播种穄谷,穄之为物,其生最易,其熟最饶,春夏秋三季皆可播种,每亩不过用种一升,可收谷二三十石,每升不过钱十余文。地方官捐给尚易为力,而又不须耕耨,流民种之亦不费力,似于灾区不为无补也。申正刻,桩静斋廉访来视病,早堂仍审讯二案,足疾亦渐有效,惟腹泻未愈,颇觉颓顿。

廿三日(9月9日) 晴。水退三寸。首郡祁幼章来见,与议汉川署事,嘱为婉禀南院及方伯速办。作书寄西园先生并附其家信,又寄炯儿一信,均由官封寄至贵竹转交。

廿四日(9月10日) 晴。水退二寸。何璜溪太守来见,谈一时许而去。署黄梅令周春渠别驾来辞,即赴署任;又分发贵州即用令崇公家鉴(海秋)来辞,君以亲老告近,先发湖北令,丁忧服阕,是以仍往贵州。其人学问颇好,品亦纯洁,因短川资,特怂恿杨荣坡及三侄顺儿等共凑三百金借之,每月一分行息,于侄等无损,而崇大令即得川资充裕云。是日得炜儿川中来信,六月十八日诞生一女。

廿五日(9月11日) 晴。江水平定。方伯骆吁门来见,议及清查事件,并送阅督辕所拟折稿一件,争之不能,亦只听之而已。作书寄四川,并附杨石麟明府信及银二百两,交天成亨转寄,内有裕将军二信、罗次垣一信。

廿六日(9月12日) 晴。江水平定。据荆州报水长一尺九寸,此间尚无雨。洞庭、汉水均未加涨,故平定也。是日作书致兆松岩山西,嘱为宋芗宾孝廉荐干馆事,又复胡润芝太守镇远书。龚莲舫观察自荆、汉勘灾回,为言公安、监利、沔阳、汉川被灾甚重,与嘉鱼、汉阳相等,急望抚也。

廿七日(9月13日) 晴。江水平定。龙翰臣学使来拜,与之议书院肄业诸生,因水灾回籍者十分之九,若仍赴省录遗,恐来者甚少,不如先行示谕,一概准其入场,毋庸录遗,庶诸生迟迟来省,所费无多,或者可望应试踊跃,亦体恤寒酸之一道云云。翰臣甚以为然,随据署。京山绣令来见,又分发贵州即用知县崇家鉴来辞,因托寄王梦湘亲家一函,又为之作书见斋中丞、次南署方伯游扬云。公事毕后,作书致江督陆立夫、河督杨至堂两公。申正,范质夫来谈三刻余。

廿八日(9月14日) 微雨有风。水退一寸。司道府厅州县俱来见,与方伯议即筹拨银分发各府,以备赈抚。是日折弁回,得雨帆、琢如、容伯信。

廿九日(9月15日) 早风甚凉。往谒制军,又答拜学使,回署馆后微雨。县报水退二寸,得子寿七月十四日信,又得王翠珊侍御京门信。

三十日(**9 月 16 日**) 晴阴不定。水退二寸。孝感郭葵臣赞善来拜,与此君神交十五年矣。学问既俊,品亦纯正,乃屡起屡踬,抑何命之穷也!闻将于中秋前赴江南谒立夫制府,或当有济。此间一馆为难,而省中讲舍又为人把持,直以作养老地,天下不如意事,类如是也,可胜叹哉!

八月初一日(**9 月 17 日**) 晴。五鼓,即兴以药水洗脚讫,即诣三堂后台圣帝前行礼毕,随于后楼求签,问炯儿本科能否有望,心中默祷,如果能中签,中即乞明示一"中"字,如能连捷,即见两"中"字及"报捷"字样,乃十四签见两"中"字,一句报佳音,一句好音,为之快然。本月八日,儿辈已进头场矣。或者竟符仙兆耶?志之以俟验否。随出署诣文庙,同制学两院率司道行礼毕,回署。江、汉两县及汉川贵令、广济蔡令、署通城祝令均来见。县报水退一寸。

初二日(**9 月 18 日**) 晴。水退一寸。五鼓诣文庙秋祭,卯正回署。腹甚(账)[胀]懑,委顿之至,勉强支持,殊形抑郁。复傅秋坪、程霁亭书,得炯儿七月四日来禀,便如叔舅已于六月廿五日到矣。

初三日(**9 月 19 日**) 寅正微雨。诣东门外神祇坛致祭毕,随诣山前象鼻山,同制军恭迎文昌帝君安位讫,回署。是日大风,江水平定。

初四日(**9 月 20 日**) 寅刻甚雨,水退一寸。黎明时赴文昌庙,同制府学使致祭毕,回署。未刻,署方伯来见,为言派发各府赈抚银两及斟酌办灾州县事宜。此公人极正派,惟情形生疏,又少决多疑,以故事常迁缓,若地方无事,以之立顽起懦,亦不可多得也。

初五日(**9 月 21 日**) 晴。水退一寸。学使龙翰臣殿撰以所书《文昌帝君阴骘文》付来,端严中仍复生动,以之上板,足为多士楷模,即饬交刊刻云。

初六日(**9 月 22 日**) 晴。江水平定。作书贺春圃相国协揆之喜,又复王翠珊、金可亭、聂雨帆、曹琢如、程容伯各函。腹泻不止,至于一夜五六次,委顿之至,奈何,奈何!

初七日(9月23日) 晴。江水平定。炯儿之岳翁姚小山亲家以今为六十冥寿,腹痛之言,犹如在耳。乃屈指生别竟十有五年矣。为之设醮施食,命儿妇率孙儿诣墓庐祭之。

初八日(9月24日) 晴。江水平定。司道禀见,又催促查发赈抚事,并催臬司三案,又与盐道议及商及事,又嘱首府考取誊录,认真稽核。天门刘孝长之长君炜华来见,器宇颇佳,似能读父书者,故人有子,为之欣然。

初九日(9月25日) 晴。水退一寸。余昨日精神似佳,乃夜间似被厚受热,又因而受凉。今日腹泻数次,力殊委顿。终日偃卧,不知何以闷懑之至也。

初十日(9月26日) 晴。五鼓诣明伦堂,偕学使司道至万寿座前行礼,随坐班讫,更衣略坐未半刻,余疾不能支,因辞诸君先还。吁门方伯为言:用真神曲二钱炒焦,研极细,入红糖、白糖各一钱,能饮则以绍酒调服,不能饮以开水调服,服二次必愈。以其为物至便,回署即遵照用酒半盅兑开水冲服。又闻邵司马纶言以姜葱合捣碎,炒热,用绢一方包好,于腹上推搽,又用绢一方炒圻艾一两余,俟姜葱搽后即以艾绒搽之,屡试屡效。因遵照其法行,凡递换各三次,腹顿松爽,然左近膀胱处尤极疼痛。是日连服神曲二次,姜艾推搽二次,余则困顿偃卧而已。县报江水平定。

十一日(9月27日) 晴。水退二寸。早起,审讯司详三案。又延医人王敦五来署诊视,渠谓左腹之痛由于肝气不纾,现宜专意纾肝,痢当不治而止。其说似亦近理,然余又服神曲一次,推搽一次,似已有效,药因煎而未服。随作家书,并毛鸿翙捐府经历、捐省云南执照,交信足赶于十二日寄回黔中,计九月初十间当可到也。是日又得炜儿川中来禀,以两月不得余书为念,此子近颇知事,阅其来禀,心为之慰。随据翰臣学使送来京报十本,少穆制府竟得旨开缺,回籍调理，此老一生大局已定，今既脱然而归，可称完璧。因自念识浅才庸，居然尸位。近复百病纠缠，适当灾务倥偬，瞬届科场期近，不能不力疾从公，未免惘然如失。始知俗语"上场容易下场难"，此言真不诬也。滇督一缺，系程晴峰先生矞采坐晋，其才不及少翁远甚，安能镇静耶？滇抚以吾黔张晓瞻中丞补授，晓翁去冬已服阕，闻亦因病不果，起服令遽授之，天恩不可谓不厚，然尚不知其能出山否。又骆吁门方伯调滇藩，张椒云擢黔臬，因赵方伯、普廉访着来京另候简用也。是日午正，督署送会稿行两司查讯咸宁案。因昨日奉廷寄，有人奏咸宁令施钧借灾捐钱不发，致百姓哄，将首士房屋拆毁，施令竟不敢办。于七月三十日奉上谕，臣裕泰、臣树义据实查办云。此事想系雷春霆理少所陈，惟当切实根究，不敢隐饰。施钧已撤任，断不至有术蒙蔽也。

十二日（9月28日） 昨夜丑初后，微雨渐沥，夜气尚不甚凉。余以腹疾不能成寐，惟卧听点滴、默数更筹而已。至卯正以后，雨势渐大，遂觉凉气逼人。起服神曲一次，又推搽一次，大便渐觉干润。先一便如蜕推丸，仅数丸而止，再一便则居然不泄不痢矣。是日辰刻，拜发题本八件。县报水退二寸。雨势自申正后更大，民田甚殷盼也。

十三日（9月29日） 昨夜大雨如注，今日亦未稍歇，于农田却甚有益，然再多又不可也。水退二寸。是日奉到户部公文，已奉恩旨。前月十三日，会同制府奏请拨银六十万两，除先已发三十万两外，又饬长芦、山东、陕西共找发三十[万]两，迅速解楚供支。计所请共九十余万，全奉高厚鸿慈允准，如此而犹奉行不力，岂尚有人心哉？噫！

十四日（9月30日） 夜间仍有微雨，今日则大风不止，寒气亦甚逼人。县报水退二寸。巳初，翰臣学使来谈半刻许，何璜溪太守来辞，将以十六日起行，约九月廿间到京，冬子月即可回省。祁幼章太守来见，以新奉恩命升任粤东嶅使，为之欣慰。是日折弁回，得曹、聂两枢友信,又得黄琴五书。

十五日(**10月1日**)　五鼓,先诣龙神祠祭祀毕,又诣风云雷雨祠祭祀毕,再诣家庙关帝神位前行香讫,又诣三府角圣帝庙内,同学使、司道行礼讫,随往督署致贺。又拜贺祁幼章都转、龙翰臣学使毕,回署拈香。又致何璜溪太守盘川一百两,因君来禀谢,随延入署谈半时许而去。是日雨势稍止,凉气侵人,县报水退三寸。

十六日(**10月2日**)　卯正。诣三府角,偕学使、司道恭祭关帝毕,随拜贺吁门调补云南方伯之喜,又诣学署贺寿讫,回署。是日晴,水退三寸。

十七日(**10月3日**)　晴。水退二寸。祁幼章都转来见,催其审小之案,拟三数日内即当具奏。发家言一函,又复乔见斋中丞书,托其转寄,想可早到也。

十八日(**10月4日**)　晴。水退二寸。折弁自京回,奉到各件奏折朱批,即刻恭录转行讫。又接得雨帆、琢如两枢友来信,又得琴五来函,又得子寿自螺山来书。

十九日(**10月5日**)　晴。江水平定。得霁亭方伯[书],知俞芹斋二尹已补嘉定县丞,缺尚充裕。又得赵竹翁、杨椒雨函,作书寄见斋中丞,附致梦湘亲家一信,为毛君捐府经库收事。又得彭小山明府江西新建专差来信,并附严问樵书及书画二件,即作复,交来差携去。此君已相别二十四年矣,才人潦倒,踪迹萧疏,爱而不见,临楮为之惘然。

廿日(**10月6日**)　晴。水势平定。陈小舫之长君庆长以新选拔来见,字甚端楷,人亦清秀,惜太弱耳。作书复程霁亭,渠以在武昌道两年余,恐有摊赔,嘱为查明寄知。余以摊赔之件此时尚算不到,不如先以四五千金移交湖北藩库,令其发府生息,以为将摊赔之用,如此办理以后,即可免许多滋扰。余亦欲于卸事后作如此办,但不知能挪出此项钱文否耳。

廿一日(**10月7日**)　晴。江水平定。范质夫来署。知监利枭价已咨返,邓任江夏无事。

廿二日（10月8日）　晴。祁幼章来言:考取誊录对读向系初一、初二,距近场之期尚隔三四日,迨经临时考验,手上所记印戳俱已洗去,司道会考仍系不能书写之人充数塞责,兹拟改于初四日考试毕即送入贡院,其饭食由该府捐备,仍责成司书府书批差领头押送稽查,以免顶替抽换之弊,拟具禀立案,以昭永久云云。又据汉阳海大令来言,棚栖灾民仍照上年办理,似可于九月初一日开放也。水退一寸。致兆松岩署中丞一函。

廿三日（10月9日）　阴。全椒金桐孙望华,嵋谷望欣同年之弟也。以所著《笔山吟屋诗》二册、《邻鸥阁词》一册属政,为题二绝句其上。忆甲辰、乙巳间,与令兄嵋谷明府金城官舍更唱迭和,曾不一瞬,嵋谷即已下世,又不禁人琴之感也。诗云:"倜傥风流一辈贤,清词曾诵十年前。晴川芳草扬州月,莫误寻常旖旎篇。""当时玉局共前游,剩得才名到子由。远上黄河谁赌取,不胜回首望兰州。"是日,对题本七件、奏稿四件、片一件、清单一件,拟廿六日午时拜折,差任外委赍进。又发四川家信一件,与炜儿寄去云狐于尖大褂一件,海青皮袍套一副,宁夏大、小毛皮桶各一套。又寄复清秋圃观察一函,均交赴川同知湖北孝感人王兆偁,号亮廷,行三带去,或十月间可到也。又由贵竹马封寄梦翁一函,仍为毛君库收事,并致刘树翁函,山东花思白、江西刘孟藜两太守信附去,又复朱荫堂漕帅一函。早间司道府县俱来见。县报水退二寸。

廿四日（10月10日）　阴。水退二寸。晨起,诣制府处会商公事讫,回署,得保菊庄司马甘肃来函,知沈淡园之枢尚在甘肃省垣,其三郎共凑集约三千金奉其庶母四川云。

廿五日（10月11日）　晴。水退二寸。换戴暖帽。武昌府祁幼章来见,试用通守韩印海自京还,应城鲍令调帘亦来省,细讯德安府云梦、应城均因水淹,颇形困苦,特未如江汉等县之较重耳。鲍令人极安详。

廿六日(**10月12日**)　巳时封折，午时拜发。水退三寸。天色或晴或阴。

廿七日(**10月13日**)　晴。水退三寸。王子章叔侄自监利来省应试，带到子寿一函，其子弟均不令来见，以考试关防之故，其品学可知矣。余虽秉心不阿，然迹涉嫌疑，因亦未肯传见，仅令致送元卷而已。黄安许令、枝江朱令均以调帘来见，询之地方情形及沿途查看，均谓晚秋颇佳，为之心慰。白河司马李镜轩兆元自京旋，询问直、北一带，年岁极佳。君以获盗引见，以知府补用。其在楚所历之处，官声均好，亦楚官之矫矫者也。

廿八日(**10月14日**)　晴。水退三寸。司道府县俱来见，据详已派发赈银四十万两，内发荆州十二万、武昌十万、汉阳八万、黄州八万、安陆二万讫，得傅秋坪书。附致安、常二令函，即为转寄。

廿九日(**10月15日**)　晴。水退三寸。作书复秋坪中丞，闻杨至堂河帅极力设法抢筑六七堡之堤，以保清邑、淮郡，省帑数百万，群黎焚香感颂不置，由其才大心细，故识定而能断，是以有如此功德，乃台谏中犹有识其后者，人之无良，亦何可笑！

九月初一日(**10月16日**)　五鼓起，先诣三堂后台圣帝前行礼讫，再赴家庙行礼，随赴文庙偕学使司道行礼毕，与学使略叙数语，即赴贡院，查看修整号舍水道、各处顺道，即答拜学使，谈一刻许，因其点到应试诸生，未便久谈即回署。首郡来见，与之商酌各事而散。是日畅晴，水退四寸，尚仍存长江水三丈零八寸也。

初二日(**10月17日**)　晴。水退四寸。是日，考试帘官。先是，据署藩司详送实缺候补同知、通判、州县及州佐共二十六员，内拔贡及非科甲出身者六人不与考试，外将候补同知周心存等二十人送考，又大挑知县秦秀抡因病未愈，不能作文，自请免考，请派外帘差事。余十九人试题"孔子进以礼、退以义，得之不得曰有命"，试题"赋得'虚己励求贤'"，得"贤"字，诸君皆于西初完卷。惟东湖令张建基得神得势，一气呵成，刚健精卓，实为压卷之作。此才入闱，可知其不草率从事矣。为之快慰。

初三日(10月18日) 晴。水退四寸。早起,审讯恩施县民李帼学谋杀其亲尊长李侯氏一家五命一案,恭请王命正法,拟于初六日拜折具奏,同"考派候补即用人员充当内帘"之折拜发云。

初四日(10月19日) 晴。辰起,诣制军处商酌调补监利之员并其他公事讫,回署,安陆贾太守来见,沔阳吴璞生刺史亦来,与谈共一时许始饭。随斟酌奏稿,核阅应办公件,目眩头晕,心跳手颤,殊为委顿。而诸君皆谓气色甚佳,亦不知其何以故也。水退三寸。

初五日(10月20日) 晴。水退四寸。是日折弁回,知清查之奏已交议,似可不至驳饬,京中一切平顺,罗中丞已于八月廿三日出京云。

初六日(10月21日) 晴,热甚。卯刻,敬谨封固奏折三件,并致枢友各信讫。已正刻,学使来署,随制府亦来,随请正主考童、副主考张至大堂,公同谢恩。筵宴毕,以次入闱,余俟制、学两公行后,亦即启行。未初至贡院,送两主考入内帘,又点派同考官十员——同知周心存、知县鲍光霈、朱启鸿、杨㭬、陈子饬、张建基、董文煌、郭种德、林之华、萧鸿铨。随内监试岐亭同知邵纶、内收掌黄安令许赓藻均入帘,拜发奏折。即借提调、监试两道查看誊录、对读,两所近水池。又与武汉同知斟酌闱内各事,又传见弥封收掌委员,细议场弊,又签押文书十二件,已酉正矣。

初七日(10月22日) 阴晴不定。早起,点号军入闱,余以竟夕不寐且此事本无关紧要,向皆提调、监试会办,故竟未前往。随经邹蓝田、龚莲舫两观察来见,知已安静点入矣。饭后弥封官王司马本立、崇通守绥来言,一、二科内有改弥封章程,于科场条例既不符合,且本为除弊起见,近又另生弊端,请仍照例办理等语。嘱其禀明监试、提调,斟酌详办而去。又札饬内监试,督饬刻字、刷印各匠,刊刻题纸,务须赶早开刷,并细核,毋许刷印不匀等弊。并谕内帘房考官知悉,照得各房分校头场试卷,约须廿一二日始竣。其于经策多有不上紧,阅看者或只将头场已荐各卷抽出圈好,以备调阅,余则束之高阁。念此矮屋孤寒,辛勤三载,倘有遗珠之叹,此中何能释然?诸君子阅历名场,曾经辛苦,今日品求佳士,自必回想当年!其于二三场经策,到房务须一律尽心披阅。如有鸿博绝丽、当行出色之卷,即应连头场各艺复看补荐,方为不负分校。至荐卷本无定额,似不宜过于苛刻,致贻五色目迷之诮。将来内帘事竣,所有各房朱卷,本护院必当一一亲加检阅,即以验诸君之性情人品。倘于此而漫不经心,甚或妄自菲薄,则平日之从政临民,已可概见。纵使上官十分软懦,亦难免不白眼相加也。勉之望之,至要至嘱云云,于是日酉刻发行。闱中之弊,剔除甚难,惟当刻之尽心,期于妥贴无误。尝与同官言,云吾辈各有子弟入场,设身处地,亦当勉竭心力,且无论君恩之当报,职分之当尽也。酉正,天阴甚,且有风。

初八日(10月23日)　寅初即起,仰视天象,无雨无风,心为之定。随盥洗毕,于寅正诣龙门,偕司道升坐开点,初因尚拥挤,迨天色大明即亦鱼贯。又议同司道递换,早膳毫不耽延,凡七千五百六十四名,未正初刻即皆完竣。封号后至酉初,亲往挨查,各士子均皆安息,场规肃然。仰望明星在天,明日可期不雨,但得三场如是足矣。子初,偕两道至内帘外晤主考,请题目纸出,散发讫。是日申初,得黔中八月十七来信,炯儿所寄十三艺一诗,气象尚不滞涩,中否听之而已。

初九日(10月24日)　卯正,起偕监试道上明远楼四望,又赴四处瞭望所查勘,又周围巡历一遭,均甚安静。随早饭毕,即至文明堂,督饬戳印二场试卷。晚间又登楼及四处瞭望一周遭始回。至至公堂,与两道茶话,已及四鼓始散。是日天气大晴。

初十日(10月25日)　晴。卯正即起,赴至公堂,尚无交卷者,复回监临院签押公事毕。辰正再赴至公堂,交卷络绎而来,受卷诸公大有应接不暇之势,英才济济,神气盎然。昨夜下视矮屋八千一百余间,颇有光焰上烛天际,而西边尤觉发旺,知其中必出绝大人物,为之欣慰无既。至三鼓,全场皆静,始还院,另阅他事讫,卧一时余。

十一日(10月26日)　寅正起，卯初初刻点名，未初三刻完竣。共进诸生七千四百九十名。是日大晴。县报自初六至初十共退水三尺，现仍存长水二丈六尺三寸也。昨日得立夫制府来书，并有助沔阳应试诸生盘费，属即确交拔萃刘章楷手收，当即托汉阳海令交付，取有回条，拟十三或十六即回信也。又得张椒云川中来信，川米因雨水亦大，竟不甚丰，据云下游水险滩高，司库又无闲款可筹，不敢议请官运，盖尚未知户部碾运四十万石之奏耳。亥正一刻，经题目纸已刻成，随往开内帘门，请出散发，并送朱卷五百本入帘，查往届，极速亦须十二日午后，主试方有卷阅看。兹则早得八九时，亦意想不到。而场事安贴，点名顺序，天气晴和，已极可喜之至。

十二日(10月27日)　卯初起，周历查勘一次，又亲视散放粥饭鱼肉等件讫，回监临院。作书复陆立夫制府，附十三日题纸文书马上递去，又题主试童薇研太史《晴江秋棹图》二绝云："绣衣骢马致翩然，箫鼓蓥蓥簇画船。两岸万人齐拍手，使星无此好神仙。君风貌极佳。回望长安卅日程，栽将桂树及冬荣。时试期展于九月，是月廿三日即立冬云。江城画里天如水，新唱皇华第一声。"是日早晚共送试卷二千本入内帘，连前已二千五百卷矣。午后用号戳印三场及旗卷讫，时天色变凉，风甚，时时谆嘱委员留心火烛云。

十三日(10月28日)　辰初，放头牌，又进卷一千本，随放二牌，再三牌。申刻又进卷一千本，连前已四千五百卷矣。至亥初，放牌完竣。受卷处共贴九卷，连头场三十二卷，计共四十一卷。

十四日(10月29日)　卯初，开门点三场名，诸生鱼贯应名，毫不拥挤，至未正，共进诸生七千四百七十三名，凡不到七人，酉正封号讫。亥正开内帘门，请题纸出，委员散放。是日天气晴和，晚间月明如画。场事极为顺遂，惟余以腰膝酸痛，颇觉委顿，又小感微寒，饮食亦略减云。又进内帘朱卷三千卅一本，连前共七千五百卅一本。

十五【日】(10月30日)　卯正起，偕监试道龚莲舫观察，亲往明远楼及四围周历查巡一次，又看放诸生饭粥鱼肉讫。饭后，进二场誊录朱卷一千五百本,随回监临院,作书寄至堂何帅,又寄陆东渔公子一纸并附其友刘楷章一函,均附三场题纸,于十六日发递,时已薄暮,号中诸生完卷者已三千余人,力求放牌,询之年久书吏、戈什哈等,金云历届均系三场,十五必须放牌,本届此时始有诸生喊求,已属安分之极者,提调、监试亦复云云。遂烦二公赴龙门开放,由此络绎不绝,迨至三更已放出五千余人矣。是日天晴,夜有微霜。

十六日(10月31日) 晴。已初又进朱卷二千本,制军差人送奏稿三件,片稿二件,查阅后仍封还——一修城及请保人折、一案折、一捐办江汉棚栖二十万口饥民折、一署首府汉阳安陆片、一郧阳丁忧知府请扣留并委署片,拟十八日发。余亦看定出闱日期、中晚收成、雨水粮价三折,拟廿一日发云。江夏县报十一至十五日水退三寸,仍存长水二丈四尺。是日申刻,湖南监杨椒雨廉访来见,十四年前旧同官也。因留之便酌,历话旧事,如在目前。察其兴会,极欲飞腾,然年已六十有四矣,精力亦大逊于前,热中固如是哉!送客后,受卷官具报共收卷七千四百七十三卷,共贴出五卷,实收七千四百六十八卷。又补贴二场壹卷,是日解二场朱卷二千本。

十七日(11月1日) 晴阴相间。辰初出龙门,点荆州驻防乡试旗生二十名进,随率提调、监试诣内帘门立,向主考官恭请钦命乡试题目二道,回监临院,敬谨折封。清文系道光元年曹振镛等奏奉上谕整饬监务事,满文系"恶夫佞者"四字。即传荆州笔帖式二员入内,至桂花亭严密处所缮写题纸、刊刻刷印讫,仍敬谨将朱笔题目包封,备文咨呈军机处恭缴。二鼓后,发出题纸二十道,旗号系"运""开"二字。是日酉刻,共解二场朱卷三千本,连前共六千五百本讫。

十八日(11月2日) 晴。早起,出至公堂查巡旗号,回监临院,两道进见,茶话一刻余。余以腰痛,迨不可支,相与各散。随进朱卷一千零三十一本,除缺号五十五本,实解进卷七千四百七十六本计数短二本。

十九日(11月3日) 晴。辰初收旗生卷,放牌。首府及署郧阳冯守来见，据江夏禀，已查明灾民大小一万余人，又据汉阳禀，查明户口二十二万余，均定于二十一日分厂散放钱文。又据制府送到会稿，具奏捐办江汉棚栖灾民，抢护城垣，委署首府、汉阳、安陆、郧阳各折片，又查阅自行具奏出闱日期、雨水粮价、中晚二稻收成、分数监生各折片。又核题郧阳府开缺、请扣留外补及病故开缺刑名各本，定于廿一日拜发。午间，杨荣坡偕马冠卿来，缮折二件。是日进内帘，三场朱卷二千八百本。

二十日（11月4日） 晴。早起，将旗生试卷廿本及题目纸十张封送礼部，钦命题目纸二道，敬谨包封，差委员汉阳礼智司巡检赍呈军机处恭缴，并面谕巡检潘箴沿途小心赍解讫。时方辰正，奴子郭允走诣叩喜，云炯儿已中，并呈题名录纸，欣喜阅之，乃十七名也。随据两司、各道及在省、府、州、县暨闱内大小委员，并中军副将、参将、游守等营员，均一一贺喜讫。随又接到黔中见斋中丞初一日四鼓一函、初二日一函并闱墨一本。次南署方伯一函，监试道一函，贵阳府、县各一函，均系九月初二日发，均以九月廿日到，令人披阅竟有应接不暇之势。二鼓后进朱卷二千二百六十八本，连早间所进二千四百本，通共七千四百六十八本，借进卷之便至内帘门与两主试话别，据云首场尚未中，定初三日似未能即揭晓云。

二十一日（11月5日） 寅刻起，拜发奏折一、出闱日期附监利署令片一、收成并清单一、雨小粮价地方情形附监生片一、病久未痊请交卸护篆后开缺回籍调理并请安折，差弁左营额外杨文魁赍进，计十月初二日即可到京，三、四、五日均吉，可以奉批，如不上触天怒，则十月十七八日可回，二十以外便当料理归装矣。是日巳刻，与提调、监试两君话别，并札饬遵照奏折照料闱内事件，又行中军参将胡俸伸料理龙门以外事件讫，即出闱随拜会学使回署，络绎酬应，至二鼓始息。昨夜已有小雨，今晨阴甚，至午以后则雨势帘签矣。县报十六至二十，共退水一尺四寸，连前除退，仍存长水二丈二尺六寸。

二十二日（11月6日） 卯正起，冒雨诣督院谒晤，具道引退事，并呈奏折稿纸,谈至二刻而散。又拜会藩桌及祁都转、姚观察回,披阅公事讫。王子寿之长君家遇,字孝曾随其叔子章来谒,气局恬静,可喜之至。因留晚饭,并将收到束脩五百金付之,又送盘费十千文。是日寒甚。

廿三日(11月7日)　晨起,寒甚。审讯过堂京控命盗九案讫,司道进见。据云,制军云称"既经引退,即不宜前接中丞随同请安,亦不宜往谒中丞"等语。其实《奏请开缺折》中原有"力疾支持,请俟新抚到任,交卸回籍"之语,既可支持,似以请安为是。而制军既有此语,即又不便执拗,只好先差巡捕前往陈明中丞,不即出去江干矣。据汉阳令开呈,九月廿一日散放各厂棚民共大口十三万七千二百八十口,小口八万三千四百九十四口,又棚头五千一百廿六分,共发五日口粮,足钱九千零七十九千五百文,计一月应须钱五万四千四百七十三千文,共应发四月口粮二十一万七千余串文。除岸商业经捐输银八万两外,尚不敷银约三万两零。劝捐自可集事,心为之慰。随据报新中丞已至汉口,明日渡江,廿五接印,即饬赶为预备云。是日阴。酉刻又据江夏县禀呈,九月廿一日会同委员查明各铺灾民散给钱文,按十日一次,共大口一万二千四百卅二口,每口一百文,共钱一千二百四十三千二百文;小口六千二百九十二口,每口五十文,共钱三百一十四千六百文。计一月共应钱四千六百余文,共应发四月口粮一万九千余串文。计盐道捐钱一万串,督抚司道共捐钱一万串,已足敷用,毋庸再议筹款矣。

廿四日(11月8日)　卯刻起,清理应办事件及具题各本章完竣,适新任中丞过江,差人往迓。随据来拜,深以余圣眷甚优,中丞于召对时大加赞赏,指日即当封折,不应急流勇退为言,并欲怂恿专弁赶往都门,随带印花,托枢友代为将请开缺之折抽出等语。其情甚为可感,无如事烦病惫,万难勉强,且人生留得有余不尽,未必不于一身及子孙有益,只求此心可对君父,一切皆所不计为妙也。是日阴。眷属于申刻皆已移至匀庭书苑,余俟明日卯刻拜印交送后即可投闲矣。

申刻，接户部公文，知请拨兵饷三十七万已奉拨三十一万解楚，妙甚，妙甚！酉初刻，江、汉二县进见。

廿五日（11月9日） 卯刻起，拜发交卸抚篆本，又拜印讫，传首府及中军，将巡抚关防面交赍送。即乘舆出署，于卯正至寅，府厅州县均来见，学使龙翰臣亦来谈一时许，又与至堂河帅一函，并寄贵州题名录一纸，由马封递投。是日阴甚，时有微雨。

廿六日（11月10日） 卯刻起，检点家乘，为炯儿排次履历。制府来拜，司道亦来，调天门安令由孝感至郡，闻余将退，亦渡江来见。陈小舫之子庆长亦持其尊人手函来，盖以旅费不资，欲向岸商张罗，乞为吹嘘，岂知下场人言即无用耶？最后邹芝山孝廉、王子行从九同来，一欲图阅文之馆借作公车盘费；一则官职虽已捐得，而入京之用、赴黔之用只余百数十金，路不能敷，意将乞为援手。岂知余亦妙手空空耶？是日风甚，无雨而阴。

廿七日（11月11日） 昨夜至四更尚不成寐，亦无所思，或心血耗散耶？晨起，风势甚紧，天色欲晴不晴，隔墙望邻舍人家菜圃一畦，乡景可爱，不觉触动归思，安得即为归去耶？午间王季海太守来见，汪客川、童石帆先后亦来，均小坐半时而去。申初，作书寄梦翁、树翁，拟附乔中丞信去，尚未发。是日午后，北风愈甚，屋内冷气逼人。

廿八日（11月12日） 阴。风色愈厉，巳刻，祁幼章廉访先来，罗苏溪中丞继至，谈约一时而去。中丞谓新中之匡君、李君本领皆不甚佳，不知其何以能中云。午后幼章送谢折来阅，即代为改正付还。是夜大风更猛，屋瓦俱振，通夕不能成寐，重衾犹甚寒也。

廿九日（11月13日） 阴。门人彭子嘉瑞毓、洪南陔调笙均来见，一为拔萃，一举优贡，余江夏所取士也。

卅日（11月14日） 甲子。辰正始起天色，巳晴。此日既晴，则一冬可无奇寒甚冷，所谓"黄棉袄子"，穷民不至寒冻矣。是日梅小素大令来见，周仙峤司马、潘韵六上舍亦来，各谈数刻而去。发乔中丞、武方伯、周廉访及贵阳、贵筑太守、大令复函，附致梦翁、树翁各信。

十月初一日（11 月 15 日）　乙丑。昨夜又风寒，气颇甚，辰起天色仍阴。湖南副考徐公来拜，又送对扇，不得已送其程敬二十金。闻折弁初二三将赍折往京，急为琴五作书，嘱其为炯儿觅住屋，并谆属折差守取回信。是日为朔日，仍差人诣两院作贺，并致意司道府县云。

初二日（11 月 16 日）　阴。晚间，制军处折弁回鄂，奉到附奏批折三件，即送去新中丞代为转行讫。得枢友信，恭悉圣体大愈，即可入城，庆幸无既。琴五来书，以东抚一缺已有鄙人拟放之机，因陈方伯曾任东臬而得，为之爽然，无论不材不足以胜任，即有此命，现已请退，岂能力疾拜恩耶？况官阶原无了境，何必恋恋必至老迈不堪而后止，贻笑于人也！闻夏干园太守升兖沂曹济道，十年不动，一旦无意得之，诚为可喜。

初三日（11 月 17 日）　微有晴意，祁幼章廉访来谈一刻许。贾翰生、夏干园、海沧山先后亦来，幕友张闰斋、门人李星甫及姚亮臣七侄各来，谈数刻而去。酉初得乔中丞九月十二日所发手信并附炯儿安报、梦翁手书并寄莲侄竹报、朱树翁贺函并附龚莲舫安信，均一一收阅存讫。炯儿信中以乔中丞兑交库包京平银七百两，合贵平六百九十两，渠竟全以赆见喜金，一切支用完竣。阅之不胜忧闷：一第何足奇异而高兴若此？人其谓我何？且小子不知稼穑艰难，至于此极！年已弱冠，犹有童心，将来立身行己之道，处世接物之宜，正不审其受多少折磨而后能成立耳！七百金乃中人之产，十口之家以此营运一生，吃着不尽。而小子无知，以一中费之，可胜骇然，独不思同榜四十人中，竟用十七金而不得者，且老子早见及此，曾经谆切手书谕之，而尚不见听，是重吾忧矣！奈何，奈何！

初四日（11 月 18 日）　阴。午间舒石君上舍来谒，系武昌府幕旧友，余二十年前作委员时所最熟习者，今春为之安研德安，宾主颇称相惬。兹闻余引退，特来谒晤，其意可感，与畅谭一刻余。据云太守公事尚明白，操守亦好，所属亦皆妥善，本年应山、随州、安陆年岁

甚丰,地方甚安静,为之欣慰舒名廷璋,浙人。申初,以石章属张润斋
为改作"假御史中丞"五字,石即张所赠者。御史中丞而假之亦新,以
余曾护巡抚篆也。是日得炜儿九月七日信。

初五日(11月19日) 巳刻,骆方伯、姚观察均来见,李星甫大
令亦来,同宋芗宾孝廉、毛君鸿翎早饭,至申初始散。是日阴。发陆
立夫制府、兆松岩护中丞信,又寄炜儿蜀中一函。

初六日(11月20日) 晴。桩静斋廉访来,晤谈一刻许去。门
人洪调笙来,议将与炯儿同行北上,已允之矣。此子颇有出息,如不
中朝考,可望得小京官也。申刻,王连生大令自陕西解饷来省,为之
另觅栖止,安置其服役诸人,与畅谈陕中近事,至亥初始去。是夜揭
晓,待至三鼓,提调、监试送来题名录一纸:洪调纬、陈庆溥皆所赏识;
闵清、刘元吉为江夏时所取前茅;李雍善为星甫大令之子,本年始以
府试冠军进学;姚有惠乃小山亲家之子,文笔极清,年甫二十而好学
可爱,惜仅中副车,然转眼恩科连捷,亦妙也,为之快然。

初七日(11月21日) 阴。提调、监试、两道均来见,洪调纬、闵
清、李雍善、姚有惠各来叩谒,又翻阅闱墨一过。与王莲生早饭讫,随
披阅各处贺禀,并接到梦湘亲家九月十七发来一函,知炯儿须九月廿
间方得成行,其毛鸿翎库收部监照,即自行带来矣。午后范直夫上舍
到寓坐谈,因留便饭。是日自申正后大风。

初八日(11月22日) 晴。汉阳海大令来见,知劝捐收养已有
就绪,为之一慰。新调江陵令俞昌烈自黄冈来见,据云江面甚安静,
并云内河亦均清吉,因月来连获翟老五、曹泰等,皆著名积匪头目
故也。

初九日(11月23日) 晴。署汉阳太守贾翰生、司马赵静山、荆
司马诚意、候补司马周祖衔均来见,门人洪调纬、闵清、刘元吉亦来,
各奖勉而去。

初十日(11月24日) 为太后万寿圣节,义以引病未得随班恭
祝,中心歉然。是日天气晴明,景物和霭,普天之下,想皆共乐春台

也。县报自九月初十至十月初六止,共退水一丈二尺九寸,现存长水一丈三尺四寸。翰臣学使、祁幼章廉访均来谈一时许。晚间与莲生畅谈,至二鼓而散。

十一日(11月25日)　晴。贾翰生太守、海沧山大令均来见,张润斋上舍送余图石来,刻小篆阳文亦佳。

十二日(11月26日)　阴。县报湖南廉访春介轩熙由京来鄂,介轩乃王师恩朴庵先生之长君,急遣人走迓并邀之便酌,至酉刻始来,以是日鹿鸣筵宴,大府散后回辕,始得往见故也。与之畅叙六年踪迹及日昨引退之由,性往情来,极为欢洽。送客出门,遂亦倦极酣卧矣。

十三日(11月27日)　晴。

十四日(11月28日)　阴有微雨。差人迓冯桂山中丞,送其家信及衣厢二,并万荔门方伯所寄禀件。申正刻,春介轩来谈一时许,知其明日行矣。

十五日(11月29日)　冯桂山中丞来谈三刻余,罗淡村观察亦来,两府及荆门州郭刺史、王季海太守均来见。午间,王子寿比部自螺山来,急延之下榻。未正刻,炯儿自黔中来,不料其如此迅速也,一见欣然。晚间与子寿一时余。是夜微雨,差人送春介轩行,介轩又送炯儿喜金二百金,衣物四事,再辞不得,因拜受之。介轩又寄信京寓,欲以住屋空闲,假四儿为下榻地,余因作书寄琴五考功,嘱为转交并代部置云,即交折弁十六日去。

十六日(11月30日)　早间微雨。炯儿持子英书来云:祠堂基址以旧经厅署为宜,价可五百金,自当力为办之。晚间,九月十八日与制府会折,差弁回;二十一日出闱所发,折弁回。臣以病久未痊,奏请开缺,回籍调理,得旨俞允,感荷圣主矜全,不胜诚欢诚忭,此后有生之日,皆君父之所赐矣。喜而不寐,如何可言!

十七日(12月1日)　大风雨。汉阳府、县均来见,翰臣学使亦来,谈数刻去。

十八日(**12月2日**)　大风。在省司、道、府、县均来见,拣择行期,以二十八日为宜。

十九日(**12月3日**)　大风雨。襄阳罗观察来,谈一刻余而去。

二十日(**12月4日**)　大风雨,少司寇赵竹泉先生自湖南来,谈一刻余。

二十一日(**12月5日**)　大风雨。祁幼章廉访来,赵静山司马来,均谈约二刻余。

二十二日(**12月6日**)　晴。大风。桩静斋署方伯、罗淡村署廉访、姚补之署襄阳道均来见,夏干园亦来,各谈一刻而去。潘韵六上舍来,又属为书扇对,并欲公为余饯,辞之至再始免。陶六泉之长君来自保定,知余将归,亟欲赴浙,已允为致书徐信轩观察,似不致无济也。

二十三日(**12月7日**)　风稍定。祁幼章来辞,将迎折北上。龙翰臣学使来,与子寿共谈一时许。又评阅炯儿诗、古文十余篇,拟廿五日当使之随寿翁往谒并请益也。午后,静斋廉访又来,询问藩司应办诸事,大略摘要告之。正细谈间,署江夏梅小素大令来见,以湖南宝庆属之新宁县会匪滋事,将代理县令万某戕害,并前任李令家属全行毙命,护南抚万荔门方伯已四百里入告,派署臬事俞云史、署监道雷太守带兵千八百名前往剿捕,制府亦即于三五日内带兵弁亲去督办云云。小丑跳梁,不足为意,然须迅速藏事,方为合宜,否则滋蔓难图。当此灾务接连,易于煽惑,不可不慎之也。

廿四日(**12月8日**)　阴。金殿珊同年来,谈一刻余。董云舟观察复来,知余山制府将以明日起节往湖南剿办新宁匪案,因诣南谒谈一刻而还。

廿五日(**12月9日**)　早晴,晚有风。苏溪中丞来,谈一时许。罗淡村署廉访亦来。陶六泉之世兄来辞,因赠三十金,遗书徐太守信轩,嘱为助之,以六泉与信轩有通挪之项,且重以琴五之托也。是日巳刻,差人送制府回。

归舟安稳录（1849—1850）

十月二十六日（1849 年 12 月 10 日） 庚寅，骆吁门方伯交卸藩篆，来约同行。盖余以廿八日登舟，尚须待炯儿行李来时始开行也。在籍绅士程玉农廉访闻余将归，扶病强来送行。此君历宦，卓卓有声，还山后不轻与当道交接，谓余尚不失为正人，特欲往还。在官两年余，多承启迪，年已七十八矣。后会何日相别，殊为惘然。酉初刻，龚莲舫观察监试校射毕，来谈一刻余，渠因谈次亦动归思，未知其果能决然否。是日，天色畅晴，北风颇劲。

二十七日（12 月 11 日） 晴。辰初出门，先诣学使处辞。随至藩署，时骆吁门方伯已卸藩篆，桩静斋廉访接印后，尚未进署，因与吁门谈次，约其同走洞庭。又与其幕友范质夫话别，并晤姚观察补之于得禄轩，时屋宇倒塌，全未修葺，殊有破败不堪之象，为太息者久之。再诣臬署，与罗淡村署廉访谈一刻余，及董观察云舟、姚观察补之、在籍程玉农廉使，并晤龚观察莲舫之两公子，时莲舫及邹观察蓝田均以监射未得把晤。酉初始诣中丞署，谈至三鼓而散，已倦极思卧矣。

二十八日（12 月 12 日） 晴。巳初启行，绅耆、士庶、兵胥交相饯送，沿途络绎，寸心为之黯然。至皇华馆时，学使、方伯、廉访、府州县以至首镇佐杂大小毕集，竟有应接不暇之势，学使龙翰臣侍讲又亲送至舟中，开行，泊于鲇鱼滗岸，始登舆去。余因另坐官舟诣汉口与姚芸阶亮臣兄弟叙别，并见其母嫂后，杯酒联欢几两时许，归舟已戌正矣。两日来虽甚劳顿，心胸颇不结嗇。

二十九日（12 月 13 日） 晴。辰初，苏溪中丞来送，谈一刻去。梅小素大令亦来，与之畅言首县之难，嘱其一意上进，努力勿懈。盖时事方艰,得才既难,得才而必知所以保全调护之,方为不虚此才也。是日,风色稍静,急盼便如叔舅早到,而迟迟无信,良用闷闷。

[十一月]初一日(12月14日) 辰正刻,龙翰臣学使来谈一刻许,意将约余至其署中以杯酒畅聚。俟儿辈行李到来,心绪既定,当往践约,且邀子寿同往为得也。赵静山、周仙峤两司马先后来见,送客后即传餐,适范质夫之令伯来见,因与之同舟,至汉阳府县拜辞。又诣金殿珊侍御晴川书院中话别刻余,复诣晴川阁上登眺一时,盖阅岁二十二年,今日重临,不胜今昔之感云。是日天晴,西风甚紧。

初二日(12月15日) 晴。波恬风静,海沧山大令来见,为言汉上灾民可以散给两月口粮遣之归去,经费已有头绪矣,闻之快然。午后,桩静斋署方伯来细询应办之件,即一一详告之,坐一时许始散。此公精细而复虚抑,必能有条不紊,楚省官民可期得所依归,亦地方之福也。

初三日(12月16日) 晴。下水风色甚顺,波浪亦平,惟儿子行李当未到来,殊切悬盼。是日,罗淡村署廉访、骆吁门方伯、夏干园观察、李谨斋大人及姚芸陔观察、亮臣兄弟均先后来见。芸陔又将其母命以二千金贶余,千金为烱儿作都中旅费。辞之至再至三,无奈其情词谆谆,意极诚恳,不得已受之,是盖与寅僚属吏馈送不同,更大异于汉岸诸商之申敬者。谁无姻娅?礼尚往来,固又不可矫情立异也。

初四日(12月17日) 晴。风平波静,闻湖南宝庆之件已经平定,固尚未见明文然。数日来并无警报,其不至猖獗,亦可想也。辰初刻,桩静斋署方伯、罗淡村署廉访同来舟中,始知苏溪中丞遭丁外艰,亟命舆前往唁之,因与斟酌折片。又过翰臣学使处,谈半刻许而还。

初五日(12月18日) 晴。络碌酬应,烦不可支。亟盼便如舅氏到来,以便早为解缆,而迄无信息。忽其令弟来船,知其十月十八已到武陵,二十四日尚未开帆,不知其有何事,亦殊可笑。如待至长至日不到,亦只好各自启程而已。正在无聊,烱儿持子寿《待归草书送行》诗七古一横幅来,遒炼老重,读之胸膈顿开,平生知己,此君为最。他日身后之文,必当属之也。

初六日(12月19日)　或阴或晴,微有北风,早起致春介轩湖南一函,即偕子寿赴翰臣学使之招,纵谈半日,颇极欢笑,偶及时事及古来名贤,不胜愁慨,自断此生,休问天矣。二公皆今之传人,望之何啻霄壤也。

初七日(12月20日)　晴。早起料理京中各信付炯儿收藏,并兑会纹银二千二百金付之,除酬应外,应余千五百金。自庚戌春至癸丑夏,一切用度自足敷衍,已切谕之,无论科名成否,癸丑冬间定须到家,盖术者谓我岁行在丑将死也。子寿于申初到舟,因命炯儿陪侍,以得其片言只句,皆足以扩充学业,亦在乎小子之能虚心听受否耳。

初八日(12月21日)　辰起,本拟至抚署于苏溪中丞尊甫灵前挽,又拟顺至桩静斋廉访处略谈刻余,乃均差人再三止余,遂偷空作函致明古愚廉访,何璜溪太守,明韫田、李镜轩两太守,为向喜、刘太诸人道地也。陈秋门给谏、李星甫大令、龙翰臣学使、姚亮臣部郎、贾翰生、升阶平、宋小梅、孙小石、潘韵六诸君先后均来送行,夏秋丞大令又于子寿处坐待,匆匆一谈,颇倦怠半日。北风尚不甚紧,小有雨意。

初九日(12月22日)　阴,微雨数刻。省中司道府县因送吁门方伯赴滇南任,均来谒余,又复酬应半日而散。随与吁门议定以十一日巳时同为开行,并定议便如舅氏行李既不能即来,炯儿且姑过汉口维舟稍待;若十五日以前能到,即便催其迅速顾觅小舟赶赴大舟同行,若愈十五之期,即炯儿亦不能久待,只好俟其行李到时,托姚亮臣宅中收存,明年再觅便带京,便翁亦只给之盘川赶为回黔耳。是日金殿珊同年及绅幕诸君来者络绎,情意缠绵,不禁离别之感云。北风甚紧。

初十日(12月23日)　雨。早起得琴坞京中来书,情词肫肫,即交付炯儿读之,令其查阅遵照,并谆谕儿子一切皆惟命是听。又谆嘱他事数件,又与宋芗宾孝廉话别,即送其开行赴汉口湾泊云。李谨斋、梅小素、海沧山三大令先后来见，一一畅谈而去。门人洪南陔调笙亦来，令与儿辈约会京中相见之地，并嘱其加意用心，赶早遄行，以拔萃一途，必得京官为妙也。午后微雪，随即天朗，风亦稍定，晚间与子寿比部畅谈两时许始散。

十一日(12月24日)　辰初起。朝曦已上，天气爽然。余整衣祭江毕，即打鼓开船，正交巳时，以与余年命合也。开行四里余，荆州明韫田太守使来报函，并送赆仪五百金、荆缎袍套八端、被面十六床，情词肫挚。使者又将主命，云系专至岳州，因闻尚未开帆，是以赶船至此云云，盖君于此已三致意矣。遂收其衣被，返金复函并属为子寿留意江汉著作一席，及代催黄州、钟祥、潜、天四处，修金二百五十两似尚可靠也。委员刘护亲来送行，司、道、府均差人来至。闻上汉同知及首县均差人来，随后署汉阳海大令亲来谈二刻余。是日行仅三十里，至沌口泊。与子寿数语后，即至吁门舟中与谈一刻，回船始知李星甫大令拿舟来送，到巳半时，亟命瀹茗传杯，把酒畅叙，至子初刻始散。因便如押行李未至，嘱王文轩以"梅花数"卜之，据云本日已到汉口，十三日丙午即当赶来，可相见云。

十二日(12月25日)　黎明开行七十里，至东江脑泊，吁门、方伯三舟先到，余舟以酉正方到。是日小雨数次，东北风甚微。姚芸陔弟兄奉其母命，遣余坤来送，将至岳州始返。余因有谕示炯儿，故命其即回，计明日十三即可到汉，无论便如舅氏到否，嘱炯儿十五日定须开行也。酉正三刻，与子寿比部纵谈，至子初始散。

十三日(12月26日)　晴。西北风甚紧，吁门方伯以其太利，惧舟之侧也，命榜人小泊一时余，故仅能行六十里，宿簰洲。是夜月朗天清，江平风静，与子寿比部纵谈至三鼓余，道及兵事，遂不觉兴高采烈也。

十四日(12月27日)　晴。风势大顺，行九十里过嘉鱼县，又十余里泊龙口，县令刘君先遣人送程仪，再送酒席，再送下程，均不收受。至酉正刻，该令来见，其病尚未愈也。问及赈抚户口，已大有眉目,惟堤工需费三万余,万不能分赈项作修筑,办理颇形拮据。嘱其力陈于上,为民请命,尚非断无法者,亦视乎筹画何如耳!是日酉初,王朗村内兄之婿丁桂生偕其长君由常德绕道来,两舟相遇,适当湾泊之际,遂得握晤,亟送其二十金作元卷,并嘱到汉后速觅舟,至樊驰驿北行云。

十五日(12月28日) 晴。天热甚,风逆不得行。行二十里过芦溪口,至赤壁祭风台下泊,台在小山间,有武侯祠在焉。申初与吁门方伯谈约四刻余,又与子寿比部谈亦四刻余。新堤州同程明彦来,佐武中之贤者也。细询赈抚堤工,言之娓娓,可听办理,甚为得法。民情均皆安贴,惟经费太绌,不能不力求撙节耳。曾谕炯儿以是日辰刻在汉开行,计便翁当可早到,不至濡滞也。

十六日(12月29日) 晴。南风大作,逆不得行。子寿比部与杨荣坡、王朗村同登祭风台谒武侯祠。余以头风不果,往舟中与王文轩叔侄谈家常事,颇极欢畅。晚间仍与子寿谈约一时许而散。圆月在天,江风已定,明日当可开帆矣。酉正刻大风暴。

十七日(12月30日) 晴。顺风扬帆,过新堤至螺山,始及未初,因泊舟至子寿家,欲谒见其二老,再请不出,遂见其长君家遇、次君家隆,三子年甫五岁,皆恂循循规矩也。以四十金为二老寿,临别不能成语。前后二十二年,约为兄弟,劝善规过无逾君者,不特其品端学优,肝胆照人也。归舟甫及申初,吁门方伯谓风力已小,再上恐无湾泊处,约余且住为佳。随与方伯谈约一时许,又晤其友人谢某者,江西副车,年三十余,亦佳士云。便翁已由汉上赶来,至此相待炯儿,于十五日辰刻开行矣。

十八日(12月31日) 晴。南风大作,行未十里即不得前,亦不能退回旧泊之处,惟横流下锚,任其鼓荡而已。酉初稍息,遂拉纤行,四鼓始至白螺矶下,追及吁门方伯,三舟同泊。

十九日(1850年1月1日) 辰正,始转北风,开帆未十余里即雨。申正至岳州,与吁门方伯商酌,先遣制军差送之戈什哈还,又饬舟人雇觅拨船。以湖中水只一尺余,非拨船不能行也。又遣人至敦善堂问讯,知吴退庵舍人已回里。因嘱杨荣坡兑足楚省平苏驼银千二百两,点交敦善堂主事之悦来钱店,当同毛西园先生之仆人每封查看讫,带回转呈西翁,内束脩、节敬共七百三十两,另又致送四百七十两,共成千二百数,为子敬师,如是如是。

二十日(1月2日) 北风甚劲,舟中簸荡之至,酉初刻稍定。与子寿比部谈至子初始散,尚不言别,盖各亦虑分手之难也。

二十一日(1月3日) 四鼓月上,吁门方伯遣人知会开行,时风色方顺,行三十里至布袋口,循口之东,往东湖走;长沙、湘潭一带由口进舟,则为西湖。余等舟进西湖,望常德发也。进口风即稍偏,舟人均以篙撑代纤,湖中无纤路也。又行四十里,吁翁之三舟已前进,追之不上。而王石甫之舟又以笨重难撑,伥乎其后。天气大晚,深虞浅搁,遂即三舟牵绊而泊。而波浪动荡,心神欲摇,坐不安稳,又虑盗贼之窥窃也。遂与便如舅氏,朗村、文轩弟兄,荣坡侄倩递作牙牌戏。至交子正,月出如昼,风静波恬,倚船而观,心胸为之顿阔。记余丙戌冬初,与陈子特夫由京言旋,道出洞庭,舟泊君山之岸,时值子月十五,月光晶莹,一碧万顷,兴高采烈,气象迥然不侔,瞬已二十四年。进退之地皆在楚北,亦皆由此湖,良非偶然。出处机关,恐西湖神君不能不作证盟也。是夜自亥至丑,风势或大或细,上下皆未安卧,颇有戒心。四鼓后,有四贼在邻舟惊喧,后亦无他。

二十二日(1月4日) 卯正风顺,始开船行,连帆湖心,四望无际,心为怡然。然水阔而浅,往往舟胶不前。王石甫翁所坐车牌船更笨滞不能来。吁门方伯已不知前泊何所,惟余随行大小三舟及仆人徐长一船,又拨船三同泊,毫无岸涯,舟中人竟亦不克成寐,江湖自险,行路大难,亦势之无可如何者。所谓"只凭忠信涉风波",到此地位,惟有付之天命而已。

二十三日(1月5日) 卯初开行,未十里即浅搁不行,撑持半日,余舟子皆束手无策。不得已,又雇觅二舟,连所备拨三舟,并为搬运装载,而大舟仍不能移动,遂弃所坐之舟,改登小杞杆而行。又十里余,已及酉正,仍泊湖中,似明日或可畅行云。

二十四日(1月6日) 卯初开行,风不甚利,喜其舟轻而不胶,撑之能行,巳初至鳊鱼洲,问之舟人,云以前愈行愈深矣。甫及午初,东北风大作,舟行正顺,扬帆三时,已出湖口,至土名杨家脑泊。吁门之船亦泊于是,盖相别已四日矣。亟往畅谈,始知其昨日尚泊鳊鱼洲,亦为浅搁羁迟,到此方及刻余耳。回船未久,王石翁亦到,则在布袋口上,亦令觅拨船而来,前后均平安渡湖,亦当足快慰。惟闻永州一带会匪结连瑶人滋闹,常德兵船由湖中绕道长沙,殊为可虑。然系得之传闻,未知虚实,确耗非至,常不能得底细也。

二十五日(1月7日) 卯初开行。河流湾曲,风色顺逆不常。舟人恒撑篙代纤,是以行甚迟缓。篷窗四望,山水清佳,颇似家乡风景,不禁怡然久久。酉正,泊流星塘,去龙阳县尚有六十里。是日天阴。

二十六日(1月8日) 卯初开行。河流浅而曲,北风甚紧,雨亦淅沥不休。且行且止,约二十余里即泊,时已酉正三刻矣。

二十七日(1月9日) 前半日微雨,未初有东南风,舟人张帆而行,至龙阳县泊,去常德尚有百二十里程也。

二十八日(1月10日) 风雨,不得行,仍泊龙阳,县令陈君来谒,以病辞。嘱吁门方伯问之永州消息,据云亦不之知,则其人大可想见。盖此地距常既近,至长沙似亦非远,且有兵船连日过去。而梦梦若彼,其他尚可问耶?

二十九日(1月11日) 北风甚紧,兼有微雨,仍不得行。午间,便如舅氏与奴子徐长雇觅麻阳船壹只,价四十八千文。神福并在其内,似此等船只五[日]即可到镇远,约二百五十千,并火食当不过四百千也。

三十日(1月12日) 雨止,风亦稍息,因即开行。午未间微有顺风,行九十里至白水铺泊,距常德三十里。

[十二月]初一日(1月13日) 天晴午初,至常德,提军差戈什哈来迎,问新宁事,据云二十卯刻攻城开仗,互有死伤,此后尚无信息。乔心农太守、陶槎仙司马及协戎孙令均来县中,又送酒席,辞之不得,始受之。春介轩廉访自长沙差人以火腿、螃蟹、板鸭、点心相饷,并有手函,词意甚为肫挚,读之心感无已。万荔门方伯亦以百金为馈,此公在甘起行,余曾以二百金助之,论报施之常,受之无愧,然楚中同寅世好均皆辞谢,于谊不得独受,且其意思亦甚漠然,遂作书辞之。是日便如舅氏已倩奴子徐长另觅船只,已定余所坐舟三十金,余四舟各五十一千,连前在龙阳所雇之舟并计也。又另觅伙食一舟,价十四千余,遂移舟并作书复介轩讫。有唐某者以其尊人所作《湘系》及《桃花源记》相贻,赠其二金。又宋芗宾之尊人亦以诗轴及食物为赠,受诗返物。

初二日(1月14日) 天晴。英提军送席,乔心农太守送席,均不能辞,遂并受之,心农、槎仙又亲来,各坐谈一时许而去。有郭子衡者,以诗为赠并呈其所作《咏史》一册,有陈秀才大醇者以作编《十三经全字诗韵》《全字正画正音》共二本、《等韵切音指南》一本、《课子二千字》一本为赠,皆受焉。是日两得楚中书及京报,又作书复乔见翁并致梦翁,报之已到常德也。又得子英及莫友芝孝廉书,似祠基尚未妥也。又作书托心农太守转寄琴五京中并附炯儿家书。昨日得炜儿川中来禀,内有寄炯儿函,亦并寄之。

初三日(1月15日) 晴。得楚中书,知龙翰臣学使遭丁外艰,为之太息。其尊人光甸乃道光十九年明保者,作武陵令,声名并不甚佳。后升浙江司马,以卓荐由楚入京,本年八月始莅楚学使署。余时谓翰臣当力阻其行,而此翁官兴颇浓,翰臣廉俸所入,悉索敝赋,以奉其行,乃还至许州,竟于冬月初间以痰疾逝。闻翰臣于十八日得信,十九日即赍印送交大府,匍匐而去,亦可哀已。是日作书寄姚亮臣,因闻江夏之塘角延烧盐船千余艘,其家行盐甚多,未知尚无恙否,心为悬之,亟欲得其一信为慰也。午后遣两材官还。酉刻忽报杨性农孝廉来,亟延之入,(疼)[痛]谈一时许。读其《送林少穆尚归闽中序》并孙芝房太史所赠诗,余亦以子寿《待归草堂歌》示之,君亦手抄而去。

初四日(1月16日) 晴。辰初,由常德开行八十里,至土官塘泊,风口既佳,溪山如画,心目开爽,怡然快然。是日作书复子英,讯之投书之族孙唐奇,以无捷舟先行,须至浦市方能改道,故仍未封发也。

初五日(1月17日) 昨夜三更,大雨即雪,辰初始行,四山皆白,一水寒碧,雾气满溪,隔半里即不见物,惟闻篙声铮铮然也。行十五里至桃源县,县官朱大令元奇拿舟来迎,随与相见,闻其能诗,亦未得披览也。雪先不止,止时已及申正。前途恐无湾泊处,因即小住,明日当早行耳。

初六日(1月18日) 畅晴。行七十五里,至挂榜山泊。

初七日(1月19日) 畅晴。行七十五里,至缆子湾泊。是日水曲山环,万峰列戟,有石山如钟釜者,如张帆者,如鸟兽状者。山半凿石一线,以铁绳围之,备纤夫之行路,其危险亦可想见。申初上大滩,一俗名鱼子滩,幸遇顺风,七八船未三刻而过。

初八日(1月20日) 午初至清浪滩,由常至镇千六百余里第一大滩也。长约四十里,乱石横流,夏秋水大则汹涌奔放,篙师稍有不慎即不免于覆败;冬春水小则石如锥立,曲折湾环,水浅而滩高。一舟非百夫挽之迄不得上,往往拥挤至百余舟,阻滞一二日而后过者。时在滩脚前舟未上者尚有二十余,待至酉初,余七舟合帮,并力牵挽。酉正一刻,毕登一节,遂群泊焉。水声如雷,通夕惊枕,然犹幸已过一节,安稳也。是日晴。

初九日(1月21日) 卯初开行五十余里,至朱红溪泊。是日天微阴,节节皆滩水复浅而难行,犹幸载轻故,尚不濡滞也。

初十日(1月22日) 卯初开行,连上数滩,至横石之下已午初矣。适翟让溪以谒选入都,两舟相遇,握谈数刻。君年已五十余,当时同其乃兄鹤生煜观逐队长安,王鲁之怀曾、其弟怀孟、小芸、楚人刘孝长淳及梦湘、梧村、特夫、小山与余朝夕过从,直不知人间有束缚事。迄今不及三十年,鲁之兄弟暨孝长、特夫、梧村皆已下世,小山方调江西首邑,梦湘家居将及八年余,今亦倦飞知还,而君乃徒步京门求一令尹,抚今思昔,不觉为之惘然。时余又检点行箧,舟舆之费且虑不敷,竟不能稍有持赠,殊难为情,亦惟有唤奈何而已。是日阴,行五十余里至酒旗硐泊。

十一日(1月23日)　卯初开行,昨夜即有雨,今晨雨仍未止。船夫皆披簑衣牵船,然其意甚适,亦习惯然也。行三十里至辰州府,余恐劳动地方,不令泊舟。太守钟君音鸿、沅陵令张君景恒皆遣人逆流持送酒馔、下程,均未收受,又三十里至腰溪塘泊。午后微有日光,申以后仍阴。

十二日(1月24日)　微阴。行六十余里泊白龙塘下。是日滩少水平,且有顺风,特湾环处多不能直捷,故仍迟滞耳。

十三日(1月25日)　晴。虽系穷冬,天暖殊甚,卯初行二十里至浦市,与朗村、文轩兄弟分手,渠等由此另觅小舟出铜仁、江口,约正月初二三即可抵绥。因作书复子英,遣唐奇亦随之行,遂开行十里至辰溪县塔湾泊。是日天或晴或阴,夜有雨。

十四日(1月26日)　竟日小雨,滩少而水亦稍深,行六十里至沿江岩泊。

十五日(1月27日)　早晴,午后微阴。过辰州滩、小炉子滩,行七十里至黄溪口泊,前晤翟让溪,云此行惟辰州滩水最浅,撑挽大难,过此则均可行,问之下水各舟,所言皆同,时以为虑。乃昨日夜及前夕,天雨不止,河水稍涨,今过此滩竟不觉浅,篙师、水手皆欣欣然,余亦大喜过望云。

十六日(1月28日)　早晴,西北风大作。篙师、水手安生舟中,顺风扬帆,极为欣快,行七十余里至黄狮滩下泊。随船五皆以帆满得风力多,故行较速,余舟独稍后,至酉正四刻尚未及到,前船又遣水手来,近约五六里始得泊焉。是日,午后复阴,风亦略微。

十七日(1月29日) 昨夜后雨,河水计共涨一尺,卯初开行,舟师以滩势太险,水既涨则对面当可行舟,不如避此奇险为愈。余亦披衣起,推门观之,凡二刻余始毕此滩。是日阴甚,申后微雨,行五十余里泊小佛寺,距洪江口尚有十里也。

十八日(1月30日) 卯初行,十里至洪江,舟人均于此买缆绳及他物,因小泊焉。适李德生兄弟入京,与相值。得令仪侄书,知儿女辈家中均甚清吉,心为之慰。时以归囊羞涩,仅能以十金为两君元卷之赠,匆匆亦不及。作炯儿书,遂即开行,过连州滩,泊大炉子滩下,竟日行未三十里也。是日午后稍晴,今晨、昨夜皆小雨。

十九日(1月31日) 晴,过黔阳,泊红岩,约行五十里。

二十日(2月1日) 早晚皆阴,午间小雨一洒。行五十余里至中方塘泊。未初过高低洞滩,滩间岩上有江神庙,由下而上,如登高然。水深而石横,流又湾环,稍不经意,舟必碰毁,故号为险滩也。余同行七舟合帮推挽,遂不觉吃力,计全舟皆上,甫及未正一刻云。

二十一日(2月2日) 卯初行,过鱼树湾至足底滩泊,共五十里。是日天气晴明,大有春意。

二十二日(2月3日) 阴甚,半日顺风,行六十余里至沅州府泊。差人至芷江驿内查讯,知初三日由常德发递见斋先生之函,已于初九日过去,是此时早已到省,梦翁及内子均当悉我途中近状矣。又闻鄂州中丞调补,龚月舫同年晋抚,即以松岩坐升此事,久在意中,闻之喜而不寐。并闻晋藩以直臬升补,乃璧星泉先生之乃郎,与松岩又至好,公事可不至有意见矣。

二十三日(2月4日) 巳正立春。辰初,自沅州行五十里至鹅滩泊。是日阴甚,酉初雨雪。

二十四日(2月5日) 昨夜冰雪,至今辰始止。辰正开行,历历险滩,行四十五里至便水驿泊。午后天色微朗。

二十五日(2月6日) 阴。过险滩三行,五十里至波州塘泊。

廿六日(**2月7日**) 早阴晚晴,行五十余里泊大鱼塘下。过晃州,通判胡君来迎,询之新宁事,据云县城已空,贼匪多窜出武冈一带滋扰,官兵连见数阵,互有杀伤,此事殊未平也。

廿七日(**2月8日**) 卯正,行十五里至新寨,入贵州境。又三十余里过二岔滩泊。是日天晴,岁聿云暮,舟次寂然,眷念故人,凡廊庙、山林及已作古人者,共一百三十□人。撑触鄙怀,各欲系之以诗,未知枯肠尚可搜索否也。

廿八日(**2月9日**) 晴。行四十里泊下杨坪。申初,与杨心畬观察相值,询之黄平、施秉、镇远一带甚不安静,竟有日尽抢夺者。公车五人现尚小住黄平,坐待缉匪。百姓恒思胡润芝太守不置,盖君于四月署理镇远,八月卸肩,办理最为得法,所谓火烈人,畏之也。已正,过玉屏县,县官以旗帜相迎,辞之不获,心殊不安,蒙馈酒馔,敬谢而已。是日得润芝太守九月廿六手书。

二十九日(**2月10日**) 晴。行四十里至清溪县泊。县令系试用同知李君晋署理,亲诣迎迓,并致送酒席、民壮、纤夫,均辞不受。又署镇远黄令差马请至同住大公馆,亦婉辞之。以骆方伯行即到郡,而余乃引过,又黔中人也。

三十日(**2月11日**) 早晴。未以后阴,泊鸡鸣关下。行未十里,以岁除,舟人皆有酒食,甫及已正即休息也。泊船后与便如、荣坡、炘侄登岸,行至树阴下,有小庙,土人皆于此报赛焉。只鸡斗酒,祷祝无穷,殊有古意。语及地方官吏,盛念润芝太守不置,盖感其慑服苗民也。县令黄君官声亦佳,闻之欣慰无既。

道光三十年庚戌正月戊寅元日甲午(2月12日) 卯正开行二十余里,申初二刻至棉花溪泊。舟人以岁首宜得休息,故早泊也。是日阴霾,似有雪意。

初二日(**2月13日**) 卯正行过焦溪,至大王滩下泊,约三十余里。是日阴霾,已、午间有雨,闻吁门方伯相去亦不远也。

初三日(**2月14日**) 卯正行过大王滩,遇周鹗、周麟兄弟,匆匆送其十金，又同行之杨先荣、先芬兄弟及另二孝廉，无以将意，亦各赠青蚨二千而去。行四十五里至镇远府，关前镇军秦公、太守朱公同来，延之小坐。镇军，兴国人，官声颇好；太守则老书生，口碑殊不协也。内子遣裕先侄及令仪之次子并奴子黄福来迎，问讯家事，知皆平安，为之稍慰。并闻镇军、太守言黄平苗匪抢掠之事，中丞已派委胡润芝太守及大小委员十人赴黄筹办，似今日已可到黄。润芝有干济才，必能料理妥协，能从此永不滋事则妙甚，但未知许以便宜、不束缚驰骤否耳。申正二刻，行抵镇远，秦镇军定三、朱太守逢辛均来相见。县令黄君绍赟差人迎住公馆，余以黔人，岂敢劳动地方官吏，婉转辞之。因觅寓曾姓店中，时天已夜，明辰始进店也。

初四日（**2月15日**）　辰初登岸，店中小坐一刻，即往拜镇军、太守，闻吁门方伯已到，遂亦往拜。适得楚中姚巡捕圻来信，冬月十九之夜，江夏塘角延烧盐船至四百三十号之多，大小船只无算，伤人至五万三千有余。粤西周学使还京小泊，亦被焚烧净尽，仅未伤人而已。吁门言汉阳贾太守与之单禀，数亦相符也，真异常之灾也。早间得润芝自省来函，即作书覆之。闻已到黄，中丞乃专任之，此事必能办矣。是日，阴夜有雨。

初五日（**2月16日**）　辰起微雨，检点行李，督饬打包，拟明日行矣。吁门来谈一刻余。闻湖南匪徒滋事，又复蔓扰，中丞已还，提军亦将归伍，官军甚不用命，乡勇颇有懈意，此事殊未了也。

初六日（**2月17日**）　辰正。自镇远行，镇军、太守均出关相送，仅谈数语，一揖而行。上文德关，过相见坡，凡六十五里至施秉县。县令王君与黄平徐刺史、镇远黄大令均奉檄各带乡兵，四围兜拿苗匪，故未出迓。典史、城守、千总道傍一见，即登舆至行馆。初作陆行，轿夫又不整肃，一身摇动，几若骨散筋疲，竟困乏之极。是日微有阳光，午后阴。

初七日（**2月18日**）　辰初行六十五里至黄平州。未到州二十三里，过飞云洞，为黔中第一胜境。仙灵窟宅颇极幽邃，惜小雨路滑，余竟不能一游，未免贻诮山灵矣。辰巳间雾气满山，午后始觉豁然，申酉间大有晴意。徐刺史名丰玉，号石民，前山西藩伯咏之先生之子也。

初八日(2月19日) 辰起大雾，出黄平城至重安江，尖。饭后过渡、登山、过大风洞至清平县，凡七十里宿。是日虽未晴，天色尚觉开朗。在重安望两傍有山，一名金凤，一名玉麟。对峙山巅，灵气逼人。倘在江浙，必称之为洞天福地，崇楼峻阁，修饰庄严，不知引人多少题咏，惜乎其埋藏荒僻，付之等闲，是亦山灵之不幸也。嗟乎！岂独此二山已哉？署清平令郑君秀峰，甘肃进士。

初九日(2月20日) 辰初，由清平行六十里至马草坪宿。是日早雾，午后冻不可耐，登高入深，石滑几不能下脚，舆夫亦辛苦极矣。马草坪为平越州属，刺史曹公以首令升此二年矣。

初十日(2月21日) 辰初，行十七里至酉阳，是平越马号，又十里至黄丝，尖；又四十里至贵定县，署令赵公以广顺牧治此，时晋省未归。典史陆君，广东高州府信宜县人。是日雾甚浓，满山皆有雪意，路硬滑难行，到已二更矣。

十一日(2月22日) 由贵定行三十里至新安，尖，又三十里至龙里，宿。是日阴。过牟珠洞，水由地中行，合瓮水。

十二日(2月23日) 昨夜一更由龙里加夫夜行，拟辰初入城，一则闻有国恤，不知所事若何；一则虑司道府县及亲友出迎，心甚不安，故以早时入城为妙也。一夜微雨，路滑难行。辰正始到家，梦湘亲家、树堂表兄先来谈一刻余。乔中丞即来拜会，周十夫刺史亦来。饭后随诣梦翁、树翁处一谈。又至荫堂漕帅处晤其次君，并往拜狄兼山、藩参军不值而还。荫翁随即来拜，纵谈一刻而去，余亦倦极思卧矣。是日阴。

十三日(2月24日) 辰，往中丞处展谒，又至司道府县及学使处拜晤。学使、司道府县复来答拜讫，是日阴。

十四日(2月25日) 辰起，诣白云寺展谒太夫人墓，午初到墓，未初至原宅，与大兄嫂相见，饭后即还。酉初归，是日阴。

十五日（2月26日）　辰初往拜吁门方伯，并为之筹元宝十枚，面为交付讫。即由彼间启行，出红边门，过顺海、红边、白涯至三江桥、水田坝，到蔡家寨天已酉正。佃户曾姓父子迎迓，即下榻其家，拟明辰方能展谒先大夫墓也。是日阴。

十六日（2月27日）　辰初起，登后山展拜讫，留连三刻余，复还寓早饭。又至朝阳阁、竹林寨一视即行，回城亦已酉正。此三日也，两展先茔，虽未扫而已拜，松楸郁勃，气象森然，寸心为稍慰。而乡中父老儿童争迎道左，欣慰之情，油然如揭。别来二十三年，今竟得归，犹有三五老人话当年情状，真令前尘如梦，一觉初醒，不禁喜极，继以悲也。是日晴。

十七日（2月28日）　雨，酉正三刻鸣雷。午后出拜数客归，梦湘兄来谈四刻余而去，狄兼山亦来。

十八日（3月1日）　晴。午初，武次南署方伯、孙观察署廉访同来，谈一刻余而去。随差人谢步讫，即出答拜亲友，并至陈特夫家晤其夫人及长君，讯问家事，尚属充足，为之一慰。又至何亮清孝廉家，归已酉初。约李湘帆茂才来，属为摹渤《待归草堂诗文》。是日申初，往探翟让溪大令翕园，颇有山林生趣，昔人诗云："主人难免花枝笑，如此开时不在家。"吟咏再三，不胜惘然。盖让溪甫出山，有此佳园，恐未必能归享安乐耳。

十九日（3月2日）　阴。出门数刻而还。

自十九至二月初五日（3月18日）　雨多阴，少客或偶来，余亦偶出，既未能畅，亦无可详。

二月初六日（3月19日）　始命奴子收拾园亭。是日晴。

初七日（3月20日）　晴。往梦湘亲家处谈一时许，已拟明日出土地关，至其祖墓一视佳城，即同赴刘喜亭年丈小河坎乡居园林，乃未正答拜府县两公，谓太后哀诏即日可到。是日晚间，又复大雨如注，道极泥泞，遂不果行。申正，往学使署道贺，谈二刻许。

初八日（3月21日）　晴。早起诣敬禄寺庙行香，遂出西门绕阡陌行,登黔灵山周围纵观,与老僧闲话一刻余,循山而还,进威清门又至梦翁家畅谈,因共文竹陔同年、刘树堂兄丈晚饭,至酉正始散。

初九日(3月22日)　晴。答拜数客,顺出东门赴水口寺,申初还。

初十日(3月23日)　辰起,兀坐,盥洗方毕,忽得中丞书,惊闻圣上升遐,心肝摧裂,不胜哀痛,即赶赴抚署查阅部文,乃十四日申时也。又与中丞相对痛哭,约期成服,随出署即通知朱荫堂、王梦湘、刘树堂诸君,并嘱知会绅士至期齐集云。是日晴。

十一日(3月24日)　辰初同诣皇殿成服举哀毕,回家。

十二日(3月25日)、十三日(3月26日)　同,三日均晴。

十四日(3月27日)　由县君知会,明日大行皇帝遗诏至,官绅均赴南郊跪接,复同诣皇殿,跪听宣读,行礼如前仪。又得中丞书,欣知新天子为四阿哥,少年英挺,聪明仁圣,实中外臣民之福,盖数年前趋朝时,已仰望风采矣。是日晴。

十五日(3月28日)　黎明偕树堂、荫堂、梦湘诸君同至南郊跪接遗诏,又至皇殿跪听宣读,举哀成礼毕,回家。是日晴。

十六日(3月29日)　微雨。

十七日(3月30日)　阴。

十八日(3月31日)　晴。

十九日(4月1日)　早阴晚晴。同荫堂、梦湘出次南门送孔母尹太夫人葬。同于雪崖洞小坐。

二十日(4月2日)　早阴,午后雨。县君知会大行皇太后哀诏至,又知会二十一日新天子以正月廿六日御极喜诏至。是夜冰雹大作。

二十一日(4月3日)　早间微雨,作陕西书,又致湖北官幕及子寿诸君书。

二十二日(4月4日)　阴。作书致琴五并谕炯儿,又复直督讷近堂先生书,又致书贺兆松岩中丞山西,又复春介轩廉访湖南。书前四函托中堂转寄,后一函托武次南方伯加封寄。

二十三日(4月5日)　早阴。饭后登舆诣白云寺旧居,顺道至炸儿坟前一视。午后晴。

二十四日(4月6日)　未刻诣太夫人墓前行礼,起碑,并叔父母合葬碑、王夫人墓碑,均须更换故也。是日晴。是日于两傍各种翠柏一株。

二十五日(4月7日)　晴。由旧居行,过凤凰哨、都那营、养猪寨合三江桥,路过水田坝至蔡家寨、朝阳寺。甫及未正,即更衣上山,诣先大夫墓前,以申初行礼默告讫,起碑复周视,将有碍之树木砍伐,又栽种梅、桂、翠柏各树毕,还寺宿。

二十六日(4月8日)　晴。

二十七日(4月9日)　晴。夜间大雾。

二十八日(4月10日)　晴。

二十九日(4月11日)　阴,晚间大雾。是日得子寿湖北书,炯儿京中来信。

三月初一日(4月12日)　辰起雾甚,巳初晴。饭后从后山至右砂直上,又转左山直下,至凤凰山水口周视,回至本山,已及未正,热不可支。还庙烦闷已极,静卧逾时,始觉稍适。甫五旬余而精力颓顿如是,岂堪任事? 奈何,奈何!

初二日(4月13日)　晴。

初三日(4月14日)　晨起早膳毕,即乘舆由三江桥分路过养猪寨,走凤凰哨,诣太夫人墓前查视碑石讫,即还老屋,时李春帆茂才、王敦亭叔侄均已先到,与之晚饭。又周视寨后山林,时已酉初,归后灯火明矣。

初四日(4月15日)　辰时恭立太夫人及叔父母、王夫人碑石讫,招邀远近寨邻畅聚坟前,凡老少男女五百余人,烹羊屠猪,颇极欢快。未初,雷雨忽作,申正复晴。

初五日(4月16日)　辰刻,复诣太夫人墓前查视碑石一过,即乘舆还省寓。因连日感受风雨湿热,体甚不畅,特延狄兼山茂才为之诊视,据云肝风脾火太甚,随用勾藤、防风诸药亟用煎服,是夜稍适。午后刘树翁来谈一刻余而去。

初六日(4月17日) 雨。服兼山药甚有效,因再请其诊视,又改方加建旗①、生地等味。

初七日(4月18日) 雨。再请兼山诊视,云已风火皆平,遂改方清理前后,凡五帖。

初八日(4月19日) 细雨斜风,因先大夫墓碑已定初十日未刻恭立,不能不赶往料理。遂登舆由顺海绕出竹林寨,展拜刘姑母墓,与树堂表兄年丈及乡老谢公坐谈二刻许,由新添寨出大龙滩,至三江桥,过齐木寨。寨中王公邀与茶话,坐约半刻,比至朝阳阁庙已酉初矣。

初九日(4月20日) 阴。饭后先诣先大夫墓前看视碑石,已可完竣,随乘舆至对山伯母苏太安人墓祭扫毕,即步视左侧地形,大可作双墓穴,以焯儿所葬桥下之地穴陡而石多,恐有水患,儿妇又不能合葬,拟迁于此故也。

初十日(4月21日) 未刻,立碑讫,招邀各寨邻老幼毕集,共七十余桌,六猪四羊,水酒千壶,既醉且饱,欢呼笑乐。令人心花怒开,盖已二十九年未见此景象矣。还寓之后,复与老宋公八十六、傅公八十、周公七十八、王公七十五、李公七十三、王公七十及白云寺侧之路公六十五畅谈,诸公皆精力康强,饮啖视余四倍,由于不知不识,顺帝之侧②,故能保其天年。如余年未六旬,而既弱且病,须发苍然,真不啻霄壤之别,自愧亦复自叹,安得葆精和神,无虑无虞,优游余生岁月耶?是日申刻陡雨。

十一日(4月22日) 辰起,乡人因年来谷贱银昂,生理多绌,各

---

① 整理者按:中药名,疑为"建曲"或"箭芪"。

② 先秦佚名《皇矣》:"不识不知,顺帝之则。"唐氏此引文字有误。

以土田来寓,强余当买,不得已择其最绌者分别受之,共用银一千九百余金,嘱裕先侄料理。是日微雨。

十二日(4月23日) 辰起,诣先大夫墓前查视碑石贴金及上色,均已完竣,督令四周拾扫洁净讫,即还寓早餐,因即乘舆回城,已及申正。适炜儿川中派差梁升偕足子刘长生赍安信还,亟展视之,知以内子三月十六四十生辰,渠夫妇特以百金为寿,又远寄针线数事。炜儿并拟兑余千一百金,连前寄二百金供给一年用,小子殊有孝思,措词亦甚周至,阅之欣然。是日早阴晚晴。

十三日(4月24日) 作书寄陕西常南陔、崇荷卿、何璜溪,以王莲生大令将起程回陕也。又作书寄黄琴五、宋艿宾、王春庭、杨文卿,并批还炯儿来禀,将由中丞交折弁寄京也。又以五十金为《贵阳志》书续捐之项,交梦翁转致并覆周小湖观察书,以小湖曾有函属续捐也。是日微雨。

十四日(4月25日) 阴。将去遵义,又以寄京信故,特往谒辞中丞,坐谈约一时许。湖南窜匪防堵之事及都中近状,略有闻知,大都将悍兵骄、武嬉文恬,粉锦之情形为多,如中丞之静镇、胡润芝太守之才高,而心实不一二观矣。安得三省大吏委员皆如二公,何患不立见荡平耶? 是日申刻,又答拜武次南署方伯、朱荫堂漕帅、王梦湘亲家回,晚间又作书复周十夫刺史、胡润芝太守。

十五日(4月26日) 早雨,晚阴。料理赴遵义行李并托袁菊坪、李湘帆于童聚泰在黔者为聚盛丝铺,兑足库纹一千一百两。限三四五月交足,立票亦限五月六日在川署兑交。余以明日即行,匆匆不及作书,因嘱来差及足子随行,将于途中偷空握管。

十六日(4月27日) 匆促打包,以巳初行。又至团井巷树堂表兄处谈一刻许,盖君以仁怀坟地事属为清理,开有节略收讫,即行至北门税厅,王莲生大令在彼候送,又立谈数语,即登舆趱行。午正三刻,绕至先太夫人墓前查看碑石上色贴金,均已妥善。与荣先侄立谈数语,即由中坝后山行,出沙子哨至札坐,宿,时已酉正。是日天阴。

十七日(4月28日)　卯正行,微雨半日,道颇泥泞,凡七十里至息烽,宿。到方申正,与炜儿差来之梁升细讯川中家事,拉杂琐屑,良用快然。比欲作书,已戌正一刻,眼花不及矣。

十八日(4月29日)　晴。住刀靶水。

十九日(4月30日)　晴。至董村,尖,闻卓山同年棺柩不日即为到家,闻之惨然。渠年小于余两岁,甫擢松江守,而遽不永年,亦何故耶? 是日申刻入城,住子英二弟家。盖自丁亥年至遵义拜扫以后,至今已二十四年,故乡山水久系梦思,何幸脱然得归,历历前程,真如一觉,其喜可知,其快慰之情竟有不可言语形容者。以视卓山诸君,不止天壤之别矣。

二十日(5月1日)　晴。以奉太皇太后哀诏成服之日起至昨,计二十七日,除制服,戴羽缨冠。辰起,作书谕炜儿,并示知于黔省北门外川货店“聚盛”号在川为“聚泰”兑银千一百金,嘱于五月初六日在署清交,撤回收票。又以前在汉镇“天成亨”号存银二千金收票一纸寄之,嘱其在川省“天成亨”号兑收寄黔,将以此为修理祠堂之用也。饭后出门投刺太守福公,因其考试,父童例得回避,拜而不会。随拜晤前太守秋谷太尊、周养恬署令、君常协镇及都守、典史。即诣旧参军署周视,计长二十余丈,宽十余丈,坐乾向巽,气象宽敞,以作吾家宗祠,足称宏大,为之快然。是日刘象滋孝廉来,器宇颇不凡,与谈一刻余而去。

二十一日(5月2日)　饭后至北门唐家井,为介石公老屋,二十年前已为人有。余以五十金寄会东五叔赎回,即听其居之。惜气局不甚阔大,他日当属儿辈重加修整,或即建为乡贤祠,点缀亭台,亦佳举也。随由北关过洗马滩、高桥,至观音阁始祖象明公、杜太君墓前恭祭,招集亲族及前后左右寨邻,共飨祭余,尽欢而散。又至福田叔墓前祭拜讫,由河对门过洗马滩河而回,日方申正,然亦倦怠极矣。是日畅晴,酉刻以后天色微阴。

二十二日(5月3日)　早晴,莫子偲孝廉来拜友芝,其尊人名与俦，先大夫戊午同年也。人品颇端正，学问闻亦优长，与之议论，似觉微有习气，然亦不可多得矣。饭后至红花杠介石公、黄太君墓前恭祭讫，亲族姻戚男女毕至，凡一百余席。席设之后余即还寓，时方申初，微有小雨。

二十三日(5月4日)　早阴，已以后晴。原以今日诣海龙坝展拜高祖爵三公墓，因昨日申后微雨，遂不果行。与子英兄弟安坐畅谈，致足乐也。

二十四日(5月5日)　早晴，即启行诣半山衙生高祖母、曾祖父母墓前祭拜讫。遂往谒能斋叔祖，精神虽佳，而双目失明，两耳重听，年已八十有七，一寡媳一孙女侍之，盖其长媳与孙皆甚不孝，离居多年矣。午后即回寓，大雨一刻余。是日，亲族集者约三百余人。

二十五日(5月6日)　早阴，辰初即启行，诣海龙坝以已正，至爵三公墓前恭祭讫，即往致轩叔家午饭。大雨约半时许，遂登舆往茅坪杜东镡表弟家，见姨母王太孺人年已七十有六，精强神固，步履既健，耳目皆不减少年，为之欣慰无既。是日立夏，集海龙坝之亲族凡二百八九十人。

二十六日(5月7日)　早阴，午后大雨，申以后复大风。余连日困惫颇甚，兼有腹疾，至是日始略休息，疾亦小愈。

二十七日(5月8日)　早阴。饭后由杜宅启行回城，途中值小雨，申正始还，雨亦止。

二十八日(5月9日)　早阴，午晴。辰起，与子英弟斟酌分给诸亲族之贫乏者，由一两至十六两，凡一百七十余，皆大欢喜。戌初，王朗村、远村广庭兄弟自绥邑来，谈至子初始息。

二十九日(5月10日)　阴，午间微雨一洒。饭后出门答拜城内外诸亲友讫。

三十日(5月11日)　晴，各亲友均来答拜，午间与莫子偲、萧吉堂、晋虚谷谈一时许而去。

四月初一日(5月12日)　早阴，午后微晴。太守、县尹、少尉均来贺朔，余亦遣人报之。王朗村兄弟亦来，同至后山观览一时而还。是夜雨。

初二日(**5 月 13 日**) 雨。

初三日(**5 月 14 日**) 晴。

初四日(**5 月 15 日**) 晴。太守佛公始以考试，父童回避不及相见，余到之次日仅投一刺而还，太守亦仅先遣人来致候。至是试竣来谒，与之谈一刻余，似可与为善者，惜外间情形尚生疏耳。

初五日(**5 月 16 日**) 早晴。表弟杜东镡来，君善地理，修造阳宅亦甚有结撰，因与之同至旧参军署，定立亥巳兼乾巽方向，较旧基略移于右约丈余，局面较阔，大水法亦之玄，惟本年年月欠利，须明春二三月方可建立，若大利须十月也。是日午后，细雨如丝近一时许，余先答拜太守，见其两郎君。随偕东镡、朗村兄弟、子固父子同至桃源洞，上谪仙楼。三十年回首钓游，恍如梦境，幸得归来，觉此身亦飘飘有仙气也，为之爽然。

初六日(**5 月 17 日**) 晴。与东镡及王文轩家子固、子英兄弟斟酌祠堂方位，架步以笔记之，留交子固，俟房屋拆卸定中宫时，仍须烦东镡一临存也。

初七日(**5 月 18 日**) 晴。王朗村兄弟偕至杜东镡家，将由茅坪回绥。午后杨荣坡来言，高坪之三叉有杉木，大一围余二尺，可以作棺，因嘱其令伯前往视之。

初八(**5 月 19 日**) 为浴佛日。辰初起即热甚，是日畅晴，酉初微雨一洒。

初九日(**5 月 20 日**) 晴，子英弟邀陈秋谷太守、周养恬刺史小酌。时王梧村明府之郎君名显扬适来，因招入座，忆余于丁亥岁曾至其家，太夫人遣梧村之二子出见，迄今已二十四年矣。葭莩至好，已作古人，不意其后嗣如许长成，兼有孙枝也，为之快然。送客出门，正将安息，适养恬刺史抄送廷寄，乔中丞二件并中丞办理黄平一带苗匪三百一十六名，凌迟枭示，斩决一百九十一名，余皆拟以军流徒罪。

奏折一纸查阅讫。镇远所属苗匪滋扰已久,地方官皆畏葸不前,希图隐饰,实为纵养,贼殃民幸。中丞沉机立断,专委胡润芝太守往办,假以便宜,一月之内竟能首伙全获,地方肃清,良足快意。想此折进呈,必能仰沐嘉奖,润芝太守定亦超擢不次也。

初十日(5月21日) 早阴,成权弟遣其四弟成枚来言,将以十月初二起迁可船三伯坟茔及两伯母坟,合葬于鸭溪成杰三弟墓左,欲余助之葬费。因以纹银十两赠之,缘可船伯与先大夫至为友爱,闻其所葬之处陡险,又两伯母皆葬在煤山下,似均未安,以致成权兄弟悉无子嗣,改迁自不宜迟。又爂堂叔祖之曾孙爱哥年已二十七矣,尚未娶妻,亟以谷四石助之,其家式微,仅爱与云奇叔侄两人耳。云奇现寄养于余家,已经内子许为聘妻,一二年内或能生子,延后亦大妙事。又据子英弟云,晓峰二伯夫妇子媳五墓均无碑石,随以二两五钱市银付子厚,为之主石以志。噫!晓翁以少负文名,与汉芝伯祖等齐声庠序,乃两次拟中,均以额满见遗,年至五十余而始登一科,卒之死于道途,又乏子嗣,其情可哀,其平日之居心立品亦可见矣。是日小满。巳初刻微雨一洒,后遂畅晴。酉刻得省中专足来信,知小女儿出痘亦已落痂,上下平安。炯儿二月廿二来禀京寓亦好,其字学尚为有进。又得黄琴坞、孙芝房、何子贞及丁世珍、兆松岩、春介轩、江晓帆、梁向台、王季海、胡润芝各函,一一披阅,欣慰无已。

十一日(5月22日) 早起即晴。有葛姓二人来见,言是先曾祖母之侄曾孙,其意甚亲厚,以青蚨四千文赠之,为一馔之敬,皆大欢喜而去。是日午间微雨一洒。

十二日(5月23日) 晴。陈秋谷太守以酒馔就余同酌,辞之不得,因同子英兄弟及秋谷之门人马、杨二茂才扰至二鼓而散。

十三日(5月24日) 晴。子英之姊妹三人、问渠叔之女兰秀妹偕其长女同来视余,因属子厚弟备馔二桌,并招请族中之老年姑姊妹来同酌。诸妹以余曾赏戴花翎,必欲观之。记袁简斋先生翰林归娶诗云:"娇痴小妹怜兄贵,教把宫袍着与看。"言亲切而有味,情状固如斯也。是日午间,坐小肩舆诣陈公祠查观木工韦姓所作工程,因就地指示规模。盖建宗祠以朴素肃穆、工坚料实为主,正不在华饰也。陈公为前遵义守,特由山东遣请织工来遵,教人种橡树、养蚕织绸者,至今五州县皆食其利,故土人不忘,所自为像,建祠祀焉。陈秋谷太守一匾云"法施于民",甚为确切。余膜拜之余,不禁感愧,自问生平历官,仅能清勤自矢而已。御大灾、捍大患以及兴利除害诸事,皆未之能,为今已请告归林,欲保首领以殁世已尔。无才无德,后复何所望乎?既自歉然,因勉谕子英弟好自为之。

十四日(5月25日)　晴。时望雨甚殷,农人皆扶犁以待,干田既旱,青秧未分,不胜为之惶惑。盖遵邑民气皆甚拮据,若再年岁不收,则苦之莫极矣。是夜大风雷雨,热气全收,余亦安眠竟夜。

十五日(5月26日)　天气早凉,微觉晴霁。子固弟与致轩、问轩及夏、马、晋三姻戚共将祠堂屋宇十七进包与危姓木工,议定装架纹银四百两、市银三百三十两,共合实纹七百金,犒赏并在其内。计再装修约三百金,石工约三百金,砖瓦四百五十金及围墙泥水、桌椅器具约再四百金,连地基价六百五十金,合共不及三千金,则祠宇成矣。

十六日(5月27日)　晴。偕子英同至半山衙,先谒晤能斋叔祖讫。即赴和之六叔处早饭,因以十金托和之于旧屋左右栽花种树及竹,意欲还先人旧观也。时和之有堂侄孤苦无依,又其子侄、孙辈亦欲学而无师,因再助之谷二石、钱十四千,以资教养云。还城,甫及未正,问轩来呈用账,计钱谷约共□□。

十七日(5月28日)　晴。辰正启行,由石家堡出南门,过红砂杠,出夏榻水、忠庄铺至懒板磴尖,共行八十里,至刀靶水宿。

十八日(5月29日)　过乌江河,至养龙尖宿。息烽是日畅晴,热不可支。

十九日(5月30日)　宿札佐,至甫申初,以天气太热,舆夫艰于行程,故七十里即住宿也。是晚天色浓阴,疑有雨意。

二十日(**5 月 31 日**)　早起阴甚。亟整装行,时方卯初。由乌江来,所见干田尚皆未插,多有全行干裂者,十日不雨则将成灾。是日微雨数洒,于田禾实无所济,然亦稍有润意矣。未正三刻到家。

廿一日(**6 月 1 日**)　晴雨各半。问讯家事后,随督奴仆堆砌石山。

廿二日(**6 月 2 日**)　晴雨各半。堆砌石山,并收拾七间厅各房屋。

廿三日(**6 月 3 日**)　晴雨各半。石山成。子英弟自遵义来请咨,申初至。

廿四日(**6 月 4 日**)　晴雨各半。出门诣中丞处参候,又拜贺子愙方伯并奉闻武次南廉访、孙观察、廖郡守、郎大令暨署遵义周刺史、朱荫堂漕帅。归及申初,朱寿堂太守来谒余,丙子乡荐时曾于房师张虚斋先生座中见之,戊子赴官楚北,又见之佟敬堂观察座中,今已三十五年矣。黔中老吏以此为最,而两调首郡不得明保,亦未奉简放,殊为惘然,然亦名不副实者欤?

廿五日(**6 月 5 日**)　昨夜今晨大雨始注,仰天四望,雨气甚宽,或者远近皆沾润泽与?午初,次南廉访偕孙观察来谈约二刻余,时池荷田田,如珠满盘,雨中犹觉香逼人也。

廿六日(**6 月 6 日**)　早阴晚晴。府县均诣黔灵山谢降,还至余寓,谈一刻而去。

廿七日(**6 月 7 日**)　晴。吴子愙方伯来,谈一刻许而去。午后招袁竹坪秀才、狄兼山参军、成彭两世兄同子英弟小酌。竹坪与余同学少年,昨日始得相见,畅叙当时情状,宛然犹在目前,然君亦两鬓有霜矣。

廿八日(**6 月 8 日**)　晴。见斋中丞招同子愙、次南小酌。子愙以得家信,其兄逊甫已作古人,不克赴约。中丞因招观察及廖倚城太守同座,座对西山,旨酒佳肴,颇极欢喜。座间出京信、京报传观,欣知天子英明仁孝,虚己求贤,少穆宫保、雅爱中丞、石甫方伯皆当再作出山云矣，为之快然。是日得炯儿三月念八日书。

廿九日(6月9日) 晴。早起送子英弟行，渠行李颇艰，现因修理宗祠为期尚早，遂挪此项三百金付之，嘱其到后再为寄归，料理用度。并另以二百金交其带归付子固手，以为支发木石各工、伐木及烧砖瓦之用。又付带《皇清经解》一函共三百六十本、《经世文编》一函共八套六十四本、《四六法海》一函，以为宗祠中存贮之书，俾族姓子孙不至固陋无所知识也。是月小建。

五月初一日(6月10日) 晴，申正以后微雨数洒，夜雨与朱荫翁谈一时许。

初二日(6月11日) 阴甚。时有小雨。

初三日(6月12日) 浓阴密布，四望溟蒙，细雨不止。酉初以后微有日光，晚间仍有细雨。是日炜儿禀来，系四月十六日发。

初四日(6月13日) 细雨蒙蒙，天阴不开。早起作书寄周养恬刺史，即差刘长生赍去，限初六日戌刻到。因炜儿赍来有渠太翁信六件，又附郑姓一件也。其吴曾保参军信，则于昨到日即已交去云。是日申刻，买使女一人，去银拾两，名之曰"欢喜"，年已十三矣。

初五日(6月14日) 晴雨各半，戌正微有月色，亥以后大雨如注。是日为[端]午节，早间至梦湘亲家处一谈，并答拜数客。午后陈秋谷太守、王梦翁先后各来谈一时许。

初六日(6月15日) 早起小雨，巳以后始有晴意。汉口有脚信来，即复姚亮臣、支午亭、王季海及亮臣之族兄各一函，又得遵义鸭溪场本家来信，族弟成栋病重将死，求为伙助，即一函属问轩侄以六金助之。是夜移卧临池傍东之室，虫声唧唧，加以风动树号，拉杂盈耳，殊不奈眠，至丑初始得合眼。

初七日(6月16日) 卯正三刻始起，封发寄楚各信，又附寄杨理元一函讫。狄兼山来，因延之诊视开方。陶府经亦来谈一刻许，适中丞来，于七间厅坐谈约一时余，周历池台而去。始知楚匪已于新乡生获，大兵可全撤矣。是日晴，午后又诣树堂兄嫂处，谈一时许。

初八日（**6月17日**）　晴。辰初出门答拜陈秋谷太守、狄兼山参军，又至孔叙五、朱荫堂及周听松之世兄家各小坐数刻而还。

初九日（**6月18日**）　早起阴盛，巳初微雨一洒，午以后仍阴。先是，杨协戎来，随值狄兼山来，因诊视开方，饭后彭世兄顺秩来，梦翁来，谈至两时许而去。因作书寄小山江西，是夜大雨竟夕。

初十日（**6月19日**）　早阴，微有雨。巳以后天色渐朗，午后有晴意矣。晚间月色甚明爽，小坐池畔一刻余，荷风送香，清气可挹，甚妙境也。是日作书寄炜儿，并寄白玉（班）［扳］指一枚、马褂一件、如意小带钩一条。

十一日（**6月20日**）　晴。辰起搬移床榻，致吴仲云方伯、徐晋卿廉使、清秋浦观察四川书，以子英弟十六日将起程赴川也。申初又往视王亲家胃气病，又往视刘表兄疮疾，午后陈宅送满汉酒席一桌，因邀陈秋谷太守、孔叙五明府、杨丽川协戎明日早饭云。

十二日（**6月21日**）　晴。秋谷诸君暨狄兼山、袁竹坪均来早膳，并与秋谷、丽川、竹坪手谈，至戌正始散。

十三日（**6月22日**）　晴。巳初微雨如丝，不及半刻。晨起往竹坪处议四川会兑事，又往视梦翁病体。饭后作书寄子英，又寄谕炜儿，嘱其料理千金，以便六月半间交付元泰帽铺黄锡之云。

十四日（**6月23日**）　晴。风甚作，书复翰臣殿撰广西。

十五日（**6月24日**）　晴阴相间。午后狄兼山参军来，言为秋谷太守寻觅住屋，已有成议，因招秋谷来，便即小酌，至月上始散。

十六日（**6月25日**）　阴晴相间。作书寄琴坞京中，并托其关照遵义府经历署造册事，又为梦湘亲家"借闲书屋"跋语。是日，心中烦闷殊甚，肝气亦总未全可统计，归来百二十日，除却酬应，亦竟未能终日畅适，岂偷闲数年，仍犯造物之忘耶？

十七日（**6月26日**）　早阴，巳以后微雨一洒，午后仍晴。骆吁门由云南方伯特援湖南巡抚，道出此间，因遣人迎之。未正来访，遂留共晚饭。君去滇时，与余通挪五百金，乃甫到任八十日即升，盘川仍拮据,此项竟不能归。余虽窘迫,亦不忍迫之也。晚间胡润芝太守来,闻声相思已三年。余今甫相见,其器宇甚不凡,经济满胸,真未易才。闻当道将特保之,可为得人庆矣。

十八日(6月27日)　卯刻往拜吁门中丞,与谈一时许,告以为政之要,中丞似有所采,湖南当有起色矣。随答拜润芝太守归,郎石珊太令来见,刘喜亭州佐亦来,与谈数刻而去。袁竹坪代会银千金,属立会票议,于六月内至川中儿子炜处交兑。见斋中丞遣人来言,明日辰刻将拜折往京,因以炯儿家言致琴坞吏部、陈鸿作家书一并封寄。又拣署臬使、藩司、巡抚到任谢恩各十件,二片及巡抚任内奏折十七件、片十一件,共四十件。朱批托中丞代为恭缴,以成皇帝方修《实录》,此件亟宜封送军机处存查故也。是日酉正微雨一洒,晚间吁门中丞差人辞行。

十九日(6月28日)　微雨竟日。陈秋谷、杨丽川、袁竹坪来,共手谈二鼓始散。

二十日(6月29日)　细雨终日。二更后竟夕大雨,秧田尚未全栽,已形干旱,得此似甚有益,为之快然。是日偕陈秋谷、杨丽川同集袁竹坪斋中,至二鼓始散。

廿一日(6月30日)　晨起复中丞书,时朝暾初上,天气犹凉,余以小恙未愈,尚薄棉在身也。是夜大雷雨,以壬子逢破,又值午月,谚云:“五月壬子破,大水穿城过。”盖言雨水之多,数年来历试不爽,未知今年又当如何?或云五月壬子破,在夏至以后又当稍减,果如所云,则妙甚矣。

廿二日(7月1日)　晨起往拜胡润芝、廖倚城两太守,郎石珊大令,武次南廉访,闻四君皆蒙中丞明保,已拜折矣。因与送贺,皆投一刺而还。随至陈秋谷、朱荫翁两处畅谈数刻。午后刘喜亭来,申初秋谷复来,各谈数十语。起视池荷,已开放一花矣。

廿三日(7月2日)　早阴,首府县偕胡润芝太守公请,余与梦湘亲家、秋谷太守以体不畅适辞之。巳、午时雨凉甚。申正刻,廖、胡两太守复来邀余,仍由辞谢。闻折弁回,有"英夷往津沽坚议入城"之语,想因新君登极,以此尝试耳。

廿四日(7月3日) 早起,微有阳光,饭后仍阴,天气凉甚。郎石珊大令亦来谒余,坐谈数刻而去。袁竹坪为"元泰"号持银五百金来,云店伙明日将行,因数行示炜儿。

廿五日(7月4日) 天阴竟日,午初微有阳光,早起为王梦湘亲家书"借闲"二字跋语,饭后与陈秋谷、杨丽川、袁竹坪在船房内手谈,至一鼓始散。胡润芝以平山野术一斤见贻。平山,湖南岳州属地。

廿六日(7月5日) 早间微雨,午未晴,申戌间又微雨,天气凉甚。朱荫堂漕帅来谈二刻。成幼兰世兄亦来,以上陶子俊书相商,盖欲子俊书其尊人兰生方伯传也。

廿七日(7月6日) 急雨数阵,池荷已开二十余花矣。

廿八日(7月7日) 晴,晚凉特甚,他处疑有雨也。

廿九日(7月8日) 阴雨相间,是月小建,学使翁祖庚自遵大考试回。

[六月]初一日(7月9日) 晴。天气甚热。袁竹坪为乾泰送兑项四百金来,银色甚杂驳,换百余原议不出五月六日兑完,至是始足,亦可笑市侩之行为矣。是日得金殿珊正月二日手书。

按:此有夹页,记曰:"茂苑文嘉,字休承,号文水,文衡山先生之子。文衡山,名徵明,字徵仲。"

初二日(7月10日) 早阴。因池荷已将尽开,闻原拟约中丞、方伯、廉访诸君来此赏花小酌,恐迟则爽约,遂诣抚署商之,乃惠然肯来,以初五之辰为期,随诣各处告之。又往拜学使,并招其来,兼与胡润芝谈一刻余而还。是日午、申间微有小雨,暑氛殊未减也。是日申刻,见斋中丞持陆立夫制府与之手书来阅,内有云:"子方果已病退,真属可惜。家乡连年大水,非此公不办。闻其病亦因此而起,去后之思无远近,妇孺莫不呼天代吁,斯人不出,如苍生何!容当专函促之,祈先致意。"云云。读之不觉汗流。三年楚北,心欲尽而事则难。午夜自思,长呼负之,不徒过情之誉,乃至如此,愈令我寸衷不安耳!

初三日(7月11日)　雨。昨夜大雨如注,池水竟长尺余,午后答拜数客,随至袁竹坪处与陈秋谷、李述翁手谈竟日,至二鼓始归。

初四日(7月12日)　晴。为子英弟之第三子与靳六峰之长女联姻,亲往敦请王梦湘亲家、陈德圃齐年及洪参军、马少府作冰人,以玉如意、金镯为订云。袁竹坪于午后来,元泰所兑之千金及乾泰之千一百金前后均已归结,即以三百金交竹坪生息,立有券据息折,迟日当面交特夫夫人收之,稍表寸心焉。

初五日(7月13日)　早起,天气晴和。翁祖庚学使先来,梦湘亲家亦来,吴子悆方伯,武次南廉使、孙心筠观察及廖倚城、胡润芝两太守、郎石珊大令先后均来,乔见斋中丞亦随至园中,荷花均已开七八十花,满池清香扑鼻,静气迫人,主人亦幸能免俗矣。举盏小酌,皆大欢喜。午后忽得小雨,愈助清兴,散已酉初,大雨如注,几于竟夕,亦无足为意。闻田家得此,尚为有益云。

初六日(7月14日)　早起,天似开朗,出门答拜狄兼山,又至朱荫堂、李拱斋两处送贺,又往拜颜六吉、李述翁而回。申初,胡润芝太守差人来,言见斋中丞以湖南军务告竣,蒙恩赏加太子少傅衔,时当新天子万寿圣节,在初九日前三、后三,例穿天青大褂、挂素珠,拟明日辰刻往道贺也。

初七日(7月15日)　晴。早起至中丞署称贺还,与秋谷诸君作半日手谈,至一鼓后散。荷池约百十数花,清香扑人,爱不忍走,流连又一刻余。半月照树,明星数百点,光莹莹然,殊足快心也。

初八日(7月16日)　晴。池荷约已百花,香气挹人,心目俱静。与内子以杯茗共坐小舟消受之,此福疑亦不可多得也。

初九日(7月17日)　晴,是日为新天子万寿圣节,问学使亦于是生辰,往贺之,则已改日,颇为得体。回寓适陈秋谷、袁竹坪来,遂与手谈至二鼓始散。

初十日(7月18日)　晴。辰初刻,与袁竹坪约共肩舆,出南门,由西南过土地关,至小河坎刘喜亭州倅家。喜亭与余自癸酉闱中结交,迄今已三十八年,余归来已五月余,数与之约,均以事不得往。今始偷空乘兴一行,不可谓非良觌,而楼台池馆幽邃精严,具见匠心独运,花木竹石亦生趣挹人,主人则推襟送抱,欢若平生,令人几忘尔。□遂与竹坪共坐,至酉正始散。归途十里,凉月满地,比过城桥,已谯楼初更矣。

十一日(7月19日)　晴。昨日入初伏,辰起即热不可支,适梦湘亲家来,与之小坐池舟畅谈二刻,烹龙井芽茶,助以木荔,鲜花池中,香气悠扬,令人乐而忘倦。是日遣人赴四川与炜儿一书,令其将所存千金兑交"天成亨"号,由重庆会票来此,以便修建宗祠支用。又与寄家乡肉一方、普茶一大筒、伞把菇一包、豆豉二十团、大小端箱各一对,并子英弟一函,道及初四日为九侄书庚事、靳府回盘各物,云云。又为成幼兰作书致陶子俊中丞云。

十二日(7月20日)　晴。秋谷、竹坪、丽川三君皆集待归草堂,二鼓始散。

十三日(7月21日)　晴。陈虞封舍人招饮,在座者崇海秋大令、同乡陈德圃也。巳初偕德圃、虞封步至皇宫卡,周历陈氏住屋,颇宽敞云。

十四日(7月22日)　梦湘亲家招同陈秋谷、狄兼山、袁竹坪、李述翁小酌,时梦湘与秋谷有兑挪六百金之事。是日晴,月色甚可爱。

十五日(7月23日)　晴。静坐待归草堂一日,风亭水榭,凉风挹人,直不知为三伏日也。夜间月色满地,与裕先侄话水田坝选屋事,甚适。

十六日(7月24日)　为余五十八岁初度,避嚣仍坐草堂,和见斋中丞《纪恩》诗四章,此事久废,腹俭殊滞,涩不可耐。是日晴,农家望雨殊甚。

十七日(7月25日)　晴。招崇海秋、郑秀峰两大令,彭□□库使,陈虞封舍人,陈厚溪孝廉雅集待归草堂,宾主颇极欢洽。午后听厚溪弹琴一曲。

十八日(7月26日) 晴。是夜一更,北门水沟一带油纸铺中失火,延烧二十余家,闻皆卖鸦片烟者,益信果报之不爽矣。

十九日(7月27日) 晴。地方官皆求雨不得,乡间望雨殊殷。是日热不可支,适朱荫翁饷西瓜十枚,亟剖食之,不啻一服清凉散也。

二十日(7月28日) 晴。和见斋中丞《纪恩》四首。

二十一日(7月29日) 晴。闻地方官断屠祈雨,因亦虔诚斋戒焉。虽不在位,而我亦苍生,且尚有薄田,必如是而后心可稍安耳。

二十二日(7月30日) 扶风山住持招同朱荫堂、王梦湘、刘树堂三君在山会斋,已廿三年不游此山矣。屋宇、树木大半新建种植者,徘徊半日,心目一开,与诸君小坐,至申正始散。又至杨心畲观察亦园内,与其令弟略话片时,还已酉正。是日早起,颇有雨意,乃为南风吹散,申酉间雨数洒,仍晴。

二十三日(7月31日) 晴。杨秀才、成幼兰世兄、陈秋谷先后来,各谈刻余。

二十四日(8月1日) 晴。孔叙五之太夫人改葬城西南太子桥侧,因与王梦翁同往送葬,并同赴李鼎斋家称贺。

二十五日(8月2日) 晴。午后,吴子悐方差人持公文一角来,乃甘督以蒋立鳌升任河州,亏短甚巨,已经参革,内有蒋立鳌在山丹县任捐补银一万两。余在兰州府任代为禀解,禀内有"公用"字样,以致历任藩司梁、叶、程三公索将此项提为修城修仓等项之用,业经具奏,着落四人分赔等语。归来已不名一钱,何能任此重累?既已奏明着赔,又何敢以无妄之灾哓哓辩理?仕官数十年,辛苦备尝,清贫得归,而仍不能安稳,亦可哀已!

二十六日(8月3日) 小有雨。大定守黄心斋来谈一时许,良吏也。

二十七日(8月4日) 晴。因赔款无出,心绪甚烦,约梦翁同至张嵩南处算命,并招陈秋谷来同往。比秋谷来,言渠寓处事繁人杂,遂不果往。又招袁竹坪来手谈，至戌正始散。

二十八日(8月5日)　细雨竟日。农田颇为欣慰，然尚望其大且久也。

二十九日(8月6日)　浓云密布，亦间有雨，然不甚大。

三十日(8月7日)　竟日浓阴，亦有微雨，辰至朱荫翁家称贺，纵谈一时余。饭后，秋谷、竹坪、李述翁来谈，至一鼓而去。

七月初一日(8月8日)　辰初立秋，雨小而浓，饭后晴，未初大雨随阴，申正又雨。

初二日(8月9日)　辰起，吴方伯来，据云四月廿八日折差一二日可回，炯儿当有安报也。是日晴。午后陈特夫之夫人来，与内子谈家事，至晚饭后始去。先是，余以特夫至交，其夫人用费不甚充裕，因节三百金交袁竹坪，按息八厘生息，立存据息折，属内子亲付特夫夫人，时用已一月得息矣。乃仍以见还，盖其家人多口杂，虑因此稍致嫌疑，余会其意，当为收还，另以他事申送可耳。

初三日(8月10日)　晴。闻梦香亲家又犯胃气之病，亟往看视，见其狼狈情形，为之惨然。立待狄兼山开方，以吴萸、干姜等药用，似无错误。因复至袁竹坪家，将存票息折还之，据云存项三百金，当赶为送回，迟一半月亦且慰之。俟其送到，再为密送特夫夫人可也。是日秋谷、竹坪诸君均来池房，手谈至一鼓始散。

初四日(8月11日)　晴。早起，至雪崖洞陈密山方伯位前拈香。先是，六月十日与袁竹坪约同至刘喜亭乡居，俱于雪崖洞相待同行，余于辰正至洞，因待竹坪不来，遂周历观游，见方伯塑像剥落不堪，因命住持僧亟为新治。至是往观悉已焕然，所费不过数金耳。随又四处游历，问其层楼，则添供文武帝君，是余廿三年前读书地也。又指临河庙，则云废颓已久，炉局无力新修，亦余旧游，以咫尺懒于前往云。

初五日(8月12日)　晴阴相间。朱荫翁、狄兼山、孔叙五均来畅谈。李述翁、袁竹坪、陈秋谷手谈至二鼓而散。是日得姚亮臣六月八日手书。

初六日(8月13日)　阴。辰起往视梦湘亲家之疾。饭后作书寄姚亮臣兄弟、王子寿兄弟、金殿珊同年、裕余山宫傅。晚间读桐城张文端公《聪训斋语》一卷,怡然而卧。

初七日(8月14日)　早晴,午后微雨一洒,申酉间阴。邻人陈虞封来谈一刻余,见斋宫傅来谈一时许而去。文同年竹垓之三郎亦来,气宇殊可爱。

初八日(8月15日)　昨日夕为七夕,俗谓之"双星会"。五鼓后至今辰,间断作雨,俗又谓之"洒泪雨"。午后,崇海秋明府来谈一刻余。余随诣间壁,答拜陈虞封舍人而还。

初九日(8月16日)　晴。辰起,微雨一洒。余以腹胀,邀狄兼山参军诊视,谓宜泻之,开方用郁李仁等药,即煎服焉。午后翁祖庚学使来谈一时许,以《梦研斋》图册乞题。申初刻,陈虞封之两少弟暨其大郎来,小坐片时而去。是日作书寄周养恬刺史,复刘象滋孝廉,并寄谕子固舍弟,嘱修祠堂事。

按:此有夹页,记曰:"壬申、丁未、己酉,胡润芝太守命。"

初十日(8月17日)　晴。饭后读《澄怀园语》,记《竹林诗话》载欧阳文忠公出杜正献公之门,欧阳和杜诗有曰:"貌先年老因忧国,事与心违始乞身。"时余引疾家居已半年矣,吟咏再四,不觉爽然。

按:本稿他处有夹页,记曰:"《澄怀园语》记《竹林诗话》云:'欧阳文忠公出杜正献公之门,欧阳和杜诗有曰:貌先年老因忧国,事与心违始乞身。杜大喜,一时传诵之。'道光庚戌七月既望,余引疾还里已半年矣,吟咏再四,不禁有味。手其言。梦砚斋主人识。"兹据所载内容,置于此条日记下。

十一日(8月18日)　晴。辰起,出门答拜见斋宫傅、祖庚学使、倚城太守、石珊大令及署府参军蒋君。还已及午,读张文和公《澄怀园语》云:"臣子事君,能供职者,以供职为报恩;不能供职者,以退休为报恩。盖奉身而退,使国家无素餐之人,贤才有登进之路,亦报恩之道也。"云云。先得我心,为之快然。盖余之引退,非敢鸣高,实自见薄才短,报称为难,适当事与心违,乃决然而去,既无囊橐,返心愈觉自安,谓我为高蹈者,固为不知余心;即谬以才能相诩一再劝驾者,亦更非真切知己耳。

十二日(8月19日)　昨夜二鼓后大雨始注,直至今日辰刻始歇,四乡高田已干,亟望雨泽,得此大有回甘之机矣,为之快慰无既。作书寄龙翰臣广西,前书已作两月,因无便未发,兹复再作数行,并致朱伯韩侍御一纸,由中丞处加封转递粤西中丞衙门饬交,或不至浮沉也。

十三日(8月20日)　晴。崇海秋大令来,知周小湖观察已至省矣。

十四日(8月21日)　晴。往拜小湖观察、心斋太守、润芝太守,均不值,得炯儿安报。

十五日(8月22日)　晴。小湖观察暨遵义佛太守均来会晤。

十六日(8月23日)　晴。致送湖翁礼物八包。受荆缎袍套四、被面八、烟壶二、博古锡器四。余璧。

十七日(8月24日)　往拜小湖观察,谈一刻余。又往晤润芝太守,惊闻张晓瞻中丞于初十日因病开缺,云系四百里马上飞递折,于十三拜发,故昨日即过省也。晓瞻人极精细,乃年甫六十遽归道山,哀哉!吾黔地土之薄,至于如此!此时中外三品以上,均无人矣。

十八日(8月25日)　晴。有传真者,云是陈定斋先生之玄孙,与袁竹坪同来,半日拈笔,殊无一毫相似,自云当再斟酌损益,必能仿佛,姑慰之而已。是日始料理族谱事。

十九日(8月26日)　热甚。吴子苾方伯招同周小湖观察、佛芝林太守暨次南廉访、心筠观察小集西斋,自午至申,畅谈廿四刻,亦云久矣。

二十日(8月27日)　午后阴甚,颇闻雷声,当有雨意。作书寄琴坞并致子贞太史、啸山礼部、小蓬工部,附入家信,由琴坞转交炯儿分致。并又附寄李和生、王春庭两家报,求中丞饬折弁确递云。是日午后至次日黎明,雨凡四阵。

二十一日(8月28日) 辰正,仍小雨,午初又雨。学使翁祖庚先生送《题梦研斋图诗》来。是日读大定守黄心斋先生《大定府志》讫,又读龙翰臣学使重校刊《小学》三卷讫。

廿二日(8月29日) 晴。早起洗眼闭目,坐一刻许,复开眼,看《澄怀园语》数段,内述陆象山语云:"名利如锦覆陷阱,使人贪而入其中,安有出头日子?"此语细思甚有味。又述李之彦语曰:"尝玩'钱'字,旁上着一'戈',字下着'戈'字,真杀人之物也。然则两戈争贝,岂非'贱'乎?"云云。因忆古人亦有"贪贫"二字,形象颇同,贪近于贫,不可不慎。岂非因此页乎? 午后与内子共游小园,余随一卷独坐荷池小舟中翻阅,尽三十二页,至范景仁云:"君子言听计从,消患于未萌,使天下阴受其福。无智名,无勇功,吾独不得为此,使天下受其害而吾享其名,吾何心哉!"张文和公谓:"此数语,乃古今纯臣肺腑之言,盖非身亲阅历不能知此。"余以不才旬宣三载,此味颇亲尝之,读两公之论,不觉汗涔涔下也。是日,申初微雨数十洒,池荷仅有六花,丹桂已灿然,珠树又素馨,兰亦大小八盆,共开二十余箭,各种香气静中递来,消受之余,几于忍俊不禁:非所谓清福也耶!

廿三日(8月30日) 晴。周小湖观察、廖倚城、黄心斋、佛芝林、陈秋谷、胡润芝五太守同集待归草堂,自巳至申,酒盏茶尊,欢然情话。倚城、润芝皆有辞意,秋谷则已九分醉矣。是晚,绥阳王朗村兄弟专周贵书来,为余觅岩杉作寿方,已得大树三株、中树四株。又得杨文卿书,寄来儿子家言,并《朱卷》百五十本。又得周养恬大尹复函云月有安报至川,大可附寄炜儿信也。

廿四日(8月31日) 晴。为先府君生忌日,早起供面供包,封冥财,随诣三教寺看视李湘帆所刻神道碑文。午后,陈虞封舍人来谈一刻许。酉初,设馔致祭。昨日曾遣人诣坟前查看所种花木,约晚间可还。

廿五日(9月1日) 晴。水田坝去人回,云翠树甚好,桂花亦活,惟内外大小梅树已死三株,八月十八秋分当补栽也。是日午刻,得炯儿六月廿三日京中来禀,大小俱极平安,看其措词甚静,字亦谨严,似有进境。未刻,由见斋中丞送到京信知,前月十九恭缴奏折,已交馆上,并得阅各省保人名单,大约周旋者多,窃恐十不得五,亦可欺也。

廿六日(9月2日)　昨夜微雨数阵,今辰天气甚阴,颇有凉意。出门为祖庚学使称贺,盖已开坊得中允也。座间晤黄心斋太守,谈一刻许。又答拜同年冯君,已回仁怀广文任矣。又答拜定番孝廉赵君,则已回里。因至朱荫堂亲家处,坐谈半时许,出所藏邸抄,正月十八日奉上谕:"朕弟奕䜣,着封为恭亲王;奕譞,着封为醇郡王;奕詥,着封为钟郡王;奕譓,着封为孚郡王。"盖皇上行四,五王奕誴已出嗣,惇郡王、恭王以次,即六、七、八、九王也。又奉上谕:"皇贵妃谨尊封为康慈皇贵太妃",即恭亲王母。本朝家法,三皇后之后,即以皇贵妃总摄六宫事。宣宗成皇帝初配孝穆皇后,继孝慎皇[后],继孝全皇后,即今上母也。康慈妃之次则有琳贵妃,现晋封为琳贵太妃,其余贵人、嫔、常在、答应共十位,俱以次晋封云。

廿七日(9月3日)　微雨数阵。辰起,以素心兰一盆二箭送王梦翁。

廿八日(9月4日)　辰起至酉,作书寄黄琴坞,又一函示炯儿并带去《汉魏百三家骈文》八十本共八套,托黄心斋太守明保入都之便,计十月初可到京也。又寄常南陔、段果山各一函,为朱荫翁托未入陶保兹事。又寄章少青皋兰。以上三函均信致王莲生陕西嘱为转致,并以梦翁安报手谕炜儿川中,饬其收到即速寄陕。又寄周养恬刺史,托将川信附入家报汇寄,盖养恬每月必有家报至川也。又寄子固弟信,属其趁上粮时将所捐祭田概行过户。又复莫子偲孝廉、常协台各一信。疏懒渐成,连作各信,手腕欲脱,然亦无如何耳。是日寿研农、崇明府海秋均来谈一刻而去。

廿九日(9月5日)　阴晴各半。作书属朗村兄为买寿方事,又买漆事,即着周贵昨日起程回绥。早间亲诣黄心斋太守送行,谈一时许而回。是月小建。

八月初一日(9月6日) 晴。每年在官,皆以此日合药,归来时箧中尚剩东参一两零,鹿茸亦尚余数两,因属荣波杨甥查照向用药物,为之配制料理。过此以往,则无钱买置,似优游颐养亦可无需赔补耳。是夜微雨数阵。

初二日(9月7日) 雨。合药始成,以磁坛贮之,九月杪方可服也。早起答拜贵西道佛君回,午间黄心斋太守来辞行,云将于初六日成行,坐谈一时,品评当时卿相甚悉云。是日酉刻,杨文卿孝廉自遵义来。

初三日(9月8日) 雨。午间应武次南廉访之招,同席为周小湖、佛□□两观察,吴子忞方伯、孙心筠观察则又宾中主也。巳刻得中丞书,知王莲生大令已于六月廿外到陕,惟炜儿川中尚无来信,殊令悬念之至。倚闾倚门,此心何日得闲耶?

初四日(9月9日) 雨。得武昌明韫田太守书,内附王子寿、子章兄弟各函。子寿书乃六月十九日发到,只四十三日,知其仍在荆州也。

初五日(9月10日) 早起,微有晴意,巳正即雨,至酉正尚未休歇。辰初乘舆赴先太夫人墓前周视,树木蓊茂,塘中亦蓄有水,拟于左手砂下修造草屋十余间,招佃数家居之,一则可以照料,二则旷土甚多,借此可以分种,不至荒芜,亦治生之一道也。来往约五十里,稻谷均尚未能收割,得此雨泽,干田大有裨益。是日得陕中孙大令书,知其已膺明保,亦实心为政者,从此可望蒸蒸日上矣。

初六日(9月11日) 阴雨竟日,寒气逼人。独坐诵黄心斋太守所刊之《圣域述闻》,虽心气甚平,然满目凄凉,自顾殊无聊(奈)[赖]耳。

初七日(9月12日) 阴雨竟日。巳初,狄兼山来与十女诊视,云当先去热,再专治痢。坐谈未久,吴子忞方伯来,又与杨文卿共谈一刻余,盖将延文卿教其二郎及孙,束脩月得十金,俟择日再为上馆云。午后以《笃素堂文》《澄怀园语》并《京报》遣人送还荫堂漕帅,又借其《弘简录》史书自唐迄金、元共四套来阅。随至荷亭与文卿小话,至申正始散。

初八日(9月13日)　阴雨竟日。以吴秋崖《经训约编》诸书共五套并《宋史文钞》《弘简录》载《文文山传》借吴子苾方伯,并索其书扇。午后与文卿、湘帆、荣波谈至二鼓始散。是日辰刻,读《宋史文钞》载王炎午《生祭文山》文,忠义之气,耿耿如生,因手录一过。

初九日(9月14日)　阴雨约一时。天似将晴,午以后仍雨如丝。七间厅后墙垣坍塌数丈,拟明日即筑复为要也。

初十日(9月15日)　早晚皆有晴意,午间略有微雨。是日辰刻至袁竹坪处,以炜儿兑回"天成亨"重庆银票一纸走托竹坪代为觅兑,当将银票面为交付,码砝仍存,俟兑时再给耳。

十一日(9月16日)　早大有晴意,午初雨三数点,亦不到地,以后或晴或阴,微有热,然重棉未敢脱也。是日赴孙心筠观察之招,同席为吴子苾方伯、武次南廉访,周小湖、佛芝林两观察,畅谈颇极欢洽。

十二日(9月17日)　早起,天朗气清,出门答拜萧仲香太史,又至荫堂漕帅处谈,并赴彭汝炜寓中作吊,又与靳长生世兄谈一刻余而还。翁学使、胡润芝太守均以佛手相送,皆做作者,生气殊少,不足观也。一鼓时,萧仲香太史来谈一刻余而去,二更甫转,城外失火,幸未延烧,乃丝线铺胡姓,仅火一屋而止。

十三日(9月18日)　晴。早起作书寄炜儿京中,又数行寄黄琴坞吏部。饭后润芝太守来拜谈约一时,纵论一时人物,致足乐也。夜至待归草堂与杨荣坡小坐,凉月满地,荷风送香,又有兰花、佛手、桂树杂凑因风,气味甚觉恬静,时已二鼓,竟不忍归卧云。

十四日(9月19日)　晴。萧仲香来辞行,并托为催促咨文事,饭后高心泉运同来谈一时许,送客出门,即书扇对条幅数十事。又往答拜高氏昆仲,与仲香送行。晚饭后,明月已上,静气迎人,步至池边留恋数刻,又读书二十页始卧。

十五日(**9月20日**)　晴。是日为中秋节,先差人至院署、学使署、方伯、廉访、观察使各处道贺,并送学使出按之行。巳初,得署皋兰章少青六月廿三日来信,知甘肃清查截至道光三十年止,生息摊销均皆禁革番案,生息款内余又波及二三千金。此皆吹毛求疵,亦足见当事之好为苛刻。囊空如洗,且为奈何! 少青信来谓同人欲为集腋之举,早已作书辞之,若万难措足此事及前项赔款,又皆冤抑之数,亦不能不听其张罗耳。饭后无聊,与李湘帆、杨荣坡家伊园手谈,至月上时,诸君晚餐。余又独坐池亭,一时许始归卧云。

袁竹坪云此夜子刻月华如轮,五色围绕,至丑初始散。

十六日(**9月21日**)　晴。学使起行,差人走送讫。因久不见中丞,昨日中秋又不往贺,似为恝然,因于午后走谒之,谈一刻余,颇极欢畅。又周小湖观察曾手函来,意甚亲密,闻其将署臬事,因亦往拜,并见廖倚城太守。又往拜次南廉访,答拜叙五山长而回。

十七日(**9月22日**)　晴。前日得姚亮臣七月五日来信,其令兄芸陔以初四日痰绝而逝,信来欲退引歇业,求为致书立夫制府两江、星房都转扬州,不能不顺其请,因呕作书付十八日信足之便,仍交亮臣自为寄,较妥便也。午后王文轩来,言其三兄锦帆已死,衣棺全无,急以十金付之,令其赶办,并嘱速为料理其眷属回绥邑故园,以便族戚好为照料,余当再给十金助其盘费云。

十八日(**9月23日**)　晴。先至朱荫堂漕帅处,后至梦湘观察处,商酌公饯武次南廉访事,还已申正,又与李湘帆诸君手谈约两时许。秋分。

十九日(**9月24日**)　晴。袁竹坪、陈秋谷先后来,各谈一刻余。成幼兰世兄亦自安平回,谈约一时。周小湖署廉访来云廿二日接篆,武次翁拟廿二日即长行也。是日得崇荷卿关中来信,云以明保调取,中秋当即启行北上。楚抚巡捕信来,湖北年岁甚佳,堤工亦固,深堪欣慰云。

二十日(9月25日)　晴。巳刻武廉访来谈一刻余,闻其启行,有同公钱之帖已具,而此老再三峻辞,因知照荫堂、梦湘两君,竟亦不再敦请矣。午间见斋中丞来答拜,畅谈刻余而去。随与湘帆、荣坡诸君手谈,至二鼓始散。

二十一日(9月26日)　晴。辰刻胡润芝来,画师陈二如与之绘象颇肖,闻君署篆思南,廿六七即将行矣。饭后督饬家奴将仓谷风筛,仓北得谷一百十四石,至天夕始竣。

二十二日(9月27日)　晴。收侧溪谷四石五斗,收熊姓租谷十四石零。

二十三日(9月28日)　晴。又将仓南厂存谷风筛并入仓北,得谷八十九石。计前后两次共存仓北谷二百零三石,石皆有盈无绌,以量时每斗必多余也。得小山七月十一江西来信。

二十四日(9月29日)　晴。周小湖来答拜,武次南来辞行,均谈一刻余而去。作书与子固弟并寄鼻烟、阿胶。午后,朱荫堂漕帅来谈两时许而去。

二十五日(9月30日)　晴。午初微雨一洒。胡润芝太守来辞行,将赴思南署任也。申初作书并炯儿《朱卷》二本寄春介轩湖南。

二十六日(10月1日)　自寅至辰,大雨连番。巳初,延狄兼山来诊视,气逆不得伸,昨服其药似觉有效,兹仍照前方,据云以后即当服补药矣。午后送胡润芝行,又答拜陈孝廉。

二十七日(10月2日)　晴。卯初起,面饭粥食甫毕,刘树堂表兄、王梦湘亲家偕来,邀同朱荫堂、狄兼山、孔叙五、吴山长至南门外油柞关福清寺恭送武次南入都。余随由庙右侧上至陈复初先生墓下,地势颇佳,山水亦复环抱,凭眺久之,展拜既讫,始登舆行。盖先生以少尉官吾遵者十余年,鄙人儿时即荷青目知己之感,岂能忘情?屈指已三十七八年矣。还至马棚街,转而东至观音寺。寺僧导余望水亭小坐,茶罢,又诣刘公祠,徘徊片刻始行,过甲秀楼循东门而回。

申正,侄孙云奇自遵归,得荣侄信。四叔祖能斋公得中风疾,惊惧之至,急专足以再造丸二粒,限二日到,或可希冀万一。然年已八十有六,气血衰迈,殊切忧虑后事,幸早预备,兹再谆嘱之,当不至无所措手足耳。

二十八日(10月3日) 晴。同年周听松之夫人于午时以痰疾下世,大儿妇之舅母也,闻之惨然。早间督人役割乂败荷叶,至申正尚未能净。

二十九日(10月4日) 是月小建。是日即为月尽日,计余到家已二百二十八日矣。总计赴遵义往返三十四日,两次赴先大夫、太夫人墓前共二十日,在家只一百七十四日,经营墙屋、洒扫池亭,草草就绪。然迄无三数日安闲清净,外人皆以为清福不可多得,亦可见百年三万六千日,都无非忙里过耳,为之慨然。

归田录一（1850—1851）

庚戌九月初一日（**1850 年 10 月 5 日**） 始集族姓支派创修族谱。是日或晴或雨。王敦亭永安偕其弟来辞，将以初二日赴清溪崇明府西席之馆。又王锦帆已死，余既为之衣衾棺木，葬于侧溪山中矣。其子又幼小，寡妇弱女，谁与护持？因与文轩、敦亭叔侄商之，仍令其还绥，其大小凡五口，议以朗村、远村、广庭兄弟及杜东镡与余各分任养赡一人，余拟每年赠谷三石，交朗村代养，其子且教之读，又赠之十金作盘费，亦将以初二日成行云。

初二日（**10 月 6 日**） 阴雨不止，颇有凉意，自早至暮，均于待归草堂西偏修理家传。申初，乔中丞来，商酌防堵广西土匪事，其意专以团练为主，兵则挑用枪炮一项，又调备屯兵，可资得力。愚意有徐仲翁督办，必有明效，贼匪断不至窜入黔境也。由贵定寄来武次翁转致骆吁门一函，八月二日所发，甚赞介轩，惟盐务公费已于五月不缴矣。吁门信甚缠绵，其意颇欲大加整顿，惜其才不逮，意见亦多偏者，得贤者而佐之则妙耳。

初三日（**10 月 7 日**） 早有微雨，饭后即晴。余以气逆，辰起时手足（亶）[战]战，兼以麻木，颇觉危殆，自己生死、贫贱、富贵付之流水行云，毫无惊惧，亦且慰之。并赴待归草堂，勉为和之叔作家神五张，又令人求书楹联、条幅各数，手腰膝遂亦酸痛，仍不为意。午后，汗出不止，头目晕眩，数刻强与李湘帆、王文轩家倚园二弟手谈，至二鼓尽后始卧一觉，天明始稍稍爽适云。

初四日（**10 月 8 日**） 晴。早间草创族谱数则。饭后答拜诸客，随诣梦湘亲家处，适将出门，因余至，遂邀二客同返。二客者，其邻人胡孝廉、马处士。问其出门何之,则欲游山陕会馆也。余亦鼓兴,易服同往。先至胡孝廉家小坐一刻余,即由胡宅东园出后门即到,会馆中坐落颇多,惜皆俗不可耐,匆匆一周即行。遂出水阁,步至九华宫,时方兴修亭台,并堆山石、开方塘,布置似较大方。监工者为署府参军蒋君,烹茗待客颇亦绸缪,坐憩良久,始与三君分手。余家相距稍远,梦湘先命其乘舆待送,余行过君子亭,入新东门,仍循城而归。适遣人自遵义还,叔祖能斋公竟以八月二十四日告终,药物竟不能及,闻之悲痛无已。生平无他技能,亦不善与人争竞,四十余鳏,即终身不复再娶,亦不置妾,宗族乡党莫不敬而爱之,惜其困顿一生,两子皆早死,孤孙又不克肖,为可悯耳!

初五日(**10月9日**) 晴。遣杨荣坡侄倩赴遵,带拱心纹银五百两交付子固,为修建宗祠之用。并与子固暨令仪侄清算支用各项讫,即赶赴绥阳会同朗村大兄以十四日辰刻砍伐寿枋云。午间得阅京报,知朱伯韩亦催取入都,可喜之至,所谓三御史者,于是皆将正用矣。陈诵南镛、苏赓堂廷魁、朱伯韩琦,道光壬寅、癸卯、甲辰、乙巳、丙午间铮铮有声,亦皆先后相继或丁、或降、或病而去,当时公论无不惜之,余以乙巳始得识陈于桩树胡同,并与朱订交。丁未之冬,在鄂州仍与朱盘桓颇欢洽。苏则彼此心交久,始终未得相见云。

初六日(**10月10日**) 晴。晨起,以幛一及冥器、纸烛之类并奠敬八千文,往吊周听松夫人。随拜陈璧山,周览其新修亭台,亦尚有意致,以得远景可爱。又往朱荫堂处,谈一刻而还。袁竹坪、刘树堂先后来坐刻余而去,树堂言明年闰八月甚不佳,不知监中何以推衍出此,然时宪书初本虽已咨送于司,外间尚无从得悉也。

初七日(**10月11日**) 晴。早起作书复龚莲舫,并托为蒋晴村觅馆,即交晴村面报,又嘱李湘帆与竹坪细开碑亭各件与邓木匠订定,随赴王梦湘亲家之招,同座为秋谷、竹坪及同年文竹陔广文,一鼓始散。

初八日(**10月12日**) 晴。早起赴待归草堂看奴子栽菊,饭后作书，以《梦研图》索周小湖题诗，又以《梦砚记》墨刻及阳山公传《王恭人墓志》赠成幼兰秀才，又作书寄半山衙和之六叔。见斋中丞招同吴方伯、周小湖诸公衙斋赏菊，辞不赴，以明日为先大夫忌日也。

初九日（10月13日）　卯辰间阴，巳以后畅晴。谚云："重阳有雨一冬淋，重阳无雨一冬晴。"据此则冬日可爱，贫穷人皆得黄绵袄子穿矣。早起于先大夫位前拈香，恭举冥财十六封，一一熏香讫，退至梦研斋，读陆剑南《宿彭山县终夜有声》之作，不觉泪涔涔下。因端书一纸，又书无名氏《萱庭春意为胡景仁作》一首，随赴待归草堂西偏，拾阅《训女遗规》上、下二卷。申正刻，躬率子女祭奠焚化，盖身为鲜民至今已三十年矣。椎牛而祭不如鸡黍之逮，存我独何？心能不悲哉！

初十日（10月14日）　卯初微雨数十点，南风甚畅，云气虽黑而行忙，倏忽已晴霁矣。王梦翁偕胡孝廉来，陈秋谷、袁竹坪亦先后至，遂共早饭。手谈至一鼓后始散。中间吴子愻方伯来拜答，以他出，必欲入园看花，小坐半刻而去，客与主人仍未相见云。

十一日（10月15日）　昨夜四鼓即雨，晨起阴气颇浓，竟日时雨时阴，凉意甚觉逼人。往答拜见斋中丞、子愻方伯、小湖观察、心筠观察，归及申初，仍诣待归草堂看视堆砌菊台，适柏霭村大令之子媳来见，诉其家计之艰，虽有四子，尚未成立，而所天遽逝，老翁远游不归，米盐零杂拮据万分，幸有兴义太守张公锁每节赠银二十金，借得免支日用，闻之殊为惨然。霭村与中丞为同府乡亲，又闻方伯乃其门人。转瞬署首郡王廉甫来，江夏、汉阳仅及一江之隔，似不至于膜然，或集腋而成，稍谋养赡之费，亦大妙事，容当徐图之耳。

十二日（10月16日）　大雨不止。饭后梦湘亲家邀同往看慰孔叙五丧子之戚。随赴陈璧山处午酌，在座者竹坪、秋谷及马君主人也。

十三日（10月17日）　无雨而风，凉气甚重。秋谷借余待归草堂作主人，邀梦湘、竹坪同酌，菜不多而精，惟余以十一日午后偶食二鸡子,适柏霭村之子媳来见,流涕痛哭,诉其苦情,中心为之悲伤,不觉停食。十二日午后,腹痛而兼泻泄,胀懑殊甚,勉强终席而归,今日仍复饱满。早夜泻尚畅,而后重,甚不适云。

十四日(**10月18日**)　早起腹泻二次,胀懑殊不可耐,后重尤甚。剃头后即出门赴臬署拜寿讫,随往拜陈秋谷太守,讯其移家日期,似二十日或十月初二为宜。坐一刻余,即诣武侯祠,偕王梦湘、孔叙五、狄兼三早饭讫,随邀兼山来为内子诊视,并为余开方。是日早阴,午后晴,园中菊花颇有致,大小盆约四百枝,亦可观也。

十五日(**10月19日**)　小雨竟日,寒气逼人,心腹不适者累日,惟读榕门相国《训俗遗规补》二卷聊以自遣。夜一鼓后,吴子悆方伯信来,知广西土匪猖獗殊甚,已调固原提督向荣为粤西提督,劳辛阶方伯亦调往广西剿办,前西省失事之官,均皆革职,仍随营效力赎罪。中丞于本日拜折,拟派周小湖廉访先赴都匀防堵,中丞亦随后往彼调度,闻之不胜焦灼。土匪滋扰已非一日,地方官养痈成患,其势已若火之燎于原,不可扑灭者。满地皆贼,且为奈何! 殊令人有悲从中来、不可断绝也。噫!

十六日(**10月20日**)　始雨后阴,夜间复雨。梦湘亲家强以楹联属为代书,峻辞不得,则勉为书之,仍不能佳,只好厚颜还卷而已。梦湘、秋谷、竹坪同手谈至一鼓始散。

十七日(**10月21日**)　阴雨竟日。余因周小湖廉访昨日走书,告以将于十八[日]兼程赴都匀防堵粤匪,拟取小献刍荛,乃于辰刻诣署送行,而君已上院禀辞去矣。随至荫堂亲家处,谈半时许而还。适王春庭孝廉自京师回,带有炯儿信件,寓中颇甚平善,细讯其近日景状,夜已一鼓,始自休息。然腹胀颇殆,迨丑正一刻甫成寐云。

十八日(**10月22日**)　阴雨竟日。梦湘亲家邀同秋谷、竹坪小酌,巳初入座,酉正方归。中间因腹胀不适,梦翁以木香顺气丸三钱强令余服,似尚有效,归来一刻余,大便亦稍通顺,自亥正安寝,卯初始起。

十九日(**10 月 23 日**)　微晴。是日为介石公家忌,杨文卿、王春庭、李湘帆、周□暨本家医士小集菊厅,至一鼓始散。

二十日(**10 月 24 日**)　晴。饭后至梦湘处谈一刻余。又至树堂处谈一刻余,树翁向余乞鹿茸配药,赠之以鹿胶三块。是夜与春庭谈至二鼓始散,已亥初矣。酉初,得炜儿书,八月廿四日发周刺史寄来者。

廿一日(**10 月 25 日**)　晴。吴子毖方伯来看菊,又赏鉴余所藏褚河南公墨迹。寿研农刺史来辞行。是日作书寄炯儿京门,又寄琴坞一函。

廿二日(**10 月 26 日**)　晴。晨往答拜寿刺史,随至狄兼山参军家,邀同朱荫堂漕帅、王梦湘观察、孔叙五、袁竹坪、李贡斋及兼山诸君与陈秋谷太守公贺,盖秋谷新赋移家也。早面午饭,颇极欢洽,至一鼓后始散。

廿三日(**10 月 27 日**)　晴。辰初偕王梦湘亲家同至刘树堂大兄处小坐数语。即偕赴袁竹坪家,与秋谷登楼四望,天高气清,颇极爽朗,因共手谈,至一鼓始归。得兆松岩中丞八月十日书,以余甘肃赔项,欲分俸助之,其情致缠绵,令人心感之至。又得杨荣坡绥阳里金坪来信,大树已伐,既坚而香,约尚需五十金,十月望前可以竣事,冬月半定能到省,此件成后,余附身之物、藏身之具均讫事矣。正欣慰间,忽王文轩四弟来言,楚材外舅已于九月九日在普安厅学署病故,年已七十有八,原不为夭,特其学俸所入早为内侄某某所干没,衣衾枯木勉强措具,而扶柩之费分文无有。因嘱文轩于廿六日以三十金持往扶柩,并其幼子行八来省。闻楚翁欲葬近省,地已自有定局,且俟其到省再酌之耳。又得张椒云甘肃来信。

廿四日(**10 月 28 日**)　晴,午后小雨。周养恬刺史之长君来见,匆匆不及留饭,以酒席一筵送之。作书致彭小山,新建即托其带致,并托小山关照。又托带致崇海秋一函,附寄周孝廉藩、王茂才永安各一函,又作书复养恬刺史并恳其为王永恩图正安州讲席事。随往答拜周世兄还。周字伯渊,名继善。

廿五日(10月29日)　早阴,午后晴霁。昨夜大雨竟夕,至今日卯初始歇。闻林少穆先生奉命以钦差大臣关防督办广东、广西匪徒事,盖两广匪类猖獗殊甚,且闻其伪示语甚悖逆,或少翁方略宏远,可以即早扑灭,真国家之福也。作书寄子固弟,修理宗祠,余原备银二千两以待支用,昨遣杨荣坡至遵为之清算,尚应找银二百零五两三钱四分。兹特封固,交王春庭孝廉带去面交讫。又函致荣坡仍以五十金交春庭带致,俾得充裕。又一函示令仪侄,嘱其每年量谷八石给家丁李忠家用,以此子服役炯儿尚用心也。又一函致王朗村大兄,道及外祖母祭田并楚材外舅弃世事,又以三十金遣王文轩行。是日酉刻以后复小雨。

廿六日(10月30日)　早雨,巳、午以后阴。廖倚城太守来见,据云粤西之贼其长技在流,其得计在分,我来彼往,安得若干兵力处处提防?此团练民勇之不可不急讲也。细询少翁到粤,当在仲冬,此间防堵亦已略有头绪,倚城公祖俟月初交卸后,即当留此巡防云。早间王春庭行文轩之子来言,乃翁以廿七日始长行云。

廿七日(10月31日)　早阴,午后晴。读书看花,一日无事。申初郎大令来。

廿八日(11月1日)　晴。周十夫刺史来谈一时许,据云其夫人有身,腊底正初即可分娩,年已四十八矣。意想不到,殊可喜也。是夜,自亥正至丑初,天大雷雨。申刻,陈秋谷来,谈一刻余,腿已渐愈,为之稍慰。

廿九日(11月2日)　早晴。昨日作书复骆吁门中丞,并托致春介轩一函,又复梁向台之世兄玮森一函,亦托吁翁代交,均由吴子毖方伯加封。今晨致翟明府让溪一函,由树堂表兄处转致。闻让溪之夫人将以十月初二行耳。是日,梦湘亲家邀同朱荫堂、孔叙五、狄兼山、高心泉、李贡斋诸君早饭,公议修补省城来龙及灌城河沙石等事,二鼓后始还。

三十日(11月3日)　阴雨竟日,寒气逼人。王廉普太守署首郡,到省来见,谈一刻余去。饭后偕荫堂、梦湘至朱绶堂处唁其悼亡之戚,又往拜廖倚城太守,以其将卸贵阳任也。答拜廉普、十夫两公,随至荫翁处晚酌回。

十月初一日(11月4日)　晴。早诣待归草堂,黄叶满地,霜气一天,菊花皆有残意。随返书室,纸墨拉杂,竟无下手处,因亟整理,不觉已天晚矣。

初二日(11月5日)　昨夜四鼓后即有微雨,晨起则满山云封雾(琐)[锁],不(变)[辨]林屋,而寒气甚重。午间,刘树堂表兄来谈一刻余。周十夫刺史复来,坐谈少许。随出门,与廉甫太守道贺讫回。是夜,始服两仪膏兼茸桂。

初三日(11月6日)　阴雨竟日。梦湘亲家邀同高心泉赴李贡斋家小坐,至二鼓后始还。是夜雨仍未止,殊嫌冷气太甚也。

初四日(11月7日)　晨起,天色甚阴。陈安臣自京师还,带到炯儿所寄冬菜等件。饭后,朱荫堂亲家送到八月十八(自)[至]二十四日京报,知八月廿一日考试,国子监学正、学录、主考为贾筼堂太宰,曾涤生、全小汀侍郎,尚有琦名昌,不识现居何官。炯儿未知能赴考否,亦未审能否可得,亦姑慰之而已。未初,陈安臣来,谈半时许。其器宇较安和,闻甚能用功,因策以多读书作字为要云。

初五日(11月8日)　天朗气清,晴光媚人。梦湘亲家招同高心泉、李贡斋小坐。竟同遇傅姓者,善堪舆,所言甚☐,大似,亦不为无见者。

初六日(11月9日)　晴,热甚。偕梦湘至高心泉家,遇其侄松南,谈少许,随至心泉后园早饭,在座者为李贡斋,以二鼓后还。

初七日(11月10日)　雨。早间廖倚城太守来辞,为言粤西之思恩府贼势甚张,其县中有禀来告急,以粤省相去较远,文报不甚通也。饭后往送廖太守行。又至郎令君处,因其赴府未见。又至陈安臣家,谈一刻余。又至陈秋谷家,谈一刻余。时绥阳令崇君在坐,崇为于清端公后人,新自京还,略谈京事。归作书复胡润芝太守,并贺其赏翎之喜。又作书复署铜仁福星垣太守。

初八日(11月11日)　小雨。早起作书复周小湖廉访、福韵涛观察,梦湘亲家遣人招同陈秋谷、李贡斋明日早饭。

初九日(11月12日)　晴。巳初,往拜梁表弟,谈一刻余,见其子女。随赴湘翁之招,小坐至二鼓后始还。子固遣刘长生来,知昨寄银二百零五两余及《朱卷》、书籍均已收到,拟明日将作书寄川中也。

初十日(11月13日)　晴。为先大父秉藩府君生忌,故不出门。作书复子固,并寄去新宪书五本,属以两本送杜东镡,并恳其择日开工上梁。又作书寄炜儿,内子又以皮合拜匣共五对寄儿妇。因湘翁欲托带家信,需十三日方遣行云。

十一日(11月14日)　早阴。陈秋谷招同王梦湘、李贡斋至寓便酌,至二鼓始散。巳、午间颇觉烦热,以后有微雨,自戌至卯,大雨竟夕。

十二日(11月15日)　微雨竟日。早间招李桂舲孝廉、陈璧山用皆、竹林彭以根秀才至待归草堂早饭,饭后又作书寄章少青皋兰、王莲生陕西并附刘长生,走送炜儿转寄,以十三日长行。

十三日(11月16日)　晨兴,仍雨小不止。再作书致子固,议祠堂上梁事,遣刘长生持信赴川之便附寄之。巳正,王梦湘亲家来,偕高心泉、李贡斋早酌,至二鼓散。夕间天色始稍爽朗。

十四日(11月17日)　辰起微雨。往拜崇明府,又拜朱监院。随至李贡斋家,与湘翁、秋翁聚谈,至二鼓散。

十五日(11月18日)　雨仍不止。朱荫堂亲家来拜,同往九华宫,偕梦湘、叙五、兼山、心泉、贡斋听傅君谈省城风水,议将开闭南门,疏通水道,裨补气脉,禁止开挖,言之娓娓,似甚有理。散后随至湘翁处,与贡斋、秋谷谈至二鼓始还。得炜儿九月朔日书。

十六日(11月19日)　雨仍不止。卯初刻,内子先起,云试水已来,似将分娩,余亟起,取兼山所开方煎药令服。延至巳初尚未发动,因遣人请兼山，至午正始至，已生女矣。先是，树头两喜鹊欢鸣特甚，心知其必能平安，且妄意为生子也。八字为庚戌、丁亥、甲戌、庚午，如应试得中副车，亦聊解嘲。且喜母子俱安，即属庆幸。是日，杨荣坡遣刘丙挑生漆六十八斤来，所置寿枋仍无整底，据云冬月内可到，亦听之而已。是日得子寿书，云十月初将有临湘志局之行。

十七日（11 月 20 日） 晨起，雨仍不止。四川足便将行，因作书复谕炜儿。随偕湘翁、贡斋赴秋谷之招，二鼓冒雨而归。得吴子愻方伯书，知粤西太平府之龙州、明江两厅，宁明、永康两州均失守。庆远贼匪尚在府境盘踞，向提军于初二日到桂林，想别有布置，然究未知能一鼓歼除否，蔓延殊可虑也。

十八日（11 月 21 日） 天阴且寒甚。生母已三朝矣，例须洗浴，俗谓"洗三"，以药水洗后，又煎药一小钟服云，可无痘疹之疾。是日治具，奉约首府王廉普太守早饭，在座者为陈秋谷、周十夫，申初三刻始散。

十九日（11 月 22 日） 辰起，仍有细雨如丝，饭后稍觉微朗。见斋中丞处久未往谒，殊以疏阔为言，因往见谈农家语约三四刻。复往答拜子愻方伯，观其所藏《淳化阁帖》九卷、十卷，虽非宋拓，的是佳本，与肃本相去远甚。又观其在河南所得明人墨迹四本，凡有名者无不具在，有王文成数十字书，似大令而秀润动人，末署"阳明"二字。子愻以为不可靠，余谓诸作皆真，安能此为独赝？且即使其赝亦何妨？自以为真天下事大都作如是观耳。方伯为之爽然。是日始阴，夜亦未雨。

二十日（11 月 23 日） 早起，严霜满天，天大晴霁。刘树堂、王梦湘、陈秋谷、高心泉、李贡斋皆为余称贺，因约梦湘、秋谷、贡斋长谈。

廿一日（11 月 24 日） 霜气甚重，天竟不开，阴甚，亦复冷甚。昨日由云南折差带到炯儿八月廿七日安禀，黄琴坞、子寿乔梓信，知炯儿已移家正阳门外三眼井矣。今晨贵州折差亦回复，得炯儿九月廿三日安禀，并琴坞、胡小蓬复函。中丞来拜，言廿五六当拜折，因亟作书寄炯儿，并复琴坞、子寿信，顺带陈安臣三函、李德生家信一件，总封托朱荫堂亲家转寄荫翁云。提塘门丁刘方乃其熟人，托之可以不误，且必得回信云。

廿二日(11月25日)　夜，大风有雨，早起始稍开朗。封发家言后，随出门答拜诸亲友而还。

廿三日(11月26日)　阴。复杜东镡一函，随赴李贡斋之招，在座为梦湘、秋谷，至二鼓始散。

廿四日(11月27日)　阴。作书寄胡太守润芝，并附寄丁君绍周一函、琴坞吏部三纸，又作书贺周小湖署廉访钦赏花翎复叙之喜，均托贵阳王太尊转寄云。连日亲友来求助者接踵，皆贫难自立，而余实窘乏，莫能厚助，心为惘然。廉吏可为而不可为，恐他日亦自难为计耳。

廿五日(11月28日)　晴。丑正刻，树声弟妇以病死，甫病三日也。狄兼山初来诊脉，即云六脉只有二部，恐难望愈，姑以附桂大剂薰之，若三剂仍无脉，则不可为。余犹未之信，不徒至于此耳！子女皆幼小，不知人事，余老矣，妇又未习世故，其能抚养悉无误耶？既痛悼久之，催令炘侄为治附身附棺之物，以廿七日子丑入敛讫。检其遗箧，有令仪负其二百五十金，裕先侄代借四十金，裕先、荣先共借十金五两各一纸，黄、郭两仆一五金、一四金，当俟暇时为之清理也。记余甫归时，弟妇有一纸云，俟儿子长成，欲仍归遵义然。其翁姑已合葬吾母墓左，回遵何所栖止，拟仍于鸡场就近觅一善地，俾树声之柩亦迁之来，仍共合葬为是。

廿六日(11月29日)　五鼓即起。乘舆诣太夫人墓前焚冥财冥器数事，随于左近相度葬地，均未当意。因往龚家寨后审视，乃四儿去年为其兄焯买欲改葬者，外面砂水，朝对极佳，穴前夹耳亦好，微觉后托稍不得力，然亦地之不易得者。巽山乾向，似年月均利，容再细细酌之。是日畅晴，申正即归，已属侄辈雇备杠夫，廿七吉日即送至先墓下百余步,暂为浅厝云。

廿七日(11 月 30 日)　晴。寅正即发柩行,神主尚未立,以待树声弟柩来合葬时再立主题神也。是日无聊之至,读《颜氏家训》十卷讫。刘树堂大兄来,谈一时许,中间出王姓号执堂者议论省城风水说一纸,谓城内水向不改,必有凶灾,壬子、癸丑即将有验云云。其言妄诞不经,余谓树翁不宜听之,树翁亦以为然而去。

廿八日(12 月 1 日)　阴。陈秋谷、李贡斋均来,谈一刻余而去。午后由遵义县周养恬刺史专差送到炜儿十月四日一函并宪书十本,知大小平安,即将宪书分送朱荫翁、王湘翁、刘树翁讫。随复谢周刺史一函并附带炜儿数行,仍托其带去,由洪巡捕转交,当无误也。昨刘树翁来言,云孔理堂广文曾言水田坝先大夫墓左近尚有佳地,因烦李湘帆二侄致意,理堂竟许同往,遂约以明日行,不审其眼力果何如耳。

二十九日(12 月 2 日)　昨夜微有雨,天明地已干洁。因遣乘舆约同孔理堂广文起行,至三江桥小憩一刻余,以申正一刻到墓下之朝阳寺。寺已修整完好,惟前店装佛像之处无龛,即不能蔽风雨。又寺门前尚未平整,即谕令裕先侄觅匠修理。门前大田引水宽深,四围多种杨柳桃花。寺右有地基,既不存水,即为填平,墙与之齐,亦栽花堆石,庶几可资游览,为费亦不多也。是夜四更后,明星满天。

三十日(12 月 3 日)　早起,霜不能结,幸天色尚开,午后阳光一见即收,与理堂广文先查看屋基、字向,据云宜向对面三台之第一台,子午兼癸丁字,楼门宜在巽巳方开,可以纳财云。随至先大夫墓前,以罗盘对之,向系甲庚,以余言艮坤兼寅申,乃外盘非内盘,嘱于改立碑时易之。余以山向形势必有一定,今若改立字向,则朝对全不合式,舍有定之形势,易无形之字向,断乎不可,然未便面折之,特含糊应答而已。又同至山后,云有所谓天马穴者,无砂无穴,四山皆不罗列,甚无足取。又谓本山尾间尚有结构,相度既久,亦不足观。又谓竹林寨有穴可寻,乃余家所已买者,剪裁用之,亦云颇可,然右砂甚不得力。最后至对面大山与伯母墓平列之处,凡佳山水皆在目前,朝对尊严而有情,左右位置亦甚均匀,特穴尚模糊,非前后左右周围审度不可,且姑徐徐云尔。

十一月初一日(12月4日)　浓霜不成,天殊阴晦。因谓理堂且为归休,行三十里至白牙,似将有雨,比归已及申正,及酉正二刻,即小雨不止,余亦困顿极矣。得俞孟廉、向周卿甘肃来书,又得福星垣铜仁来书。

初二日(12月5日)　小雨半日,未正以后始稍开朗。于鸡场雇郭氏老妇,为得船之子女任梳洗眠食事,似尚诚实云。得子固书,祠堂修造竖柱上梁,已择定二月至三月吉日矣。作书复子固。

初三日(12月6日)　阴。王梦湘亲家来,畅谭半日,因共午饭,至戌初始去。晚读《碧血录》三卷及《血疏》附录一卷。

初四日(12月7日)　稍有晴意。老马死两月矣,忆之不置,为作《瘗粉青马铭》,将倩李孝廉书、李湘帆刻之,石即竖于马墓焉。是日出门答拜李贡斋、陈秋谷,又往拜陈璧山、朱荫堂、孔理堂,申正三刻始还。

初五日(12月8日)　早阴午晴,未、申间仍阴,夜有星月。出门至刘树堂表兄处,坐谈一刻余,随赴梦湘亲家之招,在座为陈秋谷、李贡斋。早餐有豌豆、豆腐,皆甚佳美,午饭有野鸡、冻菌,味亦清洁,又有茨梨酒甚醇,易饮而复易醉。二鼓后始卧,至丑正方能成寐,或即其为害欤?

初六日(12月9日)　阴晴相间,天气颇热。狄兼山同梦湘、秋谷、贡斋、叙五及其邻陈湘桥孝廉早饭,遂共湘翁、秋翁、贡斋谈至二鼓始散。

初七日(12月10日)　早晴,午间甚热,而天甚阴,疑即有雨,乃又放晴,至戌正则雨作矣。早间朱孝廉奎章来见,求为作书小湖署廉访代荐安顺书院山长一席。朱亦寒士,品学俱好,湖翁颇能振拔单寒者,因即手书付之。狄兼山又偕周舍人筠号友松者来见,以团练防堵事求教，因正告之而去。饭后，袁竹坪来谈一刻余，并还余二百金取其母璧，其子非仅全交，亦恐伤廉也。杨文卿孝廉于未正三刻来，上下议论约一时许，惜所闻尚未详悉，间为婉转达之。然自古及今，毁誉不得其平，往往皆是，非独一文卿然耳！最后马冶斋少尉来坐，至日落时始行。据云粤西大股贼陈亚贵已生获，其党亦星散，或少翁到后即可全就肃清欤？洪少府号小芰、冶斋云。

初八日（12 月 11 日）　阴晴相间。早间招狄兼山、李贡斋、陈秋谷、王梦湘便饭，遂共贡斋、梦湘、秋谷手谈，至二鼓始散。是日热甚，竟易裘而绵，前两夜均以燥热不能成寐，是夜亦困倦已极，倒枕即眠，酣卧直至天晓，体实爽快之至，安得夜夜皆如是耶？

初九日（12 月 12 日）　阴晴相间。早起答拜朱星垣孝廉、朱绶堂太守、周广文、陈璧山。随赴李贡斋之招，在座为梦湘、秋谷，晚饭自作鸡生豆腐，味甚适口。归得春介轩十月廿四日信。

初十日（12 月 13 日）　微雨数十点，辰正仍晴，午后大风雨一刻余，申正风又大作，至酉以后寒甚。是日辰起，李湘帆来与余同坐，方茗谈间，陈璧山来，谈一刻许，送客出门，适朱荫堂、狄兼山先后至，午初方去。饭罢作书寄炯儿，闻折弁十三日将行也。申正，王子行国经自京分发来黔，问讯数语即去。

十一日（12 月 14 日）　阴晴相间，早起微雨，仅一洒耳。先作书寄炯儿，托朱荫翁附寄云贵提塘门丁刘方转交三眼井中间路北，内附数行贺黄琴坞乔梓新喜云。又作书复叶县令何君怀珍，并谢其见惠炯儿元卷卅金。又托其加封转寄冯翰香观察书，此书托巡捕马冶斋转交折弁带交，或不误也。午后得查城山人修武谟书，书语颇豪壮。忆余丙子于闱中见之，出闱后，相与小坐于次南门外回龙寺水亭约半日许，今已三十有五年，君时年亦在三十内外，则到今亦将七十，何其清狂犹昔耶？书中言治装欲来，且俟来时一领略之。

十二日（12 月 15 日）　晴。陈秋谷招同梦湘、贡斋早饭，二鼓始散。归来得杨荣坡手书。

十三日(**12 月 16 日**)　晴。偕秋谷、梦湘赴李贡斋之招,至二鼓始散。明月满地,归兴畅然。得署石阡黄太守书,太守名培杰,其尊人曾任楚令,与余为同官云。

十四日(**12 月 17 日**)　晴。是日,为先大夫立神道碑于红边门之侧溪,王子寿比部撰文,王梦湘观察书,李湘帆秀才刻石,木匠邓姓,石匠李姓,以午时立,申时成,碑亭则须石匠工竣始建竖也。梦湘亲家偕余往视,中间又至象宝山后视梦湘所自营宅兆,并过陈特夫孝廉墓。墓前砂亦颇可,龙穴尚真,然稍嫌来处尚直率,无脱卸,非若梦湘所营皆甚真确,且天然朝对之象宝山端重方严,穴情亦由此而定,实不可多得者,不禁为之狂喜。得姚亮臣、李惺甫、王子章书。

十五日(**12 月 18 日**)　晴。黎明即起,大雾弥天,至午初始散。同梦翁、竹坪往慰刘喜亭年丈悼亡之痛。午初到去,酉初踏月而归,夜境殊可乐也。晚得胡润芝思南来信,其闻税甚薄,以票盐充斥之,故秀才命穷,真无法可想矣。

十六日(**12 月 19 日**)　阴。小女儿弥月,秋谷夫人挈其女公子来,与内子谈一时许而去。萧伯香、陈秋谷均来,阍人辞谢。杨聚恒自清平回省,谈约三四刻,其贫可怜,其病状又可恼也。

十七日(**12 月 20 日**)　阴,似有雪意。饭后出,答拜伯香、秋谷、聚恒及左邻之周通守。郡尊王廉普太守将往定番州属查阅防堵,来辞行,且致意必欲相见。余既已出外,因即约其还署随往拜之,谈及黄平夷人窃欲乘此多事劫掠滋扰,中丞已专任李兰芝太守督同徐石民刺史往办矣。黔西铅运奉部议暂停买运,盖因国帑未足之故,然无业穷民借此肩背尚可养赡其家,一旦闲搁,能保其安坐待毙乎?太守与中丞言虽不启运,亦姑自便宜开挖,借以养此十余万生命,老成任事,有胆有识,不胜钦佩之至!此才真不可限量者,安得其隆隆而起为圣主肩巨任耶?十六日匆匆复明蕴田、王子寿、王子章、姚亮臣书,闻信足明日方行,则嘉平望后始可达楚,未审蕴田已否北行耳。是日颇有冻意。

十八日（12月21日）　阴甚且冷，疑有雪意。午间乡人为折松枝二十一捆易园中旧棚，看其更换颇有别致，所谓茅龙更衣也。未正三刻，梦香来谈约半时。贵筑郎大令始来催请，因偕往之，在坐惟陈秋谷一人。主人情意殷殷，肴极丰美，至二鼓始散，归已亥正一刻矣。

十九日（12月22日）　为长至节，天气甚阴，且甚冷，自遵义买茅台烧酒一百六十斤，以绿豆、冰糖、猪油窨之，埋之石山下，俟火气退净再用，药物亦养生之一法也。陈秋谷招同贡斋小酌，二鼓前始回。

二十日（12月23日）　阴。欲雪不雪，干冷殊甚。是日偕梦湘、兼山、贡斋公请萧伯香农部，陪客为高十二心泉，陈大秋谷未初始来。申正已散，仍与湘翁、秋翁、贡斋手[谈]，至二鼓而去。

二十一日（12月24日）　阴。拔贡生杨先芬来见。余以不晤见斋中丞，且本月廿五乃其寿日，必将杜门谢客，因往谒之，晤谈三刻余。又往拜子愨方伯谈一刻余，又道过秋谷处烹茗一杯。随赴陈德圃明府之招，坐客惟湘翁外，皆不相详，至申正散后，顺道与萧伯香农部送行。归甫申正一刻，读赵德麟《侯鲭录》二卷始卧。

二十二日（12月25日）　阴，赴贡斋之招，至二鼓始归。

二十三日（12月26日）　早阴，午间稍晴。作平安书寄炜儿，又信致周养恬刺史，托其附寄。又复子固弟一函，拟明日遣唐奇行也。未初，绥阳专人送第四、五号寿枋来，木质并不甚坚，然已贵去二百余金，以后抬价尚复不少，不知王朗村办事何至糊涂颠倒如此，为之愤愤。

二十四日（12月27日）　晴。吴子愨方伯已初来，谈二刻余，借余《明史》十二套去。午后，郎拾珊大令送橘二十枚。随得周养恬刺史书，亦送川橘二篓约三百余枚。书中言有竹报，自是炜儿之信尚未交到也。

二十五日（12月28日）　阴。是日为见斋中丞诞辰，同人公集于扶风山寺为祝，朱荫堂漕帅先至，久待不及而归。余与秋谷、梦湘、何孟寅孝廉偕至抚辕,投刺后始去,则树堂翁、孔叙五、狄兼山、高心泉、花金山、陈湘桥、陈用皆、高松南、杨君先芬,仲香、杨君□、周五、饶大云浦及李贡斋已先到矣。行礼之后,酒食欢洽,以午正始散。贡斋、梦湘、秋谷复来余待归草堂,谈至二鼓而去。

廿六日(12月29日) 晴。早间甚霜,稍冷,午后即不能御重裘矣。梦湘邀同秋谷、竹坪至待归草堂小酌,至二鼓始散。

廿七日(12月30日) 晴。早间甚霜。袁竹坪邀同秋谷、梦湘集其寓斋小酌,二鼓后步行至黑石头,与秋谷各乘舆而归。

廿八日(12月31日) 晴。梦湘、秋谷偕余,公与贡斋为寿,早集湘翁斋中,至二鼓始散。闻少穆宫保奉命后即起程,由漳、泉渡海抵潮,以十月十九日卒于道,哀哉!此老身系海内苍生之望,方冀其抵粤后壁垒一新,贼匪不日即可肃清,乃未受事而身先死。在公名垂竹帛,声满天地,死以甚幸,其如国事何哉?此时更复有谁克肩巨任也!回首长安,不禁惆怅!

廿九日(1851年1月1日) 早起往答拜翁祖庚学使,谈及少翁骑箕之说,似甚真确,同为太息。盖眼前实无人才,又值时事多艰,几欲相对而泣。饭后又往省视先大夫神道碑亭,无聊之极,因顺道游翟让溪之翕园、杨心畬之亦园,归已日暮云。是日小建。

十二月初一日(1月2日) 晴。秋谷招同梦湘、贡斋至其寓斋,设饼为食,以二鼓而散。昨日,王文轩扶楚材舅氏棺柩来,约初二日可到瓦窑,拟初三日亲诣设祭,并相度其宅兆若何。文轩又云楚翁学官所入全被其内侄干没,临行甚为拮据,以至到省尚短夫价七金有余,并需用椁一具,随即以十金付之,当自料理无误矣。

初二日(1月3日) 晴。小坐园中,拔茅去芜,督饬工人扫除净尽。隐几而卧,听邻家春簸声,俨然有岁除意,意甚得也。申正一刻,刘树翁来,谈一刻余而去。是日颇热,大似春初气候。

初三日(1月4日) 辰初起,遣人奉祭席先行,余即乘肩舆,以巳正到瓦窑山半,抚棺展拜致祭讫,随上下周视,龙穴、砂水均皆合度。闻开井土色不佳，且多沙石，不明其故，询之文轩四弟及行绪表弟，均云老翁临终遗命，必欲于此下葬，盖前开井时皆亲目击，与假坟外之罗圈，又皆其督饬文轩等所自筑，则固其自信之真且确。余以外甥，虽有所疑，亦不敢别有他议。即欲他议，其子侄亦断不能听，只好自归而已。是日阴甚，似有雪意，作书寄何根云云南，并附姚芸陔讣信。姚信到已久，因未知所寄，故迟迟也。

初四日（1月5日）　昨夜大风雨竟夕，晨起视塘边小桥，已积冰雪厚寸许矣，而冷气逼人，竟非大毛皮衣不可。巳初，李贡斋遣人走请，遂出门，顺道答拜傅青余孝廉，谈一刻余，其气宇颇不凡，当是后来之秀云。贡斋处坐客为高心泉、王梦湘、陈秋谷、殷四如，二鼓后始还。得云南永昌守彭于蕃书，情致缠绵，笔墨犹似少年时也，当珍藏之。

初五日（1月6日）　阴。午间，王廉普太守来，谈二刻余。知张提军必禄亦卒于军，郑梦白中丞被议革职，闵提军亦赴京候议，粤中贼匪蔓延殊甚。又云都中有开捐之说，一道长痛陈不可，已将掷还，为祁、赛两枢堂力奏留中。又穆相现因病请假，已一再展假，势将请开缺矣。时事如是，不禁中心悚然。昨日见傅青余孝廉，问其造述何似，今送其诗文集，亟批阅一过，多不拘绳墨，而有奇气，从此不懈，亦正未可量也。申初，遵义王少冈来人持其兄淮安兑项，即遣人送交荫堂漕帅查收，付其来使收条讫。此事已了，庶梧村兄弟亦安然于泉下矣，为之快然。

初六日（1月7日）　阴。天气寒甚。巳初，朱荫堂漕帅来，谈一时许而去。饭后浏览《吹剑录外集》一卷，已倦极思卧矣。忽得炯儿冬月初二日手信，又寄自九月念三起至十月三十日日记，又寄近作古文二首。又得黄琴坞书，寸心欣慰之至。

初七日（1月8日）　阴甚寒。早起批炯儿日记，以其中有不应记者，饬其勿记也。巳正，梦湘、秋谷、贡斋同来早饭，随手谈至二鼓去。

初八日(1月9日) 寒甚。专足刘长生自川中来,得炜儿安报,并寄幺女、十女绣衣,内子荼食针线,由天成亨(会)[汇]来银六百两,知其大小平安,欣慰之至。其禀内云得炯儿十月初手书,深知悔愧,极力从俭,至除家祭外,未尝肉食,览信心酸,以自己未尝处此境,不忍令兄弟刻苦如此,当即寄去百金,属其撙节添补饮食云云。其爱弟天性原亦自佳,但不免仍有膏粱习气耳。又云川中贼匪尚不至于滋扰,有即惩办,监务稍为更改,商人尚皆悦服。闻之心慰。彼间人心浮动,能安静则治理即好,殊可喜也。申正以后细雨。

初九日(1月10日) 早起寒甚。出门答拜朱荫堂亲家,谈一时许。同梦湘、心泉、贡斋、叙五、兼山集陈秋谷寓斋,至一鼓后始还。

初十日(1月11日) 早起干冷殊甚。李贡斋邀同心泉、秋谷集其寓斋,二鼓后还。

十一日(1月12日) 早起干冷殊甚。梦湘亲家邀同秋谷、贡斋、心泉集其寓斋,二鼓后还。

十二日(1月13日) 小晴,寒亦稍减。城南小河坎刘喜亭之夫人于前月十日委化,喜亭伤悼殊甚,作自挽诗十章,遣人迎余为之点主。余以今日十二,乃孝德皇后初周年。点主者例穿吉服,身为二品大臣,当国母周年,不能从权,用是辞之,改于十四。因作挽诗四绝句,属杨荣坡楷书贻之。诗云:"蕙度兰仪迥出尘,争禁奉倩不伤神。凭君试向情天叩,白发何曾到美人。""消受光阴丝万丛,瑶琴玉笛乐融融。无端花鸟都凄恻,一夜惊回少女风。""草草竟成哀永逝,珊珊何自望来迟。可怜地久天长恨,怕谈三郎自挽诗。""珠江初泛孝廉船,正是催妆赋绮筵。三十三年弹指顷,归来空拜画中仙。"夫人姓李氏,浙人。少育于粤,嘉庆戊寅归于喜亭。时余方从家大人钦州启行,计偕北上,以十月至羊城,值其于归。善笛工琴,端庄婀娜,实天人也。归喜亭三十三年,以侧室扶正,林泉偕隐,备极唱随之乐,年五十而逝,亦女福之不可多得者。是日,托狄兼山代买鹿茸一具,价三十四金,得茸十八两五钱,先以八两零酥之。

十三日（1 月 14 日）　早起阴甚，而北风不止，疑将雪矣，继而微雨洒地即干，申正后风仍不止，亦不觉寒。闲看工人糊池中船篷，又看杨荣坡为治鹿茸窨酒。随检《知不足斋丛书》第二十三集《老学丛谈》读之，欣然有得，因摘一条书之。是日午正，王梦湘亲家来。

十四日（1 月 15 日）　偕王梦湘亲家赴小河坎刘喜亭年丈宅，为其李夫人题主，未刻还，是日天阴。

十五日（1 月 16 日）　早起往慰狄兼山新丧姬人，随至雪崖洞送同年周听松恭人之丧。还集李贡斋寓，至二鼓归。是日寒甚。

十六日（1 月 17 日）　早起，偕朱荫堂、王梦湘、孔叙五往贺王廉普太守卓异，饭后廉普答拜，谈一刻余。是日阴甚，邀杨文卿晚饭，以其将归绥阳度岁也。

十七日（1 月 18 日）　阴。连日忽冷忽热，衣裘更换不时，竟为风寒所侵，昨夜卧后以姜拭额，汗出如水，晨起稍减，因素食一日。又为诸君书对联、条幅若干，复得微汗，似已较愈，然欲作书寄炯儿，尚未能也。

十八日（1 月 19 日）　阴晴相间。辰正诣刘树翁处谈一刻余，随偕梦湘至竹坪家喜酌，在座为秋谷及彭世兄，二鼓还。

十九日（1 月 20 日）　阴。辰起，以鳇鱼鹿筋报胡润芝太守，以其书来贺岁，并致送酒、腿等物也。复书并为王春庭谋阅文馆事，未审究能成否。午刻赴王廉普太守之招，座中为梦湘、秋谷，筵极佳美，以申正散。闻折弁明晨即行，匆匆作书寄炯儿，并为王少冈执照事，又附李忠家信。

廿日（1 月 21 日）　阴雨寒甚。作书寄周养恬刺史，并托寄炜儿川中一函，又托交石家堡子固一函。是日，阅朱少章《曲洧旧闻》六卷。申正，有王姓者，以饥寒甚，无以自存，将其幼女出卖，年甫十龄，入门即不肯出，问之故，曰："此间甚好，有饱饭吃，不愿去耳。"遂以八金给之，名之曰"生春"，以其甚欢也。灯下复尽《曲洧旧闻》四卷，听檐雨仍未止云。

廿一日(1月22日) 阴甚,小雨即止。邀秋谷、心泉、贡斋小集待归草堂西偏,二鼓后始散。

廿二日(1月23日) 阴。晨起出门答拜朱荫堂亲家,座间晤薛二世兄,为前湖南提督薛升之子,以在籍食全俸,恭遇御极覃恩得荫主事者,龚莲舫三兄之婿也。随往狄兼山家作吊归,复遵义佛芝林太守书,阅王得臣彦辅《麈史》三卷。太守寄开皇上弟王:五,惇郡奕誴;六,恭亲王奕䜣;七,醇郡王奕譞;八,钟郡王奕詥;九,孚郡王来上书房,尚未知名。

廿三日(1月24日) 晴。昨夜天气似觉开朗,余乘兴上下待归草堂数百步后,灯下复阅《中吴纪闻》六卷,意甚欣然。二鼓已逾,始登榻安卧,一觉蓬然,似奉召杀贼,勇不可当,旋以露布驰奏,并条陈时事,大致谓贼已肃清,所需经费无多,请仍依初旨,勿开捐输,此后理财,莫如节用云云。累累数千言疏方上,而为圆通寺邻钟惊醒,时约五更初矣。因枕上口占云:"质朽心枯鬓久霜,已惭蒲柳老江乡。如何尚逞英雄志,又作封侯梦一场。"展转床褥,不复成寐,遂呼奴子盥洗,随出门为陈用皆慰其亡兄之恼。又至梦湘亲家处谈一时许,即偕赴高心泉招集亦园,至一更后始散。是日天气甚暖,竟不能御重裘云。

廿四日(1月25日) 微雨半日。巳正刻偕梦湘诣见斋中丞,谈一时许。余复诣子慈方伯、心筠观察处,小坐刻余归。遇卖草兰者,得十余盆,置之待归草堂,颇亦幽雅。灯下读傅青余孝廉《节研斋诗古文词》,为识数语其后。青余才极可爱,寓颂扬于讽劝,实望其有成云。

在中丞处见署镇远镇周君《论粤西贼匪事》,有招安大黄江之首伙,即用其协攻会匪,颇有识力。李石梧宫保、劳辛阶方伯果能采择所谋,粤匪当指日肃清,所谓剿抚兼施,以毒攻毒,实办贼之良策。用力小而成功易,古来名将当不异是也。姑识于此,以俟后效云。又阅枢信,吕鹤田鸿胪基贤陈奏停捐半年,遽即议开,无以示信,万不得已请发回帑。又称皇上御极之初,励精图治,感召天和。五月后兢业惕厉,不逮于前。是以八九月间蜀则地震,浙则大水,京师亦大雷雨雹,宜亟修省云云。折封存。

廿五日（1月26日） 天气稍开，先遣人持祭物、冥器赴水田坝，余明旦当轻舆而行可以早到矣。昨日以傅青余诗文集二卷归之，为识数语云："曩在京师，与黄琴坞、何子贞招数吾黔人才，郑子尹、何子贞外，皆以傅青余孝廉为最，窃心仪之。今年冬始与君相晤，因得畅读其所为诗古文词，武陵杨性农谓得力南诸家，吾以为本朝名公则稚存、船山二先生为近。青余之才之年，又复虚抑，勤苦所造，岂有涯量？黔之潜德孤芳、有待于表彰者，正不少也。"云云。今晨始为交去，并索所作《梦研斋文》，回信亦尚未就云。是日午后，小雨不止。检点案头《知不足斋丛书》共三十册，共二百四十一本，均已阅竟，仍移置待归草堂西偏。陈用皆来谈一刻余，借余《汉魏丛书》十二套去，前许助其三百金，并付之，此中又安贴矣。

廿六日（1月27日） 辰起，阴甚。乘舆至侧溪坝，视先大夫神道碑亭讫，即行至顺海，王文轩已在此相待，同至山头大树下相度地形，四周砂水及来龙均善，惟穴情虑有石，且泥色未必佳耳。随与文轩分手行，渐有小雨，石路甚滑，过马巢崖上下滑尤甚，舆夫四人辛苦之至。申初甫抵三江桥，匆匆一饭即行，至朝寺已天夕矣。

廿七日（1月28日） 晨起，天气稍朗。亟诣先大夫墓前祭奠，焚烧冥器讫，四周查勘，草木俱皆畅达，遂回寺中。闲谈之际，闻蔡家寨、竹林寨、小寨、下寨居人竟有不举火者，瞬即岁除，尚多无米为炊，为之恻然。因属裕先侄率同佃人曾文华周历省视，有二三口者给谷二斗，五六口者信之，余自红纸小条亲书谷数，挨家散给，俱令于明日辰刻至曾文华家量谷。盖乡中筹办银钱甚难，余又未能自带银钱赴乡，一时权宜之计，惟以给谷为宜而便也。至申正裕先侄归，云已全数分散，仅去谷十一石四斗，而百数十口皆得鼓腹度岁，亦快事也。又左右邻老年如宋、如傅、如周、如李、如王，自八十余以及七十余，由城中携来糖食数种，分为致之，以示敬老之意，亦皆欢。然二事已了，此心寂然。因督人于寺侧园中堆石种树，以为消遣，此亦归田之乐也。西初又有小雨，明日诣鸡场太夫[人]墓，则道路更为难行矣。

廿八日(1月29日)　黎明即起，天雨已歇。呕催促启行，一路泥泞，辛苦殊甚。申初已至太夫人墓所，荣先已将冥器、酒馔伺备妥，一随更衣、拜奠、焚化讫，即诣白云寺后大兄宅中晚饭。与嫂侄等畅叙数刻，一觉已天明矣。

廿九日(1月30日)　细雨如丝，众山皆在雾氛中，本偕王文轩秀才同往莫家庄，为同船弟夫妇相度同穴之所，乃为阴霾所蔽，对山全不能见，仍即冒雨而还。早饭后，复至太夫人坟前，周视一过。随与文轩于左砂下审择凉地为憩息之所，嘱裕先侄妥为盖造并栽植桃、李、梅、竹、柳、榴等花木，时已午正，即赶程还城。得炜儿冬月廿七日安禀，随匆促数行复之。来差王姓，闻于明日行也。

三十日(1月31日)　阴。辰起料理人事，朱荫翁处送京报并炯儿安禀、日记及黄琴坞、宋艿宾各函，均已阅讫。又署毕节令寿砚农刺史寄来兑交梁世兄银二百廿两，系九八平，合库平库色银二百零六两八钱，即作书复砚农，拟即日另函托子愻方伯寄由骆吁门中丞转兑，以省往返耽延云。随沐浴更衣，于祖宗位前致祭，焚化冥财毕，即已天夕，思欲出门小游，而细雨不止，阴霾颇甚，因亦终止云。

咸丰元年正月初一日(2月1日)　黎明起，于祖宗位前上香献椒酒讫，试笔书数十字，适王二侄及其三令阮来，与之坐谈一刻而去。李湘帆、王文轩叔侄、杨荣坡暨刘生鹏、舍侄荣轩于待归草堂以骰子掷状元，余亦与之手谈一刻余，均各得彩饭，后又手谈牙牌至二鼓始散。是日天色阴寒特甚，殊闷人也。

初二日(2月2日)　阴冷殊甚。待归草堂西偏有绿梅一株，花已半开，惜地不宽敞，惟容二三人伫立赏玩而已。余两日来独倚花间徘徊，久之，因悟英雄名士有才不遇或用违其才者何，莫非此花类也？与文轩叔侄及湘帆、荣坡谈至三鼓始归，卧几不成眠，听北风怒号，令人凄恻欲绝云。

初三日(2月3日)　辰起。满山林木、屋宇、园池一片皆白，对面象宝山尤觉寒峭特异,心神为之一爽。父老云,春前得此,大为有益。盖明日立春,始是正月节候也。是日午后,仍复阴甚。

初四日(2月4日) 黎明即起,洗沐后随即早膳。王梦湘亲家已来,因共赴抚署答拜,又至藩属,均晤叙片时。首府县观察、学使则均已至中丞会食矣。又至秋谷、叙五、荫堂、梦湘、树堂、竹坪各处,均谈片刻,归已申正,颇觉疲乏。是日仍阴,申正一刻立春。得何根云侍郎书,又发湖南中丞及春介轩、梁世兄书,托子愻方伯加封转递。

初五日(2月5日) 辰起,窗外一望,大雪满天,殊令人朗爽肃穆。使人邀龚莲舫之长君己酉孝廉佑广、朱荫[堂]之次君子复、王梦湘之次君子彦、并其侄孙保元至待归草堂早饭。午正后见☐雪消,四山俱净,又一种恬静气象也。

初六日(2月6日) 天气稍朗,颇有晴意。辰刻,傅青余孝廉偕孔理堂来,谈一刻余。随答拜陈虞封上舍,并嘱为占六壬,问粤西剿办事。又嘱为灵棋问本身事,渠以初七日辰祭灵棋,据云祭后即为占问。饭后周震初秀才、孔叙五刺史、高心泉运副同来,谈半刻许。作书致张椒云方伯河南,并托转寄何圆溪大令内黄一函,又托子愻方伯为李桂舲孝廉图臬司书记馆事。

初七日(2月7日) 阴雨相间。早起,偕梦湘亲家往贺郎拾珊升补古州司马之喜。又往拜祖庚学使,谈及录遗事,谓上年县中以四千号舍为言,以至未送者甚多,岂知贡院乃余于丁亥、戊子劝捐修理者,似有五千号,何至竟少五分之一耶?暇日当与方伯商之,不宜为县中办差人所蔽也。午后郎拾珊来谢,谈一刻去。适川中专差李升持函来,亟拆视之,乃炜儿于去腊十八戌时添得一子,不禁快慰之至。是日早起,曾乞陈虞封舍人为占灵棋,据云即有抱孙之喜,不图未两时即有此信也。虞封又为占六壬问二粤贼事,得寅、午、戌斩关课,据云将弁俱不得力,主帅亦未见竟能了本位,东南亦恐有窃发者,惟祝其课不验为妙。然闻诸当事,贼势甚猖獗,殊属可虑,奈何,奈何!

初八日(2月8日) 阴。王廉普太守、陈秋谷太守均来,各谈一刻余。随约秋谷、兼山同赴高十二心泉之招,在座为王梦湘、孔叙五、花金三、李贡斋、杨玉园、高松南及其弟秀峰,谈至二鼓始散。昨得子英弟信,谓炜儿近日体不甚壮,因六月内咳嗽失红,脾肺不舒,以至饮食亦不甚好,心为忧之,讯之兼山,以调和脾肺为是,并许为开立水药、丸药二方。

初九日(2月9日) 寅正起,斋沐,敬谨焚香谢天讫。为时尚早,因复假寐,辰初二刻始起,与问轩侄之二子襄问讯家事二刻余。午初,王梦湘亲家来为余贺抱三孙之喜,约谈数语,即偕赴李贡斋之招,至二鼓散。是日微雨不止,天气殊阴霾,自正初至今竟无一日爽朗,真闷人也。

初十日(2月10日) 自辰至午阴寒殊甚,未正阳光一现,仍复阴气逼人。早间朱荫堂漕帅谈约一时许,李贡斋、高秀峰同来,谈刻余即去,随即早膳。见斋中丞遣人先通意,不能推托,因延至待归草堂,谈约四刻。送客后,作寄子英弟书,又与炜儿一函,附去阿胶二斤,三七三十枚,重二两六钱。内子寄炜媳皮茶船二十只,均交其专差李升赍去,计廿八日当可到,惟昨得沈松樵信,炜儿病失血已三次,心殊疑虑,能托祖宗庇荫,其病早愈,实为大妙。明知不至有他虞,此心耿耿然,必待脱然无虑而后即安也。

十一日(2月11日) 阴。晨起,陈虞封舍人代乞陈吉人明府为查五星、丑壬两运,仍不甚吉,与前所算悉皆符合,因于袁竹坪处借其上年台历,托为详查添寿孙儿之造并炜儿运限云。是日招梦湘、叙五、璧山、秋谷、竹坪、心泉、秀峰、贡斋、松南、金山、兼山及心畬之四弟春酌,至二鼓后始散。计余归里已一年矣,虽无佳趣,亦幸免疾病为快也。

十二日(2月12日) 阴。午后天色渐开,略有晴意。陈璧山、用皆叔侄招同梦湘、秋谷、贡斋、叙五及其令亲马君早面,午酌至二鼓始散。早间因气不甚纾,请狄兼山来为诊视,据云肝脉甚旺,一春可以无病。又以沈松樵信所称炜儿犯病一纸与之细阅,则谓前所开方系专治脾胃,兹则受病在肺,因另开清热之方,专人赶交来差带去。兼山又云,三七系专治损伤失血,此种病竟用不着亦已谕知炜儿所寄之物,惟当存而不用云。

十三日(2月13日) 阴。早起答拜秦镇军捷三,随赴花金三之招。未正,朱荫翁约同梦湘、叙五于南门外普化寺公送朱绶堂太守回粤西。申正,仍至花宅晚饭,至二鼓后还。

十四日(2月14日) 天稍开朗,亦有晴意,夜间微见月色,此入春来第一佳日也。早间赴陈虞封舍人之招,同座为程吉人司马、傅青虞孝廉。吉人善谈命,为余查五星,所言皆验,因以炜儿、炯儿、三孙添寿八字属为查之。其人亦恬静可敬云。

十五日(2月15日) 卯正辰初之间气象甚佳,午后日色亦明霁,申酉渐凉,夜月尚爽朗。同人仍集花金三斋中,至二鼓后散。

十六日(2月16日) 辰起,答拜佛芝林太守不值,比归则太守复来拜,亦不值也。是日招程吉人、陈虞封、王子行、傅青余早饭,饭后随往答拜福星垣太守,十二年旧交也。坐谈一刻余,又以鼻烟一小瓶见遗。路过芝林公寓,值其方归,因亦拜晤,适王廉普太守亦来,知广西之役,奉廷寄调贵州兵一千,以署古州李协戎管带前往,并命镇远秦公捷三赴粤参赞军务。此二公皆素称勇略者,圣主知人善任,粤事庶可告成功欤!

十七日(2月17日) 春气颇寒,天色阴甚。辰起,佛芝林太守来谈一刻余。送客出门,即赴高崧南之招,厨馔极精,近二鼓始散。

十八日(2月18日) 天色晴明,莫芷升庭芝、晋虚谷自昭自遵义来,芷升为己酉拔萃,与炯儿同年,其尊人又与先大夫戊午同年。闻其学业甚富,惟字学较拙,人亦朴诚可喜。是日为三孙添寿满月,陈秋谷、狄兼山均来称贺,随偕秋谷至兼山家早饭,同人畅聚,至二鼓后始散。

十九日(2月19日) 阴,夜有微雨。午间招虚谷、芷升诸君便饭。巳刻作书复琴坞,夜读震川文二卷。

二十日(2月20日)　早起,大有晴意。同人公集梦湘借闲轩,二鼓始散。

廿一日(2月21日)　自辰至申晴,酉以后寒气逼人,欲雨不雨。早间中丞招同梦湘、秋谷及首郡王君廉普早饭,问二广消息,则李石梧督师到后至今,尚未有信来也。

廿二日(2月22日)　早起,晴明,未以后又阴寒殊甚。两至待归草堂看绿萼、梅花,颇有孤芳自赏之致。读《震川文》二卷。

廿三日(2月23日)　早晴。秋谷招集寓斋,至二鼓始散。

二十四日(2月24日)　晴。读《震川文》二卷。作告文,将遣焄倅往遵义迁树声弟之棺至鸡场,与三弟妇合葬莫家庄也。是夜戌刻,烛花忽炸,占曰主有远信,不知其吉凶若何,俟验。

廿五日(2月25日)　辰、巳、午阴甚,未以后早起,以猪羊、香烛报献于关帝、里神、城隍之前,各演戏一本。盖余自楚启行时,即默为祷祝,倘仰托庇佑安吉还里,当斋心报献。乃归,值宫中大事叠出,不能致祭。比已期年之后,而心愿势难再缓,因诹吉是日,斋沐焚香,亲诣行礼而还。午间邀王廉普、福星垣、佛芝林三太守,郎拾珊司马便酌,而以秋谷奉陪诸公,来稍迟,申正始散云。是日得姚七上年十二月十六日书,其时冬月十六所寄信犹未到也。

廿六日(2月26日)　阴。复姚七书,并附何根云信。又致程霁亭方伯信,属为致信晴翁闻思。姚氏又寄炯儿京信,并黄琴坞、宋芗宾各一函,闻折差廿七日行也。作《福田公家传》。

廿七日(2月27日)　稍有晴意。早间赴杨心畬令弟之招,二鼓还。闻心畬已放江西粮道,计正月杪可到。此君天性孝友,身负重累而本家亲友年中必各有周恤,洵为知大体者。吾黔仕官,此时以此君为巨擘矣。可喜之至。

廿八日(2月28日)　阴。招福星垣、佛芝林、陈秋谷作水口寺之游,酉初甫归。由中丞处借阅邸抄,知林少穆宫保得谥"文忠",为之欣慰无既。吾乡杨心畬谢放江西粮道,召见二次,亦异数云。是日，湖北藩司梁同年星垣来拜，不值。

廿九日（3月1日） 微雨。晨起，往答拜梁石泉方伯，不值。随答拜李桂舲孝廉，又往送福星垣之行。中丞邀同方伯、廉访、首府奉陪石泉方伯，至酉初始散。石泉细讯楚中公私，略开二纸示之。

卅日（3月2日） 晴。早间陈德圃齐年来，谈两时许，留其早饭。适遵义莫芷升拔萃辞行，将回遵，谈数刻，赠以朱提四两。得彭小山信并其家报，即遣致之。又得炯儿京中十二月十七日书并日记，又为余寄京小信封二百，内有王莲生陕信二函，随送呈王梦湘亲家。晚读见斋中丞《有恒斋诗刻》一卷，阅袁简斋四六一卷，以书并联额寄遵义张卓山太守同年之郎君。

卓山为丙子同年，甫在粤司马任奉淞江太守之命，遽归道山，哀哉！君历仕大邦，政声卓然，年才五十，方将隆隆而起，而遂以不禄也。敬为挽联寄之云："仕宦几人归，地下有灵应羡我；功名真数定，江南无福益思君。"时咸丰元年二月十一日。

二月初一日（3月3日） 阴。昨日一鼓后，得龙翰臣殿撰十二月五日辰刻自桂林来书，缠绵其挚，娓娓千余言，如接面谈。始知余七月内所寄之函，以冬月始到，不知何以迟滞若此，然犹幸得达也。中言粤西贼势虽张，其志尚小，其交不亲，尚不至于难办。特善后乡勇何以永不滋事，难民何以复业，此中经画，较今日剿贼尤难！盖其意颇不满于周署抚抑，不知李、周共事，果能和衷否耳！王向渠书来，欲为觅阅文馆，其势万难，因以八金赠之。王金山欲为觅教读，亦不能为力，因赠之以十二金，皆推太夫人之爱也。往返待归草堂十余次，红梅、山茶均已开放，孔雀、锦鸡亦翔集得所，心为之慰。读简斋文四卷始卧。

初二日（3月4日） 畅晴。辰正刻，抚辕承差还，带到炯儿安禀，并附尚承周一纸，云甘肃抓认之款，已据少青、菊两君分信集腋，后当有信。又接黄子寿一函。已刻招集亲友于待归草堂便酌，至申初始散。

初三日(3月5日)　畅晴。辰初诣文昌阁拈香,晤殷四如广文、李贡斋、高心泉,坐谈一刻。过陈德圃寓,又谈一刻余。往拜朱荫堂,不值而归。饭后看花匠料理兰菊诸花,又自喂饲孔雀、锦鸡,读简斋四六三卷。

初四日(3月6日)　晴。招刘树堂表兄年七十九、殷四如同年年七十六、文竹陔同年、杨大兄昭。两君俱年七十一、陈德圃大兄年五十九、朱广文年四十六及余七人,共年四百六十一岁,小集待归草堂。诸公皆精神强固,饮食兼人,谈笑两时许,迄无倦容,亦年来不可多得之乐也。是日作书复彭小山江西。

初五日(3月7日)　阴。辰起,狄兼山来,与之谈一刻余。随于园中四周走视,又翻阅《退庵随笔》"摄生"一卷讫。高心泉兄弟招集杨氏"亦园",因先至梦湘斋中谈刻余,始同往,至二鼓散。又重阅《退庵》"摄生"卷讫,始卧。

初六日(3月8日)　畅晴。辰起诣先太夫人墓前拜扫讫,查勘裕先侄修筑小园,随赴莫家庄与树声弟夫妇定明字向,又至戴氏庄屋小坐刻余,始至本始堂与大兄嫂相见。适大兄之二妹自遵义来,与谈一刻即行,归已酉正。

初七日(3月9日)　阴晴相间。早起料理,先遣人至水田坝事,饭后赴洪氏点主。又往拜朱荫堂、孔叙五及郎拾珊处道贺,均皆不值。又答拜李孝廉维桢、袁明府而还,阅《退庵随笔》二册。

初八日(3月10日)　晴。辰起检点什物,早饭讫,乘舆行,先诣红边门外神道碑前查看。与荣坡小话约一刻,即行至三江桥待舆夫,午餐又行。申正已至朝阳寺,随步行履勘修造地基,嫌其稍矮,遂命工人增高之。是日行五十余里,一路山色、水声、花气,皆悦目益心,殊无行役之劳云。

初九日(3月11日)　阴晴相间。辰起诣先大夫墓前展拜讫,查看四周均无恙,徘徊一刻余,仍乘舆往伯母苏太安人墓前展拜。闻楚材舅氏曾于此山卜有阴地一穴,因便往相度,左砂不甚分明,右砂极好，朝对双峰贵人，最为壮观，水亦环绕可爱，其下有张姓坟，则右有凹风，非吉地也。还已倦甚。早饭后阅《退庵随笔》一卷，申正，王文轩偕裕先兄弟来，因与同至新宅斟酌下石方位，并绘图一纸。

初十日（3月12日）　先阴后晴。寅正一刻，王文轩、裕先兄弟同往新宅基下礅石。午时，又督工伐上下房梁，木均用梓，其材颇佳。申正，杨荣坡送什物来，得乔心农太守常德来书，知其已膺裕余翁之荐，将北上云。是日阅《退庵随笔》"论丧葬"一条云：古人未葬不释服，今《大清礼律》云：职官、庶民三月而葬，若惑于风水及托故不葬者，杖八十。《晋书·慕容儁载记》：魏晋之制，祖父为殡葬，不听服官。《五代史》：周太祖广顺二年，诏内外文武臣僚幕职、州县官举选人等，有父母、祖父母未葬，其主家之长不得仕进，所由司亦不得申举解送。今或援例疏请于朝，著为令甲，凡服除而未经封葬者，生童不许应试，仕官不许补官，则人自当速葬，或可稍挽颓风。云云。① 盖三江两湖，往往有数十年停棺不葬者矣。谏垣诸君方以捃摭毛举为言，曷不以此备一折料乎？

十一日（3月13日）　先阴后晴，酉后复阴，并有小雨十余洒。阅《退庵随笔》二卷，又至新平宅基两转。晚间与王文轩谈家事一刻余，遣裕先兄弟明日还，便料理二十日竖柱上梁事云。

十二日（3月14日）　晴。阅《退庵随笔》，摘录数则。

十三日（3月15日）　晴。饭后奇木寨王公年七十六来谈约一时，颇知事，于钱财亦尚分明，乡老中即不可多得者，无怪其子孙众多

---

① 整理者按：唐氏所抄与原文有异，据清刻本，原文为："古人未葬不释服，今《大清律·礼律》云：'职官、庶民三月而葬，若惑于风水及托故不葬者，杖八十。'……《晋书·慕容儁载记》：'魏晋之制，祖父为殡葬，不听服官。'《五代史》：'周太祖广顺二年，诏内外文武臣僚幕职、州县官举选人等，有父母、祖父母未葬，其主家之长不得仕进，所由司亦不得申举解送。今或援例疏请于朝，著为令甲，凡服除而未经封葬者，生童不准应试，仕宦不准补官，则人自当速葬，或可稍挽颓风欤？'"

也。是日采择《女诫》《闺范》数条录之,将以汇成家训云。

十四日(3月16日) 早起剃头讫,仍采择摘录《闺范》及《言行汇纂》十余条,又校正帅中丞原集《内训》数十条讫。酉初,韦寿来,知王湘翁有添孙之喜,亟为书贺之,并致刘树翁一函。又得子固来信,知初堂立向及日期仍用杜东镡原定者,言各有理,亦即听之。此等事全在存心,一切自有天焉,无所用其迟疑也。

十五日(3月17日) 早阴。辰起诣先大夫墓前周回瞻视,流连半时许,由墓前之右山循后龙出脉处,绕祖山帐角上下山坡,至新宅基而还。饭后,白果寨傅老人来,年八十矣,而精神强固,耳目聪明,令人欣羡。其曾孙年约八九岁,以炒米、干鱼贻余,辞之不得,因以点心、青蚨答焉。未刻,忽大风雨。守庙人程翁云是冰雹尚小,于菜麦皆无损。历来占验,第一次小而无损,以后皆小而无损。邻近数寨可以保春收矣,为之一慰。是日仍采录古昔嘉言善行,集为家训云。夜仍有月。

十六日(3月18日) 晴。园中及宅基左右,桃、李、杏、梨各花齐开,其先开数株已为昨日风雨吹落,狼藉满地矣,视之怃然。饭后,读榕门先生所辑《在官法戒录》二卷,又至新宅基周视一过,还已日落。一杯一粥之后,月明如昼,明星煌煌,心神为之一爽。复出寺门观望,觉灵气往来,别一境界。入门不觉子正,方展衾就枕,忽念寓差人信来,急近烛观之,乃中丞抄示湖北署督奏参前任武同知劳光泰禀讦总督藩司之折,牵连余在任时派捐、差解各件,无情无理,信口控诬,令人失笑,然不能不还城谒晤中丞了此公案。也所谓林无静柯,岂其然欤?

十七日(3月19日) 畅晴。辰起,略为检点,即行水田坝,路遇王翁父子,谈一刻,即行至江边稍憩,以申初抵家。闻折差明日即行,匆匆与炯儿书,并致意芗宾及琴坞乔梓云。

十八日(3月20日) 畅晴。辰往梦湘亲家处贺其抱孙之喜,随至刘树翁处小坐,又答拜朱荫翁及伊参戎而还。饭后,走拜廖倚城太守、王廉普太守、郎拾珊司马,以三君皆来此数次也。又至秋谷寓谈刻余,随访花金三不值,还已申正,梦湘适来。

十九日(3月21日) 午正一刻春分,天气畅晴。辰往答拜孔诚甫廉访、吴子愍方伯,随诣中丞处谒见。以楚省咨来,有劳光泰因被参后禀讦总督藩司,牵连前在楚藩任内杂事,咨令禀覆,转咨以凭核讯。中丞情意肫挚,故往谒谢,谈半时许而还。午后刘喜亭来。

廿日(3月22日) 晴,登覆劳光泰亲供所牵连五事。刘树堂、王梦湘各来谈一刻许。傅青虞孝廉来,并借顾宁人《郡国利病书》八十本。

廿一日(3月23日) 早阴午晴,未正以后大风,戌正稍微,始而暖甚,风后觉有凉意。早间,吴子愍方伯来,谈之良久。贵筑令吴登甲,号鼎臣,陕西西乡县人以新履任来见,与之略道数语,似有意整顿者,特患首繁事冗,以肆应为能,不及分心于民事。然而才大者,亦自有余也。午间,孔诚甫廉访来,略道京事,新天子英明仁孝,好学不倦,每夜必览书至亥正,寝宫惟两太监,妃嫔不御,即此一端,已足媲美尧舜,不胜钦仰之至。

廿二日(3月24日) 昨夜二鼓后,大风而雨,寒气逼人,不知何时止也。天明微阴,亦甚凉。朱荫堂漕帅谈一时许而去。饭后以覆湖北文稿往商之梦湘亲家,为删改数段,因与之同答贺吴大令,不值。随往拜王廉普太守,归过德圃处小坐半刻还。是日得炜儿二月朔日书,病尚未愈,道远而不能亲为之斟酌药饵,徒有忧思而已。又得子英书。又得章少青甘肃书,知赔项已将集事,心为少慰。又得胡润芝二月十五日书。

廿三日(3月25日) 阴。早起得方伯文移,为登覆劳光泰事据实直书,属杨荣坡录之。随赴胡敬南孝廉之招,与梦湘同往早饭,后又同往朱荫堂处小坐刻余而还。作书覆李星甫、王莲生陕西,又覆章少青书,即托莲生迅为转递。

廿四日(3月26日) 阴。早起作书覆子英,又谕炜儿一函,托湘翁转交赵少洲明府,道过四川之便妥交。饭后,见斋中丞来谈一刻余,以《梦砚斋诗画》图册送请题词。杨文卿率其二郎来,因与手谈,至一鼓后始去。

廿五日(3月27日)　阴。饭后,以查覆楚中文件,亲诣藩署交收,并知粤西经所谓"大头羊"者,带其投诚伙党,乘我兵用火箭焚烧贼巢之便,极力进攻,杀伤贼匪无数。李督师亦将由柳赴浔,相度督剿,似有肃清之象,为之喜慰无既。又至秋谷处,谈一刻余而还。作书复子固。晚间据吴大令差人来言,已获贼三人,会城左近且有抢劫远者,可知必得整顿为要也。

廿六日(3月28日)　阴。辰起饲孔雀、锦鸡约一刻余,始还斋服药、梳头,随读吴滋大先生中蕃《敝帚集》诗一卷。吾黔诗人,在国初时可与屈翁山、陈元孝诸公抗衡者,诗品、人品尤在梁药亭上也。巳初赴秋谷之招,比去,而君适抱手疾又不便,遽归。遂共花金山、李贡斋手谈,至一鼓后即散。再读滋大先生诗卷一册始卧。

廿七日(3月29日)　早阴午晴,申以后大风。是日为太夫人生辰,不出门,不见客,闭户独坐,读周渔璜先生《桐野集》,即滋大先生所谓"欲觅替人欣已得"者。江都郭元釬辈谓:当时称能诗,翰林必以先生为举首,争为揄扬,不但乡国之推重也。申正,王梦湘亲家持袁姓所短四百金来,拟于三月初旬凑足二竿,申缴甘肃赔款云。

廿八日(3月30日)　晴。花金山招同孔叙五、李贡斋集其寓中看牡丹,数花颇有别致,因共手谈至二鼓始散。是日往拜周小湖观察,不值。奴子云,观察亦来访余,仍不值也。

廿九日(3月31日)　晴。偕梦湘、叙五、金山、兼山、杨心畬之四弟公邀,周小湖观察、廖倚城、王廉普两太守,郎拾珊司马,吴鼎臣大令集亦园早酌,颇甚欢洽。园中牡丹开,极可爱惜。日光西晒,午后热甚,故申正即散。余亦小感寒火,送客后先归,略静歇云。

三十日(4月1日)　晴。偕金三、叙五集李贡斋家,余有感冒,是夜归来畏寒不已,亟蒙被而卧,糊涂一觉直至天明,然头痛甚也。

三月初一日(**4月2日**) 晴。叙五招同金三、贡斋小集,余病颇殆,勉强支持。服狄兼山方药二帖,据云仍当清理寒火也。

初二日(**4月3日**) 阴甚,大风而寒,于病躯益无聊(耐)[赖]。早起,周刺史夔、王廉普太守先后来,各谈刻许去。刘树堂表兄来视余病,坐未数语,邓寅轩司马亦来,随后狄兼山来诊脉开方,以午初始散。得炯儿正月廿四日安信,又得琴坞考功信,又得毛西原孝廉信,又得王子寿兄弟信,并《见怀》二律、《挽少穆宫保》五律,又得明韫田武昌太守书。是日,拟请杨荣坡赴川代炜儿料理家事,俾得安心调治,似初四日可启行也。

初三日(**4月4日**) 辰初仍雨,盖自昨夜亥初起,雷声电影,一霎间雨势大作,忽疾忽徐,直至今日辰正初刻始歇。起视塘水,已涨三寸余。一月不雨,秧田望泽甚殷,真足慰满三农也。巳以后阴寒殊甚,狄兼山来为余诊视,云已渐愈,只稍为清理即可复元。然胸膈总觉饱懑,气亦总未见舒畅,且自服药静摄而已。是日作书寄炜儿,专遣杨荣坡前往督其医治,约初八日行,须四月廿六方能得回信云。今日读上谕:"正月二十四日有苏廷魁陈奏一折,意在推诚任贤,慎始图治,所见甚大,朕甚嘉之。其论孝廉方正亦合循名核实之意。"云云。大哉王言!苏廷魁亦真不愧真御史矣。天下臣工,有不感激思奋而犹丧尽天良者,则诚狗彘之不若耳!

初四日(**4月5日**) 为清明节,是日阴寒殊甚。作书复明韫田武昌并致王子章一函,得姚七亮臣汉口书。

初五日(**4月6日**) 作书复姚七,即交原足转递,约四月初十间可到。是日阴寒殊甚。早间郎司马来见,巳正刻赴李贡斋之招,同坐者为孔叙五、花金三两人。

初六日(**4月7日**) 阴雨。早起出门为靳太夫人祝寿,年已八十八矣。犹长吾母一岁,而精神康健,望之不过如五十许人。自伤福薄,早失怙恃,对此老寿,不觉内泣。又往答拜周刺史、邓司马而还。午间叙五、贡斋、竹坪均来,谈至二鼓而去。

初七日(**4月8日**)　早阴,仍凉甚。招集伊参府、桂刺史、周刺史、邓司马于待归草堂小酌,以未初散。陈秋谷、洪小渠二尹,胡少尉先后来,胡由四川回避改发贵州,与沈诗樵为姻谊,带有沈氏昆仲来信,内云炜儿病尚未复元。此公以二月初间起程来黔,是时炜儿已有信到矣。本家成林兄由遵来,问县中米价颇贱云。晚晴。

按:本处有红色夹页,上书:"何桂珍丹溪、何怀珍圆溪、王老二子彦、朱老二子复、王小老三保元、龚老大佑广。"

初八日(**4月9日**)　阴。早起遣杨荣坡行,嘱其赶程去川,定于四月廿五日望其信到。盖渠以三月十四自遵启行,去十八日,来十八日,中间延搁四日,四月廿五刚及时也。辰初亦乘舆行至新添寨,拜高青书先生墓,与心泉谈半时许。随出江边,过白牙,以申初刻到奇木寨,王老兄弟适在路旁扫墓,因与略谈刻余,比到朝阳寺,已酉初刻矣。一路春收颇佳,秧田亦大致水足云。

初九日(**4月10日**)　侵辰,似欲甚雨,天如泼墨,倏忽云开,巳以后晴甚,亦热甚。诣先大夫墓前周回瞻视。还寺,观农人耕田,云作秧地极有意趣。申正,王文轩敦亭叔侄来,谈至戌初即卧。

初十(**4月11日**)　辰起,以绍酒、时羞躬祭先大夫墓讫,三十年前手植四松,今已合抱,其气象甚属可爱。无奈离吾先冢不及二丈,深虑根深攒结,他日为害。王敦亭云,必当伐去为妙。今日时日殊佳,遂命匠人伐之,亲督工匠,自辰至巳四松皆去,颇觉开朗云。是日新建屋宇钉门,邀集宋、傅、周、王、李五老人,共三百八十余[岁],为踩门,即以祭余飨之,尽欢而散,竟有醉者。是夜大雷雨雹,以戌正三刻起止。问之乡人,幸未伤麦苗也。

十一日(**4月12日**)　晴。昨夜四鼓时,梦与陈特夫同坐,颇极欢洽,似犹是二十少年时也。辰起稍凉,即料理启行。一路麦浪翻风,山花夹道,风景亦殊可人。未正过侧溪,因绕拜陈伯愚先生墓,即特[夫]尊人也。墓前有池,开筑时余犹亲往视之,今已三十余年矣。先生古貌古心,视余辈如亲子侄,音容笑貌仿佛如昨日事。池畔树木已长过人，惜池不存水，而两山环抱，绿树浓阴，洵为吉地。归甫申初，闻陈根云侍郎已于今晨行矣，爱而不见，深为怅然。

十二日（4月13日） 晴。昨日归后，忽得子英专差来信，云炜儿之病旋好旋翻，至二月廿一二日病势盖重，元气大亏，参苓罔效，廿五夜大汗不止，廿六卯刻竟尔不起。闻之昏昏然，天乎哀哉！余先不知其病，直至今正子英书来，始道其去年四月杪偶然失血，六月发过一次，腊月初又发一次，据云亦已医治全愈，不料所谓全愈皆属隐饰，惟恐余之记念也。天乎哀哉！儿性颇仁孝，自其服官后，每日无论闲忙，必手书《心经》一二通，为余资福。平昔待人甚和厚，亦不妄与人交待，稍褊浅耳。道光丙午，生子我垣，因长焯无后，即以为之后。去年十二月生子我坊，专人信来，余方喜以其有后，不意子甫两月余，而吾儿遽夭逝也。余归无囊橐，每年资其接济千余金，以为养（膳）〔赡〕，前后已寄来千九百金，勉强差足敷用，今则已矣。来日正长，将复何所取资耶？闻信之余，真如平空霹雳，手足无措，悲痛英名，因亟请杨荣坡侄倩兼程前往，取其妻子，俟一半月后，再遣裕先侄往扶其枢。中丞公闻此凶耗，又特为作书，属仲畇方伯为之张罗，或不至归无盘费。惟余老境渐臻，何能再为养妻教子也。嗟乎！余前妻生四子，癸卯夏、秋，焯儿、炳儿先后夭亡，今惟炯儿在京尔。后妻一子，又不知人事，三女儿亦皆弱小，天之视余，竟不知其仁耶？刻耶？古有因果之说，或亦别有后果前因耶？不然则余浪得虚名，将以此实祸消磨折耗耶？是故，当以无可奈何不解解之耳。儿生于壬午六月，卒于辛亥二月，为年三十，实二十九岁又八月而已。哀哉！

十三日（4月14日） 晴。遣杨荣坡启行，据云十五日可到，则二十七日当抵成都。四月廿内必有回信，便知彼间如何安排矣。早间，王梦湘亲家昨日、前日，渠与刘树堂兄均来慰余，可感之至。未正，王文轩自扁山还，云在先大夫墓对面之左，得地甚真，且局面亦好，已成说矣。或者炜儿生无过恶，孝友性成，宜得吉地欤？为之少慰。

十四日(4月15日)　阴。午间朱荫堂来谈一时许而去。是夜大风雷雨。

十五日(4月16日)　早起雨仍不止,颇有凉意。辰以后阴,梦湘亲家来。

十六日(4月17日)　早雨,午后阴。是日为内子诞辰,诸亲友欲来者,皆力辞之。

十七日(4月18日)　早雨,午后阴。程晴峰制府移督两湖,以午刻到,遣人迎之,并托中丞将意,又嘱朱荫堂亲家代致节略云。

十八日(4月19日)　昨夜雨声达旦,晨起仍淅沥不止。王梦湘亲家及叙五、兼山、贡斋、秀峰、松南、杨心畬之三弟、秋谷太守同诣余小集,为排愁计,其意良佳,辞之不得,因于看山亭中小聚,至二鼓始散。巳正时,程晴峰制府必欲见余,不得已于上房见之,亦遣人迎送云。

十九日(4月20日)　晨起,天气微朗,似有晴象,巳以后阴。大兄南山自鸡场与勾氏二妹同来,是日作得得、船弟合葬墓志。

二十日(4月21日)　晴。大兄之胞二妹自遵来,将还鸡场,以白绸一匹、被面一床、玛瑙斯玉镯一对、脚带四付赠之,行时仍当送盘川也。闻折差明后日将行,作书寄炯儿,并寄琴坞所(会)[汇]十二金,收条一纸。

廿一日(4月22日)　晴。朱荫堂亲家来谈一时许而去,高嵩南招同秋谷、梦湘、叙五、兼山、金三、贡斋、心泉兄弟集其寓斋,至二鼓散。

廿二日(4月23日)　阴晴相间。巳正,陈璧山、用皆叔侄来谈一刻余。阅《研云》甲乙编,未二鼓即卧。

廿三日(4月24日)　晴。得武次南方伯江苏来信。巳正刻,花金三招同秋谷、梦湘、叙五、贡斋、兼山、高心泉兄弟暨令侄松南集其寓斋,至二鼓散。

廿四日(4月25日)　晴。金三、贡斋、秋谷集余待归草堂,至二鼓去。

廿五日(4月26日) 晴。金三、贡斋、秋谷仍集待归草堂,至二鼓去。

廿六日(4月27日) 晴。金三、贡斋、秋谷仍集待归草堂,至二鼓去。先是,孔理堂为树声弟夫妇卜吉,于三月廿五日合葬莫家庄,乾山巽向,因遣裕先侄自遵移树声之柩,于是月十九日到。前日特嘱成楷二弟携焕侄前往安葬,并作神主,即属楷弟为之题主,命焕侄奉安于白云寺后老宅内敬谨承祀。顷间数次人来,均谓葬地土色甚佳,双棺合葬极为妥协之至,惜余连日抱丧子之戚,神昏气坠,不能躬往看视为歉仄云。

廿七日(4月28日) 晴阴相间,卯初微雨一洒即止,以风甚故也。孔叙五招同梦湘、秋谷、心泉兄弟叔侄、兼山、贡斋集金三寓中,至二鼓而散。

廿八日(4月29日) 晴。秋谷、金三、贡斋仍集待归草堂,至二鼓散。

廿九日(4月30日) 昨夜微雨,未以后小雨。农田望泽孔殷,乘此大沛甘霖,则妙甚矣。高心泉兄弟招同梦湘、秋谷、叙五、兼山、贡斋、松南集金三寓,二鼓后始散。

四月初一日(5月1日) 昨夜微雨,早起阴冷殊甚。李贡斋招同人集其寓斋,二鼓始散,散时已小雨满地矣。

初二日(5月2日) 昨夜微雨,早起,云气犹浓,地尚湿也。申正,邓寅轩司马来谈一刻,并以仆人张升托其带归山东,又为作鉴泉方伯书。是日大泻。犯犹两起。

初三日(5月3日) 晴。树声之子年太幼稚,虽专请伊园教之,而观其行、听其声,未必读能有成。因余在任时寄其母子尚有存银,以二百金为借,存聚兴号,按月八厘生息。又以四十金借王文轩,又以四十金与文轩及余姓者合伙开设栈房生理,尚有六十四金借出未归者。六纸借约存骧侄孙处。十年之后,此子已渐长成,本息合计,似尚可以独自贸易,再以鸡场租谷分给二三十石,娶妻生子,可冀自存矣。

初四日(5月4日) 阴,早起寒甚。陈秋谷招同梦湘诸公集其寓斋,二鼓还。

初五日(5月5日) 阴雨,昨夜小雨数次,如此四五日,于农田则为有益也。申正,得炯儿安报,知其用功有常。二月廿五日得举一孙,且甚健壮,为之一慰。名之曰"我圻",字乳名"恩寿",以寓他日封圻承恩、寿世寿民之意云尔。又得黄琴坞吏部信,炯儿及芗宾各有致王春亭一函,即交其兄敦亭收之。

初六日(5月6日) 立夏。昨夜亦小雨数次,晨起仍有微雨,已以后则爽朗矣。孔叙五、陈秋谷、花金三集余草堂早饭,时梦湘亲家亦来。

初七日(5月7日) 辰起。四围苍翠,一抹浓烟,天已放晴,惟有数片淡云略带雨意而已。是日巳正刻,梦湘亲家招同秋谷、叙五诸君集其寓斋,至二鼓散,晚间月色颇明朗。

初八日(5月8日) 是日甲子。昨夜四鼓后,大雨至卯初始止,于农田大为有益,米价可以平矣。辰以后天气爽朗,朱荫翁送邸抄来,自正月二十一起至二月廿九日止,毫无佳事,惟苏赓堂洊谏一疏,圣主贤臣,读之心为一快。上谕前已摘录之矣,兹录其疏,略云:

臣闻君臣如天地,以交为理,必实意相孚。上无所疑,下无所隐,然后民情毕达,职业兴举,内寇平而外夷服,四序调而万物和。去年十一月二十五日,臣始补官,伏读上谕,有拾遗补缺所乐闻之言,窃幸唐虞三代,君臣交儆之隆,为复见于今日。臣忝谏司,敢不竭愚,以效一得之献乎?谨按《春秋》书元年之意,欲人君慎始而正其本也。皇上圣性至孝,嗣服初元,必慎思继述之难,非臣所能窥测万一者。然自古圣人不以独见为明,而以群言为用。方今时势颇坏,从而救之,非博询众智、力行善政,不足以耸天下之视听而激发其天良。《说命》曰:"行之维艰,王忱不艰。"盖听言诚信,其效可立致矣。皇上御极之初，允请举行日讲，以礼臣议奏停止，臣不敢赘言。但惜当时大臣，不能和衷商榷、将顺盛美，致中外颇有谕旨轻改之疑。《易》曰：涣（汉）[汗]其大号。《传》曰：安危在出令，善令反（汉）[汗]。所关非小，若早慎之于始，当必有以处此矣。臣愚不识忌讳，复愿皇上敬念德元，无忘典学。精求宏济之道，允执劳谦之义，预防骄泰之萌。深居燕闲，则以两广盗贼未平、英夷观衅为儆。所谓任人行政，莫先于治心，心正则明尽，明尽则化至。更请以建元伊始，特旨礼问致仕耆儒汤金钊等，以尊贤养老，昭示天下。饬各省督抚学政，举孝廉方正，必严取真才，以备采用。如有虚应故事，名实不符，一经查劾，即坐举主。凡条陈筹备经费事，属专利者概予斥罢，使天下咸知朝廷所尚，在德不在财，又择翰詹中敦朴有识者为讲官，与九卿分班值日，预备召见，准其缮呈讲义，论列时务。皇上虚怀下问，诱使进言，仪文无晋接之烦，而事体有赞襄之益，如是则宸修日懋，圣智愈明。任贤去邪，当机立断，弊除其太甚，令出于必行。所以正纲纪，兴教化，弭灾害，而长享太平者，皆本于此。若谓群言易惑，得人尤难，恐非推诚接物之论。今天下不患无才，患士气不振耳。取舍慎于上，则名节重于下，凡属臣子，亲见君父励精图治、与人为善之诚，而尚敢因循苟且、营私取戾者，未之有也。宋臣司马光曰：国家之事，言其大者远者，则失于迂阔。言其小者近者，则失于苛细。与其受苛细之责，不若取迂阔之诚。臣之献愚，有类于是。谨缮折密陈，无任惶悚待命之至云云。按时势以立言，治天下之道，不外乎此。

　　皇上御极以来，奏疏中仅见此作，宜吾子寿之十分倾倒也。

　　初九日（5 月 9 日）　昨夜寅正大雨，卯正初三刻止，未以后复雨，酉戌亥大雨如注。是日，狄兼山招同梦湘诸公集其寓斋，二鼓冒雨而归。

　　初十日（5 月 10 日）　自子至卯，仍复大雨。起视池中，已长四寸余矣。辰以后天气渐朗。

　　十一日（5 月 11 日）　阴，亦微有细雨如丝。辰起，朱荫堂漕帅来谈一时许而去。

十二日(5月12日) 昨夜至今辰仍雨。答诸公之筵,是日集待归草堂西偏,二鼓散。

十三日(5月13日) 昨夜至今日巳正刻,间断仍雨。高心泉兄弟招同人集其寓斋,二鼓冒雨散。是日得胡润芝太守信。

十四日(5月14日) 阴。连日雨水已足,农民犁田插秧,纷纷忙忙,欢欣鼓舞,盖又一丰年景象矣。是日大睡,疲乏实甚。闻镇督吴甄甫先生十二日到此,今日过去。

十五日(5月15日) 辰正甫起,天已畅晴。前夜梦骑马,又梦乘车、坐船中。昨夜梦陟危梯登高,苦不得上,以手攀柱,傍一人极力挽之乃上。每欲搦管作书寄崇荷卿诸公,辄以心绪恶劣而止,是夜月明如昼,绿树浓阴,天光如水,若使心安意闲,亦清净欢喜境状也。噫!

十六日(5月16日) 畅晴。同人集高心泉寓斋,二鼓即散,是夜月色甚明。

十七日(5月17日) 畅晴。树声弟之子焕读书甚愚钝,虽延师专课,未必有成,因为之暗与文轩等开栈生理,今日始立合同,闻于廿日开张矣。是日,得何根云侍郎常德来函,又得何圆溪明府内黄来信。前日得范直夫江夏信,又得张仲远己酉冬月信。

十八日(5月18日) 畅晴。出门答拜中丞、方伯、廉访、太守、大令,均皆晤谈刻许,惟心筠观察以病不获见。又往吊薛提军之丧,与朱荫翁相晤,又答拜廖太守勋、陈德圃四兄。归已日暮,倦怠已极,甫刻余即高卧矣。

十九日(5月19日) 王梦湘亲家补作生孙满月,招同秋谷诸公集其寓斋,余先往答袁竹坪、刘树堂、颜雨田三公之拜,始赴,至二鼓散。是日畅晴,肃禀贺程晴峰制军,托中丞寄之。

廿日(5月20日) 晴,饭后出门答拜朱荫堂漕帅、郎拾珊司马、黄心斋太守、伊参戎诸公,归已申正。闻彭于蕃太守来拜而去,是二十年前旧友也。亟往拜之,谈至二鼓始归。早间,王廉普、廖倚城两郡伯来。

廿一日(5月21日) 昨夜三鼓后,大雨如注,晨起仍点滴不休,于农田实大有益。孔叙五、狄兼山招同湘翁诸君集兼山斋中,至二鼓散。

廿二日(5月22日) 早晴,申刻徒雨盛雷,可喜之至。数行寄炯儿并《玄秘塔》残帖一本,托彭于蕃太守入都之便带去。又致俞鸿甫江陵一函,又详致王子寿比部一函,附入鸿甫信内,亦托于蕃便交,似五月十五后可到也。是日巳刻,得炯儿京中安信,戌刻仍雨。

廿三日(5月23日) 昨夜仍雨,晨起地犹带湿,池水已满足矣。先出门答拜周刺史、郑大令,邀彭于蕃早饭,即送其启行。午前一觉酣甚,作琴坞书。

廿四日(5月24日) 早晴,热甚。作何根云侍郎复书,附炯儿家报寄京。

廿五日(5月25日) 卯正一刻,阳光一瞬即阴,午后热甚。秋谷、金三、贡斋集余待归草堂西偏,至二鼓散。杨荣坡四月三日到川,于初十日遣刘丙还,以今日未刻到,知媳妇、孙儿均甚安善。又得子英弟、沈松樵书,知宦中一切。又得清秋浦信,并有银二百金为余寿,闻原封尚存,未寄归也。是夜三鼓初,大风雷雨既猛且久,骇人殊甚。

廿六日(5月26日) 自昨夜亥正至今日午正,大雨如注。冒雨赴高心泉处贺寿,不值而还。未初雨止,申正放晴。

廿七日(5月27日) 晴。作书复子固,遣刘长生回遵。

廿八日(5月28日) 晴。高嵩南邀同人集其寓斋,二鼓散。

廿九日(5月29日) 晴。黄心斋太守来谈一时许,高心泉亦来。闻李石梧督师卒于军,不知其真(膺)〔赝〕也。

三十日(5月30日) 晴。出门为心斋太守送行,并往慰廖倚城还,偕同人集待归草堂为陈秋谷寿。

五月初一日(5月31日) 早阴。出门至黄子载太守斋中谈一刻余,狄兼山在座。太守为先大夫戊午同年,年已七十有八,精神犹健。又往拜陈德圃齐年,还已午初。未正小雨,巳初亦小雨一洒。夜雨竟夕,闻乡间干田仍未能下种,得此当遍及也。

初二日(6月1日)　小雨不止。出门答拜殷四如同年、周世兄麟,各谈一刻余,偕梦湘、叙五、秋谷、金山、心泉、竹林集李贡斋斋中,二鼓后散。

初三日(6月2日)　阴。早起寒甚。作书复胡润芝、王春亭、刘揖三。刘为炯儿同年,名怀让,在润芝幕,以书来,故复之。是日午间浓睡。

初四日(6月3日)　晴,早间仍有寒意。午后往拜周小湖观察,畅谭一时许。廖倚城太守亦在座,说命理甚娓娓动听。随赴朱荫堂亲家之招,二鼓散。

初五日(6月4日)　阴,仍有寒意。午刻过梦湘亲家处一谈,杨文卿来。

初六日(6月5日)　早起微雨,午初稍歇片刻,午正后仍雨。出门赴徐宅公吊还。

初七日(6月6日)　早夜略有微雨,日间阴。同人集待归草堂为花金三寿,二鼓始散。得姚七四月四日手书。

初八日(6月7日)　早夜略有微雨。午间周小湖观察、廖倚城太守来。

初九日(6月8日)　早夜略有微雨。辰正,往谒见斋中丞归,复姚亮臣、范质夫书。是日,在中丞处阅李督师遗折。连日倦甚,大便不畅,气逆不得伸,眠食均未能如常。子英之嗣雍熙于初七日来,即代为纳粟,下榻待归草堂西偏,拟督其用功为秋闱【地】,未知能获隽否也。

初十日(6月9日)　晴。集李贡斋斋中,公为高心泉寿,至二鼓散。

十一日(6月10日)　晴。乔中丞、孔廉访、署古州司马周养恬俱先后来。

十二日(6月11日)　晴。花金三招同人集其寓斋。午间热甚，夜有小雨。

十三日(6月12日)　阴寒殊甚，二鼓后雨。陈用皆持其课艺来见，试帖颇可，八股则嫌太平实，因与之敷陈数言而去。午间，阅傅青余诸君课卷。

十四日(6月13日)　昨夜浙沥不止，晨起云犹湿也，酉以后仍雨，阴寒殊甚。

十五日(6月14日)　昨夜小雨不止，寅卯间稍歇。自辰至午仍雨，未以后阴。高心泉招同人集其寓。

十六日(6月15日)　阴。二鼓后仍雨。

十七日(6月16日)　阴。酉以后复雨。

十八日(6月17日)　阴。午以后热甚，是日为秋谷招集其寓斋，二鼓始散。

十九日(6月18日)　早起微有阳光，仍阴，午间微雨一洒，通身闷热殊甚，始沐浴一过。哺时觉有晴意。梦湘兄送其尊人行述，欲求王子寿比部为之作传，俟得便当即为之函寄。又还所借《稗海》。《桯史》中有“义鶻传”，与余《瘗粉青马铭》略有所同，阅之欣然。

廿日(6月19日)　晴。巳刻，朱荫翁谈二刻始去，得清秋浦观察蜀中来信，又闻子英已题补绵竹。夜雨。

廿一日(6月20日)　早阴午晴，又微雨一洒。作书寄炯儿京师。夜雨有雷声。

廿二日(6月21日)　微雨不止，申以后迅雷烈风，大雨如注，顷刻间沟浍皆盈，未知四乡亦同此沾润否？同人集高心泉寓斋，二鼓仍冒雨归。得武昌明蕴田观察及王子寿兄弟书。

廿三日(6月22日)　早晴，午后微雨一洒，仍晴。梦湘之堂兄琦来，年已八十七矣，神明不衰，可敬可羡。是夜微雨数洒。

廿四日(6月23日)　晨起，天气晴朗。出门答拜王二亲家，又答拜殷四如同年之长君官广文者，各谈一刻余。随赴李贡斋之招，散已亥正。是夜大雨如注。

廿五日(6月24日) 雨至巳正始止,未正仍复大雨,至酉初稍歇,然犹未艾也。谚云:"雨洒二十五,后园无干土。"此间雨多,故无碍,其如三江两湖何哉!周养恬来。

廿六日(6月25日) 为壬子,破。昨夜,雨点滴不休,今辰卯间,更复滂沱,四山皆为雾霾所封弥,望不及数十丈,其状似非一二日所能止者。同人公集亦园,为杨心畲之令四弟寿,二鼓前即冒雨归。得炯儿三月廿六日自京安报,又得琴五信。

廿七日(6月26日) 早起,雨仍未止,午间阳光一瞬。殷四如之长君铭来谒。

廿八日(6月27日) 阴。同人公集亦园,心畲之令弟玉泉答筵也。荷花满池,开与未开约五六百朵,清香招人,殊可玩也。二鼓后始散,夜有小雨。

廿九日(6月28日) 早起,阳光一瞬,似有晴意。闻周小湖观察将赴古州任防堵,随往送行。又答拜周养恬司马,又答拜朱荫堂漕帅,各谈一刻余而还。未正三刻,忽大雷,雨不止。以此间情势卜之,窃恐三江两湖又复大水。彼间连年灾异,元气大伤,若再水潦为灾,实难支拄,且又盗贼充斥,殊为可虑。又于荫翁处查阅邸报,粤西凡三次大败,贵州李瑞署镇广东副将。参将某某并黔人谢深恩为广西参将,署副将事,带兵督战,均皆阵亡。李瑞虽未亡,现亦被参革,任贼势既甚猖獗,将帅又皆解体,惟盼上相早到,赛鹤汀相国已奉命速赴军营。迅奏肤功为要耳。

归田录二(1851)

咸丰元年六月初一日(1851年6月29日) 晨起微雨,午后稍歇,戌以后大雨如注约三时许。是日同人公集王梦湘观察借闲轩,二鼓散。

初二日(6月30日) 早间似有晴意,然湿云犹在天也。闻周养恬司马有脚力入川,以数行附应料理各事条目,先寄杨荣坡茂才,即托养翁转交。午后大雨,一洒即止,戌正复大雨。

初三日(7月1日) 自昨夜戌刻至今日辰初,雨势甫止,午以后天始开朗,申初阳光一瞬,似有晴意。闻粮储孙心筠观察已作古人,拟与荫堂、梦湘、叙五诸君明辰一往吊也。是夜自亥至寅雨声不止。

初四日(7月2日) 卯正以前大雨如注,辰初始歇,巳、午、未、申天皆晴霁,酉刻阴有风。偕荫、湘诸君往吊心筠观察讫,复往贺王廉普太守兼署粮道事,又往答拜贞丰学正赵广文方玉,相别廿六年矣。君长余一年,貌虽清癯,而精神甚旺,纵谈往事,不觉为之怃然。

初五日(7月3日) 晴。同人公集花金三寓斋,二鼓散。夜有微雨。

初六日(7月4日) 晴。王廉普太守来,谈约三刻余,闻荷卿弟有云南臬司之命,为之欢喜无量。又闻粤西贼匪势甚张,贵州带兵之参、游二人皆殁于阵,不禁恻然。又闻上相已将抵粤,亟盼其勠力戎行,迅奏肤功为快也。又闻湖南湘乡有戕官之事,湖北崇阳、兴国、通山、通城皆不安靖。日来上游雨多,三江两湖水势必大,此皆重可忧者,殊令我出入徬徨,展转不寐也。

初七日(7月5日) 晴。饭后往视梦湘之次郎,适报其已取古学十一名,为之欣慰,随诣先大夫神道碑前,一视城外,禾田均甚葱茂,七月初间可望新谷登矣。又至亦园,观其池荷已开数十花,芳香挹人,与主人杨玉泉秀才谈一刻余而还。傅青余以所刻黄漳浦定本《孝经》来,欲为作序,并捐印三千本散诸乡试者,俟与面商,若所费只三二十金当即独力应之也。又为陈用皆茂才改阅诗文二十余艺始卧。

初八日(7月6日)　昨夜大雨竟夕,至本日巳刻始歇。招杨文卿、李桂舲诸公共十四人早酌。

初九日(7月7日)　晴。招梦湘诸君集待归草堂,至二鼓始散。

初十日(7月8日)　晴。奉约年伯黄子载太守、朱荫堂漕帅、刘树堂大令、王梦湘观察、狄兼山参军早酌,至未正散。早间赴梦湘处贺其二郎入泮之喜,申初又往贺孔叙五、高松南郎君入泮之喜,又往为周养恬刺史、黎伯庸广文送行。归已酉初,热不可支。

十一日(7月9日)　晴。以余监临时所得之金花一对并袍套、红绫、绍酒为湘翁与二郎贺。又致送文世兄,殷、孙世兄各折花红银四金,又刘树翁之侄孙银七分。午间袁竹坪来辞,云欲去江西,因以数行致彭小山大令。

十二日(7月10日)　晴。晨起出门为袁竹坪送行,又至刘树翁处谈一刻余,又出南门为文竹陔贺,又往视陈安臣,不值而还。殷四如同年以所送贺金璧还,缘本地乡风,收贺礼则必酬客,既全不收受,固不能为余故致他人口实也。

十三日(7月11日)　晴。王梦湘亲家招同秋谷、叙五、金三、贡斋、心泉、兼三、松南、玉泉集其东斋,三鼓始散。

十四日(7月12日)　晴。郎拾珊司马来。夜有微雨。

十五日(7月13日)　晴。闻吴子苾方伯调补陕西,约湘翁同往道贺。又至王廉普太守署谈一刻余,又至朱荫翁处谈一刻余。

十六日(7月14日)　晴。梦湘亲家招同人集其东斋,二鼓始散。得胡润芝太守书,又得罗次垣酉阳州书。早间吴方伯来,郡县诸公均来。

十七日(7月15日)　晴。出门答谢首郡县诸公贺寿,又往拜晤廖倚城、郎拾珊二公,各谈一刻余而还。

十八日(7月16日)　晴。高松南郎君入泮,招同人集其寓斋,二鼓始散。晚归,得四川来信,知孙儿女均皆平安,惟杨荣坡书不甚了了,亦殊可笑。又得章少青书。

十九日(7月17日)　晴。作书复胡润芝,并贺其莅黎平之任。午后作书复少青。

二十日(7月18日)　晴。辰初,梦湘亲家来,谈一刻余而去。申正刻,高心泉亦来。

廿一日(7月19日)　晴。学使按试贵阳郡,发落新进诸生。早间狄兼三来。

廿二日(7月20日)　晴。高心泉招集同人至其寓斋,为乃弟作汤饼之会,二鼓散。

廿三日(7月21日)　晴。早间祖庚学使来拜,时值剃头,未及邀谈。饭后得川中信,知子英弟委署犍为补冕宁,作书勉之,并复杨荣坡一函。

廿四日(7月22日)　辰起,出门答拜祖庚学使,又往谒见斋中丞,又往贺狄兼山为子娶妇之喜。饭后作书复琴五,并寄俞孟廉、章少青、尚承周甘肃,李星甫、王莲生陕西,均由炯儿京中觅便寄致。闻折弁月底方行,今交付免致临时遗误也。昨夜急雨三阵,今日午未间又微雨二洒,虽于农田无大益,而暑氛甚恶,亦稍除烦闷云。

廿五日(7月23日)　晴。湘翁以其二郎入泮,招同金三、叙五诸君集其寓斋,二鼓始散。

廿六日(7月24日)　晴。早间颇甚凉爽,廖倚城太守诣待归草堂,谈一刻余。马仁山招同王梦湘、袁清臣、胡敬南诸公小酌,至申初始散,归。读乔中丞所刊《历代循良能吏列传汇钞》二卷,中丞治尚简静,抚吾黔七年以来,休养生息,百姓深受其福而不知。固知其学有本源,迥不同于沽名钓誉者流惟以诈术相尚为也。中丞另刊有《吉祥善事》一卷,虽近禅理,然亦可见其居心之正矣。

廿七日(7月25日) 早起。微雨一洒,颇有凉意,狄兼三为子娶妇,招同人集其小园,二鼓散。

廿八日(7月26日) 晴。翁祖庚学使以西瓜十枚见遗,剖其二食之,虽不甚佳,亦足解暑。是日始读书尽三时云。

廿九日(7月27日) 晴。是日为太夫人忌辰,卯正即乘舆诣墓前展拜,于巳正赶到。松楸无恙,三十八年来,仅一加修整,可见土之工倍于石。回忆窀穸初安,宛然目前。想像音容,犹一一如在,而身为鲜民已四十有一年,须发如此,其种种不审太夫人在天之灵亦怜念之否? 左右周视,怆然久之。随至莫家庄得船夫妇葬地,青草茸茸,居然佳兆,为之稍慰,复折回太夫人墓前,小立移时,遂乘舆归。一路禾苗甚茂,惟田渐干燥,亟盼透雨,约计北路之田十有八九皆如是也。申初归寓,得炯儿安报。

七月初一日(7月28日) 晴。周十夫刺史自平远卸事还,已题升台拱同知,行将入都引见,来待归草堂谈一刻许。而午初诣黄子载先生寓,为其恭人题主讫,随往答拜十夫。又答拜蒋参军,又往视秋谷太守病。是日热不可支。

初二日(7月29日) 晴。朱荫堂漕帅来谈一刻余,偕赴殷四如同年之招,同坐者为张君某及高心泉、李贡斋,归已未正。大雨一洒,似尚普遍,惟时未久,恐于田禾仍无益耳。见斋中丞来。

初三日(7月30日) 晴。油然作云,欲雨不雨,热尤甚,殊不耐人。孔叙五招集亦园,饮馔皆精,一鼓后即散。吴子苾方伯以邸抄见示,知根云仍入直书房。

初四日(7月31日) 晴。为王敦亭秀才及雍熙侄涂改经艺,烦闷殊甚。适朱荫翁送到邸报十余本,内四月二十六日曾国藩递封奏一件留中。奉上谕:"曾国藩条陈一折,朕详加披览,意在陈善责难,预防流弊,虽迂腐欠通,言尚可取。朕自即位以来,凡大小臣工陈奏,于国计民生、用人行政诸大端有所裨补者，无不立先施行。即敷陈理道，有益身心，均皆置诸左右，用备观览。其或窒碍难行，亦有驳斥者，亦有明白宣谕者，欲求献纳之实，非沽纳谏之名，岂得以'无庸议'三字付之不论也！伊所奏除广西地利兵机已令查办外，余或语涉过激，未能持重；或仅见偏端，拘执太甚。念其志在进言，朕亦不加斥责，至所论'人君一念自矜，必至喜谀恶直'等语，颇为切要。自涯貌躬德薄，夙夜孜孜，时存检身不及之戒。若因一二过当之言，遂不量加节取，容纳不广，是即骄矜之萌。朕深思为君之难，诸臣亦当思为臣之不易也，交相咨儆，庶直言起行，国家可收实效也。钦此。"闻涤生侍郎此奏，语多荒谬，至有"辛受丹朱"云云。读谕旨一过，仰见包容之量，得之少年天子，尤为仅见。二三大臣倘能各尽乃心、赞襄得体，太平即在指日矣。噫！为臣不易，人才难得，古人岂欺我哉？

初五日（8月1日） 早阴。为王梦湘亲家览揆之辰，本拟招同人公集待归草堂为寿，因其文孙病尚未愈，再三辞谢，遂改作他日云。是日巳以后仍晴，且热甚。

初六日（8月2日） 晴。始为雍熙改文，饭后为刘子坦茂才书扇，又书条对各件。夜卧热不可支，梦中忽得"郎情江广，妾情江深。深广莫测，郎寿金石"十六字，似子夜《竹枝》之类，亦不记为何所指也。

初七日（8月3日） 晴。朱荫翁招同梦湘、叙五及秋谷诸君公为孙心筠观察致祭，又偕梦湘往贺祖庚学使、子愍方伯，以其一弟一子均以荫得内外用也。

初八日（8月4日） 辰起小雨。昨夜为七夕，相传牛郎织女双星会，别之雨为洒泪雨，岂其然欤？午前后又得大雨二阵，于农田甚益，惜为时太短耳。周十夫司马来谈一刻余而去。

初九日（8月5日） 晴。李贡斋招同人集其寓斋，二鼓后散。

初十日（8月6日） 早阴。昨日学使、方伯均来，不值而去。是夜热甚，四鼓后方能假寐。

十一日(8月7日)　晴。

十二日(8月8日)　立秋,早阴午晴。同人公集待归草堂,为梦湘先生寿,至二鼓始散。盆中素心兰花已含苞矣。

十三日(8月9日)　晴。起封侄偕其妹夫马子桢、表弟杨子桩来乡试,下榻于待归草堂之东。

十四日(8月10日)　晴。家祭。夜热极,不能成寐。

十五日(8月11日)　同人集待归草堂为狄兼山寿,暑氛殊甚,汗流喘急,几不可支。早间以素心盆兰贻中丞二,方伯、廉访各一,翁学使一,又分致王廉访郡伯一,又以一贻梦湘亲家。饭后中丞集选句书便面称谢,并以《钓游延瞩图》属题。夜月大佳。

十六日(8月12日)　晴。辰往送殷广文启行赴京,又答拜张同年元弼、黎雪楼司马珣,又往视陈秋谷腿疾。随赴吴子愻方伯之招,同坐者为朱山长、孔叙五、王梦湘、孔诚甫廉访,畅谈半日,颇极欢洽。午间微雨一洒,惜为风所散,然已凉爽,不致挥汗如雨矣。申初,归闻滇员解象过省,栖之东门城外君子亭,侧开园门,倚城堞观之,小者视水牛稍大,大者不止倍之也。由滇至京八千余里,每驿须费不支,惜哉!

十七日(8月13日)　阴。王廉普太守来谈二刻余,座间素心兰花沁人心脾,颇极快爽。

十八日(8月14日)　晴。梦湘亲家招同人集其西斋,二鼓始散。是日热甚,晚复甚凉,偶不检点竟受风寒,痰嗽殊不可耐。

十九日(8月15日)　晴。头热心烦,闷人殊甚,湘翁早间来谈一刻余。随出门为朱广文英道贺、狄兼山贺寿,又与傅青余孝廉谈二刻始归。

二十日(8月16日)　晴。同人公为胡敬南广文补祝,集高心泉斋中,并答拜翟鹤生广文。是日寒疾仍未能豁然。

二十一日(8月17日)　微雨数洒,早间周十夫司马来,言中丞亲往祈雨,雨即立降,且雨意亦尚未歇。闻之亲友皆言,此老抚吾黔七年以来,此等举动旋至立应,亦足见中心之诚,可胜欣佩之至。是日集李贡斋寓中,为高松南预作生日。

二十二日(8月18日)　早阴,亦有微雨数洒。孔理堂广文来谈少许,周竹东刺史新自永宁州来,讯其所部皆极安靖,闻民心甚为爱戴,可喜之至。遣奴子以《钓游图》归之中丞。余三四月来,书既未读,字亦未作,心绪殊不静一,笔墨亦极生涩,因属傅青余孝廉代作乐府体一篇,李桂舲广文代为楷书,聊以塞责而已。自廿一至此两夜皆有雨。是日作书寄炯儿。

二十三日(8月19日)　早阴。以廿四日为先大夫生忌,具清馔冥财,遣顺儿督往墓庐。又因王文轩为炜儿相度吉地,余尚未之见也,特约文轩同赴朝阳寺,以便相与斟酌妥善,定择安厝月日。文轩已先行,余乃于辰初乘舆,申初始到。所见自红边门起至朝阳寺止,五十里内,惟红边白牙,及朝阳寺前,田禾畅茂,余则干旱已极,即杂粮亦将枯焦,中心为之恻然。是夜微雨二洒。

廿四日(8月20日)　卯正(自)〔至〕辰初,细雨如丝,中心喜极,因冒雨至先大夫墓前展拜致祭,与文轩商酌墓碑山向,移时始还,雨亦渐歇。饭后仍偕文轩赴驾步山相度其所卜地,距朝阳寺约三里许,来龙自水田坝场口尖山,分支脉极分明,朝山三层,层层开面,穴情亦的确不易,微嫌左砂第二支稍带粗劣,然尚可栽树遮掩也。山向申寅兼坤艮,据云明年大利云。归已申正,又至新造屋宇与文轩商酌开门封砖等事。晚饭后,范秀才来谈一刻余,年六十五岁,人亦诚笃可喜。夜有微雨。

廿五日(8月21日)　辰刻大雨。巳初启行,一路周视田中干裂者,仍不觉有沾润意,询之老农,谓得此寸雨泽,成穗之谷已必可收,但虑米粒不饱满耳。未正至侧溪,将由先大夫神道碑亭迤上,视所为《瘗马碑铭》。适高秀东茂才由白牙书舍还,立谈十数语,并出其近作制艺乞余点定,此君诗、字、八股均极可观,贵筑之高材生也。

廿六日(8月22日)　阴。以时文二首还郑秀才增,以时文、试帖、古今体诗稿三本又时文六首还狄兼三。昨日得姚七汉口来信，辰起复之，并托交致张仲远大令一函。早间梦湘亲家来。

廿七日(8月23日) 早晴，午阴。狄兼三为余诊脉，谓心血大亏，肺经亦复受伤，开方亟令煎服。王湘翁、晋虚谷、陈用皆、龙际瀛、龙西堂先后来谈各刻许，已申正矣。

廿八日(8月24日) 早阴，巳以后晴。胡敬南招集其寓斋，三鼓散。

廿九日(8月25日) 晴。晨起出门答拜年伯黄子载先生，谈一刻余。又往拜狄兼三参军，并烦其诊视开方苋。又往拜朱荫堂漕帅不值，又往答拜傅确园汝怀明经，随诣中丞处谈约一时，以其出月将入场监临也。午间，佛芝林太守来辞，以他故未见，以其派充监试，例当回避也。是日，肚腹殊胀懑，申、戌间连泻二次，卧时稍差。

三十日(8月26日) 晴。同人集胡敬南寓斋，二鼓散。

八月初一日(8月27日) 阴。早间约黎雪楼、傅确园、翟鹤生、袁清臣、张有岩、孔理堂、杨仲香、狄兼三、高松南、王芳亭诸公集待归草堂，未正散。中丞来拜，以客在座，托故辞复。申正刻，浓云密布，戌初起雨丝如织。

初二日(8月28日) 昨夜小雨帘纤，至寅时始歇。虽于田禾无益，然菜蔬亦尚能沾润云。辰初，赴黔明寺招集遵义、绥阳及首郡外府县诸亲友之乡试者凡五十六人早酌，以午初集，申初散。寺为四川人舒某独力捐修，有大悲阁高据城中，四围山色罗列，奇特清气，挹人眉宇，殊足壮观。舒某者闻余至，亲诣伺应，始知久在首邑司厨，自至堂漕帅莅任时，至今已十余任，有所余即搏节为兹寺费。统计建造庙宇、置买田庐共用二千七八百金，为善之心，仍复不倦。问其年已七十，精力颇健，语言亦恬然蔼然，洵臧获中之矫矫者。亟奖借而诱掖之，坚其志且以励余人云。

初三日(8月29日) 晴。早间同梦湘亲家公钱福观察、廖太守倚城、郎石珊、周十夫两司马于待归草堂，申初始散。因偕梦湘邀同高心泉往视贡院号舍。自丁亥、戊子与同人倡捐修建后，迄今已二十五年矣，自丙子乡荐又三十六年矣。前尘如梦，可胜惘然！座师黄霁青先生《玉尺楼铭》云："去天尺五，上有明神。矮屋万间，下多寒士。"

初四日（8月30日）　晴。早间孔叙五来谈一刻余而去。随赴高心泉之招，二鼓后散。

初五日（8月31日）　晴。作四川信。

初六日（9月1日）　晴。同人公诣胡敬南斋中为其太夫人寿。随集湘翁西斋，二鼓散。

初七日（9月2日）　晴。胡敬南招集其斋。是日为高松南寿。晚归待归草堂，王敦亭、马子桢等方饮酒乐甚，观其从容闲暇，似可望锦标高夺也。

初八日（9月3日）　晴。早起料理雍熙兄弟及子厚、敦亭、子桢诸人入场讫。得胡润芝太守黎平七月廿九日来信，广西贼势已衰，不日即可肃清，欣慰之至。

初九日（9月4日）　晴。午间热甚。同人公集李贡斋寓中，二鼓始散。月色殊皎洁可爱，池畔荷叶尚盛，清气挹人，树影参差，虫声如语，徘徊上下，幽静莫名，真觉烦襟净涤也。坐至三鼓方卧。得甘肃张古愚大令继昌六月书。

初十日（9月5日）　晴。辰正刻微雨一洒，巳初刻已放头牌乡试题《如有博施于民而能济众》、次题《舜好问而好察迩言》、三题《拱把之桐梓，人苟欲生之，皆知所以养之者》，诗：赋得"楼高面面看青山"得"楼"字。诗文题目均佳，足征主司蕴蓄必深，可喜，可喜！是日作四川信竣，拟明日遣刘长生、韦寿同去。申、酉间侄辈方始出场，阅其文艺均尚通顺，中以王敦亭、马子桢、杨子桩三艺尤为杰出，欣慰无既。

十一日（9月6日）　晴。遣韦寿、刘长生去川，限八月廿六日赶到。送侄辈入二场讫，随赴李贡斋之招，饭后步月而归。

十二日（9月7日）　晴。作书复周小湖观察、养恬刺史。

十三日(9月8日) 早晴。午后微雨四洒,均到地即干也。

十四日(9月9日) 早晴。得炯儿七月六日安报,始知五月廿一日所寄之信竟未交到,可笑之至。又为陈君兆颐会兑九八银贵平十七两,俟节后当连信付之。申初但小云太史来,又复胡润芝太守书。是夜微雨二洒。

十五日(9月10日) 为中秋节。吴方伯、孔廉访皆遣人持帖来贺,一一答之。王湘翁、高心泉亦来,并读其令弟秀东场艺,简洁老当,大可望中,诗押"游"字亦佳,余数卷则未敢许也。遣彭喜、黄忠以九八银十七两并家书送交仓后街财神楼隔壁王宅内进德堂陈兆颐宅,有令尊令弟亲收,有收条俟折便附去。是夜月不甚明,微雨二洒。

十六日(9月11日) 晴。遍阅亲友出场诗文。是夜月色甚佳,待归草堂素心兰又开一枝,幽香可爱之至。

十七日(9月12日) 晴。热不可支,出门问狄兼山、杨玉泉、周竹生、孔诸君。又答拜但小云太史,并晤其令弟。又往送廖倚城、郎拾珊之行。又至首郡为王春庭馆事、黎伯容义学差事。又至廉访处为王子行说项,又往视陈秋谷腿疾,又为花金山贺其令兄转比部副郎之喜,还已酉初矣。

十八日(9月13日) 雨。狄兼山、高秀东、周竹生、彭以根均各以闱艺来见。王湘翁送寄陕西安报来,托为加封,由炯儿京中转递。

十九日(9月14日) 雨。公集李贡斋寓。

二十日(9月15日) 早雨晚晴。闻中丞出闱,朱荫堂亲家约往问讯。因于申初前诣,谭一刻余,并以《八月十五步月、元韵》见示。又云闱艺已荐四百卷,两主司迄未能定盖,以雷同者多,又多不相上下,欲俟二场分取,去似揭晓之期稍迟至初二三云。是日作书寄炯儿,并答萧伯香农部、黄琴坞考功。中丞云折差须廿五六方能启行也。

廿一日(9月16日) 自寅初至卯初刻大雨如注。先是,与朱荫堂、王梦湘、孔叙五约，公至南城外普化寺送廖倚城太守之行。比余出城，则诸君皆还，云已旗亭话别矣。因就近至文竹垓同年处阅其三郎经艺，书经文集，书甚古奥，余文亦佳，可喜之至。还过陈璧山，不值，随约李贡斋同赴高松南之招，二鼓始散。是日雨势帘纤，至夜不断，农家正当收获之际，此雨甚不相宜也。

廿二日（9 月 17 日）　自丑至卯大雨如注，辰以后亦时雨时阴。梦湘、叙五诸公集余斋中，至二鼓始还散。

廿三日（9 月 18 日）　自昨夜亥刻至今日巳刻，大雨不止，午正稍有晴意。周十夫司马来辞行，云将以廿六日启行入京。是夜仍雨凉甚。

廿四日（9 月 19 日）　早间小雨。巳正，梦湘邀同黄子载年伯、朱荫堂、刘树堂、狄兼山集其寓斋，适陈秋谷太守病愈，往拜，遂留入座，至申初散。因与周十夫送行，谈一刻余而还。作书贺桩静斋开藩湖南之喜，并荐奴子彭喜。

廿五日（9 月 20 日）　晴。有佃人熊姓者，兄弟种田认租三十石，每年必先完纳，其勤可喜，其朴实尤可爱，因命馈之食，且奖励之云。同人公集待归草堂，兰桂芬馨，风日大可玩也。酉刻子惡方伯送牡丹二盆、梅花二盆、（蜡）〔腊〕梅二盆，梅与（蜡）〔腊〕梅甚佳。

廿六日（9 月 21 日）　晴。周贵自四川来，得杨荣坡手书，又得沈松樵昆仲信。

廿七日（9 月 22 日）　晴。胡敬南招同人集其寓斋，二鼓散。曲靖太守邓子久入京，过访不值。

廿八日（9 月 23 日）　晴。早间王湘翁来，饭后答拜邓子久太守，谈一刻余。又答拜黎雪楼明府，并晤其长君伯庸。随往拜吴子惡方伯，知初二日揭晓。

廿九日（9 月 24 日）　早阴，午后小雨。是月小建。同人公集亦园。

闰八月初一日（9 月 25 日）　早阴，戌以后雨。作书复杨心畲观察,交其弟玉泉附寄。是夜戌刻揭晓:马子桢中二十七名,彭以根中玖名,亲友中惟此二人。又有萧庭甡者,为仲香侍御之子;李启勋者,为梦湘亲家之外侄婿,余则皆不识也。

初二日(9月26日)　阴雨。彭以根及萧、李二君皆来,作书附以根家报为小山称贺。梦翁来谈一刻余而去。午间王廉普太守来。

初三日(9月27日)　阴。早起,陈秋谷来为相攸事。吴子愙方伯至待归草堂,出陈岩野先生遗研,相与把玩良久而去。饭后,出门答拜黄心斋、佛芝林两太守,又往约但小云弟于初八日至寓小聚。又喜贺萧、李二君及彭以根大侄,并至高心泉松南及狄兼三、王湘翁处,各坐谈片刻。又往视刘树堂夫人病,归已酉正,亦倦不可支矣。适折弁回,得炯儿七月十一、十三两函。又阅邸抄,知桩静斋已调浙藩,崇荷卿亦于七月六日出京,计期此月杪当抵黔矣。又得杨荣坡八月十五日成都来书。

初四日(9月28日)　雨。余自去正归来,下榻北屋东间,事皆不顺,因阅《阳宅三要》《阳宅辑要》诸书,有"修方安床"之说,似亦有理。乃择本日辰刻移床就癸向南,拣理残书剩纸,辛劳竟日。是日申刻得炯儿八月朔日来函,拆之,则琴坞考功书也。又得莲生书。

初五日(9月29日)　早雨,巳以后稍有晴意。辰正刻得炯儿七月三十日安报,知其疮疾已愈,且云自今以后至于场前,除温经书及披阅史鉴外,当专心一志于制艺试帖。又琴坞信云,其文艺日有进境云云,为之稍慰。又得宋芗宾书。

初六日(9月30日)　阴晴相间。早间署绥阳令沈秋帆西序来见,黔中称好官,此为第一能,使之治遵义一年,当大有起色也。邀陈秋谷太守来此相攸,适高松南来,随后但槐卿荫良来,相与长谈约一时许。松南、槐卿次第去后,又与秋谷谈一刻余。午后作书寄杨荣坡四川。

初七日(10月1日)　辰刻,余作寿枋。申刻杨文卿、黎伯庸、莫芷升同至待归草堂,因留便饭。萧仲香之长君鹿坡孝廉庭甡来谈一刻余,器宇甚安雅,特少年科第,略有高兴意耳。

初八日(10月2日) 或雨或晴或阴。饭后出门答拜沈明府,又拜佛太守,又拜贺阮孝廉,又往拜朱荫堂,均不值。又至秋谷处谈一刻余,又往视刘树翁之夫人病。又往送翟鹤生广文,至则已行矣。归作寄子英及沈松樵昆仲、罗次垣同年书。王梦湘亲家来谈一刻余。早间狄兼山亦来。

初九日(10月3日) 晴。作书复武次南吴门,又致祁功章方伯江宁,并荐游升。是日招蒋参军来,与之商柏世兄事。盖柏之祖与父皆卒于西南,闻杨致堂河帅欲助之归葬,其母将挈子女前往而苦无费,余故托蒋公为王廉普郡伯道意云。

初十日(10月4日) 晴。作寿枋成,遂移置于待归草堂之东。作书致骆吁门中丞。又一书致陈芝楣观察,为彭喜觅啖饭处也。是日蒋参军来言,廉普郡伯似有允为柏氏设督意。新建小池木桥成。

十一日(10月5日) 晴。早起出门为福观察送行,又往答拜佛太守、蒋参军、吴明府,又往拜子愍方伯,闻其将启行入京也。又往朱漕帅处谈一刻余,王湘翁来。

十二日(10月6日) 晴。王廉普太守遣人送百金为柏世兄川资,可感之至,当作书谢之。即招柏世兄母子来面洽,并催令于廿五日即启行云。作书复胡润芝并黎伯庸说项。又作书致黄石阼太守,以彼间山长一席,成兰生之五弟志在养亲,无暇及此,闻府学优贡王竹溪勷世为郡人所服,劝其延之主讲为宜也。

十三日(10月7日) 晴。

十四日(10月8日) 微雨。

十五日(10月9日) 阴。佛芝林太守来,高心泉来,各谈一刻而去。

十六日(10月10日) 微雨。胡敬南招同人集其寓斋,中丞来不值。先往答拜傅确园,君以欲刻《续黔风演》而苦无资,云需六十金可成,因力任之,当以明年春间鸠工。

十七日(**10 月 11 日**) 杨玉泉招集亦园,是日寒甚。先往答拜中丞,至午正始赴。

十八日(**10 月 12 日**) 大雨,狄兼山来,因为余诊视,时肝气大作。王敦亭以酉刻将归省其尊人,因以五金托为买漆,并赠盘川二千文。

十九日(**10 月 13 日**) 阴。微雨一刻即止,狄兼山、但小云同来,坐一刻而去。

二十日(**10 月 14 日**) 阴。卯初同朱荫堂、王梦湘、孔叙五、陈秋谷、但小云诸君出南城普化寺,送孙心筼观察之枢。此老年七十余,犹恋栈不归,卒至老妻孤孙挟枢以行,诸君同声太息,因共称余急流勇退,为高不可攀。夫余亦何敢自高?辛稼轩云:"岂为莼羹鲈脍哉。秋江上,看惊弦雁避,骇浪船回。"急归盖亦此意耳!舆中乘兴一联云:"督抚本非难,稍缓须臾当自得;钱财原有定,便多蓄积岂能长。"又一联云:"甘守清贫安用倘来之物,要希荣宠何不仍去作官。"言虽粗俗,亦实理也。是日午正于丙方换立灯竿,又油洗东南方楼窗各事,盖欲为炯儿助其登科之兴也。又改修正室两厢门楼,为焯、炜两儿妇住,屋均以卯、巳、午三时起工云。狄兼山、但小云复来,谈一刻余。方作书寄炯儿,中丞处适送湖北乡试题名,小山之郎君有惠得中第十八名,炯之内弟也,欣慰之至。记戊申江右石芸斋太守过楚,为之查《五星云论》,星命太阳到宫,辛亥年必中。然辛亥何以有科,窃所不解云云。今果然辛亥恩科而中,似星命亦有足信者。又记舅氏王楚材先生在楚与小山亲家卜地,下葬后,常语余云:此地若仅富至百万或数百万,人必云渠家本所自有;若中举、中进士,且不出十年之内,则仆不能不居功云云。盖穴是骑龙,发必速,似地理之说,又有足信者。夜有微雨。

廿一日(**10 月 15 日**) 阴。作书寄炯儿京门,并附唁春介轩廉访,又附寄王莲生家信一函。

廿二日(**10 月 16 日**) 阴。巳刻偕朱荫堂、王梦湘诸公赴藩署,公请吴子愍方伯,以其将之西安藩任也。归作复汉司马赵静山书,并附姚七贺函,托首郡邮递。

廿三日(10月17日)　阴。吴子愍来谈一刻余。时菊花渐开,梦湘、叙五、心泉、金三、贡斋、玉泉皆集余[待]归草堂。

廿四日(10月18日)　阴。作书寄杨至堂河帅,为柏氏存殁说项,并助其盘川十千文。至堂信内并代嘱王小山数语,未知能有济否。又致龚莲舫观察一函,附托蒋世兄馆事。午刻,中丞来谈一刻余而去。朱荫堂亦来。随后狄兼三来为余诊视,据云气尚未通,须用木香为愈也。是日,寿枋五具皆成,虽不甚佳,亦均可用。忆先大夫在阳山任内见背,时仓卒无处寻觅,仅能于对河唐氏为其尊人所预备之物勉为买求,宽大尚属适宜,而杉质不坚,还黔时灰漆至三四十次,中心殊以为歉。先太夫人则是随任清远县署时,王及庵第叔舅所代买者,亦是杉木,其质地与先君之具正同,申戌归葬,灰漆亦三四十次,当时既已安窆,后则万不能改移矣。此两事乃终身之恨,而忍令及身以坚美完好者自用耶? 其余四具,一妻、两寡媳、一婢子,次第用之,不丰不俭,甚为合宜,附记于此,子孙其遵之勿易可也。

廿五日(10月19日)　先阴后雨,偕朱荫堂、王梦湘、孔叙五、朱同翁、狄兼三公饯吴子愍方伯于待归草堂,并邀孔诚甫廉使、王廉甫署观察作陪,至酉初始散。

廿六日(10月20日)　晴。作书复王小湖司马漳,交柏世兄带交。是日同人公集待归草堂,菊花大开,欢饮甚畅。

廿七日(10月21日)　晴。狄兼山来,得炯儿安报。又得春介轩信并太夫人讣书。又附寄王莲生家信,到即为之送去,莲生亦有一函贻余。

廿八日(10月22日)　阴。微雨数洒,昨夜则如注也。饭后出门视祖庚学使,将往府贺王廉普调补首郡之喜,适廉普先在学使座中,谈二刻余,余仍先辞,至贵阳过门一刺而已。随答拜陈秋谷,值贡斋在座,略(座)[坐]少许,即往视彭以根之病。又至湘翁处赏其菊花而还。途遇朱同翁,言诣余斋,匆匆不及邀还为歉云。入夜大雨。

廿九日(10月23日)　雨。早起督奴子辈将雨中菊花移于待归草堂中,高下位置,颇觉得宜。招黄心斋、佛芝林、吴鼎臣及署中军参将伊君早饭。是月小建。

九月初一日(10月24日)　雨仍不止。出门答拜朱世兄及正本书院山长朱君,随赴梦湘亲家赏菊花之招。是日得范衡甫信,有寄还五百金带交朱荫翁转付,亦意想所不到者。俟其交来,则年内可无窘迫之虞矣。又得朱子余山西来信,并代查《蠢子数》一纸,以前颇见符验,据云近六旬必有召命。仍由巡宣而晋封,圻六十五六复可引退云云。此心已若死灰,何能出而图治?亦姑付之妄言妄慰而已。

初二日(10月25日)　雨仍不止。略将陕中地方情形、官吏才具就所知者开一纸,因子愖方伯屡为询问故也。

初三日(10月26日)　晴。公集待归草堂为孔叙翁寿,二鼓始散。

初四日(10月27日)　晴。早起诣藩署,与子愖方伯谈一刻余,因愖翁将于初九日成行,新方伯明日入城,即进居署内,往拜不便,故以今日为宜也。还至荫翁处,约其同出西城饯送云。

初五日(10月28日)　晴。赴亦园小集,是日吕垚仙方伯入城,带致吴仲畇方伯、清秋浦观察各一函,意甚谆切,良可感也。

初六日(10月29日)　阴。早间吕方伯来谈一刻余,问其年甫四十八岁,似有心作好官者。晚得周小湖观察信并《秋兴》二十六首,悲凉雄壮,感事怀人,不觉为之起舞。又得刘鉴泉方伯山东来信,意甚殷拳,并知其令弟小川目疾仍未能愈,殊为可惜。

初七日(10月30日)　晴。早起诣荫翁,同往贺新方伯,送旧方伯回。吴子愖方伯来辞行,情意颇挚。时已午初,随赴高松南之招,二鼓还。

初八日(10月31日)　晴。作书交徐长带呈王莲生陕西,翁学使来谈二刻余。

初九日(11月1日) 晴，热甚。巳正刻出威清门，偕朱荫堂、王梦湘、陈秋谷、朱桐孙、孔叙五、狄兼山公饯吴子悉方伯，还已午正。佛芝林太守来辞，云将于明日回遵云，以杨聚垣名条交之，托为荐正安山长一席。是日为先大人忌辰，本欲于初七日赴乡致祭，因子悉之行，遂不果去。即在家设馔，计今已三十二年矣。音容如在，而(馨款)[馨欵]无闻，徒切凄怆，亦复何益，哀哉！

初十日(11月2日) 晴。出门为佛太守送行，随答拜但小云太史。李贡斋来谈半刻去。

十一日(11月3日) 晴。答拜杨文卿孝廉，又往视彭以根孝廉疾，随赴花金山之招，是日午后热甚。

十二日(11月4日) 晴。早起，殷四如同年来，文竹垓同年之三郎亦来。云南考官呼延太史过省来拜，辞之以外出，随出门答拜呼延太史。又往三官庙答拜黎伯庸广文。又答拜徐石民太守，太守名丰至，安徽桐城人，前山西方伯徐用之先生镛之长君，由黄平州升郎岱同知，上年经督抚明保者，官声颇好，才具亦可，惟身体稍弱，恐不能任辛苦耳。刘七生自川来，得荣坡信。

十三日(11月5日) 晴。孔叙五招集花金三宅，二鼓散。

十四日(11月6日) 晴。将作扁山之行，乘舆驾矣。王廉普太守忽遣人来，属为少待，当俟抚辕衙参后以事奉商，迟至巳正始到。盖见斋中丞抱恙已十余日，而口服大黄、厚朴、枳实不止，老年元气已亏，而犹以刻削之药攻之，故日渐颓败，屡谏不从，窃恐因之弗起云。余闻而惊诧，然亦徒唤奈何耳，谈至午初甫去。即亦启行，一路红树青山，高高下下，目不给赏。比至朝阳寺，已明月东上矣。略询农事，倦极遂卧。

十五日(11月7日) 晴。早起诣大夫墓前，展视一周，移时即至新屋，查看并谆嘱荣先数语。因会见斋先生，相待之厚，既闻其病，即当躬往看视，设有不讳而未与一言，此心何以自问？随催具早餐，遂乘舆疾行还家。天尚未昏，小儿女犹嬉戏一刻云。

十六日(11月8日)　晴。黎伯庸来谈二刻余而去,作书寄子英、松樵兄弟,杨荣坡侄。倩川中将以十八日遣裕先侄往迎枢眷也。早起诣抚署问中丞病。

十七日(11月9日)　晴。热甚。早间梦湘亲家来,谈一刻余。高心泉亦来,同往孔叙翁处贺寿。随赴花金山寓燕集,是夜三鼓后雨。

十八日(11月10日)　雨。早起,陈璧山来,请为踩门。随出门为杨玉泉弟兄称贺,以其兄心畬新授福建臬司也。随答拜殷四如同年,赴李贡斋之招。

十九日(11月11日)　小雨,冷甚。作书寄炯儿京师。狄兼山来。

廿日(11月12日)　昨夜雨甚,至今日巳初方止。王廉普、黄心斋两太守,吴鼎臣大令同来待归草堂,以中丞病颇剧,欲余新作寿枋备用,闻之惨然,已应之矣,特祝其服药有喜为妙耳。又闻粤西军事尚未报捷,湖南亦有蠢动,心殊怏怏。午后寿研农刺史来。是日冷甚。灯下作书寄周十夫,附其家人致京。

廿一日(11月13日)　早起,似有晴意。王湘翁来邀同赴李贡斋家早酌,即为其押礼至朱荫堂漕帅处交付讫。随诣孔诚甫晤谈二刻余。又至王廉普太守,为言见斋先生身后事。并答拜寿研农、杨仲香。与狄兼三同往荫帅晚酌,二鼓始散,归值小雨。是日在荫帅处见邸抄,知子英弟因办灾微劳,得加升衔,为之一慰。又见杨至堂河帅为河堤溃溢,奉严旨摘去顶戴,仍交部议处,中心惘然,以君之诚心任事而亦无明效,且楚粤贼氛又炽,何天之不厌乱耶?不可解已。

廿二日(11月14日)　微雨。孔叙五招集李贡斋寓,晚归得子英弟暨杨荣坡书。

廿三日(11月15日)　微雨。高心泉招集李贡斋寓,二鼓散。

廿四日(11月16日)　微雨,冷甚。早饭后孔诚甫廉访来。

廿五日(11月17日)　晨起,略有晴意,吴鼎臣司马来,知中丞已于昨日戌刻去世,索余所作寿枋,义无可辞,因即举以为赠。余与中丞交十五年矣,雅意殷肫,殊为可感,计公抚吾黔七年来,不矜才,不使气,惟以褪养元气为务,持躬则廉洁端慎,接物则宽厚和平。官绅无不同声痛悼,而尤叹其为大黄所误也。午刻,朱荫堂、王梦湘、孔叙五、朱桐轩、孙诸公邀往抚署一探,闻申刻方能入殓云。巳初刻,王春亭孝廉自绥阳来,将以十月初由此启行入都,马子桢届期亦来同行,因于待归草堂西偏为春亭下榻。

廿六日(11月18日) 阴霾特甚。午间靳长生来。

廿七日(11月19日) 早阴晚晴。巳刻偕陈秋谷赴朱荫翁、李贡斋两家道贺,随往拜伊参戎还,以挽中丞联遣人走烦李桂舲代书。其联云:"承教计十五年来,始为属吏,继是部民,雅意感殷肫,儿曹亦荷垂青及;开府已二千日久,德遍群黎,功高百辟,积劳成委顿,药医翻怪大黄多。"

廿八日(11月20日) 晴。遵义常协镇来。

廿九日(11月21日) 晴。黎伯庸以《梦研图》填词见示,其意味殊佳,似字句尚有未安者,暇日当与之再为熟商。是日得姚亮臣闰月六日来书。

三十日(11月22日) 晴。早起作书复姚七亮臣并附寄范质夫一函。

十月初一日(11月23日) 阴。招黎伯庸、傅青余、莫芷升、彭以根、王春庭早饭,并赏鉴余所藏褚河南墨迹《兰亭》、陈忠愍遗研,又阅梁山舟学士藏经纸书陆朗夫中丞《保德州风土记》,此卷为黄心斋太守所有,心斋昨日携来,属余跋者,因诸君皆好古之士,故出以传观也。是日西初刻,韦寿自四川回,得杨荣坡九月八日来信,又得沈氏昆仲及罗次原书。戌初小雨,亥以后雨大且久。

初二日(11月24日) 小雨半日。出门答拜年伯黄子载先生,又往拜狄兼山、常协镇、陈秋谷,又出北门王梦湘亲家斋中小坐二刻余,又诣树堂表兄年丈处坐一刻余而还。中夜又雨。

初三日(**11月25日**)　巳以后晴,天气甚燥热,申酉间又有小雨。早起赴抚署祭奠乔中丞见斋先生,宾榻黯然,不禁为之流涕,讯其令弟,云遗命不送讣、不开吊,已定于十五日行矣。此老清风亮节,人所难能,抚吾黔七年,休养生息,民赖以安,与前中丞贺耦耕先生皆能以仁厚裨补地方元气者。刘树堂年丈吊以联云:"御旱祈雨,御潦祈晴,转歉为丰,年年慰满三农望;不怒而威,不费而惠,安良除暴,事事均难殁世忘。"可谓先得我心者。在署与王廉普、黄心斋、吴鼎臣三君略谈数语。遂赴杨玉泉之招,二鼓始散。

初四日(**11月26日**)　阴。黄子载年伯来谈一刻余,孔诚甫臬访奉督委兼署布政使事,遣人来索余谢折底稿,随拣付之去。适遵义常协镇、中军伊参戎同来,小坐约一时许。送客出门,又与王春亭谈少许。又展玩褚河南临《兰亭》,并摘录米襄阳、莫云卿、翁潭溪诸跋,已同人矣。

初五日(**11月27日**)　昨夜小雨不止,晨起地仍湿也。王廉普太守以见斋中丞耳绒皮套一件见遗,云是中丞遗念,又鼻烟一瓶附之。余与中丞乃交好耳,不当以此为辞,且其寡妇幼儿,吾辈尤当可以矜恤,安可受其物事?廉翁再三谆致,勉留其鼻烟,皮衣则万不敢受,又托黄心斋太守为之词云。午后,伊一泉参戎招同常子捷协镇游九华宫,傍夜即归。夜间大风,明日武闱,头场断不宜雨,天气或当阴也。

初六日(**11月28日**)　早阴,作书寄炯儿京师,又附致黄子寿、宋芗宾各数行。随赴花金三之招,还已二鼓。得炯儿京中安报。又得章少卿甘肃来函,知代赔官项三千七百余金已定九月初上库,计咨黔当在十月杪间也。又得何根云侍郎来函。

初七日(**11月29日**)　阴。马子桢自遵义来。

初八日(**11月30日**)　阴。李贡斋招同人集其寓斋。

初九日(**12月1日**)　阴。早起出门,为孔诚甫署方伯、吕垚仙署中丞作贺。乔见斋宫傅之令堂弟来,谈一刻余而去。

初十日(12月2日)　晴。辰正,答拜乔君并探问宫傅眷枢行期,还已巳正。招遵义协镇常子捷及陈秋谷太守、寿研农刺史集待归草堂,马子桢、王春庭两孝廉均入座,申初始散。梦湘亲家来。

十一日(12月3日)　阴。早间朱荫堂河帅、狄兼山参军来,谈一刻余而去。梦湘亲家招同人集其西斋,二鼓散。夜有小雨。

十二日(12月4日)　阴。闻折差尚未成行,又数行寄炯儿,并附湘翁家报一函。

十三日(12月5日)　早阴,午间微有晴意。乔见斋之令弟来,必欲以洋表见惠,峻辞再四而去。刘喜亭来谈一刻余,狄兼三适来为内子、小女诊视讫。王春亭持其乃兄来书,为余筹买杉枋,云有九尺圆围,但价太昂,不可必得,尚须筹画云。朱荫翁知会十五日公送见斋中丞之枢。

十四日(12月6日)　早阴,午以后微雨。同人公集花金三寓斋。周小湖来。

十五日(12月7日)　早微雨。偕朱荫堂、王梦湘诸公共二十余人于城南普化寺公送乔中丞灵枢启行,随集李贡斋寓斋。是日颇殆。

十六日(12月8日)　闻彭以根孝廉将于十八日携眷赴江右尊人之任,因作书复小山兄,随往视以根行。又答拜周小湖及同年何玉堂广文,又至朱荫翁斋谈二刻而还。

十七日(12月9日)　作书复兆松岩中丞。中丞来书已一年余,情词极为肫挚,因心绪不佳,遂懒于作答,顷因朱荫堂竹报之便,匆促附之。随与梦湘诸公集杨玉泉寓斋。是日阴,吕垚仙署中丞、同年田漱芳观察均来。

十八日(12月10日)　阴,似有雪意。不出门,浓睡一刻余,甚觉纾畅。

十九日(12月11日)　早阴,午间微有晴意。出门为高松南之太夫人祝寿,又答拜田漱芳观察不值,又往视王廉普太守病,并为文世兄、刘表侄、孙兄弟、傅确园、青虞之弟侄及沉韵楼周竹生馆事说项，又为同年何玉堂广文安平书院之主讲一席属为转致。随至陈德圃寓斋，谈约二刻而还。

廿日(**12月12日**) 晴。早起遣周喜、韦寿随王春庭、马子桢启行北上，并寄炯儿咸肉三肘、伞把菇一包。即赴孔叙五之招，一鼓后散。

廿一日(**12月13日**) 晴。莫芷升来谈一刻余。安平令王致烈来见，是余楚藩时属吏也，人颇精明，闻其官声尚好，惜染烟霞之气。午后黔西观察田漱芳润来，问年甫五十四，与余同丙子乡榜，其时始十九岁也。

廿二日(**12月14日**) 晴。招同人集待归草堂，二鼓散。

廿三日(**12月15日**) 晴。饭后出门答拜田漱芳同年，不值。随往奉慰殷四如同年丧孙之戚，谈一刻余。又答拜王大令致烈，并以何玉堂同年治平书院问聘托为转交。玉堂，安平人，治平即安平书院也。

廿四日(**12月16日**) 晴。公集陈秋谷斋中，二鼓散。

廿五日(**12月17日**) 辰起微雨，以后阴。乘舆约王文轩秀才诣扁山新屋，屋落成后，文轩择吉于廿六日辰时开火，故是日仍小住朝阳寺东偏。

廿六日(**12月18日**) 辰刻移往新屋，气象颇觉堂皇，周视一刻余，随诣先大夫墓前徘徊刻余，乘竹兜由新屋之后山而下。饭后偕王文轩至驾步探量穴之尺寸，意欲焯儿、炜儿并葬于此，他日两儿妇各又合葬也。王文轩云宽有一丈五尺四，棺甚足容纳，且姑存此议，俟再筹酌云。是日，辰、午皆微雨。晚间范秀才来。

廿七日(**12月19日**) 前半细雨如丝，申以后阴。

廿八日(**12月20日**) 阴。由扁山新屋启行，酉初始到。得彭于蕃带交炯儿八月初九日安报并高丽参各物，又带交骆吁门中丞信。又库纹三百两于蕃于廿五日即来，顷遣人往问，已成行矣。随又得炯儿九月初八、廿七两报。得宋芗宾、张尊五各一函，并知春介轩已放乌什办事大臣。又得周养恬古州来函。

廿九日**(12月21日)**　阴雨。早起,以鲞鱼金腿致傅青虞,并一函为之录别。又作书复周养恬司马。饭后傅青虞来辞行。午后王梦湘亲家来。是月小建,明日为冬至节云。

十一月初一日**(12月22日)**　为冬至令节,是日前半日雨,午后雨止。出门为周小湖观察、傅青虞孝廉送行。送至朱荫翁寓斋,谈一刻余。又答拜龚莲舫之世兄,不值而还。作书复沈秋帆大令,又寄崇荷卿一函,即托秋帆转致。

初二日**(12月23日)**　雨。公集亦园,因先至梦湘亲家处,谈一刻余。

初三日**(12月24日)**　早阴,午后又雨。是日于待归草堂西偏,敬书先世生日、忌辰,记二轴。久不作楷书,眼花手硬,生涩不可言喻。夜大风。

初四日**(12月25日)**　早起微雪,未以后阴。炘侄以其兄煮来书,知炜儿之枢已于十月十二开行,似冬月底可到,增寿母子兄弟则是月廿一方能成行,尚未知果不误否。天寒地冻,雨雪载途,殊深企念之至。闷坐无聊,试检点书案,尘积一扫,心自稍觉为净云。

初五日**(12月26日)**　阴。早起与陈德圃畅谈一时。随赴杨玉泉之招,二鼓后散。

初六日**(12月27日)**　早阴,午后微雨。朱星垣孝廉、但小云太史各来谈一刻余。

归田录三（1851—1852）

咸丰元年辛亥十一月初七日（1851年12月28日）　王廉普太守来谈一时许，杂论时事，知广西会匪尚在永安，平定迄无日期。新中丞为砺堂相国之次君，到任约在嘉平望前。当事意在劝捐，而吾黔地瘠民贫，恐不能副其奢愿，亦只慰之而已。饭后作书复汉阳张仲远大令，并托寄王子寿比部一函，已七月不寄子寿书，亦未得其来信。昨据信足交到八月十日之函，乃九月十五所发，十一月初六甫到，发函伸纸，始知其配杨宜人已于六月二十三日下世。子寿之言曰："宜人今夏病痁，继变寒症。予闻其剧也，驰归视之，已在殡矣。"闻家人借之传其为神，初谓妄语耳，杂询之，皆曰宜人病亟，自克死期，时日不爽，顿悟前生再世皆为峨嵋行者，今尘缘满矣，当往净土，闭目仰空，喃喃不绝，若与人答问状云。有神导至云中，历各宿躔次，呼诸仙佛姓字。又见大海无色，莲花浮出，皆有尊宿在其上。俄而世界悉成文字，随举五七言，似诗似偈，味之皆宗门解脱义。亦时作吉祥好语，词理粲然，顾谓左右笔之，书均非生平所解道者。属纩时，呼侍者速具羽葆威仪、如意剑具，云驾车来迎者至矣，语毕而逝。方酷暑，翌日乃敛，貌视未病时加丰焉，作欢喜容，两手如绵，戚党见者，咸叹异而吾母程太宜人亦曰妇病，吾往视之，见其散髻垂两肩，合掌趺坐三昼夜不动，结跏处适寝席中央，宛然世所绘大士化身，此岂沉痾人所能哉？予闻之益悲。嗟乎！宜人翛翛为来，翛翛为往，其幻也哉！其殆有因也。夫非有因，何生悟？非有悟，何生慧？夫离尘证果，儒者所不谈，以为幻，则诚幻矣。如宜人之言又凿凿焉！何也？宜人生时无他异，惟产三男，自言均有吉梦，又皆紫胞，尝寝至半夜，忽见暗中光圆如镜,洞烛毛发,月率四五夕如是。今年手植草木杂卉数十种,病前悉作花,澹白微红,黯然如泪。临殁特多奇异,欲削去弗录,弗忍也。语又非妄,遂并著之,其言如此。夫以子寿之人品学问,孝友贞介,宜其有贤淑庄雅之助,其来有自,亦非无因,至于仙佛怪异,后果前因。虽为儒者所弗道,然而天地之大,何所不有?政未可以存而不议,置之也。是日早阴,夜又微雨。余之生也,太夫人梦一老母手持白莲相赠而孕,即将诞之日,又梦天大雷电以风,忽霹雳一声,一雄鸡高冠修尾,挺特如人,从天而下,太夫人大惊而寤,而余已堕地矣。又自八九岁,稍有知识,每一月必十数夕梦至空阔无际之地,世界皆光明如镜,独往独来,毫无(幛)[障]碍。又一月中,家庭凡喜庆悲悼事,若皆先知之者,亦不自解其何以然。自十八岁受室以后,则梦境全无,且非复曩时灵悟矣。因子寿之言,故并记此,亦付之可解不可解而已。

初八日(12月29日)　阴。午后狄兼山、高心泉、王湘翁同来,谈一刻余而去。

初九日(12月30日)　阴,午间略有晴意。吕瑶仙中丞招同梦湘、叙五、朱桐孙、但小云集其衙斋。先至诚甫署方伯处谈一刻余,酉初又至朱荫堂漕帅处小坐二刻始归。

初十日(12月31日)　早阴,午间微有日出。朱荫翁来谈一时许,以署中丞有劝谕捐输防堵之意,府县特请此老提倡,故来筹议云尔。晚间作书复胡润芝太守黎平。

十一日(1852年1月1日)　阴,夜有微雨。同人公集待归草堂为李贡斋寿,二鼓散。是日,安平王大令函送白面八篓,以其物甚微,且来自远道,因受之,复书声谢云。

十二日(1月2日)　早阴,午间微有阳光,酉初雨雪。是日,王廉普太守、吴鼎臣大令招同王梦湘、孔叙五、花金山、但小云、狄兼山、高心泉、杨玉泉之乃兄于帝主宫早酌,盖欲劝捐输以助防堵。此署中丞之新政,地方官不能不奉令承教,其实众人受累,于事无补也。

十三日(1月3日) 早雪,午后晴,夜月。杨玉泉招集亦园。

十四日(1月4日) 晴。李贡斋招集其寓斋,夜月甚佳。已初,吴鼎臣大令来谈半时许。以百金托梁表弟往定番之翁纸买树,闻其杉木甚坚,大可作寿枋三具,约费百数十金,未知其果确否也。戌正以后大风,至丑正始歇。

十五日(1月5日) 阴。周视园中花木及对面诸山色,皆似正初光景,池水微风荡漾,殊有开意会心处不在远也。

十六日(1月6日) 早晴,午以后阴。王廉普太守来谈二刻余,何孟宸孝廉来辞行,将以十八日北上。作书复聂艾轩尔耆、李煦堂大融、张愚亭继昌,甘肃无端赔款,诸君共凑缴三千七百七十八两零,艾轩竟助千金,煦堂、愚亭亦各助五百金,殊可感也。

十七日(1月7日) 阴。李贡斋招集其寓斋,未二鼓散。早间湘翁、兼山均来。

十八日(1月8日) 阴。早起出门,往拜黄心斋太守,并见其三孙亭亭玉立,他日必成伟器,足征德门之裕,甚可羡也。心斋领郡县三十年,所至皆有循声惠绩。守大定七年,成《府志》六十卷,搜罗详赡,信而有征。今闻其引疾求退,殊为可惜,而又不忍攀留。与之谈约时许,随出北门为胡敬南之兄作吊。又至梦湘亲家处,小坐片刻而还。饭后朱荫堂来言欲往荔波办防堵事,将以月底月初成行。此老之归颇不利于人言,迨养亲事毕,遂奉旨原品休致,其迹似懦,其心良苦,今有此行或可稍洗不白之冤乎?然而粤事大难,功成不易,果能以岁月计,则如天之福矣。

十九日(1月9日) 微有阳光,辰至待归草堂,适闻头上喜鹊声叫,抬视乃衔枝作窝,即在池上大树柳下,意者儿辈春明当报捷乎?喜志于此亦俟验。午以后仍阴。作书寄谢少青,以甘肃赔项渠首助千金,又函属同人集凑,迨数尚未足,又先垫缴,且其公私交迫,并非有余,而能高义如此,是则大可感也!又作寄炯儿书。是日得杨荣坡来信,知增寿母子兄弟将以廿二日到家,心为之慰。遂亦示寄炯儿云。

二十日(1月10日)　阴,寒气逼人,干冷殊甚。作致琴五信并湘翁家报,一并封好,以廿一日遣送马巡厅交弁寄京也。

廿一日(1月11日)　阴。先至但小云处谈一刻余,适王廉普太守至,又畅谈二刻。随答拜吴鼎臣大令,又往孔叙翁处坐刻许,随至湘翁处匆促数语而还。

廿二日(1月12日)　辰起小雪,沐浴焚香,移请祖宗生日忌辰轴子安奉新屋,虔诚祷祝,仰祈祐启孙曾无灾无害,光大门闾。炜儿媳妇已率其子女由川中来,焯儿之媳亦乘吉时移与同居,颇为顺利云。

廿三日(1月13日)　阴。出门答拜胡子何长新进士,并与黎伯庸、莫芷升谈一刻余,又答拜福星垣太守,还已午正。因与孙儿女索果争梨,嬉笑数刻,亦近年真乐也。

廿四日(1月14日)　辰起微雨。是日为李贡斋生日,同人公集待归草堂,二鼓始散。

廿五日(1月15日)　大雪。一片皆白,世界如粉妆玉琢,洁净空明,天容为之一肃,令人襟怀俱静。已正刘树堂大兄来谈,甫半刻,梦湘亲家来约,同赴但小云太史之招,在座为吕垚仙署中丞、孔诚甫署方伯、王廉普署观察、吴鼎臣大令,集江南九华宫,散已酉正。是日,得梁表弟自定番之翁纸来信,树已立契买定,又为下寨人所阻,不能不借地方官力弹压。遂托廉普郡尊速致定番刺史派差前往,约廿八九甫到云。

廿六日(1月16日)　微雨竟日。是日,为见斋宫傅生辰,同乡绅耆以其遗爱在民也,公同绘像迎至雪岩洞,展拜敬奉,以已正到庙,未初散福。随赴花金三斋中小集。

廿七日(1月17日)　大雪满天,丰年可庆。同人公集李贡斋寓宅,二鼓后仍冒雪归。

廿八日(1月18日)　仍雪。

廿九日(1月19日)　仍有微雪。胡敬南亲诣,乞为其兄鹤庄题主。以午初赴湘翁处,同往成礼而还。周君本植来谒,前山阳令之长君韬甫秀才之兄也,晚间送其诗稿,亦有家法。是日咳甚,服狄兼山药二帖。

三十日(1月20日)　阴,微有阳光。巳刻招胡子何、杨聚垣、黎伯庸、莫芷升、周君及周孝廉鹗早饭,余以感寒,属杨荣坡代作主人。

十二月初一日(1月21日)　阴。辰起为黄心斋观察跋其所藏陆朗夫中丞《保德州风土记》手卷,即遣人归之观察。巳初刻,得炯儿京寓十月廿七日所发安报。

此卷始为黄氏家藏,今仍归之心斋观察。所记乃保德风土,观察又隶籍是州,作合良非偶然。然余所尤异者,观察由翰林改外,领郡县三十年,所至皆有循声惠绩。守吾黔之大定,成《府志》六十卷,凡山川阨塞、风俗文献,靡不精确详赡。林文忠公称其视官如家、视民如子姓,实事求是。与朗夫中丞之诚惠端亮,若合一契。则是卷之为观察有也固宜。余以道光癸未,襄粮武夷,即闻公之贤,神交亦三十年。去年始得相见,今秋复数过从,每叹为今之古人,不可多得。大吏方交章推荐,公独决然引退,归装惟此卷,及旧书十数箧而已。惜公之去,留公不得,摩挲往复,不胜低徊流连,岂徒结一重翰墨缘哉!咸丰元年嘉平朔日,遵义唐○○谨跋。

初二日(1月22日)　小雨。得姚亮臣湖北来信,又得王莲生陕西来信。作书谢徐梅桥制军、吴仲畇方伯、清秋浦观察、沈吟樵兄弟,家子英弟以专足去川,并遣发子英犍为之差回川故也。又复胡润芝一函。

初三日(1月23日)　阴。出门视朱荫堂疾,又答拜翁祖庚学使、周汝桩布参军。

初四日(1月24日)　阴甚。读曾涤生侍郎敬陈圣德、仰赞高深之奏,为之肃然。惟楚有材,若涤生、辛阶、子贞、子寿、默深、立夫、润芝皆不可多得之人也。是日作书复郑子尹,又复常协台子捷一函,均托莫芷升带交。夜已戌正,彭于蕃太守之次君汝琮忽来,细询一切。送客后又作书复谢于蕃,并嘱奴子速备肴酒,以明晨送之,闻其初六日即赶程前进也。三鼓始卧。

初五日(**1月25日**)　自昨日午后至今,皆小雨如丝。辰起,作书复骆吁门中丞湖南,随往答拜彭世兄,谈一刻余,即赴梦湘亲家之招,二鼓散。是夜风狂雨骤,寒威逼人,满地穷民,殊可念也。

初六日(**1月26日**)　早有微雪,即晴。同人公集李贡斋寓宅。

初七日(**1月27日**)　晴。孔叙翁招同人集李贡斋寓,二鼓后归。新月一弯,殊快人意,盖月余日来不可多得之境也。

初八日(**1月28日**)　早阴,午后微雨。巳刻束装率舆夫肩二品乘舆至白云寺后飨堂内,将以初九日迎先祖父母、先君、先母及前室王夫人神主至扁山下新修屋也。申刻至太夫人墓前展拜默祷讫,随与大兄嫂相见,孙儿女七八人绕屋嬉笑,亦足为慰。是夜风雨不止。

初九日(**1月29日**)　黎明即起,于神主前拜告讫,即命荣先三侄请主入舆,一一安奉妥帖,遂行。以酉初安抵新屋,具馔酒香蜡奉安跪告,已月明如昼矣。是日辰刻微雨,巳午刻阴,未以后遂有晴意。途中遇扛夫还,知炜儿之枢已到,然不暇问及也。

初十日(**1月30日**)　晴。辰起诣先大夫墓前展谒,将以饭后往视炜儿之枢,因见其神主,不觉心伤,竟不敢再往也。强以书卷自排,自午及酉读震川文及全谢山、洪稚存两先生集各十数篇而卧云。夜月甚明,子刻以后又微雨。

十一日(**1月31日**)　阴。巳初至狮子林见新盖瓦屋四间,知炜儿之枢在内,勉抑悲怀省视一过,即赶往穴地前相度再四,又至对面朝案,凡三层,均一一周览讫,似觉龙穴俱真,砂水环抱,有情不可谓非吉地也,为之稍慰。是夜无月,丑寅间仍有微雨。

十二日(**2月1日**)　阴甚,寒气逼人。有黄平人来朝阳寺,以种杉种茶自鸣。因念先大夫坟山顶上松杉均不相宜,惟茶树四季皆青,虽数百年,大不盈把,根亦不能及远,且叶可为茗,实可得油,俱家计所必需者。其砂外闲地以之种杉数万株,并焞儿、炜儿坟山之后、之左亦可万余株。其价值茶则每株一文,杉则每株二厘,次年待其出土点验,给价三分之一,三年再验,核实全给。总计全数不过百余金,二十年后即以一两十株计之,亦数千金可获。现既未能有余以贻子孙,为之营此,后图亦足佐其读书之费,似于治生之道,不无小补云。是日酉初得梁问渠信,知树已买成,初六日即已砍伐,可喜之至。

十三日(2月2日)　阴。午后细雨如丝,寒甚。是日杂读归震川、唐荆川、全谢山文若干篇,戌正二刻遂卧。

十四日(2月3日)　早阴,午刻略有阳光,申以后仍阴。早起诣先君墓后,视树匠栽茶与杉,饭后至狮子林勘田。云有汪、刘、王、毛诸姓田一二亩、三四亩者,欲以出卖,因念两儿既卜葬于是,必当招一人守其墓,即应有田数十亩使之耕种纳租,既可养赡其人之家口,又可使永远祭祀有资,遂至黄柴山而还。未申酉间,杂读汉唐宋文二十余首。

十五日(2月4日)　早阴。是日亥刻立春。晨起读《月令》一过。饭后诣先君墓后,视其所种茶已直达山顶,惜每窝相离四尺余。茶与杉不同,茶极粗大,不能有四五寸围圆,非如杉树可以长至七八合抱,故坟地最宜种茶。冬既不凋,根又不窜,望之亦青葱可爱,且并非无用之物也。归读《通典》《通考》“三通”各序,晚间读韩魏公、范蜀公、真西山奏疏十余篇,朱晦翁《大学》《中庸》章句序,亥初二刻遂卧。

十六日(2月5日)　早阴,巳午间细雨如丝。倚门而望,岚气满山,乾坤如混沌状,二百步外几不辨物色云。读汉唐文二十余首。是日为焯儿开圹起棺,已属焘儿偕杨荣坡侄倩,携长孙我堉往其墓所,为文以告而迁之,将以二十一日与炜儿并葬于狮子林,究未知其棺尚完好否。昨夜五鼓,梦中似见两儿,或者其意当欣悦也。

十七日(2月6日)　五鼓时,杨荣坡遣刘丙持书来,亟披衣阅之,知焯儿之柩已起,完好如故,心为之慰。又知增寿孙寒疾已愈,亦同往起迁。又闻梁表弟定番之树已伐,得四整之枋三具,不日可还,诸事尚俱顺适云。是日阴,微有小雨。杂读《汉书》及《汉魏丛书》五卷。

十八日(**2月7日**)　卯辰间微有小雨。读《越绝书》十五卷、《西京杂记》五卷。细询左近四寨，岁暮无米为炊者共四十五家，大口八十八人，小口九十六人。因自书票，每大口给谷一斗，小口五升，亲用图书，拟廿七八日遣人散之，以票取谷，既不紊乱，又不朦混。期于廿七八者俾得之，即以度岁，不至又为散失也。噫！极贫之家，岂独此四寨百九十余人哉！力不能遍，亦惟就吾眼前所见者给之而已，顾安得人人皆不失其所耶？申正焞侄来，知焯儿之枢相距只五六里，明日辰巳间定可到其改葬地。寿研农刺史遣人以幛及冥器数事来吊，远道不能辞，惟拜谢而已。闻亲友中尚有来者，于实事甚无益也。是夜雨，檐溜有声。

十九日(**2月8日**)　晨起仍雨。作书寄炯儿京师，又代增寿作祭汝立、仲麟二十一日下葬告文。随重读《越绝书》一过。意孙儿过午当来，时已申正，望之不至，中心悬念不已。午后又复雨雪，益彷徨，因专人前往迎之，直至酉初始到。王文轩、杨荣坡亦先后偕来，酉正始晚餐云。

廿日(**2月9日**)　辰巳间仍间断有雨，午初有晴意。与王文轩同至狮子林审度开圹地势，杨荣坡、焞侄引增寿祭告其父、叔讫。又与奇木寨王叟闲话乡中窃盗事，大约差役豢贼为害，不肯缉捕，比民间以贼送官，又指使贼口诬攀乡民之稍有财者，谓为寄顿，差则挨户磕诈，饱其欲而后止。每一案出，乡人必数之倾产，故民之畏差，恒胜于官，言之实堪发指。然士大夫虽知之，究亦无如之何？以未尝与官相习，或自爱不肯轻言，或恐言之而官不慰，转恐自为多事，更不敢言。为民父母，倘不以民事为念，其不为差役所蒙蔽者，几希矣！犹忆宰监利时，无半月不在乡间，每至村市，必引生监之愿朴者，细询其左近有无痞棍、有无盗贼，不惮虚心下气诱之，使言必得其踪迹，确实严密查办，半年之后竟可夜不闭户。监利辖境江面三百七十一里，凡商旅船只往来入监利江境，遂得熟睡。盖船一进界，舟人即嘱其客子曰：此唐家房子，贼断不敢入，过此必当守夜，请趁时养息，云云。计余宰监利六百日,仅到任十八日内,距县一百六十里之螺山汛报一劫案,未二十日,即首伙全获,以后并窃案亦无。自问并无他长,惟驭差役极严,又凡到处皆留心,舟中、舆中皆不肯轻易忽略过去耳。因王叟言漫书于此,此非敢自诩,亦以见到处留心,心必有效也。是日酉初,王芳亭广文始自城来,乃余所请为焯儿点主者。焯儿先未立主,因其明日将葬,故为作主介芳亭点之。芳亭乃焯之妻舅,向日极相得,秉笔凝神,必能仿佛其声音笑貌云。

二十一日(2月10日)　卯正,即往狮子林查视开圹。比至,则已开深三尺余,泥皆冰浸,底已有水桶余,浮土不及一尺,泥皆胶凝。围圆约二尺许,杂五色土,土之四围则俱黑色,且杂砂石。《地理书》曾云:千里来龙,只有一穴。穴之泥色当与他异。如果示异,即使黑者、灰者,均可葬而不疑。此地四围均黑而杂沙石,独有一棺之地五色圆晕,其为真穴无疑。下有水者,以开圹略深故也。来龙既真,又系尽结,砂水环抱对面,更拱向有情地,不可信则已,如其可信,以如彼之龙穴砂水而谓非地,则更无可为地矣。顾两儿各只一子,又皆幼稚;其妇又青年守节,相依为命。明明见其有水而强葬之,即使地理之说真实不诬,亦断断不敢以之下葬,遂命人役挑土填之,暂以两棺浅殡于此,当即另为卜宅。然半年心血尽付之,无可如何,是后又不知何日始得了此一事耳!是日微阴,未刻仍乞王芳亭广文为焯儿点主讫,即命其子增寿奉之返扁山新屋,与炜儿之主共列,将以明旦仍遣增寿奉还省居,俾二妇二子朝夕奉祀。余以酉初视其棺椁,安置妥贴乃还。

二十二日(2月11日)　昨夜微有小雨,晨起仍细雨如丝,辰初即止。促厨人速具早餐,王芳亭、杨荣坡率孙儿增寿奉两主乘舆还城。出门至狮子林,查视浅厝之冢已成,随诣伯母苏太安人墓前展视,又周视墓左穴地,又径循山而西南至张氏墓上一览,仍由太安人墓前顺道还。适王文轩表弟以其堂叔王管城先生书见示,乃知文孙入泮后,郎君随因病委化,老翁年已八十,而贫病交加,殊为可念,因以六金属文轩确为寄之。文轩又云半山遂初叔之第五子昨已物故，其孙女将嫁而无资，因为数行，令其持付起封侄、令仪侄处，领谷三石，以为费用。是日午、未、申均有雨，满山岚气，天冷殊甚。

廿三日(2月12日)　早阴，酉以后又雨。刘丙自城中来，得祁幼章、俞孟廉、吴仲昀、崇荷卿、褚萃川、周养恬、沈秋帆诸君信函，展诵数四，不胜离索之感。是日午未间乘舆至黄柴山一带卜地，来龙颇可，星体及砂水朝对均皆可观，惟穴情太高，又山向亦不利明年。地理之难，可叹，可叹！

廿四日(2月13日)　卯、辰、巳间仍有小雨。辰起偕王文轩及惷侄先至对面竹林小寨内查看，地亦可用，惟丙壬山向不合。又至余家寨后，龙与砂水皆可，而穴未真确，泥色亦欠佳妙。再诣伯母苏太安人墓左审视穴情，龙势俱佳，砂水皆环合有情，且近依扁山，其灵气最为可爱，山向酉卯兼庚甲，明年甚为吉利。随至对面近案山上一览，金云地大可用。余以中心欣然，以其距先大夫墓更近，又地面宽阔而妥善，似此间更无疑义。亟请文轩为之择日，不须再觅他处矣。

廿五日(2月14日)　天始开朗，似可望晴。至对山审视墓向，定以酉卯兼庚甲，以近案及两两砂定之，不能贪外向也。拟明日还城，遂命厨人治馔，恭诣先大夫墓前祭拜，又于祖父神主前致祭。以年内则无日能来，明正亦须月杪始能展谒也。

廿六日(2月15日)　天色稍开，然尚无晴意也。晨起检点一切，即催促早餐启行。一路泥泞，以巳初行，申正始入城，至长春巷王湘翁处，则外出未归，见其二郎而还。入门则孙儿女环伺阶除，见之欣慰无既。得朱荫翁信，知范衡甫所寄京纹五百金已送到矣。

廿七日(2月16日)　昨夜仍有微雨，晨起地犹湿也，辰以后阴。料量年事琐琐，殊觉忙迫，且见支绌。未刻，王湘翁来谈一刻余而去。吕垚仙署中丞来，婉为辞之。

廿八日(2月17日)　阴，天气微开。早间梁秀才表弟来，据云所作寿枋材质花纹俱极坚美，已运出青簑地方，明正望后定可到矣。

已正刻,朱桐孙、孔叙五均来谈一刻余。是日料理琐琐,颇极烦杂,差幸尚不逼窄,故虽繁杂,犹余裕云。

廿九日(2月18日)　阴。早起出门答拜承观察继斋、吕中丞垚仙、周观察小湖、福太守星垣、王太守廉普、吴司马鼎臣及思南左太守,并顺视朱荫堂漕帅疾还。已申初,寿研农刺史适来,高心泉亦接至谈一刻余。胡润芝太守甫自黎平来省,与之畅谈,至一鼓始去。

三十日(2月19日)　天忽放晴,遂有暖意。饭时陈秋谷太守、伊一泉参戎、李贡斋参军先后各来,略叙一二刻。随后但小云来,则余已脱脚将沐,不能延入矣。沐浴既毕,遂率增寿孙儿设祭祖先,焚化冥财。已及酉正,明星在天,灯烛灿然,儿女、孙儿女嬉戏满前,气象似甚吉祥,明年岁可望丰,炯儿当必及第也。

咸丰二年正月壬子元日(2月20日)　以卯初初刻起,于天地、祖宗位前焚香展拜,献椒酒讫,磨墨试笔,书吉祥语四十八字。是日宜出行,因赴梦湘亲家处谈一刻余,随偕湘翁、秋翁至李贡斋宅畅谈,亥初刻始散。天气甚阴,辰卯间有小雨。

初二日(2月21日)　阴寒颇甚,寅卯间有微雨,已以后天稍开朗。王湘翁招偕陈秋谷、李贡斋、孔叙五、高心泉、秀东兄弟、杨玉泉、胡敬南集其寓斋,二鼓方归。城门已闭,立舆待启,灯火荧然。归家,尚未及十点钟也。

初三日(2月22日)　阴。招梦湘、叙五诸公公集待归草堂,适胡润芝太守约同但小云太史先来,并索余饮,遂共胡、但二君小酌,而以叙五致客,烦湘翁代作主人,皆极欢而散云。

初四日(2月23日)　早有微雨。当道诸公于初一日已先到门称贺,并有来至二次者。拟即日答拜,甫欲出门,适承继斋观察、廉普太守先后必欲登堂,延坐刻余,送客乘轩,即亦肩舆而行。至晚方归,竟倦极欲卧,勉共小女儿嬉笑数刻,几至腰股欲折,老态殊可笑也。

初五日(2月24日)　小雨,甚寒。出门答拜诸来贺者,随至黄心斋寓畅谈一时许,集高心泉斋中,二鼓始散,作书寄沈秋帆大令。

初六日(**2月25日**)　早有微雨,已以后天稍放晴。黄心斋太守以其家传履历来,因亦开具履历报之,盖欲后之子孙知余两人交谊之笃,亦相好无相尤也。狄兼山、高松南同来,谈少许即赴孔叙五之招,二鼓后始散。

初七日(**2月26日**)　阴,午以后仍有微雨。高心泉招集其寓斋,二鼓散。

初八日(**2月27日**)　早阴,午后小雨不止。同人公集亦园,梅花大开,山茶亦灼灼可爱。吕垚仙署中丞来,不值而去。前日孔诚甫亦来,均未迎晤。两公皆两次相访,拟稍闲当登堂奉答也。

初九日(**2月28日**)　五鼓即起,焚香拜天,行礼已讫,一无事事,仍即归卧二刻余。辰初起,自寅至辰,爆竹声满城皆是,贫瘠之区尚不至于衰飒,可喜也。巳以后稍有晴意,出门答拜吕垚仙署中丞、孔诚甫廉访、翁祖庚学使,各谈刻余,随至李贡斋寓小集,二鼓时踏月而归。得炯儿去年十二月初二安报,又得章少青信,知代缴三千七百八十余金已于十月初上库,取有库收,为之一慰。又得黄琴坞乔梓信。

初十日(**2月29日**)　阴。周瑞生招同王梦湘、孔叙五、李贡斋、狄兼山、高心泉早酌,午后集贡斋寓。

十一日(**3月1日**)　早阴午晴,酉以后仍雨。集陈秋谷寓斋,早间沈秋帆大令来,谈一刻余而去,随答拜秋帆。又至狄兼山处,小坐片刻许。晚归得翁祖庚学使手书,借余《野获编》并惠蟹、鱼、冬笋等物,却之不恭,因以银耳二匣报之,然此心终不安也。

十二日(**3月2日**)　早阴。陈璧山招同梦湘、秋谷诸公集其寓斋,三鼓散。是日申以后雨。

十三日(**3月3日**)　为春甲子,谚云:"春甲子雨,牛羊冻死。"是日早阴,午以后雨,至申正止,酉初又雨,至十四日寅初方止,但雨细如丝耳。又有正月上旬得壬子,则水滔天之语,而本年元旦则为壬子,如果谚语不谬,则水势正不可问矣。奈何,奈何! 申正,但小云太史来,始知今日为署中丞吕公寿辰,其时已晚,竟不及一刺。然自问引疾家居,当以节目疏阔为宜,从此倘踪迹遂疏,更为妙甚也。

十四日(3月4日)　早阴。起视四围山色,皆极明净,或从此可望晴也。是日为宣宗成皇帝二周年,微臣亦引疾家居二年零二日矣。望龙髯于天上,感岁月之如流,库藏皆虚,贼烽未靖,而中外臣工无不因循粉饰,世道日趋日坏,不图一变,至此曷禁,抚膺太息! 申正,高心泉来。酉以后仍雨。

十五日(3月5日)　早阴,午后仍雨。王梦湘亲家来谈一刻余,佛芝林太守来。

十六日(3月6日)　竟日细雨如丝。巳刻,招刘树堂、黄子载两年丈及黎伯庸、颜雨田诸君共三十四人,尊酒介眉,颇极欢洽。散后,孔叙五诸公复集待归草堂,二鼓始去。

十七日(3月7日)　早阴,午以后又雨。出门答拜周小湖观察,鹿简堂、黄□□、佛芝林三太守均值衙参未回。随至高心泉寓斋与秋谷、叙五诸公雅集。早间黄心斋来言其引退未能,真吾黔之幸,亦可见清福之难也。

十八日(3月8日)　早阴,酉以后仍雨。辰刻,沈韵楼上舍之郎君来,谈一刻余。郑秀才增亦来,叩其所学,尚有矩度。沈秋帆大令复来。随后狄兼山来,为添寿孙儿诊视,谓稍有感冒,宜服疏散之药,一二日即可全愈,遂偕兼山赴高松南之招,二鼓始散。是日,内子邀诸女眷春酌,来者三十余人,人影衣香,与梅柳争妍,□丽园亭,为之焕然。

十九日(3月9日)　阴,午后微雨,冷气逼人。作书寄炯儿,拟新中丞到任折弁附发。

二十日(3月10日)　早阴,申以后又雨。陈虞封邀同狄兼山早饭,饮馔颇精洁。

廿一日(3月11日)　早有微雨,辰以后阴。出门于新中丞处一刻,随往胡敬南斋中小坐一刻余。即赴湘翁之招,其梅花盛开,可赏也。

廿二日(3月12日)　阴。同人公集李贡斋寓,为高秀东作生日。夜又雨。

廿三日(3月13日)　阴。朱桐孙山长招同王梦湘、陈秋谷、李贡斋、高心泉兄弟、狄兼山集孔叙五寓斋。是日午后至夜仍雨。

廿四日(3月14日)　早阴,午间稍露阳光。辰初刻蒋濂生中丞来,于待归草堂谈一刻余。随出门诣城隍庙,敬为文昌、关帝装藏,俗以药材、米粮、朱砂、纹银共为一包,藏神腹中,谓其神必灵。扁山之朝阳寺向无供奉文、武尊神,余既葺而新之,因属侄辈敬谨刊塑二像,是日将迎请至寺开光登座,故先诣,躬亲装藏讫,即往抚辕答拜称贺。随又往拜王廉普太守,并视其疾还,甫已正饭。后周小湖观察来辞,将携眷赴古州任。最后邓子久太守自京来,将还滇南,与谈京中情形,据云途间尚属安静,是则略可喜者。

廿五日(3月15日)　晴。作书复何圆溪大令,并致冯翰香观察一函,即托圆溪代为催促借项。又寄炯儿安报,均属巡捕马君代交云。

廿六日(3月16日)　午以前阴甚,亦复寒甚,未以后稍有晴意。余以子英病故之耗,中心恻然,不觉肝气大作,竟痛苦不堪。适狄兼山来,因乞其开方服药。黄心斋、但小云亦先后来,各谈一刻余,气络不顺,一日竟不能饮食。子英虽系同太高祖之弟,其为人颇极友爱,又能克意承志。余丙戌岁回里,见其时艺颇佳,时以贫窘,为训蒙作养育计,因力助之,使其至省书院肄业,戊子遂获乡荐。余方需次楚中,又为之寄费至京。乙未,计偕复厚助其资,俾其得挑候咨访。余于兰州又为之措资治装,其入川后仍以时寄助不(缀)〔辍〕。闻其服官甚廉洁自爱,尤以勤能为上官所赏识,方谓后起者之克振家声也。讵意甫得升衔即以暴疾殁于官,身后萧然,一家三数十口正未知眷枢何日得归,能令余不悲来横集也哉!

廿七日(3月17日)　大雾满天,园林、城市皆在笼罩中,至午初始见阳光,自此当可畅晴矣。招寿研农、沈秋帆、王诚斋暨马洪两巡捕、周参军早酌,酒馔尚佳,诸君皆欢饮,至申正始散。得陕西王莲生、李星甫信,由炯儿京中寄来,而不见儿子安报,可怪也。随又遣人追问折差,酉正三刻始将炯儿之禀交来,是腊月念八日所发者,心始为慰。

廿八日(3月18日)　早晴,午后大风,晚有微雨。偕梦湘、叙五、桐孙赴学使署,为翁祖庚之尊人贺,以其得工部尚书也。午集李贡斋寓,是日杨荣坡携其子作梅自遵义来。

廿九日(3月19日)　阴。集梦湘亲家斋中。

三十日(3月20日)　早阴,未以后微雨。是日春风,同人公集李贡斋寓宅。先是,莫子升来见,送客出门,适翁祖庚来,婉辞之去。

二月初一日(3月21日)　辰起阴甚。袁菊坪自江西还,得彭小山兄书,细询近状,闻其凤累已清,二三年内可望回里矣,心为之慰。送客出门,即乘舆至鸡场先太夫人墓前,展谒周遭,顾视二刻许。随赴南山兄处并伊园弟小坐刻余,查问钟侄读书及身体,均皆安吉。渠本有遗溺之疾,数日来竟能安稳,可喜,可喜。归已酉正,略坐片时即倦极思卧,此亦老境使然,不可得而强也。

初二日(3月22日)　阴。巳初刻,督视增寿孙儿入学讫,即乘舆出红边门至三江桥,略憩片刻,以酉初到扁山新屋。随至朝阳寺,文武尊像俱已安座,匾对亦悬挂讫,气象颇觉轩昂,左右寨邻从此当获神庥,发祥勿替也。

初三日(3月23日)　阴,天气稍朗,似有晴意。辰初诣朝阳寺神位前拜跪祷祝讫,随诣先大夫墓、伯母苏太安人墓展拜,又审视墓左穴地,拟以初六日辰刻督工将树木先行伐除,俾穴情豁露便审度云。是夜微雨。

初四日(3月24日)　早有微雨,巳以后晴,申以后仍阴。辰起作书复范衡甫扬州,以其去秋曾寄余京纹五百金,岁除之前二日由朱荫堂漕帅交来,必有复书,以便荫翁回报也。午间浓睡一时许,四肢颇畅,遂步至河干视石工作堰蓄水,农夫挑土培田,并与野老话田家事,闻所未闻,殊有乐趣。是日,裕先侄以百五十金买汪永树田十二石,又以二十八金当其转当田二石八斗,又以八十二金买毛氏弟兄牛角田六石,即日招佃承种认租云。

初五日(3 月 25 日) 晴。春风扇和,寒气始尽。门前杏花一树,满身着花,其他树木亦皆有欣欣向荣意矣。先诣先大夫墓前周视一刻余,随至对山上下审察,约略时许而还。读《论衡》二十四卷,新月已过屋角始卧。

初六日(3 月 26 日) 晴。巳初刻,百果寨傅翁以家作糍粑一方来贻,予与之论田家事,颇极欢洽,因偕至朝阳寺游历一周而散。未以后又独自循行阡陌间,适遇二三田叟,坐乱石上谈一刻余,兴趣殊有别致,此岂痴床上人所能梦见之耶?是日,裕先侄又以廿四金买刘姓田二石,以十九金买宋姓田一石六斗,宋姓之田即在新定坟山下。又以一金买土一幅,招佃护坟,皆甚便云。

初七日(3 月 27 日) 阴,始有小雨。乘舆还城,以申正三刻到家,视孙儿女读书乐甚。园中杏花竟已开过,玉兰一树香雪满身,摘而食之,殊有别致。是夜微雨。

初八日(3 月 28 日) 辰起,仍有微雨,巳以后阴,申正忽晴,酉初晚霞满天一刻余,仍雨。午间王湘翁来谈半时许而去。

初九日(3 月 29 日) 阴,夜有星月。集李贡斋寓。

初十日(3 月 30 日) 晴。招湘翁、叙五、秋谷、贡斋、心泉集待归草堂,茶花盛开,桃柳亦芳菲可爱,诸君皆欢喜无限。早间答拜袁竹坪,并诣刘树堂表兄年丈处,坐一刻余而还。

十一日(3 月 31 日) 始阴后晴。莫子(香)[偲]孝廉自遵义往麻哈州探视,过道来见。因留午饭,并约李桂舲孝廉、黎伯庸广文暨子(香)[偲]之令弟芷升同饮,纵论文史,颇极欢洽,至酉正三刻甫去。是夜仍有微雨,风势甚猛。

十二日(4 月 1 日) 晴。辰刻出门为花金三寿,又至朱荫堂、陈德圃两君处,各谈一刻余而还。

十三日(**4月2日**)　阴,大风。早往王梦湘亲家贺其次孙周岁之喜。午后周竹楼刺史来谈半时许,此君治永宁半年余,听讼捕盗颇有声,新调黄平,即当赴任,余喜其有志向上也,奖许而诱掖之,冀其勿自满而稍懈云。

竹楼刺史以《磨碑》诗见示,喜而和之,即送其之黄平新任:"桃李花时柱道过,喜听舆诵口悬河。居家治谱有传授,为政风流益淬磨。自古每称循吏好,此才安得牧民多。似闻迁地思公甚,旧俗先看正舛讹。"

十四日(**4月3日**)　为寒食节,王湘翁招同人集其寓斋,为令孙作周岁,二鼓始散。

十五日(**4月4日**)　亥正三刻三分清明节,晨起阴甚,午以后大风,寒甚,酉后微雨。作书复沈吟樵四川,又得胡润芝二月二日黎平来函,粤西军务尚无了期,殊可虑也。又得起封佺遵义信及子固正月十五日自犍为书。

十六日(**4月5日**)　阴甚。周竹楼刺史将之黄平任,来辞,与之畅谭一时许,其人颇有才,且复有志向上,黄之人必能蒙其福也。午初赴李贡斋之招。

十七日(**4月6日**)　早阴甚寒。黄子载年伯招同人集其寓斋作竟日谈。公家有楼一重,可以三面观象宝、扶风、黔灵诸山,皆罗列楼前,豁目悦心,夏日当愈有佳趣。

十八日(**4月7日**)　阴。同人公集陈秋谷寓为花金山寿。是日午时,孳生一女,幸尚平安,然粥粥群雌,殊觉无谓,亦付之不足重轻而已。

十九日(**4月8日**)　早阴,申以后雨。同人公集花金山寓为陈秋谷寿,晚归得姚亲家书,即复。姚七有惠,辛亥腊月念七巳时举子,名曰"良桩",小山亲家有后矣,可喜。

廿日(**4月9日**)　阴,晚有小雨,同人公集狄兼山斋。

廿一日(**4月10日**)　早起仍雨。已先同伺备于太夫人墓前上祭矣。因率两媳妇及孙儿女前往,天亦渐开,归甫见灯,快慰之至。

廿二日（**4 月 11 日**） 阴，似有晴意。朱荫翁送蟹八只，受之。

廿三日（**4 月 12 日**） 阴。花金山招同人集其寓斋，二鼓始散。作书寄保菊庄京师。

廿四日（**4 月 13 日**） 阴。梦湘亲家来，狄兼三来，同赴李贡斋之招。是日以家报交马冶斋付折弁寄儿子炜，闻折弁于廿六始行。夜有微雨。

廿五日（**4 月 14 日**） 阴。高心泉招集其寓斋，二鼓始散。余自闻子英之耗，气逆不伸，时时胀懑作痛，昨日属狄兼三为开一方，今辰连服二煎，午间觉闷不可支。就主人厕中泄泻少许，胸次似稍开豁。归来遂再服一煎。时已亥正，雷声殷殷然，然未雨也。

廿六日（**4 月 15 日**） 昨夜微雨，今辰初间，地尚未干，巳以后晴，未正仍阴。出门答拜承继斋观察、但小云太史、王廉普太守、吴鼎臣司马、寿研农刺史、恩履中大令，还巳酉初。是日为炜儿周年忌日，强作排遣，然总未能忘情也。

廿七日（**4 月 16 日**） 为先太夫人生忌，一日不出门，洁具清馔，率家人敬谨致祭，长孙增寿亦能随同将事，尚足为慰。是日早阴，午晴，晚雨。吴鼎臣司马、孔诚甫廉访先后来，各谈一刻余而去。

廿八日（**4 月 17 日**） 昨雨竟夕，今辰云犹湿也。早霞一闪，依然阴天。午初始晴，夜又雨。

廿九日（**4 月 18 日**） 辰初微雨，巳以后微阴即晴，亥初大风雨。是日为年伯刘树堂明府、黄子载太守作生日，招袁竹坪、但小云暨梦湘、秋谷诸君共十三人集待归草堂。晚得炯儿正月廿八日京寓来书，琴坞、春亭、子桢均有函。又得少青自甘肃书，知其已赴崇信任，苦不可言，而爱莫能助，为之惘然。

三月初一日（**4 月 19 日**） 辰起，岚气满山，阳曦霁然。出门答拜孔诚甫廉访，又往贺陈用皆生子之喜。随赴但小云之招，二鼓始还。

初二日（**4 月 20 日**） 晴。公集王梦湘亲家寓斋。

初三日(**4月21日**)　晴。辰初刻,周十夫太守自京旋省来谒,并携交炯儿去年十一月廿八日安报一函,言京中事甚悉,坐约时许而去。饭后吕垚仙方伯来谈一刻余,具言中外时事,殊令忧闷欲绝,是日甚热。

初四日(**4月22日**)　晴。公集李贡斋寓为陈秋谷寿,又答拜周十夫、殷四如、陈璧山。璧山小有园亭,颇饶别致,有吐绶鸡一,惜主人外出,未能久坐,不及见其吐也。

初五日(**4月23日**)　阴。同人公集李贡斋寓为黄子载年伯寿,属余作陪,夜雨。

初六日(**4月24日**)　阴,凉甚。花金三招同人集其寓斋。夜又小雨。

初七日(**4月25日**)　早有微雨,巳以后阴。拟于初十日展拜先大夫墓,且将为两孀妇置买殷氏王家庄田土山林,须往勘视,因于巳正乘舆启行,酉初一刻甫到扁山新屋。一路豆麦勃茂,春收可期大丰。余田皆已翻犁播种,满山葱蔚,生气盎然,令人爽朗之至。

初八日(**4月26日**)　阴,酉初微雨。王文新偕其令弟汝清秀才及令侄董臣自城中来,并携殷氏田土山林文契四纸。是日午初,已召王家庄佃人陈某者询之界址,租谷粮银均皆符合,倘明日往勘无错,即可书契交价云。夜又小雨。

初九日(**4月27日**)　早阴,午未间微有阳光。早饭后邀同王文轩、家侄裕先,邻人阿黎、宋凤龄,奴子郭七、顺儿并谢甥由石板寨庙前循径登陟,约七八百步是扁山,过峡处再百余步,蜿蜒而下一里许,与水田坝至新圃之大路合。一直循山而行,又百余步有河浅流,四围皆田,群谓即王家庄田也。至田中一小阜,佃人陈某来迎导,从对面山脚沼溪行又三里许,凡绕山岩八九重始达庄所,田大小不下百余十块,土亦称是,田皆有水可灌。佃人云,遇旱年收更丰,山粮则必雨水调而后稔也。佃人凡十余家,居然一小村落,每岁纳租谷一百三十九石九斗,黄豆、红稗各六石,以陈某为庄头,其价千七百金,亦不可谓不值矣。坐两刻余，俟舆夫饱餐讫，仍循旧路，归已申正，颇觉倦怠。文轩犹指画山川，兴致勃勃然。

　　初十日（4月28日）　阴，午未间细雨如丝。是日为先大夫扫墓，杀猪烹羊招集邻人之年老者、能作力者飨其祭，余共百二十余人，既饱且醉，有扣缶而歌乌乌者，亦睦邻之一道也。读《新论》十卷。

　　十一日（4月29日）　阴，酉正大雨，亥正方止。黄柴山郭姓以连界之田一方来售，议价七十五金，每年收租谷六石。又有以近象鼻岭土一幅售洽大钱千一百文。复胡润芝、沈秋帆两君书。

　　十二日（4月30日）　早阴，巳以后略有晴意。刘长生自城中来，得胡润芝太守书，知粤西永安贼匪溃，围杀毙三千余名，首逆洪大全已经就擒，即日槛送京师。南太一带均就肃清，惟溃走之贼又伤总兵四人，尚未能全数扑灭，然无所统纪，自不难扫除净尽，特恐善后费手耳。又闻鄂藩梁石泉引退，滇臬崇荷卿已奉简放，不日当道出。此间五年相别，又可握手言欢，一申积愫，为之快然。又得范衡甫扬州来书。

　　十三日（5月1日）　细雨不止，自扁山新屋乘舆还城，以申正到，一路菜麦芃芃，秧田匀匀，气象甚佳。发致崇荷卿、胡润芝、沈秋帆、佛芝林、毓安化书。

　　十四日（5月2日）　早仍有雨，午后阴，出门答拜吕垚仙方伯，顺至福星垣、孔诚甫处各谈一刻余，归闻陈虞封、但小云均来。

　　十五日（5月3日）　晴。同人公集胡敬南寓斋，二鼓后乘月而归。

　　十六日（5月4日）　晴。内子生日，同人公集待归草堂。

　　十七日（5月5日）　立夏，自卯至酉细雨不止。谚云"立夏不下，锄犁高挂"，山田此日得雨，实为丰年之兆，惟泽国则非所宜耳。是日孔叙翁招饮，凡十三人。

　　十八日（5月6日）　晴。公集陈秋谷寓斋。

　　十九日（5月7日）　晴。先遣裕先侄偕杨荣坡、王文轩率增寿孙儿去扁山新屋,以明日将启两儿之枢也。是日得胡润芝手书,知粤氛甚炽,四镇伤亡,桂林省城戒严。另有贼匪游奕。梧州将帅懦弱,军饷空虚,兵勇皆不得力,练勇又多与贼通,真成燎原之势云云。闻之不胜愤懑。噫嘻! 谁秉国成而令如是耶? 此后其尚堪设想耶? 先所云首逆者,乃自逆洪秀全之兄洪大全也。贼以二月十六夜自永安冒雨东窜,提督向荣、副都统乌兰泰率四镇追剿。十七日杀贼二三千人,十九日再追,遇伏,四镇阵亡,乌都统亦左股受枪败北,贼遂进攻桂林省城,向荣亦率败兵缒城而入,二月廿六至三月初四,均围攻不已。此严仙舫方伯在桂林复润芝书云。

二十日(5月8日) 晴。作书寄黄琴坞京师,并寄炯儿一函,巡捕马冶斋转致。据云尚无拜折之信,想月内必有折也。

廿一日(5月9日) 昨夜甚雨,卯初始止,巳正二刻甫乘舆行,申初三刻到三江桥,酉初三刻八分至对山。见焯儿之枢已加漆三次矣,土工开挖穴基尚有尺寸。夜又雨。

廿二日(5月10日) 冒小雨诣先大夫墓前展视一周,饭后又至对山相度两儿穴地讫。午后,以五十金当黄柴山、刘联科田二块,其族人刘传中承种,每年收租谷六石。

廿三日(5月11日) 巳时为焯、炜两儿下葬,辰初即先往穴前督工开圹,泥色赤黄,毫无夹杂,四山皆罗列相向,左水倒右,由乙方出,亦合水法。此地去先君墓不及二里,两山相望也,既免风泉水蚁之患,又不至为城廓道路及沟渠耕犁所及,左傍扁山诸峰,月下雨后,灵气往来,几疑为神仙窟宅,归冒于此,亦可云妥贴无遗憾矣。是日畅晴。夜梦迷离,竟有"拾剩江山残稿录"之句,可发一笑。

廿四日(5月12日) 早有小雨,以后阴。每闻孔理堂诸君言先大夫墓宜立艮坤兼寅申向,以来龙为坎,甲庚则不相合也。饭后因约王文轩表弟前诣山头审视,文轩亦言理堂之言甚是,眼前但将墓碑改立于水法,朝对亦俱佳妙云云。再四熟观,甚以为然,遂属文轩择日修理。先君有灵,或者其许我乎? 以三十金买宋治孔田四块。即令其承种,岁收谷二石二斗。

廿五日(5月13日)　早亦微雨。饭后又至墓前及水口处细加审视，王文轩云必得改立艮坤，方为合法，并洽图贴说云。闻周养恬刺史有委运京铅之事，因作书致之。

廿六日(5月14日)　阴且有微雨。因王文轩言瓮篷之前有穴地甚佳，余亦二十年未经其地矣。饭后乘竹兜循小溪而上，峭石清流，颇极幽邃，倏忽一山当面，人家四五十户，分居两林箐间，良田美荫，秀洁惬人。越陌度阡，约略五六里，又一境界，则所谓水田坝也。两水抱田，一桥当路，路之东为山脚寨，寨凡七，依约百余家居焉。山穷水尽，别有一天，树木葱青，巍然高阁，眼界为之一豁，时则耕夫、钓叟、童孺数十人簇簇随行。二麦芃芃，几疑武陵渔人身在桃花源也。归已申正，杂读古诗三十余首，心清目朗，恬然爽然。

廿七日(5月15日)　早阴，午以后晴。翻阅《明诗综》十余卷。梦湘亲家自城中来，自申至亥畅谈三时许而卧。

廿八日(5月16日)　晴。陪梦湘亲家由寨右循山而上，至石板寨扁山穿田过峡处立视良久，即斜陟高岭，复左转，观所谓金水连云障者，其出脉极嫩细，有蜂腰鹤膝。又右绕，起顶作土形蜿蜿蜒蜒，闪烁下趋结金穴，则先大夫墓穴所在也。一百九十余峰罗列穴前，左右砂层层包裹，众水皆聚流，当面群山万壑，无一不会萃有情，湘翁亦欢喜赞叹为第一吉地，特碑向宜以艮坤为正云。饭后又至对山，观焯、炜兄弟葬所，以为妥善。盖早于迎面观之，已知其山环水抱，有所据依矣。是夜畅谭旧事，至子初刻始卧。

廿九日(5月17日)　早阴，午以后晴。送湘翁还省后，属内侄绥斋文秉之子，善画，又善石刻摹钩碑式讫。浓睡一时许，适山脚寨曾氏弟兄叔侄以无力耕种，强乞借贷，其情可怜，随付给白金三十、谷十五石，嘱其勤勤力作，皆欢舞而去。曾氏居山脚寨百余年，其祖父均以忠厚持家，子姓亦无有惰劣者。甫于道光初年稍稍兴起，乃因丁口众多，不三十年又中落，生计之不易如此。

三十日(5月18日)　早阴，午后晴。阅《地理大全》十八卷，细核其所绘龙穴砂水各图,似先君奉安之所,甚为妥协。申初又诣山头及内水口审视,改象亦无疑议云。

三十日刘五自城中来,由臬署交到胡润芝两函,其言粤西军事:二月十六雨夜,贼匪全队出城,我军无有知者。至十七日之辰卯时,或言城中烟绝,或言每日有人洗衣洗菜,今日何以无有? 始步步探询,知贼已走,遂报十七日克复州城。十八日追至尾队,得洪大全一名,其供并非洪姓,而影射迷离,居然以首逆入告,误国必终自误,尚可问哉? 尚可问哉?

归田录四(1852)

　　咸丰二年四月初一日(1852 年 5 月 19 日)　晴。阅《地理大全》十余卷，又至水田坝之土地关，登其左山以望，盖欲为先大夫改立墓向，此即其朝山也。四围拱卫有情，大龙过峡结穴，明白无错，而且有福有力，地理之说如果足信，此地为最真矣。申酉间又步至水口及两砂处，熟加审视，似改向可毋疑议。

　　初二日(5 月 20 日)　晴。复胡润芝太守书，又复黄太守培杰一函。阅《地理大全》二集十余卷，其言峦头砂水之法，亦似有理，富贵祸福则吾不能知也。午间作告文，将以初五乙酉定日寅时于先君墓前鸠工卸碑，另立山向，不敢不告也。酉初至对山视两儿坟成，而歪斜不整，因督令另以土块易之。此吾子也，固不当日日在山监视，而侄辈又无识照料，殊为愤闷之至。

　　初三日(5 月 21 日)　乡中无剃头者，发乱头痒不可耐，甫自乌当觅一人来，试之良佳，顿觉轻爽之至。作陕西李星甫、王莲生两大令书，又将焯儿、炜儿葬处绘一图示土匠，令其照依做法，或不致再有错也。是日晴。

　　初四日(5 月 22 日)　晴。辰起作书复吴子毖方伯陕西，又复彭小山亲家江西，又复东道周小湖观察，均一一封讫，俟明日还城即发也。酉初，始以酒馔钱楮，携孙儿增寿谨赍文于先君墓前奠告焚献讫，庶明日寅时卸碑不致仓卒云。

　　初五日(5 月 23 日)　寅初起，诣墓前督视工匠，谨将丰碑妥贴卸下，即令石工铲去碑字，约初十外即可重刻完好。时天气阴凉，周览众山肃穆，觉艮坤之向更较亲切有味，为之一慰。还即早饭，随至两儿墓前与土工指示作法，即乘舆行。途中半阴半晴，亦不甚热，以未正到城，顺至梦翁处谢其前日下乡之劳，略谈数语。到家已及申初，适得炯儿京信，大小平安，心殊欢忭，然尚系三月初一日安报也。

见道傍有禹余粮，白花累累，因口占云："花白如珍珠，实红如珊瑚。居然色与香，可惜生路衢。"

会试总裁周祖培，刑部尚书杜翙、何桂清、载龄，同考官为葛景莱、赵畇梁、敬事龙元僖、袁泳锡、何桂珍、金鹤清、龚宝莲、汪振基、林映棠、许彭寿、王祖培，旗人则宜振、彦昌、崇保、毓检、和润、龄桩六人也。

初六日(5 月 24 日)　卯初微雨即晴。辰正刻梦湘亲家来谈一刻余。王文轩表弟偕其堂弟来，因炯儿兑有绥邑孝廉叶君京二两平纹银二十金，即兑交其带归，觅妥便速寄。又仓后街陈某亦有足色京平二十金，随饬奴子黄忠送交，取其收条讫。饭后随往答拜金殿珊同年之令侄国垲，又与学使翁祖庚谈一刻余，又与承继斋观察谈一刻余。又至陈德圃齐年处谈一刻，见其琴筝罗列，兴趣欣然，实能及时行乐者。归已申正，高心泉坐谈片刻而去，适孔诚甫廉访、朱荫堂漕帅各送京报，阅至亥正始卧。

初七日(5 月 25 日)　昨夜丑初刻即大雷雨，点点滴滴，直至今日巳正始歇。农夫正望耕田，得此大可播种插秧，春来麦豆皆佳，秋成又可告丰，实足为小民称庆，不胜快慰之至。是日集李贡斋寓。

初八日(5 月 26 日)　为浴佛日，早阴，巳以后晴。闻有术者张某于大兴寺内行命相之业，王梦湘亲家特约余同往，为炯儿决其礼闱能否中式，并约陈秋谷、但小云、李贡斋至彼聚谈，乃竟不值，遂邀诸君于待归草堂小饮。小云因索观所藏褚临《兰亭》真本，散时已二鼓矣。是日得礼闱头场题，首题为"柴也愚，彦也鲁"二句；次题为"楚国无以为宝，惟善以为宝"二句；三题"诗云：'昼尔于茅……'"四句，诗"东壁图书府"，得心字。

初九日(5 月 27 日)　晴。公集李贡斋寓，为但小云太史补寿。夜又雨。

初十日（5月28日）　晴。公集但小云寓斋，有八哥、画眉能人言，听之殊足为乐。

十一日（5月29日）　阴晴相间。早间吴鼎臣司马来辞行，将以十三日携眷由蜀先还里，省其太宜人，再入京也。此公颇洁己自爱，故能进退裕余，良足敬佩。饭后出门至梦湘亲家处，视其次孙病已将愈，为之一慰。随与湘翁步至胡敬南家坐一刻余，又至刘树翁家谈少许。即进城与朱荫翁畅谭良久，即往送鼎臣司马之行。晚饭后又与高心泉、李贡斋、但小云同至狄兼山寓，看人扶乩、焚香、烧符一时许，而寂无所见，可笑之至。

十二日（5月30日）　晴。闻崇荷卿方伯将至，遣黄升飞马迎之，不审明日果能到否。巳正，乘舆往晤黄心斋太守，畅谭炊许。随赴子载年伯之招，饮馔极精美，同人皆甚欢洽，惟热不可支耳。

十三日（5月31日）　早阴，午后微晴。同人公往高松南处吊其丧子之戚，因集余待归草堂，二鼓始散。自丑至寅大雨。

十四日（6月1日）　阴。刘树翁以陈中丞《黔南省城移向说》见示，其言祸福历历有证，使其一一。然明岁癸丑，又将及祸，不可不亟改也。拟抄致当道阅之，未审以为何如，此事自问气数，听之而已。周十夫司马来辞，郎拾珊司马来，午间莫芷升亦来。傅确园以所选《黔风演》见寄，欲余刻之，已应之矣，惟观其收罗甚俭，又多不雅驯者，即属芷升与伯庸为之删订，并各以所采添入之。夜雨。

十五日（6月2日）　早阴，午后晴。闻崇荷卿方伯在途中冒暑，心甚念之，遣人走迓，知其已入城矣。待至戌初始来，欢喜之至，谈至二鼓始去。

十六日（6月3日）　辰初往视荷卿并邀其幕友俞小禅、李经历及两公子游余小园，内子亦邀其两小君来，午初至酉正散。

十七日（6月4日）　与梦湘亲家公延荷卿小酌，并邀吕垚仙方伯，孔诚甫廉访，承继斋、田漱芳两观察同集待归草堂。漱芳昨日甫来，故遂延之入座，是日未刻大雨。

十八日（6月5日） 早阴午晴。闻有火牌将行，作书寄炯儿，并致琴坞一函。

十九日（6月6日） 早阴午晴。辰初往荷卿方伯旅寓谈一时许，未初邀荷卿、梦湘于扶风山小酌，畅谈至酉正入城。荷卿以明日成行，遣人送之龙里。

二十日（6月7日） 晴，酉以后雨。遣人送荷卿方伯之行，余以分手为难，不欲躬亲歧路也。是日得蜀中沈吟樵叔侄安信。夜雨。

二十一日（6月8日） 阴，天气甚凉。高心泉招集其寓斋，归已二鼓，余意甚得也。夜大雨，于农田极宜可喜之至。

二十二日（6月9日） 阴。威宁镇总兵布克慎道出此间，十年前同办青海番案，故人也，畅谈往事，不胜今昔之感，随往答拜。即赴李贡斋寓，公为高心泉寿。

廿三日（6月10日） 早阴，申以后微雨。午初出门，酉初到扁山新屋，一路新麦已收，水田插秧将竣，惟干田尚待大雨耳。是夜又雨。

廿四日（6月11日） 早阴，午以后晴。辰起诣先大夫墓前，观杨荣坡、王绥斋摹钩碑字，饭后杂读稗书。夜有明星，仍雨。

廿五日（6月12日） 阴。饭后由鲍家山进沟，上冷淡关直下山凹，又斜行一里余，再绕过一山，大河前横，越桥而上，有人家数十户，曰杜寨。由寨右斜上复左转，侧下十数武有寨曰陇上。陇上山环水抱，峰峦秀削，扁山在其前，高入云表，左右亦罗列停匀，立而望之，使人神清气爽。寨之中有寺，曰观音寺，小坐少许即起行，复穿杜寨，行至大皂荚树下，有泉二，其水清冽，味之甚甜。再前行不二十步，复有泉二水，亦清冽，甜则稍逊矣。坐泉侧石上，与土人闲话数语，即由寨之左行，越陌度阡，循山而下，山石峭拔耸立，若人当门。一水潺湲缭绕自门际去，绿树浓阴，交相掩映，几疑桃花源此其进境也。沿流约里余，一山直下，山半树木蓊蔚，隐约瓦屋三四十家，土人名曰松树林。行至屋前，水流若抱，山势环拱，亦无俗恶气，问之居人，惜无有读书者。坐良久，始由屋后登陟，横行山半再登，再又横行约三里余，乃缓缓而下，则先大夫后龙之大，过峡处即由山顶绕至墓前。时绥斋内侄方督工匠镌碑阴字，与之指示数画，又周视刻余而还，已酉正二刻矣。此行本系问舍求田，俗不可耐，不徒所历之境幽邃清洁乃尔，亦年来一大快事也。

廿六日(6月13日)　晴。以银二百一十七两五钱买曾氏陇上祭田及房屋、土山，岁可入谷二十石、杂粮二石，又以十一两买邓氏田，可入二石余。因彼间山水佳，置此为子孙他日立业之基也。

廿七日(6月14日)　始阴后雨。饭后乘兴坐竹兜登三岭岗，彼间苗民共三十八口，四山田土皆其耕种，每年纳租七石有余而已。昨闻其全寨皆毁于火，因亲往视之，仅余一椽，其他皆焦土也。悯其无告，助以干谷三石八斗，所有山粮尚在土，未收得，此即足以济矣。山半俯视众山，一览无余，陇上诸峰，尤觉烟云缭绕，青翠可爱，盖相去稍远耳。申正归，即大雨，至戌正甫歇。

廿八日(6月15日)　早阴，午后又雨。干田已渐多水，农人甚忙，亦甚乐也。诣先大夫墓前看镌碑者，又至对山一视。土工殊缓，且将左砂后挖伤尺余，由于督工之人无识，亟饬止之，然已受其累矣，惜哉！

廿九日(6月16日)　大雨如注。农夫欣慰之至。

三十日(6月17日)　庚戌，寅时为先君竖立墓碑，改艮山坤向，内盘兼寅申。是日天朗气清，凡百顺适，不胜欣感之至。饭后读《明诗综》十余卷。

五月初一日(6月18日)　晴。此间既无多事，城中当节下尚有应需支销之件，增寿孙离家已一月余，亟思其母。因命仆夫肩舆而还，申初到，得炯儿三月廿八日安报并闱艺。是夜亥刻，大雨竟夕。

初二日(6月19日)　雨。是日为壬子破日，恐大水横流也。门牙一欲落不落，痛不可忍。

初三日(6月20日)　阴。高心泉招集其寓斋，齿痛稍松，颇形困顿。是夜大风。

初四日(6月21日) 晴。偕王湘翁、孔叙翁、朱桐孙山长齐集但小云太史寓斋，为往祝吕方伯母寿。☒者辞谢而还，齿痛仍不能止。是日夏至。

初五日(6月22日) 子初即雨，卯刻止，辰巳间稍歇，午以后大雨如注。自宣宗成皇帝升遐后，今日始闻笛声。早间中丞方伯均来，辞以他出，余亦遣人于各当道致意。

初六日(6月23日) 昨夜自亥至今日卯初，大雨不止，池中水平添二寸余。高田望雨，想已足敷耕种，惟念三江两湖及东南两河工耳。早间答拜濂生中丞、祖庚学使，又至叙翁斋中谈一刻余。随赴但小云太史之招，浅斟低唱，宾主颇极欢洽，二鼓后始散。是夜仍有小雨。

初七日(6月24日) 晴雨相间。早起得胡润芝太守信，知粤贼更炽，四月廿外竟由全州过河向湖南而去，始尚人不满万，近又裹胁二万余。官兵畏葸不前，统帅柔懦寡谋，将士皆不用命，可叹之至！未知晴峰制府终日经营防堵，究竟足恃与否。全楚多不逞之徒，窃虑其乘间肆出，滋蔓难图，则无饷无兵，忧方未艾耳。奈何，奈何！

初八日(6月25日) 晴。早饭后往吊薛勤勇公之灵。但小云即邀留集其寓斋，河鱼久无，是日忽饱食之，快不可言。

初九日(6月26日) 晴。梦湘亲家招同人集其寓斋，乘月而归，饮酒乐甚。得彭小山刺史二月九日江西来书，知已移任南昌，一二年后当可望归林也。

初十日(6月27日) 晨起作书复小山，匆匆闻有人去豫，故草率数行也。巳刻招王梦湘、陈秋谷、但小云、高心泉兄弟及李贡斋集余待归草堂，始则较射，继复手谈，颇极欢洽。晚间得胡润芝太守来函，知粤贼二万余人乘舟由陆分窜，因江司马忠源，号岷樵用木排截阻大河，遂于四月廿二日午刻窜至永州离城数里之柳子铺，又分股欲扑宝庆、新宁、武冈云云。又闻广督以兵扮贼潜入贼队，将梧州艇匪痛加剿除，凡贼船及军火器械悉为我有，如果属实，实为大快。又闻桂林、郁林、柳州等处均有土匪滋扰，肃清未知何时也。是日晴，申正微雨一洒。

十一日(6月28日)　晴。公集高心泉寓斋。夜风。

十二日(6月29日)　晴。早起偕陈德圃、陈璧山、王文轩至梦湘亲家处面饭，即同其往红边门查勘双水关入水字向子午。随出城，由侧溪、泡口河、茶店一带相度山水来源及沙泥崩塌，讲究若何堵截之法，复由黄泥、三湾、象宝山迤下，由水关入城，查勘入城水门字向丑未，改作尚不为难改子午。遂循城而南门向壬丙，前中丞陈公诀以为最不吉者谓如此向必有凶灾，火其常耳，堪舆均谓宜改癸丁，特动作颇费经画。因前行百余步至所☐六洞桥出水处癸丁细加审视，又诣黔明寺，登其高阁周围一览。小坐移时而归，亦倦不可支矣。

十三日(6月30日)　早雨甚猛，午以后稍歇。公集孔叙翁斋中。夜又小雨。

十四日(7月1日)　为夏甲子，自丑至卯大雨如注。谚云："夏甲子雨，撑船入市。"本年为壬子，正月元日亦为壬子，五月二日亦壬子破日，今日又雨，俱是水大之兆。吾黔高田望雨，不患水多，所虑者三江两湖值兹时事，多艰万难，堪灾害并至耳。奈何，奈何！午间集李贡斋寓，是夜月食，归已二鼓。得胡润芝太守信，楚南贼匪如麻，长沙戒严，而任事者无才，正不知何日能平息也。

十五日(7月2日)　雨。巳刻至陈璧山斋中商酌开河筑堤事，随至李贡斋寓雅集，二鼓始散。得王子寿三月廿二日荆州讲舍书，胡子重已作古人矣，哭之。书画皆无匹，诗才更出群。何当贫士咏，谁识布衣尊。多病方惭我，招魂又到君。相逢刘孝长与蔡黄楼，地下若为邻。

十六日(7月3日)　早晴，午后大雨一洒，申以后又微雨。集但小云寓，亥正刻冒雨而还。得胡润芝太守报，知楚南道州已为贼匪攻破，于河下扎木排数十，意在浮湘而下湖督楚。程晴峰本驻衡、永防堵，乃于前月廿五回节长沙，以为省垣重地必当固守，岂知督师退守，人心即为之涣散,怯弱之情已不言如揭。噫! 当事者皆如此类,其谁能分国忧? 于是又不止痛哭流涕,长太息矣。

十七日(7月4日) 晴。余以感冒,势将医药,因延狄兼三兄为之诊视,法用疏散,忌油腻物。是日为高心泉招集其寓,乃先素食讫,始欲前往,适梦湘亲家来云,会试题名已由大兴李君朝仪寄到黔中,七人惟章永康者,学既丰富,年亦英妙,余皆无足取者。炯儿又落孙山,窃虑其抑郁生病,为之烦闷无已。未正甫去心泉处,亥正还。

十八日(7月5日) 晴。陈秋谷、李贡斋、但小云偕至待归草堂,谈至亥正始散。得崇荷卿常德来信,又得周养恬古州书。

十九日(7月6日) 昨夜丑寅时大雨,卯初始歇,辰以后皆阴。未初偕孔叙五、王梦湘同至朱荫堂宅中筹议修建省河事,议定而还,已酉初矣。阅会试题名,惟甘肃武尚仁得中九十七名,余竟无一知识者。宋芋宾文艺绝佳,而亦不得第,可叹,可叹!

廿日(7月7日) 晴。辰巳间朱荫堂漕帅、郎拾珊司马、吕垚仙方伯先后来,各坐良久而去。随至李贡斋宅,适梦湘、叙五、秋谷、心泉、小云均在座,遂谈至戌正始散。是日阅邸报,内阁学士胜保一折忧时感事,陈苦责难,独见忠爱,乃以微过,吏议镌级,可惜之至! 朱荫堂送来一函,系湖北友人致书,内有逆示一纸,悖谬不堪,据云一日武昌城中街市皆遍,人心惶惑实甚,又自四月以来,楚中大水,五月复陡涨丈余,三江两湖,其尚可问乎? 噫!

廿一日(7月8日) 晴。巳正诣王湘翁处,适朱荫翁在座,谈一刻余,遂偕湘翁至亦园,约同人为高松南排闷。亦园荷花盛开,饮酒乐甚。

廿二日(7月9日) 晴。有谭瞎子者,善说书,事母以至孝,齐年陈德圃明府招同李贡斋游水口寺,听其《刺目》一出,声音神情毕肖,不觉为之击节。是日,云南普洱镇杨青鹤、调署古州镇布克慎均来谒。戌正微雨一洒。

廿三日(7月10日) 晴。早起作寄炯儿书。饭后偕梦湘、叙五至但小云斋中,值其寒疾未明,随偕湘翁答拜王廉普太守。又自往杨、布两总戎处各谈一刻余,又往陈秋谷寓斋小坐片刻而还。儿孙辈已由扁山省墓回矣。

廿四日(7月11日) 申以前皆晴,且热不可支,申正即有微雨,酉初大雨如注。得王子章来信,系立夏日发湖北,尚无事也。

廿五日(7月12日) 昨夜大雨,直至丑正始歇,后仍滴沥不止,辰正则杲杲日出矣。起视池中水平添四寸余,长江大河则不知凡几,可虑也。申正又雨,作书寄黄琴坞,拟明日并家信付折弁,闻廿八九始行云。

廿六日(7月13日) 半雨半晴。因十一女儿抱病不能出门,烦狄兼山兄诊视。又招马某者来,酌用温补之剂。王梦湘亲家、高心泉兄亦谓宜服其药,急照方煎服,似觉安静,或可望愈,心为少慰云。是日招李桂林等午饭,亦不及相陪矣。

廿七日(7月14日) 昨夜仍雨,辰初甫晴。先邀兼山及马某来为女儿诊视讫,朱荫堂、陈秋谷均来探问,秋谷与兼山饭后始去。

廿八日(7月15日) 阴。早起修脚剃头,随邀兼山及马某诊视,仍服昨方子药。申初,王梦湘亲家来。

廿九日(7月16日) 阴晴相间。小女儿已愈七八,心为稍慰。狄、马二君略改前方,仍用补剂。晚得胡润芝太守探报,贼仍在道州,程晴峰复回衡州,闻骆吁门已奉命回京,代之者为张石琴中丞。粤抚邹忠泉亦有褫职之旨,以劳辛阶代之。劳本湖南人,熟习楚中情形,方带兵勇在永剿贼,而忽有此命,已于五月十四由永起程还粤,恐楚中再无似此能办贼之人矣。可惜!可叹!道路干戈满,江湖水潦频。救灾谁健者,杀贼尔何人。慷慨悲先帝,衰颓愧老臣。回环天下事,不觉泪沾巾。

六月初一日(7月17日) 辰初雨,中晴一刻余,午正又晴一刻余,皆阴且凉甚,四边疑皆有雨,酉初微雨。早起邀狄、马两君为小女儿诊视,病已八分就痊,惟需调理,法用健脾养肺之药。余夫妇年共百龄,生此弱质,宜其爱惜之甚,见其已愈,喜可知已。申刻,高心泉、但小云先后来，谈约时许而去。

初二日(7月18日) 寅卯即雨，忽大忽小，竟日不歇。连日读《明诗综》二十余卷。

初三日(7月19日) 昨夜仍有小雨，今晨则洋洋洒洒，至巳正始歇。大定黄心斋太守来辞，云于初五日将赴本任，以十一日接篆视事。纵论时务，不觉相对黯然。君言为守土官，此时惟当卧薪尝胆，各尽乃职，修城练勇之外，便以缉捕为第一义，并言大定库贮尚有银五千两、钱一万串余、常平谷一万石零、义仓谷亦一千余石，乃其五年以来所积存，是则尚可恃者。余谓大定、黎平之人皆有福，得君与润芝太守为其长官，捍患御灾，足以无虑。他则非暗即弱，岂独不能卫民，且将扰民，一旦有事，正未知若何措手，可为叹息不置也。午以后略有晴意，夜风。早间狄兼山来，申正李贡斋来，各谈一刻余而去。

初四日(7月20日) 卯初，日出照耀，西北诸山仍有雨意，天半西南隅，虹见半圈，唐人诗"川明虹照雨"，写景毕肖。逾时小雨一洒，仍阴，出门为黄心斋太守送行。随至朱荫翁寓，偕梦湘、叙五、小云诸君诣吕方伯署，以开河建闸承其许为筹项，今日特公往听其明示办理，至则概然筹应三千金益之，以荫翁、湘翁、小云与余各竭棉凑集五百金，又寄书杨心畬廉访、彭小山刺史，各寄五百，共成三千，计官绅共集六千之数，支用此事，似足敷用。其余岁修一切尚需另筹，然不患无成，是亦第一应办之事也。又同至孔诚甫廉访、承继斋观察处各坐片刻。湘、叙诸君均集余斋中，蒸饼食之。适黄子载年伯来，茗谈刻余，又招李贡斋、高心泉、陈秋谷聚谈，至二鼓方去。早间闻折弁已回，亟遣人探问湖北，水势甚大，贼匪尚无肆扰之处。得炯儿四月廿九日安报，其闱卷又落旗人手，乱点数句，即为抹煞，可笑亦复可叹！此皆余急流勇退、犯造物之忌累之。又得琴坞书，亦甚牵搔。又得李煦堂宁夏来书，光景亦不甚佳，承其与兆松崖中丞各以百金远寄吾儿，多情可感。又闻章少青已丁内艰，为之恻然。道远力薄，未能寄助，殊为耿结。奈何，奈何！

初五日(7月21日) 晴。同人为李贡斋遣闷,公集亦园。是日阴晴相间,晚微有雨。

初六日(7月22日) 晴。高心泉招集其寓斋。夜亦有雨。

初七日(7月23日) 晴。午后又雨,公集李贡斋寓,一鼓以后乘月而归。

初八日(7月24日) 晴。辰起往朱荫翁处议修城河事,又往高心泉处商酌设局及在事帮同监工事件。随先支自捐项内拱银五十两交心泉收支自捐五百,先支五十。

初九日(7月25日) 晴。黄子载年伯约同梦湘、叙五、秋谷诸公招集梦湘亲家借闲轩,以余六十初度,不肯称寿,特前数日作此小聚也。二鼓乘月而归。

初十日(7月26日) 晴。早起至待归草堂,为杨聚垣书条幅六张、对一付。又与王六舅氏坐谈一刻余,随至亦园,公为胡敬南作生日,二鼓乘月而归。小女儿新病初愈,犹坐以待抱,持一刻始卧。

十一日(7月27日) 晴。与但小云、高心泉集李贡斋所手谈,月已渐圆,照耀街衢,颇觉凉爽。归与小女儿犹嬉戏一刻余。

十二日(7月28日) 晴。辰正刻,邀同王梦湘先至陕西会馆,招集孔叙五、陈德圃、李贡斋、高心泉、陈璧山,公延李翁文郁及其婿胡敬南。早面后,即由水关沙沟直上右绕至羊皮洞查看,泥沙尚不甚崩坍,易于堵御,随折回,由相宝山下循沟而上,过李家祠堂,右绕一里余,亦名曰龙崩土。前次履勘所未到者,其难与茶店上之工无异,与李翁斟酌办法,意见相同,同行诸公佥以为然。遂仍循山左旋约三里余,由茶店之龙崩土直下至熊姓饭店小憩。诸君有饿者、渴者,各随其意,茶点咸具,又互为商酌约时许。然后沿沟而行,直至双水关,皆无难工,不过节节开挖宽深,只须买一闲地,为入城数段堆沙而已。晚饭仍集陕西会馆,饮馔欢然,甫将起行,大雨如注。略停歇,即登舆,不数武,盛雨复至。至城门内与李贡斋共小停片刻,仍冒雨归,则已月明天朗矣。夜复大风。

十三日(7月29日)　晨起出门答拜新安顺太守承子九,不值。又答拜福星垣太守、崇也愚大令还,适朱荫堂漕帅来,谈一刻余,随赴高心泉之招,同集者为李贡斋、但小云两君。是日天阴,午间尚有微雨。得炯儿二月三日安报,并寄内子食物,又得保菊庄太守书。

十四日(7月30日)　晴。高心泉、但小云、李贡斋集余待归草堂,荷风动香,清凉扑人眉宇。余谓小云,此时兵戈满目,水旱频仍,以此视彼,何异十洲三岛与地狱相较耶?是夜月明如昼,天净无云,三更后甫就枕眠,未知天上有月华否。

十五日(7月31日)　晴。浓睡一日,酉初刻承子九太守来,畅谈时许而去。子久年甫三十九岁,科甲出身,与之言论似尚明晰,且有志向上,加以阅历,自可继润芝、心斋之后,黔中又得一人才,可喜也。

十六日(8月1日)　晴。为余六十初度,凡亲戚朋友先数日皆遣人辞谢,不令造门,既免酒食酬应,又无答拜之烦。疏食静坐,追念我生以来,凡有此日,无不历历在目,殊觉欢忻时少,凄恻情多,又念桑榆景迫,来日大难,徒有江湖廊庙之忧,衰朽不堪驰逐,而时事日坏,肩任何人,不胜杞忧,更不免自伤迟暮也。

十七日(8月2日)　晴。刘树堂年丈、王梦湘亲家招集湘翁斋中,连日热甚,是日尤热不可支。未正服六合定中丸二,暑氛似尚在腹也,甫一鼓即散,内子以西瓜汁一碗进,始觉稍爽。

十八日(8月3日)　出门答拜贺寿诸君,随至湘翁处同赴胡敬南之招,一鼓即散,以天气大热之故。是日微雨洒洒。

十九日(8月4日)　晴,午间细雨如丝,未半刻即止,闻乡间已有盼雨者矣。是日奉酬诸君,席设待归草堂,极为欢洽。一鼓后得胡润芝书,知洪逆站踞湖南道州,亦似永安,而兵勇之不得力,则胜于围永安时,以军中少一得力之乌远芳都护也。闻罗苏溪中丞驰驿回楚,专为团练,恐亦无能为役,劳、严两公则皆有自危之心,仲绅制府尚在梧州剿办艇匪,似尚有效,无如兵饷支绌,大势竟不堪设想。奈何,奈何！

廿日(**8 月 5 日**) 卯、辰、巳皆晴，午、未、申、酉或雨或阴，亥以后雨久不止，至次日寅刻始歇。乡间望雨颇切，得此足敷数日之用，快甚，快甚。是日出门为承子九太守称贺送行，又答拜陈用皆明经，随至黔明寺候王湘翁、孔叙五、李锡翁、陈德翁暨其宗璧山偕来。即早面讫，由六洞桥勘估起，至双水关止，应建闸九座，拦水坝三座，上游开挖宽深约七八尺，下游二三四尺不等。同人至长春巷川主庙小憩一刻余而还，已及酉正，倦不可支。

廿一日(**8 月 6 日**) 辰正二刻又雨，前半日尚或雨或阴，未以后则洋洋洒洒，倒桶倾盆，至次日卯初始歇。是日王梦湘、高心泉先后来，谈刻余而去。

廿二日(**8 月 7 日**) 自卯以后天气开朗，巳正微阴一刻即晴。大雨之后得此晴天，农夫之庆，快乐无央，岁收之丰已十九可望，慰甚，慰甚。是日立秋。

廿三日(**8 月 8 日**) 晴。集高心泉松南寓斋。早间吕垚仙方伯来，谈时许而去。

廿四日(**8 月 9 日**) 晴。未正刻无雨无风，平空震雷一声，不识何兆。先是，炜儿之第三女许聘狄兼山参军之第八子松江，是日纳采，冰人为王梦湘观察、孔叙五刺史，亲友均来作贺，因留喜酌。巳以后热甚。

廿五日(**8 月 10 日**) 晴。集李贡斋寓，未一鼓即散，热不可支。

廿六日(**8 月 11 日**) 晴。热不可支。午间王梦湘亲家、李贡斋、高心泉、松南叔侄偕来，因留便酌。随偕湘翁、叙翁至首郡，谈一刻余而还。

廿七日(**8 月 12 日**) 午后大雨一刻余，酉戌间又雨。高心泉、秀东兄弟招同陈秋谷集其寓斋。李锡之、李贡斋、钱云程率匠人暨心泉往勘城河工，其议杂而各执一见，盖钱君甚偏，恐不能始终胶漆，当思所以和之。

廿八日（8月13日） 昨日垚仙方伯遣人来言，廿九日开库之期，所筹三千金可以即发，可感之至！因属杨荣坡如式缮为墨领，持与诸君背押讫。即亲诣朱荫翁处答拜，告其所以然，即嘱荫翁纪纲明日持领兑银云。申刻但小云来。是日畅晴，仍复热不可支。

廿九日（8月14日） 晴。是日为先太夫人忌日，一日不出门，亦不见客。作书炯儿，并致菊庄、少青、琴坞各一函，又附致王湘翁家信一件，闻折弁初二方成行也。酉正致祭后，忽大风雨，至戌初始歇。

七月初一日（8月15日） 晴。朱荫堂、王梦湘、李锡之、高心泉、李贡斋均来，以修河经费司中筹助三千金昨日已发出，今将交付贡斋、心泉收支也。正坐间，刘树堂丈来，为天门修堤借款四千余金，奉文咨返。一贫如洗，何能措交老翁？亦正无需愁急耳。

初二日（8月16日） 早晴，子初后大雨如注，至次日卯初始歇。是日晨，诣藩署与垚仙方伯谈一刻余，知黔中又调去兵一千名。午间高心泉来。

初三日（8月17日） 晴。陈秋谷、高秀东来待归草堂，其令侄松南亦来，戌正始去。早间王湘翁偕钱云程来谈一刻余。

初四日（8月18日） 昨夜三鼓，梦在江南云水间，一垂髫女侍宫样美人持生绡一幅，属画杏花，并笑倩题诗，画讫，即为题二十八字云："柳颤烟轻艳冶天，风光如此足蹁跹。美人自把花枝笑，私到江南十七年。"掷笔一笑而寤，时已五鼓，梦境犹宛然在目也。次日为王梦湘亲家生日，十九日又为狄兼山亲家生日，余因集亲友为两公先日称觞，饮馔颇精洁，皆大欢喜，是日晴。

初五日（8月19日） 晴。同人公为王梦湘亲家作生日，集高心泉斋中。辰初湘翁即来谈半时许，余因往贺杨晴川生子，后赴公约。午间心泉又招集文、李二君，鼓板清歌，颇极欢洽，皆以为林下真乐云。

初六日（8月20日） 晴。杨晴川偕高秀东、松南叔侄集待归草堂，水畔风凉，荷花时送香气，殊忘暑热。未初，莫芷升亦来，谈时许而去。

初七日（8月21日） 晴。高秀东兄弟招同贡斋、秋谷集其寓斋。是日晤孔叙翁、王湘翁，知杨心畲已开藩四川，吾黔继起有人，为之一慰。

初八日（8月22日） 晴。集但小云寓斋，屋宇逼窄，暑氛殊不可支。痛啖西瓜一枚，心中甫觉凉爽。

初九日（8月23日） 晴。集但小云寓斋，热不可支。夜归得何圆溪大令内黄来书，附寄冯翰香观察函。

初十日（8月24日） 晴。集但小云寓斋。小云言其尊人官京朝时，有长随杜升，荐之袁凤喈侍御已年余矣，诚实忠敬，主仆相依为命。凤喈以监场处分八年，无过方准开复，自念外放不知何时。杜升长共清贫，实所未忍，因为荐之出守者，两荐皆不肯去。凤喈复为推荐其至好之某道，且召杜升，谕之曰："以汝诚朴，新主人必（括）[刮]目相待，如必不舍我，二三年后再来京中。其时我亦或有外任，机缘便当长与相处矣。"杜升勃然云："我并未敢一毫慢主人，何必欲推我出门？既已至再至三，势难强留此，无已则请各自去耳，另随他人，实所不甘也。"遂携其襆被移寓贵州会馆。一日，凤喈上朝，遇杜升于杨梅竹斜街，以扇自遮其面，凤喈下车执其手曰："杜升，杜升，忍去我乎？"杜升流涕，伏地不起，其车夫亦泣云："杜二爷还不回去？想煞老爷矣！"遂拉之上车云。噫！凤喈为余同年生人，极忠诚其守，平凉民甚爱戴，卒之日，相传以为城隍。余为之经理其家事，甚至特不知所谓杜升者，时在何许。书小云言，所以愧仆人之怀二心者。

十一日（8月25日） 晴。辰初至长春巷，偕梦湘、叙五、心泉、贡斋及钱云程公勘唐永昌捐出堆沙之老城脚水田一大段，拟俟城河告竣，即于此间修建义仓，足可贮十万石也。午正还，饭后阅黎伯庸校正之《黔风演》二卷讫。适但小云太史来，谈约时许而去。

十二日（8月26日） 晴。诸公为狄兼山寿，余作陪客，集高心泉寓斋。是日辰刻，先偕湘翁、叙翁往贺朱荫堂四郎指捐四川布库大使之喜，又往首郡贺其生孙之喜。又答拜首县恩明府，并以廿六日开工修河，大府以下皆当往工所拈香，属为代借棚帐云云。

十三日（8月27日） 晴。朱荫堂亲家来谈约时许，据云得湖南来书，程晴峰制府闻贼攻破道州，即速众议避归长沙，长沙绅士闻其来也，将闭门不纳，乃恰遇顺风舟已到城，人皆未之知，则乘小兜入城矣。在城小驻五日，知众论难与辩也，于是始还驻衡州。又贼踞道州，官兵甫一接仗，本自小挫，乃以捷入奏云。又云长沙官场惟中丞尚能镇静，余皆惶惑无措。又闻距道州六十里之永明县已为贼有，又常德一带抢夺蜂起。固知天不厌乱，然何以如是之寂无人耶？午间以银四百五十两送交高心泉处收支修河用项，盖廿六日将祀土兴工，余所捐助工费五百金自应先为交出也。

十四日（8月28日） 晴。莫芷升之令弟行九者来谈一刻余。郑子尹适来，闻声相思三十年矣，今始一见，畅谈时许而去。适张子敏大令自四川解饷来，细讯川中情形，约二刻余送客出门。即披阅子尹所自为诗及《说经》一卷，虽非正法眼藏，亦自矫矫不群，固宜声在人口也。未正间，但小云又来约谈数语，余即更衣申祭祖考，盖是日为中元，例宜早为致祭也。夜间大雨。

十五日（8月29日） 晴。微有凉意。与高秀东竹林小集花金三寓斋，饮馔颇精洁。晚归得胡润芝黎平来书，知湖南永明、江华皆为贼有，罗苏溪中丞已到永州，曾涤生侍郎亦出赞军务，其人刚而执，恐与统帅不相能，于事仍无益耳。折弁回省，闻有炯儿安报，以去安顺未回，尚不得收阅，悬系之至。

十六日（8月30日） 晴。辰起微凉。因出门答拜郑子尹广文、张子敏大令及莫九、黎大、张司马汉中诸君，遂甫还。已正再将子尹诗集展阅一过，喜其天才横溢，不愧豪杰之士。午后仍复热甚。

十七日（8月31日） 晴。集高松南斋中，午、未热不可支。晚归得炯儿五月廿九日安报，知儿妇又有身孕，寸心稍慰。又得胡润芝探报，洪逆于六月二十四日三鼓尽弃道州而去，诸将不惟尚未跟追，且并不知贼踪所往,可笑亦殊可叹!是日早间,郎司马、恩明府来。

十八日(9月1日) 晴。集王湘翁斋中,饮酒乐甚。午间吕方伯来,余已出门矣。

十九日(9月2日) 晴。花金三为狄兼山作生日,邀同人集其寓斋。巳初先往答拜郎拾珊司马,即送其之古州任。

二十日(9月3日) 晴。周养恬刺史之长君自古州来谒,谈一刻余,知都匀属之八寨地方竟有白昼抢夺等事,土匪不靖,殊为可虑。午间王小冈来。

廿一日(9月4日) 晴。梦湘亲家之夫人六十生日,因往奉祝,顺道至刘翁处一谈。又答拜小冈,又贺小云太史令弟合卺之喜。随至高心泉斋中公宴梦湘,二鼓后始散。

廿二日(9月5日) 晴。出门答拜周世兄、洪小蘧之令弟还,适同年张卓山之大郎名源字达泉者来见,器宇颇甚轩爽,故人有后,为之一慰。是日得汉阳姚有美来信,以余今年六十初度,远寄联幛为寿,即作书答之。又寄陕西吴子苾方伯、王莲生大令各一函。

廿三日(9月6日) 晴。作书寄王子寿兄弟,据信足云八月杪可送到也。

廿四日(9月7日) 为先大夫生忌,如其尚存亦仅八十六岁耳。乃弃养已三十三年,椎牛而祭,何如鸡黍逮存,我独何心,能不悲哉!

廿五日(9月8日) 晴。早间朱荫翁来谈一刻余,随招周伯渊、洪小蘧之令弟及成幼兰、李德生、王小冈便饭。适王梦湘、孔叙五、高心泉、李贡斋均来,盖以明日开河兴工,同为余所觅王文轩,选择者从今上辛卯,命中丞壬戌、方伯甲子、廉访乙丑、观察己巳、首郡太尊甲寅、大令丁卯,逐为趋避,又避岁煞、三煞、天都,又取年利、月利及大偷修日,又取东北艮方,天道东北行,似已尽美。而傅某者乃谓不吉,余以事关通省,岂敢固执?函属诸君另为选择。湘翁等谓阴阳聚讼,所在皆然,若无断制,将终岁不能得吉日,应仍以明日行礼为是。故来为余言之,余亦不敢固执,唯唯而已。又闻湖南之桂阳、郴州、宜章均为贼据。又闻五月廿八九日京城大雨,北路水势甚大,川江涨发,湖北之公安一带堤塍又溃云。

廿六日(**9 月 9 日**)　晨起,料理数事即催促早饭。先诣王湘翁处,待朱荫堂不至,闻承观察已至工所,因与湘、叙两公赶为前往。王廉普太守、孔诚甫廉访、吕㙦仙方伯陆续皆到,时已未正,中丞蒋濂生先生亦来,因遂向东北拈香行礼兴工讫,随与荫翁诸公分赴各当道申谢。还已酉初,倦不可支,亦复热甚。是夜大雨如注,直至次日辰刻始歇。

廿七日(**9 月 10 日**)　雨后阴甚,仍有微热。王荣波叔侄祖孙来,高心泉亦来。余有腹疾,颇形倦怠,心泉谓以普洱茶调六合定中丸服之可愈,急服三丸,殊效。

廿八日(**9 月 11 日**)　晴。早起出门答拜福星垣、佛芝林诸君。随赴但小云之招,二鼓后始归,与小女儿及长孙男女嬉戏一刻余始卧。

廿九日(**9 月 12 日**)　晴。集王湘翁之借闲轩,未二鼓即散,以有讹言,城门关闭甚早且严也。

三十日(**9 月 13 日**)　晴。招省中亲友之入场者早饭,共十八人,甚有可中者。申初,作寄炯儿书。

八月初一日(**9 月 14 日**)　早晴。招遵义绥阳亲友之入场者共二十四人,未初即散。作书贺直督讷近堂先生协撰及七十生日、次郎庶常之喜。闻折差巳刻即行,寄炯儿信适赶上,快事,快事。申正三刻,大雨如注。

初二日(**9 月 15 日**)　自昨日申正大雨,直至今日辰正甫歇。巳正,陈息帆大令来名钟祥。申初,沈秋帆大令来,各谈一刻余。高心泉亦来,欲余明往城外查勘堆沙之地,连日颇倦怠,恐不能久坐也。

初三日(**9 月 16 日**)　晴阴相间,微雨数洒。安坐不出门,瞽目弹词,娓娓可听。夜又大雨。

初四日(**9 月 17 日**)　先阴后雨,冷不可支。

初五日（9月18日）　阴,夜半仍雨。杨晴川为其子作汤饼,招集亦园。先出门拜客,由南门武侯祠绕至六洞桥独狮子大抚坊,于陈息帆之太孺人拈香讫,又有老古巷答拜傅确园不值,始与梦湘、叙五诸君得至园中,一鼓即散。适胡润芝探报贼匪确耗,则郴州、桂阳、永兴、蓝山、嘉禾各州县均已丧失,直逼衡湘。江西之袁州、吉安等处亦皆可虑,并风闻贼围衡州,督师赛尚阿及湖督程矞采均克偷逃,知府陶恩培浙江会稽人独力支持,势甚危殆。又闻长沙官吏既意见不和,绅与绅亦复龃龉,皆非吉祥之兆。奈何,奈何!

初六日（9月19日）　早起阴甚,且有微雨。出门送福星垣之行,值其已行,为之怅然。随往孔寿山、陈用皆处,送其考试之喜,各谈一刻余。是日间人公为陈秋谷太守作贺,因即至秋谷斋中,一鼓后始散。

初七日（9月20日）　阴雨竟日。饭后出门答拜道署余君,又往送高心泉、王小湘叔侄入场之喜,又至邻人陈虞封家谈一刻余而还。已重棉,犹觉凉也。

初八日（9月21日）　阴雨竟日,寒气逼人。早起视侄辈捡点入场讫。随往问狄兼山病,因其昨夜三鼓时忽来索东参,内子尚存一支,全以与之,黎明时遣人走问,闻其尚未愈也,故亲往问之,乃系霍乱转筋,甚为危殆。而犹欲入场,幸黄子载年伯亦至,同为力阻,大约一半月内方能复元,科名固自有定,亦难以强求耳。午正,赴但小云太史之招,归已亥初。而雨尚未止,如此气象,田禾受伤实甚,徒有浩叹而已。

初九日（9月22日）　阴,招郑子尹、傅确园、陈息帆、张子敏集待归草堂小酌。子尹辰刻即来,畅谈半日。适李桂舲孝廉亦来,遂留共午饭。息帆为吴兰雪门人,座间论诗津津,颇觉自负,因以《梦研图》属题,未知其名实果相副否? 夜又小雨。

初十日（9月23日）　阴,午间微有阳光。未正刻陈息帆来,谈一时许。随出门至孔叙五、湘翁处阅其郎君闱艺,还已酉初。王湘翁复来,欲观侄辈之文,乃尚未出场也。戌正,遍阅两侄、两弟及冯圣泉、杨子桩作,均无甚色,勉以二场更须努力也。然亦八九无望矣。

十一日(**9 月 24 日**) 阴。浓睡一日。

十二日(**9 月 25 日**) 阴。饭后王湘翁、高心泉来,谈一刻余。随往答拜吕垚仙方伯,以其两次到门均值他出,且欲探问湖南军,并怂恿其赶办此间积贮也。据称贼于七月廿八日由攸县、醴陵进犯长沙,张中丞甫至沅江,因未带一兵遂折回常德。于初五日由八百里来,咨请贵州调兵一千、筹饷十万救援,且已奏调胡润芝太守前往赞助军务,并云"长沙被围已七次,紧文赴衡州求救,而揆帅、总督坐拥重兵,迄无一字回报,长沙危在旦夕"等语。此事早在意中,不图当局诸公毫无备,城中只有兵四千,若长沙有失,势将顺流而下,武昌、荆州均恐有碍,江西、安徽亦难免扰乱,老臣宿将,竟无一人,时事其可问乎? 是时学使亦在座,惟咨嗟叹息而已。随又至诚甫同年处及王廉普太守处各谈刻许,顺问狄兼山、朱荫堂两君病,皆大愈。还已上灯,犹与陈虞峰谈六壬课云。虞封云课占星沙,官与兵皆不得力,元武发传,贼势甚旺,窃恐城不能保也。

十三日(**9 月 26 日**) 阴晴相间,夜月甚明。巳初刻,孔叙翁来,作书致胡润芝太守。

十四日(**9 月 27 日**) 阴晴相间,余申之上舍来。

十五日(**9 月 28 日**) 早阴。饭后郑子尹来谈二刻余而去,申正周养恬刺史来。夜月。

十六日(**9 月 29 日**) 阴晴相间。早起答拜余受嘉上舍,谈一刻余。据云长沙尚无紧信,然折弁逾限半月不回,途中亦自可虑。又答拜周养恬,不值而还。

十七日(**9 月 30 日**) 晴。往贺梦湘亲家侄孙女受聘之喜,又往亦园视杨玉泉病,已大愈。昨日梦湘、荫堂、叙五、贡斋、心泉诸君皆集余斋中议团练事。今日心泉复来,问所以团练之法,畅谈时许而去。

十八日(10月1日) 晴。黎伯庸、郑子尹、莫芷升及夏凤生秀才纯仪共集待归草堂。凤生为余占,谓壬子、癸丑均不宜出山,动必有悔;又占长沙之围,未解且恐已失;又占炯儿明年必中,十冬腊月可望还家,道路亦无阻云。

十九日(10月2日) 昨夜甚雨,今天辰初甫歇。饭后孔叙翁来谈一刻余。作书寄清秋浦观察川中,又致沈松樵兄弟一函,以张子敏大令三二日内当行也。夜甫戌正,间壁失火,未一刻即灭。主人陈君讳言之,亦姑隐焉而已。

廿日(10月3日) 阴晴相间。午后高秀东来,闻折弁已回,急觅儿子安报,得其七月十三日所发手函,知气疾已愈,为之一慰。又得姚亮臣、彭子嘉各一信,又丁瑞珍孝廉一信,又子桢、春庭两君家报,王莲生陕西安信二件,均一一分致讫。

廿一日(10月4日) 晴。兰花甫开五盆,亦不甚茂。以一盆致陈璧山,答其茉莉之惠;以一盆送梦湘亲家;其三盆一大二小留供清玩而已。招高秀东、松南叔侄,陈秋谷太守手谈,至夜始散。

廿二日(10月5日) 晴。闻张子敏将还蜀中,于辰初躬往送行,并托带四川信件,随赴心泉之招,同座者小云、贡斋,归忽气疾大发,亥正始卧。

廿三日(10月6日) 晴。彭于蕃之次君来,得于蕃手书,并以玉桂二枝见贻,因留晚饭而去。闻于蕃亦欲息肩,且有结庐黔中之意,果如所言,则又得一良伴矣。喜甚,喜甚。

廿四日(10月7日) 晴。肝气大发,牙痛不止,勉强作书寄炯儿,并复子嘉、亮臣二信。随赴李贡斋之招,座中闻长沙之围已解,乃绅士当商公凑银两贿贼免攻云。如其言然,他处百姓均仿照办理,可免屠毒之苦,然从此愈不可问矣。又闻镇远以下道途处处荆棘,洞庭湖则全是盗薮,何时肃清,可叹之至。

廿五日(10月8日) 晴。肝气甚剧,牙亦疼不可耐,呻吟床褥,殊无生趣。早间彭世兄汝琮来谈一刻余,云与带兵纪协同行,常德以北则张中丞当必关照护持也。晚得胡润芝书,病体亦殆,记念之至。

廿六日(10月9日) 晴。李贡斋招同人公为高松南补作生日。

廿七日(10月10日) 晴。与但小云、李贡斋集高心泉寓斋。

廿八日(10月11日) 晴。高松南治具答诸同人。连日来余以肝气兼患齿疾,不能饮食。饭后始往酬应,聊借畅谈,以遣病魔云尔。

廿九日(10月12日) 晴,燥热殊不可耐。是月小建,闻以明日初一揭晓。晚饭后与王梦湘、但小云、高心泉同至兴隆街孔氏香铺听榜,待到二鼓,报者络绎,亦多未确切也。比亥初榜出后,有异《题名录》者,亟取观之,亲好中得陈用皆鸿作、周竹生鹤、杨仲香先芬并遵义黎君树蕃皆所称学优者,而中心切望,尤以用皆为最,居然第二名,可喜之至。归已亥初,适首府送闱墨来,翻阅一过,尚属完妥,榜中亦多知名之士,甚善,甚善。是夜大雨。

[九月]初一日(10月13日) 雨后颇凉,梦湘亲家约同往拜祖庚学使。惊闻户部公文竟开捐三百金例,给秀才一名;五千金,给举人一名。始尚以为戏谈,祖庚谓文已到司,无所假借,不禁为之愤懑。国于天地,必有与立纲常名教是也,惟器与名不可假人。秀才举人而均可捐得之,秀才举人亦不足贵,人亦何乐此捐?此例出后,捐输正未必踊跃,徒贻笑于天下后世耳。谁秉国成,贻吾君羞?其肉岂足食乎?是又胜于丧师辱国之流矣,可哀也哉!是日肝气又作,与湘翁同至周竹生、陈用皆家,亦不能久坐,匆匆即还。适胡明府苏农来,与之谈一刻余。陈息帆亦来,随后仲香、竹生亦来,各坐良久而去。

初二日(10月14日) 晴。

初三日(10月15日) 晴。早起,许仁山太史来,略道京中光景,并闻杜芝农相国卒于清江公廨,伤哉!正色敢言,年来惟此老颇系人望,又弱一个,其将奈何?稍有人心者,能不为国家惜此人也?午间,王梦湘、陈息凡、高心泉均来。又出门答拜李孝廉以菁,并由刘翁处小坐刻许。至双水关查看工程,复诣湘翁斋中谈一刻余而还。

初四日(10月16日) 晴。午后张子威衍重主试来,谈一刻余。

君于榜后得奉福建候补知府之命,意兴索然,故一切酬应皆迟迟云。

初五日(**10 月 17 日**)　晴。饭后孔叙翁来,随出门答拜胡苏农明府、朱荫堂漕帅、莫芷升明经,并各处道贺讫,还已酉初。闻翁学使祖庚、陈大令息帆来,未能见也。

初六日(**10 月 18 日**)　晴。狄兼山来为余开方眼药,以心肺火气太盛故。宦表弟必恭来谈,约一时许而去。吕垚仙方伯、承继斋观察均来辞以外出,因心烦不耐酬应也。辰起偕湘翁、小云答拜张子威太守,并与许仁山小坐刻余。

初七日(**10 月 19 日**)　晴。以重阳日为吾父忌辰,当诣扁山祠墓致祭,因于巳初三刻乘舆行,申初三刻到祠。百二十日来,田中稻已全收,山粱亦大半登场,问之田叟,云瘦田甚佳,肥者只十得七,以梗半生虫,米粒不饱故也。且喜各佃尚俱无恙,为之一慰。

初八日(**10 月 20 日**)　晴。辰起盥漱讫,亟诣先大夫墓前展视,亲督工人周遭扫除完洁,又检点所种茶树,已皆出土矣。饭后校勘《黔风演》二卷,作直督讷近翁书。又致周景恒廉使一函。

初九日(**10 月 21 日**)　晴。风木之悲,不觉三十三重阳矣,头颅如雪,待死何年? 地下有灵,不久当自重亲色笑也,哀哉!

归田录五(1852—1853)

咸丰二年九月初十日（1852 年 10 月 22 日）　晴。辰正一刻由扁山新屋乘舆行，以未初三刻到家。但小云太史适来，为明日招许仁山、张子威两君及吕方伯、孔廉访、承观察、翁学使待归草堂小酌故也。亟遣奴子扫除花径，收拾园亭，已及月明，犹点检不置云。

十一日（10 月 23 日）　晴。巳初刻，王湘翁来，相与坐亭上看种菊花高下位置。二刻余，但小云甫来。又一刻余，翁祖庚、承继斋、孔诚甫、吕垚仙先后亦来。又约时许，两使者始至。亟延入座，颇甚欢洽，至酉正二刻而散。

十二日（10 月 24 日）　晴。辰起偕王梦湘、但小云往送张子威、许仁山之行，值吕垚仙、承继斋两公亦在座，略谈刻许即还。随招李贡斋、高心泉、杨晴川集待归草堂赏菊，是夜月色大佳。

十三日（10 月 25 日）　晴。陈息凡大令来辞行，据云十五日必当起程也。随赴杨晴川之招，一鼓后乘月而归。得炯儿八月九日京中来信，又得王春亭、李煦斋、王莲生各函。

十四【日】（10 月 26 日）　晴。早起，以足银七八两并李煦斋家言一函属杨荣坡面交其令弟幼初讫，炯儿京中令项也。随遣人招佛芝林、伊一泉、张次兰、恩履中、沈秋帆赏菊便酌，至申正始散。寄周十夫台拱一函。

十五日（10 月 27 日）　昨夜小雨，今日早阴午晴。招余受嘉上舍，韩雨帆广文，马冶轩参军，洪、渠二尹，胡苏农明府，李立峰拔萃，刘小林明经集待归草堂，饮馔尚佳，宾主颇极欢洽。老圃秋容，殊为生色也。

"知止而后有,小有才必酿大患;尽信不如无,下无法何以上人",上一联含"定"字,指定郡王而言;下一联含"书"字,指书无而言也——见巡视中城兵科掌印给事中袁甲三奏。

十六日(10月28日) 晴。早间王湘翁来,午后佛芝林太守来辞行。

十七日(10月29日) 晴。连日菊花盛开,高高下下,益心悦目,殊足留恋,他人无此乐也。

十八日(10月30日) 晴。狄兼山来,坐未久,陈璧山适来,随后沈秋帆大令来辞行,将以十九日回毕节本任也。昨夜得郑子尹书,顷即数行复之。

十九日(10月31日) 晴,热甚。已初出门,偕朱荫翁、黄载翁、王湘翁、孔叙翁诸君赴县署拜寿,又至道署拜寿讫,随答拜子载年伯,谈一刻余。又往狄兼三亲家处,嘱其致意花金三,以修河工事,渠有阻挠故也。又与叙翁出城,同梦湘亲家齐至袁竹坪寓不值,随于刘树堂年丈斋中小坐一刻而还。整理书案,稍觉完洁,亦一快事,然而倦不可支矣。是午,黎伯庸来,以傅确园初刻《黔风演》收取太滥,欲重为删削,另刻以成完璧,所见甚为有识。因谓伯容亟宜努力为之,梨枣之资,鄙人当独任云。有郑秀才者为卜军务事,谓贼已有离心,然眼前我军尚有一大败,明年二三月必能肃清。

二十日(11月1日) 阴。料理家事,又检点书案,自辰至酉,不觉白日苦短云。是夜得王莲生信,已补岐山,可喜可喜。四鼓后雨。

二十一日(11月2日) 早阴,午后微晴。得胡润芝太守信,知长沙围尚未解,张中丞、潘方伯颇能赏罚,兵气渐振。伪太平王已全股合扑省门,似有离心,亦一好消息也。是日集贡斋寓为孔叙翁寿。

二十二日(11月3日) 早阴,未正三刻微雨,一洒即晴。是日作书寄炯儿,又寄河南内黄令何圆溪一函,又致署南汝光观察冯翰香一函,并属圆溪代收欠项兑京云。午间黄子载年伯来谈刻余,高心泉来为建闸事。夜半大雷雨,有雹。

二十三日(11月4日)　晨起，雨势方歇，已有晴意。随往王梦湘亲家处贺喜还，适朱荫翁送其令婿周子俨观察九月七日来信，贼围长沙约三万人，我兵亦三万余，自张石卿中丞到后壁垒一新，军势大振，河中有炮船二十只，势将聚而歼旃。又闻赛相已奉旨革职，解送刑部。程晴峰制府亦革职，徐仲绅授为钦差大臣兼署两湖总督，不日当更有好消息也，为之快然。遣人以京信、河南信托巡捕马冶轩交折弁带寄，闻廿五六即行也。

廿四日(11月5日)　晴。早间王湘翁、狄兼三先后来谈一刻余，饭后检点家乘，以郑子尹将有《遵义诗钞》之刻，拟抄录先世诗稿可存者寄之也。

廿五日(11月6日)　晴。检点家乘。午间夏秀才来，为胡润芝太守占其病状，得"无妄"之"丰"卦，名先佳，据云可勿药，有喜。又占省令明年有无事故，亦甚平安。心慰无既。

廿六日(11月7日)　早雨，午后阴。检点家乘，是日立冬。

廿七日(11月8日)　晴。抄录先介石公诗一首、爵三公诗六首、君来公诗九首、直圃公诗二十三首，以郑子尹广文讯来，将有《遵义诗钞》之选故也。

廿八日(11月9日)　晴。韩表弟作霖，号雨帆选古州教官来，言其缺甚清苦，非兼古州山长一席，不足敷衍，此吾外祖母韩太宜人内侄孙也。且品端学优，谊不可辞，因为作书致周小湖观察、郎十三司马，为之道地，渠以冬月到任，或可有济。早间王梦湘、狄兼山来谈一刻余而去。是日气颇不舒，狄兼山开一方服之。

廿九日(11月10日)　晴。莫芷升来谈一刻余而去。

卅日(11月11日)　晴，命二侄裕先与杨荣坡侄倩捡理扁山左近田业买者当者，共可收租二百七十余石，并中槽司当田六十二石零，统共岁入田谷三百四十石零，买契、当契包封开单，交付大、二两媳收掌，俾其按年收租支销，以为祖宗生忌、子女读书及一切灯烛煤炭、日用菜蔬之需。余既不能有余以遗子孙，然寡妇孤儿必当使之无虞缺乏计,其母子七人得此,亦仅足敷衍。仕宦二十余年,仅仅有此,皆撙节廉俸所余,似尚可以长享永保也。

十月初一日(11月12日)　晴。辰刻蒋濂生中丞来待归草堂谈一刻余,据云举人、秀才之捐已奉旨停止,并有各省督抚及在籍大员"助饷"之谕。天末老臣,自愧无力,殊属不安之至。又云贼已全赴长沙,现在胜负尚无确耗。又云山西兆中丞以八月二十日因病开缺,闻之愕然。中丞以辛酉生,今年甫五十二岁,遽以腹疾去,又无子女,哀哉!余与君自道光丙申订交于兰州,十年同官如兄弟,然乙巳、丙午又同在陕西相视,更为莫逆。洎君拜闽臬之命,余亦开藩于楚,从此遂不相见,然犹冀其秉节滇黔,不意丙午十月,长安分手之时,竟成永诀也。君天性孝友,处朋交[友]尤能肝胆照人,办事不激不随,虽未多读书,而动得大体,在旗人中颇以廉能自负者,乃不竟其用以殁,可胜惜哉,可胜惜哉!午间吕垚仙方伯亦来,谈约时许而去。

初二日(11月13日)　晴。同人公集待归草堂为杨晴川补作生日,二鼓始散。

初三日(11月14日)　早阴午晴。作书寄王莲生、李星甫陕西。

初四日(11月15日)　晴,昨夜大风。早起作书,并以八十金及先世诗稿寄郑子尹,以杨荣坡初五日将返遵义嫁女之便,又为荣坡诸君书条幅、楹帖十数纸。又致黄心斋观察大定贺函,并为张子佩琚道地。

壬子十月初四日寄郑子尹广文书。

子尹贤兄阁下:日前匆匆数行并《史记评林》全部交贵使带呈,计经省览。比来伏审,文祺畅适,慰甚,颂甚!楚氛近一月来竟无确耗,惟赛相已奉旨拿解,刑部程督亦革职留办粮台,差强人意。张中丞到任未久,壁垒一新。徐仲绅先生奉命督师,此时自已早到,必能和衷共济,无掣肘之虞。逆贼三万数千人全在长沙,闻已各有离心,均好消息。特军饷甚绌,司农无计筹画,竟有开矿用票之议,幸指捐秀才、举人,特奉谕旨停止,是又一大转机也。《遵义诗钞》刻资八十金如数寄去,乞捡收支用。阁下选定后,望饬录副本一通见寄。属为弁言,俟读过副本即为脱稿呈教。义先世诗多散失,如汝止公原配陈孺人诗词外,且习为举子应试之文,汝止公诗有"山妻贤且才,图书互相考",亦其一证。先曾祖君来府君年七十时,语从父肇江先生:"汝祖母,吾业师也。"惜其稿无一存者,并君来公《半山草堂诗》若干卷,皆毁于火,殊为痛恨。兹抄先介石公诗一首、爵三公诗六首、君来公诗九首、阳山公诗二十三首,又汝止公《游子吟》一卷,乃其手自编订者,均望法眼采择,或加以笔削,更深铭感。手教谓"不敢使他邦人轻我先辈",此言甚惬鄙怀。今日傅确园所辑《黔风演》,金玉瓦砾,兼收并采,阅之令人愤闷。昨与伯庸私议,欲并其前后斟酌重刻,亦即此意,他日必当就正大雅,方敢付之梓人耳。匆促手助,意不宣展,即颂著安。不具。

初五日(11月16日)　昨夜丑初大风,随有微雨,今日阴甚,始有寒意。巳初出门答拜寿刺史、高大令,并贺狄兼山亲家。饭后作书复彭于蕃永昌、吴仲昀滇抚。傅确园老人偕潘秀才谈二刻余。夜又风雨。

初六日(11月17日)　阴。出门为王廉普太守贺寿,随往学使署,与翁祖庚谈一刻余,适吕方伯亦来,又坐少许即还。夜又微雨。

初七日(11月18日)　阴甚。申初无事,忽思东山之游,遂乘舆,不及二里,已至山脚。舆夫亦乘兴而登,凡五转即登其巅,俯览群山光景,较扶风尤能及远,而万木阴森,曲折幽静,又大似黔灵,惜摩岩多俗子书,未免为山灵笑,特无好事者磨去另书耳。戌刻得胡润芝九月廿九日报,皆长沙十八九日所发函,贼不足平,而将不得力,为之一叹。据云徐仲翁月杪可到,或者事权归一即可聚而歼旃欤?不胜盼望之至。夜又大雨。

初八日(11月19日)　阴寒逼人。辰起,乘舆登相宝山,气象与东山相似,迎面诸山开展,有情又似过之。下山由水关至苏家桥,顺至湘翁处谈半刻即还。饭后又到间壁范顾氏寓宅一览,后楼眼界颇宽,惜朽坏不堪耳。自亥至卯,大雨如注。

初九日(11月20日) 辰起,督夫将待归草堂素心兰二十九盆移动置廊间。随出门答拜刘小林明经,即赴孔叙翁之招。未二鼓即归,得炯儿九月初七日安报。夜又雨。

初十日(11月21日) 阴甚,寒气逼人。朱荫翁遣人送邸报来,知讷近翁已补授大学士,仍留直督之任,贾筠堂亦协办矣。又得朱子余来信。是日督夫芟除花园,颇甚闲适。

十一日(11月22日) 晴。早起,朱荫翁、高心泉来谈约时许,随与心泉同赴李友轩文会之招,刘树堂、殷四如均在座,与主人之兄锡之,年皆七十以上,而饮食、精神不减少年,殊为可羡。二鼓乘月而归。

十二日(11月23日) 晴。早起出门答拜垚仙方伯,又往贺翁学使令弟顺天乡荐之喜,又答拜朱太守讫。随往顺城街公为李贡斋孺人寿。

十三日(11月24日) 晴。雍禧侄自遵义来,为言宗祠之修尚须费千金,若以今年为始,所入三百余石租谷,除每年例用外,尚可余二百五十六石,统计三年可以一律完竣云。问其父殁后光景,萧条几难自立,意欲令其六弟、九弟来省课读,尚未知其母能割爱、使之来否耳。夜月甚明,四更后微雨。

十四日(11月25日) 辰初急雨一洒,即晴又阴,夜有雨。

十五日(11月26日) 阴雨。得彭小山刺史书,未刻招朱四世兄及杨仲香、陈用皆、周竹生、李孝廉以菁便酌,以朱将去四川,杨、陈与周、李皆赴京会试也,并招王小湘作陪。夜又雨。

十六日(11月27日) 阴雨。因子英犍为交代事,作书寄清秋浦观察、沈松樵司马、张子敏大令。午初,翁祖庚学使来,谈一时许。寿研农刺史来,又约半时。是日为小女儿生日,女眷盈室。

十七日(11月28日) 早阴,午晴热甚,竟夕大风。辰起至陈德圃斋中坐一刻许,又至朱荫堂处看其四郎之行。随赴王湘翁招,二鼓始归。

十八日(**11 月 29 日**)　阴。早起至陈德圃斋中谈刻许,随赴陈秋谷之招,二鼓归。莫芷升以其兄《邵亭诗钞》并所刻《渔璜先生全集》见惠,未及读也。

十九日(**11 月 30 日**)　早阴,申以后微雨。同人公为高松南之太夫[人]寿,因集高心泉斋中,二鼓散。

二十日(**12 月 1 日**)　阴寒颇甚。作书寄炯儿。

廿一日(**12 月 2 日**)　阴。以家报遣奴子黄忠持交马冶轩,闻折差尚未定何日行也。午间王湘翁、孔叙翁同来,邀往朱荫堂处议改南门月城字向事。朱意甚不欲,余以外府人尚未入籍,自难与争。王湘翁又迟疑无决断,孔则唯唯诺诺而已,事事难成如此。又至首府商(遇)[议]义仓事。闻前月廿三日长沙又大为贼败,有中丞为其所拘之语,未审是骆是罗。又岳州城亦为贼所屠毒,文武伤亡甚多,令人愤懑不已,而徐仲翁久竟不至,亦未解其何故也。后得长沙信,并无是事。贵阳探报之不实如此,亦可以知其人之精神才力矣。申初,傅确园偕其门人潘某来,谈一刻余。

廿二日(**12 月 3 日**)　阴晴相间。同人公集高松南寓斋,二鼓散。

廿三日(**12 月 4 日**)　晴。梦湘亲家今日卯时其次郎小湘又添一孙,随往贺之,顺至团井巷视刘树堂年丈之病,又料理其家事,午初始还。作书复彭小山刺史。

廿四日(**12 月 5 日**)　晴。偕梦湘亲家诣烂泥沟拜其太夫人墓,过太子桥,见朱荫堂漕帅祖茔,左右石山皆带杀气,不知其佳也。又过三宝山又十余里,始至其地,后龙开帐,过峡俱极真,到头亦好落穴,立向则不敢言是也。归已上灯,倦极而卧。红日三竿方能兴起,野趣犹在目也。

廿五日(**12 月 6 日**)　晴。闻南岳山地甚幽邃,因乘兴一往。至则别有一境，红树满山，寂然人外，可以修真养性，与黔灵、东山、相宝迥不相侔，坐久忘返，亦一胜地也。归时顺道至陈秋谷斋中，适狄兼山亦在座，因畅谈一刻余而返。得炯儿九月廿六日安报。

廿六日（12月7日） 晴。早间高嵩南、王梦湘来谈一刻余，始知朱丽生之住屋已为杨晴川家所得，欲为小山刺史置买，已不能矣，惜哉。饭后倦甚，因乘舆诣大慈庵小坐片刻，又诣六广门轩辕宫周视刻许而还。

廿七日（12月8日） 早晴，未以后大风微阴。得胡润芝来信，十月初三以前仍未得手，惟左季高信内云贼匪、土匪尽革，此间已入绝地。又云若爵帅能于日间速到，将所带新兵分派河西，断贼接济，兼防其四窜之路，则釜底游魂不被官兵擒斩，逆党亦将缚献投诚，似暗中已有间谍，或即江岷樵之作用也。是日为连科完娶。

廿八日（12月9日） 阴。早间典史葛君来，云其叔祖某为余同年，与之言文忠公家世甚悉，并云镜帆兄弟已各分爨，以文忠之后似不应如此，未知其果确否。又云长沙之围已解，贼匪四面皆为我军所截，指日即荡平矣。午间出门至叙五处，视其夫人之疾，即同至李贡斋家手谈竟日。

廿九日（12月10日） 阴。早起，作书复罗次垣刺史酉阳，并为李荔峰拔萃道地。饭后作书致黎伯庸，以确园老人所搜《黔风》二卷付之，并寄其尊人南糖二匣，报前月普茶之惠也。又致杨荣坡函，嘱查田事。是月小建。

冬月初一日（12月11日） 阴雨。作书复遵义佛太守，又作书谢遵义楼大令。侄孙襄自遵义来，具道致轩堂叔将炯儿之仓条封，又其堂侄某租谷一十六石，硬不付给，是皆不可解者。

初二日（12月12日） 阴。早起出门，约子载年伯同为狄兼山亲家贺考取制科之喜。随往寿研农刺史寓，问其近事。适恩履中大令在座，具道周十夫司马升迁事，台评未洽，则不能如愿而偿，亦时势然也。又闻湖南贼匪无盐无米并无火药，其长发贼亦多剃头私逃者。

大帅新到,我军声势方张,悉数歼除,捷音指日可得矣,为之快然。

初三日(12 月 13 日)　晨起微有晴意。得沈秋帆大令书。

初四日(12 月 14 日)　晴。翁祖庚学使以《野获编》六套见还,并送绍酒四埕。此公多情,不日将行,当以土物酬之也。作书复沈秋帆,并一函托交刘仲寅观察。午间狄兼山亲家来,谈约时许始去。

初五日(12 月 15 日)　阴。闻有折弁初十间将行,久不与黄琴坞书,因作数行寄之。午后殷四如同年、朱荫堂亲家各来谈刻余,奴子升儿在藩署服役,来言云徐爵帅已于十月望前到长沙省[城],一仗杀贼千余人,贼势大穷,此与前日恩大令所言皆好消息也。

初六日(12 月 16 日)　阴甚,疑有雪意。早间李贡斋、刘树堂来谈一刻余。

初七日(12 月 17 日)　晴。早起出门为中丞贺寿,随至王梦湘亲家斋中小酌。忽闻抚辕有六百里文报:楚匪又攻陷宁乡、益阳二县,常德城外居民已尽迁入城,其傍城屋宇奉官长下令悉皆烧毁戒严云云。前两日连闻我军势振,贼已穷蹙,势将扫除尽净,乃又有此报,殊不可解,岂天心终不厌乱耶?何又使之窜逸也?令人愤懑欲绝,正未知何以为计耳!夜归,闻胡子禾教授已到,为之一慰。

初八日(12 月 18 日)　晴。出门答拜胡子禾教授,询问胡润芝黎平政绩,不觉眉为之舞,此才何可多得也!子禾有志向上,亦广文中之不一二觏者,乐与之言,竟坐谈时许始还。得沈鹤樵兄弟及梓橦尉孙君书号宽夫。

初九日(12 月 19 日)　晴。早间夏秋丞明府来,得王子寿手书,半年不见一字,未知踪迹若何,中心时切拳拳。急展读一过,知其携眷奉亲,避居去家二十余里之礼节桥,诛茅三楹,稍为安顿,寸肠稍慰,然其贫实不支,拟俟崇中丞到任后力为荐之,或得主讲江汉为妙耳。午初,柏世兄来,又得杨至河帅复书,备言河工之难,其赔项更不可数计,官逾大而逾难,殊为眷念,正未审以后之作何措手也。随后莫芷升来,略谈数语而去。蒋中丞来谢寿欲晤,则辞之而已。

初十日（12月20日） 晴。午间奴子升儿来，言署中得探报，伪太平王洪秀（泉）[全]已成擒矣。宁乡、益阳并未失陷，乃贼中无粮，分窜掠食，因而思遁，遂为我擒。其伙党亦早晚全数皆可伏诛，云云。闻之快然，亟飞示用皆诸君，令其安心北行，勿再疑虑也。申正，狄兼三来。得滇抚吴仲昀中丞复书。

十一日（12月21日） 晴。出门答拜秋丞明府，随至高心泉寓斋，公为李贡斋寿。是日饮馔极精美，欢洽之至。早间，以狐裘一袭送祖庚学使，并订十六扶风之游。

十二日（12月22日） 晴。夏秋丞来坐谈时许，详询子寿近状，既为之慰，又念其寂寞太甚，清贫为不易也。饭后由朱荫堂处得阅其子婿周观察十月廿三日来书，据云贼已四窜，我军逐杀不少，毙其翼（玉）[羽]，尚非要紧头目。则昨日探报洪秀全被擒之说，正未知其确否也。未初又得胡润芝太守来书，内抄节署左季高十月十六一函，则贼兵尚多，无粮无盐之信亦甚不确云。是日作书唁讯近翁乔梓。夏秋丞述其太翁自挽对云：冥漠果非虚，此去定当穷绝境；轮回如不妄，他生知又落谁家？

十三日（12月23日） 阴。巳刻莫子偲、晋虚谷自遵义来，胡子何、莫芷升亦至，狄兼三适来，畅谈二刻余而去。随发炯儿安报，并寄黄琴五、保菊庄都中，闻元旦贺折明日行也。

十四日（12月24日） 阴，申以后微雨。同人公集陕西会馆，演宝华班一武生两丑颇佳，亥正始散。城门已闭，高心泉饬纪呼之良久甫开。

十五日（12月25日） 小雨竟日。午间祖庚学使以茶花四盆、姜竹二盆、珠兰二盆见惠，受之。随招莫子偲兄弟、胡子禾、晋虚谷、黎晓亭、黎椒园晚饭，畅谈至酉正始去。

十六日（12月26日） 辰起甚阴，巳以后大晴。是日偕王梦湘、孔叙五为祖庚学使钱别，陪客则吕垚仙方伯、孔诚甫廉访、承继斋观察，申正始散。座间诚甫出崔观察自长沙来信，仲绅爵帅冬月初一始到省城,贼已全窜,我军追逐,两胜两败。有纪冠群者,副将中最为勇敢,乃亦阵亡,贼之大股将由通城直走江西,湖北诸公未必能于此僻壤设备,则长驱而去,势不可当矣。竟不知仲翁何以迟迟其行,听贼之从容窜逸,以后作何收拾耶? 惜哉,惜哉! 得郑子尹、黎伯庸复书。

十七日(12月27日) 早阴,晚有晴意。晋虚谷、狄兼山各来谈一刻余。申初,周小湖之长君来。

十八日(12月28日) 晴。招寿研农刺史、夏秋丞明府、葛□少尉早饭。先出门答拜周世兄,随过陈璧山、殷四如、李贡斋家,以其十三夜有回禄之惊也。

十九日(12月29日) 阴有雨。早起出门为陈用阶、周竹生送行。

廿日(12月30日) 阴。梁问渠、李贡斋以开河事各来谈一刻余。

廿一日(12月31日) 阴。集李贡斋寓,王湘翁以小有感冒未至。酉刻,陈用皆孝廉以三诣余辞行,未得见,因复寻问至贡斋处,必欲请见,与之谈约一刻而去。二鼓归来,内子言使女三喜长斋绣佛已七年矣,近因多病,力求出家为尼,已于今日许其出矣,闻之黯然。浮屠氏之说,愚夫妇相信最深,此女矢志不嫁,诚心经卷,不知其何所见而然。又因其多病也,以为出家为尼,则病即可除,若不遂其意,则将有轻生之举,其主母既已私许之,亦姑自等于阿翁之痴聋。然而不能化及家人,使其惑于异端,此心殊滋疚戾耳。

廿二日(1853年1月1日) 阴甚。辰正刻,王廉普太守来,谈约时许,具言崔观察自常德来信:贼匪冬月初三至岳,提督博某开门先逃,贼人不烦一兵,从容入城,百姓皆秋毫无犯云云。岳州为湖北门户,以一提督重兵在彼,乃先遁逃,以下可知,以后更可知矣,能不令人发指耶? 廉翁又言内务府大臣基溥竟敢采办女乐二十八人进御,衣物则近堂相国所备者,恒舞于宫,俾夜作昼,钳口结舌,寂然无人。而库项之空,更不知作何措手。何败坏一至于是乎? 其他尚堪设想乎？午后廉翁又送蟹十只、冬笋二盘、猪肝之累，心甚不安，而又不能竣却，受之当令思所报而已。

廿三日（1月2日） 阴甚，疑欲雪矣。闻折弁廿五六日将行，作书寄炯儿。巳午间，高心泉、刘小林各来谈一刻余。

廿四日（1月3日） 为李贡斋生日，同人公集高心泉斋中，并邀陈璧山入座。是日天晴。

廿五日（1月4日） 早阴。梦湘亲家来言其家信将由便足递去，随命奴子黄中至马冶轩处将寄炯儿信取回，折出交还，并将未寄之由数行谕知炯儿，仍即送托冶轩转寄，闻明后日始成行云。申正刻，夏秋丞明府来谈一刻余。夜有微雨。闻新学使来已三日矣，其祖载庵先生王衡为燮堂叔祖门下士，其尊人爱庐廉使曾任遵义太守，亦曾信札往还。然余欲息影蓬茅，酬应可省者省之，故于其来也，即未遣使走迓；其到也，亦未遣人致贺。所谓多一情即多一累，省省又省，则无事亦大妙至善。归田者，固当如是也。

廿六日（1月5日） 晴。读高青书先生《从政录》数页，随至待归草堂小坐。适奴子升儿自藩署来，言湖北武昌已失守，问其时日，则冬月十五也。省中探报多未确，或者亦如上一次岳城失陷之谣乎？如其果真，则贼势猖獗甚矣！以后之裹胁，更不知多少，大局谁能收拾耶？酉初，得杨荣坡遵义来书，炯媳之田，冯圣泉叔侄已照原价立定约承买，惟须原买契纸交出，始能交价云云。因走笔数行字知炯儿，命其速将原买契纸交来。闻折弁明日始行，正月底即可还省，或不致失误也。

廿七日（1月6日） 晴。午间，黄子载年伯、狄兼山亲家先后来谈一刻余。饭后出门至靳小峰斋中，见其祖太夫人、母太夫人议延师事，坐一刻行，与莫芷升数语。随至王梦湘亲家处，为夏秋丞采访教读。湘翁以金世兄诗古文词均有法度，并以其手书与看，俟见秋丞言之定可否也。随与湘翁往拜胡子禾，又往视刘树堂年丈，还已酉初矣。

廿八日(1月7日)　晴,热甚。孙儿增寿出疹五日,喜其全已发出,待狄兼山亲家偕小儿科马某同来与之看视开方讫。适晋虚谷广文来谈一时许,始赴陈璧山上舍之招,二鼓甫归。一茶即卧,觉口鼻干焦,身热如火,头痛心烦,十分危殆,急收敛神气,勉为静摄,延至丑正,甫能睡去。次日辰正,乃醒趺坐床头,自用揉搓之法使通身气血纾畅,披衣而起,已若无事然矣。调摄之功,岂可少哉?

廿九日(1月8日)　阴甚。出门为孔诚甫问疾,已大愈矣。随往答拜承继斋观察、夏秋丞大令,顺至朱荫堂亲家处谈一刻余而还。是月小建。

腊月初一日(1月9日)　阴寒逼人,疑有雪意。得清秋浦观察、张子敏大令川中书。

初二日(1月10日)　阴甚,夜有微雨。公集陈璧山寓斋,得布镇军克慎书。秋丞来。

初三日(1月11日)　阴甚,有微雨。早起出门为洪太夫人寿,随还斋与狄、马两君斟酌增寿及十女儿药物讫。偕同人赴王湘翁之招,二鼓散。夜又微雨。

初四日(1月12日)　晴,午后阴,夜风。早起出门答拜黄心斋观察,不值而还。

初五日(1月13日)　阴。黄心斋来谈二刻而去。公集李贡斋寓为陈德圃齐年补寿。夜雨。是日闻湘翁言湖北嘉鱼、蒲圻二县已失,又闻陈德圃言得汉口专足来信,贼已至武昌城,文武皆逃避无踪,贼亦不驻城,亦不驻汉,惟以小旗付江中船,令无载兵,百姓皆无恙云。噫!

初六日(1月14日)　阴雨竟日,寒冷殊甚,然尚未冻冰也。饭后朱荫翁来谈约时许。因与黄心斋观察相订,渠在寓相待,送客出门,即至花牌坊高升店中畅谈一时余而还,已酉初初刻矣。

初七日(1月15日)　阴雨竟日,寒冷殊甚。闻乡间已冻冰矣。陈德圃作主人,邀同人集璧山寓斋,二鼓后冒雨而归。

初八日（1月16日）　晨起甚阴，巳正大雪花乱飘，未一刻即止。晋虚谷、莫芷升均来辞行，胡子禾亦来。

初九日（1月17日）　山容肃穆，寒气逼人，池中亦薄冰片片，似将大雪云。

初十日（1月18日）　阴寒甚。是日移床。

十一日（1月19日）　阴。偕高秀东、杨玉泉集李贡斋寓。

十二日（1月20日）　晴。王梦湘、孔叙五两公以山长聘金邀同人小酌，因公集湘翁斋中，二鼓乘月而归。

十三日（1月21日）　早阴，晚雨。是日为南山兄七十旬庆。前数月已命焘、炘两侄邀集乡邻亲友为之称祝。余亦拟躬往介寿，乃咳嗽不止，又路滑风紧，竟不敢行。昨夜有偷儿至待归草堂，杨荣坡及四侄歌衢甫自遵义来，衣物皆为所窃，申刻，恩大令亲诣勘验云。

十四日（1月22日）　阴，早晚微雨。辰正出门为黄心斋送行，适王廉普太守在座，具言贼已攻陷汉阳，渠太守禄阁为所戕害。汉口房屋皆被封锁，陆则大别、洪山均有重贼驻扎，水则大船千余只，且沿江皆有炮台，武昌城外尽行焚烧云，以后之事何堪设想？眷言旧治能不心悲？而无能为役，徒唤奈何。哀哉！是日吕垚仙方伯、孔诚甫廉访、承继斋观察招集早饭，王梦湘亲家、孔叙五刺史在坐，继斋出更正书院章程，甚为妥贴，并有查察义学之意。余谓凡事认真，必将有效，愿诸公慎终如始，则善矣！晚归，得夏秋丞探信并《对月感怀》七律一首。

十五日（1月23日）　晴。从臬署索阅京报，尚无新事。狄兼山来谈一刻余。早间寿研农刺史亦来。

十六日（1月24日）　阴。闻翁祖庚学使病已将愈，亟欲启行，因往问之，谈至一刻余，尚无倦容，面色亦无病容，似数日后即可行矣。又往答拜恩大令，又往拜夏秋丞明府，又答拜寇小衡太史，又往贺刘树堂丈次孙纳妇之喜。还及申正，得炯儿十月五日安报。

十七日（1月25日）　晴。李习之招同人集其寓斋。酉初以后，忽闻刘树翁病势甚危,因偕王湘翁同往看视。二鼓回斋,随以一纸属狄兼山亲家明晨为之诊治,或能豁然,则为妙甚。老年殊可虑也。

十八日(1月26日)　阴。得炯儿之房师董奎峰明府服阕到省,来见细与畅谈,颇以吏治为心,吾黔又得一好官矣,为之欣慰。但小云太史亦来,谈一刻余而去。发炯儿安信。

十九日(1月27日)　阴冷甚。饭后出门答拜董奎峰明府不值,又答拜但小云太史,随至高心泉寓斋谈一刻而还。

二十日(1月28日)　阴寒特甚。呵冻作书复胡润芝太守,又复承子九太守。

廿一日(1月29日)　冻甚。招董奎峰、夏秋丞两明府,胡子禾学博先游东山,随集扶风山寺小酌。路滑如油,奎峰、子禾均以肩舆笨滞,甫至东山下即畏难裹足。余与秋丞相携登其巅,小坐良久,始绕径达扶风云。是日辰初,先往贺杨晴川弟兄移居之喜。申正还寓,但小云太史又来谈一刻余。

廿二日(1月30日)　阴甚。狄兼山亲家来言刘树翁六脉已无,实难医治,亟往问之,则奄奄一息,卧床呻吟。其夫人则哭泣不止,年已八十矣,问其身后所需,幸俱料理早竣,为之稍慰。坐半时,顺至府教授胡子禾处,略坐片刻即还。适高心泉来,梁问渠来,与之畅谈,不觉酉初云。夏秋丞明府以游东山、扶风诸诗见贻。

廿三日(1月31日)　早阴,未以后晴。捱挡年事,颇见窘迫。适周养恬刺史以二百金归款,又可从容度岁矣,为之一慰。申初一刻,狄兼山来,据云祖庚学使将以二十八日行矣。

廿四日(2月1日)　阴。杨晴川兄弟招集其新居小酌,先往答拜陈虞封舍人、高松南学博。

廿五日(2月2日)　阴,微有晴意。

廿六日(2月3日)　迎春东郊,差人往府县道贺。是日集心泉斋中。阴。

廿七日(2月4日)　阴。料理年事,颇觉匆忙,日窘一日,后事殊难设想也。申刻刘长生自四川来,得沈松樵兄弟、张子敏大令信。

廿八日(2月5日) 早阴。午间略见阳光,微有春意。夏秋丞大令遣人以诗见遗,读之则似武昌已失,亟往问之,则云秦镇军定三家书有言,贼从文昌门攻入也,一城官民未知下落,从此势更猖狂矣。哀哉!

廿九日(2月6日) 阴。检点字纸一日,虽甚烦杂,然书案洁净,寸中为之一快。晚得夏秋丞大令抄示一纸,云崔观察光笏于嘉平廿二日行抵辰州,接到省抄,武昌省城于初四日被贼挖地道轰开七十余丈,驶入二三千人,幸鼓楼长街未能打开,随经向提军带兵从缺口赶进,杀毙贼一二千人,余匪逃出藩库,饷银尚无疏失等语,似此,则危城犹可望保全也。

三十日(2月7日) 早阴,午晴,酉以后大风当道。自中丞以次,均差人辞岁,亦遣人投刺答之,随率两孙展拜祖先讫。幼小满前,尚足为乐,惟远念儿子京师,未知明年能否获隽,抑不审何日可归,归途究能平安否?茫茫宇宙,几欲搔首问天而无由也!而彼昏方乐不可支,不亦大可叹哉!

咸丰三年正月元日(2月8日) 寅刻即起,先祀灶神,随拜天地祖先,敬献椒酒讫。试笔后交辰初刻,由南转东至老东门内文昌阁,于关帝、文昌、魁神前礼拜,祷求保佑儿子唐炯今年春官及第,请假归省,沿途平安顺适。自问生平尚非过咎丛积者,神灵或者真许我也。是日王梦湘亲家、孔叙五刺史、陈秋谷太守、李贡斋、高心泉、秀东、松南、竹林、杨玉泉、陈用可来,集待归草堂,二鼓始散。吕方伯、孔廉访、承观察均来。

初二日(2月9日) 晴,晚风。同人公集王湘翁寓斋,是日答拜城外诸君,至刘树翁斋中谈一刻余。早间狄兼山来,得川中张子敏手书。中丞来。

初三日(2月10日) 早晚微雨,集孔叙翁寓斋,王廉普郡伯、恩履中明府来。

初四日(2月11日)　阴。辰起出门答拜蒋中丞、吕方伯、孔廉访、翁祖庚学使,均畅谈刻余。又答拜承观察、王太守、恩大令及董、夏两明府,又往谒黄子载年伯,复沿途答谢贺年诸君。归及申正,已倦不可支矣。闻鄂中于嘉平七日,逆贼又轰坍武胜门城垣,据驻督署,再为向军门、邓副将绍良督兵杀散,竟不知绅士、居民受其屠毒几许,距今又将一月,抑不知情形又是若何! 其间亲友无限流离何堪,不止国事之可恨可叹也。噫!

初五日(2月12日)　早阴,未以后雨。答拜朱荫堂漕帅,公集陈秋谷寓斋。

初六日(2月13日)　卯辰间小雨。早起出门答拜胡书农兄弟,随至油榨关福清寺同荫翁、湘翁、叙五、兼三诸君公送翁学使,还,集李贡斋寓。是日子英之次、三、四子来,姿质均极可爱,为弟慰,又心痛焉。

初七日(2月14日)　阴。午间集高心泉寓斋。晚归,得崇荷卿中丞书,王廉普郡伯来。

初八日(2月15日)　早有微雨,午以后阴。诚甫廉访、继斋观察来云:徐仲绅爵帅有文报至中丞署,湖北省会已为逆贼所得,自常南陔中丞、梁石泉方伯、瑞蓉塘廉访以次,文武被害者大小一百余员,各关防印信皆为贼所得,城中绅民全被戕害,妇女有姿者亦遭污辱,不禁为之流涕。又风闻粤中匪徒仍复横肆,其为官兵斩获者,皆胁从之众,正贼则并未能得,无怪其愈杀愈多也。天乎哀哉! 是日,集杨晴川兄弟新居。

初九日(2月16日)　阴,微有晴意。因闻湖北省垣失守,一夜无眠,四更即起,焚香拜天,竟欲人间不愿生也。辰正刻,夏秋丞、陈虞封、殷明府来,方畅谈间,吕垚仙方伯来。饭后出门答拜承观察,王太守,楼、毓两明府。闻安顺承子九太守来,因顺拜之。又至秋丞斋中,谈及武昌事,惟相对太息而已。早间,得炯儿去年十二月初四日安报及保菊翁书。

初十日（2月17日）　阴，巳以后微晴。早过陈虞封斋中，谈一刻余而还。酉初，周养恬刺史来。

十一日（2月18日）　阴。出门答拜周养恬。坐甫一刻，因宾客甚众即起行，顺至陈德圃寓斋小坐时许，随赴高松南之招。

十二日（2月19日）　阴，夜有微雨。一日不出门。安顺太守承子九来谈一刻余。申正刻周参军来。

十三日（2月20日）　阴，夜有小雨。出门为吕方伯寿，闻翁学使由平越折回，将改道四川，因往视之，不值而还。申正刻赴胡鹤庄上舍之招，同坐为王梦湘亲家，楼、陶两大令及其令弟书农。是日舍受、嘉毓明府来。

十四日（2月21日）　阴有微雨。早间承子久、张次兰两太守，周养恬、寿研农两刺史，夏秋丞、马冶轩诸君集待归草堂便饭。

十五日（2月22日）　阴有微雨。胡萼亭、陈虞封、陈德圃、胡子禾、狄兼山集待归草堂便酌。酉初，蒯州判来，年已六十矣，精力甚健，分书大佳。

十六日（2月23日）　阴。早起出门答拜鹿太守，顺至祖庚学使处谈一刻余，适吕垚仙方伯亦来，又坐谈少许即还。赴陈虞封上舍之招，同坐为王梦湘亲家、狄兼山、陈秋谷及德圃、封翁。

十七日（2月24日）　辰起至威清门外公送祖庚学使，随答拜北城外亲友。是日阴。

十八日（2月25日）　阴。午间阳光一瞬，作书寄菊庄京师，并炯儿安信。

十九日（2月26日）　阴。辰遣奴子往各当事贺开篆喜。申初，高心泉随偕至杨玉泉寓，手谈二鼓始散。得胡润芝正月望日书。

二十日（2月27日）　阴甚。作书致琴坞考功。安顺守承子久来辞行，周养恬刺史亦来。

二十一日（2月28日）　阴。作书复但小云太史，狄兼山来谈一刻余。随出门为子久、养恬送行，并答拜金小琴上舍，又为夏秋丞明府致贺。

二十二日(**3 月 1 日**)　晴。自元旦以后，今日始见开朗，亦甫有暖意。午间发家信交马冶轩付折弁寄京，闻行期尚未定也。周养恬刺史来辞，适高明府□□来谒，族孙婿李云卿秀才均先后谈炊许而去。恩大令彬来，言已两次差人荆州，将及两月尚无一信，老母幼子愁不可支，盖台将军涌奏：贼得武昌，有窥荆湘之意，恩为荆郡驻防，不特国是忧思，室家之念亦自不可已云。

二十三日(**3 月 2 日**)　巳刻，微有晴意，即阴。

二十四日(**3 月 3 日**)　晴。连日余偶伤风，皆勉强支持，今晨实不可耐，遂约兼山亲家为之诊视，开方服药。随出门为楼明府及其友胡萼庄送行，赴杨玉泉看梅之约。

二十五日(**3 月 4 日**)　阴。沈秋帆大令自毕节来，谈一时许。

二十六日(**3 月 5 日**)　阴。赴高松南之招。

二十七日(**3 月 6 日**)　阴，小有雨意，冷甚。夏秋丞明府来，奉檄安化，上游催行甚急，拟以廿八日禀辞，三十日出省，坐谈时许而去。为宰之要，详哉言之。此君才不甚长，且恐其轻信多疑，虽有志向上，未必能如秋帆大令之轰轰烈烈也。

廿八日(**3 月 7 日**)　晴。同人公为高秀东寿，集王湘翁寓斋。

廿九日(**3 月 8 日**)　晴。早间王廉普太守、秋帆大令先后来谈二刻余，陈虞封上舍来辞行，将赴大塘刑席，狄兼三亲家亦来。随出门为高心泉之夫人祝寿，又为子载年伯祝寿，又为夏秋丞明府送行，又答拜秋帆大令，晚集心泉寓。是日得炯儿去腊廿四日安报，又得琴坞考功信。

三十日(**3 月 9 日**)　阴。早间王梦湘亲家来，饭后赴陈璧山之招。

二月初一日(**3 月 10 日**)　阴。园中绿萼梅开已将残，照水红梅犹娟娟可爱，小塘畔杏花大放，正对床窗，颇悦心目。早间朱荫翁来。夜有小雨。

初二日（3 月 11 日） 早阴。夜有小雨。同人公为高心泉之夫人寿，集心泉寓斋。

初三日（3 月 12 日） 阴。辰起，督花匠周寿分种素心兰花讫，恭诣城东文、武帝庙前行香默祝，护佑炯儿春闱得第。归途安稳，随至陈璧山寓，公为黄子载先生八十正庆补作生日。夜有小雨。

初四日（3 月 13 日） 阴。

初五日（3 月 14 日） 阴，夜有微雨。待归草堂梅花已卸，红杏大开，桃李争春，光景殊胜。惟不得贼中消息，甚闷闷耳。

初六日（3 月 15 日） 阴。

初七日（3 月 16 日） 小雨不止，冷气侵人，天容惨淡，殊令愁怀欲绝。午间高心泉、狄兼山先后来谈一刻余，亦谓气象愁惨云。有乡间人来，细询豆麦，皆被干，近又受冻，小春断难望好。吾黔僻在西南，民贫地瘠，所恃上天仁爱，年岁屡丰，若一不登，即难支拄；况又国家多事，饷道不给，隐忧方始，其将奈何！日来惟有租赁小说、弹词混挠眼目，所谓过一日是一日而已。噫！

初八日（3 月 17 日） 小雨不止。已刻诣南城武侯祠，公为贺耦耕中丞祝寿。集李贡斋寓。

初九日（3 月 18 日） 早晚小雨。王湘翁招集其寓斋，得郑子尹书并抄寄《播雅》底本。

初十日（3 月 19 日） 晴。作书致王廉普太守，属将乔见斋中丞出身履历开示，公议将为作主奉入武侯祠，与耦耕先生并列奉祀也。集李贡斋寓。

十一日（3 月 20 日） 阴。马冶轩、洪小蓬招同王梦湘、陈秋谷、张次兰、狄兼三集其新街公寓，饮馔颇精洁。晚集高心泉斋中。夜有小雨。

十二日（3 月 21 日） 阴。得炯儿正月七日安报，折差张应星面言一路尚属安静。又得黄琴坞、宋湘宾手书，并子寿太史文二纸。

十三日（3 月 22 日） 阴，微雨。闻廉普太守令弟全家被难，偕梦湘亲家往唁,谈一刻余。随赴子载年伯之招,一鼓即散。

十四日(3月23日)　晴。早起以玉兰花片遣人送方伯、廉访、观察、太守。饭后答拜黎伯庸、朱荫堂。伯庸谓《黔风》一书宜合前后另为去取,计经费非三百金不可,余虽拮据,然此乃一省文献所闻,谊不敢辞,即属伯庸致书子偲,促其力任编(缉)[辑]云。夜月。

十五日(3月24日)　阴,夜大雷雨。

十六日(3月25日)　阴,午晴,夜雨。

十七日(3月26日)　阴,小雨半日,夜大雷雨。巳刻赴李贡斋之招。

十八日(3月27日)　阴雨,二鼓以后雨势较大,巳刻金小琴钟晓来,器宇颇好,佳子弟也。

十九日(3月28日)　阴。作书复周竹楼刺史、胡润芝太守、布镇军克慎,又作书致夏秋丞明府、李立峰拔萃,即交金小琴转致云。两夜皆有小雨。

二十日(3月29日)　阴。午后小雨,夜又雨。

二十一日(3月30日)　早晴,午后阴。

二十二日(3月31日)　早晴。月来园中梅、杏、桃、李、樱桃、玉兰争妍斗娇,春色可爱,惜余以多病又兼心绪恶劣,未免(孤)[辜]负花事。然偶一赏玩,亦觉悦目益心,所谓享受清福,实有数存者非耶?是夜明星烂然,倏又细雨不止。

二十三日(4月1日)　小雨竟日。

二十四日(4月2日)　早阴。午、未、申小雨三洒。余以腰腹酸痛,当此清明佳节,未能躬诣先大夫、太夫人坟前拜扫,内子及率长媳、长孙于本日乘舆敬诣扁山,堂侄裕先从行,谨备猪羊、酒醴、香楮,想明日或当晴霁也。夜间大风。

二十五日(4月3日)　晴。

二十六日(4月4日)　晴。未初刻,内子等已自扁山言旋。

二十七日(4月5日)　始阴,后仍晴霁。辰初刻,内子仍乘舆率长媳、长孙等诣先太夫人墓前拜扫讫,申初始还。是日午刻,吕垚仙方伯来视余疾,具言二月十二日署湖广总督张石卿中丞、署巡抚骆吁门齐年会折具奏,以湖北省城甫经收复,抚辑流亡,查办土匪,修明武备,政务殷繁,亟需贤能助理,请旨饬下贵州抚臣,催余迅速赴楚,以便就近咨访。又请调胡润芝太守前往,以资差遣,大约三月初旬当有谕旨到黔,云云。自念身受先帝厚恩,常呼负负,倘有敦逼之文,岂忍推诿不出?现虽抱病未愈,誓当拼命舍死前往,尽心办理。明知无益无济,义应努力成行。但须赶将家事料理,并措置盘川为要耳。未初,王梦湘、朱荫堂、狄兼山来。

二十八日(4月6日) 孔诚甫、承继斋、王廉普来,各谈数刻,并嘱王廉普太守条举楚中应办事宜,以为先路之导云。晴,发炯儿安信,并寄琴坞一函。

二十九日(4月7日) 晴。李云卿、陈璧山、杨晴川、梁问渠先后均来,问渠并持其乃弟家信来,知崇荷卿中丞已于二月二日自江西开行,似廿日间可到楚矣。午晴后,黎伯庸来,言其乡有杨某者,机警多才,年五十有二,可咨访察。是月小建。

三月初一日(4月8日) 晴,热甚。莫芷升、狄兼山来。余受嘉未正来,谈一刻余而去。

初二日(4月9日) 晴。但小云、狄兼山来。

初三日(4月10日) 晴。出门为陈璧山太夫人寿,又补为李贡斋贺其郎君入泮之喜。随答拜朱、孔两君,赴但小云之招,二鼓始散。

初四日(4月11日) 晴。饭后出门答拜吕方伯、孔廉访、承观察、陈德圃齐年,黄子载年伯、朱荫堂亲家,各畅谈片刻余。又答拜王太守、恩大令、张次兰诸君,归已将夕,倦不可支。

初五日(4月12日) 晴。偕荫堂、梦湘诸公,公为王太守之令弟奠,以其合门被难在鄂也。随赴陈璧山之招。是日热甚。

初六日(4月13日) 晴,热甚。同人公集高心泉斋,为陈秋谷补寿。

初七日(4月14日)　早起,大雨一洒,冷气逼人。夜雨。是日,胡敬南招集其寓斋赏牡丹。

初八日(4月15日)　阴,冷甚。出门答拜李、寇诸君,因往视刘树堂翁还,集王湘翁斋。晚归,得张石卿制府书,又得王子寿、胡润芝信。石翁仅有书笺,其名帖已为人所折取,璧之无从璧矣。子寿书云"贼掠老弱男女四十余万口""鄂城平时丁籍凡七十余万口"两语,似"口"当作"捐",想系笔误也。

初九日(4月16日)　阴,小雨。出门为狄兼山之伯母寿,集但小云寓斋。李贡斋来谈一刻余。

初十日(4月17日)　阴。李贡斋以其子入泮,招同人聚饮,夜归小雨。

十一日(4月18日)　阴。得郑子尹书。

十二日(4月19日)　小雨。高心泉、竹林、李锡之、陈秋谷、孔叙五公同招集高松南寓斋。是日早间,以四十金属黎伯庸广文专寄子尹,俾得速为刊刻《遵义诗钞》竣事。出门答拜各友,闻辰州守刘宽夫寄中丞信,有"南京已经失守"之语。又闻祁幼章方伯署理江督,陆立夫制府则革职拿问云。

十三日(4月20日)　阴。陈璧山招同人集其寓斋。晚归,得炯儿书,知大小均皆安善,特以京城人心动摇,百物昂贵,会场伊迩,渠入闱与否尚在未定。又得黄琴坞书,其言贼情及各督师近状悉悉,为之惨然。

十四日(4月21日)　晴。王湘翁、孔叙翁诸君以内子十六生日,公为预祝于待归草堂,畅叙竟日。送客出门,觉月影花阴,清洁可爱。盖天步艰难,势将出山泉浊,流连光景,已不多时,记昔人诗句有云:"一花一木寻常事,到得离时却耐看。"实深有味乎?其言之也。

十五日(4月22日)　晴。辰初刻,中丞送阅湖广总督咨文,知已奉谕旨前往湖北帮办一切,既无专责,又不受统辖,凡有益于民生国计,皆可小献刍荛。彼间现任诸公,皆大君子,与之共事,自能水乳寸衷，为之一慰。辰正刻，吕垚仙方伯来，与议省中团练、开矿事宜，颇蒙采纳。饭后随出门答拜朱荫堂亲家、王廉普太守，并贺孔廉访生孙之喜。

十六日（4 月 23 日）　晴。蒋濂生中丞、王廉普太守先后来，谈约时许。王梦湘亲家、陈秋谷、孔叙五、高心泉亦来，狄兼三又为余换方，至未正甫散。作书复王子寿湖北。

十七日（4 月 24 日）　晴。以孔雀雌雄持赠中丞，并往答拜，谈至时许始还。又往答拜高心泉、杨晴川兄弟。作书复崇荷卿中丞。湖北张次兰太守来。

十八日（4 月 25 日）　晴。换带凉帽。承继斋观察来言将去遵义，以县中为收粮事，差役殴伤百姓，却捏以闹粮具禀。余早间适得常副将书，证以所闻，于遵义同人丝毫不爽，因恺切为观察言之，嘱其善为办理，免生事端。观察似以为然，如其果如余言，保全官民不小，功德真无量也。午间陈徽五大令来，又一佐二同来。陈令即将署遵义事告之，以勤政爱民，寓催科于"抚"字，收粮并非难事，盖民非无良，遵义人心尚直，更易以德感之，若信任蠹役，鲜不败者。署任楼君人颇忠厚，特私有嗜好，因而旷废，事多又疑心，利心中之故，百姓怨恫者众耳。陈德圃、黎伯庸、莫芷升、梁问渠同来，坐一时余而去。

十九日（4 月 26 日）　晴。以复杨心畬、张子敏书，属杨玉泉带致，仅与其令兄晴川略谈数语，随至殷家巷答拜胡书农明府，问及遵义事，亦以府县为不然。饭后出门答拜吕方伯、承观察、王太守，又为恩明府贺其迎养团聚之喜，又顺答郑秀峰、陈辉五之拜。乃在道署下舆，失足扑地，鼻口及右手皆为受伤，亟延狄兼山之令侄以末药和铅粉涂之，兼山又开方，属为服药一帖。

二十日（4 月 27 日）　晴。鼻疮手痛，齿欲落不落，疼不可耐。

二十一日（4 月 28 日）　晴。王梦湘、孔叙五、李贡斋、高心泉弟兄均来视余。黎伯庸偕其友杨某来，谓遵义近且多事，渠所居近湄潭，各县宜加意团练，讲明守望之道，不克分身同行云。其言甚（肯）

[恳]切,未敢强也。

二十二日(4 月 29 日)　晴。午间莫子偲来言:遵义差役王相者,狡谲异常,借防堵为名,招集啯匪二千余人,势将为乱,其势岌岌不可终日,心为之动。因遣人请王廉普郡守来,力疾为之陈说,冀其密寄承观察,知所为备,俾吾播人民不至涂炭,实为大幸云尔。是夜大雷雨,当事祈祷已三日矣。

廿三日(4 月 30 日)　早阴午晴,夜有小雨。张次兰太守来辞,以昨日廉翁言于院司,特遣其去遵也。

廿四日(5 月 1 日)　早阴午晴,夜有小雨。陈璧山、高松南、狄兼山先后来视予。是日为长孙增寿生日。夜间得王廉普太守送来探报,云金陵已于二月十一失守,如其果确,则粮艘必为阻滞,山东、河南皆将戒严,时事尚堪设想耶? 噫!

癸丑出山录一(1853)

癸丑三月二十五日(1853年5月2日)　己巳未刻,贵阳府知府王成璐申称:奉贵州巡抚蒋□□行知、准署两湖总督张□□咨开,咸丰三年二月二十日,内阁奉上谕:"张亮基、骆秉章奏,请旨调员襄理等语,前任湖北藩司唐树义,昨经御史萧时馥保举,在籍办理团练,兹据张亮基等以该员熟习湖北地方情形,办事认真,奏请调赴该省,以备咨访。唐树义着即前往湖北帮办一切抚辑事宜,毋庸在籍办理团练。至贵州黎平府知府胡林翼,闻其熟习黔省情形,若调往他省,转恐人地未宜,所请以该府胡林翼调赴湖北之处,着不准行。钦此。"计部中定有文行,何以迟迟未到,今既有湖北来咨,应即是折。谢恩,料理启行,奈手指因扑跌受伤,甫能搦管,勉强草是谢折,拟附月折,由□中丞代为进呈,即不能不先送阅看,随属杨荣坡偩倩将草稿清出,已酉初矣。是日阴,夜有小雨。

二十六日(5月3日)　庚午阴甚,颇有寒意。王廉普太守来谈【得】时许,王梦湘亲家亦来,以折稿请教,均谓明洁妥善。又送请朱荫堂漕帅斟酌,为易"药裹终朝"四字为"衰病侵寻",以原本语近诗词故也。亟属荣坡以白折缮正云。夜有小雨。是日鼻创已愈,上下门牙亦略止痛,惟不能嚼物耳。

二十七日(5月4日)　辛未,以折稿呈请□□中丞及吕垚仙方伯、孔诚甫廉访阅正,时诸公禁屠步祷,方齐集坛所。垚翁复信略有数字宜易,亦即随手易之。因倩马冶轩二尹代为恭缮。冶轩名应镗,山西人,为妻兄刘向斋锡荣之内兄。是日阴,夜有小雨。申正三刻,方伯处抄送上谕御史萧时馥《奏遵保在籍绅士办理团练》一折:"贵州在籍前任漕运总督朱树、陕西布政使陶廷杰、湖北布政使唐树义、江苏苏松太道王玥、湖南攸县知县孔宪典、山东益都县知县寇秉钧、婺川县教谕李謇臣、荔波县教谕张廷桩、候选盐运司副使高以廉、现任思南府训导杨煦,均着会同各该地方官倡率督办捐输团练事宜,此外如有公正可靠之人,准令该绅士等各举所知,一并协同办理。钦此。"团练非难,捐输为难。欲得捐输集事,必先倡首之人克己急公,而又能于一府一县之中上富、中富、下富分别清晰,至公至平,则未有不踊跃恐后者。约计一府或团集千人、数百人,二十岁以上、三十五岁以下,人材既皆精壮,技艺必俱娴熟,赏罚务极严明。府分东西南北,轮流巡查各县;县亦分东西南北,轮流巡察各乡。一处有警,火速赴之,风声之树,自然安堵。他日事竣,即以此萃归伍,在营中仍系一队劲旅。黔中但为捍卫土匪,计实力办理,定可保其静谧。特恐任事者之虚应,故事不惟无益,而且有损。是又不可不预为之防耳。酉刻,又据王太守抄至探报云,二月十四五,琦侯约会江督陆、楚提督向,督带京兵及各省已到官兵、南京城内官兵并火轮、洋船、水、陆四路合剿杀,毙死贼匪万余人,生擒数十人,夺获枪炮、火药、器械、匹马、辎重无数,长发贼均皆黑夜剃发云云。三月以来,只此一报差快人意。计出月初旬,折弁回省,即得真确消息也。

二十八日(5月5日) 壬申,子初初刻立夏,作书复黄琴坞吏部,并寄炯儿安报,又复保菊庄司马一函,因虑炯儿或已出京,家信即嘱琴坞查收转交,闻折弁四月初二始能起行也。是日早、夜,皆有小雨。

二十九日(5月6日) 阴。辰刻以谢恩奏折躬诣蒋中丞署,求其代为进呈,略谈捐输团练事宜一刻余,闻金陵的于二月十一日失守。立夫制府亦同被难,惜其迟死一月,致令身败名裂,妻子流离,天之位,置人何如是之酷耶!又闻扬州已陷,杨玉堂河帅、叠云漕帅不审能否抵御。眼前大局非独财竭,人才亦为之一空,言言可胜愤懑。巳刻,偕同人恭请乔见斋中丞神主入武侯祠,与贺耦耕先生并祀。王廉普太守前往拈香，遂留共早面。散后随答拜吕垚仙方伯、孔诚甫廉访、陈秋谷太守、王梦湘亲家、陈虞封上舍。廉普又来，以三百金为余程敬，力辞谢之。夜又有雨。

　　前任湖北布政使臣唐树义跪奏：为恭报微臣遵旨前往湖北帮办一切抚辑事宜日期，叩谢天恩，仰祈圣鉴事，窃臣于咸丰三年三月二十五日接准贵州抚臣蒋霨远行知、准署两湖督臣张亮基咨开，咸丰三年二月二十日，内阁奉上谕："唐树义着即前往湖北帮办一切抚辑事宜。钦此。"闻命之下，感悚难名，伏念臣以菲材，由举人挑签分湖北知县，升汉阳府同知引见，仰蒙宣宗成皇帝召见，旋荷简放甘肃巩昌府知府、调补兰州府知府、涍升兰州道。因剿办西宁番案、总理后路粮务事竣，赏戴花翎，叠奉恩纶，补授陕西按察使、湖北布政使。道光二十九年四月护理湖北巡抚印务，于护抚任内泄泻失调，致成虚损之症。时值水灾吃紧，力疾办理三月有余，精神愈形委顿。灾务完竣，奏蒙恩准开缺，以道光三十年正月回籍调理，无如气血太亏，复原不易，至今仍时时举发，本年入春以来又复感受风寒，沉绵两月。自恨质同蒲柳，衰病侵寻，每闻时事之艰，辄即愤懑填膺，寝寐常思报效，兹乃恭承恩命，曷敢借病迁延？拟再医调数日，即于四月十一日启程赶赴武昌。惟有随同督臣、抚臣，事事认真妥办，以期稍分宵旰忧勤，即以仰答高厚鸿慈于万一。所有微臣感悚下忱及启程日期，理合缮折，叩谢天恩，由贵州抚臣恭代进呈，伏乞皇上圣鉴。谨奏。咸丰三年三月二十九日。

　　七月二十七八日，由蒋中丞寄到，奉朱批："知道了，朕虽未识汝面，闻汝官声素好，至湖北时竭力襄办一切。"

　　三十日(5月7日)　早、夜皆有小雨。辛亥十月七八日乔见斋中丞之次郎存有大小七箱，余既将行，家中即无人为之检点，因与其同乡王廉普太尊酌商，颇以移存文巡捕、马冶斋处收藏为是。是日申刻，属杨荣坡侄情亲往面交，取有收条存据。冶斋乃受见翁厚恩之人，必不负所托也。夜二鼓，王梦湘亲家来谈一时许而去。

四月初一日(5月8日) 乙亥,天气初晴,殊有凉意。先二日已命裕先侄以羊一、豕一、香吊之属诣先大夫墓,敬谨伺备。是日辰正,偕杨荣坡侄倩乘舆行,以申初刻到。即上墓周视一过,觉山水花木分外有情,对山伯母苏太夫人及焯、炜两儿之墓亦皆草木茂美可爱。时乡邻老幼以余将有远行,亦群来问讯,愈令人低徊不置云。先大夫坟山向无专名,因语荣坡、裕先,即名之曰"成山",以始基于此,保我子孙皆能有成。予小子此次出山,或邀庇荫,得功成身退,不胜欣感之至。

初二日(5月9日) 丙子,晨起恭诣墓前祭奠讫,随嘱裕先侄遣庖人烹调羊豕,整备馔饷于祠中午供,并以其馂余召集乡人之年老者飨之,以志别意。是日畅晴。

初三日(5月10日) 丁丑。辰起恭诣先大夫墓及祠堂神主前叩辞。自己酉之冬,蒙宣宗成皇帝浓恩,准令回籍,庚戌正月十六日展拜松丘,每遇忌日、生辰、清明、岁除,靡不躬身自祭扫,虽音容已渺,而孺慕之忱尚借此亦略以稍伸。去年除夕及献岁发春、清明节候,皆以抱病未来,已深歉恨。犹以病体全愈,长可依仰,乃值国家多事,主上焦劳,闻命自天,曷忍不力疾就道,从此出山草草,正不知何日事竣,始得归休,更不知尚有生还之一日否?依恋之余,不禁凄然欲绝。谆嘱眷属好自护持,余惟付之无可奈何而已。巳初乘舆行,一路高田,望雨甚殷,近城数十里尤甚。以申初入城,顺往王梦湘亲家、刘树堂年丈处各坐刻许,又至府学署与胡子禾、黎伯庸、莫芷升畅谈半刻始归。值陈德圃来,言其所遣查探银厂之人,已自平越之王卡回,并绘有形势路径图纸,纵横约七八里,四围皆悬崖峭壁,惟西自鸡场有小道,之字崎岖,仅可容一二人,长可里许。东自牛场约三十里许,路之险窄与西路等,此外则无路可入矣。内有七寨,皆苗民聚居,约千余家,中以蓝姓者二户最富,居在头寨,余六寨苗贫者亦有,然皆仰给于蓝姓者,以故蓝姓之令,莫敢不从。银硐近北宽可十亩,硐中之银不可数计,大约一经煅炼即可为用。硐外有山,山外皆深沟,左右并无庐墓,开采实有利无害,特蓝姓者欲拥以自封,外人莫敢谁何。

倘以兵势加临,但于东西路各十余人持械守之,虽千军万马不能得手云。余谓地不爱宝,开矿一法,不惟有益于国,并可养无数穷民,当此上下交困变极则通,亦惟此为第一善策。拟与垚仙年伯熟商,若委令胡润芝太守督办此事,假以便宜,绅耆中以德圃诸公佐之,鲜不济者,实吾黔一大转机也。是日晴。

初四日(**5 月 11 日**) 辰正刻,恭诣先太夫人墓前祭奠、叩辞讫,偕如寿大兄、伊园二弟同饭,即回,已申正矣。戌初二刻雷雨一洒,夜半又雨,然于农田仍无济也。

初五日(**5 月 12 日**) 晴,复急雨二次,然皆不能有济。是日始检点衣服。申正以德圃所示图纸亲诣方伯,力怂恿其专任胡润芝太守便宜督办,如果得手,所益不小,但此事关系国运、省运,姑尽人力谋之而已。

初六日(**5 月 13 日**) 晴。检点行李,颇不耐人。蒋中丞率方伯、廉访、观察、守令,将以初七日为余祖饯,因手创禁口,辞之。饭后陈德圃、王梦湘、朱荫堂、傅确园、余受嘉先后来,各谈炊许而去。李云卿茂才自遵义来,拟延之同行者也。夜间热甚。

初七日(**5 月 14 日**) 晴。家侄祝禧歌衢,侄孙湘偕冯圣泉侄倩来送余行,申刻到,闻郑子尹亦来矣。夜大雷雨,长水寸余,真黄金不若也。

初八日(**5 月 15 日**) 早阴,午晴,申以后雨,夜复雨。是日始得赴楚盘费,盖自有将去楚中之信,即函属子固弟、问轩侄以炯儿所置遵义海龙坝之田折变,原价二千八百卅金,再三议减,不得已遂以两千四百五十金卖之。今日始据冯圣泉将其叔兄之命如数兑交,除留家用之外,水陆盘川及彼间在用,皆有所资,心为稍定。昨日安顺承子久太守亦遣人馈赆,并沈秋帆、毓子玉、夏秋丞诸君,匆匆皆复书谢之。

初九日(**5 月 16 日**) 早雨。恩履中大令、承继斋观察、王廉普太守先后各来谈一刻余。是日以将远行,招集亲友,自黄子载年伯以次共六十四人，公集待归草堂。嘱县中司厨者舒翁为余治馔，杯酒言欢，颇极惬恰。傅确园、黎伯庸、高秀东、胡言农、殷四如或诗或文，各有持赠。闻郑子尹、胡子禾亦将有作，想于足宠余行也。晚得荷卿中丞湖北来书，有"金陵贼情，近日办理甚为得手"等语。其言似确，亦足稍慰藉云。

初十日(5月17日) 早阴，午晴。检点行李，略有头绪，已倦不可支矣。

十一日(5月18日) 晴。早间张次兰太守来。巳初刻得炯儿三月四日所发安报，据云至迟月半间定偕黄琴坞、姚亮臣由西道赴楚，如其言然，则四月杪即到鄂中矣。又得黄琴坞、章少青信。又阅邸报，知扬州已于二月廿七日失守，近又月余不知至堂，叠云两公防堵何似，李佶人山东尚能支持否？陆稼堂河南自早戒严，加之东三省暨吉林等处兵差络绎，官吏百姓更不知若火蹂躏，时事至此，真成无可奈何矣。夜二鼓微雨一洒。

十二日(5月19日) 辰初刻微雨一洒。寿研农、孔叙五先后来谈一刻余，闻研农部议仅降三级留任，可喜之至。又据首府送探报一纸，上海吴观察借夷船二十四只，烧毁贼船五六百艘，杀贼二万有奇，伪王五人已毙其三。向军门收复六合后，即夺回金陵城外之钟山，安设炮台攻城，陈军门金绶亦将扬州收复，江北及镇江一带并无贼匪，各路官兵，人人胆壮，用兵以来，此为第一快事云云。此与荷卿中丞办理甚为得手之言相合，似属可信，为之心慰无既。是夜大雨如注，子尹、伯庸、子禾、芷升来。

十三日(5月20日) 晨起诣黄子载年伯处拜辞，又往朱荫堂、王梦湘亲家辞行。随至陈秋谷太守处会齐梦湘、叙五赴吕垚仙方伯之招，在座者为孔、承两公，谈宴甚欢，申初甫散。又往陈德圃、靳长生家各坐少许而归。高心泉来。夜又雨。

十四日(5月21日) 辰刻，蒋濂生中丞、吕垚仙方伯、孔诚甫廉访、承继斋观察先后来送余行，以打包碌碌，无可坐处，辞之。随出门于各公处拜辞,各谈三四刻。又至王廉普太守、恩履中大令、伊一泉参戎并与余受嘉亲家畅谈刻余而还。时仁山兄亦自乡来,年已七十余,精力尚健,可喜也。陈德圃、秋谷、高心泉先后亦来,王芳亭、小湘随至谈刻许,因以便酌招郑子尹、黎伯庸、胡子禾、莫芷升、杨文卿、李云卿、冯圣泉、杨荣坡兄弟家白、荣侄欢聚一时。时云卿已辞,不同行,以十金赠之,报其数日笔墨酬答也。夜月甚明。

十五日(5月22日) 早晴,午以后阴,风甚,夜有小雨。余以巳时将行,先诣祖宗神位前祷祝、叩辞讫。小女、两孙儿依依膝前,几不忍别,亟令乳妇等抱之他所。遂与荣坡弟兄、南山兄父子分手,登舆由顺城街出南门,时蒋濂生中丞、吕垚仙方伯、孔诚甫廉访、承继斋观察皆出郭相送,略谈一刻即行。而黄子载年伯、殷四如同年,年皆七十余,偕朱荫堂漕帅、孔叙五刺史、朱桐孙明府暨府县教官、三书院监院、高心泉叔侄以次共六十余人,相率于距城五里许之福清寺饯送,中军参将伊一泉亦同在座,因匆匆话别数语,亦即启行。而王芳亭乔梓及小湘秀才、周氏昆仲、刘树堂翁之令孙桂枝,又于道傍揖送。比至十里外之图云关,则王廉普太守、吴鼎臣司马、寿研农刺史、恩履中大令又以杯茗为饯。他如张次兰太守,马冶斋、洪小蘧两二尹,葛小尉等及于勉之兄弟,梁问渠、夏廷楷两秀才,或于五里亭,或径至十五里、二十里外道傍握手,殊不胜情。比酉正,至龙里县旅馆,而王梦湘亲家、陈璧山、竹林已先于此相待,坐未半刻,高心泉复乘骑赶至。念亲友之多情,增余怀之耿结,更阑畅语,不觉已过子初,勉强就枕,遂亦酣卧不醒矣。

十六日(5月23日) 庚寅。寅卯间,雨声滴滴,似将络日不止者。梦湘诸公亦皆兴起,又谈时许始共早膳。适周子俨之令九叔由县卫来,略叙数语,余遂先行。雨亦顿息。三十里至新安,则杲杲日出矣。又十里过瓮城河,至牟珠洞,老僧然炬导余于洞中纵观。时狄兼山参军亦相与指点赏玩,大约皆石乳凝结,如云容变幻,一种天然形象,不假雕琢,洵属奇峭有致。计自十六岁时随侍太夫人之任广东，及今凡十三次过此，每过亦必游历，亦竟无只字题咏，洞中亦无复题咏者，或境界逼窄，因而诗思遂滞涩欤？是日凡六十里，以申正到贵定县署，县令郑秀峰选士乃所熟识，出郊迎迓，主谊颇周。典史、营员均来谒晤，特乏不可支，未及多谈。查看水田已有插秧者，高田盼雨甚殷，询之宰官，已虔诚祈祷数番矣。夜月甚明，如厕闻田蛙声，又闻傍舍樵歌互答，为之爽然。

十七日（5月24日） 辛卯。早起，大雨如注，至正午甫歇。卯初，自贵定县行至四方井早饭，过酉阳驿至茅草坪宿，方申正三刻也。地为平越州属，刺史曹子祥遣人送盘餐食，食之无味，辞之不得。世情应酬，彼此皆费，又不能不然，天下事大都如是耳。

十八日（5月25日） 壬辰。卯、辰、巳三时皆间断有雨，午以后晴。道路崎岖而复泥泞，舆中甚不安稳，到清平县疲乏已极。县令为旗人名崔年，出郭相迎，应对尚明晰，未知其胸中究何如耳。

十九日（5月26日） 癸巳。寅正即行，大雾，走十里后始晴。过上风洞，又过重安江，申初至黄平州，刺史为周竹楼夔，余旧属也。官声甚好，先闻州中因纳粮事，百姓刁玩，必欲减价，君意在安民，已许为之量减矣。而太平一里约千户人，以势胁众，甚欲于正额之外，一无耗羡。太守胡润芝闻之，唶曰：是将胥，黔中州县皆不能安席矣！亟率其剿办贼匪，练勇三万人，二日夜驰抵旧州距州城四十里。太守先署镇远，又经乔中丞委办革夷事，驻州城几一年，民咸感其恩惠，又畏其威，遂相率输纳云。余亟欲与太守相晤，与之言开王卡银矿事，亦欲晤竹楼问楚中情形，乃因此皆不得见，岂一面亦有缘耶？因为书致之。

二十日（5月27日） 甲午。卯初行，都匀盛君，河南人，仍率弁兵及吏目余某出郊相送二十里，至飞云洞。过此已七次矣。偕狄兼三参军拾级登眺，兼三欲有所作，余因得五十六字云："神工鬼斧谁凿成，奇兀奥峭青空撑。我行卅年七过此，对之辄想遗世情。匆匆又叱王尊驭，至来径欲携云去。霖雨崇朝满太清，洗尽烟霾开霁曙。"久不吟咏,殊嫌生涩,亦聊志鸿爪因缘而已。癸未正三刻,即抵施秉,闷热之至。申以后大雨复晴,夜又大雨如注。

廿一日(5月28日) 乙未。卯初行,县令侯君及武弁均送至郊。过渡上坡,望所谓诸葛洞者,小船皆由之出,闻土人云,水大溜急,一时许即到镇远也。余以申初到,包镇军、朱太守、徐大令暨参、游、千百总、兵丁均出郭相迎逆,小坐刻余始行,抵旅寓后,又复先后来谈少许而去。石阡守黄、安化令夏差人持书来,夏秋丞并以燕窝、银耳等物相贻,愧不敢当。急作书谢之,并以"征诗启"百纸,属为亟致石阡、铜仁、思南诸士人。随与兼山登舟查看,居人云水大则船不宜太小,大约三号之最者始可行也。是日晴,昨雨水已大发,此行似尚顺适。

是日至刘家店早尖,得胡润芝昨日亥刻来书,慷慨激昂,读之觉一片热心跃跃纸上,真不愧有胆有识奇男子也。到镇远,问其所练三百人,有月合十千者,有七八千者,有六五四三千者,大约艺精则伐多,并操练赏费,月必得二千千文,始足为用,居然一队劲旅矣。闻此三百人,乃万余人中随时所挑选者,无怪其为劲旅。

廿二日(5月29日) 丙申。卯正过卫城,答拜包镇军号簠簋,行四及游、都诸君。又答拜府县,均以试事、谳因,不即见。又至胡润芝太守行馆,欲见其太夫人,亦以试士局门,不能入而还。饭后,广文李君来,以"征诗启"百纸与之,属其遍寄黄平、施秉、思州各州县士人,此君似尚不至有误。又靳三兄渲来谈一刻余,随作家书一函,并致梦湘、德圃各一函,明日当附佃人郭某寄归也。是日畅晴。以戌刻与张丙云、狄兼山登舟。戌为贵,登天门,所谓六凶敛威、六神悉伏,乃内之最善者。是日晴夜尤热甚,舟泊河干,两傍皆市屋,邻船所蔽,风不得引,闷塞甚烦懑,几于无计支持。亟脱衣卧,幸一觉后心颇凉爽,听鸡声已三唱矣。

廿三日(5月30日) 丁酉。晴。午刻开船,包镇军率营弁均来走送,随祭江神,以福物分赉舟子讫,舟甫出大桥下,县令徐君赶来谒见。正欲开行，而仆人曾科以不惯离家，思其父母，涕泣请还，不忍拂之，因又作数字寄杨荣坡，以青蚨数百给作路费而去。是日泊交溪，四围碎石成堡，县中有官亲带练勇数十人驻此，盖苗匪出没之地，数年来盗案丛集，不可枚举。近以弹压严密，稍稍敛迹。一夜传喧杂踏，更柝扰攘，竟不能安枕云。

廿四日（5月31日） 戊戌，晴。泊清溪县，县令王君率文武郊迎，又以酒席为敬，均皆辞之。镇远令徐君亦差家丁护送，至此始返。是日行仅五十里，以两日来水消二尺余，滩皆浅搁，必多用倒纤，用是迟滞，亦姑听之。所谓"急行无善步"，水面之事，更不能不慎重也。

廿五日（6月1日） 己亥。泊玉屏县下十余里，距清溪才七十余里耳。河水既消退二尺余，舟人以道路梗塞年余，无人雇恁其舟，驾驶皆觉生硬，行程笨滞已极，计三日来甫行一百六十余里，令人烦闷之至。县令陈君凤昌遣卤簿驾小舟出迎，又馈盘餐，皆力辞谢之。夜雨。省中临行时，胡书农明府云有浙江嘉兴秀才许绮云者，名荣生，工笔札，精六壬数，颇有胆气。现在玉屏，瞬将去楚，属为留意。到此访之，则云已去铜仁，盖其家尚在铜仁郡云。

廿六日（6月2日） 庚子，卯辰间微雨数洒即晴。行一百里泊晃州下之新店，署通判叶司马永泰，粤之南雄州人，捐班出身，年甫三十。与之言公事，不甚了了，然而署此已三年矣。是日过大鱼塘、龙须口，皆镇市之繁富者。记道光癸未，计偕北上，于正月元日过此间，其地名曰"龙须"，以其出龙须草席也。时余年三十有一，因即留须，计今已三十年，须发皆白，而当时光景宛然目前。岁月不拘，时节如流，真令人不胜今昔之感云。夜间始见流萤。

廿七日（6月3日） 辛丑，畅晴。行一百里零，距沅州五里许之垚湾泊。代理芷县黄君差人来迎，问江南贼情署中有所闻否，答云不知，其官之贤否，可想矣。是日过偏水，又过大滩数处。有所谓鹅滩者，长三四里，湾环曲折，篙师稍不慎即难免失事。才过是滩，舟人皆相庆云。一鼓时，黄大令兆源、文经历炳来谒，皆旧识者，谈一刻余而去。

廿八日(6月4日) 壬寅。卯初即已到沅,朱协戎瀚、成署守文、黄大令、文经历、白典使均来。朱乃高安文端公之后,三年前任澧州游击,与余有旧,今乃居然副将而花翎矣。据云甫自省中来,知金陵已经收复,贼皆窜往苏杭一带,其志则在掠抢,于大局不至有碍,刻来两湖、江、安皆甚安静,以大贼均皆归并也。又云户部议裁养廉,外官知县以上裁十之六,武自二品以上裁十之二,京官二品以上亦十之二,京官三品以下及武官参、游以下均不议裁,云云。从此又多一弊矣,其实所省无几也。黄大令又云湖南自贼扰之后,州县更不堪其累,无论好缺坏缺,一枕难为。文经历亦云湖北当差,虽云不佳,然尚足资糊口;湖南竟口亦难糊。此三二年前事。近闻湖北亦大下不去,湖南则多有断炊者矣。是日辰初自沅州开行时,微雨一洒,山势较为开阔,水亦较平,行百一十里,过石灰窑、榆树湾至新田泊。二鼓后大雨。

廿九日(6月5日) 癸卯。至辰时大雨始止,舟子方推篷开行,过七里长滩、高皋洞,中间又因阻雨阻风,歇一时许,以酉正过黔阳县,代理知县周廷献,广西人,甫于廿六日履任,具言湖北事颇悉。问以江南贼情,又与朱协戎大异,至一路安静,情形则皆符合也。是日行约八十里,在黔阳下五里泊。

三十日(6月6日) 甲辰。微雨数洒。有风过洪江,为会同县属。又过大滩一。舟人呼为黄狮滚洞,其险无比,今水大涨,则险而夷矣。是日行百四十里,泊陈图港,怪石满河,两岸人家仅十余户耳。

五月初一(6月7日) 乙巳。晴。行百六十里,泊辰溪县下。署县令孙坦来谒,问江南事,云得省信,已困贼于金陵,满城似可望聚而歼旃矣。为之欣然。

初二日(6月8日) 晴。酉正,大雨一洒,行九十里,泊辰州府。太守刘宽夫位坦,黄子寿之岳翁也,与沅陵令刘君来谈一刻余。热甚,因借府中肩舆至宽夫署,见其少君子厚,已四十矣,杯酒纵谈,至一鼓后始还。是日过泸溪县，巳、午、未间，西北风甚紧。宽夫言州属有四十八村，地出银矿，因苗不旺，久封禁矣。近有土人私行开采，本多者尚足敷衍，本小者利亦微，竟有因是倾家云。

初三日(**6月9日**)　丁未。寅正，由辰州城下开行七十里至朱虹溪，大风复雨，舟不得下，遂泊。闻兼三云见石阡守福星垣，一舟顺风扬帆而上，惜匆匆相左，竟不能细问北来消息也。昨午触热酬应，因而受暑，今日颇觉腹胀，又大便带血，急以冰梅上清丸并六一散用阴阳水调服之，又自揉搓按摩数番，始觉稍平。所谓无人调护，自去扶持。行路之难，大都如是而已。

初四日(**6月10日**)　早雨又风，未以后风。昨日夜大雨如注，至今日午初甫能开行二十余里，仍不能行，泊潭口。招张、狄二君过船，烹鱼打饼，以遣闷怀。明日已重午矣，老妻寡媳、幼女弱孙，未知均安健否？炯儿父子亦不审是否出都，道途皆清苦否？江南消息传闻异辞，究竟大得手否？偶逢佳节，撑触余怀，兼此风雨扁舟，能不凄然欲绝耶？

沅陵江中阻风口号示狄兼山参军二绝

休将羁滞怨津涯，消息须看速补迟。试到江天空阔处，大家都有顺风时。

风风雨雨寻常见，止止行行岁月赊。莫怪无心随去住，舟人原自水为家。

过桃源作

一自渔郎鼓棹行，江山面目别开生。人家住此有真气，风景居然无俗情。

溪上烟云原过眼，村中鸡犬不闻声。我来未暇寻遗迹，孤负闲鸥野鹤迎。

初五日(**6月11日**)　重五，晴。行约二百七十里，适桃源县至武陵县泊。代理桃源为即补州判郑毓诚，贵州玉屏人，偕署典史徐某来;武陵为朱君,偕太守恒、司马李均来。得阅《会试题名录》,贵州中者七人,王作孚、张昭、唐世翼、欧阳廷景、周范、周钟岱、丁宝桢,会元则浙江吴凤藻也。朱君又以探报数纸,皆江南军营中禀报罗苏溪制府者由三月至四月,每战皆捷,贼匪穷蹙之至,似不难于荡平。惟朱君又言甫得省信,江南人寄曾侍郎涤生者,云我兵于扬州、镇江、苏、常一带,皆有重兵,而贼突出池州,竟有直扑固始之说。又闻湖北之蕲水、黄梅、广济,土匪甚猖狂,皆与光州相近。如其又复会合,则势亦不小。又闻楚之监利亦有土匪滋事,此乃旧仆余坤、彭燮得胡北家信,所云自非诳语。安得早日荡平,一纾宵旰之忧耶?又得宋翁以其郎君芗宾家报送阅,三月初八尚代炯儿料理,似吾儿三月望间必已出京,此时自当平抵汉阳,第未得出京确耗,中心殊切悬悬耳。

初六日(6月12日) 晴。卯正,鲍军门起豹来,杂论军事及江南情形,畅谭时许。随后罗明府云汸来,具言渠以三月十七日出京,炯儿先于三月初九日出京,同行者黄琴坞乔梓携眷,姚亮臣、王春适皆与结伴,马子桢则十六日出场后赶至,因彰德、卫辉皆遇雨,又车夫避兵差不肯赴襄、樊,即由裕州车集店卸车买舟,渠于四月九日尚于车集店相遇,即自觅小舟而行。炯儿等或十一日甫能开行,似清和廿间可抵汉皋云云,闻之心为一慰,然尚虑襄河之未必静谧也。未刻许,芗宾之乃翁暨唐秀才鸿恒亦来,宋翁善围棋,秀才善丹青。自云得乾撑法于汤□□之兄,今汤已下世,子不克肖,无人过问其庐矣。随后府厅来。酉初刻,县令朱君童试完竣,相与畅议贼情,朱以池州如失,则虞其走建德,逼光黄,与广济、蕲水、黄梅之土匪合,又虞其越金华诸险乃扑浙江,其言形胜如指诸掌,急嘱其一纸开示,以便寄知临事诸公云。是日觅满江红船不得,遂以廿五金仍坐原舟,并另买麻阳船一,添贮行李。

初七日(6月13日) 辛亥。阴。午初祭江湖神开行,恒太守、李司马、朱大令湘人均来谈一刻余。又与张丙云话别,渠已另觅小舟由牛皮滩径赴沙市,同行廿日,颇觉依依,然渠由此路行,实妥善也。

是日水程一百二十里旱路九十里,至龙阳县泊。游击王君、署知县文君、守备、千把均来,与王、文二君小话片刻即散,以牙痛难支也。以朱荫堂有言草草数行,致周子俨交朱令寄,又寄数行致刘宽夫太守,达知黄琴坞乔梓出京消息。

初八日(6 月 14 日)　壬子。破日。由龙阳行泊百里,以风逆泊梁牟,岸上居人仅数十家,云距湖口尚八十里也。是日小雨数次。旧仆许森以四月廿三日自武昌来,据云附吴南屏舟以行,过螺山时南屏曾遣人问子寿比部家,子寿尚在荆南书院,不日将归。其弟子章新自江岷樵廉使署中还,计过螺洲,或可与相见,亦大快事。

梁牟口占四绝

不须风送岳阳楼,亦莫凭空阻石尤。为问洞庭君记否,容城旧令此行舟。

当年曾此诸难历,老我方期世虑删。毕竟劳人闲不得,在山泉又到人间。

历历传闻岂用疑屡闻我兵获胜,贼势穷蹙之至,天心厌乱已嫌迟。东南将帅如通力,一鼓歼除未可知。

慎摄何虞衰病侵,誓将诚悃答高深。士行运甓刘琨舞,一样乘风破浪心。

初九日(6 月 15 日)　癸丑。早阴,已以后晴。行一百八十五里,过明山、寄山,以风紧浪大,泊古山港,距岳阳尚有百廿里也。泊舟后,偕兼山登古山,右一小山,循湖水浩渺,空阔无边,云影变幻,水光接天,气象不可名状。徘徊久之,随循山而西,见树木翁蔚,意其中必有隐逸,至则茅屋三椽,弟兄二人,以种菜为业者,其弟甚病。兼山与之以药,坐少许即循古山行。憩一大树下,遇土人及客舟数米商,讯米价、农田事良久,始越古山之左一瓦屋人家,略憩片刻,即访所谓洞庭庙者,越陌度阡,数武始达。旁风上雨,颇觉凄凉。量为收拾,约十金可办,询其地,乃华容所属。拟至武昌,当以十金属监利大令转致华容明府派人修理,或稍可壮观耳。小坐时许,始驾湖艇而还。夜复大风,舟中簸荡特甚,殊不耐人。

初十日(6月16日) 甲寅。畅晴,东南风甚紧。仍泊古山港。

十一日(6月17日) 乙卯。东南风甚紧,热甚。仍泊古山港。先是,巳正刻风力稍弱,一货船重载鼓勇先解缆行,各船皆得继之矣。乃甫行,风即大作,未三十四里,复折回,遂各安然未动云。酉正,巡湖水师千总冯某来,据云湖中甚安静,龙阳、岳州两水师营中分湖地,以团山为限,与水师将弁竟有十余年不能转一阶者,不审兵部何以有此资格也。夜月甚明,偕兼山登半山小坐二刻而还。

十二日(6月18日) 丙辰。仍避东南风,泊港内。申初,冯千总来言,获一硝黄船,是去湖北者,问作何办,答以照向来办法可耳。计四十八饼,约五百余斤。

十三日(6月19日) 丁巳。仍阻风,泊古山港。戌刻大风簸荡,四围雷电轰然,将大雨者,亦竟无雨,而热不可支,一夜殊不能寐。

十四日(6月20日) 卯初刻忽转西南风,同泊百余船纷纷开行,有阳光照见,帆影满湖,甫三时余,已过团山、君山,直达岳阳楼下。拟欲泊舟螺山,与王子寿比部畅聚,乃至(陈)[城]陵矶,北风大作,舟不得前,遂止其下,相去仅六十里,未能早与相见,岂遇合之迟早皆有数耶?饭后偕兼山参军登岸一行,逆贼与潮勇蹂躏之余,真有目不忍视、耳不忍闻者。使岳州防堵任得其人,自君山以至岳城,皆以木排堵塞,而又招集敦苦堂之水鬼明攻暗凿,贼已穷蹙,何患不聚而歼旃?而乃任其顺流屠毒,至于武汉皆陷,其势大张,是谁之过哉?!问之土人,提督博勒恭武一战遂逃遁无踪,令人发指,至今仍复稽诛,实不解其何故矣!是日未以后断续小雨,暑氛稍解。

先简王子寿比部

三年前此别君还,今日相逢岂等闲?为语螺洲老居士,安排霖雨起东山。

十五日(6月21日) 己未,昨夜大雨如注,今日北风,仍泊(陈)[城]陵矶。巳刻,署岳州巴陵令程正义来,问以江南消息,据云得钦差大臣向提军来文，系四月二十以后所发咨会，两湖有贼兵将窜采石，今上游仍须加意防堵等语，以后则传闻不一，竟有凤阳亦已失守之言，大约总未得手也。是日亥刻夏至。

十六日（6月22日）　庚申，卯、辰间仍有北风，且微雨。舟人勉强开行，以巳正至螺山。遣人走问，子寿已于十三日登舟偕胡主事大任同去省门矣，其令弟子章亦于十五日赴代理监利大令钮二尹之招。幸文郎家遇尚未出外，随来舟中谈二刻余，问其封翁、夫人俱甚康健，次、三两郎君亦读书日进，可喜之至。因遂解缆过沔阳之新堤，至倒口泊。午后风势略顺，天亦晴霁。

十七日（6月23日）　辛酉，西北风间断，微雨。昨夜一鼓至三鼓，上水舟陆续来泊者均百余号，皆云贼已逆流而上，将到武昌，绅商、百姓纷纷逃避，汉镇及江汉居人为之一空。各船大半皆系携家欲往上游避难等语。不特舟人、奴子闻之面无人色，即兼山参军亦为皇然，余再三以理晓之，始稍心定。今辰亟催开舟，无奈风势不顺，行殊艰难，七十里至嘉鱼县泊。县令郭种德，山东人，本年二月廿七因土匪劫狱，其子女及典史之孙均为贼害，问以现在情形，尚属安靖，然而蹂躏凄慌之状，官民皆不堪问矣。据言昨甫得省中消息，逆贼有一股尚在南京，一股则由湖口窜往江西，一股居然北窜省门，数日前甚为惶惑，迁徙之人十居其九，近始稍觉安定云云。兼山谓惊弓之鸟，其势不能不风声鹤唳、草木皆兵，然亦可见人无固志，无怪贼之到处，势若土崩瓦解也。随后典史姚治平亦来，虽非良吏，亦实老实可怜，数语温慰之而去。计此地距省，水程仅二百四十里，风危稍顺，一日可到。未知炯儿夫妻父子果已安抵汉镇否，又不审连日讹言渠之外家仍复搬移他去否。因遣姚宅使来之余坤先乘小舟趁夜回探，俾余心略慰云。

十八日（6月24日）　壬戌，昨夜子正以后大风雨，至今日卯初始歇，巳以后仍间断大雨狂风。江水均添二尺余，仍泊嘉鱼江干。

阻风口号

湿云如墨雨模糊,浓丝阴森好画图。浅水轻舟谁领略,客怀无奈付村酤。

十九日(6月25日) 癸亥,前半日间断有雨,午后阴,仍竟日北风。仍泊嘉鱼江干。

二十日(6月26日) 甲子。四鼓即自嘉鱼开舟,九十里至簰洲,又七十余里至金口上,以风逆不得前,泊一小港内。正愁闷间,忽家丁周双喜来,知王子寿比部偕炯皆停泊金口待予,因遣其赶往报知。溯流而上,相见之乐,自不待言,谈至夜深,亦竟忘倦。是日为夏甲子,未以前皆晴爽可喜,申初则有风雨,三鼓乃大雨不止。

二十一日(6月27日) 乙丑。卯初大雾弥江,冒雨开行至沌口小泊。时黄琴坞、子寿乔梓自京来,舟系于此,亟移船相见,畅谈别后情况及近日时事,至二时许乃分手行。以未正三刻抵鲇鱼滨,两院司道府县知余将至,先已至皇华馆坐待良久。因县中探报谓行舟尚远,乃相率还辕,遂即套内登舆诣督署,与石卿制府相晤,各道倾仰之诚,又议论时务并眼前要事。凡一时有余始行,中道随往拜岳方伯坐语,即诣抚署晤崇荷卿中丞,未坐一刻,适石翁亦来,又共谈二刻余。石翁行后,复抵掌谈心,至二鼓方还寓宅,兼山尚伺余饭也。倦不可支,高卧酣寝。是日闻贼窜河南,陆稼堂中丞兵溃,朱仙镇被陷,汴城危急。

二十二日(6月28日) 丙寅。卯正方醒,城中文武皆来谒,一一相见,至午初始饭。汉口姚亮臣昆仲、马子桢侄倩亦来,坐未久,崇中丞来,谭至一时而去。汉阳府县彭于蕃之大郎、前布经历黄焯先后均至,最后王子寿弟偕胡莲舫礼部乃来,子寿遂留寓宿,上下其议,已一鼓余,颇有倦意,始各安息。是日晴,热甚。

二十三日(6月29日) 晴。署汉阳同知伍煜来见,闻其官声甚好,武勇绝伦,因与畅议兵事,并嘱其集费练勇,以资保障,倘果选练精干之卒一二千人,汉镇之人自当众志固结,不至讹言妄作,辄即转徒无常也。饭后出门答拜城中文武,又至臬署与旧幕友褚萃川海谈一刻余而还。

二十四日(6月30日)　晴。崇荷卿中丞遣人约以今日辰初同诣塘角盐卡,伺接学使,跪请圣安。因于卯正二刻出门,途遇署臬使罗淡村观察自黄州还,匆匆数语,即赶至公所,坐未半刻,青墨琴学使已来,随同行礼讫,寒暄之后,遂各启行。又顺道致贺,还甫巳正。饭后,萃川遣价以《代作到省日期折》稿见示。适罗淡村署臬来拜,因与斟酌,并访问江南兵事,据云贼窜江西,扰陷芜城,而胡莲舫礼部由汉口探报,则云江岷樵廉访与张小圃中丞夹攻,贼皆大败,如其言确,亦大快事。又得新江夏严大令送阅其令亲自蕲州之围元口来信,向军门之长君押送桅船五百号,距南京四十里遇窜贼船三千余只,为其所败,尾返直至湖口,贼遂近攻芜城,渠与向某始能脱逃,并云"贼船在南京者尚有六七千只"等语。至汴城之危,则众口如一,倘竟失陷,则江北戒严隐忧实甚。奈何,奈何!申刻料理折稿,自叹时势艰危,无可把握,上慰宸廑,由于识暗才庸,不胜内愧之至。

王子寿比部云:一耆老万姓者,年已七十余,平生目不识丁,无论文义矣。今日忽来相见,以端午日四鼓梦田面皆水,中一大洲无物不有,最中有一方盘如棋枰状,忽为一人掣之而去,并诵二语谓此人云:"牢记,牢记!"二语者,四子书:"夷狄之有君,不如诸夏之无也。"

二十五日(7月1日)　己巳,晴。早起张太守汝瀛来谒,器宇轩爽,颇有干济。询知已奉委带兵勇赴江西省城,随同江岷樵廉访剿办窜豫之贼,闻全数不过二千,除去妇女幼孩,能战之贼仅五六百人,似可一股剿除。惟中丞处连得河南警报,贼陷归德,我兵往剿,竟大为其所败,现已近逼汴梁,内外隔绝。陆中丞应毂于许州途次,二十、廿一、廿二三次知会,并借饷五万,岂知楚北亦无款可筹耶?湖南候补知县姚湘芝、湖北前候补知县刘嗣煦、陕西布理问徐奎皆系旧属,俱来谒晤,为之怃慰。又得随州牧杨嘉运专使来禀,细讯其官声大佳,地方百姓倚之如长城然,此余所识拔者,不负期许,良用快欣。是日热不可支。有浙江秀水生员杨象济，年未三十，颇有蕴蓄，上条陈八事：一，收人心固根本。二，堵隘口防窜逸。三，劝捐输裕经费。四，严保甲绝内奸。五，恤兵勇激士气。六，免关税招商民。七，褒义烈致天和。八，崇节俭培元气。笔亦能达，他日当为世用，可喜也。

廿六日（7月2日） 庚午。晨起，以到省日期折稿往商荷卿中丞，值其散放兵粮。因答拜青墨琴学使，坐谈良久，乃至荷卿处小坐刻余。又答拜曹艮甫观察、罗淡村署廉使，还已午正。贵州委员黄凤来谒，适得贵阳王廉普观察五月九日所发书，并其侄赐臣家报及寄黄委员信，遂并交之。是日早有微雨，天颇凉爽。

廿七日（7月3日） 辛未。同乡刘春亭司马过江来见，所运铜斤一百万零，既不能去江南，适张石卿制府以经费不敷，势不得不扣留铸钱。刘司马亦借此脱卸重担，良足为慰。姜司马国祺等来言善后局中筹备米粮油烛炮械等事甚悉，尚有得法，亟褒美之。是日亦不甚热。

廿八日（7月4日） 晨起阴甚。闻荷卿中丞将以巳时拜折，乃亲赍到省奏折往，乞恭代进呈，并附片一件，盖以汴梁危急神京根本，愚昧之忱，仰恳圣情示之镇静也。还甫巳正。由荷卿处借得邸报，知王春庭内侄改名作孚，已得庶常，为之一快。申正有署汉阳营游击许连城来谒，知为前郧阳总兵邵鹤龄标下将弁，细询邵君战殁状，并知其所带郧阳战士三百，皆挑选精练勇敢节制之师，屡立战功。许游戎亦壮勇可爱，所言亦具有方略，若贼匪战败，由江西义宁一路回窜通山、通城，山路设伏，此可独当一面，欣慰之至。是日早、夜皆有雨。

前任湖北布政使臣唐树义跪奏：为遵旨帮办湖北抚辑事宜，行抵省城日期恭折具奏，仰祈圣鉴事。窃臣前于三月二十五日在贵州原籍，准抚臣蒋霨远行知恭奉谕旨："唐树义着即前往湖北帮办一切抚辑事宜，钦此。"当经缮折，叩谢天恩，束装起程，由黔之镇远顺水行舟，以期迅速。自入楚境，先历沅州、辰州、常德三府属，民情俱皆安谧，雨旸亦极调匀，足以上慰宸廑。随经湖南之岳州及湖北荆州、汉阳、武昌各府所属,凡前此贼氛窜扰之处,墟里萧条。武汉两郡受祸尤酷,闻见所及愤懑填膺。兹于五月二十一日行抵湖北省城,谒见署督臣张亮基、抚臣崇纶,具知楚北收复以来,招集流亡,查办抚恤,并修葺城垣,练兵募勇。以及通城、广济等县土匪刁民乘衅滋事,亦已剿捕惩创,均经先后陈奏,闻诸绅耆,皆谓宽猛得宜,地方亦咸知感畏。惟楚省滨临江汉,为水陆冲途,民间兵燹之余,戒心未释,闾阎惶惑,转徙无常。臣于途次犹备见其状,今欲镇定群情,结连众志,必使财赋可冀丰盈、兵勇咸成精锐,且于水路下游编筏安驭,陆地险要掘堑联营,使逆贼闻风不敢回窜,然后民心益固,战守有余。臣识暗才庸,恭承恩命来楚帮办,岂敢以措置匪易稍涉迟疑?惟有殚厥智虑,矢此悃忱,随同督臣、抚臣妥协设法,斟酌办理,以冀于事有神,仰答高厚鸿慈于万一。所有微臣行抵湖北日期,谨缮折具奏,由胡北抚臣恭代进呈,伏乞皇上圣鉴训示。谨奏。咸丰三年五月二十五日。再,臣顷闻粤贼勾结捻匪,突犯中州腹地,烽燧骤惊。在皇上轸念维殷,自必难宽宵旰,但此时各路援师先后云集,歼除蛇豕,当亦非难。且神京根本,陆海称雄,劲旅环屯,金汤坐制。据形势论之,大河以北决无纤芥之虞。仰恳圣情示之镇静,则挽抢立扫,神武远扬,请计日以待捷报,愚忱不胜瞻祝。臣谨奏。

咸丰三年六月二十日,奉朱批:"知道了,事事会同督抚振刷为之。"

同日奉朱批览奏:"知道了。现在贼已偷渡河北,窜扰淮庆,朕为天下臣民主,何敢先自扰乱惊惶,亦何忍不为民请命于天,置大局于不问也。惟冀速救民劫,迅扫妖氛,彼时汝可来京,晤对有期。"

二十九日(7月5日) 癸酉,晴。胡莲舫仪曹、姚亮臣孝廉暨其族兄均来。申正,荷卿中丞亦来谈一时许,商其驿递奏稿,盖欲求皇上镇定群情,根本之地为重也。是月小建。

六月初一日(7月6日) 阴。在省文武各官互相酬错周旋讫,武汉二府、江汉二县均来谒。据延太守云,石卿制军来信,令于粮船、铜船挑选十舟运下,凿沉于江,以防贼回窜,鄙意颇不谓然。又纵火乘筏顺流冲烧,乃水战家上上策。与子寿、莲舫商之,均以为然。因共一函,嘱督署速为寄往,来知能肯行否。是日发家信并蒋中丞诸公侯函。

初二日(7月7日)　大风。渡江,由汉阳循龟山而西,过月湖堤至汉口,往日台榭风流,今皆荒凉满目矣。在姚亮臣昆仲家见其太夫人乱后方归,悲不可言。儿媳携两孙儿一孙女出见,幸其平安,已出望外,拟数日内当买舟遣其回里也。饭后答拜姚灏儒乔梓,又答拜汉司马及胡莲舫仪曹,并与其居停孙中书谋谈一刻余而还。顺风扬帆,酉正即抵寓云。

初三日(7月8日)　晴。孙舍人、姚亮臣之弟有美及姚大令湘芝皆来,又黄安公许庵藻、白大令润并拣发知县黄秩林、陈为金皆江西人,细询过汴梁时情形,闻贼又窜洛阳,窃恐关辅震惊,疆吏非人,虽有潼关之险,倘不足恃,奈何,奈何!

初四日(7月9日)　丁丑,晴。得江南探报,金陵、镇江、扬州均未克复。江西来信:江岷樵背城与贼接仗,斩馘二百余人,然未能大挫凶锋也。是日得家报,大小均安,慰甚。

初五日(7月10日)　戊寅,晴,热甚。安徽藩司刘见甫来裕珍,其言与杨心畬途中一见,狼狈之至,大约四月廿六七可履新任,闻之稍慰。随见首郡县,言今日五鼓时有广西折弁过境,探询贼匪已由刘家口渡河而北,贼众仅万余人,凡三日始全渡黄,何以北岸竟无一人拦阻?此语似不足信也。午后范质夫来,光景窘迫殊甚,谈至一时许始去。酉刻,由中丞处送到江西初三日探报,贼匪连掘五门,皆以有水而止,其伙亦多疾病,已有折回金陵,俟病愈再来添兵围攻之语,似此,则湖南北均可安枕矣。随答拜见甫方伯,略谈一刻而还。

初六日(7月11日)　己卯,晴,热不可支。早间崇中丞来谈二刻余,随出门为曹艮甫观察贺到任之喜,又往两司署各坐谈时许而还。得江西探报,贼已三次受创,且贼众多病,颇萌回窜金陵之意,豫章似可无恙,吾楚江防既已周妥,当亦无虞。现商之中丞,与江西义宁州接壤之通城、通山险要深僻,不可不严加防范,即派许都司连城带其随兵三百名,往与通城钟令会商防堵,可期得力云。申正,刘见甫方伯来,名在富绅,奉谕捐输,拟以万金分缴楚、皖,然观其神情颇觉惝恍,窃恐赴皖未必甚利耳。

初七日(7月12日) 庚辰,晴。闻署制军张名翁已自黄州布置水陆堵御事宜完竣回,在城文武均在监卡伺接,余亦随往坐谈时许。石翁亦来寓,与王子寿同坐,议论颇合。石翁去后,余复往督署与左季高、郭翊臣筠仙之弟、林天植名向荣,荆州人纵谈两时,三君皆不世才,上下今古,倒峡悬河,闻之不觉起舞。还寓甫晚餐讫,三君复来,坐至二鼓而去。

初八日(7月13日) 辛巳,晴。罗淡村廉访来,言制府欲令其赴襄、樊一带练募兵勇,以为进战退守之计,亟怂恿其行,余所谓恐旦夕必有勤王之举,非急为布置不可。襄阳人多勇敢,心易向化,此事诚不宜缓也。申初过崇中丞署,见探报称江西又小获胜仗,而贼仍未追,又闻河南贼已过河至淮庆,有窥太原意,为之愤闷无已。戌初,左季高、郭翊臣、林天植来,因共子寿小酌,畅谈至亥正而去。

初九日(7月14日) 为万寿圣节,寅正刻诣明伦堂,随督抚、学使者行朝贺礼,因往督署谈约二刻。监利龚九尊主政,来与共早饭,门人彭子嘉之令兄名涂者来,直隶试用从九品也。言其家属流离之状,殊为可怜。劝往荆州依邓春泽,必当有济。是日晴,遣儿子过江辞其岳家,将携眷归黔也。

初十日(7月15日) 晴。早起,文武各官均来竭,议论时事,再四谆谆,一片苦心,未知其能一听否。胡莲舫大任来,以其所定水师章程,虽不甚合宜,亦可谓有心之士。晚过张石卿制府便酌,因与观之,拟并付荷卿,阅后即办理也。是日儿妇率两孙自汉口开行,泊武昌之鲇鱼澲。

十一日(7月16日) 晴。晨起,我墉、我圻两孙儿来谒,到此二十日第二次得相见也。抚摩之余,不胜太息。辰正,儿妇亦率小孙女来,训示数语。随传谕归舟,炯儿与马子桢侄倩亦即登舟开帆,时姚亮臣昆季来送行,因留之早饭。申正三刻,乘舆至抚署谈一时余,还已及戌正矣。

十二日(7月17日) 晴。罗淡村署臬、曹艮甫观察来,偕王子寿、胡莲舫畅谈二刻而去。署汉司马伍文山来见,与之议汉口练水勇、陆勇及集费事,此才粗而有实心,甚为汉皋人所敬爱。特委员暨劣恶秀才借劝捐为私图,商民不堪其扰,竟有欲迁徙者。昨□之中丞,不如专任伍君为便也。午后龚九尊农部来,因留下榻焉。晚饭后仍热不可支,与诸君谈狐鬼,至二更始息。是日先闻有自贼营逃回者言,在河南一山谷中长发贼数千先驱,胁从数千继之,我兵两路抄后,前路一军枪炮下轰,贼尽歼除大半,余仍逃回卢凤一带,似此当是虎牢、陕州光景,其言果确,亦足为快。晚间得九江探报,贼在江西省城又挖地道,为江岷樵臬使遣勇杀毙百余人,贼挥兵继进,互战亦无胜负。楚中援兵,计此时已早赶到,内外夹击,当更得力也。

十三日(7月18日) 丙戌,晴。闻江西又获一胜仗,酉刻得应山禀报:贼匪一股窜入河南之西平,距应山仅二百里。张制军意欲烦余带兵往堵,先托子寿致意,时胡莲舫主政,在座慨然,亦欲同行,俟明日商之石翁云。

十四日(7月19日) 丁亥,晴,热不可支。荷卿中丞先来坐,未一刻,石卿制府亦来,遂商定以提标兵五百名,又以许连城所带郧阳兵三百名,又以湖南永州兵五十名,把总向方德统之;湖北德安兵五十名,把总蔡长发统之,均以属余带赴应山防堵。是日遂料理行军事宜,莲舫乃渡江收拾行装云。酉初,闻石翁之长君弄璋之喜,因往贺之,坐刻许而还。王子寿邀集龚九尊、孙舍人、蔡宝生秀才公为余寿,至一鼓始散。午间岳方伯亦来。

十五日(7月20日) 始晴,申以后微雨一洒,略有凉意。早起,张制军来谈一刻余,方伯、廉访、观察及文武以次均来,最后汉阳俞太守、署荆宜施观察、李太守、姜晓村司马及崇通守王二尹先后来议军事，又传见襄阳带兵官李殿元等十二人，申明纪律，均为鼓舞，并传令明日起程。申正，又传见竹山协标带兵官白象彪等八员，匆匆不及多谈，似皆轩爽可用，亦催令速领夫粮。赶紧束装阅应山乞援之文书，并孝感转据前途探报，皆云贼匪已至信阳，惟当催兵前进，定而后战，方为以逸待劳。倘贼兵已过三关，则处处皆可窜逸，堵截之机，竟无把握，实为危道。奈何，奈何！

十六日（7月21日）　为余初度，督抚、司道及在城文武均来，余已先出，径往各处申谢辞行矣。都司端玉带领提标兵五百过江，本日可住摄口，郧阳百五十名、竹山二百名，明日当可全数长行。端都司似甚明练，昨日已发五人，改装前探，与之言战守事，亦动合机宜云。是日热气稍减。申初，胡莲舫来。酉正，张仲远来。是日得探报，闻粤匪勾结捻匪约万余人，已逼信阳，有入楚境之势，两大府甚为悬系，催促余行，拟明辰即渡江云。

十七日（7月22日）　卯刻，石卿大府又送应山告急公文二件，贼踪甚逼，左季高司马来送行，并商度方略形势，谈一刻即行。至皇华馆，与石翁、荷卿及学使者、司道诸公茶叙片刻，登舟开帆，冒风渡江，颇觉危险。约一时许始达汉口，府县官弁及汉司马孙舍人、姚亮臣兄弟均来送行，以巳刻行，未初抵油湖关渡口，又值北风大作，舟笨不得行，凡八时许始达溾口。舟中眠食俱废，亦大可笑。

十八日（7月23日）　寅正抵溾口，略坐片刻即行，行李及委员兵弁均尚有未渡者，弗能顾也。巳正，至双庙行营，得许大令广藻信，又得孝感应山探信，似捻多匪少，情景尚非迫切者。即复许令一函，嘱其召勇赶赴，并嘱确交林天植一书。酉初至杨店，凡一百里宿，李大令殿华，号来见，具言粤匪无多，大半皆系捻匪假托，而乡民则畏粤匪不畏捻匪，以捻匪来所习见，常与角斗，粤匪则徒闻其名也。是日查点军弁，把总向方德尚未赶到，蔡长发两足有肿者，随军亦甚狼狈，因饬令明日从容起行，俟到小河后再为整队前进，盖军士必当加意爱惜也。是日乔中丞之次君定禧来谒，故人之子，亲爱自不待言。其所报捐布库大使，库收监照即当面交付。闻渠兄弟皆已析居，一在黄陂，此则依其姑母户近买田自结云。大风。

十九日（7月24日）　壬辰，阴，大风。行五十里至刘店，又四十里至小河口宿。随兵百名，无一到者。委员及军资火药均犹在后，差幸贼情不紧，尚可从容布置。查此间为各路涵道，一河间阻，傍山而营，大可御敌。随嘱胡莲舫仪部代为出示，晓谕近豫绅民，各率乡团分据要隘以助军威，拟明日即留此一日，以待后军到齐，整旅而进。是日闻贼匪已据河南属之罗山县城，距楚境仅数十里。夜大风雨。

二十日（7月25日）　癸巳。阴，已以后时雨时止。连得探报：河南捻匪、贼匪各处窜踞，即剀切出示，发交应山、孝感等州县实贴晓谕，劝导乡民，令其团集壮勇，帮助官兵共保闾里。又派兵一百五十名，令郧阳把总彭万秀、刘文玉，外委马鸿玉等管带驰赴三里城、九里关，与孝感城守把总苏祖芳、孝感令李殿华会同堵剿。是日得石卿制军咨文，已赴续派宜昌营都司善保带兵四百名至九里关会剿等语。夜又大雨，小河水陡涨三尺余。

二十一日（7月26日）　大风雨。由小河口过河，行四十里至汉东镇尖，又三十里至广水驿宿。此地去应山四十里，由应山去平靖关七十里，大路平坦。因遣派竹山千总白象魁率领把总、外委带兵二百名前往防堵，犒以牛酒，谆切勉谕。此兵质实可用，惟大率耳。德安太守易容之、应山令聂昌銮来见，问以召勇设防，茫然无对，为之气塞。夜间大风狂烈，屋瓦俱震。

二十二日（7月27日）　乙未。时晴时雨，风甚。由广水行三十里至东篁店，时方巳正。得制军二十日申刻所发书，其言罗山已陷，楚之麻城、黄安、罗田等县最为吃重等□。当即由八百里飞饬，后路未到之汉阳营游击许连城、宜昌营都司善保各领所带兵丁共七百名，无论行抵何处，即改由黄安一带前进，会同该文武督带兵勇分头堵击，并咨汉、黄观察，行黄州府及罗田、黄安、麻城等县，赶为防堵。是日酉刻，又得本任黄安许令来禀，探明贼于十八日攻陷罗山之后，蜂拥而行,已距黄安属之老山会仅及百里,当传进其来差万福,面称该处人心强固,历来抵御捻匪着有成效,现在三县合团约有数万云云。随又专差戈什哈、康定邦外委方元凯执持令箭迎催后路之兵星速径往督战,并拟亲带兵弁前行。及由八百里驰报两院,于是日酉戌二刻发行,计贼在杨家店,距老山会尚有百里,果能乡团齐心,我兵速到,似不难于扑灭,特恐许大令胆怯耳。

廿三日(7月28日)　大风雨。早起,提前营都司端玉来,饬令挑派奋勇兵二百名、千把四员,又把总向方德派外委一员、勇兵二十四名随同前往黄安一带,相机剿贼。又虑贼匪穷蹙,东击西窜,襄、枣、随州一带不可不严加防范,而武胜一关尤宜加意。因留莲舫仪曹在兹照料,并饬地方府县协同端都司妥为经理,以昭慎重。随又函致石卿、荷卿两公及知会前黄安许令,俾人心稍定,以期得手,惟有自尽心力而已。

廿四日(7月29日)　丁酉。早阴,即欲启行,因夜又大雨,溪河五渡皆涨,水皆平胸。县令来言请稍待数刻,俟水略消二三尺而后去。而昨日申刻所遣先走之兵亦皆折回,因又与莲舫诸公早餐。适得石卿制府廿二日来函,谓但可得手,不妨与经镇军河南之兵会商合剿,意思未尝不佳,无如经镇文岱驻节信阳已及七日,一任贼攻陷罗山、走仙化,从容暇豫,曾不往返,而谓与我合剿,其谁信者? 然石翁既有是言,亦姑数行寄之,我自认真实心办理,余只听之而已。随又复石翁一函。临行得李朴臣自九里关来信,谓郧兵百五十名已到,驻扎九里关外之中店,可堵光州、罗山、信阳三处来路,较据关更为扼要。朴臣又自带壮丁六十名,会同其城守把总苏祖芳共相防御,后路又有绅耆乡勇继为援应,此路自可无虑。途中又得随州二十日自小林店来禀,探得贼匪已由光州之息县顺流而下,此语似尚未确。申正抵广水,易太守已在街头伺接,据称遣聂令仍回武胜料理诸事,渠欲赶往黄土关,传商绅士董姓等数大户,令其集勇数百,以城守、外委带其兵丁统之,俟安扎妥协后,再由平靖查看营寨是否妥协,即赶赴武胜,商同莲舫诸君料理营事,其言甚为得体,已如所云办理矣。酉正刻,接石翁八百里来信,知亦发令催许连城径往河口镇驻扎,如其已到,即甚可靠。又得中丞八百里粘时单,来文其责成地方官赶紧团练乡勇云云。其言未尝不是特行,行稍迟,若一月前有此言,此时亦自有效。至汉阳,来禀颇涉惊惶,更属可笑之至。噫!如此办事,天下将何日得太平耶!

廿五日(7月30日) 戊戌,晴,夜有微雨。早起,由广水整旅行过河,至汉东镇早饭,又四十里至小河驿。昨日所遣侦探回,并得许大令来函,知贼匪尚在仙化未动。又廿二日所遣持令迎催后路军兵之戈什哈回禀:宜昌营都司善保之兵已到河口镇,许游击虽尚无行抵何处确信,然行在善先,自当早到黄安一带无疑。又闻林天直茂才现住夏店,拟明日带兵前去,与之熟商防剿机宜也。是日致石卿大府、荷卿中丞各一函,又得骆吁门中丞复书。

廿六日(7月31日) 己亥,阴。有风,亦偶有微雨。由小河行六十里至夏店,山路崎岖难行,颇觉困乏。比到夏店,林立甫、许枚卿均已至四古店,招集老山等处各乡勇共千余人,拟驶至河口镇堵截,据云贼匪已由仙化窜出黄安,此地可至河口出汉阳,又可至麻城出宋埠、合江,又可由宋埠出罗田、窜安徽之吴山,拟明日五鼓即带兵去河口,分兵堵剿,究不知许、善两将官已到彼否?为之惘然。

廿七日(8月1日) 庚子。五鼓由夏店整旅,行四十里至河口镇,时许大令、林茂才均在镇招集乡勇,始有五百余人,旋散去三百人,且甚不安静。河口之铺户居民迁徙者几于十室九空,殆闻余帅兵至,人心方为之一定。许游击连城来见,所带之兵甫九十余名,其余三三五五零星在途,该游击亦不知所向,并闻尚有在省未成行者。随得善都司来禀,已带兵二百,于昨日至黄安县,望见贼在县城,因兵单,复追扎站店,以其为黄安赴省道路。其另二百名云系由滠口即乘舟下至黄州,欲由东而西,以为夹击之计,其行到何处并无信息,甚为可虑。亟差戈什哈康定邦先往通知善兵,令其坚阵以待大兵,又催令许连城迅速前进,以为善之应援,余即数行飞寄石翁。略用早膳,即带兵行至大赵家住宿。许令、林茂才先后亦至,乃得探报,贼闻大兵将至,已于今日五鼓趱行矣。正贼不过五六百,其余裹胁约二千人,大半军流、遣犯、盗犯,在近为多,且无火药,又多染疾病,乃听其远窜,岂不坐失机会?因传令兵丁:能告奋勇追及贼者,重加赏赐。遂有一百七十余愿往,林茂才、许大令及随军刘仙舟源皆毅然请行,不觉士气为之一振。是日早午皆有小雨。居停主人赵某,名列胶庠。余己酉暨临时,渠曾应省试云。

廿八日(8月2日) 辰起甚晴。许大令带其团勇先来,与林立甫茂才、刘仙舟及吴把总明山、戈什哈杨得胜及劲兵百七十余名,鼓舞成行。余亦率余兵随后,以辰正抵黄安县城,百姓逃归者纷纷杂杂,城守、把总、典史、教官亦赧颜而至,尚未知县官在何许也。至即查讯许、善两兵,已过去三十余里,林茂才兵亦三十里许,大令则犹在此间,盖其团勇不知法纪,到处掠食又不能速行,已皆遣散,遂自率黄安把总,带其标兵数十名而去。时许连城于途中获一自贼中逃出者,及马二、驴一、大炮一,送余行营,细为追讯。贼甫至黄安时,适有金陵之贼三人骑马来,谓南京宫殿已成,特遣其送火药、铅丸等物,共有四船,一二日即至宋埠,令此股贼匪即由宋埠赶往南京等语。其言不为无因,亟数行飞遣方元凯送至林茂才马前,俾知留意。又探闻宋埠小舟皆避,或贼未及行即可大获胜仗,岂非大妙?惟倾耳听之耳!是日午后大雨一阵,午初刻以到此情形飞寄数行,交其遣来之戈什哈陈某带去,闻廿九日申酉间可到。酉刻,后路带兵官刘国桢、周禄统带兵丁已到,令其稍为整理,挑选精锐,星速前进,软弱者留后继进,锐兵免为所累。酉正,林立甫来信并解一奸细,遂为讯问,系南京人,张姓,由金陵裹胁随至扬州、滁州、凤阳、亳州,至河南归德,过河不得,又随至许州、罗山等处,至今日因病落后者。即押出处斩讫,聊以快此地人心而已。

廿九日(8月3日) 壬寅,晴。许连城之后路兵始全到此,急催其赶紧前去,并又遣派外委方元凯、戈什哈康定邦持令【有】督催齐集,属林立甫管领。随据立甫来信,已商同各将官连夜分兵据隘,黎明即当进剿,其言甚壮,为之一慰。时有黄陂马夫在辕,因数行报慰制抚。又复方伯、武汉两府各一函。是日遣弁持铅丸、火药、火绳送赴军前,又搜买馍饼一千二百十余斤,催令李光太等押去给赏兵丁。闻宋埠人多逃散,无处觅食,故有此举也。

　　三十日(8月4日)　晴。辰起占牙牌数,其言甚佳,与蔡宝生共观之,颇皆喜慰。迨未初刻,差押火药之王戈什哈回,匆忙张皇之色已令可疑,乃言又嗫嚅咶咶,不能出口。再四询之,始谓押火药至军前未五十里,闻我军似败,即赶紧折回。问火药何在,则云至桃花集,适刘某至止,当即交付矣。畏(崽)〔葸〕退缩亦至于此,不胜愤恨。倘我兵果败,以此物资贼,误事岂小哉?时城中仅兵二十四名,领兵之外委李光太尚属可靠,又已押送馍饼去军前未回。外委方元凯、康定邦甫回,喘息尚未定,不得已仍令方元凯赶往前路清理此物,务以拾交立甫为要。先是,河南王镇军追贼,闻到黄安之黄陂站驻扎,距此地七十五里,已将还矣。因遣弁周光太持书邀之,俾其赶来会同攻贼,以冀悉数歼除。未一刻刘仙舟回,始知我兵杀贼五十余名,生擒数名,夺获大黄旗一面,马匹、器械数件,正可得手。而乡勇先退,许大令即乘竹☒飞奔。带兵之善都司保、周守备禄亦相继退缩,众兵见主将已退,遂不敢前,始转胜为败。此战本操必胜,乃乡勇一退,都司、守备因而临阵退缩,以致坐失事机,实为可笑、可恨、可叹!迨酉正刻,许大令来,犹自回护,谓乡勇与贼久战,尤为可恶!又一刻余,外委李光华率戈什哈张怀宝、吴鹏祥、何正芳、杨志勇押送馍饼回,得林立甫书,与所闻符合,不胜恼怒。随书红谕,仍饬李光太持令往军前,将善都司、周守备摘顶,押解来辕,听候参办。其望风先逃之军士何人,即烦立甫查明,于军前正法。并嘱其将夺获大旗、杀贼多名之兵弁作何赏号,一一开单寄知,以便给赏。并又寄信立甫,如能激励戎行,尚可一战。则拣精挑锐于初二日再为剿杀,或可收功,则为大妙矣。与蔡宝生坐至四鼓始卧。

七月初一日(8月5日) 甲辰,晴。差康定邦押送馍饼千斤赴军前犒赏军士,又寄立甫点心、火腿,此地无物可买,聊以见意而已。方元凯自军前回,闻贼已水陆并窜,拟就我兵疲乏者刷下,挑选精锐跟踪尾追,牵制其后,使不敢沿途骚扰,或能于半边山一带两面夹击,一股歼除,实为大妙,未知究竟能否耳。是日发捷报致制军中丞、制军处,并附呈林茂才一函。间中又自作书寄何大令祥符、讷中堂直隶。

初二日(8月6日) 己巳,晴,热甚。连日肚腹饱涨、心胸郁抑。欲往前带兵督追,而兵夫皆已运押银物赶赴军前,且肩舆追贼,势有未便,自又不能乘骑,幸林立甫茂才智勇俱备,韬略过人,可当一面,即烦其执持大令督兵前追,渠亦勇于任事,奋往不辞云。是日得其来信,贼因水浅难行,尚盘踞宋埠下之新洲羊叉河一带。又接麻城姚牧单禀,自率乡勇五千人迎头堵贼去路,声势甚壮。又得林茂才信,宋埠左近有武举屈某为父报仇,三十日晚与贼死斗,杀贼一百余人,颇称勇敢。拟据置幕中,同往追剿,亦属甚善。早间遣杨得胜等押去银四百两,钱二百千,馍饼千斤为军中之需,又寄去功牌十五张备用。申刻作书致石卿制府、荷卿中丞。晚饭后与蔡宝生畅谈粤西军事,宝生在粤西久,故详知也。

初三日(8月7日) 辰起,许枚卿大令来言,探得贼过黄安,火药已尽,乃廿九日在宋埠竟有小舟二十余只,为送铅丸药物到来。查江面沙村制军现派大兵防堵,此物却从何来?记廿八日到黄安时,即闻侦探有贼在黄安,前路有长发贼三人骑马送信,二三日后当有船四五只送火药可到。嘱为安心等待云云,以此所闻,证之前探,适相符合。何以大江之上任其来去自如?亦可怪矣。许大令又言,在此无事不如就近黄安、黄陂两县劝谕捐输,以充军实,其意良善,因即专札付之军前,押送拿获裹胁逃出难民六人,一一讯问,皆种田被裹、畏贼潜逃者,尚系良民,即释放去讫。随遣外委方元凯飞往前途,催趱行兵,并查探贼踪。是夜四鼓许,枚卿大令侦探贼匪,于初三日尚盘踞黄冈属之黄泥渡,因制军派有镇筸兵六百名,在新河口迎头堵截,不敢前进,我兵于是日亦驻新洲,计明日立秋即可两面夹攻,奸除净尽矣,为之一慰。夜卧竟不成寐,壁虱甚多。午间大雷雨,约半时许即晴。

初四日(8月8日)　子刻立秋。辰初许,枚卿大令来见,以此间无事可办,将往黄陂、黄安劝捐助饷,以供我兵行粮,亦是一道,即允其行,据云月二十间当赶应供支云。巳刻得探报云,制军所派镇筸辰州兵、张仲远司马统带已早到黄冈属之新河口驻扎。初二日未刻,与贼接仗三时之久,贼兵大败,我兵仍整队堵御。查新河口距团风仅七八里,我兵初三日亦过新洲,距新河口不远,似最迟今日亦可接仗矣。又闻"黄州太守亦带兵数十船,每船十余名,于赤壁湾泊,防贼下窜"等语,似此层层布置,贼当无所逃遁,特虑其剃发混入平民,暗自潜走耳。是日午后,大雨一阵即晴,作书寄吴子苾方伯陕西,并托寄王莲生一函。

初五日(8月9日)　戊申,早阴,午以后雨,仍阴。长日盼捷音不至,乃作家书。又致梦湘、荫堂共一书,又寄吕垚仙方伯一函,又属蔡宝生代笔寄罗淡村廉访襄阳一函。比及酉正,始得林立甫初三日戌刻来函,谓初四黎明出队。又得制军所派刘把总富城所带镇筸德安兵二百五十名,与之合队,贼既穷促,我兵又属不少,且奋勇者多,似可一鼓奸除也。即将此情寄石卿制府、荷卿中丞,又用公牍问总局索饷。据王大令云,所带五千金已告罄矣。是夜二更后卧,竟不能寐,四鼓后,梦与兆松岩中丞、祁幼章方伯同坐一室,幼章似与松岩不洽者,然因为之排解,盖明知其皆死也。问松岩在阴中作何状,则云冷僻小神并无香火。幼章竟掉头不顾,情景历历如绘。又梦侍坐先大夫一刻余,训诲数言,分明记忆。此月之内,其殆将死乎?志之。

初六日(8月10日)　晴。武胜关端都司等差兵前来问讯,知营内一无事事,关樯营寨,大属坚固周密,为之一慰。未刻,麻城巡检丁永禄自宋埠来言,探闻贼匪已窜至黄冈之马鞍山,该处有两三小道:一可达蕲水通大江,一可至罗田走安徽,一则上抵麻城。又云姚大令在麻城界拿获贼一人,系南京籍,在贼中半年。据供此股贼中伪金官正将军曾林生者,广西人,年约四十一二岁,面长身瘦,已剃头,身带二人,由黄州下窜矣。亟录其口供,札饬黄州知府,令派差饬属密拿务获,未知其能获否。正在无聊间,适外委方元凯自军前来云,已大获胜仗。余因连日腹疾,颇形委顿,闻此不觉气为一振。急展阅林茂才书,知贼于初二日窜出团风,张仲远司马督兵迎头截击,杀毙多人,烧死及淹水死者不计其数。初二日小河之水陡涨三尺,亦天意也。贼遂回窜辛家冲。初三日,我兵追至新洲、下寨,距贼十二里,当夜三鼓发令,把总刘富城带镇篁、德安荆水师兵二百五十名,傍河岸进兵,多带火箭、火罐,预备烧船,守备周禄,把总吴明山,外委高仰京、侯元升带宜镇兵四百,由大路与刘富城两路并进,许连城、刘国桢、魏鸿兴、任大华带郧镇六营兵六百名,坚立阵脚,作二起进发,接应前路。把总陶得琳,外委朱国宝、胡得魁,新拔外委殷开山带提标四营兵二百五十名夹大队左右前行,防贼旁抄。初四日黎明启行,前锋刘富城、周禄追贼至章家冲,杀贼十余名,夺获贼船二十九只,焚船数只,贼败逃去,我兵并作一路,奋力穷追,冒暑忍饥渴,驰山路百余里,追至马鞍山。前锋刘富城舞刀前行,冲突贼阵,所向披靡,杀长发老贼八名。周禄、吴明山继之,亦奋勇杀贼,数名贼连丧。断后精锐急上马鞍山,坚阵待我。大股贼千余人,踞北面马鞍山绝顶;小股贼各数百人,踞南面两山坳。林茂才以大令一支付刘富城,督兵堵贼,马鞍山腰有不用命者斩之。命刘国桢等由中路山峡与刘富城接应,大股贼从山头连冲数次,刘富城坚阵不动,枪炮齐施,毙贼数十名,并击毙执大旗贼首二名。林茂才见贼并作一线,势将拼命下山直冲,急持大令同周邦煜带兵绕出其后,两面夹攻。贼见旁山官兵拥出,腹背受敌,始从马鞍山后亡命逃窜,裹胁乱民千余人,随亦轰散。马鞍山大股贼既败,两山坳小股贼亦俱逃走,我兵乘势尾追,毙贼多名,贼遂大败而遁。因我兵一昼夜驰百三十余里,沿途中暑者甚众,镇日未食,实属疲乏已极。时天已向晚,只合依山结寨,休息暂时。随即多发哨探,探贼去向。初五日,复挑奋勇兵丁,命刘富城持大令率同周禄、吴明山、杨永贵、高仰京先行追贼,大队续后。永定兵俱告奋勇,前去似狂奔,余孽或可悉数歼除。计此役也,杀贼二百余名,生擒数十名。又拿贼首一名,夺获舟舰、马匹、号衣、旗帜、头巾等件无数。固由将士用命,然非前日军令大申,林茂才分布得宜,临阵有法之力不及此。急作书,并将林生原函飞报制军。是日得石翁廿九日书,并初四日所发公牍,谓许连城、善保、周禄、刘国桢及不知去向之善保标弁王长安,或迁延不进,或畏(崽)〔葸〕退缩,俱欲摘去顶带,押解去省查办。其各带之兵,照会前广东高州镇杨某统带,该员等有此一战,自可稍赎前愆。除老弱无能,善保及王长安现仍不知下落,自应即行参办外,随将此情达知石翁,自可照依办理也。又贼匪经我兵屡次杀败,丧胆亡魂,三五成群,纷纷回窜,上下左右州县地方,深山穷谷,伏匿潜藏,所在自必不少。连日拿到长发,剃剪其发而逃者数人,故已即行正法。当即飞札饬知附近各州县令,各选派干役壮丁四路搜捕,务以净尽为要。并又函知汉同知张仲远司马,饬即督带其兵分路跟踪追贼,毋稍疏懈云云。不知其得信尾追,尚能及贼踪迹否。又嘱黄安令王颂三赶解大钱六百千、馍饼无数,星夜去军前分赏。时已四鼓,倦不可支,伏枕即寐。又得孝感令送到西瓜数枚,沥水饮之,腹似又稍纾云。

初七日(8月11日) 早晚皆阴,己、午、未三时晴,热甚。余连日腹疾不适,今日更形委顿,饮食亦复减少,竟莫名病之所由。是夜为七夕,天上皆黯然无星月,双星岂一年一会,尚不能如期而偿耶!

初八日(8月12日) 晴。河南河北镇王家琳差都司苟士魁、守备任榜元持公牍来,以河南中丞派令带兵,无分畛域,追贼务灭,渠现驻扎仙化镇,查问吾楚,若须其兵到此协剿,当即赶来等语。计仙化至此一百一十余里,山路既甚崎岖,且我追贼已由此东去三百里外,彼又疲乏,难以兼程,当此兵饷支绌之际,何能再有无益供支?当即咨覆,并咨呈河南中丞,请勿来楚。因事关隔省,虽已便宜行之,应仍咨呈督部堂查照备案,并即一函将贼被剿击、仅有一百余人窜过罗田等情函致两院讫。是日得六月六日家报,大小皆安,儿子煦已订亲赵宅,即于六月十八下订,八月杪过礼,九月完婚。此事余在家时,内子已屡为言之,因痴儿多病,恐娶妇不安于室,故谆嘱其缓行,兹来书,以妇家甚愿,亦姑慰之而已。又得黎伯庸广文来函,知搜辑《黔诗》甚劳,又另纸言颇涉妄,姑存其说,惟无验为如耳。前日由子寿寄到炯儿六月十七自螺山安报,十八可到岳州,如风帆顺利,此时可抵沅州属境,是皆事之可喜者。

初九日(**8 月 13 日**)　晴。军前差耿外委解获贼矛刀、旗帜等件前来。得林茂才信,以贼如窜出境外,当即撤兵归伍,云云。当即函嘱:贼即出境亦须防,境外堵截紧严,必当回窜,接境之处,仍应于蕲州、蕲水等县预为防备。又黄冈深山穷谷之中藏匿贼匪既属不少,回兵时便当四处搜拿净尽,免致大兵撤后又复散而仍聚,为害滋大,此乃一劳永逸之计,事半功倍。窃恐地方官虚应故事,既有兵力,正可乘势为之,并将此意致两函于石翁、荷卿,亦聊寓从容布置之意云。申初,得黄州守金菊仙一函,密问黄安城事,余以客官,只管兵事,此外全不过问,属其自为查办。方贼仓卒而来,存城只十余兵,百姓又皆张皇四走,一书生何能为?且闻其母老可怜,所□一家哭者,亦宜留意也。

初十日(**8 月 14 日**)　早晴。昨夜酉刻,军前专差兵丁得林立甫、许连城来信,(知)[自]告奋勇之周禄、魏鸿兴、刘富城、吴明山等带兵于初五日午刻追至上巴河,途次接据探报,贼由巴河(顾)[雇]船四十余只,意欲下窜江南,闻有重兵防堵,不敢前去,复从小道窜往罗邑。当即折回尾追,于初六日辰刻赶到罗田,适贼百余人正将该县外委徐兆达围逼。时僧塔寺千总刘廷建带兵数名亦刚赶到,周禄等分为二路,一攻贼腰,一从贼尾攻击,贼匪大败,四散逃窜。该员等遂率同刘廷建、徐兆达领兵,即在该县各山内四处穷搜,直至英山属之石家冲驻扎。并据林茂才以搜山拿获长发贼供称,马鞍山之战,伪三王爷已被我兵枪炮轰毙,伪二王爷腰间亦中炮伤,其余头目尽被我兵杀死,现在脱逃不过数人,皆剃发四散,此股已尽行打灭,万不敢贻误邻省,俟各处搜山稍停数日,再行凯撤,云云。闻之欣慰无既,当即函报石卿制府、荷卿中丞、岱青方伯,并将林生原信寄呈石翁,又一纸索赏需十余金,并军中口粮盐菜,计兵一千三百余员名,每月需银六千余两,一并奇呈石翁查阅,请即饬催方伯,赶为解赴大营支用。又随函复林生,再加遣探远侦,务在二百里外,如果实无贼匪窜出滋事,方可撤兵。又撤兵还时,四处均须穷搜,严拿零匪,以期一网打尽,免致再出为患。盖我辈作事,总以处处脚踏实地,此心始安。况事关入告,万一具奏后他省又有贼匪自楚窜去之章,岂不令石翁、荷翁置身无地耶? 林生明敏过人,闻此定当醒悟矣。是役也,于六月十日甫闻贼有窜楚之信,石卿制府即催促十七成行,直至武胜关后路之兵尚有七百五十名未到,前路到者,又早皆行路疲乏,至二十二日闻贼匪已由信阳之明港,闻我大兵已到,即折而东扰罗山,窜至大胜关,复有由河口扰我汉皋之意,亟应折回,由小河驿径去黄安一带堵剿,方为正办。而派去九里平靖三百五十名兵,甫经到地,又复撤还,其疲更可想见,且此行亦半为防御捻匪,万一撤去,捻匪大行滋扰,粤匪因我严密防剿之后,复又回窜,何以应之? 再四思维,且将后路未到之兵饬其迅速赴黄陂、黄安,听候调遣,此时又幸其到迟,可资我用也。随即出令,现到扎营之兵六百名,内有告奋勇者,赶紧呈开名单,以便酌赏,即带领星速前进。于是得兵二百二十四名,把总、外委四员名,随同启行。二十三又大雨一日,沿途溪河五处,水皆平胸,人不能渡,心急如火,挨至次日廿四巳刻,始得就道。申正至广水,适易太守已在其地,因有公事与商,不能不为稍住,次日赶至小河驿,日已平西,前途又无信息,亦只好且住再探消息。次日探知贼在仙化盘踞未动,因疾由小路驰至夏店,随闻贼知我兵已到,急窜黄安。遂于四鼓起行,廿七日辰刻赶至河口,始晤林立甫秀才、许枚卿大令,具悉其乡勇均不得力,而后路之兵,许连城游击甫至,所带不满百人,其余尚在后,且有未到江夏者。善都司保带兵四百名,已将二百令千总王长安由水路直至黄州,自带二百,亦尚未齐集。甫到黄安,见贼已在彼驻扎,仍复退据二十里之站店,闻制军派有都司刘国桢、周禄带郧阳兵二百五十名,亦无到河口,确信仅余所带提标及永定兵二百二十四员名,尚称敢战。然贼势闻有五六千人,虽属疲乏,亦不能以自带及许连城兵三百余名轻为尝试。惟此心有进无退,遂催督许兵先行,余即拉同林茂才,行至黄安属之大赵家小住。是时探闻贼匪闻我将到,廿七四鼓时便赶出黄安,于麻城属之宋埠据住,意将掠船下窜,由大江径回金陵。又闻后路周禄等之兵亦次第到河口。因亟与林茂才酌商,即令其带兵持大令追贼督战,余驻黄安县城,催督后兵飞速继进。廿九日,林生等扎营距宋埠十里之尹家河。余差弁督催各兵陆续赶去,虽未齐至,亦约有兵七百余人,林君持令以三十日黎明出队,辰刻逼街而进,始颇得手。后因善都司老弱无能,策马先退,其标兵亦随而走。周禄虽勇,亦止遏其兵不住,因而亦退。仅许连城与提标百余名兵与贼死战,林君前后督战,喉肿声嘶,仅杀贼二百余人,夺其伪丞相胡大黄旗面、刀矛、器械、马匹各件,整队而退。又幸二十九日夜,宋埠左近之李赵家,三十夜间,宋埠左近之武举屈某为父复仇,率乡勇多人与贼互斗,约杀贼近二百人。贼亦创甚,急于初一日五鼓拿舟下窜,因水浅舟难畅行,初二始窜至团风司巡检属之鹅公颈,相去大江仅七八里。我兵以申明军令,遣外委李光太持大令,属林生将善保、周禄先摘顶带,善保【照】又为坠马所折,念老弱无能,即令押解去省听候参办。周禄自愿立功赎罪,余亦量为折罚。兵士然后知有赏罚,环跪乞求,均愿拼命杀贼。林生始整队行,初三日追至新洲,距鹅公颈尚十五里也。当是时,如鹅公颈无重兵防堵,贼早出大江,或上或下,均未可知。即不然而径过对江,由兴国、大冶小道窜至江西,与窜豫章之贼相合,纵不扰我村镇居民,而任其来往纵横,岂不一场笑柄? 我兵亦惟有望洋浩叹而已! 乃制军派出张仲远司马,已先在此据险设伏,大杀一阵,烧毙杀毙及落水死者无算,贼仍复回窜,而我兵遂有辛家冲之捷。贼又舍命狂奔,我兵亦一日夜驰百卅余里,遂有马鞍山之捷。于是贼之裹胁皆逃,正贼多毙,相率而窜者,不过百余人,去巴河,欲走水路不敢,又复折窜罗田,而吾之追兵亦正赶上,至罗田一败,贼已全股歼除矣。故论战功以马鞍山为第一,若得机得势,则鹅公颈之战不在其下。而贼节之迟错,若天夺其魄,有不待我追至歼除而不能者,岂非妖氛将尽? 即此其先兆欤? 故知大功将成,亦似有不期然而然,亦林立甫、张仲远、刘富城、许连城、周禄、吴明山、殷开山诸君将欲腾达飞黄,天特为是凑泊机缘以赞助之也! 是日午后,微雨一洒。

十一日(8 月 15 日)　甲寅,晴。军前既需赏号千余金,提标兵丁从月初起又需给发口粮、盐菜,而许连城、周禄等所带之兵,转眼亦即是月半,均当供支盐粮。而粮台王培厚来禀早已无银,不知其所司何事! 事又急不可待,因属署黄安王令颂三,江西人于其捐项"钱粮"项下,将银两凑齐,听候提用。本日即提银壹千五百两,令其城守、把总解送军前,暂为支发,计十三日当可解到。既已示罚,必当信赏,赏罚不紊,用兵之道,思过半矣。午间得周都司等罗田信,于英山、罗田交界之处,贼分数股四窜,兵力实疲不能再追。又闻贼匪数十人,昼夜趱行,由英山城外直窜江南大路等语,贼有窜出者,虽不及百人,且皆带伤,总是未能歼除净尽,终属缺陷。然既已窜去,亦更无别法,惟有探讯前途,倘不至滋扰,即属幸事。回兵亦惟有深山穷谷,四处搜拿,俾境宇肃清而已。酉刻,胡莲舫自东篁店差扬戈什哈持书问讯,知彼间均甚妥贴,为之一慰。夜,月色甚明洁。

十二日(8 月 16 日)　乙卯,晴。午间得炯儿来书,七月初一尚在洞庭,已阻风十余日矣。似此迟滞,何时始得到家? 此信盖汉阳起身时,其岳家差勇士敖正容师弟送之至岳州,遣回持书,似初七八即已到者。当即将六月十二以后至今之事一一言之,附书湖南辰州刘宽夫太守,属其俟炯儿到时面交,倘过去即求其赶为寄上,俾吾儿途中亦稍慰藉云。申初,黄安令王颂三来销差,其言所解馍饼及钱六百卅千俱已于初十日解到大营交付讫,取有收到字据缴验。并云林立甫去罗田,约初十日间可还,营中似十三四日可得其实在消息矣。酉正,胡莲舫自东篁店差勇士沈先桂来,谓可与作护卫亲随者,感其美意,暂且收录,然于我无益也。或得因病归林,途中有此二三人,尚足为用耳。是日得荷卿中丞初九日来书,知江西大兵云集,尚未开仗,或者我兵未撤,又将为防剿江西江岷樵所杀败窜之匪欤?是则虽劳亦快尔!是夜月色甚明,坐檐下听宝生谈广西杂事,病躯为之稍纾,二鼓始卧。

十三日(8月17日) 丙辰。早晴,午以后雨,申初雨歇。夜月甚明,遂有凉意。得蕲水、广济报,各拿得真正长发贼数人。又得黄冈令报,贼有小股窜出江中,经伍文山司马追击,剿杀净尽,欣慰之至。计我兵前后六战、乡勇两战,无不大获全胜。自军兴以来,贼未有受伤如此甚者,亦天将夺其魄矣。酉刻,胡莲舫自武胜关专马夫来,娓娓千言,具悉彼间情事。莲舫之意,似仍须制军明札招能撤兵,然闻外捻匪甚多,遽撤恐非,所以示郑重,即当作书复之。二鼓后,得制军五百里来咨,已将连次大获胜仗于初九日由五百里专折具奏,出自季高手笔,爽朗明快,惟吾林立甫只名在其上,未免为之抑塞。子寿常云立甫才过江岷樵,良非虚誉。鄙意特欲石翁制军破格保荐,俾其早得独当一面。为国宣力,中外有此三数人,何患不海宇澄清耶?既知其才,而不亟亟贡之国宣力,中外有此三数人,何患不海宇澄清耶?既知其才,而不亟亟贡之天子,照此,心终不自安耳。

十四日(8月18日) 丁巳,晴阴相间。闻林立甫已来,待其早饭,至午初不至,始与宝生食讫。随作书并抄两院奏稿寄胡莲舫仪曹,又复易太守一函。屡阅孝感、随州来禀,捻匪聚集河南境界,因我有兵守之,是用稍稍敛迹。兹莲舫以石卿制军之意,将欲撤防,窃恐我还彼至,往返又不易之,固不可以不慎。莲翁才自高,倘再阅历,则更不可及矣。申刻,立甫来自军前,余往郊迎,一路绅民结彩、放爆竹,填塞街衢,欢庆之声洋洋盈耳,立甫亦荣矣哉!是夜月明如昼,相与纵谈军事,不觉拍案为之击快。立甫又言,贼中大头目所谓伪春官正丞相者,已在宋埠歼毙,经贼伙裹以绸缎,腰束黄带,敛以美棺,于街外入土深深。君自前途闻之至,即访于鹅笼巡检丁永禄,据称并无此事,君乃密遣外委李光太搜访,掘土启棺,亲验无异,乃命斩棺焚烧讫,亦快事也。

十五日(8月19日) 戊午,晴。巳初刻,忽传河南王镇军到来,延入相见,年五十余,亦将弁中之粗疏懦弱者,留其便饭而去。随又答拜,亦俗套,不得不然耳。是日申刻,以立甫所言探闻,另有一股贼匪从河南小路由商城窜入安徽太湖县,太湖现有重兵堵截,不可不防。拟令许连城带其标兵暂驻罗田,俟探明实在无事,再行撤回。其善都司之兵即札派刘国桢管带先撤,所虑周到,应即照其办理。而连日得孝感、随州具禀捻匪盘踞境外,意将窥伺,请咨河南中丞添兵剿办云云。数十年来,此等事件皆系地方官督问,绅士团勇自为堵御,然亦从无陷城戕官、焚烧街署之事,此亦事势之一变者。当此时候,我军若竟退撤,万一入境滋闹,咎将谁归?因即函致石翁制军,请其明示遵办。并数行致王子寿比部,告以近日病状及炯儿寄其一函,并代予作《播雅》序,乞为改正。又致荷卿中丞一信及病况达之,差外委方元凯持去,限以十八日回营云。酉刻,得崇中丞飞函,以接奉谕旨,命余权署臬篆,中丞已札饬罗淡村观察于襄阳委员赍印呈送,并促余早日回省等语。君命岂敢有违?惟此病躯何能受事?只有公牍请假一月,若果调理得愈,再图报效不迟耳。得炯儿七月初五常德来信,知次日即可开行,为之一慰。

十六日(8月20日) 己未,晴。以昨日兼山参军家报二件,又致胡莲舫一函,并封交马夫,限十七日午刻送到。昨日得王廉普观察一函,知吾黔省城中已劝捐三万有余,四乡凑合可及七万,合之一府可至十万以外,似此则通省并计,本年兵饷可以敷衍矣。廉普亦可即日交卸,径去云南新任,受代者承子久太守以沈大令秋帆贵竹辅之,可期妥帖,为之一慰。是日戌刻,接到黄梅县暨汉黄德道公牍,以贼匪窜入安徽太湖县,将由宿松径至黄梅,下窜江西、江南,请即带兵堵剿云云。昨据差探,河南另有一股贼匪由商城小路窜入太湖,未知即是此匪否?当即飞札许都司等,趁往会同剿办。乃制军又专委员弁持令,催撤各兵回省。就楚中一省而论,贼即取道黄梅,又不敢沿途杀人,由此已入江境,原可无足轻重,然以天下大局,正宜乘此胜势,并力驱除,以振兵气,不应稍分畛域也。随得两院会札:咸丰三年六月二十四日内阁奉上谕,江忠源现在江西办理防剿事宜,湖北按察使着唐树义署理,钦此。应即具折叩谢天恩! 无如久病之躯,盛暑薰蒸,栉风沐雨十余日来,始而泄泻,继则胸膈饱满,至今未能吃饭,现复肚腹作痛,似在皮里膜外,且夕难于忍受,断不能于任事。查湖北臬司,现有安、襄、郧、荆观察署理,惟有禀恳两院缓饬罗道交印,代为请假一月调理,或可痊愈。否则,老病无能,亦惟有披发入山而已。是夜月色甚明,颇有凉意。

十七日(8月21日)　庚申,早阴,夜有微雨。晨起,属蔡宝生缮具二禀,差杨得胜持往省门呈报,适见制军差弁持令,余所带兵二百亦令林茂才管带回省,又去一累,欣慰之至。拟明日即饬向方德,亦将其兵五十名带归,更为爽朗也。午后,黄州金太守来信抄呈江西探报,似贼已穷蹙,豫章既可保无虞,长山更不至有事,无知愚民徒劳迁徙,亦甚可笑可怜。此时倘有实心任事二三人各带精兵猛将,分付金陵、豫章、河北,助其攻剿,军令严肃,士卒鼓舞,何患逆贼不悉数歼除? 惜乎! 除向军门、江岷樵双☐两镇军外,再无一有胆略将帅,大吏中亦无赤心为国者。即有一二人,而才又不逮,以致劳师(縻)[糜]饷,迄无成功。吁,可悲也!

十八日(8月22日)　辛酉,子以后即雨,至巳初始歇。作书寄承子九太守贵阳,并附去家信一函,计八月初间可望到也。辛酉间断续小雨,颇觉甚凉。与林立甫、蔡宝生杯酒畅谈兵事,并上下其议,殊为欢洽。而余腹痛竟不可耐,赶紧偃卧气息,几于莫属。三更以后始稍稍平静,衰朽残年,自恨亦自笑耳。

十九日(8月23日)　壬戌,早晴。作书致罗淡村署廉访襄阳,饭后开释县中及各兵拿获逃出被贼裹胁者三十余人,正法二人,以其从贼久且已受伪职也。随将自带兵起至撤兵止一切布置情形及应赏应罚,开具清单,咨请制军核办,文稿略为删易,发交书吏誊清去后,气喘手颤，人复倦不可支，遂倚枕卧数刻余，盼望差去省门之外委方元凯、去武胜关之周光华，均不见还，心更闷之。晚饭时，听蔡宝生与林立甫谈武昌城失守事，其死节以臬司瑞蓉塘元为最；杀贼死者，总兵常禄、江夏知县绣麟、督标中军副将春荣；骂贼死者，方伯梁石泉、汉阳知府董□□；闻城已陷，亟之欲出布置，途中为贼害者，武昌知府明善、前江陵知县俞昌烈、前竹山知县杨明善。是皆死得其正，轰轰烈烈，足以垂竹帛而光日月！巾帼之从容就义者，安陆太守金菊仙云门之妻女，皆先自装束，衣带俱缝纫完密，又各书名氏为记，闻贼已入，即悬梁自缢。闻菊仙之令弟亦侃侃不屈辱，菊仙平日居官极清慎，有循吏风，可谓正气萃于一门矣。

二十日（**8月24日**）　癸亥，晴。申正刻得崇荷卿中丞来函，并附寄五月二十一日到省具奏批折及附片二件，仰荷圣主虚怀优示，不禁感激涕流，正不知残喘余生犹能稍分宵旰忧勤、仰答高厚鸿慈于万一否？中丞函称前折于二十二日始递，署臬之命乃在二十四日，似圣明之意，恐以无职办事为难，其实亦不尽在有职也。又得制军、中丞各函，均欲早日回省办理他事。岂知病体难支，以二十日不多饮食，亦何能勉强捏饰耶？是日赶将军事中奋勇出力杀贼员弁及兵丁功绩，分别开具清折，呈请两院酌保及赏给功牌记功，其余枪炮轰毙贼匪数百名，并夺获船只、枪炮、旗帜、器械之兵丁，已即日及随时赏给银钱共千三百余金，各路兵皆撤还，大局幸已粗了，仅余与蔡宝生诸人行李无多，不至（糜）〔糜〕费，心中稍为安静。夜间肚腹更加疼痛。

廿一日（**8月25日**）　甲子，晴。辰起，得狄兼山、胡莲舫自武胜关来书。知莲舫之意，必欲撤兵回省，盖以捻匪乃地方官自带乡勇堵御之事，岂知时势不同，为害恐巨。制军于七八日奉到廷寄，亦有"无分畛域，越境剿贼"之言，况贼扰怀庆，现在大兵云集，不难立即打散，万一再有溃败窜至关前者，其将何以应之耶？因赶将公牍抄出移知，俾得自定主意。鄙人已请于制军应否仍回三关，乃来书不必前往，此事自不便为干预。然既有所见，不敢不言，因复剀切一函，寄知莲舫，并探问兼山仍可独回否。又复易太守、王大令各一函。先是,许枚卿大令自黄陂来,以县城典商因大兵截出剿贼,彼间得以安然无事,各捐四百金为军中赏需,其项无多,其心却出于诚。许大令又再三为言,遂允为收之。即派黄安王署令差人押解,走武胜关,王令查收以助军用云。兼山函称:其家信中谓吾黔瓮安县劫狱焚署,县令逃避,普安厅亦闹粮滋事,苗民均有叛意。又闻回匪已破东川,进围滇省,此时云贵之兵调出者已十之七八,万一有徼,何以御之?梓乡之忧,何时能已?而云督、滇抚一则好大喜功,一则老成持重,窃恐意见不同,黔中大吏亦非能折冲御侮者,时事破败至此,亦可谓无以复加。所恃圣主仁明,天心厌乱,海宇早得肃清,干戈迅为休息。谚语:宁作太平犬,无作乱离民。此言真不谬耳。据许枚卿云,适得探报,扬州兵围城,已将上城,贼放大炮,双镇军来为炮所伤,镇江五千之炮被贼抢去,二十尊一万五千斤之炮亦为贼有,现已进逼丹徒,将至常州等语,闻之闷甚。双乃军中勇将,又受重伤,琦善更无能为役,奈何,奈何!又得姚亮臣来信,贼见攻江西省城不下,意欲窜扰吉安、瑞州、饶州,皆非好消息,惟愿其言不确为妙耳。是日又复监利江大令书,托其以十金转恳华容大令,代将古山之洞庭庙修整完好,其银俟得便即寄,由王子寿或胡莲舫两主政遇便交还云。

　　廿二日(8月26日) 乙丑,早晴。由黄安县启行,绅士、耆老多人以余带兵追剿粤匪,该地方得以不至蹂躏,公送软匾,书"德侔韩范"四字,又万民伞一柄,率乡勇百余名欲送至黄陂县城,再三辞之不得,因念其出于至诚,始收其匾伞,而挥令团勇回城云。出县城约十余里,有似马山,明尚书耿恭简公手书"天马腾骧"四字其上,四围砂水环聚,朝对有情,必有大地,惜无暇登山观之耳。行三十里至站店,许枚卿大令暨署黄安王令皆于此谒送,大雨适至,略憩一时许始行。又三十里至夏家寺,戈什哈杨得胜诣省中回,得石卿制军书,谓余公牍请假,恐拂圣意,出处不可不慎。又值荷卿中丞亦专差弁韩应龙持书来,以余到楚具折系廿二日至京,廿四日即奉旨署臬,此中大有意旨所在，必得力疾受事。两公如此拳拳，余亦何敢拘执？亦岂知请假之心，实欲稍为调养，留此身以为他事出力报国。钟漏将尽，人间之富若贵，何所系恋？奚暇计阶级之低昂哉？是日又得王春庭庶常京中来书，知徐梅桥尚书有奏请余往甘肃帮办防堵，此时潼关已经无儆，此事自付之，毋庸议矣。又阅邸报，河北淮庆经讷近翁相国督兵，大获胜仗，此时大兵云集，四面围攻，自不难于扑灭。而永定河水涨漫溢，丰北口又复溃漫，正不知以后作何筹办，令人忧愁无已。是夜，驻长偃，属黄陂。章大令迎至此间，已掌灯时矣。肚腹大痛，疲惫已甚，倒床而卧，竟酣畅之至。

廿三日(8月27日) 丙寅，晴。辰起，作书复两院，即交韩应龙持去。余亦启行，四十里至黄陂县，文武官吏皆迎至城外。入城，憩前侍郎刘筠圃先生家，见其两孙世兄甫五六岁，极灵又极弱。询其家，尚可用度。前楚藩时，曾属县官为之查明家产，立案经理，其亲族或不至欺凌也。得孔城甫廉访七月五日复书，知吾黔青溪、玉屏皆大水，幸尚不为害，而滇之东川滋事竟未能了结，窃恐苏溪制军七月半间到任，办不得手，则黔中亦受其累，奈何，奈何！申刻，自黄陂登舟，热不可支，亟开行三里许，至四无人处湾泊。旷宇天高，见西方彗星长十余丈，惊悚无已。立甫言廿日、廿一两夜，天上有大星坠落，小星无数随之，一南一北，恐是将帅有故，而远莫得信，殊为焦急，并恐河工溃漫之后，灾民嗷嗷，乘机又入贼伙为害，何可胜言？四方多难，大厦谁支？瞻望京畿，不禁为圣人感慨太息尔！是夜，属林立甫持令及营中获胜公牍先赴省申缴云。

廿四日(8月28日) 晴。辰起，作书复罗淡村襄阳，并以诚甫廉访所寄张丙云之信，恳为确查转交，如有所需，亦望代为垫给。即由其径复孔诚翁一函，免其悬系云云。是日舟行先甚畅利，未、卯忽大风雨，停泊一时许始行，以酉正抵汉阳之后湖，府县同知、营弁均来，最后张仲远司马、姚亮臣孝廉亦来，谈刻余而去。

廿五日(8月29日) 晴。辰初渡江，先诣督辕，投履历进见，谈一刻即行。诣抚辕，亦投履历进见讫。即至寓所，差人往请仲远司马为余诊视。王子章适来，共谈半时许而去。

廿六日（8月30日） 晴。左季高、王子寿同来，坐谈半时，因留子寿为余作谢署臬使折稿。申以后又请仲远司马为余诊视，遂与子寿、仲远晚饭，谈极欢畅，心为一开。是日青墨琴学使、岳岱青方伯、曹艮甫观察均来，正由中丞处交到贵州中丞蒋濂翁来函，内有三月二十五日具报起程奏折朱批一件，极承温语，感激无地。濂翁信云此折系五月初六日呈递，七月初十日始到黔省，迄今已四阅月矣。

廿七日（8月31日） 晴。邀王子章征君下榻寓中，饭后遣人走索子寿所拟折稿，恰如余心中所欲言，快慰之至。据子寿云，有巡捕王君能缮折，因属其代为奉烦，并一刺投王君，乞其廿九日辰刻来寓代封，将以是日巳刻拜折云。是晚阅公牍，知初九日所发获胜之折已奉批回，两大府均无他异，不过尚为迅速、尚合机宜而已。是日，洪南陔、范质夫、夏秋丞之令侄均来，南陔病尚未愈。

廿八日（9月1日） 晴。巳初刻，张仲远来诊余脉，谓气息尚弱，宜用高丽山参。亟命取药煎服，似乎腹渐疏通，仲远云再十余日便可大愈。至午初，张石卿制府来，先及河北兵事、江西贼情、金陵光景，然后议湖南如何布置、湖北如何施行，并云贵州派兵三千已到长沙，因长难于供支，拟即送交江西、滇中，只派一千，尚无信息云云。晚间子寿遣人送来缮折二件，敬谨收存。

廿九日（9月2日） 壬申，晴。辰初，遣人邀督辕巡捕王明府加敏，浙江会稽人至寓，将署臬司谢折及请圣安折代为敬谨封讫，随即望阙行三跪九叩首礼拜发，交抚辕郁坤差弁。闻该弁以八月朔日启行，或十四五日可到，月杪当即还也。褚萃川先生来，即留其与王君同饭，王子章、蔡宝生陪之，因属萃川、子章代于臬署后山相度地势，为前按察使瑞蓉塘忠烈祠，并祀其家属，而以武昌守明韫田、江夏令绣麟等配之。是月小建。前江陵令俞昌烈、竹山令杨明善皆死于难，其死所即在臬署后，因并祀之云。

癸丑出山录二（1853）

　　新署湖北按察使臣唐树义跪奏，为恭谢天恩、仰祈圣鉴事，窃臣于六月十七日奉署督臣、抚臣，委赴孝感、应山一带办理防剿事宜。适粤贼由河南窜入，臣即督饬弁兵追剿，叠获胜仗，业由署督臣、抚臣驰报在案，嗣于七月十六日接奉署督臣、抚臣会札行知。咸丰三年七月十一日准吏部咨开，咸丰三年六月二十五日内阁抄出，二十四日奉上谕："江忠源现在江西办理防剿事宜，湖北按察使着唐树义署理，钦此。"当即望阙叩谢天恩。时臣尚在行营中督饬将弁，及黄州府属各州县四面搜拿窜匿余贼，复于七月二十日由抚臣递回，臣五月二十五日具奏行抵湖北省城日期，奏折一件、夹片一件。仰荷圣恩，优加驱策，察其愚昧，出于悃忱，示以乾断之刚明，圣谟之远大，训词肫笃，瞻就如亲，捧诵回环，不禁感激泣下。臣之奉命出山，早已不敢自有其身，当此时势万难，虽屏病之躯，但为力所能为者，倘不殚竭血诚，实心报效，岂惟无以对君父，亦何颜立于人世？兹幸仰托圣主鸿福，署督臣、抚臣调度有方，将卒皆能用命，审楚贼匪悉已歼除殆尽，署督臣、抚臣均飞函催臣至省接印任事。查湖北臬司本系安襄郧荆道罗遵殿署理，罗遵殿早经署督臣、抚臣奏明，委令带印前往襄阳办理团练事件，一俟其送印来省，臣即赶紧接受任事，惟有尽其心力之所能至，以期稍分宵旰忧勤，断不敢委靡逡巡，自隳晚节。所有微臣感激下忱，理合缮折叩谢天恩，伏乞皇上圣鉴。谨奏，咸丰三年七月二十六日。

眉批补记：九月初十日，在广济行营奉到朱批："知道了。"

八月初一日(1853年9月3日) 癸酉。晴。湖北臬司印已据罗淡村观察差弁送来,遂于本日午时望阙叩头,祗领任事,但办事非难,酬应实不可支,因差人于两院处陈明,拟初八日方能衙参也。午后,江夏、汉阳大令先来武昌,延太守亦至,荷卿中丞复来坐谈良久,气弱殊甚。读《纲鉴正史》约二卷,夜间看臬司公事二刻余始卧。是日子、丑、寅、卯刻微有小雨。

初二日(9月4日) 甲戌。晴。早起读《纲鉴正史》约三卷,汉阳俞太守、武昌姜司马等谒,黄陂萧汉溪庶子良城来谈一刻余,门人许云坡孝廉逵亦来。晚间批阅公牍,至二鼓始竣,遂困惫殊甚。登床偃卧,竟一时许甫安枕云。

初三日(9月5日) 乙亥。晴。辰起自以水洗足,仅一刻余,惫不可支,精力如此,尚能为国家出力乎?恨甚、恨甚!读《纲鉴正史》约一卷,适门人林天直来,与之谈时事颇畅,因留坐半日。晚饭后张仲远司马来,又谈至一鼓后始去。二君皆有数百里之行,行时不能无言。又属仲远为余作六壬课,亦问驿马动否。客散,始披阅公牍,至二鼓后已倦极,甫就枕即酣睡去矣。

初四日(9月6日) 晴。早晚渐有凉意,张仲远为占六壬,谓八、九两月静而不动,至十月乃渐顺遂,太阳照武,游都加干,不离盗贼之事,而剿贼最宜天后、阴神、乘虎,家中亦有不安云云。家事已置之度外,余于此亦待死而已,姑妄慰之可也。饭后读《正史》约二卷,洪南陔之令弟、姚亮臣之令弟均来谈一刻余。王寿翁以白木耳二匣贻余,向不喜食此物,且渠得之不易,堂上老人正可借以滋补,仍还交子章,属其归奉双老为宜耳。夜阅公牍,知河北之贼于六月二十四五日经我兵三次杀毙二三千人,为之一慰。惟江西贼匪四路掠劫,粮食充足,又复回困南昌,情殊可恨。闻彼间集兵已四万余人,曾不一获大胜,由于皆无统帅,何所禀承?江岷樵廉使官阶又不能指挥如意,徒然老师费财。至金陵、扬州、镇江,消息久已无闻,惟知双镇军来为炮所伤,殁于行间。瓜洲五千斤炮二十尊,皆为贼有。督师者谁?何以至是？真令人怒发冲冠也，哀哉！

初五日（9 月 7 日）　丁丑。晴。得河南陆中丞七月廿八日亥刻来咨，以河南兵卒匪众情形具奏，意欲湖北助其兵力者。廿日前已早有不分畛域、越境往剿之旨，乃不以为意。余现已接署臬篆，束缚不能动，无权、无兵、无饷，徒有浩叹而已。午间又得罗淡村署臬事书，河北贼匪又有虚张旗帜、偷窜山西之说，如其言然，官兵二万余人岂不全在睡梦中哉？似乎不至如是。

初六日（9 月 8 日）　戊寅。晴。作书复夏秋丞大令，渠有田产房屋在江夏、汉阳，因武汉失陷，契纸全被贼毁，信来属为代致地方官给照管业，昨其侄与婿已具呈开单，即为面交严、刘两大令为之核办，其令侄等均有家报，因为一函并王子章书寄之。余与秋丞交近三十年矣，不负所托，心为之慰。随作书复金菊仙太守云门，此公以龚黄治绩，声播楚邦，其恭人及女公子又复临难葆贞，从容就义，可谓忠孝萃于一门，节烈炳（夫）[乎]千古！读其自撰《行述》并《月波轩遗草》，不胜敬佩欣羡之至。午后得河南署祥符令何闉溪太守书，知贼困怀庆，讷节相统兵二万余分扎清化一带，叠获胜仗，惟米粮稍缺、转运维艰云云。又得金菊仙书，有周钦使七月十二带兵攻金陵，十五日克复之语，如其果然，实属快事，想早晚必有的信也。

初七日（9 月 9 日）　己卯。晴。贵州委员黄凤梧来言，吾乡盐油皆已（长）[涨]价，米亦卖二两一石。随得七月初四日安报，大小皆平安，可喜之至。惟云六月廿三曾有一函，则至今尚未见也。午初刻又由黄委员送来家信一包，已皆为人抄阅，拉杂不堪，余家中竟无一信，幸得梦湘亲家一函完好，系七月十二日发，内有两家均皆平安之语，想来自无他事。驿递之可恨如此。未初姚亮臣来，谈及江西贼事，亦无确耗。申刻又得刘宽夫七月廿六日来信，知炯儿甫于七月十七自辰州开行，并寄到炯儿安报，计中秋后方能到家。又得琴坞信，竟欲由陆来楚，想尚未阅六月廿六邸报，空劳往返，奈何，奈何！又得苏农明府书及恩履中司马七月二十日函。

初八日(9月10日) 庚辰。寅初刻,移居臬署,祀仪门及灶向,皆于后山祭陈将军墓,将军者,相传为陈友谅,五代、闽、楚、蜀汉之流亚,不可谓非,草泽英雄,礼当从宜,因于浓翠亭遥望拜之。曩道光戊子、己丑、庚寅间,尹竹农先生秉臬此间,余与山东人王君季海启炳同在署中办理积案,辰入酉出,署中一石一木无不摩挲殆遍,今来二十五年矣。兵燹之余,荒凉满目,感慨系之,泡影梦幻,何如是之星驰电速耶?是日衙参制军、中丞并学使讫,又清理公牍百余件。中丞复来署,谈一刻余而去。亥正始得偃卧,困乏殊甚。夜月。

初九日(9月11日) 晴。辰起出门拜晤岳岱青方伯、曹艮甫观察及文延诸公讫,还已午初。与子章、宝生早饭。得京中王春庭庶常、宋芗宾孝廉易名炳璜与儿子书,知都门稍稍安静。随从中丞处借阅邸抄。江西、河南、河北屡获胜仗,然闻中丞言河北之贼已溃围而出,窜往西北路,计当在潞安、泽州之间,未知尚有劲兵能截击否?又闻陕西刀匪或三二百人,或七八百人,盘踞蒲城、三原等处,意若专待粤匪入关从之肆扰者。上游明知其所为而怯弱不肯查办,岂非养痈遗患耶?申初,王丹溪大令汝彤自湖南来,丁未直隶道中与之一晤,及今已逾六年,须发皆白,尚无子息,云欲还信阳乡居,以长沙守城功得司马头衔,亦可谓抑塞者矣。酉初由姚亮臣孝廉抄到徐梅桥尚书折片,云:"前任湖北布政使唐树义,臣闻居官来称廉能,熟悉陕甘情形,若令随同舒兴阿在潼关办理团练防堵事,可期得力。"云云。此六月间事,想已作罢论。且舒云溪人极卑鄙怄怯,诗舲中丞徒知诗酒自娱,政事非其所长,均皆难与共事,去亦无益。又有贵州清镇人杨君名裕昌者来,自言由丁酉孝廉本年大挑一等,分发江西,颇有武勇,随带亦有三四人,能娴技艺、善侦探者,乞余作书介之江岷樵廉使,俾得自效云。是日公牍甚多,料理倦不可支。

初十日(9月12日) 晴。是衙参制府日。辰初,顺道答拜各官,诣督署,与方伯、观察诸公进见。据石卿署制府云,得江岷樵廉使来信,江西之贼已甚穷蹙,日来并不敢与官兵接仗,裹胁者亦同,有一二百人逃走者。又得安徽李中丞来文:杨秀清已伏冥诛,金陵、扬州、镇江之贼日见穷蹙,惟河北一股因我兵屡胜,已于七月二十九日窜走西北,似系潞安、泽州一带,等语。又闻延太守云,山西大同兵力甚好,即在泽、潞据险防守,若果如此,则不难一股成擒,指日便当四面肃清矣。巳正回署府,厅、州、县君来见,一一接晤。饭后倦甚,午睡二刻余,随核公事讫,作致彭小山兄书。夜月甚明,二鼓后始卧,竟不成寐。

十一日(**9 月 13 日**)　癸未。晴。辰正始起,又沐浴讫。核阅公事。饭后倦甚,倚枕酣卧一时许。接见委员及严渭春大令。范质夫来,留共晚饭。又签押至二鼓后,明月满地,绕廊行数百步一卧,即冥然云。

十二日(**9 月 14 日**)　甲申。晴。门人洪调笙来谈约一时,适彭子嘉之令兄丽生亦来,又坐一刻余。披阅公事,至酉始罢。曹艮甫观察以监局公费五百一十余金,即遣人送褚萃川先生束脩百金、火食十金、节敬八金、使人二金,又送书启蔡宝生束脩十金,又以五十金交王子章为寿翁置侧室事,又以十金交子章寄监利江明府为华容令修洞庭古山庙事,又以四十金为张仲远司马旅费,余即饬交奴子为两院节费及署中火食之用。顷刻而尽,心为爽然。夜月甚明。

十三日(**9 月 15 日**)　乙酉,早阴。偕司道衔参中丞讫,回署作书寄炯儿黔中,又寄蒋中丞一函并《金陵图说》一纸,又手书致江岷樵廉使数行,拟明日即交江西试用令杨恒春携去。杨有武勇,或可能报效立功也。酉初,端都护玉自武胜关回来谒,知胡莲舫仪曹、狄兼山参军明日均可到省,为之快然。是日午后大雨,惜其不久。夜又间断有雨。

十四日(**9 月 16 日**)　丙戌,阴,丑寅间有雨。广西学使吴福年过此,自言于五月出京,节节阻滞,其眷属现寄居直隶正定属之亲眷家,尚不知何时可以到署也。未刻,胡莲舫、狄兼三自武胜关回省,细讯出关事,办理甚为周密,谈至二鼓后始卧。

十五日(9月17日) 丁亥。黎明出署,偕司道同诣武帝庙行香讫。荷卿中丞言昨得河南信,河北之贼分三股逃窜,一股窜扰济源胜阁,草上飞骑前往追剿;其二股尚不知去向;孟津、洛阳均飞禀告急,又云闻贼欲窜陕西,知陕西有重兵防堵,不敢西去云。如其言然,则陕西、四川又可放心,然究不能不虑,窃恐豫、楚接境之地,又当料理兵事也。辰刻,王子寿比部自督署来,二十日不见,心喜欲狂,邀同褚萃川、封翁及胡莲舫主政、狄兼山参军、王子章征君、蔡宝生秀才早晚杯酒,谈心至三鼓始各安息。是日午刻吴学使来,以"姻愚"帖相见,盖君为刘宽夫之东床,与黄子寿为僚婿,黄乃增寿孙儿之岳也。二更后明月如水。

十六日(9月18日) 晴。孙舍人谋自汉口来,又邀萃川与寿翁同饭,饭后半刻,寿翁亦遂还督署矣。是日伍文山太守、乔大令守中均来见。曹艮甫观察亦来谈二刻余,观察云抚巡捕张德坚者,诗笔甚佳,暇当索其稿一观也。杨利叔秀才以其自作文草四卷呈阅,又搜罗《忠烈章程》若干条,尚未暇竟读。

十七日(9月19日) 阴晴相间。府、厅、州、县均来谒,随出门为吴省岩学使送行,适石卿制府来署,谈得一刻余而去。饭后披阅公事,倦不可支,欲为黄琴坞作书,而搁管未遑。省岩有书寄刘宽夫,因先以邮封递之。晚饭后尤为疲倦,狄兼三云肺肝火降,故当如是一二贴药后,再加提气之药,即精神如常,究不知言果验否。

十八日(9月20日) 辰起,阴甚。诣抚辕衙参,因周历中丞所修理衙署,高高下下位置甚宜,当此破碎之时,竟有闲情从事于斯,亦可谓好整以暇矣!是日间断小雨,胡莲舫、狄兼三皆渡江,江水大退,余以两夜受凉,鼻(观)[管]流(霍)[嚏],颇觉不适。亟以生姜浓煎普茶服之,加被偃卧,似稍纾云。夜仍有雨。

十九日(9月21日) 晴。辰起作家书,并以狄兼三书均附复孔廉访诚甫函中,马递或者不致沉浮云。晚间得黄琴坞来书,知已于八月七日买舟回里,其意将以十月出门,由蜀而秦而陇张罗,作分发捐省之举，窃恐其徒费辛劳，终见弃置而又不能明言其所以然，只得听之而已。又得随牧杨石麟信，以金陵贼匪遣其党羽假作僧道乞丐，逃难男妇、买卖商贾，潜由豫楚境地窜往河北接应怀庆之贼，此种皆《水浒》本领，彼以《水浒》作兵书，宜其有此伎俩也。夜于复黄州金太守书中及之，使其暗自留意焉。因明日将有事于城隍火神，甫二鼓即卧。

二十日（9月22日） 壬辰。寅正刻，诣城隍庙，随同两院及司道三献礼毕，又诣火神庙行礼讫，小坐二刻许回署。督署中军德亮来拜，与之细谈，始知即前年在粤西偕劳辛阶中丞平粤盗三十余股者，劳得叙功，而德以镇军革职，后仅获赏还参将，始误于徐仲绅之回护，继误于赛鹤汀之信谗，而此君遂一蹶不复振矣。与石翁、荷翁谈次，知山西济源甫去数十贼，城即攻陷，并杀毙家丁数人，县官竟不知所往，此后作何究竟。贼往何处，亦无实信。其窜垣曲一股，意在回窜，然亦未审所向。金陵贼匪并有窥伺庐、凤之意，似此，则传言贼势穷蹙者，不过徒安人心而已。老师糜饷，后将奈何？东南将帅毕竟是何肺肠耶？申刻，彭器之秀才汝琼来，言其尊人尚守永昌，为之一慰。器之器宇极英俊，闻其年来颇有习气，余以父执分当教之，似亦尚知承受者。以彼聪明，果能专心力学向上，何患不出人头地耶？夜未二鼓即卧，四鼓梦醒，闻檐雨声，欣喜之至。田间望雨，甚至江汉两县令皆斋沐求祷二日矣。

廿乙日（9月23日） 癸巳。寅、卯、辰皆细雨如织，滴滴入地，可喜之至。先是，去年八九月贼围长沙，湖北按察使瑞公元号容塘，铁冶亭先生之子以为湖北亟宜筹办防堵，言于常中丞，中丞不知缓急，漫应之。方伯梁石泉虽知当防，而吝于财，以故贼至一无备。十二月□日城陷，容塘先视其一女公子、二妾缢死，又跪请其庶母缢讫，然后手刃其幼子而自刎死，其仆人、仆妇从死者五人。呜呼，可谓烈矣！圣旨已加等议恤，并赐谥建祠，迄今尚未知其谥为何，建祠之举有司仍未暇及也。余与容塘先遇于楚，继相见于陇于秦，颇称契洽，今年七月奉命暂权臬事，又承公之后，亦不可谓无缘。因于署后山半，旧有放鹤亭故址，亟为改造三楹，中祀瑞公，而其子□□及幕友潘君传镇，号韵六、仆人附焉；右则祀其庶母及二妾、女公子，而以仆妇附焉；左则附祀武昌太守明君善，号韫田、署江夏令绣君麟、前天门令杨君明善，号理元、愈君昌烈，号鸿甫，四君皆与余有旧，而死事最从容者。所费百余千，居然壮观，以今日辰时请主升座，为文祭之，并属王子寿代为壁记，以示后之君子。即邀子寿诸君凡十五人共享祭余云。午后有吏部文，乃八月初七日内阁奉上谕"两湖总督着吴文镕调补"。计甄翁到此，当在九月廿日内外，张石翁尚无下文，或者将带兵赴江南一带平贼欤？是日间断有雨，入夜犹点滴不止，于秋粮大有裨益。

廿二日(9月24日) 甲申。辰起仍有小雨一洒。特诣督署衙参，谈约二刻余，适曹艮甫观察亦来，又谈数语而退。午后崇荷卿中丞来，始知河北之贼已到绛州，胜星使带兵飞追，勇不可当，已奉旨嘉奖，赏戴双眼花翎、黄马褂，并加都统衔。贼只剩二三千人，或者可以扑灭矣。又闻江南上海忽有贼数千人直扑城内，吴观察竟不知下落，并有松江亦失之说，赵太守德辙未审作何究竟。如其言然，金陵之贼又添一羽翼，我兵又将分防，更可虑也。

廿三日(9月25日) 辰往抚辕衙参讫，闻向军门近日甚病，六月犹着棉袄，以彼勇而寡谋，若加以老病，更难任重。不审许信臣侍郎平日经济自负，何以亦寂然无闻？可见办事之难，不比纸上空谈也。作书贺何圜溪太守怀珍，闻其以守城功，已得知府并署开封。此君才气颇佳，从此隆隆直上，足为吾党生色，可喜也。申刻得承继斋观察七月二十二日来书，遵义完粮之件已可，省却无限风波。惟兵饷无出，捐输不济，大是可虑，亦莫如之何也。申正刻，正披公牍，胡莲舫自汉口于孙贻安舍人处借得丛书八种，足供三月眼福。二鼓时犹披读不暇，何快如之！

廿四日(9月26日) 晴，丙申。辰起，诣后山，偕王子章、狄兼山两征君上下登览。荆榛甫辟，山石嶙峋，远望江湖百余里，历历在目,洵鄂省第一形胜之地,若稍加修葺,更自可观。惜余老境颓唐,且当此时事艰难,更不暇及。已初,张石翁来,神志既不相属,言语颇觉支离。二三日来所见所闻,毫无一当人意者,亦无怪此公之若丧魂失魄也。午间,德参将署督中军来谈一刻余,闻接新制军者,已派有人,因属书记肃禀,交其代投云。晚间得金菊仙黄州来函,谓难民乘舟,皆扬州驾船者,金云杨秀清已死,镇江、扬州、金陵贼匪无不将所掠辎重藏之舟中,意在得便即逃矣。闻寿翁痢疾已愈,可喜之至。文人闵清来号璧泉。

廿五日(9月27日) 丁酉。晴。晨起赴督署衙参,忽得汉阳县报吏部于十四日发递公文二角。比到督辕,知张石翁调补山东巡抚,骆吁翁补授湖南巡抚,遂偕司道申贺。石翁意甚欣然,盖以山东近方无事,虽有曹州等处贼匪、丰工一带饥民,渠自料力能妥办,其如此间弁兵甫经训练,渐已可用,金陵之贼岂无风闻?未必不稍有顾忌。既不能即真楚督,又不使之带兵剿贼,转令投于闲地,岂不坐失事机?记去年九月,劳辛阶方伯兵在道州,忽奉粤西中丞之命,余深为之忱然。使辛翁其时随同剿办,贼势何至大张?似亦未能直到长沙陷武汉,事机之成败,全在呼吸间。今日此事,即辛阶之前年,但愿吾言不应,早日豫皖之众全皆扑灭,则大幸耳!饭后胡莲舫、狄兼山均自汉口还。门人洪幼元来辞,以明日即去黄州襄校府试也。未刻督巡捕陆荫墀来,谓余宜以乙巳日移往西一间,以受生气。张仲远司马自应城回,询知盐井已全封禁,其地每年可得盐二千八百【千】万斤,足敷湖北一省之食。每斤成本不过廿五文,加以提课十五文,价亦不昂,但须斟酌至善耳。武昌延太守亦来,商酌兴国征收钱漕及广济案事。晚间公牍,至三鼓始卧。

廿六日(9月28日) 戊戌。辰初江霞满天,甫一刻即大雨如注,至未正始歇。此雨于地方大为有益,惜其尚迟耳。申正,王子寿比部偕胡莲舫来,相见欢慰,问其腹疾已愈,谆嘱趁兼山参军便,再服十余药,俾永不复发为妙。是日公事无多,谈至二鼓乃散。作书致邓春泽世侄名裕民,江陵廪生,邓孝旗之长君,并嘱其周济彭丽生少府,盖为子嘉故子,嘉乃春泽之姊丈也。

廿七日(9月29日)　己亥。卯、辰间大雨,巳正刻,府、厅、州、县俱来见,有钮令者芳津新署崇阳,人似勤能,催其早日抵任料理防剿事宜,以江西贼徒踪迹诡密,来否未可知也。由张石翁处送到炯儿八月十一日由镇远安报,并得润芝一函,以彼其才而抑塞久,且又遇兼圻者束缚之。天之生才几何? 既生之而复困,使不得畅所发舒,天亦何乐于生此才耶? 润芝言王卡事方伯亟欲兴办,为以苗寨不可惊扰所阻而止,徒费心力,付之一叹而已。午初,子寿比部携药数裹而去,蕲水令刘棨来,亦留心整顿地方者,近又被吏议,文法之害如此,可为太息。未正刻,忽传有廷寄到两院,集于抚署,江夏令催余速去,至则知【为宜】都司善保已奉旨即行正法。此人前从博勒恭武守岳州,贼来即飞马逃去,方粤贼之窜黄安也,善保带兵二百已至城外,乃见贼,又退避三十里,于站店扎营,宋埠之临阵退缩,特其显焉者耳! 此等无用之人,杀一可以儆百,何所顾惜! 乃犹有为不平者谓石翁为太刻,则亦不智之甚矣!

廿八日(9月30日)　丑、寅至卯正刻大雨如注,午正至武胜门城上,同两院司道阅江夏严令所造刀轮车,又至黄鹤楼看演炮船,船乃中丞所造,能容四十人,炮五位,抬枪十二杆,水上下甚便利。中丞将再赶作五十船、小艇百船,水战足敷用矣。又至平湖门查勘敌台,分上中下三层,尚属得力。适得差探至江西来信,月之廿二日江岷樵廉使大获胜仗,击沉贼船一百数十只,尚有贼船千余只全数下窜,城省之贼全数四散,岷翁遂派前副将张金甲、都司戴文澜带兵一千余,由陆路星夜截至九江,防其上窜。闻岷翁已经具奏请旨,若令其北行,即当迅由皖而豫;若直下金陵,则即追贼所向云。同人闻之,皆甚欣慰。归署已申正,姚亮臣来,张仲远亦来,谈二刻余而去。

廿九日(10月1日)　辛丑。晴。热甚。

三十日(10月2日)　壬寅,大雨。得江西探报,贼自焚其巢,由南昌窜出湖口,逆流而上,已至九江。江岷樵廉访亦随后尾追,颇闻贼有窥伺武昌之意,亟诣两院,请其带兵下剿,均不欲行。遂自请前往,争之至再,始允行,而又不肯拨兵,不胜焦急之至。

九月初一日(10月3日)　阴,凉甚。是日同诣文庙行香讫,诸公大谈贼势,皆有惧心,而余则仍力请前行。中丞始允拨兵九百名,并以张仲远司马、刘倬人司马之兵千一百五十名听余调遣。亟归署整理,兵事应接不暇,两日凡四至院云。

初二日(10月4日)　阴。得田家镇徐、张两观察来书,好整以暇,知其必能办贼矣。诣两院、学使署、司道各处辞行,又料理公牍,并寄炯儿一函,付递蒋中丞函去,倦不可支。晚间子寿比部来,谈至三更始卧。

初三日(10月5日)　卯、辰、巳大雨如注,午、未、申三时略小。昨日张仲远、刘倬人两君所带之兵甫能开行,如此风雨,未知其能无阻滞否?连日两县令办船迄无到。端都司玉之兵四☐五十余、向千总方德之兵八十余名,船亦不备,心急如火,再四严催,至申正甫得。余坐船即饬检点行李搬移,以戌初与王子寿、子章兄弟,狄兼三参军,褚莘川上舍别,出平湖门西南,行至鲇鱼渎,登舟亦已倦甚,到即酣卧云。

初四日(10月6日)　丙午。早起风仍未歇,倚枕闷甚。忽制府差戈什哈送一函,乃左季高司马手书,以田家镇三十日已与贼接仗,始则大胜,后因炮船下溜,回旋之际,退至簰下,岸上兵勇因无炮船护卫,兼之贼炮落入火药桶中,轰坏小战船一只,以致我兵亦有捐伤,幸预出接应之队,贼始退去,查点兵丁阵亡数十名,千把、外委共有数员。此股贼匪船多人众,官兵仅及四千,铅药、粮饷均已不支,乞调兵应援云云。季高承制军意,欲余拨张仲远率所部前往应援,余以仲远兵只四百余,且左右无人,必得留与共谋,拟将刘倬人之兵七百及任大华兵三百余一并饬其速去,方足稍壮声威而作士气。即作书复之,不知制军与季高以为何如耳。辰正刻,端都司、向千总均来言船尚未得,急去飞速,自往催之,似此迟滞,奈何,奈何!已正刻,得制军送来徐、张两观察飞函,初一日与贼接战四时之久,大获全胜,贼已退四十里,闻之喜甚。有此一战,贼胆自寒。惟江廉使尚未到来,此间兵船未齐,风色不顺,未能即下,不胜焦灼之至。勉强催令开舟,乃以巳初至未正两时半犹在汉阳大别山下,不得已遂停泊汉口,张仲远司马、吴春谷明府均仍在此。询知刘倬人司马亦尚在塘角,其所带勇七百名则全在汉河也。申正刻,姚亮臣、胡莲舫、孙贻安均来视余,贻安之尊人并遗余螃蟹六只、火腿一肘,以其为姻亲也,留之。姚亮臣之太夫人亦惠余一碗一盘,因留莲舫、贻安晚饭。戌正,又约仲远来舟,细询炮船、广勇二事,盖余以我兵在田镇既已连捷,自应乘势,遣劳丞带其所造炮船、广勇直下助战,机不可失。上之两院,乃中丞回信已商之署制军,谓炮船既不坚实,广勇殊难为用,恐反有偾事之虞云云。仲远日往来于汉皋,此二者必知之甚悉,故特询,乃词亦含糊,且闻广勇亦悍而无勇,此则不敢力主其议也。夜间大风更猛烈,三鼓始卧,四鼓即醒,而倦怠殊甚,仍蒙被模糊睡去。

初五日(10月7日) 丁未。辰初甫醒,听水声荡漾,舟仍摇曳不止,奴子云风较昨更大,惟起时天色稍开,亟命签押。许森占易课,据云未、申之间当风平浪静,似可开行,明可抵黄州云。随得金太守差人来函,谓贼首赖姓因伪王令严,兵出无功,即不敢归,故逆流而上,冀图自为一帜,其船千余,其伙万余。知我兵声势联络整齐,颇甚畏惧。又云九江城甚易攻,贼虽据彼,乘胜当易收复。午初,署制军遣弁持令催行,端都司等已出小河口,又为逆回,随得制军书,云田镇初二日又获胜,惟急望添兵。贼买通广济人,欲由小路包田镇尾,属余即赶往,择要路驻扎,以为声援,断贼潜由旱路上窜之计,并催令带兵趱行。答以屡得捷报,文武员弁兵丁无不人人思奋,去之惟恐不速,无如风势太大,无法可施,惟盼浪静风平,日夜皆可开行云云。张仲远、吴春谷、胡莲舫先后来谈,至酉初始散。粮员王培厚、千总向方德亦均赶到,似明日五鼓可以成行矣。

初六日（10月8日）　戊申。天色已晴，北风仍紧。辰初饬舟子勉强开行，桨不能摇，帆不得张，惟听其顺流。然一时亦行十余里，所带兵船皆开，无一他舟下驶也。盥洗讫，命奴子许森持笔研至，余亲祷卜，得"泽雷随"变"水雷屯"，世临龙虎，应临鸟羊，四爻文书"化回头生"，大有我胜彼败之势，惟当临事而惧，布置得宜耳。未刻，舟次阳逻，伍文山太守来见，具言四川委员解有井油，由九江折回，已早过去，当即手助数行，交文山专差赍送署制军，请即饬发田镇，助其火攻之用，并请差弁查催在汉口尚未开行之勇，赶紧趱行云。随又得黄守金菊仙及黄冈翁令来信，并抄广济禀函，又绘其江图一纸，又得署游击任大华专差战兵费登奎、守兵周金兴持来禀函。初五日午刻行抵武昌县城，探闻大冶县已发通禀，贼于初三日巳刻已抵兴国，州城请即就近添兵防剿云云。当即申饬其任意逗留，不可仍蹈前辙，致贻后悔。此事早间已有传闻，即经飞请大府速为留意办理，俟今夜赶到黄冈查探是否实情，如果所传的确，自当分兵截击，不能以奉委北路不问南岸之事也。三鼓，抵黄州岸，翁大令汝瀛、贺臬经历棻来见，问其捐项，尚有二万串可得，再益以他县，似二千兵弁一月盐粮可得，谆嘱太守、委员当不至于延误。适菊仙太守亦来，叙述间隔之久，又慰劳其殉难一门等事。正无聊（奈）〔赖〕，忽田镇大营专差持函，亟拆阅之，乃徐石民虑余即驻扎黄州，相去太远，欲彼此呼吸可通，互为援应。其实早已定见，先与菊仙详言之矣。延至四鼓，将弁兵勇皆到，惟仲远一舟不至，势不能待，只得解衣而卧，一夜喧谇，竟不成寐。

初七日（10月9日）　己酉。晴。五鼓时各兵船陆续扬帆而下，余既不能寐，亦即披衣而起。所谓赤壁已远不及见，惟见武昌西山树木蓊蔚而已。午刻至道士洑，游击陈展鹏来见，询以兴国情形，具言贼匪用二炮船护其辎重，三百余船以小船数十只驶入兴国，掠一典铺银钱，为土人击毙贼二十余人。又言江廉使已带兵来兴国，现为湖水所阻不得渡，均未知确否。李紫藩太守遣其使以刺迎，余将往迎张仲远司马，因以数行属其代致仲远，催令速来。盖紫藩既为田镇所留，则仲远即不能不随余行营布置一切也。申刻至蕲州,知州潘克溥、守备庆祥、州判魏作霖并委员杜文浩均来见。杜文浩人颇机警,年来渐有历练,细叩田镇情形,贼匪强弱,言之娓娓,可喜之至。酉初刻,差守备李殿元、千总向方德星夜前往广济,料理扎营事件,又差派李东山外委持函往迎江岷樵廉使、唐之凯明日持函赴田镇投递,并探由田镇至广济路径。又与仲远及端都司、王委员议论军事,已甚疲倦,一枕酣眠,不知更鼓矣。

初八日(10月10日) 庚戌,阴。由蕲州督带张司马、吴大令、吴未入、都司端玉等督带将弁起行,沿路市肆均甚安静,一若无事者。然七十里抵广济县,城内铺户全闭,居民早已搬徙一空,署中惟陈琴泉大令肖仪父子及家丁三数人而已,相与慰劳,随饬弁兵暂于城外扎驻。二鼓时,忽传贼已掳船而至,离县仅三十里,余谓此必讹言,但饬将弁亦自为备,静以待之,然兵已一夜未解甲也。县中有监生姚均锐、民人晁雄,因见县官当讹言肆起,独坐衙斋不肯妄动,乃招集乡兵四百人于要口防护,闻余来,乃相率于距城三里迎迓。慰劳数言,即遣其派人漏夜往黄梅县城及孔垅侦探,黄梅之探则初九日三四鼓即可回报,孔垅或初十间亦即还矣。二鼓后,差戈什哈唐之凯自田镇还,已亲见贼船数百自富池口退出,兴国大可无虑,为之一慰。

初九日(10月11日) 阴。西风甚紧,闻田镇有人二日驾战船于富池口,剿贼之说不知能否成行,且得手否? 辰起,发到广济办理情形,驰禀两院,并附致王子寿一函讫。得龙坪巡检及探报来信,均谓昨日有贼二百人乘坐划船欲至广济,闻大兵已到,均各弃船而去。又得黄梅致陈大令信,言其闻湖渡地方连日有匪徒坐船,多寡不一,由广济至九江,又由九江至广济,往来不绝。并闻均系宋关佑邀约,并在白湖渡等处掳人,属为多饬兵役,扼要堵☐,云云。宋关佑即系广济土棍,其父子兄弟今春在广济滋闹,经江廉使带兵打散,逃出之犯尚有伙党,吴十有、吴十可亦同在逃,闻宋关佑因查拿紧急,已投贼匪,想此必其在贼中乘势招集裹胁,助之为乱。又闻广济百姓自春间惩创之后，多已知法悔罪，只东南水乡蓝、彭、岳、周、吴等五姓尚不省悟，甘心为乱，现已聚众，俟贼兵一到，乘机窃发。若不急办，恐大为害，特水路汊港太多，官兵路径不熟，轻举易致偾事，县中差役均心怀畏（崽）〔葸〕，无能为用。与仲远诸君熟计，王子厚明府自愿改装易服，潜往黄梅，与张令祥泰密计办理，窃恐亦属无济，姑且听之也。是日偕端都护、张仲远诸君同往两路口、东山坡等处，查勘立营处所，随带六十健儿，登山如履平地，视之喜甚，几忘为太夫人忌日，想九泉亦谅此寸心也。

初十日（10 月 12 日） 壬子。晴。辰正得黄梅探事回报，贼匪现在黄梅之清江镇江边筑成土城，长三里许，城中筑高台以望远。初二日贼到孔垄，因无船可渡，复回清江，皆广济逃出首犯宋关佑所煽惑。伪丞相万姓曾将宋关佑棍责，派令往田镇打头阵，如不能克，即杀之云云——系梅邑仵作石珍被掳，在贼营所目睹。石珍颇诚实，逃回为张令言之，又云此股贼匪断不能窜回金陵，盖已与金陵贼首分伙矣。巳初刻又据张令飞函告急，云初九日申刻，距城四十里之白湖渡，居民奔报初九日早有贼匪到该处，勒令乡民搭造浮桥，并限初十日齐备，否则杀尽等语。居民惶恐不敢不搭，求为赶紧分兵救援。当即持令派端都司玉带同李守备殿元选派提标精兵三百名，星速赶往白湖渡堵其搭桥之事，又派向千总方得带同湖南沅州兵共二百三十名，飞往双城驿为之应援，计所余兵丁仅四百余，若再有警，即不敷调遣。随遣弁兵唐之凯持令往催周禄、刘富城之兵速来听调，又自作手函致徐石民、张仙洲两观察，速饬李紫藩太守、董都司玉龙带其兵勇回，间道赶往黄梅防堵。以李与董甫经自黄梅回，其一切情形较为熟悉也。又属仲远司马代作文报两院。又闻由安徽太湖有路通圻水县，计程仅百五十里，即飞札圻水，属为防备。又出示广济村庄居民，毋得为宋关佑所惑，被其勾结。又饬陈琴泉大令晓谕知事绅者，各戒饬其宗族子弟，毋令被诱。并派乡民丁役将沿湖渔划尽行提回，近岸不令贼匪抢掠。是日申刻，得署中王子章、狄兼三来函，谢折于八月望后呈递，已奉批回，初七到省，京中尚无他事。惟阅邸报，河北窜扰之贼又在山西滋蔓，平阳已经失陷，过去即为太原、平定、正定诸处，逼近畿辅，殊为愤闷之至。

十一日（10 月 13 日）　癸丑。晴。辰起，得王子厚由黄梅来信，白湖渡尚未有贼，端都司等兵似今早可到，不知其尚有下手处否。陈令差去田镇人回，知初九、初八略一出队，均未接仗。又据龙坪巡检来信，昨日今早有船数百号上驶，想系贼匪又欲侵扰，当即差张怀宝、何正芳沿途亲理，安设腰拨直至田镇，并就近可得确情。适唐之凯还，知刘富城今晚可到，周禄明日即来矣。有此二将足资差遣，欣慰无既。午间发函复王子章、狄兼三，并嘱兼三得便代嫩药膏云。申刻，得田镇大营初十日灯下徐、张两观察来信，是日辰刻李守源、刘丞士哲会督兵勇二千名，渡江攻击，水陆并进，打坏贼船不少，毙贼尤多。惜乎李紫藩太守鼓勇先登，竟殁于阵，同死者乾州守备罗正胜，亦一良将，弁兵伤亡二三十人云云，哀哉！紫藩胆识俱好，忠勇堪嘉，历任州县，政声卓然，余旬宣时最赏识之，方谓其隆隆而起，可以为国宣力，宏济艰难，乃甫得出头，遽尔捐躯行阵，书生命薄，何至如斯！余虽识拔紫藩，仅于道光二十八年八月在荆州勘灾时，君方令公安，来行馆三四见耳。昨因带兵来防北路，即属菊仙太守飞函调之，欲借其才智襄赞军务，而石民、仙洲两观察不肯放行，方深快之。不谓三日之内至于如此，岂非数定使然耶？酉初，端都护差去探事兵丁回报，面询我兵战胜，贼已败走，李、罗奋力穷追，陷污泥中，李竟身受三刀，其元亦为贼所割取。噫嘻！是又轻进之过矣。

十二日（10 月 14 日）　甲寅。晴。五鼓得徐、张两观察信，欲以魏正荣往统罗正胜之乾州兵，即复一函并遣之去。又得端都司差弁委钱德宽持禀，于十一日子时赶至白湖渡，查看旧有不齐木桩数根，湖水甚溜。土人云初一日曾有长发贼七八人在彼掳船，初十日有本县营兵来，将湖口前后折成二口，均宽二丈余，并绘图呈阅，细看口只二三丈，何能堵贼之不渡黄梅？张令可谓孩子气矣！辰起差弁李东山自兴国回,持江岷樵廉使书,知兴国之贼已折回富池口,任大华尾追贼船,曾击毙小船十余只,江岷翁今日即可抵田镇矣。随密嘱陈琴泉大令:东南水乡绅耆到来,如果真不从贼,何以取信?颁令其尽将小渔划船提到北岸,不惟解疑,并可论功行赏。此事办成,土匪即不足虑,可以一意备贼矣。午后,仲远司马以金菊仙来信相示,其意欲趁兵势招抚,所谓以水寇攻水寇,果能收其贼众,为我所用,计亦良得。又云伍文山磨砺以须,置之于无用之地,属为调到大营,其论甚是,且俟得便即行也。偕吴未入世□至署,右有所谓四祖父母塔者,碑记谓四祖之父司马申公曾令广济,甚有惠政,死即葬此署,居高临下,气象颇好,四山亦复环抱,不知何以无城。是日得大府抄寄折稿中,有"胡莲舫同来"之语,即照抄专人飞递莲舫,并催其来。又寄姚亮臣信附去,计十五日辰、巳间可到。晚饭后与仲远、琴泉熟商,广济湖汊划船,即令琴泉之乃郎二尹督率东南水乡绅耆前往搜查,全数提归北岸。黄梅自白湖渡以下至吉水沟,即派吴春谷、王子厚两大令前去,会县令、营弁,逐段查勘。何处有桥宜拆毁,何处有路宜刨挖,何处宜急堵塞,一一督率赶办,及湖中所有渔划、大小船只,全行押令湾泊到北,以防贼人偷渡,俟料理妥竣,余当亲往一巡也。戌正三刻甫还,将卧,适差去安拨之戈什哈张怀宝、何正芳回,具言田镇自十一至十二两旦夜与贼对放大炮,镇道将弁兵丁均未休息,辛苦备至,而贼自初十我兵在半边山退回之后,即据住山下扎营,又添多船,势将趁有东风即硬撞水路直上。而距阳城山下半里许,亦有贼营可以直达广济,不可不防。其言颇有可采,当即饬张怀宝持令,命刘富城带其本兵百名,拨澧州兵六十名附之,于十三日赶往阳城山上安立营寨,并于山半要路用石砌一炮台。又遣唐之凯往双城调回,向千总方得十三到秭,十四日亦往该处,与刘千总并立营垒,互相应援,既防北窜,又为田镇联络声势。四鼓始卧,竟不成寐。

十三日(10月15日) 乙卯。早阴,有小雨一洒,已无东南风,田镇又可放心矣。刘富城来辞,谆切谕令自重,万勿轻进,当与向方得约为兄弟，彼此关顾，又催令吴、王二大令速为启行黄梅。又据陈琴泉面呈绅士拿获奸细口供，即批令处斩讫。忽传田镇师溃，尚以为谬。忽又传报有溃兵到来，忽戈什哈张怀宝回，言之凿凿，始飞信寄知署、制府、中丞，并差唐之凯、周玉春各持令传端都司、曾守备，四县将欲整队赴省。忽张金甲带辰州勇来，言前高州镇杨泗昌即刻将到，心念江岷樵、郭筠仙两公，急差李东山改装探之。忽又传音镇军将到，又差人迅速探江、郭消息，俱云有见之者，已自阳城山来矣，心为之慰。随遣人以肩舆迓之，至申正乃陆续来，岷翁长身高颧，眼光炯炯，一见如旧相识，有此公至，可与商酌一切矣。调回营中之端都司、向方得、李殿元、刘富城先后均来，亟命招纳田镇溃散之军约二千人，又谕端玉速为布置，俾得趱行。随手一函飞报两院，又专轿头胡升持函通知姚七，令其奉母速行，并探问狄兼三、王子章消息，晚与郭筠仙太史略道契阔。

十四日(10月16日) 丙辰。晴。江岷翁已拜折，由驿驰递申明。余驻广济，现商酌会督兵勇由间道速赴省城，应援岷翁，自带其所统兵勇尚有八九百人为一队，余带驻扎此间兵一千余名为一队，其田镇溃散之兵约收集千余，即属杨前镇泗昌管带，作后谆谕各自检点，明日启行。晚间忽传贼匪已窜入距县三十里之栗木桥，江岷樵廉访即派广勇百五十名、云南开化勇百五十名、湖南辰州兵百五十名，饬程智泉、马良训、向方得统带，于栗木桥去路设伏截击，并悬重赏鼓励。又派李守备殿元带提标兵二百名于县外设卡防备。时楚中督标、提标、郧阳、宜昌在田镇溃散之兵名，皆纷纷逃窜，百姓携男挈女，亦各避逃。亟遣人四处弹压，逾时始各静谧，开化勇亦哗，随静。

十五日(10月17日) 丁巳。晴。由广济走圻水路，率兵赴省救援，行六十里过河，至西河驿宿。驿号丁役、马匹全皆避匿，余与岷樵、筠仙、叔绩同寓一陋店中，熟筹兵事，不觉其疲，二鼓后始卧。星月满天，亦不暇及也。初更，获一逃军，又系逃勇，与岷樵商即持令杀之。

十六日（**10 月 18 日**）　戊午。晴。东南风大作，此助贼之风也，哀哉！行八十里至蕲水县，距蕲水十里得两院八百里来函，饬令迅速带兵赴省救援。又得黄州金菊仙太守来函，内有郡城兵既不多，又无劲将可恃，惟有誓以身殉与城存亡，断不忍辱偷生云云。读之不觉涕下。噫！使天下守令皆如此才，何至一败涂地，至于此极也。天乎哀哉！署蕲水际【亨】拣发到楚，来此未及两月，官声颇好。城中居民亦恃以无恐，惟妙手空空，又须练勇弹压，经费无出，难于支持。拟传集典商为之劝谕，俾稍有济，亦权宜之道也。随与岷翁商酌，饬圻水令速专马夫星飞至黄州，查探贼匪究竟已过去否，黄冈是否尚能觅渡过兵。如竟能渡江，则二十日辰巳间即可到省。岷翁又有精兵千余，岂只守一空城？保全大局不小，岷樵自撰一签，余亦虔诚请叔绩为撰一签，先得"大有之蛊"，余得"渐之坤"，均皆大吉。因亟会同夹单禀两院及吴制府，差戈什哈张怀宝持省往投，乃至戌初折回云。驿路不通，巴河地方已有贼船三四百只，湾泊抢夺，续又报称黄州已被贼围，武昌亦有贼，由陆路而去。是日东南风大作，至夜仍复不息，县中刻刻告警，余已偃卧久。忽张仲远司马、吴春谷大令及际明府均来，为言宜早派兵预探，恐贼即到来者。余惟静以镇之，诸公皆唯唯而退。然如此局面，径由黄州渡江之说，恐又不能。盖我兵即攻复黄州，贼在武昌县中驻扎，且无船可渡岸上，贼兵倘于半渡击之，岂不又失兵机？虽拼此老命以报国家，亦当明目张胆，得当自裁。若徒一死，于事无济，似不如稍缓，须臾之为得矣。

十七日（**10 月 19 日**）　己未。晴。辰起，江岷翁来言，又差妥弁前探黄州，万不能过，不如早定。定由上巴河绕出黄陂，抄出贼前。余谓抄前之说，势万难及，然舍此亦无他路，只好从此而行。岷翁又传集田镇带兵将弁，申明军令，计算溃兵之已收集而同行者，统共一千二百八十人，又留二百余人暂于蕲水，会同县令赶办帐房。闻荆通判王恒堂系田镇粮台，尚存三千余金及火药、铅丸若干，现驻巴水驿，急札饬提银至县督办，如该员昨夜已有别故，则一札交际令，令其飞去广济提钱二千串,先赶此事,余再催收典中捐费。又札致黄安王大令,属将现收劝捐之项易银,解赴大营以备供支,但未知其已经解省否。午初刻,岷翁已乘舆行,余坐待人夫又一时,余方克启行,窃恐仲远司马、端都护等之兵今日尚不能走也。时事万难,处处棘手,唇焦心碎,仍要竭力图维,欲作家信遗嘱儿辈数语,而尚无暇,可叹亦可怜矣!是夜二鼓始到竹瓦店,距上巴河十五里。

十八日(**10月20日**) 庚申。早晴午阴,晚有微雨。山路崎岖,由竹瓦店过上巴河,闻团风司贼匪甚多,又不能渡,遂绕道出马鞍山至三道河,仅村店数家。岷翁已先于黄氏宗祠中止宿矣,余亦赶至同寓。四鼓时,岷翁奉到九月十日所发廷寄,据安徽李中丞具奏,贼据安庆安设驳台,贼船上下,游奕掠粮,将欲久踞;又由金陵另有股匪,欲扑巢、庐,势甚危急,有旨着张署督等将楚中所造炮往、炮船委员解赴安庆一带、交江某带兵攻剿肃清江北等语,盖尚未得田镇逃溃之报也。

十九日(**10月21日**) 晴。自三道河行,过新洲,住张店,凡四十八里。以兵行太疲乏,且人夫皆随行随逃,随另雇觅,万难赶行。而田镇溃散之兵,虽经收复,惊魂未定,风声鹤唳。江岷翁亦难于止遏,可叹之至,可恨之至!接连探报,皆言贼已至省,武昌、汉阳、汉口居民避匿殆尽,并有云省中大吏全已出城,扎营洪山、塘角等处,果如所云,则省城何能保守?然亦无法以处,惟与岷翁相对浩叹而已。

二十日(**10月22日**) 壬戌。晴,热甚。行四十八里,驻许家桥,田镇溃败之兵既无纪律又无锅帐,其势不能不借住民房,而骚扰殊甚。江岷翁屡申号令,虽稍稍敛迹,而总难安静。是日寓潘姓者布行内,岷翁遂令其营务处杨都护买布五十卷,先函嘱署黄陂章大令传集裁缝匠役,速为置备帐房,拟明日到县城,于城外扎营;再为申明军令,鼓其志气,以冀攻剿得手,亦无可奈何之一法也。屡传贼于十八日已抵汉阳,督抚皆驻扎洪山,余与岷翁皆谓断无此理,盖守土之官与城存亡,何至弃城不守而别驻于外者?吴甄翁一片血诚,万不出此。申初，梅孝廉溥南自汉阳来，持局中公牍赴营投效，相见后即遣令速还黄陂，派其随带之勇先往江夏、汉阳一带探侦回报。酉初，粮员王大令甫偕端都护等赶到，即令以千金呈交岷翁为锅帐、锄镢等物之用。三鼓后，大风扬沙，屋瓦俱震，意贼船停泊江岸，必自撞击，或者天心厌乱，将使风伯一怒，先挫凶锋耶？

廿一日（10月23日） 癸亥。北风愈猛，行四十里至黄陂县，查问贼情，皆不甚确。急命梅孝廉又再派其随行以勇渡江确探。去后随与岷翁商酌，将一路带兵行走情形赶为遣人驰禀院宪，并谕各营将士于城外扎营后，即各遣人确探省中情形，以便彼此互证或得确耗。据章令云，有兵部夹板因恐遗失，尚未前递，想系前日十八三鼓岷翁所奉廷寄之事。石卿中丞已于十五日交楚督关防，十五三鼓即自备人夫登舟渡汉，径去山东，自当未奉此旨也。晚间张仲远司马、吴春谷大令均已到齐，随与岷翁熟商，从新申明军令，立定赏罚，以冀士气一振，或可御贼。戌初，郭筠仙太史言此地有杜□□茂才善卜易，所为与人亦异，与岷翁亟遣人持帖延之来，首问省城情形，次问天下大局，末问一身结果，均甚安善吉祥。其人貌亦不俗，言颇有味，谓余与岷翁对敌时，兵器中宜以钺斧先之，必能破贼云云。未审意之所在，余拟姑为慰之，或亦有益无损耳。

廿二日（10月24日） 甲子。风定，天晴。辰起亟作书，并会札飞调德安饷银二万，又饬与麻城令各将军械、火药赶解行营备用，又邀集音、扬二镇军及协参都守到营，再三告诫激励，期于一鼓作气、众志成城。余又自作一函飞寄随州杨牧，属其速招乡勇赶带来营，帮同灭贼，未知尚能出力否？午间江岷翁又亲督兵弁于黄陂城外安扎营寨，俟帐房赶做完竣，即速移驻云。夜四鼓，有省信人至，乃张石翁十二日所发者。此人因前路不通，又复折回武昌，于十七日复由武昌绕道来此，据云贼众全在汉口，汉阳府城早已失陷，晴川、大别均皆烧毁，蔡店亦被焚烧，惟汉口一镇尚完全耳。

廿三日（10月25日） 乙丑。晴。巳、午间忽传贼已至滠口烧毁庙宇,江岷翁急乘马赶至营中,督饬整齐队伍,以备迎击。余因蔡宝生亟欲归家,付之十金作费,并作书寄王子寿比部,生平知己,惟此君一人,以后恐不能复相见矣。申刻专周玉春、唐之凯持函飞往德安与易若谷太守,嘱其将山西解到回驻德安之银先提二万两,速解来营;其余银八万两,令其查探,如贼匪将有窥伺彼间之信,即将此项赶解应山县存贮,并即先期告知营中,以便派兵迎护云云。缘闻贼匪探知我有饷到,欲往劫掠之谣,此事不可不防。现在军中仅有银三千余,未足供支五日之食,若无接济,其危立见,无论杀贼,我兵先自散去矣。酉刻,县中差自省回,得吴甄甫尚书、崇荷卿中丞复书,知省门尚俱安静,人民全已搬徙,制抚均驻节城楼,中丞以下各官眷属早皆乘舟驶入襄河溯流而去。甄翁来书肫诚恳挚,忠荩之忱,溢于言楮。并知戴文兰等已带楚勇千余到省,有吴尚书之果毅镇定,戴文兰等必为之用,省门可保无虞。况我兵驻此,牵掣其后,贼亦不敢坦然直攻,第恐其舍此不攻,分兵直逼荆襄,荆襄之兵又皆早已调出多半,则此间徒拥厚兵,全无所用。两处兵单力薄,岂不立见瓦解?甄翁书云早有数十贼船扬帆京口而上,顷得探报,亦有外江已到牌洲之语,施展不得,徒有忧愁(孤)[辜]负国恩,何以自解?天乎哀哉!是日丑刻,与岷翁会衔拜折,具奏到黄陂办理情形,由六百里马递,寅初甫得倚枕。

廿四日(10 月 26 日) 丙寅。由岷翁递来奉复两院禀函,即属吴黼臣少府缮写,于本日辰刻即交督标兵十二名赍回讫。随作书致黄安令许枚卿,属其迅将库贮捐输钱粮无论何项即解来营,并代收买火药等项,限明日申刻回文,未知是否可办。又据程教官来言,黄陂后路五湖、武堂口等处节节皆可来贼,随谕县中派差驾船一同侦探。又据端都护来言,广勇三百余,不特性蛮不遵军令,到处骚扰居民,且闻田镇开仗之时,该勇等均放空枪,毫不用力,不知徐观察当时何以收为心腹,便中当与江岷翁言之,俾有斟酌为妙。午刻得孝感令李殿华飞禀,闻河南捻匪千余,扰至罗山,该县前往防堵等语。想系贼匪有窜扰孝感情事,该令欲逃出城,故为此语。随得往探德安饷银之差弁唐之凯、周玉春由驿飞报,孝感、云梦道路不通,绕由小河、广水前去德安云云,是贼已到德安无疑。饷银不至,兵丁待哺孔殷,一交小春朔日,何以供支,岂不大误?又况四面皆贼耶?酉初刻,有河南信阳州营兵探事来此,先得熊署牧来书,尚未奉复,因急作书复之。并致傅青虞太史,更属其欲作家书,即以所书附录寄儿辈也。

廿五日(10月27日) 丁卯。晴。五鼓接青墨琴学使自德安廿四午刻发递公牍,以贼匪水陆并进,将至府城,饷鞘俱在彼间,生童又皆云集,咨请赶紧带兵应援。当即信致岷翁,拟即迅为就应,随据岷翁面商,先挑各营奋勇、兵丁、乡勇于廿六日丑时、寅时、卯时、辰时分起趱行,务赶于二十七日行抵德安城下。余与岷翁继进,亦于二十八日赶到,当即手肃数行复墨琴学使,属其饬令府县,好为守护城池,大兵三日即到云。午时乘舆至大营,会同岷翁及音、杨镇军,恭祭大纛,杀牛宰豕,并以鸡血和酒,自上上下下各饮一杯,以示同心之意,一时欢呼雷动,声势颇为壮厉。还营,与郭筠仙太史送行,筠翁著作才,忽起从戎,意想不到,今忽又动归思,留之不得,未知他日尚能相见否耳。随得崇中丞专弁来书,催兵速赴省门,大江隔断,飞渡未能,且有德安之急,若失去银鞘,省城及余等所带之兵均皆枵腹,立见溃散,何能不头痛治头耶?因与岷翁酌商,即一禀交来差申复。戌刻,差去戈什哈唐之凯、周玉春自德安回,得易若谷太守廿四日卯刻来禀,贼情尚不甚急迫,然已望援兵速去自是。午刻又得探报,学使方有前文,并即由驿具奏也。夜有微雨,营中更鼓甚明。戌刻又得两院会札来催渡江,又会衔复之。

廿六日(10月28日) 戊辰。昨日自亥至丑大雨不止,倚枕不寐,颇念今日奋勇之兵何以成行,乃子正即角声鸣矣。雨声人声间杂聒耳,兵士之苦,岂不可怜?而当事方有龃言,安知冒雨遄征,一日百余里而托足无所也!申初到扬店,提标新升贵州黄平营都司张廷彪,带兵五百名奉督府调赴省城防堵,遂出汉川,无路可进,因来此间欲投余与岷翁调遣,询问贼情,已自孝感折回汉口矣。因与岷翁及张仲远司马熟商,德安既已无贼,似不必劳师继进,岷翁与仲远之意拟明日即进驻孝感,将由涢口赴汉川一带,相机进剿。余则谓恐仍不免节节阻水,然舍此亦无他路。随属仲远分别咨调各兵归伍,即将应城之四川饷银七万两提存德安,并德安现贮之十万金统交太守易容之收存,督同委员办理粮务,饬令督标中军副将骆秉忠带兵四百余员名,留彼防护。申正刻,得何阛溪太守自河南彰德来信,河北股匪先窜彰属之涉县、武安,又在临洺关与讷节相之亲兵接仗,沿途州县殉难遇害者不少,已窜至直隶之栾城县。幸胜阁学追兵已过顺德,如有保定重兵迎头截击,可望得手,缘真贼无多,裹胁者不过万人,易于扑灭,倘直入正定,则畿辅重地,必皆震动,为之悬系不已。是日晴。

廿七日(10月29日) 己巳,晴。是日丑刻江岷翁奉到十二日亥刻夹板廷寄,仍命遵照前旨带兵应援安徽。江北一带盖尚未接到田镇溃兵之报,大约九月十四日具奏一折,一二日即有谕旨矣。已初即偕岷翁由孝感进发,申刻行抵县城,即扎营城外文昌阁下,适得学使昨日申刻来信,以应城饷银可虑,属为派兵往护。随派张廷彪分兵三百名即去应城护解,存贮德安,又发札调林立甫明府招集水勇、乡勇速来应援,并亲与立甫一函,以二十金饬千总吴明山赍往投之,计十月望间当可赶到。又派闻把总繡臣前去查探攻贼旱道,又有耆老鲁某精六壬数,据占:贼势不久必败,余与江岷翁行军皆吉。是夜大雨不止。

廿八日(10月30日) 庚午。晴,忽雨忽阴,天容惨淡。专弁闻把总亲往蔡店一带查勘进兵之路,何处可以扎营,中间有何处浅水可渡,何处必须渡船,一一细密开呈,以便酌量前进,计廿九日当可回报。又差人四路探侦贼情去后,酉刻得两院复信,中丞则必欲设法渡江,甄翁则谓兵在汉阳尚能牵掣贼后,若过江,不过同一困守愁城,况万无路无船,可以渡江云云,其言义正词严,通筹全局,不愧老成典型、公忠体国之大臣。即此一书,已足令人敬佩无已!又有提标兵三人探路回营，拿获五寸长发贼一名，吴春谷大令查讯，乃贼中两司马，即正法讫，随赏兵丁银五十两正。又有督标送信过江兵丁二名，报称贼有千四百人，从旱道赴黄陂，有船三四百只，从沙湖水路而来，意将水陆并攻。距黄陂城近三十里，忽有贼令，金陵被围困甚急，急将赴援，一时水陆皆退，此二兵道出黄陂，具为前副将张金甲报知，以最先驶进之贼二十余船，不及百人，后路已全退，大可督兵迎击。张金甲遂整队而去，杀贼数人，生擒数十人云，闻之甚慰，然尚未得张副将报也。申初，札调随州杨牧督带乡勇五百人来营，并委沔阳州同程彦暂行代理州事。又会札饬孝感李令招降滋扰河南罗山捻匪头目，令其投营立功赎罪。李令才非有余，未知能否足办，然姑为此说。捻匪头目心或稍懈，即不为我用亦不至掣我之后，大可一意攻贼，亦不得已之思耳。三鼓后，唐之凯自德安回，得青学使复书，又得杨镇军泗昌书，知兵勇廿七日已到德安，杨镇军将以廿九日始能起程回营，十月一日方能到此也。夜又间断有雨。

廿九日（10月31日）　辛未。辰初又雨，申以后微有阳光。麻城令委其署县丞解火药五篓、铅弹二千丸来。是月小建。

十月初一日（11月1日）　月建癸亥，初一日，壬申。早阴，午以后又间断小雨，杨镇军自德安回所，带兵勇亦陆续到齐。得青墨琴学使书，并具奏二折稿，杨镇军云闻学使仍须发折，将兵至，人心皆定，情形具奏也。申初，闻把总等五人三路查探路径回报云，由四汊河一路，节节皆水，无船可渡；又一小路由孝感去四十余里，有十里湖，并无船只，亦难过去；又一路仍系杨店至滠口，中隔游湖，湖边已渐有干路，可绕而走。余与岷翁亦早定主意，仍由滠口进兵，直逼汉皋，拟今日先发兵丁一月口粮，明日辰刻即带兵分起前进，走孝感小路。正在布置间，得两院廿八日札饬，以不驻黄陂，转走德安，舍近去远，避重就轻，不受调度，请旨飞饬速攻汉口、汉阳，赴援省城等因，并抄折知。余之初议，原欲自带一兵赶援德安，岷翁仍驻陂邑，俟德安救援后，仍回黄陂，合力进剿。而岷翁必不为然，事贵和衷，勉强即依其议,追兵至杨店,闻贼已自孝感、汉川折回汉阳,又拟我兵即驻杨店,俟杨镇军所带兵还后,仍折回滠口驻扎。岷翁又不谓然,必欲进驻孝感,事尚无闻,得失不过多走道路,又勉依其议。岂知涢口、汉川之路,皆如余言,势不可行,非驻滠口,无他处耶! 两院之折虽已折参,然问心无愧,即奉严旨,此中自安,然亦何必定欲招此一奏也。天下事之难办如此,其他可知。余惟拿定主意,委屈求济,其济则国之福,不济以死继之而已。

初二日(11 月 2 日) 癸酉。昨夜二鼓后,大雨如注,彻夜不歇。晨起,四面阴霾,惨淡之色不可言状。昨酉刻已发令,今日当启行,驻三汊埠。三营务处皆来请,以兵丁、帐房尽湿,口粮亦尚未领讫,道路泥深难行,乞暂住一日,明日即仍雨,亦不敢辞。岷翁初犹不许,再三缓颊,始允其请。即刻发两院禀,谓即相机往攻汉口,然亦须量而后入也。又复青墨琴学使一函。申初,江岷翁所带楚勇自省城来,言廿八日贼匪船数百号由塘角上驶,将往攻城,被楚勇数百人缒城而下,于江岸枪炮齐施,击沉贼船三大只,毙贼多名,贼仍回泊汉口云。又得崇中丞书,仍催迅速渡江,岂知一无船只,却从何处飞渡耶? 是夜发令,明日拔营前进。

初三日(11 月 3 日) 甲戌。晴。辰起,知江岷翁已放安徽巡抚,仍奉谕旨令其驰驿前赴新任料理攻剿事宜。此公才足办贼,今得独当一面,事权在手,指日自可荡平,为公喜更为朝廷用人得当庆也。因忆前日鲁老为占六壬,谓岷翁即日便当升擢,余当与之各分东西带兵,其言已验。时孝感李令在座,急促之召其来庙,又敬占一课,问余此回能否杀贼,据言不日即有恩命,与贼即当接仗,必大获胜云云,且姑慰之。随即启行,一路泥泞,行四十五里至草鞋店宿,自己至酉,困殆不堪,乡路云四十余,似不止七十里也。夜又微雨,连得崇中丞廿六、廿七所发两函,大致皆促岷翁与余迅速渡江。彼以及万之军,拥卫空城,而余等所带除去分驻德安、黄陂外,仅只三千有零,乃日日逼令渡江,甄翁亦催促进攻汉口,揆之情势,令人齿冷,余惟有各竭此力、各尽此心而已。

初四日(11月4日) 乙亥。晴。与岷翁进扎双庙,道路之人纷传贼已陆续下窜,昨遣侦探之杨志勇、刘楚源先回,云贼在汉口,不择人而掠。至双庙后,王尚得、张志义亦回,云探至阳逻,贼之船只已自廿七日起,先后下窜者不下六七百号,现在汉口河内泊者亦尚不可少,似其下窜之意确切。余意欲急选奋勇兵径趋阳逻,截其归路击之,岷翁以为不可,遂仍命刘富城速遣侦探,一探汉口之贼,一探溇口之水,仍以填路进攻为正云。未正,奴子余坤来,其家已移避孝感乡间,具言狄兼山、王子章、褚萃川均于十五日夜间全携辎重登舟,经往螺山,此时自已安稳早到矣,为之一慰。申刻抵溇口扎营,三面皆水,其势甚危,急遣侦探四路远哨,忽传有贼船数只于湖中游奕,千总刘富城带劲旅五十余人往返,击沉贼船二只,又夺获一只,贼匪百余人均皆逃窜。连得探报,贼已陆续下窜云。是夜子丑间雨。

初五日(11月5日) 丙子。晴。由双庙拔营前进。申刻抵溇口扎营,三面皆水,其势甚危,急遣侦探四路远哨,忽传有贼船数只于湖中游奕,千总刘富城带劲旅百十人往返,击沉贼船二只,又夺获一只,贼匪百余人均皆逃窜。连得探报,贼匪已陆续下窜云。是夜子丑间雨。[①]

初六日(11月6日) 丁丑。雨。辰起,乘竹兜至刘千总营查看,其所扎木(牌)[排]已成,惟游湖尚有数里水面,必须再得船三四十只,方可分起过渡,逼攻汉口。遂谕饬赶为备船,随冒雨还营,未一刻赴汉口之探急报,贼已全数窜走,刘富城又带兵飞往追剿。遂与岷翁会商,先派杨镇军带湖南兵勇千人于五鼓即前往汉口、汉阳,收复

---

① 按:初五日这段文字与初四日重录。然二者有小异:初四日为"劲旅五十余人",初五日为"劲旅百十人";初四日为"贼已陆续下窜云",初五日为"贼匪已陆续下窜云"。整理者以为初五日当为赘录,然两段文字所记"劲旅"数量不同,未明其故。

地方,安抚居民,查办土匪,余与岷翁亦即继进云。

初七日(11月7日) 戊寅。雨。辰起即饭,偕岷樵中丞各带亲兵百余人启行,先过所扎木(牌)[排],再过游湖。千总刘富城差人来报,昨夜带奋勇兵六十四人坐小舟八只追贼至阳逻,击沉贼船十余只,杀毙贼匪三十余人,生擒长发十四名。又回至青山,遇贼大船一只,冒枪炮而登,贼匪数十人悉皆披靡,落水死者、刀矛刺死者,最后一小贼投水,刘富城即于水中一手提之而起,可谓勇矣。搜其舟中,别无银米,惟衣物无算,共打包十余,乘其舟而还,即于汉口驻扎。又得报,杨镇军已近逼汉口。余与岷翁正将过湖,忽飞探贼舟乘风而上,一时扛夫、挑夫纷纷退回,岷翁乘舆在前,亦改而乘马,急命整队以待。时奴子顺儿骑而指曰:彼皆贼船,顺风扬帆逼我矣!余亦乘马望之,果见风帆无数,自东而西,所带兵虽不多,然皆勇气百倍,各有斗志。岷翁复言,仓卒遇贼,固不可退以示弱,然我之步伍未齐,营垒未立,设浪战不胜,岂不自无立脚之地?自宜整队,暂还故垒,以示无懈,时同行之张司马、端都护皆以为是。因复退归滠口,宿于军帐。俄又报贼见我军容之盛,仍又开船下窜矣。夜更大雨。戌初,得吴制军札,催速进兵,又得其手书,皆以急攻汉口、汉阳为言,岂知心急如焚,誓将灭此朝食耶?

初八日(11月8日) 己卯。早晴。昨夜复催端都护派令李守备速将浮桥修整,又派外委杨飞雄、钱德宽于游湖觅船三数十只。辰起,即令端都护等督兵先进,余与江中丞即拔营启行,先乘兜继复乘马,至汉口镇,觅得小舟,渡江时各城皆闭,因从城西隅登梯而上,在侯参将帐房小坐,即借其马与岷翁同谒制军,在保安门谈军事约二时许,并即同饭,复至大东门,崇中丞城楼又谈一时许。先是,遣奴子到参署,令其预备饭食相待,乃回报一无人役,灯火皆不得,无论菜蔬矣。乃共诣方伯署,与曹艮甫诸君茶叙良久,倦不可支,卧已四更。

初九日(11月9日) 庚辰。夜半又雨,点滴不休。辰起,于署后略一瞻顾,是余四年前所居止者,一切已非昔况,感慨系之。盥洗方罢，忽传吴甄翁制府来，与岷翁接见，谈约三时，即共早膳。制军之意，欲余驻兵汉口。昨闻此言，即属端都护扎定营垒以待，今辰仍派外委李东山持令催之，以虽雨必营成而止。甄翁顷来又复言之，似再无他议矣。乃未正中丞来，必欲余驻兵洪山，谓宜如此。始声势联络，已两函为制军言之。余虽秉臬，实受两院节制，令于何处驻扎，自当遵其调遣，何敢违误！拟明日即遵照渡汉，惟雨势不止，急盼天晴风顺而已。申正，制军又专函致书及复函二纸，示余催令明晨速即过江。时差弁李东山已汉口回，称端都司等共立二营，相去箭远，营垒濠沟均已做成，并据侦探，沙口盘踞贼船全已下窜，即据情奉复甄翁一函。晚间，岷翁之令弟忠济号汝丹及云南陈炯斋徽言、邹叔勋之令弟叔明同来，谈约二刻而去。是夜仍雨。

初十日(11月10日) 辛巳。晴，大风。先诣大东门城楼，候开门出城，迟迟又久。江岷樵中丞自制府处辞行始至，又同与中丞谈约二刻余，时伍文山太守亦往见制府还，因出城同至文山营内坐谈待渡。以申正风色稍平，遂同渡江，江中波浪兼天，约半时许，甫到汉口之米厂，岷翁登岸觅舆不得，遂同步行。戌正抵行营，仍乘月色偕端都护同行各营布置妥协讫，然后还卧，乃以风紧，被褥皆凉一夜，竟不成寐。

十一日(11月11日) 壬午。阴。因江岷翁将行，匆匆略备饮馔，招同邹叔勋孝廉及其门人易某小坐时许。岷翁性颇急，余婉言箴之，渠亦甚以为然，然恐秉性难移也。午间作书复两院宪，并于中丞处请发其所造铜炮，以为江岸击贼之用。酉初，得岷翁途次一函，并附黄安许令禀函暨其图说一纸，大意谓黄陂、黄冈为贼蹂躏，欲带兵以追为堵。所见甚合机宜，急手书数行，并原来函禀嘱刘富城差人星夜投递，如以为可便，当作速前进耳。是日辰刻，岷翁见示廷寄并张石翁来咨，知余以二品顶带补授楚臬带兵剿贼云。夜又小雨。

十二日(11月12日) 癸未。早起阴甚。黎明时得两院复书，令即鼓励戎行，带兵前进。随传知各员并与杨镇军详悉具告。即派刘富城为前队,向方德、殷开山、杨飞雄继之,余率端玉、李殿元继进,董玉龙又继之,杨镇军为后路。今日即冒雨驻扎滠口,其汉口零星事件并昨所请铁炮,传令汉守备黄某收存办理。据黄守备云,云南两起铜斤委员及尚存铜斤,彼委员已各自料理矣。昨初九日,得彭小山九月六日江西来书。到滠口后,署汉司马伍文山太守亦率其练勇三百赶到,云奉制府手书,派令来营随同剿贼者。随得杨镇军差弁来告,镇箒之兵三百并未拔营。杨镇竟无如何,兵骄将懦,已见一斑。此兵此将,尚能得用耶?又据土人言,去黄陂三十里地名堕井,有富人王某,现为贼匪抢掠,即属刘富城派人同往确探,若贼果在,彼即当出其不意派兵剿之。是夜雨仍不止。

十三日(11月13日) 甲申。早起,微有阳光。偕吴春谷、梅阳谷同早膳讫,即行。一路泥泞,以申初到黄陂,即扎于旧垒。闻江中丞尚在城中,即往视之。并敬于城隍庙中求签二,一问贼情,一问此身尚能归否也。得罗淡村襄阳来书,抄有直隶探报,知胜克斋追贼连获胜仗,将贼围困深州,上以惠亲王为奉命大将军,僧王为参赞大臣,各赐上方剑,讷相及尚书恩华均革职拿问。并闻阜城、河间等处民间自备资粮,团集乡勇各二万余,武强又三万余,河北之贼似可无虑,为之稍慰。又军机大臣字寄江中丞:奉上谕,毋论行抵何处,即速带楚勇赶赴新任,妥为布置。盖以安徽甚危,贼已攻陷集贤关,恐其北窜也。昨夜侦探,堕井之贼已全数下窜,端都护所遣探事自阳逻回,彼间已无贼船,仓子埠亦已窜出,惟团风道、土洑等处尚属不少,现发令刘富城、殷开山、董玉龙、伍文山、端都护、杨镇军于明日辰巳间分五队陆续拔营,驻仓子埠。随与文山晚饭,作书寄两院云。

十四日(11月14日) 乙酉。辰初,阳光一瞬,似有晴意,亟拔营由黄陂小东门过河,走三十五里过许家桥,分路又二十里至仓子埠。问之居民,贼凡三至此间,始不过四五十人,第三次则二千有余,凡抢三典,市中尺帛斗米无不搜括殆尽。十一日已全数窜出团风。查询路途,九十里至团风司,过河五十里可到黄州,即饬营务处传知各营,明日仍以黎明拔营启行。夜间得江中丞抄寄廷寄,又得林立甫江陵来书,又得学使文移,以随州杨牧不能远离云。

十五日(11月15日) 丙戌。早阴,午后风,晚有微雨。行五十里至辛家冲,凡渡河五两,有浮桥三,用船渡每渡仅三四船,兵勇、人夫二千余争舟,止遏不及,殊无纪律,最后闻有一舟竟以拥挤覆溺,舟人、妇子、兵勇亦皆覆水,幸水浅尚无溺毙者。在辛家冲已及未正,余尚未早膳,厨役均以渡阻不能赶前,勉强于小店中觅粗饭二碗食之,亦居然果腹。正唪饭间,前队忽飞报已遇贼在白塔河岸,急传令各营兵分队速进,余即赶紧登舆,不七八里前队已扎立营寨,端都护、刘守戎等均来,言贼甫数十人正在抢掠乡人财物,见我兵到即弃置而逃,追而溺毙者四五人,拿获二人,其二人当即正法,夺获衣物若干,钱数百千,查探贼船尚在团风演戏称觞,闻之发指。据杨镇军言,水勇五十余人,可令其趁夜前去火焚其舟,陆路差李殿元、董玉龙、刘富城各率数十人往为应援,并传知各营明日以四成出队、二成接应、四成押锅帐,于距团风数里地赶立营垒云。是夜宿白塔河廖姓家,与韩善甫大令同寓。

十六日(11月16日) 丁亥。昨夜至今日大雨不止。自白塔河至团风三十里,沿途居民升米尺布俱为贼抢,并无一处卖熟食、米饭、面饼,兵丁人夫二千余人,既因道路泥泞,又皆枵腹,苦不可言。幸刘富城、李殿元、殷开山、董玉龙、钱德宽等带兵在罗家沟追贼,溺毙贼匪二十余人,夺获大船一只、小船一只,得米三四百石,即以分赏兵士,一时果腹,欢声雷动。又拿获奸细,据供贼将下窜九江,设官之后仍欲回攻汉阳,设官分守,并欲回扑武昌省城云云。观其随在劫掠鸡鸭不留,全系贼盗之为,何能成事? 惟祝我皇洪福,早日歼除,肃清境宇,使小民早见天日,不再涂炭为妙耳。

十七日(11月17日) 戊子。昨夜至今日未刻以前间断大雨。本已前为传谕今辰拔营,一则探报未回,未知贼之踪迹;又沿江一路内湖外江,中只一径烂泥,兵夫行走必皆立脚不住,若竟遇贼,何能接仗？改道由山路而行，非特迁远，且必为贼所轻，且军士连日冒雨泥泞，又受饥饿，精锐亦力不支。姑无论疲惫者，而又触雨催行，未免太刻。迨至未正以后，甫得雨止，即使启行。前路一二十里内亦无立营之处，不得已小住一日。至申正刻，忽传大江有船挂帆而上，贼欲从鹅公颈截我后路，三面来扑大营。将弁皆欲整队退扎鹅公颈河岸，谓据宽地可以接战，且亦略有退步。余以贼匪四五日来，均因我追一步彼退一步，此时何敢直犯我兵？必无是理。姑再使人觇之，勿得轻动。随经韩大令等亲往江岸觇视，乃小渔舟四五只，载居人女眷回者，接据赴下游探事回禀，贼闻大兵赶到黄州，武昌两岸排列之船千数百只，均于本日巳、午间全数开下，并无一船留者。当传令伍司马带其勇六成队，偕韩大令于十八日黎明即行，收复黄州。大兵卯、辰间分队继进云。夜间听文山谈其少年穷困，遇异人及狐妇事，娓娓不倦。昨日手肃一函，交省探寄呈大府。

十八日(11 月 18 日) 己丑，阴。先令伍文山太守率同韩善甫大令带兵于五鼓启行，先行收复黄州。余偕杨镇军黎明督带兵勇前进，于午刻到衙署考院，庙宇皆成瓦砾，民房亦无一完全者，凄惨之象不可言语形容。余暂就蒋氏屋内驻足，兵丁皆令下帐城上。时刘富城、向方得乘驾昨日夺获之船缘江而下，适遇贼自樊口出江，即往攻截。贼用火蛋喷筒施放，顺风飞行，该弁等见下游两岸停泊贼船甚多，不敢穷追。适侦探回称，巴河内外约有船五六百号，武昌对岸亦有三百余号。随后杨镇军等来言，城上遥见贼船千余，排樯接艘，其势甚锐云云。余以既已逼近贼踪，便当乘其不备，潜往攻剿。即派令奋勇兵丁四百余人随同端都护等前进，听受伍文山指挥。正欲启行，又据探称贼在孙家嘴掠谷七千石，碾米运船，人众不少，恐其由三台湖折截我后，即无退步。文山诸君亦谓，且俟明日登山看明情再为布置。盖我兵胜原大，如若有不虞，则一蹶不可复振，其言不为无见，即传令各兵归伍。是日酉刻，得吴甄翁公牍催战，即一一据实复之。此老性急，殊不谅人，然其心可敬，故亦不以为怪云。

十九日(11月19日)　庚寅,阴。黎明即起,偕伍文山太守至后山城上最高处四望,见巴河口内及巴河外,沿江上下贼船约七八百只,又对江武昌亦排列贼船三四百只,已有络绎下驶者。即传令各营饱食,整械听候调遣。回营派文山司带其壮勇六成作为头队,刘富城为二队,李殿元、殷开山、杨飞雄为三队,端都司带其千把为四队,来往策应,并持大令亲付文山,以各营弁兵均皆听其指挥调拨,不得违误。文山先令兵勇于距贼里许之柳林埋伏,使勇数十人前往诱敌,贼见我兵至彼,将抬炮手枪尽力施放,数十勇亦佯为退避,贼遂登岸,赶迎刘富城、李殿元、殷开山等分三路大进,枪炮、火箭、火蛋对船轰击抛掷,焚烧贼船甚多,船中贼匪枪毙、落水死者不计其数。其贼船首尾见已溃败,即拼命两面夹进,意在包我之后,文山与端玉等招呼柳林内伏兵全起,奋往直前,贼遂大败。计共枪炮轰击、刀矛杀死,凡三百余人。我兵亦即收队,时天已昏黑,风雨骤至,我兵于亥正始还,查点兵数,仅只伤亡一人,受伤二人,为之欣慰无既。是夜大雨如注。王子厚押火药、铅丸于午刻到,即令向方得赶作火蛋数百。

二十日(11月20日)　辛卯,早起仍雨,午以后阴,夜又微雨。早起作手禀,差周遇春赍呈两院。随探报堵城之上鹦子湖有贼匪勒令土人为搭浮桥,竟不解其何意,亟派刘楚源前往确探。又据报,巴河贼船全已开泊,对岸我兵无船,安能与之接仗? 只好再作区处。又据探报,贼有十余人直进上包河、马鞍山、竹瓦店一带,掠劫米粮金帛等物,用木排搬运而下,并裹胁二千余人同行等语。再遣人确切往探,俟探实即当设法擒斩,断不使其横行。然而民间搜括殆尽,元气大伤,其将何以抚治之耶?

廿一日(11月21日)　壬辰,昨夜大雨,本日又间断有雨。昨夜差探贼匪千余人,又裹胁千余人,已自上巴河等处抢劫米粮钱物用木排搬运而下。即与伍文山太守熟商,令其带勇二百,向方得等带湖南兵勇三百,周宗选、殷开山、杨飞雄等带兵二百,统听伍太守指挥调遣,于午正刻出队。时三台湖桥不能渡,先属署黄冈韩令派其差役林喜带水勇数人前往将桥搭好,我兵乃得陆续过讫。适又有土人自孙家嘴来言:贼自上巴河以下,节节之皆有木排装运米粮、银两、衣物,现已有到孙家嘴者,孙家嘴亦有贼在彼驻扎。即飞速派外委李东山前往告知伍太守,并派守备李殿元带兵百名即在三台湖民房内驻扎,防贼断我桥道,且为前兵声援。适制府先差弁三人送火箭、抬炮甫到,又接制府十九日专弁来信,当即一一发之,并欲解饷接济。又请令派葛以敦、周禄等带兵收复武昌,与黄州张太守之兵互为犄角,小作关拦。又请荷卿中丞觅得之船发来应用,亦未审能允许否。

　　二十二日(11月22日)　癸巳。黎明即起,派李东山前往探问伍文山是否遇贼,抑已得手。随亲往龙玉庙山查看已。贼船仍有五六百号未动,因念文山之兵在前,安知贼匪不分兵接应劫粮之贼,设使一军于孙家嘴堵截我后,岂非危事?因派李殿元会同刘富城带兵二百五十名,亦扎于孙家嘴两路口上下,既自声势联络,又可前后呼吸相应,又派石天德带兵一百于三台湖替换李守备防守湖桥。随据李东山回报,伍守于孙家嘴已经遇贼,枪炮、火蛋焚烧竹排八座,焚粮一千余石,闻居民言其上贼排甚多,文山即向前而去等语。欣慰之余,即手肃一函呈报两院,并请添助饷银。正在发信间,忽报文山已还,询之,始知辰乾之兵不听约束,先自退后,向方得亦无如何,惟自带其本兵,又烧毁贼之竹排八座,焚粮千余石,杀贼十六人而已。兵骄而懦,畏贼而不畏将,在上者又催战甚急,天下事大抵如此,徒令英雄短气。因又邀集文山诸公熟计劫粮之贼关系甚大,如能堵其粮不得下,贼无所冀,全股自当下窜,倘任其蹂躏,则水陆扰害,未知伊于胡底。拟明日仍令文山带勇三百、端玉带兵三百、刘富城带兵一百五十、向方得带兵一百,自省甫来之阿达春亦带镇篁兵四十与端玉持令同行。袁政带襄阳勇八十名防守湖桥,不论三日四日,务以劫粮之贼剿尽而止,或亦如愿而偿也。是日,冒从九带兵勇二百名到黄安,许令亦解银千两到。

　　廿三日(11月23日)　甲午,早有微阳,巳以后阴。伍文山太守、端瑞五都护正在整队启行,忽守备刘富城来,贼有黄旗二十余杆,缘江而来,大有攻城之势。当即派令刘富城、李殿元各带兵出东门前往迎敌。贼分三队,枪炮冲击,我兵皆齐集不动,待贼逼近,始用抬炮手枪施放,一时烟雾迷漫,几不辨是兵是贼。忽见树林内又有两队冲出,意在包我之后,余时在城上观战,急令伍文山太守饬其壮勇由南门而出,端瑞五都护饬其兵偕镇箪兵四十名由东门而出。贼出不意,遂各惊溃,我兵乘势追杀,大获全胜。时已申刻,伍太守等队尚未能收齐,拟明日始去孙家嘴上邀截劫粮之[贼],随将昨日下午及今日接仗情形手(助)[札]交差弁赍呈两院,时两院方有信来,并差弁押解火蛋功牌。酉初到营。

二十四日(11月24日) 乙未,早阴,巳时小有雨。伍、端诸君带兵前进,前襄阳县丞袁政带勇八十名前往三台湖防守湖桥,均已启行,仍作书覆两院,交原弁赍去,并乞兵、乞饷、乞船。李东山自贼垒探事回云:贼于土埂之外又筑横墙一道,安设炮眼,并闻其正贼首已去上巴河劫掠财物米粮,俟其还时仍欲来攻黄州,并上扰省城等语。虽不足信,然不可不防也。

二十五日(11月25日) 丙申。差勇王理治持家书径递黔中,又差勇罗镇川、刘兴顺至常德,并覆狄兼山、王子章一函。是日得姚亮臣来信,其家叠受惊吓,幸人口尚皆无恙,然亦可怜之极。又得傅青虞太史河南来书,即草草复之。又得舒云溪制府公牍及函,即将现在剿贼情形详悉具复。又得吴甄翁密函及崇中丞前后三函,又甄翁一函,即先将密信及三函一一登覆讫。又得甄翁行知,余已奉命以二品顶带补授湖北按察使,匆匆行营,竟不暇专折谢恩,只好从缓办理。又奉两院会札,已将带兵追剿及团风、巴河胜仗情形具奏。是日阴。

二十六日(11月26日) 阴。黎明时,李东山自上巴河回报:昨日午刻,我兵先在孙家嘴十八里之饼子铺遇贼约数十人,被我兵枪毙数人,落水死者数人,烧贼米船二只,提标兵亦淹毙二人。伍文山太守等闻上巴河仍有多贼,即带兵勇径前迎剿,行至王家港,见贼约数

百人,有船与竹排约一百余只。贼见我兵勇蜂拥而至,遂将船排放过
对岸,我兵善水者凫水而过,手执刀矛将贼击散,杀贼十余名,其船排
百余只尽行烧毁,夺获大黄旗一杆、小黄旗八杆,器械、米粮、衣服无
数,大炮一尊甚重,即抛入水内,居人无不称快。即进扎范家港,惟三
更时见伍太守,有闻贼太多,兵心生惧,请再添兵数百等语,即速传刘
富城、张廷彪、李殿元共带兵五百飞往接应。午刻始得文山来信,亦
如前云。午正刻,忽李殿元差人来言,探闻我兵今日黎明出队,遇贼
五六百人,与之接仗,杀毙贼匪多名。贼已溃散,我兵前追,忽见贼匪
二三千人,四路兜裹而来,我兵即退,虽未大败,亦有伤亡云云。随
后,伍守、端都护、阿游戎等带兵勇亦陆续回营,似觉疲乏狼狈,问之
亦如前云,闻之不觉丧气。计我兵到此与贼前后六次接仗,[场]场皆
有胜无败,士气始觉稍振,今忽有此一挫,将弁本多畏(崽)[葸],以后
作何布置? 幸随州勇三百三十人昨夜方到,张廷彪兵三百亦已扎营
龙王山上,略壮声势。即夜手肃一禀,将实在情形具呈两院。侦探贼
又空船上窜到巴河者一百余号,贼匪自圻州旱路而来一二千人,均在
巴河船内,凶猛之势,愈形猖獗,惟凭此一点孤忠,鼓舞应付,奈何奈
何! 文山云申刻见青气白气相半,横亘天上,如长虹然,不知主何吉凶。余因
心忙,竟未之见。

廿七日(11月27日) 戊戌,晴。辰起得甄翁复书,娓娓千言,
忠荩之怀,溢于言外,读之感□无地。并又发下功牌二十张,刀圭药
一大包,即将药物分赏各营留用讫。又得狄兼山专足自常德来信,当
即手复讫。又得蒋濂生中丞九月廿七日黔中来信,并附家报二函,知
煦儿夫妇甚和,居然可望生子,心慰之至。又得河南英中丞来信问楚
中情形,又得罗溪村襄阳信,适有杨秀才者其书法尚可,即令其代为
料理。

廿八日(11月28日) 己亥。辰起盥洗讫,方欲作书奉复制府,
忽传贼匪二三千人分数队来攻郡城,急登城观,蜂拥而行,势甚凶锐。
时张都司一军五百人扎营后山,不可不为之应,当派端都护开东城,

带李殿元、殷开山等同去。岂意我兵八百余,贼只百余人,分队而上,兵丁一枪响后,即皆退后,看之令人急煞。又因城中兵单,不敢派兵再出。时伍文山正感风寒,见其头裹黑巾而来,与之商酌派兵派勇,分垛防守。忽南门飞报月城已为贼毁,危急之至,时正作书两院请饷请兵,盖我兵仅二千余,饷则莫名一钱,且若大空城,居人全走,城门一闭,即无米卖,兵勇已自心慌。又闻提标兵、四川勇、汉阳勇跳城逃走者不一而足,因此愈加慌乱,急赶上城弹压。又悬重赏,令刘富城、向方得速督兵将月城堵塞,随又将近城民房饬令烧毁讫。贼无驻足之所,见其全数退去江岸,因谆嘱杨镇军、伍太守等好为料理,自又回营,再将情形书请两院是否应即派拨兵饷,请为酌定。岂意甫发信后,贼船数十只又扬帆而上,贼兵较前愈众,城上守兵仅刘富城兵三百余,向方得兵百余,随勇新到三百余,余则大半逃去矣。忽刘富城带泪来言,兵丁辛苦大半日,不特无米作饭,并粥亦未得下咽。伍文山又来,以空城难守,不若带兵出城与之接仗,不胜则且退去,胜则再作计议。忽向方得亦来,其人虽勇,此番似亦有惧色。余本即拼一死报国,见三将皆勇而有谋,我若即刻自裁,恐其同归于尽,所谓一朝而杀三士,于事无益国家,又损此良将,殊为可惜。因亟从其请,开汉川门出城,贼并不知。连夜至团风司,行李既无,凄寂可叹!赶添写数行付炯儿家书内,又将日记书讫。年已六十有一矣,官至二品,受先皇帝之恩甚重,一死已不足塞责,况敢爱死乎?惟有学屈大夫葬于江流腹中已耳!四鼓,闻张仲远言镇江、扬州已经收复,金陵亦有收复之说,此贼是以徘徊不下窜者,大都为此。或者天心厌乱,祸患将平,余虽侍先帝于九原,亦自心慰,其他毫不为意也。

廿九日(11 月 29 日) 庚子。黎明,张仲远、吴春谷、王子厚均环列请余乘舆,舆夫及肩即飞奔而行,盖讹言贼船已至团风也。行三十里,至林沙河,天雨不止,余实困乏已极,即就其地小住一夜。仲远诸君然后纵议,黄州非有人民仓卒,我兵亦非专守此城而去,于义毫无死法,况潜师而行,并未伤损,亦非战败可比,此时心亦爽然。因亟作书两院,即拟回省云。

三十日(11月30日)　辛丑,阴,午后晴。由林沙河八十里至街铺宿。

十一月初一日(12月1日)　壬寅,阴。由街铺过河行二十五里至沙口,又过河行三十五里至汉口,渡江至大东门,进城谒见两院,又与岳岱青方伯谈数语,即入臬署。署中床桌一无所有,即与刑友褚萃川同寓,疲乏已极,一夜酣眠,直不知有更鼓云。

初二日(12月2日)　癸卯,阴。内子、儿辈以一月不得安报,差刘五来视,发信阅看,知家中大小均吉,心为之慰。又得蒋中丞信,并附儿子九月初安报一件。

初三日(12月3日)　甲辰,阴。得青学使自德安来文抄奉廷寄,命即令同学使防堵北窜之路。查初一日,义亦恭奉廷寄传谕,亦以北窜为虞,拟即往商两院再定具奏,并附折谢补授按察使恩命。噫!官情久淡,而强作解事,自笑亦复自叹,正不知何日此身归结也。噫!

初四日(12月4日)　乙巳,晴。朱刺史石桥来谈一刻余。复奏折稿成,亟倩人誊清,将以明日呈两院阅正后由驿拜发。

初五日(12月5日)　丙午,阴。至甄翁处,又至荷翁处,各畅谈军务一时许。复奏折稿亦已阅讫,仍须改正云。

初六日(12月6日)　阴。丁未日,为余交运脱运,以下即行丑字,五年尚可有为。是日诣甄翁处,适未在城,因即还署,布镇军克慎谈一刻余而去。

初七日(12月7日)　戊申,小雨冷甚。从岳方伯处乞其纪纲能缮折者屠姓来,为缮谢折一分、安折一分、军事折一分、附片一件。未刻,梅溥南、文三元、李东山来言,火蛋、火伞均一一造全,已于汉口得敢死之士百人,如贼果上窜,必能大加折挫,径往下游,计杀亦可。惟现需口食资用,余薪水既无,四成养廉亦不能支治,无以赔垫。即令文三元径往禀商督抚,仍回汉口与此辈熟筹密计,并暗再查看是否实属可靠,以便酌办。噫!去年广西费二千七百余万而有余,此时此事不过需二千金,而乃不能办天下事,尚忍言哉!申刻有王以南为卜周易,言京城近尚无碍,明正二月有虚惊,楚事冬月不动,腊月断不可动,交春有胜无败。余本身十日之内必奉廷寄令剿贼匪,然亦必迟至正月方行,以后甚安稳。姑妄听之可也。

初八日(12月8日) 己酉,晴。制军差人约往商办铜运事,申刻拜发奏折,由五百里马递讫。中丞邀集藩署会议,盖欲用兵追贼,制府又持重不以为然,中丞适禀朱批,以其大负委任,更加惶惑,欲余等公往禀商制府。用兵良是,与其困守孤城,不如以追为堵,然必简练军实,慎择良将,再三申明赏罚,而后以节制精悍之士出而剿贼,贼何难办?若徒有兵之名,见贼即避,非仅(糜)〔糜〕饷,且先损威,吾不知其可也。酉初至首府署道贺,谈二刻还。

初九日(12月9日) 庚戌,早霜甚浓,大有晴象。昨日三鼓得林立甫信,知已偕吴明山、黄鹏程带勇五百五十名乘舟而来,欣慰之至。辰起,手数行促其赶来,即泊舟鲇鱼滧,再候进止。辰正刻,岳方伯、延观察来,同诣制府,又诣中丞,以其意见不合,婉转调停。盖师克在和,当此兵懦饷绌,强寇在前,上下一心,犹惧不济,而乃时有龃龉,岂非不祥之兆欤?

二品顶戴湖北布政使臣唐树义跪奏:为恭谢天恩,仰祈圣鉴事,窃臣于本年十月二十九日奉督抚臣行知,咸丰三年九月二十一日奉上谕:"前任湖北布政使唐树义,着以二品顶戴补授湖北按察使,钦此。"当即恭设香案,望阙叩头谢恩。伏念臣以边徼庸材,初官知县,仰荷宣宗成皇帝特达之知,叠膺简放,泳擢藩司重任。嗣因患病,奏邀恩准回籍调理,自分年逾过六十,只合残喘苟延。乃以粤匪跳梁,湖北江南相继窜扰,五中愤懑,亟思奋袂驰驱,适蒙圣主谕臣来楚,帮办湖北抚辑事宜,遂即力疾遄行。当此多事之秋,义不谋身,志惟报国。惟是出山已逾半载,于事一无所裨,午夜扪心,方深内愧。兹复恭承☐命,以二品顶戴补授湖北按察使,沐仁施之优渥,实感悚以难名。臣惟有恪遵训诲,事事随同督抚臣振刷为之,以期稍分宵旰忧勤,借以仰答高厚鸿慈于万一。容俟剿贼事竣,即当吁请陛见,恭聆宸谟,所有微臣感激下忱,理合缮折叩谢天恩,伏乞皇上恩鉴,谨奏。咸丰三年十一月初八日。

　　奏为追击逆匪情形及带兵旋省另筹剿御恭折由驿奏祈圣鉴事:窃臣于本年十一月初一日奉准军机大臣封寄:"咸丰三年十月二十一日奉上谕,现在阳逻以下、黄州一带均有贼艓来往,江忠源业已赴皖,唐树义势难渡江赴省应援,所有汉阳各处贼匪即责成该臬司扼要截剿,并杜其北窜之路。本日巳谕江忠源:于楚皖交界地方,仍令酌量缓急,相机堵剿矣。将此由六百里加紧传谕知之等因,又准湖北学臣青麐咨会。咸丰三年十月二十二日奉上谕:逆船尚在黄州一带,往来不可不严加防范,青麐现在考试德安,着于试毕即暂驻该府所有江北等处,即着该学政会同臬司唐树义督率地方文武员弁实力防剿,并劝谕绅民广为团练,仍随时知照英桂、江忠源一体严防,以遏贼匪北窜之路,是为至要等因,钦此。"仰见我皇上洞彻机宜,智周虑密,跪诵之下,钦佩莫名。伏查臣于十月初八日由汉阳渡江至武昌省城,谒见督臣抚臣。初十日带兵二千数十名驻扎汉口。十二日奉督臣函知,已与抚臣熟商,饬臣偕前任广东高州镇总兵杨昌泗,即领所带之兵尾追贼匪,是日巳刻,拔营前进。十六日在团风地方沿江港汊两次与贼接仗,击沉贼船十余只,毙贼一百余名,米粮二百余石。十八日行抵黄州,城内衙署、庙宇、民房俱系屡遭贼毁,仅存瓦砾,居民已迁徙净尽,其时侦探贼船聚集巴河约五六百只,对岸之武昌县江边亦有贼船三四百只,因就空城内暂为驻兵,次日黎明即遣派候补知府伍烇,都司端玉,守备刘富城、李殿元,把总殷开山等督带兵勇,用奇设伏,分队进攻,毙贼一千余名,焚烧贼船七十余只,已由督臣抚臣查核,具奏在案。二十一日探得贼众千余人,又裹胁千余人,在上巴河一带掳劫民粮、衣物。随派该府伍烇、千总向方得等督带兵勇前往邀截,计两次焚烧竹筏十六架,向方得、殷开山各手刃长发老贼数人,生擒十余人,余贼烧毙及落水死者无数。因探知前路贼匪甚众,我兵太单,遂即撤回,拟于二十三日再行前往截击。讵二十三日正在整队将行,忽传贼众蜂拥而至,意将扑营,当即派令整队之兵先分两队出追,继派两队折击,贼出不意,遂各惊溃,我兵乘势赶追,击毙贼匪及落水死者无数,生擒长发贼三人,夺获刀矛器械甚多,余贼纷纷驾船下窜,我兵系在陆路,不及穷追,即各收队。探闻该匪连夜于巴河东西两岸筑土城,并由樊口驶出,及由下而上添聚船一百余只,又有贼匪二三千人由圻州陆路上窜,亦集巴河。臣以该贼志在得粮,我兵且先截其所掠之粮,贼势自必穷蹙,复于二十四日派兵分五队陆续前往上巴河一带,逐段邀截,计两次共焚烧贼船二十余只,竹筏百余架,米粮、衣物无算。贼于我兵至时各皆溃散,仅杀贼十余名,夺获大、小黄旗十杆,红风帽数顶。是日即驻扎范家桥。二十六日黎明,有贼四五百人呐喊而来,我兵造饭甫毕,即出接仗,杀毙带黄风帽贼目一名、红风帽贼目三名、执大黄旗贼一名、余贼匪三十余人,夺获旗帜、器械多件。忽见四面林内绕出黄旗数十杆,约有二三千贼,围裹而来,势甚凶猛,我兵且战且退,查点各队,阵亡外委钱德宽、汪以勋二人,兵勇十余人,查无下落者十余人,皆归伍。随于二十七日探闻贼欲悉众来扑黄州,并恐上窜武昌。先是,军行地方均系甫被贼扰,市廛如罄,数日来兵粮惟赖乡民零星担售,迨闻警信,卖米者倏已星散,以致兵勇无食生惧。臣即传令连夜派人四乡购米,暂安众心。一面与杨昌泗、伍煋等密商熟计,倘贼果大至,乡米不能买运,郡城又系一片瓦砾之场,空无居人,疗饥乏策,惟有相机移兵就食。乃二十八日辰刻,正在整队间,遥见贼船数百只扬帆而来,黄旗百余杆,瞬息已至城下。臣与杨昌泗等激励将士,齐用枪炮轰击,因南城外尚有未毁空房约二百余间,贼即分米藏匿房内,余贼环绕呐喊,渐次逼近。臣亲在南城查看,该贼正用火箭喷筒已将南门月城烧毁,立即悬赏,饬令守备刘富城、千总向方得督率敢死之士奋勇将月城堵塞,并用枪炮毙贼三十余人,我兵亦被枪毙五人。随又抛掷火罐,将近城藏贼房屋十余间一齐烧毁,贼见火势大旺,始行小却,时我兵已忍饿一日,铅丸、火药亦已将尽,若再恋战,必将大受损伤。因与杨昌泗暗传号令,趁此火势整队,从西门而出,是夜至距黄州二十五里之堵城地方安营造饭。当据侦探回报,贼船千余只俱在黄州江次停泊,查黄州距省仅一百八十里,大江暨南北两岸水陆三面直达通连,并无险要可扼。臣兵系在江北陆路,若贼走水路,我兵即计无所施。因思省城兵本非厚,兼之安徽抚臣江忠源留楚之勇已全数撤调赴皖,核计城守尚虞单薄,倘贼果上窜省城,必然警急。如臣二千之兵隔在北岸,恐又无船可渡,难资策应,不若暂行回省,另筹剿御。因即禀商督臣抚臣,已于十一月初一日带兵抵省,现在随同督臣抚臣将城内守卫事宜加严经理,并于附城各营盘拣练军实,妥为备豫,务求可战可守,相机进止。至臣屡奉圣谕遏贼北窜之路,臣察看贼船,皆系资粮满载,沿江停泊,不致遽尔弃舟,登陆远行。万一探有贼踪北向情事,臣即奉请督臣抚臣拨给精兵,兼程赶赴前路、会同学臣青麐督率文武,联络乡团,实力堵剿,断不敢稍涉迟缓,上烦宸厪。所有臣追击逆匪及带兵旋省、另筹剿御缘由,理合恭折具奏,伏乞皇上圣鉴。谨奏。再,臣正在缮折间,探闻贼船已由武昌县之樊口一带下驶,仍聚集巴河,并下游之兰溪、圻州、田家镇等处,均有贼船百余只,二三百只停泊田家镇,并筑有土城等情,合并附陈,臣谨奏。初八日申刻,五百里驿递。

　十一月廿六日五百里奉朱批,另有旨。朱:另有旨。

癸甲从戎录(1853—1854)

冬月初十(1853年12月10日) 辛亥。辰刻,制府以水雷事函嘱,催令张仲远司马来省赶造,即专函交其来差赍去。

十一日(12月11日) 壬子,晴。林立甫大令自荆州带壮勇、水勇五百四十名来省,大府以其九月十五小有意见,不欲留之,余又事权不属,只合为之再三乞请,势不能行,因为函致江中丞,令其径报庐州。是夜与立甫谈至三更始卧。

十二日(12月12日) 癸丑,晴。请立甫为余筮,此身如何结局,得"困"之九四,有终有与,似无大碍。惟困于金车,又不当位,则危疑,艰险乃不能免,亦惟顺而受之,以冀徐不终徐、困不终困而已。是日申刻,立甫出城,因偷闲作贵州书数函。

十三日(12月13日) 甲寅,晴。制府手函催林立甫速去安徽,适立甫来,言其所带壮勇皆奋身愿往剿黄州停泊之贼,胜则请留备帐下,不胜则各自四散。余壮其言,又为之言于制府,无如此老畏(崽)[葸]实甚,终不可留,则惟有厚给其半月口粮,速去江中丞行营耳。

十四日(12月14日) 乙卯,晴。由藩库先后送来库纹九百,又备公牍一函,又手肃数行付林大令亲赍投递江中丞云。是日王生小峰来,先一日王子章来。夜四鼓、五鼓两得中丞手书,知城上彻夜大警,江夏严令误之也。

十五日(12月15日) 丙辰,晴。千总向方得领其甥云骑尉世职刘某来,带有湘勇二百名,已归向千总统带,计有劲卒三百,足以成一队矣。守备李殿元亦来,云已奉派专带提标兵三百余,亦有一二百可用者。夜间李外委东山、文把总三元差人来,言在阳逻下三十里抢得贼船三只,杀贼二人,落水死者二十余人,今晨已于大府处报明云。

十六日(12月16日)　丁巳,晴。林立甫来函,又招得勇百人。盖以杨经历之勇,三百余足有千人,是一大队声威甚壮,即日渡江长行矣,为之一慰。是日得探报,贼船大小百余只,由团风之鹅公颈而入,将有扑麻城之意。制府随派杨镇军、侯参将、周都司共带兵千五百名前往剿办。未正刻,崇中丞来,云已于本日拜折请假十日养病,当此时候,正人臣披肝沥胆、奋不顾身,何能以病为词?如以病言,则余现亦目眩头晕,两足无力,左膀亦已不仁,然而不敢言病。此公满洲世仆,竟欲借以抽身,不审其意何居耳!申初刻,刘春亭之乃郎强欲为之兑付三百金,俾其老父还镇,不得已勉为凑付,因以寄致家用云。盖春亭患难无依,又病体委顿,倘不应付,即恐性命不保,桑梓世交,亦无可如何也。

十七日(12月17日)　戊午,晴。作家书。

十八日(12月18日)　己未,晴。得六安江中丞之营务处杨斐然都护来信,知六安被围之说皆妄,岷樵中丞小恙已愈,已于月之初八日受篆,初九日即启节去庐,料理收复桐城、舒城之事。随得舒云溪制军信,奉寄谕令其带兵由信阳一带来楚会余,夹击贼匪云。

十九日(12月19日)　庚申,拜发元旦贺折一件,以二十金为折费,又以十金寄高顺为买折件。是日两院得奉命大将军和硕惠亲王来咨,令自督抚以下至于杂职量力捐输,由数百以至数十,限两月内解充军饷。合天下凑集不过数十万,其何能济此捐?之后又将若何?岂非败局耶?为之长叹不已。又得舒云溪公牍,已不来楚北合剿矣。

二十日(12月20日)　辛酉,阴。制军手函以昨奉廷寄,有“已传谕唐树义知之”之语,似余当已奉传谕矣,并未奉到,因亟诣甄翁处恭阅寄件,亦无要事,并陈请将各兵挑取奋勇,派令好将官管带,随时操演,以备调遣。制府颇以为然。

廿一日(12月21日)　壬戌,阴。孙诒庵舍人遣人问贼匪情形,意将搬回汉口,因就现在情形数行复之,嘱其且住为佳云。

廿二日（12月22日） 癸亥。为长至令节，余以足疾不能着靴，又左膀疼痛，且目眩头晕，未敢随班行礼已数日，嘱方伯为之婉转陈明两院矣。昨日得青学使十九日八百里咨文，恭录廷寄、传谕，令带兵尽力追杀贼匪。岂知二千之众，岂能当数万之贼？而且请饷不发，请兵不添，仅此孤军，其何能济？学使来咨请将现在作何办理情形咨覆，只好就现在办者据实言之耳。闻又有廷寄到两院处，未知何事。是日晴。作书寄王廉普观察云南，并托关照刘春亭司马信，即交司马专足寄去，或不至迟滞。又马递寄彭于蕃永昌数行。

廿三日（12月23日） 甲子。是月为甲子月，子时为甲子时，巧合之至。天气开朗，颇甚光昌。未刻，杨忠武之孙熙号朗山者由刑部主事告假回川，练勇五百名，奉旨来楚帮同剿贼，来署畅谈，闻其部下有能造炮、造毒箭、造船者，问禀生黄来备号叙五何以不来，则以川督奏留在川北团练故也。差探贼已将下巴河，营垒拆毁，尽踞黄州城中，并于城外及龙王山一带全筑土城围护，将为久远之计。又据守备刘富城禀知：奉制府派，令偕向方得各带兵勇随杨朗山之勇前往收复黄州云云。以数万之贼占据一城，城外又尽筑土城围护，我兵仅千余人，而欲收复之，其何能济？即谓有杨镇军、侯参将、周都司千五百人，尚在麻城，足以为助；布军门、王都司八百人现在金牛七里洪，亦可呼吸应援，然总共不过三千余人，亦断不能十分得力。制府自谓持重，恐此事竟涉轻举，欲往谏之，必不见听，且如此举动，亦不与司中谋议，强勉进言，竟拒即更无谓，惟有听之而已。

廿四日（12月24日） 乙丑，晴一刻即阴。出门先答拜杨朗山主政与严渭春大令，谈一刻余，随又答拜德中军回。随得彭器之茂才自金子矶来函，十九日得余手信，知有兵去，即赶至山坡上二十里与王都护晤面讫，即先折至金子矶布置一切，时贼约百人，全在"道生典"中劫之，即密令典主人多以酒肉羁留之，而嘱王都司之兵衔枚急进。讵王都司到街中即施枪炮，以致新从贼者三十余人皆去江中逃散，比围攻典铺时，仅能杀贼数十，中有红袍数人藏匿屋上，连施枪炮不中,不意兵即自退,贼遂率余贼约二十人返扑十里之远。王都司尚称能事,竟远立山头,不亲督战,亦大怪事。幸贼船满载二十余只,土匪乘其接仗之际抢掠一空,贼见一无剩物,遂将典铺焚烧而逃云。我兵有此好机会,得此好乡导,乃将不亲督兵行,以致不能全胜,转为所轻,可谓坐失事机,令人愤懑之至!朱荫堂、孔叙五皆以王增祜为可人,余方钦敬之不已,而乃畏(崽)[崽]如此,可恨亦复可叹!是日又遣弁杨志勇持五金往迎赵文庵梦元,并亲致书署州判事吴巡检,嘱其务当怂恿来省一行。申初,乔中丞之长君绥福和圃刺史来,具道有头陀某住潜江城之闻庙,萧汉溪学士遣其郎君往问贼事,云贼明年三月即当全数扑灭,如其果然,岂不大妙?惟盼天心厌乱,不胜朝夕祷祝也。布提军自七里洪还,谈少许而去。

廿五日(12月25日) 丙寅,阴。前日得狄兼山书,并交勇丁赍回药膏一罐,昨日黎明服之,似尚有效,今辰因遂照服一过云。午间,伍文山太守来,亦谓潜江之头陀甚为灵异,渠即欲差人致之,究未知能否来耳。夜间大风。

廿六日(12月26日) 丁卯,风仍未止,天已放晴。巳刻,由五百里驿递奉到军机处交出夹板,初八日奏报之折及谢恩折,又片奉到朱批"知道了",又奉朱批"另有八日",当即晋谒督抚,恭读咸丰三年十一月十八日奉上谕:"据唐树义奏《追击逆匪情形及带兵旋省另筹剿御》一折,逆船蚁聚巴河一带,自二十一日至二十八日,经唐树义叠次攻剿,均不能得力,而该逆披猖愈甚,现复聚集兰溪、蕲州、田家镇等处,并有添筑土城情事。是黄州一带江面全为贼据,而下游贼船亦复不少。该处毗连豫皖,闻系北路大局,自应迎头截剿,拦其北窜之路,乃该臬司一路尾追,复以省城兵单,遽行折回武昌,竟至置兵于无贼之地,实不可解!着吴文镕、崇纶传旨,谕令该臬司仍即带兵星夜渡江前进,督同候补知府伍煜等,务将黄州一带逆匪并力夹击,以挫贼锋,仍兼防北窜之路,断不准借口兵单,致滋贻误至武昌防守事宜,并如何派拨兵勇协剿之处,即着该督抚等熟筹兼顾,毋误事机,将此由六百里加紧谕令知之。钦此。"遵旨。寄信前来,细绎圣意,总以防堵北路为重,而两大吏意见不合,督辕尚许拨兵而不拨伍,守抚则并兵亦不肯拨。盖抚职在守,惟恐兵拨贼来不能守而命在须臾,而其满口官话,谩骂轻怒亦似旁若无人,不知其一片私心,旁人早已洞见肺腑!余既事权不属,虽奉明旨,惟听上台之文,行看其作何举动,再为筹画,不敢依违其间,自蹈退缩畏(崽)〔葸〕之谴也。

廿七日(12 月 27 日) 戊辰,晴。闻同年刘朗斋已还,其六壬最精,因敬报一时,嘱王子章请诣占之。据云:必当带兵出省,而且尚有虚惊,却于大象无碍,明年正月必可得手,三月即能灭贼云云。姑存其说,以俟验,并闻其八公子甚精此艺,不让乃翁,拟俟行时邀之同去,行军用兵,不为无益。其兄刘台三并洪南郊两孝廉均来。前日洪幼元亦来。

廿八日(12 月 28 日) 乙巳,晴。刘朗山翁之八郎来,为占四课,似有应验。是日未刻,闻有廷寄,不知何事。午间往谒大府,则于昨日已单衔具奏数事,似多任性为之者,宜乎中丞之不为会衔也。

廿九日(12 月 29 日) 庚午,晴。早起,曹艮甫来。午刻,延尚之观察亦来,以同乡何熙堂从九将从军安徽,因与尚之凑助廿千,又为致江岷樵中丞一函,并嘱林立甫大令为之留意云。未刻,得大府会札,恭录上谕,知庐州贼围颇急,其黄州一带之贼,即责成臣义剿办,并有"毋得株守省垣,借词诿卸"之语,因即装叙两次谕旨,禀请两院拨兵。时张仲远在座,为占六壬一课,亦谓以逸待劳,不宜妄有动作,俟明正初七八即可,往则有功。是月小建。

十二月初一日(12 月 30 日) 有徐某自贵州来,得儿子十月十八安报,心为之慰。徐氏昆仲浙江人,浮而不实,不足与言军事,婉言辞之而已。又诣大府问出兵事,则以王臻祜贵州兵五百属余带往,会同杨朗山主政商酌办理,不知中丞之意云何也。是日辛未,晴,作书附蒋中丞函,寄炯儿并附王寿翁一函。

初二日(12 月 31 日) 壬申,晴。又属刘可亭为占六壬,并问大冶曹公之彬能来与否,课系六冲,恐涉迟滞。又占与北署意见若何,则云面从后违,其言似亦有理。随招古州王都护臻祜来,示以督批,即令速为挑选精锐,并代制帐房。时梅孝廉溥南来见,亟请同往。余以此时军中用度支绌殊甚,嘱其先往黄陂一带办理捐资之事,倘有三数竿进项,公事较为得手,梅亦欣然领诺而去。饭后随往抚署,与中丞谈一时余,拉杂不休,颇不耐闻,而又不能置之而行,殊为闷闷。是日作家信数行,并寄狄兼山家报五件,交王都护差回黔中便附去。晚得仙桃镇州判吴晋恩来信,所谓赵文庵者已到其地,拟即回家晋州共六七日,即束装而来,似初六七日可至云。

初三日(1854年1月1日)　癸酉,晴。早起,布提军、王都护来,以贵阳营兵二百名除去病兵十四名,尚有一百九十六名,湖北不收,江西难去,嗷嗷待哺,无法可想。余因捐廉养之,盖以乡人远在此间,既无着落,而余现将出师,兵力甚单,收之亦不可为无益也。午间奉大府令,至抚署会商公事,亟往同司道进见,乃今日奉到廷寄,以两院意见不合,上触圣怒,奉谕:"着吴文镕带兵出省追剿贼匪,崇纶防守省城。"并问臣义是否已经带兵进剿等因。因中丞前月十六日具折请假,夹片密奏制军,事事龃龉,安坐不动云云。奉批到处有贼有匪,总督岂有安坐衙斋之理?是以有此谕旨。然甄翁既不知兵,又复执拗,闻此即欲出兵,窃恐无谋而败,辱国丧师,大局因之败坏,不可收拾。亟劝其从容布置,量而后入,并速调荆州步兵二千来省防堵,且筹度饷项,粮台料理妥协再作前进之举。而两院又以船炮之事属余,亦只好力为任之,事到万难正不敢稍有推卸,奈何,奈何!归署已及上灯,适彭器之来,与褚萃川共坐一时许而去。

初四日(1月2日)　甲戌,晴。器之来言,自欲措捐五千金为剿贼之用,并允为雇觅划船、招募水勇,为火攻计,大喜过望。

初五日(1月3日)　乙亥,晴。抚军招集督署,共劝甄翁缓行,而措词不免激烈。一鼓后,甄帅又招集司道至余署中,出其折稿聚观,其词亦有激者,因共劝为改易,并以当此时势,不能分宵旰焦劳,而乃彼此互讦，贻君上忧，实所不忍，词严义正，似大府亦无词以对也。夜四鼓始息。

初六日(1月4日) 丙子，阴。辰起赴大府谒见，还署，发贵州蒋中丞信，附家报；又发四川杨方伯、清观察信，附黄琴坞一函。晚间陈庆有、吴联升来言：已招集水勇三百人，拟初八日亲为演试。午间，器之来言，有杨秋柸者亦能捐资助饷，因延之入座，奖劝备至，似可有成。又与器之议将自备坐船三只，为收拾什物及坐起之用。又另觅小划一百只，为火攻之用。差延沔阳、赵文庵来。又一善六壬者，谌姓，为试二课，艺未必精，俟且试之。

初七日(1月5日) 丁丑，阴。谌某六壬不特无验，且多错误，即以盘川遣其回里，计此一人，已费去二十千矣。又有贵阳营兵二百名，大府调而不收此兵，竟将饿毙。因系同乡故，廉得实，亟属王都护臻祜代为安抚，自捐资发给口粮，俟到前路，果能立功，再为设法。昨大府将带兵出省，正虑兵单，遂将此情陈明，许为照例支给，然余已捐备数十金矣。本日差弁万年春招募水勇，亟欲口食无处可要，遂又发给十两余暂行用度。如此等类局中，一钱如命，动形掣肘，身在其间，不能坐视，奈何，奈何！午间诣中丞署筹画炮船之事，以小划五十号，每船仅二百斤小炮一尊、子母炮二尊，又仅派柁工、水手四人，而欲余领之，以当千余号之贼船，虽乳臭亦知其难，而中丞乃毅然谓为可以制胜，其将谁欺？至欲请添水手二人亦万万不行，此等办事可笑矣，亦复可叹！余见言之无益，亦不愿再言，只得设法另添。因与器之酌商，令其雇买渔舟二百只，自为料理，所谓臣心自有天知而已。晚间阅邸报，山陕捐输亦形短促，福建土匪蔓延特甚，京城时有奸细，气象日见败坏，不胜太息之至。

初八日(1月6日) 戊寅，晴。天色昏黄，江雾迷漫，饭后出城至鲇鱼濆查看炮船，点验招募水勇。随入城至藩署访问，兵饷毫无，方伯则一筹莫展，委员亦声息全无，不觉为之丧气。早间，万年春招勇之事已奉大府札知挑选收用，因往见制军，议论三路进攻情形及扎营处所。

初九日(1月7日) 己卯,晴。胡莲舫自监利来荆,宜施道升福如亭来,言论精力颇见明练,并询王子寿比部,甚为倾倒。因以子章属其延订,许俟到任后即托监利江大令代聘云。是日奉大府行知,初八日奉到廷寄,又据学使奏参,奉旨催令吴文镕迅即督兵出城迎贼,所向奋力进攻,断不准再事迁延、致干重罪云云。闻大府初十日即欲渡江,忧危疑谤,亦气运使然,然亦此老之一(相)[厢]情愿有以致之也。

初十日(1月8日) 庚辰,天半晴阴。辰初,先诣保安门谒见制军,议论兵事,随出城至塘角,公送登舟讫。即还,适胡君开第来,李星甫之幕中友也。细讯星甫事,知其次郎、三郎、四郎、六郎均携眷,因贼警皆避居天门之皂市,余始令其回陕而不见,听闻此时亦甚窘迫,又不能助之,为唤奈何而已。因为胡君作书属安陆冯太守延之,或可得一枝栖。随后乔世兄绥福来,与其戚张鉴欲从戎事,遂往抚署详告中丞,一令劝捐,一令招勇,皆由抚部札知办理,为水路策应,未知能否。张某花而不实,窃虑其无济耳。

十一日(1月9日) 辛巳,阴,似有雪意。褚萃川舍人以余所为《楚招祠壁记》石刻告成,将刊之壁间,因往观之。适张仲远司马来,约至抚署,同查验水雷消息讫,又同在座茶话片时始还。刘八可亭世兄、彭器之均在署。刘则为占大府出行是否得利课,是申子辰水局,可望获胜,水军亦均大吉。王子章五弟偕萃翁又于江夏坏署内拣得壁间《监利遗爱碑记》石刻二方,亦刊之楚招祠壁云。是夜大雨。

十二日(1月10日) 壬午,寅卯间仍雨,巳以后始有晴意。出门答拜升如亭观察。奉到大府札,知以臣义黄州返省为不合,特旨革职,暂行留任,以观后效,仍令带兵剿贼。圣恩高厚,天地莫量。岂知贼非难平,实事之掣肘、牵制之为难耶!亦惟有矢此孤忠,竭力办之已尔!作书寄王子章比部。

十三日(1月11日) 癸未,微有晴意。连日分派委员、勇目、千把迅为料理器械、船只,舌敝唇焦,尚未办有头绪,实缘局中掯勒特甚之故。午刻,局员以方伯命送二百金,为火食之费,辞之。盖日来凡百赔垫已五百金,以后亦尚须垫用,收此亦殊不值也。杨镇军泗昌来,奉旨发往,军台老而无子,可怜,可怜!晚,器之来,又雇觅小划数十。

十四日(1月12日)　甲申,阴。料理行事,江夏严大令来见,知朗山主政奉胜克斋星使调赴天津防剿,系冬月廿一日之旨,似北窜股匪犹未平也。既派委员蒋树昌、吴世彇料理炮船一切;又派杨大龄、吴瑛料理民船及经管米、烛、盐、油等事;又派把总张兆寅、杨正芳为营物处;又派把总文三元专管火药、火蛋、火傈、火箭等事;又与彭器之斠酌号令,又嘱其为祭纛祭江之文讫。即出门,于中丞、署方伯、盐观察各处辞行,中丞、方伯、观察随亦来署谈少许。二鼓后,赵文庵为余卧室内布列吉星,镇压凶星,派遵义勇二人看守。文庵又为制吉旗九面,布置妥协,即以子正刻出门,由汉阳生方而出,军容颇盛,气象甚佳,同官皆以为必胜之兆。

十五日(1月13日)　阴。船先泊汉阳门,辰正移泊汉口。小河伍文山太守、黄守备良仕均来见。又亲往张仲远司马寓,与之议军中事。先是,刘可亭以今日子时为余作六壬课,大以为吉,仲远亦甚谓然。惟可亭谓不战而胜,仲远则曰:"必战必胜!"未知何人必验耳。敕正容带勇数名,即于仲远之孙程君处学施放法,又细叩咸宁所招奇士,答以必来,欣喜之至。未正归舟,乔大令和圃来,托制闷药解药,亦已交收,数日来,凡此诸事,均极顺利。惟中丞公零星琐碎于小事,更为掣肘一炮一火药,往迎至十数使,令人恨煞、烦煞。闻学使奉到初五日廷寄德安,着台将军前往防堵,俟台到后青即回省防堵。似此公未必能久抚此地,亦自寻苦恼,于人实无尤也。噫!天下如此等人,事事自是,事事皆以人为非,而又全系私心,于事安得不坏耶?可恨可叹!

十六日(1月14日)　丙戌,早阴,午以后略晴。中丞又连来三函,大约皆琐屑细事,晓之不休,勉强婉词复之。而火药仍然不发,并井油亦捎不给领,大江之上,惟恃火攻于此,勒之其心,实不可问,然亦无可奈何,惟有竭力设法办理,以期竭尽此心而已。晚间谆嘱委员料理发炮药、做火蛋等事,又嘱敖正容雇募水勇、陆勇共二十名,及其所延致吴某,共拟付钱百廿千,为半月口食之费。夜有小雨。

十七日(1月15日) 阴。中丞来信,嘱以炮八尊带寄制军,随饬杨大龄、张光荣带水勇五人于仲远司马寓中,烦其甥☐某为吉水雷法,乃以尚未漆干,令稍一二日方能交下,亦只好听之。乔和园明府来,又嘱为造闷药二料、解药二料,即给六品军功牌一张,所谓"烂羊头,关内侯""告身换一醉"之类,殊可叹也!明日将祭江祭旗开行,应奏报起程日期,即烦器之为作折稿,并将其捐助军需、办理船勇诸事,亦并叙入,或可即邀恩叙,亦未可定。

十八日(1月16日) 戊子,晴。申时祭江祭旗,开帆而行,军容颇壮,随拜发奏折,由五百里驿递去。先是,天朗气清,入夜则雨【师】数洒,皆吉祥之象也。

二品顶戴革职留任湖北按察使臣唐树义跪奏:为微臣奉命暂留本任,得以遵旨进剿逆贼,现由水路进攻,已于十二月十五日渡江,舟次汉口,恭折由驿驰奏,叩谢天恩,仰祈圣鉴事,窃臣于咸丰三年十二月十二日奉淮督臣吴文镕行知,咸丰三年十二月初五日,内阁奉上谕:"唐树义着即革职,暂行留任,仍责令带兵剿贼,以观后效。钦此。"跪读之下,感悚交并。伏念臣自黄州回省,另筹剿御,日夜焦思,深恐有负圣恩,迫奉谕旨叠催,益觉心煎于火,向使兵食有继,早于黄州扫尽妖氛,何至重劳宸虑? 君忧臣辱,罪无可辞,乃蒙皇上曲意矜全,不欲投闲置散,仰见鸿慈高厚,得使尽其微忱。臣惟有矢此孤忠,为其所得为者,功不敢贪,过亦不敢自讳。现在督臣带兵已于十三日由陆路前进,臣水路较速,兹已料理齐备,即于十八日督带水师战船直扑黄州,会合追剿,务期一鼓荡平,用答隆眷,而伸天威。所有微臣感激下忱,暨带兵由水路会剿出省日期,理合恭折具奏,伏祈皇上圣鉴。谨奏。

甲寅正月初八日奉到批览。

再，臣前因叠奉谕旨，责成追剿黄州逆贼，事有专属，深虑延缓，当经禀请督臣抚臣，迅派兵勇归臣统带。随经督臣批饬，于贵州提督布克慎所带贵州弁兵内拣派五百名，令都司王臻祜管带，随臣驰往；令同主事杨熙并力夹击，以挫贼锋。而抚臣则以防城不可不严，抽兵五百无济于剿，而有损于防，是又不欲臣往与督臣展转会商，逾时已久。适于十二月初三日，督臣奉到谕旨，随即带兵四千余名，由陆路进攻，改派臣由水路会击。据拨汉阳营千总张兆寅、把总张殿元带兵二百名，又拨荆水师营额外张定祥带兵七十名，宜前营把总陈得芳、高士贵、韩廷珍带兵一百十三名，又札军功陈庆友，吴联升带水勇、川勇一百六十名，复经督臣札饬督标外委万年春招募水勇六百名，交臣调遣，前后统计兵勇一千一百五十名。而抚臣仅给发小驳船五十只，每只柁工、水手四人，配炮三尊，内百余斤及二百余斤炮一尊，余以架炮、子母炮间之，请之再三，始又添给二十尊火器，则发上药六千斤、次药四千斤，微论势过单薄，即欲千余人并力一战，此船能容几何？夫用武必先择地，今以水战则船即地也。不分布以出奇，必群聚而受迫。臣连日侦探贼艅在黄州者，以五六百计，在黄石港、圻州一带者以千计。现在重兵直趋陆路，则水面势更吃重，万一连樯而上堵剿，何止戒严？以受迫之师御亡命之寇，多寡既殊，胜负难必，臣万分焦灼，计无所之。适有江夏县附生彭汝琮毅然请行，愿以制钱壹万串捐助军需，随据该绅自雇民船百余只，以四十只添作战舰，余则随时听用，或施火器，或备巡哨，或作暗渡。另雇水勇二百名，内有能于水底行走者，可以暗中用计。又备芦柴四十船及一切火攻器具，并制木排多架，备作水城，该绅复恐经费不敷，更于倥偬之中，力劝汉阳县捐职光禄寺署正陈相清捐助制钱三千串，实属深明大义，不惮辛劳。而臣饬办诸事，皆能勤慎妥协。臣得其人，既可借资任用，而所捐之钱，于此时尤为十分得力。战备既齐，少有把握，惟船中所需枪炮、火药，一切皆非民间应有之物,船只亦既多添,炮火岂容少缺?屡饬带兵员弁请领,抚臣执意不发,窃思炮船所资,火药为先,若不宽为筹备,其何以应急需?又四川所解井油,亦属火攻要物,而于水面用之尤多得劲。查局存井油甚夥,抚臣坚不肯发,遇事掣肘,莫察苦衷。虽固请而不能,欲另筹而无计,终朝惴惴,恐烦宸廑。伏念臣年逾六十,质同蒲柳,且自引疾以后,所患至今未愈。惟感受宣宗成皇帝特达之知,当此时势艰难,第令所能支,必当起而自奋。故臣自抵武昌后,带兵数次,皆系力疾从戎,现复加以左臂左腿时时酸楚,亦未敢遽请赏假。诚以一心许国,此身已非自有。然使于事无济,何忍末路裂名。此一役也,臣惟有竭尽心力,以图报效,不剪此股,誓不生还。所喜楚实多材,臣以礼罗致者,颇有奇材异能之士,倘能如天之福,一战告成,靡独微臣感荷鸿慈,得副谆谆委任,即该捐绅等亦不负其自效之忱。臣系肩甚重,不敢不沥陈于君父之前,伏乞圣明鉴察,不胜悚惶之至。所有微臣沥情下忱,理合附片具陈。臣谨奏。咸丰三年十二月十八日申刻,青山舟次行营拜发。

甲寅正月初六日奉到朱批:览奏均悉。

十九日(1月17日) 己丑,阴雨。舟泊河口港内,时万年春招集六百人,船皆未至,闻其为发口粮事不协于众,因属彭器之率文武二人暨奴子李森前往料理云。一鼓后均已到齐,万年春力可敌百十人,又能水上行十余里,父子俱甚奋往可用,然未知营务,骤以六百人令其统带,未免手足无措,是不能不借人扶助之也。已刻,得甄甫制军差弁来信,即一一手复之。

二十日(1月18日) 庚寅,阴。巳刻始督令师船一一开行,然或先或后,尚不整齐。过阳逻至西港,天已申正。将弁云距鹅公颈尚有四十余里,因即停泊,启行祭旗。兵丁船夫,例有赏号,是日始一一赏给之。忽委员蒋树昌来言,文三元所领铅丸多半大而无用,闻之急煞,随饬营务处会同文员暨带兵将官逐细计算,另用文移,差即补县丞吴瑛督同文三元回省赴局换领。此事幸得蒋委员心细查出,若稍疏忽，临时必大误事，蒋实可嘉之。至三日来，余以抑郁烦闷，肝气大作，狼狈不堪。前日伍文山为开一方，命奴子周贵料理，乃药已早得，而余并不知此等下人岂尚有人心者耶？忍耐受之而已。是夜三更后大风。

廿一日（1月19日）　晴，西南风大作。舟不得开，簸荡不可名状。用红白禀将现在办理情形及启行日期申赉制军，又将李东山、粟占春所探实情寄知。并将十八日一折一片亦为抄寄，并告以贼在得胜洲另筑营垒，又于三江口设水卡，自应先将此营踩踏，水卡冲掣，然后进兵，方为得算，未知甄翁其意云何也。夜间据陈庆有来言，另备川勇百人，愿告奋勇前往踩踏洲上之营，余闻之欣然，临时自当悬赏办理。果能得手，则其后势如破竹矣。

廿二日（1月20日）　风势稍定，漫天大雪。舟人、兵勇皆缩瑟可笑，余小立船头亦觉冷气逼人。已正刻，敖正容、陈三元偕吴某来，目双瞽矣。问其所学，秘不肯言，大约左道之术，惟恐余嗔之者。当此时势，惟期杀贼，正不遑问其邪正，但以能杀贼立功，虽邪亦正，只求于事有济而已。申正，风稍定，亟开舟，泊叶家洲，二鼓始到。

廿三日（1月21日）　癸巳，雪止，风仍不歇。移船至叶家洲泊，午后又飘雪花数片，雪雨一洒。申初得杨朗山主政来书，彼此皆拟泊扎团风，会同进剿，盖余于申初亦数行差弁告之也。二鼓后，李东山、王尚德侦探回。得制军书，知已进驻回龙山。又得张德坚函，具道贼于东门外小山又立一营，其余所言无关紧要，不审其究竟确否。已刻，差粟占春往探，或能得实情也。

廿四日（1月22日）　甲午，自寅、卯间即雨，更鼓悄然，营务之急弛实甚，不可不严加整顿。当饬把总陈名芳查明支更巡哨兵丁插耳示众讫，随派把总张兆寅带哨船于申刻后即挂江面二十里内逡巡，又派李东山、王尚德各带兵三名、小划一只，轮替往下游侦探。申刻据万年春探事回报，贼船已开出黄州，并盘踞黄州之贼亦皆下窜，此事未可深信，且俟粟占春、李东山明日必有回报，径知真伪也。是日自辰至未,雨雪不止,漫天盖地,约及尺余。如此灾区,明岁丰年可望,亦大妙事。

廿五日(1月23日) 乙未,晴,雪,西南风。巳刻由叶家洲开行约一时许,即至罗家港泊。因途中船只参差,或先或后,殊欠整齐,于泊船亲立岸头,集陈庆有、吴联升、万年春并百长六人,再三谆谆谕之。闻制军扎营堵城之西,因乘舆往谒,并拟往贺杨朗山主政。沿江岸行约十里,乃至大营,与制军谈约一刻。杨朗山适来,又共叙片刻。忽传大兵出队,与贼接仗于龙王山,并有船数十只上窜。余即赶归,制军亦与朗山斟酌添兵接应,余因留唐戈什哈在营,专候捷音云。归来见排列战舰甚为整肃,心为稍慰。夜中灯烛,亦有光昌气象。又差王尚德带兵三人,坐小划一只驶下侦探;又派唐之凯、刘兴顺半夜后巡查更鼓,上下哨亦均严密。

廿六日(1月24日) 丙申,阴。早起,饬营务处于水营上一二里安炮六尊,以防贼人或乘顺风抄我之后。随升座,将各兵勇传集点名一次,再三谆谕讫。适闻贼至堵城,将扑大营,遂传知各勇目严队以待将令,因遣周遇春前往探视,回报始知其谬,因即收队。夜一鼓后,忽纷纷讹言贼至,兵勇船只全行开上,急传令肃静,而乌合之众,茫无纪律,至二鼓以后乃各归水次,似此行军,安能望其得手?令人不禁胆寒!彭器之尚有识见,他人早已惊惧无措矣。三鼓,得制军手书,催令进兵,岂知今夜之惊,又须二三日方能镇静耶?制军书尾云"本日酉刻"。又奉寄谕,中丞又参其任性偏执。此何时,而乃以参刻为事,其居心亦可想见,可叹之至!

廿七日(1月25日) 丁酉,阴,午后略晴。先将昨夜四窜兵勇严加整顿,又饬各勇目均于吴君处各呈送本命,乞其符咒,以壮胆力。又谆谕陈庆有、吴联升、万年春细加训练,以备出队。连得制军二函,并录行廷寄一道,乃中丞又以饷绌兵微,谓制府偏见固执,乃奉上谕,以与前奏自相矛盾,殊为诧异。可见圣明在上,无能蒙蔽,倘数日内连得胜仗,驱贼出境,则制府调度有方,天怒亦可回矣。是夜西北风渐小,夜哨更加严紧。

廿八日(1月26日) 戊戌,阴,东北风起。须防贼兵扬帆逆流,由七矶洪抄我之后。即派汉阳、宜昌奋勇兵五十名,带帐房八架于洲头旱地驻扎,又派万年春带水勇船十只傍洲设卡,水陆严防,所谓"不备不虞,不可以师"是也。午刻,自上旱地查看安设炮位,乃口门小而炮子大,甚不合用,昨夜居然以安设妥协呈报,武弁之可笑可恨如是。因督令一律更换讫,始还舟中。而进省请换铅丸之吴县丞、文把总回船销差云,局中已拟给发大小铅弹,中丞竟不肯发,亦不知其何意。大江之上,全靠火攻,强寇在前,疆吏乃同儿戏,岂真丧心病狂耶?可笑亦复可叹!是日两得探报,有谓黄州、武昌全无贼船,并得胜洲亦无贼营之事;有谓得胜洲边贼营可容二千人,傍洲有贼船一百余号,黄州亦有三四百号。两说俱不可信。因命外委李东山觅一土人年老者,给以铜钱数百文,令其扮作卖食物,直前查探虚实。李东山又自带一人乘小划而去,似明日申酉间当有确报云。

廿九日(1月27日) 己亥,阴,东风乃上水风也,未以后忽转北风,酉初大雨雪。先是,甄甫制军一纸知会明日黎明出师,水陆夹击。适张仲远司马来言,水路须看风色,即作书复制军去讫。随又念明日除夕,各兵勇例皆有赏,陆路水师不宜异同,或大营已有备赏,亦未可定。因手书属巡捕陆子涛探询,则水军各自酌赏,遂开单交彭器之速为筹措,早刻交给,以便料理他事。缘午间得贼密信,有三十日子刻分三路抄我:一由回龙山抄大营之后,一由堵城直扑大营,一由鸭蛋洲头包水师后路。其言颇合兵法,不可不预为之防,拟明日亲往洲头布置一切,故以赏号先发为妙也。

三十日(1月28日) 阴。辰起沐浴毕,即召集将弁一一谆嘱,随派敖正容率奋勇兵七十余人,益以其自招之勇二十人,持令先往鱼洲头驻扎,余随乘小舟,令万年春所带船炮一并前往。相度江势,足可捍御,因指示布置,又令外委李东[山]演放水鸭一,颇骇观者,亦水面利器也。小立半时许,与彭器之仍乘小舟回营,灯火照耀,大足壮观。到营已及二鼓,赵文广诸君尚待晚饭也。饭后又属刘可亭为占六壬,据云贼断不来,明年正月二日或可一战,战则必胜,然鲁都乘空,恐贼先去,则仍不能接仗耳。

(道光)[咸丰]四年甲寅正月辛丑日(1月29日)　黎明,沐浴焚香,敬皇天,望北叩头,并默祷祖宗讫。试笔,作数十楷字。是日阴雨,天色不甚明爽。饭后勇目吴联升遣侦探自黄州城内还,据言贼于昨日出队千余人,将欲抄袭大营及水师之后。因闻贼探来我舟,假作卖鞋者,回报云水师炮船即欲进攻,遂即收队。先是,昨日辰刻,余欲移舟三江口停泊,而查看当口处,江水太溜,不能停泊。可停泊处又距陆路太近,大营又未能移兵相援,是以改派万年春带勇船于上游七矶江洲头防堵,亲自前往布置妥协始还。不虞舟师疏忽,竟任贼探到船,然因此一探,以讹传讹,竟收队不敢来扰,可见贼虽亡命,其胆亦寒。我军倘能一心用命,未必不立见大胜也。适奉大府差派委员持书来知会探事,因即据实覆之。晚间又派侦探前往云。

初二日(1月30日)　壬寅,阴雨,竟日冷气逼人。昨夜卧不安枕,晨兴稍晚,忽闻人言,似自安徽来者,亟起询之,乃林立甫差丁自麻城来者。读其手书,惊悉庐州已于腊月十七日失陷,江岷樵中丞、刘见甫方伯均皆被难,为之气结。庐州乃天下之冲,岷樵为一时之望,大势既坏,豪杰亦因而寒心。倘使窜扰中州,冰坚偷渡,岂惟大河以南破败决裂,窃恐河北亦从而惊扰。主持大局者尚后,何人可肩重任也!此间人才既乏,兵勇怯弱者多。立甫大有将才,其所带荆勇、川勇亦甚可用,急往甄甫制军处商之。随作书,并寄五、六、八品功牌三十二纸,交其来使迅速赍投,嘱即赶紧料[理]来营,并邀所谓项君煨者来,现在兵力尚单,得此亦足,稍壮更喜。立甫尤足助予臂力,或可灭此朝食耳!是日并往布提军、杨主政营内,各谈刻余而还。吴联升、陈庆有各遣侦探回报,除夕之夜贼从得胜洲来,欲劫水营,闻我军枪炮声,遂各惊溃,黑夜中自相杀伤,百余人差足快意,又拿获奸细二人,乃甘心为贼作探事者,俟讯明再行正法也。

初三日（1月31日）　癸卯，阴霾蔽野，数里之外即不能相见，雨亦不止，未知何日始得晴霁，水陆杀贼也。得制府手书，知已调伍文山太守来营，此公与林立甫皆有异相，数日之内皆并集于此，或者事机其稍顺乎？

初四日（2月1日）　甲辰。昨夜大风，五鼓后雨声大作。辰起，满船皆雪米也。午刻属刘可亭为占六壬，以炯儿有与胡润芝同来之说，未知究竟来否。据云课属回环，似由半途折回，或者余属书谕其勿来。又函托润芝力阻其行，是以折回亦未可知耳。夜又大风雨雪。

初五日（2月2日）　乙巳，漫天匝地一片皎洁，真银世界也。巳以后晴。刘委员世煦自大营来，畅谈往事，不胜今昔之感。随饬陈庆有拣派探事，分南北两路直探贼踪，自田家镇，限于十一日回营，如果确切，则当有重赏云。

初六日（2月3日）　丙午，早阴，巳以后又冷不可支。申正，批折回，系年内腊月廿六日亥刻发也。闻乔明府等招勇二百已由汉口乘舟而来，竟尚未到，又林立甫之军迟迟亦未到来，或因兵勇口粮犹未措耳。酉初，万年春盘一细作，年才十四，查问贼情，略有可据，当徐徐叩之。

初七（2月4日）　人日，丁未，立春。大雪满地，辰初已盈尺矣。勇目吴联升差人获奸细一人，余亲讯之，供认从贼不讳，并供有卖硝江姓父子二人，仍饬原差壮勇四人前往查拿去后。随据委员由省解来井油十篓，抬枪、鸟枪、铅丸各五百斤，即交蒋司狱查收讫。到晚雪仍不止，未知何日始能晴也。

初八日（2月5日）　戊申，早有晴意，巳以后始见日光。李东山下巡，得一渔划老人，年七十余矣，每日以口粮令往探视贼踪，据云黄州巴河约船千余号，得胜洲上贼又新立一营，营外有船百余只，黄州之贼约有万人。渠有戚唐姓者，每常卖肉于贼中，城内情形最熟当，嘱其查探，可详得实情云。酉刻，投效从九品张鉴带水勇二百廿名、船三十一只，系中丞派令带来者，火药、枪炮、器械既皆无有，闻勇之数亦不足，船亦不能接仗，未识来作何用，殊觉可笑、可叹！中丞之办事如此，或亦天诱其衷欤？

初九日(2月6日) 己酉，阴。营务处获一奸细扮作卖肉者，讯明斩之，悬首于树以示众。先是，初六日，万年春所获细作供称：贼之侦探或扮剃发、或扮卖食物卖猪肉，皆以两腋剃其腋毛以为记。今所获卖肉者，查验皆无腋毛，而供情又复闪烁，衣里中并搜有铅丸，是以讯明后即正法也。派委文武员弁点验张从九等所带水勇、健勇二百二十名，尚不缺额，惟可用者不过得半，而器械又乏，船亦不能接战，殊为无用。以中丞故，只合勉为留之，口粮则惟乞其饬局发给耳。是日作书复中丞，并一函差人走潜江城小三官庙促所谓曹七和尚者，闻其肯来，并谓此股贼匪实灭余手，不审其言确否？夜间月不甚明，然满江灯火亦大可观也。

初十日(2月7日) 庚戌，天色畅晴，西北风起。得林立甫感疾之信，系念无既，此才必将大展抱负，但仍须命运济之，未审已交好运否。其与伍文山皆不凡材也。中正，忽程三元自鱼洲头来，言有贼船百余只逆流而上，距七矶江只十五里，势将来扑水营，欲包我后，并可乘势上窜武昌。查鱼洲头于年前已经余亲往妥为布置，可以无虑，特旱路仅兵勇九十余人，未免单弱。亟作书向制军大营乞师数百，随经派拨施南兵及瞿士濂勇共四百，到舟已三鼓矣。适得敖正容等来，报贼闻我兵炮声，疑其有备，遂下窜。因饬各船预备饭食，并赏钱四十千，将大营遣来之兵勇料理回伍云。是夜天清月朗，与赵文庵、彭器之仰观星象，贼星光芒尚漏，为之怅然。

十一日(2月8日) 辛亥，晴，西北风略紧。作书寄姚亮臣，以奴子余坤将去汉上也。闻彭器之将发家信，又作书致于蕃太守，并嘱器之代致河南英中丞、南汝光道余君炳焘各一函。随后项君烺带勇四百五十人来，年少精干，与之言亦甚明晰。据云林立甫小有感冒，约申酉间可到团风，因属项生带其百长四人先往谒见制军云。申初，立甫差人来言已至团风，仍将服药一帖，明日方来。适省中差人亦到,元旦贺折已回,褚萃川来信云省内亦无他事。夜月,寒甚。

十二日(2月9日) 壬子,晴。林立甫来,具道庐州江岷翁城陷捐躯事,不胜感叹之至。杨朗山主政、乔和圃明府均来,各谈二刻余而去。作书寄胡苏农明府,又作家书并附姚亮臣寄炯儿一函,均交彭器之转付,或二月初当可到也。是日东风。

十三日(2月10日) 癸丑,西北风,晴。一差探自武昌、大冶、兴国、富池口回,称沿江南岸并无贼艘,惟北岸圻州、巴河、黄州贼船约千余艘,武昌傍得胜洲边有船百余只等语。一差探自竹瓦店上巴河、圻水、圻州、广济回,称广济城中无贼,圻州城外有贼五十余号,兰溪有贼船七八十号,下巴河有贼船百余号,黄州有贼船约千号,对岸武昌有贼船百余号,圻水有贼百余人在县城碾米,上巴河亦有贼数十人抢掠等语。又本日差李东山、谭玉贵下三江口下,密雇渔舟老翁下探回,亦云下巴河船较黄州为少,较武昌为多,三探在证,均甚符合。未正,彭器之所雇大摆江作炮船二十号已到。戌正,林立甫始自团风来,余已将卧矣。因又煮茗细谈,至子正始息。是日未刻,乔和圃大令绥福,见斋中丞之长君来,知其于五遁及缩地等术均皆能之,并有飞砂可于阵上迷人眼目,又能以喷筒施毒火毒水,此君与立甫共作头敌,大可获胜,为之欣然。

十四日(2月11日) 甲寅,晴,西北风。与立甫熟商,拟于十五日寅卯时出队,会合制军陆路之师攻剿贼匪。饭后即烦立甫改装,乘小舟下驶查看形势去讫。适得制军书,即定于明日五鼓出师,分中、西、东三路,有头敌、二敌、三敌。又函派林立甫以其所领四百五十人乘舟下驶,至距黄州十里登岸,沿江埋伏,以备贼人舟师抄其正兵之后,出此奇兵欲以制胜云,因即复书遵照办理。随通知水师各船,伺备出战,因烦乔和圃明府代为督兵前进,以其有法术,与敖、吴皆能取胜也。时立甫来,还即告知项生烺,令其作速带勇到舟,安排抬炮、鸟枪、器械,以便五鼓直下。乃其所带之勇,勇固有余,亦甚骄傲,竟敢迟迟不至,比立甫一鼓时还,而仍不即来,亦大可笑。戌正,派遣往示敖正容、万年春整旅之唐之恺,回船复派其督带数人仍往催促,依期出师,由七矶江至三江口会合吴联升、陈庆有之师进攻。闻贼在官洲扎有营寨,洲旁有船百数十只,非先破此,不克直逼黄州江岸耳。

十五日(2月12日) 乙卯,晴。昨夜料理派队,又代催林立甫之勇领取枪炮登舟前进,直至今日卯刻甫皆整齐而去。余亦倦不可支,遂僵卧二时余。比巳正起视,则风已转东,我之舟师又恐不能得手,惟盼陆路制胜,已遣周遇春诸人水陆迅速探报矣。未一刻,周遇春飞马而还,谓陆兵大败,贼已将大营团裹而岸上,溃败之兵,如蚁而行。急遣巡捕官持令上岸,止遏不住,倏忽之间,过去竟以一二千计。又一刻余,忽传大营已为贼陷,余闻之大惊,再遣周遇春飞马探之,而遣去探事之孙勇驾小舟还,言我之水军与贼战大胜,惟陆路败坏,不可名言。正查问间,周遇春又飞报:制军大营已为贼焚! 时舟中无一敢战之人,一闻此信,纷纷均开离江岸。遥见陆营烟焰冲霄,知事断不可为。彭器之急命且暂开至七矶江渔洲头,问即万年春水勇停泊处,所俟探信确实再作计议。然余志早决矣,时势至于如此,若使年尚强盛,忍辱偷生,或可奋发有为,勉作支厦之木。今且老迈,又值财竭民困,将懦兵骄,朝廷无一能任事之人,楚中疆吏昏愦,更不足道。余虽欲不死,亦复何路可生耶? 心烦虑乱,自欲作折,窃恐未必成文,拟俟晚间倩器之为作遗折,以死报国,残躯即烦器之料理,俾能归骨,似又胜于葬于江鱼腹中耳。嘻! 天下事至此已极,其他尚何言哉?

十六日(2月13日) 丙辰,晴。昨夜差探至堵城回,据称甄帅及杨朗山诸君均皆出营,向北路而去,自系径去麻城再行收合余众。无论能集众若干,此军断不复振,而省城兵只五十有余,新招之勇皆系乌合,定难得力。即满兵千二百名,亦未知能否可用。立甫、器之、文庵均言余,此时并无可死之道,若带此兵退守省门,不过力竭同殉,于事无益。而长江中又不能支撑一面,不若赶往去省百余里之仙桃镇驻扎,劝谕绅士招集义勇,与督抚为犄角应援,以御贼众,以保人民。而且可南可北,万一北路有事,即可作勤王之举,与其委靡颓唐,不如且自振拔,办到何处再说何处之事。其言亦颇有理,因属器之代作折稿,拟于黄陂由六百里拜发。

十七日(2月14日) 丁巳,晴。昨夜,一夜兵勇纷纷攘攘,毫无顾忌,不惟不听号令,并似与贼无异。现经谆切教训,调理月余,颇有纪律者临急尚复如此,急迫召募之勇又安望其能用命乎? 再四思之,劝捐募勇之事本有三不顺:既到汉阳,便应整队以待,贼到,与武昌合力攻击,乃弃之而去,一不顺也;舍城不守而远去数百里外,非避贼而何,二不顺也;当在三江口时,见贼退不追,转以恐其诱我,不敢轻入,随即急急折回,今又弃城守而去,三不顺也。由前之议,幸而有济,犹不能无口实予人,况断不济,其如后世骂名何? 大丈夫死则死耳,正不必迟疑不决,身败而名裂也。思之既熟,当与器之斟酌,烦其作一遗折,并附片,将器之捐资出力之处,请一议叙,或者可以邀恩,其他即毋庸议矣。辰初到汉口,得胡润芝正月初六日常德来信,知烱儿亦同其来,转眼即可到此,然余心急如焚,恐其不能待,奈何,奈何! 午初器之来,将作折之意告之,渠亦无言而去。随后中丞飞函专弁来,促余带勇过江,在鲇鱼滧停泊。随后伍文山太守来,与之计议,并林立甫、赵文庵、彭器之均谓泊鲇鱼滧为便。立甫并言如泊其地,渠之勇四百五十人当重加整顿,随余调遣。文庵则谓经费不敷,渠当赶赴沔属,向各典先行借用数万串赶来接济。器之谓余:鄂生已来,不日即到,而遂先自计父子之情,未免恝然,且润芝带兵已到,我又军资可济,或有转机,万一于事仍属无济,完名全节亦不为迟。其言颇为有理,因即朱谕派文庵带吴县丞、赛把总带兵二百名,轻舟连夜径去仙桃镇,许以二十二日押解钱文到省云。

十八日(2月15日) 戊午。卯刻即赶作书,派奴子石玉往邀胡润芝太守。又作书寄子寿螺山,时王晓峰以父忧将归,即交其带去。随入城见中丞、青学使。曹艮甫、李洪桥、延尚之三观察同集方伯署,因与细谈一切,知库贮只存银二万而已。又谆嘱江晓村、崇通守为润芝观察制大帐房八十架,双手带一百把,质利工精为妙。又至臬署与褚萃川谈一刻余,冒小雨出城登舟。适得探报,贼已二十余船将至汉皋,急急通知中丞。而杨昌泗总戎来,乃奉中丞命,嘱其来将余所带水兵三百九十名,陈庆有、吴联升水勇、川勇三百六十名,悉数归其统带,而余未之知也。是夜,炮船移进移出,嘈杂闹嚷,一夜沸腾。

十九日(2 月 16 日)　大风。黎明起视,则各船皆飞帆直上,余之舟与器之之舟并作一连,亦挂风帆。器之、立甫皆在余舟左右不离,虽有他意,亦不得行。余乃大哭,而两君亦不听也。未正,已达京口,各船多半在此停泊。器之乃嘱立甫收集兵勇,重为号令,令其下驶一战,诸军为之默然。又以千缗悬赏,令其夜往焚烧其舟,迟之又久,招有十二舟,约二百人【告】奋勇请行,林立甫亦押之而去。此时寸心差快,或者一战得手,亦未可知,亦足见余之非避贼上驶,实欲于此作为疑兵牵制,使有顾忌耳。是夜星月朗然,风亦平静。昨日刘宽夫自湖南辰溪差来,持炯儿安报及黄子寿、杨荣坡信件,忠孝之气跃之纸上,欣慰无既。月建己未。

二十日(2 月 17 日)　庚申,晴。辰起,润芝观察差勇四人来探省信,余属器之代作数语,属其即来商酌。未一刻,壮丁刘兴顺回,言击贼之舟并未下,只在沌口留连数刻而已,奋勇不勇,至于如此,时事其奈何哉! 又闻一老翁在船头言贼有由陆至,洪山满兵已遁逃,东门曾开仗。余为之惊,疑此语自□不确,盖荆州兵尚勇敢,副都统奎公玉甚有能名,岂至贼到即逃如是耶? 又闻中丞所制六千斤大炮,力直过江,昨日一炮曾击沉小河口贼船五只,贼因之不敢泊于口间,此亦利器也。倘竟能制贼死命,岂不大妙? 岂不大快? 巳正,属林立甫代为谆谕勇队,又属两外委将勇船炮位收拾藏贮,盖恐其以此吓乡民也。酉初,立甫来言:勇目黄河清等五人欲往暗烧贼船,问取火器。为之欣然,急属立甫催令速行,赏钱一千串,一文不吝。差去探贼之唐安澜回言,洪山及鲇鱼溇连扎十一营,均皆安静,贼在汉阳、汉口米厂,舟约千号。随后唐之恺来言:贼在汉阳一带,整夜以龙灯为戏,其意直玩视我师,且恐武昌之炮放过汉江,贼伙生惧,借此亦足众心也。坐未久,立甫又来告勇烧贼之事又成画饼矣,彼此丧气。器之议于明晨令童府经、唐之恺去黄石铺典内借钱,并劝捐绅富等事,即烦器之为作一谕。

廿一日(2月18日)　辛酉,晴。胡润芝观察昨日遣人来探,即属器之与之一函,请其即来。今晨得其回信,已开行,并闻今日无刻可到矣,欣慰之至,即差王尚德持函迎之。立甫又来言黄河清等已在雇觅敢死水手,将以今夜放小舟前往击贼。事已过三,未必可信,听之而已,赏必不吝也。午初刻,润芝来,与之畅谈一切,申正始去。忽中丞学使飞札专函差官前来,是二十日所发者,即将实在情形详悉言之,差唐安澜持往城中投递。时林立甫邀集黄河清等于京口庙中歃血为盟,誓往杀贼,然闹至子正始得全数开行,窃恐到已天明,又白费一番心血也。

廿二日(2月19日)　壬戌,晴。从天明盼至巳刻讫,不得一探报回船,适胡润芝来船,又纵谈二时许。润芝已定主意晋省,余力劝其扎营洪山,为击贼计,若在城守御,则束缚不能自主,于事无益,殊为不值,润芝颇以为然。正谈议间,唐安澜差随丁来报昨夜并无开仗之事,为之惘然。润芝乃言,昨夜既未开仗,各船必皆停泊沌口,预备今日晚间举动。理或有之,惟望明日去咸宁张罗之钱到来,以五六千串为立甫等兵勇二十日口粮,免其沿途滋闹骚扰百姓,余即死去,此心亦安。早间去沿岸点验炮船,尚有三十二只在此,俟立甫等回,凑足五十只数,即可交付中丞,关其口也。验船之际,适器之来,因嘱其代为遗折一纸。随后蒋从九来,又嘱其占课,似立甫等今日之战,可望获胜云。中正王理治来言:炯儿船至新堤下,闻有贼信,舟人不肯开行,吾儿即与连科王理治三人乘马赶来,衣被皆未即带,已将到矣,似此亦不枉其一行。急遣罗正川仍偕王理治前往迎之,并嘱厨中为之伺备饭食。适陈光年等自省回,称昨夜勇到,已经天明,汉阳东门贼船全皆驶进小河,惟鹦鹉洲有船数十只。经立甫带船至鲇鱼滃会合,城上施放枪炮攻击,立甫因遣其来此,要船十只以为接应,乃头目均已下去,船中人散,呼之不应,大属可笑!又饬武弁贺定邦等严饬催派之,凡十一舟,去者五六十人,以酉初舟开。炯儿适到,略问家事数语,饭后小坐片刻,倦不可支矣。得王子寿两书。

《中国近现代稀见史料丛刊》已出书目

第一辑

莫友芝日记　　　　　　　　　　徐兆玮杂著七种
汪荣宝日记　　　　　　　　　　白雨斋诗话
翁曾翰日记　　　　　　　　　　俞樾函札辑证
邓华熙日记　　　　　　　　　　清民两代金石书画史
贺葆真日记　　　　　　　　　　扶桑十旬记（外三种）

第二辑

翁斌孙日记　　　　　　　　　　翁同爵家书系年考
张佩纶日记　　　　　　　　　　张祥河奏折
吴兔床日记　　　　　　　　　　爱日精庐文稿
赵元成日记（外一种）　　　　　沈信卿先生文集
1934—1935中缅边界调查日记　　联语粹编
十八国游历日记　　　　　　　　近代珍稀集句诗文集
潘德舆家书与日记（外四种）

第三辑

孟宪彝日记　　　　　　　　　　吴大澂书信四种
潘道根日记　　　　　　　　　　赵尊岳集
蟫庐日记（外五种）　　　　　　贺培新集
王癸避难日志　辛卯年日记　　　珠泉草庐师友录　珠泉草庐文录
嘉业堂藏书日记抄　　　　　　　校辑民权素诗话廿一种

第四辑

江瀚日记　　　　　　　　　　　王承传日记
英轺日记两种　　　　　　　　　唐烜日记
胡嗣瑗日记　　　　　　　　　　王锺霖日记（外一种）
王振声日记　　　　　　　　　　翁同龢家书诠释
黄秉义日记　　　　　　　　　　甲午日本汉诗选录
粟奉之日记　　　　　　　　　　达亭老人遗稿